LA GUERRA DELLE RUNE
VOLUME I

[www.nicolabellotti.it]

Prima edizione - Dicembre 2007

Seconda edizione - Dicembre 2014

copyright 2014 Nicola Bellotti

ISBN 978-88-906342-0-8

NICOLA BELLOTTI

I CUSTODI
DELLE RUNE

PROLOGO

Il drago aprì le sue enormi ali dorate, vibranti sotto la pallida luce di un sole piccolo e pigro, ancora poco convinto dell'imminente fine della stagione invernale. Con i suoi artigli graffiò nervosamente il ghiaccio che copriva la roccia sulla quale era atterrato diversi minuti prima e, sbuffando dense nuvole di vapore dalle ampie narici, si girò verso il suo cavaliere.

Il generale Lionarm, assorto nei suoi pensieri, non sembrò nemmeno accorgersi del nervosismo della sua cavalcatura. Osservava la valle con occhi freddi e determinati. Gli stessi occhi sui quali erano impresse le immagini delle numerose battaglie cui aveva partecipato. Osservava in silenzio, immobile, incurante del vento gelido del mattino che sembrava insinuarsi in ogni ruga del suo volto, e dei piccoli fiocchi di neve che si confondevano nella sua candida chioma raccolta come era d'uso tra gli alti ufficiali dell'Impero.

I ricordi delle lontane guerre d'unificazione, delle grandiose battaglie campali che onorò combattendo a fianco degli *Antichi Eroi*, degli accampamenti e delle notti insonni trascorse elaborando sempre più ardite strategie, fermentavano nel suo animo scaldandogli il sangue ed allontanando per pochi istanti il terribile pensiero di ciò che stava guardando.

"Sarà una giornata molto lunga," disse il drago dorato alitando verso le sue ali intorpidite per scaldarle. "Non sarebbe meglio tornare alla rocca?"

"Non ancora," rispose il veterano dopo una lunga pausa.

"Credi che attaccheranno questa notte?" insistette la possente creatura ignorando il chiaro invito al silenzio del suo cavaliere.

Il generale ripose lo *hawkeye*, la straordinaria invenzione dei nani di Rock che consentiva di vedere nitidamente a grandi distanze sfruttando due pezzi di vetro bombati di forma circolare chiusi in un tubo di corno, e si voltò verso il gigantesco compagno fissandolo negli occhi dorati. Lo sguardo glaciale che avrebbe messo in fuga un esercito di goblin si sciolse incrociando quello del dragone da sempre suo fedele amico, perdendosi tra lontane battaglie nei cieli di Asgahard e feroci combattimenti in difesa dei territori dell'Impero del Drago Nascente.

"Non questa notte. A quest'ora i nostri esploratori avranno già riportato in città le notizie riguardanti il loro numero," disse Lionarm salendo in groppa alla creatura dorata. "Vogliono che i soldati di Coldville sappiano di essere assediati e si perdano d'animo, giungendo in battaglia già sconfitti dai loro stessi fantasmi."

Attesero ancora alcuni minuti, poi il drago con il suo cavaliere si levò in volo sollevando una lieve cortina di nevischio, e sorvolò la valle di Hellgate interamente occupata da un gigantesco accampamento di creature infernali, non-morti, e soldati di Morlock.

* * * * *

"Temo non esista alcuna cura per questo tipo di morbo," sentenziò Caxandra, l'anziana sacerdotessa di Lomi.

"Hai un fisico robusto e riesco a leggere nei tuoi occhi quanto sia straordinaria la tua determinazione. Questo ti ha consentito di sopravvivere fino ad oggi, nonostante il tuo cuore e i tuoi organi interni stiano sviluppando un calore ogni istante maggiore".

Si voltò verso l'altare di pietra consacrato al dio della luce e sfiorò un candelabro d'argento decorato con rune il cui significato si era ormai perso nel tempo.

"Una maledizione non può essere curata come una normale malattia. Il tuo corpo continuerà a deteriorarsi fino al tuo ultimo giorno, senza concederti tregua. Mi dispiace".

Il giovane si rivestì lentamente. Infilò la veste di velluto rosso decorata con i simboli arcani della sua scuola di magia, e chinò il capo in silenzio rimanendo alle spalle della vecchia.

"Quanto tempo mi resta?" domandò senza tradire alcuna emozione.

"Il potere che gli dei mi hanno concesso non mi permette di saperlo con certezza. Sei mesi, un anno al massimo".

Il ragazzo annuì, stringendo saldamente il suo bastone intagliato. Lasciò un'offerta in monete d'argento e fece per andarsene, ma la vecchia lo fermò sulla porta.

"Vedo qualcosa nel tuo passato. Un'azione azzardata, criminosa ai miei occhi... il risveglio di un antico potere… una grande colpa di cui quei tuoi capelli senza colore sono il segno inequivocabile".

"Conosco la storia," tagliò corto il giovane mago, lasciandosi la porta alle spalle.

Caxandra lo seguì con lo sguardo mentre con il bastone si faceva largo tra la folla accampata nel salone principale del tempio.

Tutta quella rabbia non gli sarà d'aiuto," sussurrò rivolgendo lo sguardo verso le statue che rappresentavano gli dei della luce. *"La sua anima ha già ceduto una volta alla lusinga delle tenebre. E' un miracolo che non sia rimasta intrappolata nell'abbraccio degli dei oscuri"*.

La sacerdotessa si trascinò stancamente fino all'altare maggiore, accarezzando con le sue mani ruvide il basamento su cui era appoggiato il monumento al sommo Dyan.

Adorava quell'antica raffigurazione del suo Signore. L'effige era scolpita in un unico blocco di marmo bianco ed era decorata con sottili filamenti d'oro. Era una statua umile e grandiosa al tempo stesso.

"Padre mio, non è forse vero ciò che leggiamo nelle scritture? Solo chi è caduto può scegliere se rialzarsi." Mormorò stringendosi il simbolo sacro al petto.

"Il futuro di questo piccolo mondo è davvero incerto... in ogni caso non vivrò abbastanza per vedere compiersi il vostro disegno, qualunque esso sia".

Caxandra accostò la fiamma del candelabro all'incensiere, e subito un persistente aroma di legno e spezie si diffuse nella grande sala.

Le statue la osservavano in silenzio. Come sempre.

Le lasciò alla loro solitudine e fece ritorno in mezzo alla gente, continuando a dispensare il proprio potere di guarigione.

Physical map — **ASGAHARD — MAPPA FISICA**

Glacya, Kaldaya, Vulcanya, Stoneforest, Icetomb, Anti Xya, Xya, Ana Xya, Ice Tower, North Village, Freezya, Longsvill, Blosword, Foets, Drudvill, Rok, Rotox, ROCK, Lichox, Red Lion, Druvia, Planya, Woodbazar, Hickman, Wen, Lomi, Hume, Rums, Nioth, Khovir, WOODLAND, Lizarville, Draakrek, Krattok, Arkam, Hatoln, Riverya, Violya, Krechek, Warcastel, Boswd, Lancen, Hartu, Trowin, Tritown, Soloth, Lockelf, Neo Desertva, Lott, Krak, Kessel, AL-KAIR, Aghashan, Tabir, Al-Kovir, Oasha, Notnia, Symtil, ABYSSIA, Anakyo, Kyo, Trojahm, Gorka, Kazar, MORLOCK, Thorax, Mantikor, Antraxn, Bloodsands, Hope, Sastlisk, Gyros, Hueso, Lastgrin, Logan, Frigir, LUNAMTYA, Slativa, Rodtvn, Heavendoor, Goldville, OASI, Desertac, Yellsun, Hellgate, LAKET, Ogryo, Orcville, Marunelfi, Rilvya, Oakorc, Kvisot, Icek, Crystal Ruins

Political map — **ASGAHARD — MAPPA POLITICA**

ISOLA DEI DRAGHI

IMPERO DEL DRAGO NASCENTE

TERRITORI ALLEATI DELL'IMPERO DEL DRAGO NASCENTE

TERRITORI LIBERI (CINQUE CITTÀ)

REPUBBLICA DEL MARE

REGNO DI MORLOCK

PRINCIPATO DI AL-KAIR

LIBRO PRIMO

CAPITOLO PRIMO
La loggia dei ladri. Un eroico salvataggio.

Yoma Slayer impugnò saldamente la sua asta di *legnotinebro* assicurandosi che fosse ancora ben nascosta sotto il suo mantello verde, ed indietreggiò molto lentamente nel vicolo fino a che non si trovò con le spalle al muro.

"Signori... probabilmente avete frainteso il mio atteggiamento," borbottò l'uomo alle guardie armate che lo stavano circondando. "Correvo solo perché sono... in ritardo! Ho un lungo viaggio da affrontare... mi affrettavo a prendere la diligenza per Lunamtya..."

"...E non avrai nulla in contrario se noi diamo una controllata alle tue sacche," lo interruppe quello che doveva essere il soldato di grado maggiore.

"No di certo," rispose sicuro Yoma, tenendo la mano sinistra saldamente incollata all'arma. "Fate pure, signori."

Con un rapido gesto della mano l'uomo lanciò la sua sacca ai piedi del soldato e, appoggiandosi al muro con il braccio destro, iniziò a mugugnare lamentandosi per il trattamento che un signore per bene come lui stava subendo, e promettendo di far presente la cosa a tutti i nobili della capitale non appena vi fosse giunto.

La guardia, in verità, stava cominciando a temere che l'uomo fermato fosse realmente quello sbagliato e che il ladro che stavano cercando di catturare da anni fosse fuggito facendosi beffa di lui per l'ennesima volta. Mentre i soldati armati di balestra tenevano sotto tiro il sospetto, il loro capo si inginocchiò appoggiando a terra la spada e, delicatamente, iniziò ad ispezionare il contenuto della borsa.

Il vicolo era stretto ed umido e si trovava nella periferia dell'antico borgo di Hume, una delle principali mete turistiche della regione. I viandanti che dalle terre del sud si recavano alla capitale, o i pellegrini che giungevano da tutta Asgahard per arrampicarsi sulle colline fino al Grande Monastero di Zhorx, sostavano nel piccolo centro che, negli anni, era diventato sempre più florido e vitale.

Di pari passo con l'aumento della ricchezza cittadina aumentò anche la fama, il decoro e soprattutto il potere della misteriosa Confraternita dei ladri di Hume che, più o meno segretamente, abitava il sottosuolo del borgo.

Nonostante tale Confraternita fosse famosa in tutto il continente, e malgrado le gesta dei più abili ed eroici membri fossero cantate con sapiente ironia dai cantastorie delle corti più prestigiose, questi rispettabilissimi ladri non erano affatto simpatici agli abitanti della città, che protestavano con sempre maggiore veemenza contro il Governatore, colpevole - secondo loro - di non essere in grado di far rispettare la legge dell'Impero.

Per questo motivo lo stesso Governatore, uomo tanto mite quanto incapace di prendere alcun tipo di posizione, aveva finito per cedere di fronte all'insistente desiderio di giustizia dei suoi cittadini ed aveva intensificato i controlli nelle zone periferiche e nelle fogne sotterranee nella speranza che la testa di uno o due ladruncoli sarebbe bastata a garantirgli sonni tranquilli.

Yoma Slayer non era certo un ladruncolo.

Suo padre, il famoso Romes Slayer, aveva fatto parlare di sé e delle sue prodigiose imprese fino alle lontane terre di Al-Kaìr, e prima della sua prematura scomparsa (dovuta, secondo le leggende, ad un misterioso tradimento) aveva trasmesso la sua arte e il suo coraggio all'unico figlio maschio, certo che questi avrebbe continuato a coprire di onori e di gloria il buon nome della sua famiglia. Gli Slayer, infatti, potevano vantarsi di aver sempre occupato un ruolo di primaria importanza nella gestione degli affari della Confraternita, e il grande Romes, prima di essere impiccato nella piazza di Hume, era stato per dodici lunghi anni il miglior Capo che la Loggia dei ladri avesse mai conosciuto.

In quel momento Yoma stava disperatamente cercando di immaginare quale abile trucco avrebbe utilizzato il padre per uscire indenne dalla imbarazzante situazione.

Il capo delle guardie stava rovistando in ogni angolo del suo zaino, gettando a terra gran parte degli oggetti contenuti in esso: una razione di carne secca da viaggio avvolta in foglie di vite, una serie di lasciapassare contraffatti ad arte, i documenti di due mercanti di spezie, una chiave dalla strana impugnatura, una piccola ampolla contenente uno strano liquido azzurro e alcune monete di rame e d'argento.

Nonostante la sola presenza dei documenti rubati e contraffatti bastasse ad assicurare al ladro una lunga vacanza nelle carceri di Slativa, la nerboruta guardia sembrava alquanto delusa e insisteva ad ispezionare le infinite tasche della borsa con crescente preoccupazione dei suoi uomini e dello sventurato proprietario.

"Ora posso andare?" esclamò Yoma cercando di modulare un tono di voce accomodante e al tempo stesso deciso. "La diligenza per la capitale partirà tra pochi minuti e io vorrei riuscire a non perderla".

Il soldato, mentre raccoglieva gli oggetti del ladro sparsi per tutto il vicolo, non riuscendo a nascondere la propria irritazione, urlò ai suoi uomini di abbassare le armi e, con un ringhio trattenuto a stento, sussurrò le sue scuse al giovane fermato.

Yoma faticò a nascondere un sospiro di sollevo e rapidamente si preoccupò di aiutare la guardia a raccogliere i suoi documenti (in modo tale che questa non si accorgesse della loro natura).

Le guardie stavano per allontanarsi, quando improvvisamente l'espressione feroce del loro capo si tramutò in un beffardo sorriso; gli occhi del soldato stavano fissando un singolare luccichio proveniente dall'interno di uno degli stivali del ladro il quale, subito accortosi della cosa, sfoderò la sua asta e attese le reazioni del suo possente avversario.

Sguainate le armi, i giovani balestrieri circondarono il prigioniero, e il loro superiore, ritrovati la calma e il buonumore, gli si avvicinò lentamente armato di un pesante spadone a due mani, con l'intento di far durare il meno possibile questa necessaria esecuzione.

Yoma si lanciò in un attacco disperato. Roteando il bastone magico, in grado di aumentare la sua lunghezza secondo le intenzioni del suo possessore, sorprese due giovani guardie colpendole con forza sulle mani, in modo che il dolore arrecato le costringesse a mollare la presa sulle balestre. Una terza guardia lasciò partire un dardo che mancò il bersaglio di pochi centimetri. Il giovane soldato si allontanò cercando di guadagnare il tempo necessario a ricaricare l'arma, ma Yoma – con la rapidità di un felino – si lanciò tra le sue gambe minandone il già precario equilibrio. Con un tonfo la guardia cadde a terra, giusto in tempo perché un pugno sul mento la convincesse a perdere i sensi.

Il nerboruto capo della pattuglia sollevò il gigantesco spadone e, gridando parole in totale contrasto con il dignitoso vocabolario che avrebbe dovuto avere un difensore della legge e dei buoni costumi, si lanciò correndo verso il ladro.

Questi, che nel frattempo aveva disarmato anche le restanti guardie, si accorse all'ultimo momento dell'attacco che stava subendo, e altro non poté fare altro che chiudere gli occhi attendendo il fragoroso impatto. Cosa che peraltro non avvenne.

Con lo spadone a terra e la mano trafitta da un piccolo ed elegante coltello nero, il capo delle guardie si arrestò incredulo e si voltò cercando chi, con gesto poco leale, lo avesse attaccato alle spalle. Con grande stupore si accorse che non solo colui che lo aveva ferito si era già premurato di darsela a gambe, ma che anche il prigioniero era scomparso portando con sé, oltre ai gioielli rubati alla marchesa Leyette, tutte le sue speranze di essere promosso Comandante Maggiore.

* * * * *

"Il mio nome è Shade," disse la giovane elfa infilando uno dei suoi eleganti coltelli neri in una fascia di cuoio legata alla sua coscia sinistra, "e tu mi sei debitore!"
Yoma, dopo aver convinto con parole magiche la sua asta a riassumere le dimensioni di un bastone da passeggio, si sollevò in piedi e si presentò alla donna prendendole delicatamente la mano con l'intento di baciarla.
Il profumo della sua pelle s'insinuò nelle narici del ladro e attraversò tutto il suo corpo per giungere, esausto, fino alla sua anima. La ragazza sembrava molto giovane, ma questa era l'impressione che tutti gli elfi davano agli esseri umani, costretti dal fato a vivere una vita sensibilmente più breve della loro. I suoi occhi color smeraldo erano posti in risalto dai capelli rosso bruno tagliati in modo che non raggiungessero le spalle, e i suoi lineamenti dolci e regolari contrastavano, senza stonare, con il suo sguardo deciso e con il suo sorriso ironico e determinato.
"Siccome per colpa tua ho dovuto rinunciare ad un comodo viaggio in diligenza per la capitale," continuò la ragazza sottraendo la mano da quelle del ladro, "mi dovrai scortare fino al villaggio di Rums dove domattina all'alba ne partirà un'altra."
Senza attendere una sua risposta, Shade si avvolse nel mantello nero e si incamminò lungo il sentiero che dalla ricca città di Hume portava alla capitale; pochi istanti dopo fu raggiunta da Yoma che, osservando la compagna di viaggio con malizia, intonò sorridendo il canto del ladro.

Sii buio nella Notte senza Luna
Fumo nelle Nebbie settembrine
Vestiti di vento e di Coraggio
Fissa nella Mente il Giusto fine

Libera è la Via come il tuo Passo
Silente la Zampata del Felino
Ferma il tuo respiro e fatti Pietra
Pronto ad afferrare il tuo Destino

IGNORA DEL CUORE OGNI TORMENTO
D'OMBRA AVVOLGI I TUOI SOSPIRI
LA SIGNORA NERA ASPETTA SULLA SOGLIA
MA STANOTTE SARÀ SOLA NEL SUO LETTO

LA RUOTA HA GIRATO E GIRA ANCORA
NEL PARCO DELLA VITA E DELLA MORTE
BRILLANO LE GEMME NEL TUO PUGNO
LACRIME ALLA CORTE DELLE STELLE

SII BUIO NELLA NOTTE SENZA LUNA
FUMO NELLE NEBBIE SETTEMBRINE
VESTITI DI VENTO E DI CORAGGIO
FISSA NELLA MENTE IL GIUSTO FINE

CAPITOLO SECONDO
Stufato di coniglio. Sgraditi incontri.

La *Locanda del Mezz'orco* non era certo un posto elegante come alcune taverne della capitale, ma era famosa per l'ottimo stufato di coniglio che vi veniva servito. Costruita appena fuori dalle mura della città, garantiva un rifugio comodo, sicuro e soprattutto molto economico per chiunque fosse giunto a Lunamtya dopo la chiusura delle porte.

Quella notte, però, nessun cliente aveva ancora varcato la soglia e Oboey Gomourgh, il mezz'orco che gestiva la locanda, ascoltava in silenzio lo scoppiettio della legna che ardeva nel grande camino posto al centro della sala, asciugando con uno straccio impolverato i boccali da birra appena lavati.

Bernadette, la madre umana dell'oste, stava cucinando il suo famoso stufato, e il profumo di carne speziata si era già sparso in tutto l'ambiente mischiandosi con il fumo del camino.

"Questa sera non verrà nessuno, mamma," disse il mezz'orco sollevando un tavolo di legno e spostandolo più vicino al camino. "Nessuno può essersi messo in viaggio con questo freddo."

"Verranno, verranno," rispose distratta la donna, "non ho mai dovuto buttare nemmeno una scodella del mio stufato."

Oboey avvicinò le grandi e ruvide mani alla fiamma e si voltò a controllare che la porta della cucina fosse ben aperta, per permettere alla tenue voce dell'anziana donna di raggiungere le verdi orecchie appuntite del gigantesco figliolo.

Quasi mezzo secolo prima un piccolo villaggio di pescatori poco distante dalla capitale fu attaccato da una banda di orchi delle foreste. Gli abitanti si difesero con onore, ma dovettero soccombere di fronte alla forza e alla crudeltà di tali creature. I mostri saccheggiarono e bruciarono le case, distrussero i raccolti, aggredirono le donne e abbandonarono il campo solo dopo aver sterminato tutti coloro i quali si erano opposti alla loro offensiva.

Oboey, diceva sempre sua madre, fu l'unica nota positiva di quella tragedia; un bambino nato dalla violenza e dall'odio e cresciuto nell'amorevole abbraccio di una donna coraggiosa e testarda che a lui donò tutta sé stessa.

L'anziana madre stava proprio pensando ai primi mesi di vita del figlio, trascorsi a fuggire da chi voleva vendicare i propri cari sulla pelle di un innocente, quando udì un rumore di passi fuori dalla locanda.

"Cosa ti avevo detto, figlio?" esclamò la donna mentre aggiungeva un pizzico di sale al suo stufato "Ecco il primo cliente della serata!"

L'oste orientò il suo grande orecchio verso la porta e non udì alcun rumore. Alzatosi rapidamente in piedi si avvicinò alla porta della cucina, afferrò un nodoso bastone che teneva nascosto dietro il bancone per ogni esigenza, ed attese.

Dopo pochi secondi la porta si spalancò, sbattendo a causa del vento gelido che giungeva dal mare, ed un uomo avvolto in eleganti vesti di velluto rosso sangue entrò silenziosamente, appoggiandosi ad un lungo bastone sulla cui sommità era intarsiata una testa di cobra scolpita nella giada.

L'avventore abbassò lentamente il cappuccio che gli copriva il volto e, accomodatosi sulla panca più vicina al camino, ordinò un piatto di stufato e un calice di vino rosso invecchiato. Oboey corse in cucina e ne uscì con un abbondante porzione di coniglio speziato e con una bottiglia del miglior vino elfico della sua cantina; poi, soddisfatte le richieste dello straniero, si mise ad osservarlo in silenzio da dietro il bancone.

Il ragazzo non doveva avere più di venticinque anni, eppure i suoi lunghi e soffici capelli erano già tutti bianchi come la neve. Due sottili trecce gli scendevano sul petto, mentre il resto della canuta chioma dai riflessi argentei giaceva morbida sulla sua schiena.

Gli strani abiti che indossava, i simboli arcani ricamati con fili d'oro e d'argento sugli orli delle maniche, e quel misterioso bastone dall'aspetto a dir poco inquietante, furono sufficienti al mezz'orco per farsi un'idea di chi avesse davanti. Maghi e stregoni provenienti da ogni parte del mondo solevano recarsi all'Accademia di Lunamtya per completare i propri studi, o incontrare altri esperti di magia.

Dopo aver gustato lo stufato, il giovane spinse lontano da sé la scodella e, appoggiando delicatamente la schiena alla panca di legno, riempì il suo calice di vino, osservandone il colore vicino alla fiamma.

Lo assaggiò, assaporando ogni molecola di quell'aroma così complesso che si librava nell'aria, e soddisfatto rivolse all'oste un timido sorriso.

Rimase a fissare le fiamme che guizzavano nel camino, giocando a rincorrersi tra gli scoppiettii dei ciocchi anneriti, poi recuperò la borsa che teneva nascosta sotto la veste di prezioso velluto color porpora, ed estrasse un libro rilegato in pelle.

"Desidera ancora stufato, signore?" chiese l'oste prima che s'immergesse nella lettura.

Il ragazzo attese qualche istante prima di alzare lo sguardo, poi chiuse il libro e disse: "Sì, grazie. E porti anche due altre scodelle e due boccali di birra..."

Oboey, nonostante la richiesta lo avesse lasciato lievemente perplesso, entrò di nuovo in cucina e ne uscì giusto in tempo per vedere la porta della locanda aprirsi ed entrare un guerriero in armatura ed una elfa scura, che subito andarono a sedersi allo stesso tavolo del mago rosso.

L'oste li servì, facendo attenzione a non calpestare le sacche e le armi che il guerriero aveva sparso ovunque attorno al tavolo, poi sparì in cucina dove, a fatica come ogni giorno, convinse l'anziana madre ad andare a riposare.

"Gli eserciti della morte," disse il guerriero masticando rumorosamente grandi cucchiaiate di stufato, "sono sbarcati sulle coste di Hellgate e di Yellsun, nei Territori Liberi, e lì stanno preparando l'attacco all'Impero."

"Io e Jena abbiamo visto il generale Lionarm giungere al Palazzo Imperiale questa mattina," aggiunse la giovane drow accarezzandosi i lunghi capelli d'argento. "I miei informatori mi hanno riferito ciò che egli stesso ha potuto vedere con i suoi occhi, facendo un sopralluogo con la Cavalleria dei Draghi".

"...Distese di non-morti," la interruppe il rude guerriero, "che occupavano tutta la valle. Plotoni di guerrieri in armatura da battaglia, stregoni, negromanti, preti maledetti, e addirittura un plotone di esseri evocati da chissà quale inferno".

Il mago osservava i movimenti regolari del vino rosso nel suo calice, ed ascoltava distrattamente i racconti dei compagni. I suoi occhi, che sembravano vedere al di là di ciò che è reale, si contraevano e si dilatavano a seconda di quali immagini venivano a formare i flutti rosati del vino.

Seska Fuzen, la giovane incantatrice, accortasi che il mago non sembrava particolarmente interessato alla narrazione, si mise a cercare i suoi occhi persi nella coppa di vino.

Fece scivolare una mano nella borsa che teneva legata in vita, ed afferrò una piccola gemma levigata, dello stesso colore viola delle sue iridi. In un attimo sentì la magia che rifluiva dentro il suo corpo scuotendone ogni atomo. Avvertì il flusso simile ad una scossa elettrica, che partiva dalla punta dei suoi piedi, solleticava la sua schiena, ed esplodeva verso il cielo, fermandole per un istante il cuore. Un attimo dopo fu nuovamente cosciente e si ritrovò a camminare nella mente del mago rosso.

Il luogo ove dimorava la sua psiche era davvero inquietante. Una luna rossa come il sangue illuminava a stento un panorama tristemente grigio. Nessuna costruzione, nessun tipo di vegetazione, intorno a lei si estendeva uno sconfinato deserto di sabbia plumbea e ciottoli senza colore. L'unica cosa che si differenziava dal resto dello scenario era il monolito che si stagliava contro la luna. Sopra la roccia più alta, infatti, dominava un obelisco nero, che rifletteva in modo assai tetro la purpurea luce di quel crepuscolo eterno.

L'incantatrice si spostò accanto all'obelisco e vide che sotto di esso giaceva addormentato un piccolo gatto nero. Si chinò per accarezzarlo, ma questo, aperti immediatamente gli occhi, balzò su una roccia a fianco della ragazza e la fissò intensamente.

"Mi hai davvero sorpreso, elfa scura!" le disse il gatto con la voce del mago. "Non è da tutti riuscire a controllare un incantesimo come questo".

"Non scherzare Wrath Felling," rispose l'elfa fingendo di essere infastidita dai complimenti dell'amico. "Se tu avessi posto un minimo di resistenza al mio sortilegio non avrei potuto giungere così in profondità nei tuoi pensieri. Sono ancora molto lontana dal poterti eguagliare".

"Potrebbe essere vero, ma non sottovalutare il tuo dono," le disse il gatto nero grattandosi con una zampa posteriore dietro la nuca. "Come sai, le vie della magia sono innumerevoli e tutte conducono a mete diverse. Chi sceglie di avventurarsi lungo i sentieri dell'oscurità può giungere al traguardo più rapidamente; ma quanti prima di noi, ottenuto prematuramente un grande potere, hanno finito per esserne travolti?

Le strade della luce sono lunghe e tortuose, ma conducono lontano, in luoghi dove non esiste il tramonto. Il mio maestro una volta mi disse che *il frutto è più dolce dove le radici sono più amare.*

Tu hai fatto una scelta, amica mia, e dovrai vincere la tua impazienza se vorrai assaporare quel frutto".

Il volto della ragazza si fece improvvisamente cupo. "Tu quale strada hai scelto di percorrere, Wrath?" sussurrò dopo qualche secondo di oppressivo silenzio.

Il gatto nero smise di leccarsi e fissò i profondi occhi viola di Seska, costringendola ad abbassare lo sguardo.

In quell'istante la porta della locanda si spalancò e Seska fu catapultata con violenza fuori dalla psiche del mago rosso.

"Cosa diavolo state facendo voi due? Vi volete dare una mossa, maledizione?" Jena Blade era in piedi davanti a lei, con la spada sguainata, e stava tenendo a bada due strane creature dall'aspetto sinistro che si trovavano appena fuori dalla porta.

Cercando di vincere il dolore alle meningi dovuto alla brusca interruzione dell'incantesimo, l'incantatrice si guardò intorno studiando la situazione. Dalla finestra che dava sulla strada per la capitale si potevano chiaramente vedere decine di occhi rossastri muoversi rapidamente nel buio accompagnati da urla disumane e feroci grugniti.

"Goblin!" esclamò Wrath Felling impugnando saldamente il suo bastone che prese a brillare di una luce verde.

Oboey uscì dalla cucina impugnando due grottesche mannaie e fece per correre al piano superiore, quando vide la madre scendere in camicia da notte con in mano un nodoso bastone. In quell'istante si udì un rumore di vetri infranti provenire dalla cucina, e subito dopo gli occhi rossastri di un goblin apparvero alle spalle dell'oste, seguiti dalle grida di almeno altre tre creature.

Jena bloccava con il suo possente corpo l'ingresso della taverna; ai suoi piedi giacevano i corpi senza vita dei due goblin che avevano sfondato la porta, ma davanti a lui decine di occhietti rossi lanciavano il loro urlo di sfida. Sapeva che se questi lo avessero caricato non avrebbe avuto molte probabilità di portare a casa la pelle, ma il profumo della battaglia lo aveva già eccitato e i suoi occhi parlavano chiaro: la sfida era stata accettata.

Seska, con la mente ancora lievemente intorpidita, vuotò il suo zaino sul tavolo e si mise a cercare tra le sue pergamene. In pochi istanti trovò quella che stava cercando, la aprì facendo attenzione a non danneggiarla, e cominciò a leggere a bassa voce l'arcano testo disegnando nell'aria con le dita antichi simboli magici. Quando ebbe terminato la lettura si voltò bruscamente verso la cucina e puntò il dito contro le creature che da essa stavano emergendo; nel momento in cui queste aprirono la porta, l'incantatrice pronunciò un secco comando che ridusse in cenere la pergamena e immobilizzò i mostri rendendoli facili bersagli per le mannaie di Oboey.

Wrath Felling, che era rimasto immobile davanti al camino preparando un difficile incantesimo, ritornò in sé e si concentrò sulla situazione. Aveva solo pochi istanti di tempo per decidere come utilizzare l'energia magica accumulata, ma non riusciva ad individuare un bersaglio adatto.

Il massiccio corpo di Jena, tormentato dagli innumerevoli attacchi subiti, gli impediva di vedere fuori dalla locanda, e davanti alla porta della cucina si potevano vedere solamente Seska e l'oste intenti a respingere i tentativi dei mostri di penetrare nel salone.

La magia stava cominciando a fluire nel suo corpo.

Guardò fuori dalla finestra e vide decine di occhi rossi muoversi dalla foresta verso la locanda, circondandola.

Il suo bastone brillava sempre più intensamente e dal camino stavano nascendo lunghe lingue di fuoco che tendevano, come mosse dalla loro stessa volontà, verso di lui.

Guardò ancora verso la foresta e cercò di richiamare alla mente la conformazione del territorio circostante. Poi puntò il bastone verso il camino e pronunciò il suo incantesimo. Le lingue di fuoco avvolsero rapidamente l'artefatto e dalla mano del mago, puntata verso il soffitto, si produsse una grande colonna di fiamme incantate che attraversò il tetto della costruzione senza bruciarlo, e salì fino al cielo.

Un cerchio di fuoco circondò l'edificio e si allargò lentamente mettendo in fuga i goblin che si trovavano al suo esterno, mentre i pochi rimasti prigionieri al suo interno venivano messi fuori combattimento da Oboey e dall'esausto Jena.

Wrath cadde in ginocchio aggrappandosi con le sue ultime forze al suo bastone ormai spento. Ansimando allungò una mano verso il tavolo ed afferrò un calice, bevendone avidamente il contenuto.

Seska si precipitò verso di lui, ma proprio mentre stava per afferrare la mano del mago un sinistro nitrito spezzò il silenzio.

Dalle fiamme emerse un cavaliere in armatura da battaglia in groppa ad un enorme destriero dal manto color notte. Lentamente si avvicinò alla locanda, tenendo l'elmo cornuto abbassato sugli occhi e stringendo in mano una lunga falce dalla lama di metallo rosso. Si arrestò a pochi metri dalla porta d'ingresso tenendo lo sguardo fisso su Jena che non aveva ancora abbandonato la postazione nonostante le numerose ferite lo avessero costretto a tenersi in piedi appoggiandosi allo stipite. Rimase immobile in modo che tutti, dall'interno della costruzione, potessero vederlo chiaramente; poi, all'improvviso, si voltò verso la foresta e - gettata un'ultima occhiata di sfida agli avversari - spronò il cavallo e in un attimo fu avvolto dall'oscurità.

"Chi diavolo era quello?" domandò Jena crollando a terra sfinito. "Solo un soldato di Morlock si abbasserebbe a combattere a fianco di sudici goblin."

Il mago tossì di nuovo, sputando sangue sul pavimento.

"Stai peggiorando, Wrath," disse la drow avvicinandosi a lui, "devi vedere un medico, anzi un sacerdote che..."

"Avevi promesso che non ne avremmo più parlato," l'ammonì asciugandosi la bocca e riprendendo a respirare. "Te lo chiedo per l'ultima volta: lasciami in pace!"

"Perché hanno attaccato la mia locanda?" domandò Oboey lasciando cadere i coltelli sporchi di viscido sangue nerastro. "Non possiedo nulla di tanto prezioso da indurre dei goblin ad attaccare un luogo così vicino alla città."

"Quello era un'Animanera!" sussurrò Wrath con un filo di voce. "Uno sventurato che si è affidato alle menzogne del semidio Cacharon accettando di stringere con lui un patto scellerato... Ho letto di uomini assai valorosi, magari tormentati da un grande dolore, ai quali fu difficile rifiutare le allettanti proposte di Cacharon. Potere, gloria, ricchezza, fama in cambio di un piccolo ed insignificante giuramento di fedeltà e di lealtà."

Il mago tossì a lungo, stringendosi una mano sul cuore. Si fermò un istante per prendere fiato e si bagnò le labbra con un sorso di vino rosso. "Ma una volta crollate sotto le sue lusinghe, le sue vittime vengono inondate di energia negativa e trasformate in animenere, creature non morte colme di rancore per il tormento dei ricordi della loro vita passata, incapaci di resistere ai comandi di Cacharon pur conservando la propria volontà. Esse compongono l'infernale esercito del semidio ed errano per i continenti in attesa del suo richiamo."

Jena scoppiò in una fragorosa risata: "Non scherzare mago! Non credo negli dei figuriamoci in un semidio che si diverte a fare i dispetti agli uomini di buona volontà. Mi stupisco che tu abbia abboccato ad una simile sciocchezza!"

Seska si voltò a guardare Wrath, aspettandosi di vederlo infuriato e pronto a ribattere con forza al commento del guerriero, ma questi - al contrario - gli sorrise dolcemente.

"Vorrei tanto che tu avessi ragione, amico mio" gli disse appoggiando una fredda mano sulla sua spalla nuda. "Lo vorrei con tutto il cuore."

E trascinandosi lentamente fino al bancone chiese una stanza per la notte.

* * * * *

Quando il vescovo giunse alla fine del rituale, il sacerdote più anziano tra quelli seduti in prima fila fece cenno agli altri di alzarsi e di uscire dalla cappella. Al termine della cerimonia Sillerieux era solito fermarsi a meditare in solitudine, inginocchiato di fronte all'altare collocato nella sala riservata al clero.

La cattedrale dedicata a Dyan, suprema e benevola divinità della Luce, era un edificio maestoso che si ergeva al centro della capitale, proprio di fronte al palazzo Imperiale. I suoi colonnati di marmo bianco erano considerati una delle più preziose opere risalenti ai secoli precedenti la nascita dell'Impero, e la facciata principale – interamente decorata dai bassorilievi scolpiti dai più grandi maestri del popolo dei Nani – era talmente maestosa che poteva essere vista persino dal mare, a parecchie miglia dalla costa.

Se l'architettura esterna del tempio poteva considerarsi grandiosa, i chiostri e le sale di preghiera interne avrebbero lasciato a bocca aperta anche i più opulenti tra i Signori di Al-Kair. Il marmo nero dei pavimenti rifletteva come uno specchio il colore bianco dei numerosissimi pilastri, e mostrava tutto lo splendore dei soffitti interamente affrescati. L'altare principale, posto nella navata centrale della cattedrale, era illuminato dalla luce proveniente dai rosoni collocati in modo che il sole irradiasse gli interni a qualsiasi ora del giorno. Il gioco di luci riflesse tra i vetri colorati posti in ogni chiesa, i marmi bianchi levigati e i diversi mosaici di specchi collocati nei giardini e sulle due cupole minori, conferiva alla struttura un'aura mistica che non aveva eguali tra tutte le opere di Asgahard.

Le stanze private del clero e dei templari erano semplici e funzionali, certamente non paragonabili alle celle riservate ai sacerdoti di basso rango dei templi minori. Sulla terrazza più alta, quasi a toccare il cielo, sorgeva la cappella privata, riservata ai rituali del mattino e della notte, dove il vescovo Sillerieux soleva trascorrere gran parte della giornata incontrando i fedeli, le autorità e talvolta strani interlocutori.

"Hai adempiuto alla tua promessa?" sibilò una voce nell'ombra, mentre un gelido alito di vento spegneva una delle due candele che illuminavano la sala.

Sillerieux si voltò di scatto, correndo a chiudere la porta. "Non ancora, mio potente alleato. Stiamo sondando i sotterranei del tempio con ogni mezzo, ma la ricerca non ha ancora dato i suoi frutti.

Come procede il resto del piano?".

Lunghi tentacoli d'ombra si protesero verso il sacerdote e spensero anche l'ultima fonte di luce, gettando una cappa di oscurità su tutto l'ambiente.

"Ho usato il potere della Runa della Morte per seminare il germe della follia nella mente della giovane Imperatrice. In poco tempo non sarà più in grado di regnare, e il suo tutore avrà pieni poteri," tuonò la voce sibilante.

"So che la mia piccola Fiordalia è ossessionata da tremendi incubi che le tolgono il sonno. I medici mi hanno parlato di ombre, figure spettrali che le appaiono in sonno gridando per la disperazione, supplicando di porre fine alle loro sofferenze..."

Sillerieux sogghignò e con aria estremamente soddisfatta aggiunse, "un animo così candido quanto potrà reggere ad un fiume di dolore in piena?"

"Ho fatto ciò che mi avevi chiesto, prete, e in cambio non ho ancora avuto nulla".

"I termini del nostro accordo erano chiari, e il tuo compito non è affatto finito. Fiordalia è più tenace di quanto ci aspettassimo: riesce a governare grazie all'aiuto dei membri del Consiglio, e a celare al popolo il suo reale stato di salute".

"Nonostante la poca esperienza e la giovane età, l'imperatrice può vantare un'energia degna del suo defunto padre".

Con una sottile risata il vescovo si alzò in piedi ed andò a sedersi sul piccolo trono di legno collocato dietro l'altare.

La voce nell'oscurità attese qualche istante, poi vibrò nuovamente: "In ogni caso un mio servitore ti raggiungerà presto per reclamare quanto mi hai promesso. Ti consiglio di non deludere le mie aspettative; sono piuttosto indisponente quando non ottengo ciò che desidero".

"Ti sarà dato ciò che ti spetta, come promesso. Ma prima voglio essere certo che il nostro piano proceda senza intoppi". Il tono di voce usato da Sillerieux rivelava il vero significato della frase.

L'accordo tra i due non era basato sulla fiducia reciproca, ma sul vicendevole interesse: ognuno doveva essere certo di avere in pugno l'altro, di essere in qualche modo in vantaggio. E il vescovo sapeva che essere in possesso dell'oggetto bramato dal suo oscuro alleato costituiva un grosso vantaggio, ma non l'unico.

"Allora a presto, vescovo di Dyan!".

La risata echeggiò a lungo nel silenzio della cappella, mentre avvolto nel suo mantello Sillerieux tornava ad osservare le luci della capitale.

CAPITOLO TERZO
Storie di demoni. Una misteriosa profezia.

Lavia Mooneye era un mezzo-demone; una creatura nata dall'immonda unione tra un essere soprannaturale e una mortale.

Suo padre, il demonio Gathor, era stato il sovrano di un piccolo mondo che lui stesso aveva creato ad immagine e somiglianza dell'abisso da cui proveniva e che aveva chiamato Inferius. Forte di un enorme potere magico era riuscito ad impedire ai suoi demoniaci nemici di raggiungerlo, chiudendo i portali che consentivano l'accesso al suo regno; ma ciò facendo aveva involontariamente causato delle fratture nello spazio e nel tempo tali da mettere in temporaneo collegamento l'Inferius con il continente di Asgahard.

Così, dopo innumerevoli tentativi andati a vuoto, finalmente riuscito a piegare a suo vantaggio il potere dei portali magici, aveva guidato il suo empio esercito nei Territori Liberi dove per anni aveva portato morte e distruzione, dolore e angoscia, tormento e sofferenza senza che nessuno fosse in grado di mettervi fine.

In una torrida notte d'estate, alla fioca luce di una luna esausta, la piccola brigata demoniaca si trovò di fronte un uomo a cavallo.

Questi era interamente coperto da una pesante armatura nera e sulle spalle portava un pesante mantello di velluto purpureo che si muoveva lentamente come fosse dotato di vita propria.

L'uomo scese dal suo fiero destriero e si presentò: "Io sono Yarrick Drako" disse, "generale delle armate di Lord Wishid, il signore di Morlock. Il mio sovrano vi invita a seguirmi e ad unirvi all'esercito che soggiogherà presto tutta Asgahard. Vi offre una posizione privilegiata nelle sue schiere avvertendovi che, in caso di rifiuto, io stesso per sua volontà, sarò legittimato a porre fine alle vostre vite".

Il demone rimase in silenzio per qualche istante, poi scoppiò in una forte risata. Aprì le enormi ali nere e i suoi occhi si incendiarono d'ira: "Tu sciocco mortale" gridò sputando fiamme dalla gola "oseresti sfidare il grande Gathor?"

Yarrick rimase immobile e si limitò a fissarlo.

"Ora tu morirai" continuò il demone "e poi sarà il turno del tuo signore!".

Il demone si avvicinò lentamente all'uomo che, nonostante fosse alto quasi due metri, appariva infinitamente più piccolo rispetto all'enorme creatura soprannaturale. Alzò le braccia al cielo e subito piccole fiammelle rosse guizzarono su tutto il suo massiccio corpo, accarezzandone i possenti muscoli e le scaglie ardenti. Ruggì verso il piccolo mortale che rimaneva immobile anche se sfiorato dalle lingue di fuoco che l'inumano urlo aveva prodotto. Poi attaccò.

Un attimo dopo si trovava a terra, trafitto a morte, incapace di proferire alcun verbo. Con il mostruoso volto schiacciato al suolo osservò, impotente, il piccolo avversario.

Il cavaliere gli si avvicinò, s'inginocchiò vicino al suo volto e piantò la sua spada nel terriccio impregnato di sangue demoniaco.

"Accetta di unirti al nostro esercito e avrai salva la vita." Gli disse con fermezza. "Accetta di guidare in battaglia le tue empie legioni per portare onore e gloria al nostro signore, e non morirai. Rifiuta e sarai gustoso nutrimento per le creature striscianti del sottosuolo".

Gathor annuì e Yarrick pose entrambe le mani sul suo petto, iniziando a pregare il suo dio perché gli donasse la forza di salvare quella creatura.

Ora il demone era a capo di una feroce legione di creature inumane a servizio dell'esercito della morte e si trovava accampato nella valle di Hellgate.

Lavia Mooneye si trovava nello stesso accampamento e stava passeggiando nervosamente tra i giacigli e le tende degli inumani.

Era il suo diciassettesimo compleanno e l'indomani avrebbe partecipato alla sua prima battaglia. Sapeva che sul campo avrebbe potuto incontrare la morte, ma questo non la preoccupava. Era cresciuta in un villaggio abbandonato, allevata da una donna cieca e sorda che l'aveva presa con sé dopo che la madre, morente, l'aveva data alla luce in un ultimo atto d'amore verso la vita. Era cresciuta in un paese defunto, circondata da tombe e cimiteri, rinchiusa nella notte silenziosa di questa sua seconda madre che l'aveva amata come una vera figlia; aveva vissuto in un mondo surreale fatto di calma e di misteri che non potevano essere svelati.

L'anziana donna morì lasciandola sola all'età di quattordici anni; fu lo stesso Yarrick Drako che la trovò in uno dei suoi viaggi e la portò con sé al castello dove un tempo viveva solo, insegnandole che la vita, quella vera, era fatta di domande e di risposte, di misteri e di rivelazioni, di odio e di amore.

Quella notte Lavia avrebbe voluto incontrare il cavaliere che le aveva offerto quella strana nuova vita, ma sapeva che sarebbe stato impossibile. Egli era uno dei due consiglieri di Lord Thalor, comandante supremo dell'esercito di Morlock, e sicuramente avrebbe passato la notte pianificando e progettando insieme al suo superiore la battaglia che si sarebbe svolta il mattino seguente.

Camminava senza guardarsi attorno. Molti uomini accampati davanti ad un falò, distesi a sonnecchiare o intenti a prepararsi per la battaglia si erano fermati per ammirare la sua incredibile bellezza resa ancor più particolare dal colore rosso porpora degli occhi e dei capelli, unico dono di un padre di cui lei ignorava l'identità.

Indossava una sorta di armatura di pelle nera che lasciava abilmente scoperte determinate parti del suo splendido corpo, fornendole certo una minore difesa, ma sicuramente un'arma in più di cui servirsi nella vita di ogni giorno.

Ad un tratto si sentì percorrere da un brivido lungo la schiena. Di fronte a lei si trovavano le tende delle *vesti scure*, circondate dall'esercito di non-morti di cui essi erano i creatori e i comandanti. L'aria era gelida e il silenzio della notte era rotto dal rumore sinistro del vento che s'insinuava tra le ossa degli scheletri guerrieri e dal tenebroso cigolio delle articolazioni delle loro defunte cavalcature.

Lavia si arrestò e fece per tornare sui suoi passi quando, voltatasi di scatto, si scontrò contro un'animanera che stava portando il suo bruno destriero verso le tende dei chierici.

Gli occhi del non morto la fissarono comunicandole per pochi istanti una sofferenza infinita e uno sconcertante desiderio di porre fine alla propria tormentata esistenza; poi si spensero e tornarono ad essere semplicemente freddi ed inespressivi: morti.

"Chiedo scusa" disse con un filo di voce Lavia, spostandosi per lasciare passare l'animanera.

In silenzio, così com'era apparso, il non morto si allontanò verso le tende in lontananza, trascinando con sé il gelo della notte.

* * * * *

"Possiamo prendere la città di Coldville senza spargere una goccia di sangue, Lord Thalor." Il generale Yarrick Drako si avvicinò al cavaliere avvolto in un verde mantello di stoffa pregiata. "Basterà portare gli eserciti alle porte della città e mostrare il nostro immenso potenziale per convincerli che non avrebbero alcuna speranza di resistere ad un nostro assedio".

"Mostrandoci deboli e privi di polso," lo interruppe un secondo ufficiale, protetto da un'armatura di metallo rosso adornata con simboli di morte.

"Lascialo finire" esclamò con forza Lord Thalor mentre scrutava con attenzione la mappa in rilievo che le *vesti scure* avevano creato per l'occasione.

"Prenderemo la città," continuò Yarrick, "e insedieremo un nostro governo. Ci serviremo di tutti gli uomini e i mezzi disponibili e dopo una settimana partiremo alla volta di Heavendoor. Conquistata anche Heavendoor la costa sud dei Territori Liberi sarà sotto il nostro controllo e ciò impedirà agli eserciti imperiali di fornire rinforzo ad Oasi che capitolerà sotto l'assedio degli eserciti guidati da voi, Lord Zevrin".

"Lord Yarrick!" esclamò sempre più indispettito il cavaliere rosso. "In questo modo voi vorreste allontanarmi dal comando nei giorni in cui inizierete a progettare l'invasione dell'Impero del Drago Nascente?"

"Calmatevi, Lord Zevrin" disse Thalor alzando lentamente lo sguardo dalla mappa. "Lord Yarrick ha ragione. Il suo piano ci eviterà inutili perdite e forse ci consentirà di ingrossare le nostre file. Inoltre una volta conquistati i Territori Liberi, ci troveremmo nelle condizioni ideali per organizzare l'attacco all'Impero.

E non abbiate timore; il giorno in cui avrà inizio l'assedio di Lunamtya vorrò accanto tutti i miei generali, nessuno escluso".

"Icek è un'altra città strategica." Esclamò con orgoglio Yarrick. "Se tutto andrà come abbiamo programmato, dopo l'occupazione di Oasi da parte delle vostre truppe, io e i miei uomini ci spingeremo a nord fino alla città di cristallo."

"Se così è deciso," ringhiò Zevrin, "mi piego alla vostra volontà. Onore e gloria ai regni di Morlock!"

"Onore e gloria a Morlock!" rispose Lord Thalor.

"Onore e gloria." esclamò Yarrick facendo il possibile perché Zevrin potesse avvertire il suo senso di estrema soddisfazione.

In quell'istante, appena prima che Lord Zevrin uscisse dalla tenda, la temperatura dell'aria si abbassò di colpo e un'animanera chiese di poter essere ricevuta da Lord Thalor.

Il comandante dell'esercito della morte fece cenno di entrare e anche Lord Yarrick si congedò.

"Quale novità mi porti Mordred?" domandò Thalor quando fu certo di non poter essere più sentito dai suoi consiglieri.

"Credo di avere individuato una delle *rune primarie*, mio signore," rispose il non morto con una voce che sembrava provenire direttamente dall'inferno, "ma non sono riuscito a prenderla."

"Cosa?" esclamò incredulo il cavaliere, "chi può essere tanto potente da averti intimorito, Mordred?"

"Nessuno, mio signore!" L'animanera fece seguire un lungo silenzio. "Abbiamo eseguito gli ordini alla lettera, ma quando mi sono trovato a pochi metri dalla Runa ho avuto una insolita visione del futuro. Le immagini della nostra vittoria, quelle che mi appaiono ogni giorno quando osservo il braciere della strega, erano differenti. Una figura senza volto, coperta da un sudario color sangue, avanzava verso di me ed io non potevo contrastarla. E intorno a noi lo scenario mutava; il nostro successo si tramutava nella nostra rovina.

Ho pensato che fosse importante comunicarvelo al più presto."

Il comandante Thalor si sedette ed osservò lungamente il non morto. Non era affatto superstizioso, ma le parole di una creatura che vive sul confine tra la vita e la morte avevano in quel momento un peso assai diverso. Pensò a lungo ai suoi piani di battaglia, alla potenza del suo esercito, ai rinforzi che sarebbero stati presto inviati dal suo signore; immaginò gli eserciti suoi nemici in preda al panico di fronte all'evidente superiorità delle sue forze armate, ma non riuscì a vedere l'esito della battaglia finale. La sua mente si annebbiava e le parole del non morto gli rimbombavano nel cervello.

"Vai," disse alfine con un filo di voce all'animanera, "e continua a seguire il portatore della Runa. La strega ha avuto un'altra delle sue visioni, nella quale le sei Rune primarie giocheranno un ruolo fondamentale. Lei crede che si ricongiungeranno prima della battaglia decisiva e contribuiranno a determinare il vincitore.

Il potere degli antichi artefatti è molto grande, e i nostri stregoni sono pronti a sfruttarlo appieno.

Non dobbiamo permettere che l'Impero del Drago Nascente possa mettere le mani sulle Rune, per cui tieni la situazione sotto controllo.

Mi fido di te".

* * * * *

Lavia stava ritornando verso la sua tenda con passo veloce. L'incontro nient'affatto gradevole con l'animanera l'aveva spaventata. L'indomani avrebbe affrontato la sua prima battaglia piena di dubbi e di paure, fingendo come sempre di avere la situazione sotto controllo. Avrebbe davvero ucciso altri uomini? Avrebbe davvero rubato la vita ad un'altra creatura, o sarebbe rimasta inebetita ad attendere che questa non usasse verso di lei i medesimi riguardi?

Immaginò di fuggire dall'accampamento e di tornare al suo villaggio, alla tomba delle sue madri. Organizzò l'ignobile fuga nella sua mente, si concentrò sul percorso che avrebbe dovuto seguire, selezionò con la mente i pochi oggetti che avrebbe portato con sé: la sua preziosa frusta e la balestra a due colpi che il vecchio nano Hogmosh le aveva donato prima di morire; il suo elmo dorato che l'aiutava a resistere alle notti più fredde e il mantello con cui Yarrick l'aveva coperta per passare inosservati nei villaggi dell'Impero, durante il loro viaggio verso l'isola di Morlock.

Pensò a Yarrick e a come sarebbe rimasto deluso da un suo simile atto di vigliaccheria. Lui che l'aveva condotta sulla via dell'onore, che le aveva insegnato a vivere con lealtà, a sentire il senso del dovere.

Le tornò alla mente la notte in cui lei gli disse che l'avrebbe seguito in battaglia; ripensò al volto di lui che s'incupiva e che appariva orgoglioso e al tempo stesso preoccupato, come un fratello apparirebbe se la sorella fosse intenta a lasciare la casa paterna per crearsi una propria famiglia.

Si fermò sedendosi accanto ad un mucchio di braci abbandonate e si lasciò cadere, piangendo per la vergogna.

"E' normale avere paura prima di una battaglia..." disse una voce alle sue spalle.

"Yarrick!" gridò lei girandosi di scatto e abbracciando il cavaliere seduto alle sue spalle.

"Anch'io ho paura." Le disse sapendo di mentire.

"Ogni volta che parto per una missione so che potrebbe essere l'ultima. Guardo sorgere il sole ogni mattina con la consapevolezza che potrei non vederlo tramontare. Ma so anche che farò del mio meglio per restare in piedi fino alla fine e che combatterò fino a quando avrò la forza per farlo, senza mai arrendermi."

"Yarrick, io... io non so se ce la farò," singhiozzò la ragazza. "Non ho mai desiderato togliere la vita ad un'altra persona, e se mi dovessi trovare nelle condizioni di doverlo fare... potrei esitare... e mettere in pericolo i miei compagni".

Il guerriero la strinse con forza rimanendo in silenzio per qualche secondo, poi le asciugò delicatamente le lacrime con le sue grandi e ruvide mani.

"Se io non avessi esitato quella notte, se io non l'avessi lasciata sola, ora

Jeanette... sarebbe qui accanto a me, a godersi il nostro trionfo. Trova la forza dentro di te, mia piccola Lavia, e cerca di non esitare mai. Non avere pietà di chi può fare del male a te o a chi ti è caro. Vivere ogni giorno con la consapevolezza di essere la causa involontaria della morte di un amico, di un membro della propria famiglia, del proprio compagno, è la più terribile delle condanne. Solo i demoni dell'inferno sanno quanto il senso di colpa possa logorare l'anima di un uomo".

Senza aggiungere altro il paladino nero si alzò, lasciando che il suo manto color sangue sfiorasse il corpo ancora tremante di Lavia. Oscurando al suo passaggio le poche torce ancora accese si allontanò confondendosi nelle ombre.

L'accampamento giaceva nel più totale silenzio. Soltanto poche luci, poste a regolare distanza tra loro, come fuochi fatui in un lugubre cimitero, illuminavano l'immensa distesa di creature pronte alla battaglia apparendo come rare stelle nei nebbiosi cieli invernali.

CAPITOLO QUARTO
Incontro alla locanda. L'inizio di un viaggio.

In quei giorni, quasi tutti i mercanti che dovevano recarsi a Lunamtya riuscivano a fare una breve sosta alla *Locanda del Mezz'orco*. Facendo colazione insieme riuscivano a scambiarsi notizie sulle piazze migliori e ad accordarsi sui prezzi da tenere per ottenere i maggiori vantaggi possibili.

Essendo l'ultima possibile sosta prima dell'ingresso in città, la locanda era divenuta il vero e proprio crocevia dei commercianti. Questi provenivano da nord, da Slativa, portando le migliori spezie importate dai Territori Liberi. Venivano da nord-ovest, dalle città di Plania e di Rotwn, per vendere i loro eccellenti prodotti agricoli e il miglior bestiame dell'Impero. Giungevano da sud-ovest, da Hume e Rums, portando ogni genere di mercanzia, ma soprattutto i migliori pettegolezzi sulle corti imperiali, elfiche e del principato di Al-Kaìr.

Quella mattina la taverna era così affollata che Oboey e sua madre non avevano nemmeno fatto in tempo a mascherare i danni causati dallo scontro della notte precedente. Nessuno, tuttavia, sembrava essersi accorto del fatto che la porta, invece di aprirsi e chiudersi normalmente, giaceva appoggiata a terra ingombrando leggermente il passaggio.

Tra tutte queste persone impegnate a raccontare e ad ascoltare le storie più incredibili, e a rilassarsi prima dell'inizio di una pesante giornata lavorativa, ve n'era una che già da parecchi minuti aveva iniziato la sua attività.

Dopo aver costretto il povero Yoma ad incredibili sacrifici per giungere alla locanda al sorgere del sole, Shade era, infatti, assai impegnata ad alleggerire le tasche dei più ricchi (e sciocchi) mercanti.

Yoma osservava la compagna di viaggio seduto al posto che la notte precedente era stato occupato da Wrath Felling, e stava gustando una ricca colazione a base di frutta, di sidro e di pane imburrato.

Osservava l'entusiasmo e l'estrema abilità con cui la giovane elfa sottraeva borse, sacchi ed oggetti di ogni sorta facendoli scomparire nelle infinite tasche che dovevano nascondersi nelle sue vesti.

Era molto bella mentre rubava. I movimenti rapidi ed eleganti con cui si muoveva, il suo riuscire ad apparire assolutamente invisibile agli occhi di chi le stava attorno, la sua straordinaria capacità di mettere tutto il suo incredibile fascino a riposo per attirare il meno possibile l'attenzione delle sue vittime, la rendevano incredibilmente bella ai suoi occhi di ladro.

Mai prima di quel giorno aveva potuto comprendere il perché si definisse "arte" il mestiere di rubare. Ora gli apparivano così chiari gli insegnamenti del padre; gli appariva così ovvio quello che non aveva mai compreso eseguendo le odiose tecniche che gli insegnanti della Confraternita dei Ladri gli imponevano di studiare.

Quello che per lui era stato sempre solo un modo per sbarcare il lunario, stava divenendo meravigliosa esecuzione artistica, splendida rappresentazione del vero, fantastica manifestazione di eleganza.

Era talmente concentrato nell'osservare Shade che non si accorse di uno strano individuo che, da almeno cinque minuti, chiedeva cortesemente il permesso di sedersi sul suo tavolo.

"Mi scusi" disse per l'ennesima volta Wrath Felling con un tono di voce visibilmente scocciato. "Le dispiace se mi siedo?"

Scusandosi Yoma lo fece accomodare, osservando attentamente lo strano abbigliamento del giovane e rimanendo a lungo a fissare i suoi strani e prematuri capelli bianchi.

"Un esperimento sbagliato..." mormorò con un sorriso amaro il mago indicandosi una lunga treccia che gli scendeva sul petto.

L'oste si avvicinò al tavolo e servì frutta e pane bianco imburrato anche al secondo ospite. Prima di congedarsi gli rivolse gentilmente un sorriso e gli porse una piccola bottiglia di legno.

"Questo è il miglior vino rosso della locanda" esclamò timidamente il mezz'orco rivolgendosi al mago. "Vorrei sdebitarmi per il vostro aiuto, la scorsa notte. Ovviamente sarete miei ospiti per tutti il tempo della vostra permanenza a Lunamtya".

"Non ci fermeremo a lungo, vero mago?" domandò Jena giungendo alle spalle dell'oste. "Tira una gran brutta aria da queste parti. Aria di guerra..."

Yoma osservò attentamente il rude guerriero che si stava sedendo a fianco del mago. Il busto era protetto da un'armatura piuttosto vecchia e pesante, caratterizzata dalla presenza di molti segni di battaglia. Legata dietro alle spalle spuntava l'elsa di una spada molto grande, mentre in vita era fissata una lama più piccola, con la testa di un drago intagliata nell'elsa.

Sia le armi che l'armatura erano lucide come se fossero destinate ad una parata. Era evidente che il guerriero usasse molto più riguardo per le proprie armi che non per il suo aspetto fisico.

Mangia come un animale! pensò Yoma osservando le briciole di pane e latte che si insinuavano tra i peli della barba incolta, mentre il guerriero portava alla bocca abbondanti cucchiaiate di zuppa calda.

In quel momento il ladro si accorse che Shade, fingendo di essere interessata al goffo approccio di un mercante ciarliero, stava prendendo furtivamente posizione alle spalle del mago. Intuì subito che le mire della sua compagna dovevano essere rivolte allo strano amuleto che questi portava al collo. A parte il suo singolare bastone dalla testa di giada, e lo zaino che teneva appoggiato sulle ginocchia, solo la gemma incastonata in quel ciondolo poteva avere un minimo valore.

La situazione era propizia: il mezz'orco stava distraendo la vittima, mentre il suo rude amico stava ingozzandosi incurante di tutto ciò che non fosse cibo. Un'occhiata di Shade confermò la sua tesi. Doveva esserle in qualche modo d'aiuto.

* * * * *

Con impercettibili movimenti, confondendo il rumore dei suoi passi con il clamore prodotto dalla folla di mercanti ed avventori, Shade si mosse fino a giungere alla portata del mago.

Yoma la osservava con la coda dell'occhio, mentre controllava che l'attenzione della vittima rimanesse concentrata sulle chiacchiere del mezz'orco, e che il guerriero suo compagno non si distraesse dal cibo che imbandiva la tavola.

Prima che la ladra potesse accennare un movimento, Yoma si rese conto che la discussione tra il mago e l'oste stava volgendo al termine, e che ciò avrebbe potuto pregiudicare il piano (qualunque esso fosse) di Shade.

Facendo ricorso a tutta la sua arte diplomatica, prese in considerazione l'inventario di frasi fatte e luoghi comuni di cui era solito servirsi in occasioni formali, poi intervenne con decisione: "I tempi stanno cambiando!" disse. "Non si può più stare tranquilli nemmeno in città".

L'oste si interruppe e rivolse un attento sguardo al ladro. "Dal suo aspetto, signore, pensavo non fosse una di quelle persone... che ricercano la tranquillità" esclamò con un sorriso di sfida dopo un breve attimo di silenzio.

Yoma aveva centrato il bersaglio. Ora anche il mago sembrava intento a giudicare dall'abbigliamento, dall'aspetto fisico, dai segni sulle sue mani e su ogni parte scoperta del suo corpo, quale fosse il motivo che avrebbe potuto spingerlo in città.

Il ladro calcolò che sarebbero serviti alcuni secondi per questa attenta analisi; quando lo sguardo del mago si sollevò fino ad incrociare il suo, cominciò a raccontare la storia della sua vita o, per meglio dire, la storia della vita di un avventuriero da quattro soldi che per anni era stata la sua copertura ad Hume.

Shade si rese conto che non si sarebbe presentata un'occasione altrettanto golosa. Continuando a fingere di essere attenta alle lusinghe del mercante con cui stava conversando già da alcuni minuti, fece scivolare le mani lungo le gambe fino ad incrociare i suoi pugnali, li sfilò dalle cinghie di pelle nera che li cingevano, e li nascose con un movimento impercettibile sotto le maniche della sua veste.

Con una fulminea torsione del busto si trovò con entrambe le mani all'altezza della nuca del mago: spinse in avanti la sinistra in modo che la sua vittima si girasse per tentare di evitare il colpo. Poi con la destra portò una lama nera alla gola della sua vittima, immobilizzandola.

"Questa volta ti ho giocato!" esclamò Shade, gustandosi la tensione dipinta sul volto di Jena, di Yoma e dei mercanti più vicini alla scena. "Potrei affondare la lama e riempire quel calice con il tuo sangue, mago!"

Jena sorrise e si rimise a sedere, lasciando Yoma e il resto del pubblico senza parole.

"Io non lo farei, se fossi in te," rispose Wrath con voce calma e suadente, "la tua soddisfazione durerebbe meno di un secondo".

La lama di un coltello s'insinuò fino a punzecchiare la schiena di Shade. Prima che lei potesse voltarsi, una voce femminile le sussurrò all'orecchio: "Situazione di stallo, mia cara..."

Dopo alcuni secondi di silenzio, rotti solo dal tenue borbottare di alcuni mercanti che si lamentavano della loro posizione troppo distante dalla scena, Jena scoppiò in una fragorosa risata.

"Bene arrivata elfa!" disse il guerriero facendo segno agli avventori di tornare ai loro affari, "ti stavamo aspettando".

La ladra rinfoderò i pugnali neri e si girò di scatto, trovandosi a fissare gli occhi viola di Seska. Subito l'incantatrice drow ripose il coltello ed ignorando lo sguardo di sfida dell'elfa silvana si portò alle spalle di Yoma, il quale assisteva alla scena sempre più incredulo.

"Ho fatto tardi per colpa di Yoma", esclamò Shade indicando il ladro che – ancora disorientato – studiava con circospezione i movimenti dell'incantatrice alle sue spalle. "In ogni caso dovremo affrettarci, se non vogliamo rischiare che il maestro ci sfugga un'altra volta".

Wrath Felling annuì e si alzò, riponendo la bottiglia di vino pregiato offertagli dal mezz'orco in una tasca del suo zaino.

"Viene anche lui?" chiese Jena rivolgendosi alla ladra ed indicando, senza guardarlo, il suo complice.

"Ha un debito con me," rispose Shade camminando verso l'uscita, "e sai perfettamente che non rinuncio mai ad un affare quando è vantaggioso".

Yoma la osservò oltrepassare la porta danneggiata dallo scontro della notte precedente. "*Avrei detto la stessa cosa Shade,*" pensò. "*Anch'io non so rinunciare ad un'occasione quando mi viene offerta su un piatto d'argento...*"

* * * * *

Le notizie dell'invasione in corso da parte degli eserciti di Morlock, avevano costretto le milizie ad aumentare la meticolosità dei controlli alle porte della capitale. Dal palazzo imperiale era giunto l'ordine tassativo di non consentire l'ingresso a chi fosse privo di lasciapassare, e ciò stava causando una mezza rivolta tra i mercanti che attendevano di fare ingresso nella città di Lunamtya.

Il figlio di un noto commerciante di spezie di Al-Kair, aveva inutilmente tentato di ottenere un lasciapassare dai miliziani, spiegando che la sua merce aveva viaggiato per diverse settimane e che il danno economico derivante dalla chiusura del mercato sarebbe stato eccessivo per la maggior parte di loro. All'ennesima risposta negativa, un suo scatto d'ira costrinse i soldati ad ammanettarlo e a rinchiuderlo in una cella posta all'interno del presidio.

Il livello di tensione, dopo l'arresto del giovane, stava aumentando di minuto in minuto, e nuove milizie stavano giungendo alla porta per rinforzarne le difese.

Poco distante, parzialmente nascoste da una fila di cipressi che adornavano il viale che dai campi conduceva alla città, Seska e Shade stavano osservando la scena, anticipando di alcuni metri i compagni di viaggio.

"Non riusciremo ad entrare senza un lasciapassare," sussurrò l'elfa silvana.

Seska fece scorrere lo sguardo lungo tutte le altissime mura di Lunamtya: osservò le guardie che armate di archi e balestre sorvegliavano dall'alto il perimetro della città. Studiò le torrette di guardia, poste ad una distanza di circa venti metri l'una dall'altra, e presidiate da uno stregone ciascuna, in grado di difendere la città da possibili attacchi o intrusioni magiche.

"...e difficilmente riusciremo ad entrare in altro modo", rispose l'elfa scura indicando i maghi ed i miliziani sulle mura.

"Avevo previsto questa possibilità," disse Jena giunto alle spalle delle due compagne. "Quando nell'aria si sente il profumo della guerra, le misure di sicurezza per le maggiori città dell'Impero si infittiscono. Così ho convinto il mago a fare una ricerca nei giorni precedenti al nostro appuntamento."

Wrath Felling infilò una mano in una delle tasche della sua veste rossa ed estrasse una pergamena. "Lunamtya è una città molto grande e il suo sistema fognario è il più articolato dell'Impero!" disse il mago, indicando sulla pergamena un antico disegno raffigurante una sorta di labirinto.

"Nei secoli questa città ha esteso il proprio perimetro, aumentando il numero degli abitanti e generando la necessità di un sistema idrico e fognario sempre più complesso. Sempre più capienti e moderni condotti hanno sostituito quelli antichi, i quali tuttavia esistono ancora... e nessuno perde tempo a sorvegliarli..."

"Ovviamente un motivo c'è;" esclamò Yoma, con una espressione estremamente divertita dipinta sul volto. "I condotti fognari più antichi sono poco più alti di mezzo metro. Quale esercito potrebbe utilizzarli per entrare in città? Senza contare, poi, che vi sono tratti interamente sommersi dall'acqua!"

Il ladro fece una breve pausa osservando la mappa, poi aggiunse: "so per certo che la Confraternita dei Ladri della capitale utilizza condotti sotterranei, vicino alla zona del porto, per nascondere i propri affari. Quei condotti fanno tuttora parte del sistema fognario, ma non hanno accessi esterni alla città."

"Un sistema ci sarebbe," disse Shade interrompendo la spiegazione del ladro, ed indicando un preciso quadrante della mappa. "In questo punto uno dei condotti più antichi va a confluire nell'area sotterranea controllata dalla Confraternita. Conosco un incantesimo in grado di diminuire le dimensioni di persone ed oggetti. Sfruttando le nostre ridotte dimensioni, potremmo entrare dallo sbocco alla foce del fiume, e penetrare nei sotterranei della città".

Wrath Felling studiò nuovamente la mappa, calcolando - attraverso l'ausilio di un singolare strumento di legno il cui segreto i nani di Rock custodiscono gelosamente - il tempo che sarebbe stato necessario per percorrere l'intera lunghezza del condotto più antico.

Sono necessari più di dieci minuti per giungere dal fiume alla prima confluenza pensò il mago *e ne servono almeno altri dieci per correre*

fino al passaggio che termina nei sotterranei della Confraternita"
"Per quanto tempo riuscirai a mantenere attivo l'effetto del tuo incantesimo?" domandò alzando gli occhi dalla mappa.
"Non più di mezz'ora" rispose l'elfa".
"Abbiamo circa dieci minuti di scarto. Non abbastanza per fronteggiare un qualsivoglia imprevisto…"
Seska era forse l'unica in grado di comprendere i pensieri del mago rosso. Li accomunava un'identica passione per la magia; un innata ed istintiva predisposizione al controllo dell'energia arcana. Nonostante la giovane età, infatti, entrambi erano riusciti a spingersi ben oltre al grado di apprendimento tipico dei loro coetanei.
Mentre il mago era immerso nelle sue riflessioni, Seska sapeva esattamente quali pensieri si sarebbero combattuti nella sua mente. La sua ambizione lo aveva spesso portato a compiere scelte apparentemente irragionevoli, e a comportarsi con incoscienza più che con coraggio.
Sapeva anche, tuttavia, che non avrebbe messo a repentaglio le vite dei suoi compagni con scelte avventate; se non altro finché questi si sarebbero rivelati utili al raggiungimento dei suoi scopi.
"Credo che si debba tentare." Esclamò Seska sollevando il mago dall'onere della decisione. "Abbiamo affrontato situazioni ben più pericolose."
"A me basta avere la certezza di poter maneggiare una spada, anche se in spazi ridotti;" borbottò Jena. "Non mi piace l'idea di finire i miei giorni in una fogna, per di più in bocca ad un ratto… sapete quanto detesti i topi!"
Yoma assentì. "Allora sbrighiamoci. Dobbiamo entrare nei sotterranei prima del tramonto. Di notte in quel dedalo clandestino non si fanno incontri piacevoli".
"E per di più il mio informatore mi ha messa in guardia sulle abitudini del maestro. Non resta mai in città per più di due o tre giorni, e questa potrebbe essere la nostra unica opportunità di incontralo". Concluse Shade.
"Andiamo, la foce del fiume è da quella parte!"
Wrath Felling si incamminò per ultimo, consapevole di avere gli occhi di Seska puntati addosso. *"l'incantatrice sa bene che con l'ausilio della magia soltanto noi due potremmo salvarci nel caso rimanessimo bloccati li sotto allo scadere dell'incantesimo. O forse ha in mente qualcosa?"*
"Coraggio, mago" disse Seska interrompendo i suoi pensieri. "Sai bene che non sono più un'apprendista. E poi dobbiamo arrivare al porto prima che sia notte: l'occasione che stiamo aspettando non si presenterà una seconda volta."

Shade aveva preparato con molta cura questo incantesimo. Nelle terre degli elfi questo era uno dei tesori segreti che un genitore soleva tramandare ai figli, e la giovane avventuriera lo aveva appreso direttamente da sua madre.

Gli elfi di Woodland, il ceppo più nobile ed antico di tutto il continente, pur essendo legati all'Impero del Drago Nascente da un solido trattato di alleanza, consideravano gli umani come una razza rozza e pericolosa, da cui mantenere opportunamente le distanze. I vecchi saggi che avevano condotto le trattative precedenti all'alleanza, avevano pensato principalmente ai vantaggi che un lungo periodo di pace avrebbe portato al commercio del legno, più che ad un accordo che rafforzasse le difese del regno dei boschi.

Nessuno, pensavano gli elfi, avrebbe mai osato penetrare il cuore di Woodland, e se anche qualcuno avesse trovato il coraggio di muovere guerra ai loro domini, i ranger silvani avrebbero saputo facilmente contrastare le primitive tecniche militari degli altri popoli. Quanto ai confinanti nani di Rock, le loro montagne erano ricche di minerali e pietre preziose; inoltre la loro abilità con la lavorazione della pietra e del vetro li rendevano obiettivi commerciali di primaria importanza. Nonostante fosse veramente difficile, per un nobile elfo silvano, sopportare la totale mancanza di raffinatezza del codice nanico, era altrettanto semplice e redditizio sfruttare a proprio vantaggio l'ingenuità dei loro artigiani.

Una cultura interamente basata sulla diffidenza verso le altre razze, e su una concezione di assoluta superiorità nei confronti di ogni altra civiltà Asgahardiana, faceva sì che pochi giovani elfi decidessero di avventurarsi al di fuori dei confini della grande foresta in cerca di avventure. Chi infrangeva le tacite regole del regno, che imponevano di dedicarsi esclusivamente al rafforzamento del proprio clan e all'espansione del dominio elfico, veniva allontanato dalla propria famiglia, nel vano tentativo di riparare al disonore che tale scelta avrebbe fatto cadere su tutti i prossimi congiunti.

Agli occhi della popolazione, poi, era sembrata ancor più folle e scellerata la scelta di Shade - promessa sposa del divino Principe Amon - di avventurarsi nei territori degli umani rinunciando al futuro titolo di Regina. Il capriccio della giovane elfa aveva costretto il padre a rinunciare all'ambizioso progetto coltivato nei secoli di congiungere la propria dinastia con quella della famiglia reale; inoltre aveva scatenato le ire del promesso sposo, il quale era parso subito deciso a vendicare l'onta subita. Il Principe ereditario, infatti, avrebbe perso parte della propria autorità se avesse tollerato che una donna a lui promessa, ignorasse un contratto siglato dal Re in persona. Senza contare che il popolo, abituato alla guida spirituale di un Re saggio e gradito agli dei, non aveva altrettanta stima del suo primogenito prepotente ed altezzoso.

Mentre focalizzava nelle sue mani l'energia magica accumulata durante la formulazione dell'incantesimo, la mente di Shade stava proprio ricordando il momento della sua fuga da Woodland, e la caccia spietata messa in atto dal Principe Amon e dalla sua guardia personale. Ricordò la folle corsa a cavallo fino alle coste limacciose degli uomini-drago, e le grida dei suoi inseguitori che si facevano sempre più vicine. Riportò alla mente la fuga notturna nel fitto sottobosco, con gli abiti eleganti appesantiti dalla pioggia e dal fango, e il momento in cui Amon passò con il suo destriero proprio a pochi centimetri dal nascondiglio che si era ricavata tra le felci selvatiche. Tornò alla luce il ricordo di come lo zoccolo del cavallo strisciò vicino alle sue vesti, e di quanto fosse stato provvidenziale l'incantesimo di riduzione che le permise di infilarsi nella tana di una lepre fino a quando i suoi inseguitori non furono inghiottiti dal silenzio della notte.

"*Avrei dovuto sfruttare meglio l'occasione;*" disse con rammarico a se stessa. "*Le mie lame nere si sarebbero dissetate con il sangue empio di quel dannato. Piuttosto che condividere il giaciglio con quel tizzone d'inferno mi sarei venduta come schiava al mercato di Al-Kair.*"

In quell'istante la medesima energia arcana che le permise di sottrarsi alla vista del principe era di nuovo sotto il suo controllo, e stava manifestandosi irradiando di una luce bluastra le sue dita lunghe ed affusolate. Dal terreno umido sotto i suoi piedi, lingue di luce azzurra serpeggiavano saettando lungo le sue vesti, percorrendo tutto il corpo fino a raggiungere la sommità delle sue mani.

Con movimenti lenti e rituali, Shade tracciò un simbolo arcano sulla fronte di ciascuno dei suoi compagni, pronunciando una lugubre litania nell'altica lingua del suo popolo. Ripetuti i medesimi gesti anche su se stessa, recitò la formula al contrario sempre più rapidamente, fino a quando le parole si confusero in un unico sottile gemito.

In pochi istanti lo scenario che li circondava mutò drasticamente, distorcendosi fino ad apparire grottesco e fuori misura. Gli alberi divennero bruni pilastri che toccavano il cielo; le sponde del fiume si allontanarono fino a perdersi all'orizzonte; fiori, cespugli e fili d'erba aumentarono le loro dimensioni fino a colmare lo spazio visivo attorno a loro.

"Ecco come appare il mondo ad un topo," esclamò Jena sguainando ed esaminando minuziosamente la spada lunga, anch'essa ridotta dall'incantesimo di Shade.

Una goccia di rugiada si schiantò a pochi millimetri dalle spalle di Yoma, producendo gli stessi effetti di una secchiata d'acqua lanciata lasciata cadere dal primo piano di un palazzo. Il ladro dovette compiere una piccola acrobazia per non ritrovarsi con le vesti fradice.

"Sto per infilarmi in una fogna abbandonata" pensò, *"sarebbe sconveniente affrontare un così nobile tragitto senza l'abbigliamento adeguatamente in ordine"*.

"Ho sempre pensato," continuò Jena, incurante della scena, "che i topi fossero bestie immonde, ma non credevo che il mondo in cui vivono fosse così orribile".

"Da questo momento abbiamo circa trenta minuti," lo interruppe seccamente l'elfa silvana, mentre con la manica della veste tamponava le lacrime di rabbia che si erano formate contro la sua volontà, ripensando ai motivi che l'avevano spinta lontana dalla sua terra natale. "L'ingresso del condotto è da questa parte".

CAPITOLO QUINTO
Guerra ai Territori Liberi. Il primo sangue.

Delle cinque città-stato che componevano l'area geografica nota come Territori Liberi, Coldville era la seconda sia come dimensioni che come ricchezza. Il freddo deserto che la circondava non aveva impedito ai mercanti provenienti dall'Impero del Drago Nascente e dalla Repubblica del Mare di tracciare rotte commerciali lungo tutta la costa, passando – oltre che per la suddetta opulenta piazza - per la ridente cittadina di Heavendoor, considerata da molti avventurieri come il luogo ideale dove cercare guai.

Ad est della regione, dove le bianche sabbie di silicio ogni notte si raffreddavano fino a raggiungere temperature glaciali, ed ogni giorno attiravano la luce del sole fino quasi a ribollire, sorgeva il borgo di Desertac, popolato solo da tribù barbariche e selvagge, le uniche ad avere appreso come sopravvivere con una simile escursione termica.

Più a nord, dove i ghiacciai risalivano dall'oceano polare fino ad indugiarsi tra le rocce di granito, su un altipiano a strapiombo sulle acque, si ergeva Icek, la città di cristallo.

Infine, proprio nel centro delle lande deserte, resa florida dai flutti di una magnifica sorgente, sorgeva la capitale della federazione di città-stato: Oasi.

Haron Gothmog, l'anziano governatore di Coldville, sedeva in silenzio nella sala del consiglio. Avvolto dall'oscurità cercava di ignorare le grida provenienti dall'esterno del palazzo, concentrando lo sguardo sui cinque vessilli che adornavano la stanza, proprio di fronte al seggio a lui riservato.

Alle prime luci dell'alba un esercito di dimensioni mai viste era emerso dalla nebbia, posizionandosi poco distante dalle mura, fuori dalla portata degli arcieri. Gigantesche macchine dall'aspetto sinistro erano state collocate a semicerchio, a fronte dell'ingresso principale della città: simili a catapulte, ma con tre braccia al posto di una, le apparecchiature venivano mostrate con orgoglio, allo scopo di ferire l'animo dei soldati sotto assedio, prima ancora di dimostrare la reale potenza di fuoco.

In prima linea, fermi sui loro destrieri senza vita, quattro battaglioni di scheletri guerrieri attendevano ordini dai negromanti che li avevano animati attingendo alle più proibite fonti di magia nera.

Poco distante dalle schiere di non-morti, avevano ordinatamente preso posizione le armate nere del Generale Yarrick Drako: più di mille e cinquecento unità, suddivise tra cavalieri, fanti ed arcieri, avevano tinto di bruno l'intera vallata, resa già abbastanza lugubre dalla presenza di un denso strato di foschia ferma a meno di un metro da terra.

Ben oltre le schiere di cavalieri neri si udivano gli agghiaccianti lamenti degli inumani. Demoni minori, richiamati dalle profondità di qualche inferno e costretti da potenti incantesimi ad obbedire al volere degli stregoni. Ciclopi, minotauri e giganti a due teste, la cui debole volontà poteva essere plagiata dalla semplice promessa (invero raramente mantenuta) di partecipare alla spartizione delle ricchezze dei territori conquistati. Creature extraplanari, provenienti da dimensioni infinitamente lontane, nascoste nelle profonde pieghe dello spazio e del tempo, desiderose di placare la propria sete di sangue umano sui campi di battaglia.

Le guarnigioni poste a difesa della città di Coldville si erano arroccate lungo tutto il perimetro della cinta muraria, attendendo che dal palazzo del governo giungessero ordini precisi su come affrontare la situazione.

Per tutta la notte si erano susseguiti incontri formali con i membri del consiglio militare e con i rappresentanti delle famiglie nobili.

Gli ambasciatori, partiti verso le altre quattro città-stato della federazione avevano fatto ritorno a mani vuote: soltanto Oasi si era dichiarata pronta ad inviare un contingente di soli cento soldati a difesa della città.

I diplomatici partiti alla volta del confinante Impero del Drago Nascente e della pacifica Repubblica del Mare, nel vano tentativo di ottenere una risposta all'accorato appello del proprio governo, non avrebbero fatto ritorno fino al giorno successivo.

Haron Gothmog, avendo partecipato per anni al gioco della politica, conosceva perfettamente i tempi della diplomazia. La battaglia sarebbe giunta a conclusione prima che un solo soldato varcasse i confini dell'Impero o che un solo elfo marino armasse una nave per difendere uno stato che non fosse la Repubblica del Mare.

Doveva cavarsela da solo.

"Stanno arrivando," urlò improvvisamente un giovane balestriere appena fuori dalla sala del consiglio.

"Che ognuno torni al posto assegnato," fece eco la voce di un veterano, dall'alto delle mura. "Nessuna freccia deve essere scoccata senza un ordine del governatore!"

Il volto di Haron si fece ancora più scuro. Trascinando con sé il peso degli anni (reso sensibilmente maggiore dalla gravità del momento), il governatore uscì nella piazza principale della città.

"*Sono tutti barricati in casa,*" pensò guardandosi attorno. "*Le scorte alimentari potrebbero consentirci di resistere per poco più di una settimana, anche se non credo che le mura resisterebbero per più di due o tre giorni all'assedio*".

"Sono tre soldati a cavallo," gridò il solito balestriere. "Uno di loro porta le effigi del comando"

Tre cavalieri protetti da un'armatura da guerra nera, e con il volto coperto da un elmo ornato con simboli di morte, avevano marciato fino a pochi metri dall'ingresso principale di Coldville, sventolando i simboli della diplomazia.

"*E' l'ultima schermaglia prima dell'attacco definitivo,*" pensò il governatore. "*Vengono a chiederci di consegnare la città*"

Haron non ricordava di aver mai rinunciato ad un tentativo di risolvere con la diplomazia un momento di crisi. La sua esperienza rivelava quanto scarse fossero le possibilità di resistere all'assedio dell'esercito di Morlock, e quanto fosse necessario trovare una via d'uscita alternativa alla battaglia. Tuttavia il suo sangue ribolliva all'idea di siglare un accordo con un emissario di Lord Wishid.

"Fate entrare gli ambasciatori," disse infine il governatore ai soldati che attendevano una reazione alla mossa inaspettata del nemico. "Li scorterete fino alla sala del consiglio, ma permetterete di entrare soltanto al diplomatico più alto in grado".

"Governatore..." chiamò con un filo di voce un giovane miliziano; "potrebbe essere una trappola. Non conosciamo le vere intenzioni di quegli uomini... anzi, non sappiamo nemmeno se sono uomini".

Il tono di voce del soldato tradiva le sue emozioni. Non albergava nemmeno un briciolo di speranza nel cuore delle guarnigioni; sguardi fissi verso un nemico ignoto e spaventoso, trasmettevano un crescente senso di ansia e disperazione.

"*Il ragazzo ha ragione,*" pensò il vecchio governatore, "*ma esiste una possibile scelta alternativa? Se attaccassimo gli ambasciatori, la città sarebbe messa a ferro e fuoco fino alla sua inevitabile caduta. Non c'è nessuna via d'uscita*".

"Fate entrare gli ambasciatori," ripeté Haron con vigore. "Coldville non verrà distrutta dai roghi della battaglia".

Osservando ad uno ad uno i militari immobili nelle loro postazioni, e i pochi cittadini che dalle finestre sbarrate attendevano di conoscere quale piega avrebbero preso gli eventi, si schiarì la voce e continuò: "la nostra città non conoscerà la rovina che segue l'infausto esito di un conflitto armato. Le nostre donne non finiranno tra le grinfie dei soldati di un esercito nemico, e i nostri figli non saranno costretti ad assistere inermi al massacro dei loro genitori. Oggi il nostro popolo è chiamato a superare una prova molto difficile: dovrà imparare a combattere una guerra in silenzio, con la diplomazia, fino a quando non giungerà il momento di riprendere ciò a cui è stato costretto a rinunciare… anche con la forza!".

Il governatore fece a tutti cenno di fare silenzio ed ordinò l'apertura dei cancelli di sicurezza, e della porta principale. Poi, senza attendere l'ingresso degli ambasciatori nemici, tornò nella sala del consiglio ed attese.

* * * * *

Yarrick Drako fece il suo ingresso nella stanza avvolta dalla penombra. Stringendo sottobraccio l'antico elmo del colore della notte, lasciò che il lungo mantello nero ricadesse dolcemente lungo i suoi fianchi, coprendo le sue braccia e la spada celata nel suo fodero.

L'arredamento vetusto e spartano della stanza, come il triste fondale di un dipinto, fungeva da sfondo ideale per la figura accartocciata nel suo scranno che dal momento del suo ingresso lo stava osservando in silenzio.

Il governatore si era immaginato un volto orrido e malvagio sotto quell'elmo adornato con simboli del mondo delle tenebre, un viso reso deforme dall'odio che doveva di certo albergare in quell'animo dannato.

Al contrario il paladino oscuro poteva vantare lineamenti quasi perfetti, compiva ogni movimento dimostrando di saper dosare grazia ed energia, ma soprattutto aveva uno sguardo carico di serena determinazione.

"Signor Governatore," esclamò Lord Yarrick con tono sinceramente rispettoso, interrompendo i pensieri dell'anziano interlocutore, "vengo a proporvi un accordo che non potrete non trovare vantaggioso".

"Il tuo re pensa di poter piantare il suo stendardo nella nostra città senza che il mio popolo opponga resistenza?" domandò alzandosi in piedi il vecchio. "Pensate che vi lasceremo entrare dalla porta principale acclamando i vostri generali al loro passaggio? Ritenete forse i nostri uomini tanto meschini da poter accettare di perdere la libertà per risparmiarsi una battaglia?"

Yarrick attese che la rabbia fluisse dalle stanche membra del governatore, calcolando i tempi giusti affinché la sua risposta risultasse il più possibile convincente.

"Avete ragione," disse infine avvicinandosi al vessillo di Coldville. "Una resa incondizionata non sarebbe bene accetta dai vostri concittadini". Le dita del cavaliere, coperte da robuste maglie di metallo scuro, scivolarono lungo il rilievo dello stemma della città, seguendone il profilo. "Ecco perché non potrete rifiutare la nostra offerta".

La calma con cui Yarrick aveva pronunciato l'ultima frase fece mancare la forza nella gambe del vecchio, il quale dovette rimettersi seduto. "Parlate, dunque" disse con un filo di voce, "vi sto ascoltando".

"Basterebbe la mia personale guarnigione," esclamò con voce tonante il paladino nero, "per radere al suolo la città prima del tramonto. Oltre ai miei uomini posso contare su legioni demoniache e orde di non-morti, pronte a scagliarsi contro ogni essere umano, uomo, donna o bambino all'interno di queste mura. Domani, al sorgere del sole, questo vessillo ed un cumulo di macerie fumanti sarebbero l'ultimo ricordo della florida Coldville".

Il vecchio impallidì, travolto dalle parole del condottiero e dai pensieri da esse evocati. Il suo sguardo così sereno era in aperto contrasto con il vigore e la durezza delle parole pronunciate.

"Vi offro un'alternativa," continuò abbassando la voce e fissando negli occhi il vecchio Haron. "La città sarà pacificamente annessa ai domini di Morlock. Nessun soldato verrà ucciso. Nessuna abitazione saccheggiata. Avete la mia parola che nemmeno una donna sarà sfiorata da uno dei nostri soldati, e che i vostri figli cresceranno senza conoscere fame e sofferenza".

Attesa inutilmente una reazione del governatore, continuò. "Ad ogni uomo o donna che deciderà volontariamente di unirsi al nostro esercito saranno fornire armi ed equipaggiamento, nonché un opportuno addestramento. Tutti gli altri cittadini continueranno a svolgere regolarmente il loro lavoro, e pagheranno una tassa mensile in proporzione ai loro guadagni".

Haron Gothmog restò in assoluto silenzio, mentre il tempo sembrava essersi cristallizzato attorno a lui. La stanza appariva sempre più piccola, e il paladino oscuro – immobile di fronte al suo seggio - sempre più grande, fino a confondersi, sfocandosi, tra le travi ombrose del soffitto.

Un forte senso di nausea risalì dalle viscere del suo stomaco fino alla gola, stringendola come una morsa ed impedendo all'aria di raggiungere i polmoni. Con il respiro affannoso e la testa che iniziava a trasmettere dolorosi impulsi al sistema nervoso, l'uomo fece ricorso a tutte le sue riserve di dignità e, alzandosi in piedi per trascinarsi fino al tavolo posto al centro della sala, cercò di non far trasparire il suo profondo sconforto.

"La città di Coldville continuerà a mostrare il suo splendore," disse senza nascondere un evidente doppio senso. "Firmerò il trattato di annessione".
Alle parole del vecchio, Yarrick sembrò tirare un sospiro di sollievo. L'idea di avere evitato un inutile strage con una semplice trattativa verbale era di conforto per entrambi gli interlocutori.
"Quando la meridiana segnerà la prima ora del pomeriggio," aggiunse Haron, "le porte saranno spalancate ed un nuovo governatore potrà prendere il mio posto".
Dopo avere firmato e posto il sigillo sul trattato offerto dall'ambasciatore di Morlock, l'anziano diplomatico si avvicinò al cavaliere nero tenendo lo sguardo fisso sui suoi occhi. "Rispetterete quanto avete promesso?" domandò concentrandosi sul movimento delle sue iridi.
"La mia parola è una soltanto," rispose, senza muovere nemmeno un muscolo del proprio volto, il paladino oscuro.
Raccolto il documento, espletate le dovute formalità, infilò l'elmo ed uscì dalla sala con la rapidità di un'ombra.
In una stanza che era stata fino a pochi istanti prima l'aula di un governo libero, un uomo vecchio ed infinitamente stanco lasciò che due argentei rigagnoli di lacrime silenziose salutassero l'avvento di una nuova triste era.

* * * * *

Le porte della città si chiusero per l'ultima volta dietro agli ambasciatori di Morlock che rientravano nelle loro file. Il comandante delle milizie di Coldville, un veterano di nome Nathan Jehmér, scese dal torrione sopra le mura, fino a raggiungere la piazza della città, ove aveva sede il governatorato.
Tra i soldati si era sparsa la voce che la battaglia non si sarebbe combattuta, e il veterano aveva prontamente deciso di verificare di persona la veridicità di tali informazioni.
Accompagnato da alcuni membri del consiglio fece il suo ingresso nel palazzo, impaziente di conoscere l'esito della difficile trattativa con il generale delle armate nere. Salì le scale che conducevano agli uffici del governo, e percorse il lungo corridoio ove erano esposte le statue raffiguranti i padri fondatori della città.
La sala del consiglio era avvolta nell'oscurità. Sul grande tavolo ellittico, ove nei secoli le più importanti strategie militari erano state elaborate, si

trovava un lungo papiro, che fu immediatamente preso in esame dai due nobili presenti.

Nathan Jehmér non si curò nemmeno per un istante del trattato e cercò immediatamente, adattando la vista all'oscurità del luogo, dove fosse l'alto funzionario.

Ci vollero alcuni secondi prima che l'immagine del governatore si formasse davanti agli occhi del soldato, e ne furono necessari altrettanti per rendersi conto di come l'anziano borgomastro avesse deciso di porre fine al tormento che gli corrodeva l'anima.

Con le mani ancora strette attorno all'elsa della sua spada, e con la lama adagiata tra le pieghe del suo cuore senza vita, il vecchio Haron – immobile e freddo come l'aria di quel mattino – stava sorridendo.

CAPITOLO SESTO
Corsa senza fiato. Fobie pericolose.

Il ladro alzò la torcia verso la parte superiore del condotto fognario. Le mura rese sudice dalle incrostazioni riuscivano ad assorbire la fioca luce prodotta, rendendo ancora più difficile orientarsi all'interno dei cunicoli abbandonati. Un rivolo d'acqua torbida e maleodorante scorreva lentamente in direzione opposta alla sua, fuggendo dalle tenebre del sottosuolo, verso la luce.

Jena camminava un passo davanti a lui, stringendo - come volesse fondersi insieme - il suo lungo spadone di metallo grezzo. Il guerriero, attento a non uscire dalla sfera di luce irradiata dalla torcia del compagno, fissava l'oscurità davanti a sé con uno sguardo insolitamente incerto, quasi allarmato. Chiunque avesse combattuto almeno una battaglia al suo fianco sapeva con quanto ardore egli si gettasse in ogni impresa, sfidando costantemente il destino e divertendosi a ridere di gusto in faccia alla morte.

Yoma - tuttavia - non aveva ancora avuto l'occasione di conoscere la sua temerarietà, e stentava a fidarsi di un guerriero dall'aria così atterrita e trepidante. Inoltre la melma che ricopriva le sue gambe risalendo fino ai polpacci rendeva estremamente faticoso ogni movimento, e non contribuiva di certo a sollevargli il morale.

Alle sue spalle il mago rosso seguiva la fila con espressione apatica, aiutandosi con il lungo bastone dalla testa di cobra. La fioca luce verdastra irradiata dall'artefatto evidenziava l'espressione sofferente dipinta sul suo volto, accentuata ad ogni sforzo che il disagevole tragitto richiedeva.

Questo era uno dei motivi per cui Yoma provava disagio di fronte ad ogni espressione dell'energia arcana. *"La magia con una mano prende, e con l'altra sottrae,"* pensò tra sé. *"Il mago deve aver pagato un forte tributo per la sue conoscenze occulte. Questa mattina, alla locanda, non mi era sembrato tanto malridotto."*

Gli occhi viola di Seska assistevano alla scena attraverso l'oscurità, senza bisogno di alcun tipo di fonte luminosa. E' una tipica caratteristica degli elfi quella di poter vedere in assenza di luce, affidando i propri sensi alla percezione dei livelli di calore prodotti da ogni corpo animato o inanimato. Gli elfi scuri, costretti da secoli a sviluppare la propria civiltà nelle profonde cavità del sottosuolo, avevano imparato a sfruttare questo dono naturale ben oltre la norma. Per le loro straordinarie pupille le più piccole variazioni di calore possono dare luogo ad immagini ben distinte e visibili, in tutto e per tutto identiche a quelle che si materializzano alla luce del giorno.

"*Non dovremmo essere già arrivati?*" si chiede l'incantatrice. "*Abbiamo marciato senza sosta per almeno dieci minuti, e secondo i calcoli avremmo dovuto incontrare la prima confluenza già da un paio di curve*".

"Ci siamo!" esclamò improvvisamente Jena indicando con la spada una rientranza nelle mura. "In questa parete c'è un passaggio, ma è chiuso con delle sbarre di ferro. Provo a forzarle".

Il robusto guerriero, ridotto dall'incantesimo di Shade alle dimensioni di un folletto, afferrò saldamente due delle sbarre piantate verticalmente nella pietra, e vi applicò tutta la sua forza.

Wrath Felling non aveva ancora aperto bocca dal momento dell'ingresso nel condotto fognario. Isolatosi in uno stato di semi-trance, aveva ripetuto mentalmente decine di volte la formula di un incantesimo estremamente complesso. In quel momento, mentre l'ennesimo tentativo di forzare le sbarre andava in fumo, qualcosa di indefinito stava disturbando la sua concentrazione.

Una strana vibrazione nell'aria aveva messo in allerta tutti i suoi sensi, costringendolo ad aprire gli occhi e a guardarsi intorno.

"*Qualche animale potrebbe averci seguito,*" pensò istintivamente il mago, mentre i suoi polmoni arrancavano alla ricerca di ossigeno, "*ma dubito che Shade abbia rinunciato a piazzare una delle sue trappole-allarme lungo il cammino. La prosecuzione del condotto, poi, ha tutto tranne che l'aspetto di una tana. Non vi è traccia di cibo, né di escrementi, ne di oggetti che possano essere ricondotti ad un animale.*

Eppure avverto una sensazione di pericolo..."

Il rumore della sbarra che cedeva sotto gli sforzi di Jena interruppe i pensieri del mago, il quale tornò a dedicare le proprie attenzioni alla crisi respiratoria che lo stava affliggendo. Da una tasca nascosta in una piega interna della veste color sangue, estrasse una foglia di *menta-tardash* e cominciò a masticarla riducendola presto in una poltiglia dagli effetti lievemente balsamici.

"Presto, andiamo!" esclamò Shade, infilandosi per prima nel passaggio; "non c'è tempo da perdere!"

Il secondo condotto, scavato nella roccia ed interamente rivestito con mattoni ormai corrosi dal tempo, scendeva ancor più in profondità nel sottosuolo, perdendosi nell'oscurità. Il livello dell'acqua era sensibilmente più alto rispetto al corridoio precedente, e la struttura tondeggiante del canale contribuiva ad aumentarne il rapido scorrere.

L'elfa silvana s'immerse fino alla vita, frangendo con il proprio corpo i flutti gelidi diretti nelle profondità della terra. Fu subito lieta nel constatare che l'acqua era priva del cattivo odore che impestava il precedente condotto, e ad una prima occhiata la trovò quasi pulita.

Dopo aver compiuto i primi passi tutti si resero conto di quanto fosse sdrucciolevole la pietra sotto i loro piedi: un sottile strato algoso ricopriva la pavimentazione e contribuiva, insieme alla spinta della corrente, a minare l'equilibrio degli avventurieri.

Improvvisamente Wrath si accovacciò, squassato da una violenta serie di colpi di tosse. Il dolore, simile a quello acuto ed intenso di un'ustione, si diffuse lungo le pareti interne dei suoi polmoni, che si contrassero fino a togliergli il respiro. Aggrappandosi con tutte le forze rimaste al bastone magico, riuscì ad impedire all'impeto degli spasmi di sbatterlo a terra, ma non poté evitare che la fredda acqua del canale gli invadesse le vesti, rendendole fradice e pesanti.

Seska si rese immediatamente conto della gravità della situazione e con movimenti fulminei si portò alle spalle del mago; infilate le braccia sotto le sue spalle lo cinse saldamente per sorreggerlo.

"Lasciami!" gridò con voce rotta Wrath Felling, mentre con il dorso della mano si asciugava la bocca dal sangue bollente che ne era fuoriuscito. Il suo sguardo gonfio di rabbia e carico d'orgoglio si sgretolò nel momento in cui fu costretto ad incrociare quello dell'incantatrice. "Lasciami" continuò moderando il tono della voce, "posso farcela... da solo."

Mentre sentiva allentarsi la stretta del caldo abbraccio di Seska, Wrath percepì nuovamente un forte senso di pericolo. La sua inquietudine si trasmesse come una vibrazione anche alla drow, la quale spinse il proprio sguardo nelle nere profondità del condotto alla ricerca della misteriosa minaccia.

"Lo senti anche tu, vero?" domandò il mago sforzandosi di assumere una posizione retta.

Seska indicò un punto indefinito dritto davanti a loro. "Qualcuno ci sta osservando," disse.

"Riesci a vederlo?" chiese Wrath ben consapevole di quanto i sensi della sua compagna fossero più sviluppati e precisi dei suoi.

"No, non vedo nulla. Tuttavia mi è parso di sentire un rumore, laggiù in fondo".

L'elfa scura descrisse un punto in cui i mattoni di pietra erano stati a tal punto logorati che la terra che circondava il condotto vi era penetrata ed aveva costruito una sorta di argine in grado di frenare la corsa dell'acqua.

"Coraggio mago!" esclamò Shade dopo essere ritornata indietro per sincerarsi delle condizioni del compagno. "Non abbiamo più tempo..."

"*Queste crisi stanno diventando sempre più violente*," pensò Wrath. "*Una volta erano semplici affanni, poi si è aggiunta la tosse, ora questi dolori lancinanti e questi tremendi spasmi. E' come se i miei polmoni fossero pieni di fuoco. Devo trovare al più presto un rimedio, o una delle prossime crisi mi ucciderà*".

Poteva mentire agli altri, ma non a sé stesso. La causa di tutto quel dolore poteva essere imputata ad una cosa soltanto...

Scacciò il pensiero, ripromettendosi che sarebbe riuscito a trovare un rimedio in grado di porre fine alle sue sofferenze. Doveva solo imparare a domare tutto il potere che aveva ottenuto insieme ai suoi capelli bianchi, quella notte... sull'isola di Morlock.

Shade aiutò il mago a sorreggersi in piedi, mentre Seska estraeva dal suo zaino una minuscola ampolla contenente una pozione druidica ricavata da erbe curative e balsamiche.

Alcuni metri davanti a loro Yoma e Jena stavano per superare il punto in cui il terreno era franato invadendo il canale. Aggirato l'ostacolo prodotto dai detriti rocciosi, il ladro avvicinò la torcia alla parete danneggiata, trovandosi di fronte al uno spettacolo inatteso. Una caverna scavata nel terreno si snodava verso la lontana superficie. I chiari segni di unghie ed artigli, presenti su tutte le pareti del passaggio, fecero trasalire Jena.

"Topi..." grugnì il guerriero, confidando che il panico che lo stava assalendo non fosse percepito da Yoma.

"Ci mancavano solo i topi," rispose il ladro con fare flemmatico.

"Dobbiamo fare presto," balbettò Jena facendo segno agli altri di affrettare il passo. "Voglio uscire di qui!"

La pozione stava lentamente producendo i suoi effetti, e il mago riuscì a trovare la forza per aumentare il passo.

Quando i cinque furono finalmente vicini, Yoma li guidò lungo il canale principale, facendo attenzione ad illuminare il tragitto con la torcia ormai prossima ad esaurirsi.

Seska camminava in fondo alla fila, a fianco del mago, fingendo di non prestare attenzione al suo stato di salute. Non aveva vissuto che pochi anni con la comunità di elfi del sottosuolo, tuttavia in quella particolare situazione tutti gli insegnamenti dei suoi precettori le stavano tornando alla mente. "*Lascia che i tuoi occhi dimentichino la luce,*" recitò mentalmente, ricordando le parole del suo primo maestro: "*lascia che si scordino le sfumature dei colori. La vista degli umani è ingannevole perché sovrasta ogni altro senso. Noi non ci affidiamo alla vista, ma alla sintesi di tutti i nostri sensi. Mentre loro, con i loro occhi, si limitano a vedere il mondo, noi siamo in grado di percepirne l'essenza*".

Mentre l'incantatrice si sforzava di applicare le tecniche di sopravvivenza che i maestri d'armi drow insegnavano ad ogni bambino nei suoi primi dodici anni di vita – prima che questi potesse scegliere se avventurarsi lungo le strade della magia, consacrarsi al sacerdozio o frequentare l'accademia militare – le sue orecchie avvertirono un rumore provenire dalla parete alla sua destra. Ad un tonfo sordo ne seguì subito un secondo, e poi un terzo.

"La parete!" gridò Shade. "La parete sta crollando!"

Nell'esatto istante in cui l'elfa silvana terminò il suo avvertimento, la parete si sgretolò e il muso di un enorme roditore nero si avventò verso il gruppo. Immediatamente Seska fece un balzo all'indietro, evitando le orrende fauci che avevano tentato di sorprenderla, sbattendo con il corpo sul petto di Wrath Felling. Il ratto si infilò completamente nel corridoio, separando i due maghi dal resto del gruppo; gli altri tre non fecero in tempo ad accorgersi dell'accaduto che subito si trovarono a fronteggiare una bestiaccia simile, anch'essa fuoriuscito dal varco nella parete.

Il secondo roditore cercò di afferrare Shade con un morso, ma Yoma – utilizzando la torcia come una clava – gli assestò un duro colpo sul naso, costringendolo ad arretrare.

Jena assisteva alla scena immobile. Aveva sempre cercato di ignorare quel suo punto debole, quella sua incontrollabile fobia nei confronti dei topi. Lui che aveva affrontato senza timore creature dalla forza disumana e dall'aspetto raccapricciante, aveva sempre evitato di trovarsi in un luogo infestato da simili bestiacce. Il mostro che ora si ergeva davanti a lui spalancando le orribile fauci rappresentava il realizzarsi del più terribile incubo della sua vita: sarebbe morto divorato da centinaia di fameliche piccole bocche, mentre una nuvola di occhietti rossi e malvagi avrebbe riso della sua agonia.

"Sveglia guerriero!" gridò Yoma mentre con la torcia ormai spenta teneva a bada le sempre più precise incursioni del topo gigante. "Pensi di rimanere a guardare ancora per molto tempo? O stai aspettando che un gatto gigante venga a toglierci dai guai?"

Jena strinse con maggiore vigore la spada, senza riuscire a distogliere l'attenzione dagli occhi luminescenti della bestia che stava facendosi strada nonostante i coltelli di Shade fossero andati a segno già due volte.

Con un urlo acuto, simile ad un fischio assordante, il topo si avventò contro Yoma, affondando un artiglio nel suo fianco. L'agilità del ladro gli consentì di lanciarsi di lato prima che le unghie affilate del mostro si facessero strada tra le sue carni; il dolore, tuttavia, gli fece perdere la presa sulla torcia, che cessò di illuminare il canale schiantandosi tra i flutti della corrente.

"Non vedo più niente," gridò Jena, in preda ad un attacco isterico, "non riesco a vedere niente!"

Fendendo l'aria con violenti colpi di spada, il guerriero indietreggiò costringendo anche Shade e Yoma ad allontanarsi dal resto del gruppo. L'elfa, appena i suoi occhi si abituarono all'assenza di luce, riuscì a distinguere la purpurea aura di Jena menare fendenti senza raggiungere alcun bersaglio. Davanti a lui il roditore attendeva il momento propizio per colpire la sua preda.

* * * * *

La tenda della strega era stata costruita in modo che la luce del giorno non potesse penetrare in alcun modo. Un fitto sistema di teli neri come la notte impediva alla luce di raggiungere il centro della stanza anche quando un visitatore vi faceva ingresso.

Su un teschio ormai annerito dal tempo un mozzicone di candela emetteva una pallida luce rossastra, mentre un odore intenso e dolciastro si spandeva dalla cera calda che colava lungo la scatola cranica.

Ad un tratto la temperatura al centro della tenda si fece drasticamente più bassa, ed un alito di vento avviluppò il macabro candelabro, insidiandolo fino a quando la tenue fiammella non fu costretta a capitolare.

"Che cosa diavolo vuoi?" domandò la voce ruvida e tenebrosa della strega. "Ho detto alle guardie che non volevo essere disturbata, che nessuno avrebbe dovuto interrompere il mio riposo".

Nell'oscurità una presenza eterea si mosse, avvicinandosi alla zona da cui proveniva la voce.

"Non ho nessuna intenzione di muovermi," continuò la vecchia. "Se *il tuo signore* desidera parlarmi, può benissimo venire con le sue gambe. Non ho nulla da dire ad un servitore-ombra".

La creatura rimase per un attimo immobile, poi – fluttuando nel buio – si scagliò contro l'anziana occultista, passando attraverso il suo corpo. Il freddo intenso del contatto quasi fermò il cuore della strega.

"Vai, torna dal tuo padrone," tossì la strega. "e riferisci le mie parole: gli antichi hanno parlato. Mai come oggi il successo è a portata di mano. Morlock ha il favore degli dei delle tenebre, ma nuove forze stanno affacciandosi all'orizzonte, indecise sul da farsi".

* * * * *

Il mostruoso roditore spalancò le fauci, mostrando due lunghe file di denti affilati come rasoi. Seska evocò una serie di lampi di luce magica, che irradiandosi dalle sue mani abbagliarono la creatura costringendola ad arretrare. Wrath Felling non si era ancora del tutto ripreso e giaceva a terra, parzialmente ricoperto dall'acqua, tenendosi aggrappato al suo bastone. I lunghi capelli bianchi, impregnati di acqua e fango, grondavano davanti ai suoi occhi chiusi, coprendogli il volto.

Il grido di Yoma, raggiunto dagli artigli dell'altro topo gigante, riuscì a distrarre l'incantatrice drow, la quale si fece sorprendere da una testata del suo avversario che la spinse a terra a pochi centimetri dal mago.

Quasi nello stesso istante l'acqua attorno a Wrath cominciò a ribollire, e una lenta e ritmica litania che sembrava provenire direttamente dagli inferi riempì il condotto.

Il topo si mosse velocemente per non perdere il vantaggio che il colpo messo a segno gli aveva portato: evitando un piccolo cumulo di detriti balzò verso Seska, la quale riuscì miracolosamente a scansarsi, facendo leva con i piedi contro la parete alle sue spalle.

Fili di fumo fluorescente salirono dall'acqua nel punto in cui era piantato il bastone del mago ed iniziarono a danzare circolarmente attorno a lui.

Il roditore era troppo impegnato nella sua caccia per rendersi conto che i vapori azzurri che stavano emergendo dai flutti si stavano posizionando intorno al suo corpo. Al contrario Seska capì subito quello che di lì a poco sarebbe accaduto, e cercò di distrarre il predatore con una serie di fastidiosi lampi colorati.

Gli occhi di Wrath si aprirono di scatto, ed un serpente composto d'acqua si avviluppò alla gola del topo, cominciando a stringere con forza. L'animale cominciò ad agitarsi freneticamente, cercando di allontanare la testa dalla morsa di liquido incantato che la attanagliava. Sbattendo contro le pareti del canale, graffiò selvaggiamente i muri di roccia alla ricerca di un appiglio o di una via di fuga. Un altra colonna d'acqua s'innalzò, scrosciando violentemente contro il roditore, mentre i fumi fluorescenti riflettevano la loro luce arcana sulla pelle fradicia del mago.

L'agonia del predatore durò ancora pochi istanti, il tempo necessario affinché gli elementali dell'acqua evocati dallo stregone portassero a compimento il loro attacco mortale.

Wrath Felling rimase immobile ad osservare il corpo senza vita del feroce roditore, fino a quando le sue palpebre non si abbassarono costringendolo a soccombere alla stanchezza. In un attimo cadde riverso nel letto del fiume, mentre la corrente brandiva con i suoi flutti ogni centimetro delle sue vesti e dei bianchi capelli.

Ad alcune decine di metri dalla scena Shade stava cercando di destreggiarsi tra gli attacchi sempre più precisi del roditore e quelli sempre più caotici di Jena.

Yoma, nel frattempo, si era ritirato in un angolo per bendare la ferita causatagli dall'incursione del predatore. Il sangue aveva smesso di sgorgare, ma le condizioni del luogo erano ideali perché la ferita si infettasse. "*Me lo diceva sempre la mamma*", si disse in silenzio, "*che non si deve giocare con gli animali pericolosi. Chissà se tra questi erano compresi anche i sorci*".

Il ladro si alzò in piedi e dopo avere raccolto il suo bastone si fermò a studiare la situazione.

"*Il guerriero ha perso completamente il controllo,*" sussurrò a sé stesso mentre osservava le evoluzioni dell'elfa silvana, costretta a fronteggiare con pari energia l'attacco della bestia feroce e la violenta esplosione di rabbia del compagno al suo fianco.

Con uno scatto fulmineo, incurante del dolore che la ferita all'addome gli causava, Yoma si portò alle spalle del topo e con le mani cercò di richiamare l'attenzione di Shade. Rapidi movimenti delle dita si tradussero nel linguaggio segreto che unisce ogni ladro appartenente ad una congrega di Asgahard, e si svelarono nella mente dell'elfa che si trovava ormai con le spalle al muro, prossima ad essere schiacciata dal peso del guerriero costretto ad arretrare.

Con un potente fischio il ladro catturò l'attenzione del roditore gigante, ed ordinato al suo bastone magico di allungarsi lo colpì più volte sul muso peloso e fradicio.

Shade appoggiò le mani sulle spalle di Jena e con un balzo acrobatico degno di un atleta circense lo scavalcò, spingendolo con un calcio all'indietro contro la parete di roccia.

Sfruttando il diversivo posto in essere da Yoma si arrampicò lungo la parete sfruttando gli appigli e le crepe generate dallo scorrere delle acque e del tempo. Facendo ricorso a tutte le energie rimaste si appiattì contro una grossa roccia inclinata e guizzò distendendo ogni muscolo del corpo verso la schiena della bestia.

Il ladro schivò un morso e una serie di assalti frontali, poi con la coda dell'occhio percepì il rapido movimento dell'elfa che dalla parete stava lanciandosi contro il topo: con una veloce finta si spostò all'indietro inducendo l'avversario ad inseguirlo, poi avanzò di scatto e con il lungo bastone gli centrò l'occhio destro. In quell'istante le lame nere di Shade si conficcarono con violenza nella nuca del mostro il quale - urlando di dolore - cercò di fuggire verso il tunnel da cui era emerso.

Nella sua corsa disperata, tuttavia, la bestia travolse Yoma cadendo su un fianco nel letto del fiume. Il ladro provò ad alzarsi, ma il topo agì con maggiore rapidità: con il suo enorme corpo bloccò le gambe della preda e spalancò le fauci pronto ad inghiottirne la testa.

Yoma si rese contro che da quella situazione non ne sarebbe uscito vivo. *"Mamma, avevi ragione!"* disse con un filo di voce osservando la testa del mostro avvicinarsi. *"Se rinasco un'altra volta prometto che non porterò più topi in casa... anzi, ti giuro che aprirò un allevamento di gatti..."*

Il mostrò spalancò le fauci e si avventò verso la sua vittima. A poche decine di metri dalla scena Wrath Felling e Seska udirono il tremendo rumore dell'impatto.

* * * * *

Dall'istante in cui il diversivo posto in essere da Yoma e Shade aveva allontanato da lui il grosso topo, la battaglia di Jena si era trasferita su un campo ancora più difficile. Nella sua mente dominata dal caos, antichi ricordi erano fuggiti dalle loro prigioni e stavano provando con ogni mezzo a dilaniare il suo spirito.

Era un piovoso pomeriggio d'estate quando il piccolo Jena fu sorpreso da quel violento temporale che cambiò per sempre la sua vita. Si trovava nel bosco che circondava la casa dove viveva con la giovane madre, e stava seguendo le tracce di un grosso cinghiale.

Aveva camminato a lungo e sentiva di trovarsi molto vicino alla sua preda. In alto, sulla cima più elevata della zona, stava immobile dietro ad un cespuglio, certo che prima o poi il grosso animale avrebbe ridisceso il sentiero e si sarebbe trovato proprio ad un passo dal suo nascondiglio. Ad un tratto il silenzio della caccia fu squassato da un profondo boato, subito seguito da una eco lontana.

In un attimo cominciò a piovere e il piccolo cacciatore fu costretto a ritornare sui suoi passi. Il sole era scomparso ed il cielo plumbeo era illuminato a tratti solo dalla luce abbagliante dei fulmini che si abbattevano sul suolo. *"Gli dei devono essere in collera,"* pensò il ragazzo. *"Sarà meglio rientrare a casa; mamma ha paura dei temporali"*

Stava correndo lungo il sentiero già da alcune decine di minuti, quando il giovane Jena si rese subito che qualcosa non andava. Alcuni rami pendevano lungo il tronco degli alberi, parzialmente recisi da cause innaturali. La terra e il sottobosco presentavano chiari segni del passaggio di numerosi animali, mentre su alcune cortecce si potevano osservare le lacerazioni provocate da grosse zanne, o forse da armi rudimentali.

L'animo del ragazzo si turbò. Aumentò il passo, correndo senza guardare, schivando tralci e cespugli, facendosi strada tra le fronde infradiciate. Cadde e ruzzolò in un piccolo dirupo, terminando la sua corsa contro la dura corteccia di un abete. Si alzò e continuò la sua discesa, senza curarsi del dolore, fino a quando nell'aria non percepì un odore acre e pungente. *"Qualcosa sta bruciando,"* sussurrò. *"Un fulmine deve avere colpito un albero vicino a casa..."*

Scostate le ultime frasche vide la sua casa, al centro della piccola radura ai piedi della collina. Intorno alla costruzione si vedevano chiaramente i barili dell'acqua e dell'olio rovesciati a terra, le cataste di legna da ardere sparse lungo il selciato, i vasi con le erbe medicinali e le spezie frantumati al suolo. Nella piccola stalla alcuni uomini stavano cercando di rubare *Night*, il suo puledro, il quale nitriva e scalciava tenendo lontani i suoi aggressori.

Jena impugnò il suo arco, sproporzionato rispetto alle sue piccole braccia, e scagliò una freccia ai piedi dell'essere più vicino al suo cavallino. La creatura si girò verso la collina, mostrando il suo volto verdastro e il suo ghigno raccapricciante.

"Un goblin!" urlò il ragazzo, caricando prontamente una seconda freccia. *"E quelli laggiù sono quattro coboldi"*.

Senza esitare il mostro brandì una rudimentale spada e iniziò a correre lungo il sentiero verso il fanciullo, ma una freccia dritta al cuore gli evitò una fatica inutile. I coboldi, esseri orrendi e codardi, poco più alti di un folletto e con la testa simile a quella di un cane, trovarono una via di fuga lungo il sentiero opposto, quello che portava al territorio degli elfi.

Jena corse versò casa, impugnando la spada di suo padre, una lunga daga pesante con una testa di drago intagliata nell'elsa, un'arma certamente troppo grande e pesante per le sue piccole mani.

La porta era spalancata e dall'interno provenivano rumori di vario genere, sovrastati da sgradevoli grugniti. Nella sala principale due goblin stavano divorando la sua dispensa, grufolando e latrando per la soddisfazione.

Muovendosi in silenzio lungo la parete, facendo attenzione a rimanere con il corpo nascosto nelle zone d'ombra, il ragazzo si portò a pochi centimetri dal goblin più vicino, e con un balzo fulmineo infilò la sua lama tra le nere vesti del mostro. Mentre il primo cadeva a terra, il secondo cercò di recuperare la sua lama appoggiata alla parete, ma con uno sforzo disperato Jena riuscì a sollevare di nuovo la sua spada e ad abbatterla contro il braccio del goblin, recidendolo.

Il sangue verdastro e denso sgorgò impetuoso dalla ferita, e gli occhi gialli e crudeli del mostro si mossero fulminei alla ricerca di una via di fuga. Girandosi di scatto verso la porta fece l'errore di dare le spalle al piccolo padrone di casa, il quale - afferrata l'elsa con due mani - sollevò l'arma e la scagliò verso il bersaglio in fuga, trafiggendone il corpo. Pochi istanti dopo il goblin giaceva a terra in una pozza del suo stesso sangue.

La casa fu avvolta dal silenzio, rotto solo dal respiro affannoso del ragazzo. Ad un tratto il suo sguardo fu richiamato dalla botola che portava in cantina. "*E' socchiusa!*" disse sotto voce.

"Mamma!" gridò afferrando la maniglia, "Mamma, sei qui?"

Scese i pochi gradini che portavano nella cantina. La stanza era completamente avvolta nell'oscurità, e dalle finestre aperte al piano di sopra non filtrava nemmeno la tenebrosa luce del temporale. Decine di occhietti rossi e maligni, lo osservavano. "*Topi*" pensò. "*Saranno a decine e sembrano eccitati. I goblin devono avere fatto cadere qualcosa qui sotto. Forse cibo?*"

I pensieri del ragazzo furono interrotti quando con la punta del piede urtò qualcosa di solido. Si accovacciò e con le mani, lentamente, provò a capire di cosa si trattasse.

Il piccolo cuore del fanciullo trasalì quando si accorse che si trattava di un corpo umano, e ancor di più quando si rese conto che conosceva il ricamo delle vesti che stava accarezzando.

I suoi occhi si riempirono di lacrime pensando che qual ricamo era lo stesso contro il quale appoggiava il suo volto quando abbracciava sua madre.

"Maledetti topi!" gridò sferzando pugni e calci all'impazzata "andate via da mia madre! Via! Via! Via!"

Nella mente del guerriero quel grido rieccheggiava ancora.

Mentre un topo gigante stava fronteggiando i suoi due compagni, nella mente udiva ancora l'eco di quel grido, sentiva ancora il sapore salato delle sue lacrime di bambino.

"*Se fossi stato a casa, qual giorno, mia madre non sarebbe rimasta uccisa,*" pensò mentre nuove lacrime gli solcavano il volto. "*Se fossi stato con lei di sicuro sarei stato in grado di proteggerla.*"

Ad un tratto il topo gigante si trovò proprio sopra a Yoma, con le fauci spalancate, pronto a sferrare un attacco mortale.

La spirito del guerriero prese il sopravvento sulla disperazione irrazionale. Impugnando la spada, che in quell'istante sembrava pesante come quella di suo padre, si lanciò verso la bestia. Facendosi leva contro le rocce spiccò un balzo e schiantò la pesante lama sul cranio del roditore, in un boato che lo uccise sul colpo.

Immobile, coperto di sangue e fango, il guerriero osservava l'amico con sguardo finalmente sereno.

"Bentornato, Jena!" disse Yoma con un filo di voce. "Ti devo una birra, di quelle buone".

"Pensa ad alzarti, amico," rispose il guerriero. "Tra qualche minuto l'effetto dell'incantesimo cesserà e ci troveremo come un orso-gufo nel guscio di una tartaruga".

CAPITOLO SETTIMO
Incontro segreto al porto. Le Rune di Asgahard.

Non vi era in tutto l'impero luogo più caotico del porto di Lunamtya.
I moli di legno, lunghi ed intricati, si stendevano come un groviglio lungo
le acque del golfo. Migliaia di fievoli luci, come fuochi fatui danzanti sulle
acque del golfo, indicavano la presenza di altrettante piccole imbarcazioni
destinate per lo più alla pesca e al trasporto di merci. Al largo, a poche
miglia dall'ultimo molo, alcune grandi navi da guerra presidiavano le
acque della città imperiale, rimanendo immobili sulle onde rese purpuree
dal calare del sole, a distanza regolare l'una dall'altra.
Lungo la riva si alternavano costruzioni dall'aspetto quantomeno bizzarro.
I magazzini appartenenti alla gilda dei mercanti, enormi strutture di
legno colorate diversamente a seconda della tipologia di merce stoccata
all'interno, si sovrapponevano disordinatamente l'uno all'altro, occupando
tutto il versante ovest della riva. Accanto ad essi si ergeva imperioso
il palazzo della Marina Imperiale, con le sue colonne bianche come
l'avorio rivolte verso il mare, e il suo lungo molo presso il quale erano
ormeggiate decine di piccole navi da guerra. I soldati, nelle loro lucide
corazze, entravano ed uscivano dal portone principale dirigendosi verso
le loro navi o all'interno, verso il cuore della capitale. In pochi, specie
nelle ore serali, resistevano alla tentazione di entrare in una delle tante
sudice locande che si affacciavano sul mare. Tra le più lerce, dove bere un
boccale di birra di infima qualità era solo un pretesto per partecipare alle
quotidiane scazzottate o per giocare d'azzardo, alcune erano più famose
di altre perché garantivano, oltre ad una pessima cena e ad uno scomodo
alloggio, le più rudi e volgari sgualdrine di tutto l'impero.
L'osteria del "Cane guercio", per esempio, era una piccola bettola dove i
giocatori di *dragotarocchi* si ritrovavano ogni sera per svuotare le tasche
di stolti avventori, o di ingenui viaggiatori in attesa di prendere il mare. "Il
boccale del pirata" era una locanda frequentata da vecchi uomini di mare e
da avventurieri in cerca di informazioni; non v'era storia, mito o leggenda
che non venisse celebrata ogni sera, nella penombra rotta solo dalle poche
torce appese alle pareti, sui sudici bancali di legno bruno. Le reti da pesca
appese al soffitto annerito e i cimeli appartenuti alle più celebri e vecchie
navi dimesse, conferivano un'aria rustica e al tempo stesso amichevole
all'ambiente.
La *Tana del Minotauro* era, invece, una pensione dall'aria vecchia e

malsana, le cui cucine erano note per il tanfo che riuscivano a produrre ed esportare nel raggio di un miglio marino. Gli avventori, solitamente mezz'orchi o viandanti di razze diverse da quella umana, la sceglievano tanto per i costi modesti degli alloggi, quanto per l'opportunità – non certo remota – di rimanere coinvolti nelle più fragorose e rinomate risse della città.

Nella zona più antica del porto, ove le strade non erano illuminate dai bracieri e dalle torce normalmente disposte dalle milizie, tra i magazzini più decrepiti e i locali più malfamati, emergeva dal mare un edificio dall'aspetto curioso. Tre tetti spioventi e sovrapposti, con gli angoli ricurvi alle estremità, rivestivano una costruzione dalle pareti di carta e steli di bambù, sospesa sull'acqua come una palafitta.

Sul piccolo ponte di barche che fungeva da unico accesso alla dimora, all'altezza dell'arco di legno decorato con i simboli sacri di Dyan - signore della luce - un vecchio cane dal pelo grigio faceva la guardia.

Accovacciato su se stesso lasciava che le vecchie ossa si godessero un po' di meritato riposo, mentre orecchie vigili ed esperte passavano in rassegna ogni rumore o scricchiolio della baia.

Bastò infatti che la brezza marina scuotesse il manto umido di Shade per far sì che l'attempato guardiano scattasse in piedi pronto a fronteggiare un avverabile pericolo.

"Buono, cagnolino..." sussurrò dolcemente la ladra salendo sulla prima barca che componeva il modesto ponte, "non hai nulla da temere!".

"Non voglio più vedere un animale per almeno tre anni," fece eco alle sue spalle Yoma, visibilmente provato dalle ferite subite nei condotti fognari.

"Fai silenzio," lo interruppe seccamente l'elfa, mentre con i palmi delle mani bene in vista si avvicinava al cane. "Questo animale sta rendendo un importante servigio al padrone di casa; dovresti avere più rispetto per gli altri figli della terra".

"Elfi..." grugnì Yoma "...il vostro talento nell'irritare gli animi umani è da ammirare".

"Nell'edificio non c'è anima viva," dichiarò Seska sopraggiungendo alle spalle della ladra. "La mia magia non percepisce essenze vitali, se non nel cane davanti a noi".

Il volto di Shade si oscurò. "Potrebbe essere troppo tardi. Forse il maestro ha già lasciato la città".

"O forse," pensò "chi mi ha fornito quelle informazioni ha solo raccontato un mucchio di menzogne".

Mentre il dubbio attanagliava la sua mente, alle spalle delle due giovani elfe sopraggiunsero Wrath Felling e Jena.

"Devi dirci tutto, adesso, ladra!" grugnì il guerriero intuendo che la situazione era differente da quella che avrebbero dovuto trovare. "Non sopporto di non sapere perché sto infilandomi in qualche guaio."

"Jena ha ragione, Shade," fece eco il mago, con la sua voce suadente resa roca dalle difficoltà respiratorie. "Non abbiamo mai messo in dubbio la bontà delle tue informazioni, ma è giunto il momento di darci qualche spiegazione in più".

Sull'ultima parola dello stregone, il cane iniziò ad abbaiare rivolto verso la ladra. Poi, lestamente, si voltò di scatto e corse a rintanarsi all'interno della palafitta dalle curiose geometrie. Subito si alternarono un balenare di luci rosse e verdi, visibili all'esterno attraverso le pareti sottili e semi trasparenti. Un attimo dopo fu il silenzio.

Shade avanzò lentamente verso la porta d'ingresso, facendosi scivolare nelle mani due dei suoi coltelli dalla lama nera.

Alle sue spalle il gruppo di avventurieri si mise in guardia, tenendosi a pochi metri dalla compagna, ormai completamente avvolta dall'oscurità.

Con tocco preciso ed esperto Shade aprì la porta senza produrre alcun tipo di scricchiolio. Passò rapidamente all'interno, strisciando contro le pareti, mentre i suoi occhi in grado di scrutare nel buio cercavano l'origine dei lampi colorati. Nello stanzone privo di arredi, usato probabilmente come palestra o luogo per l'insegnamento, spiccava la presenza di un altare sul quale era posto un cero spento, ma con lo stoppino ancora fumante.

"*Benvenuta nobile Shade-lynn, promessa sposa del divino Principe Amon*". La voce lenta e tenebrosa come un canto di morte echeggiò nella mente della ladra, mentre una fiamma nata dal nulla riaccendeva il lume posto sull'altare.

Voltatasi di scatto, l'elfa vide un uomo, avvolto in un logoro manto grigiastro, con il cappuccio tirato sul volto.

"E siano benvenuti anche i tuoi amici". Riprese questa volta a voce alta la figura ammantata.

"Maestro, siete voi?" domandò timidamente Shade, mentre facevano il loro ingresso nella stanza anche i suoi compagni.

"Sono colui che stai cercando," rispose con voce pacata. "Il custode di un insegnamento antico, tramandato per generazioni, cui tutti vorrebbero accedere per soddisfare le proprie ambizioni..."

Muovendosi come un fantasma, fluttuando nell'aria mentre le vesti grigie strisciavano in terra, la figura ammantata infilò una porta seminascosta dall'altare.

"Credo sia opportuno seguirlo," disse la ladra rivolgendosi al resto del gruppo. "Non ci ha cacciato fuori, per cui forse... riusciremo ad avere qualche risposta".

Yoma scrollò il capo. "Già, oppure nell'altra stanza ci aspetta qualcuno pronto a farci la pelle. Ancora mi domando cosa ci faccio qui con voi!"

In silenzio varcarono la soglia e si ritrovarono in un piccolo e spartano salottino costruito attorno ad un braciere posto sul pavimento, al centro della stanza.

In piedi, seminascosto in una zona d'ombra, un guerriero dalla pelle nera, poderoso nell'aspetto, seguiva in silenzio ogni movimento degli ospiti. Aveva la testa rasata, e al centro della fronte il disegno di un drago che rincorre in cerchio una fenice. A petto nudo, incurante della temperatura non certo estiva, restava immobile, con le mani appoggiate al manico di una grossa ascia bipenne.

Cinque sfere fluttuavano con movimenti lenti e casuali nell'aria, sopra le due panche semicircolari costruite intorno al fuoco.

La prima era una bolla di vetro apparentemente vuota; la seconda era interamente riempita di un liquido trasparente, forse semplicemente acqua; la terza sfera imprigionava una fiamma perennemente in movimento ed in grado di produrre un bagliore diffuso; la quarta sfera era di terra cotta, mentre la quinta sfera era di metallo finissimo e rifletteva la luce proveniente dal focolare.

"Gli elementi," disse l'uomo incappucciato facendo segno ai cinque avventurieri di sedersi attorno al braciere, "sono la base della magia e della vita".

Attese che tutti fossero comodamente seduti, e continuò: "Gli dei hanno plasmato l'universo utilizzando cinque elementi: aria, acqua, terra, fuoco e ferro. La materia, così come l'energia magica, nasce dall'alchimia tra queste forze divine.

Alle creature degli dei è stato concesso di servirsene, in misura proporzionata al proprio talento e alla forza di volontà... Ma immagino tuttavia che non abbiate viaggiato fino a Lunamtya per ascoltare una lezione sugli elementi. Cosa ha spinto fin qui una quasi-regina di Woodland? Quale risposta può essere tanto preziosa per un mago, ambizioso a tal punto da barattare la propria vita con il sapere occulto? Quali speranze hanno unito un ladro figlio d'arte, un guerriero possente dall'animo avvolto nell'ombra e una incantatrice tanto bella quanto letale?"

"Come fa a sapere tutte queste cose sul nostro conto?" sussurrò Jena nell'orecchio di Seska. "Questo posto puzza di trappola, e noi ce ne restiamo qui come degli idioti a farci rimbambire dalle chiacchiere di questo strano tizio". Shade trafisse con un occhiata glaciale il possente guerriero, che si accucciò brontolando.

"Maestro Asmofidelius," disse l'elfa silvana con voce rispettosa, "vi abbiamo cercato a lungo. Abbiamo affrontato decine di insidie prima di scoprire che soltanto voi avreste potuto guidarci nella ricerca delle Rune".

"*Uno studioso runico?*" si chiese Yoma osservando il vecchio. "*Le sue informazioni potrebbero valere una fortuna*".

"Rune... Rune..." bofonchiò il vecchio avvolto nel manto grigio, mentre da una delle tasche esterne, con gesto delicato, estraeva una piccola pipa d'avorio. "Speravo che almeno voi riusciste a sorprendermi con una domanda diversa".

Con un lento gesto della mano il maestro comandò ad un tizzone ardente di emergere dalle ceneri e di fluttuare fino al suo volto; muovendosi in modo estremamente placido abbassò il cappuccio, mostrando una lunga chioma bianca raccolta in sottilissime trecce, chiuse ad una ad una con minuscoli fermagli decorati, ed avvicinò la pipa al carbone acceso.

Il bagliore rossastro del pezzo di torba incandescente illuminò per alcuni attimi il volto dell'anziano maestro. Lo scorrere implacabile del tempo aveva lasciato i suoi solchi indelebili su quello che un tempo doveva essere un viso molto affascinante; tuttavia niente aveva potuto intaccare la fierezza di quei lineamenti e la triste dolcezza dei suoi occhi color zaffiro.

Con alcuni ritmici *puff* accese il tabacco contenuto nel braciere della pipa e, dopo aver sbuffato una nube di fumo denso e profumato, continuò a parlare. "La ricerca delle Rune è stata una costante in ogni epoca, in ogni momento della storia di Asgahard. Tutti i potenti che hanno regnato su questo continente hanno ceduto alla tentazione di inseguire questi antichi artefatti di natura divina.

Esse sono apparse, in passato, nelle mani di grandi condottieri, potenti stregoni, principi, imperatori, ma anche semplici contadini, ranger, o addirittura criminali da quattro soldi. Sono comparse, hanno soddisfatto il loro momentaneo capriccio, e ogni volta sono poi scomparse, senza lasciare traccia".

Asmofidelius scrutò gli sguardi attenti e curiosi del gruppo di avventurieri. Come era facile penetrare le loro difese mentali. Come era semplice sincronizzarsi con i loro spiriti per percepirne ogni possibile sfumatura, giungendo nel luogo più intimo, imponente e segreto di ogni creatura: l'Anima.

"Ebbene," domandò dopo un breve attimo di silenzio, "perché proprio a voi dovrei rivelare le conoscenze che tengo celate da più anni di quanto la vostra mente possa immaginare?"

Shade attese qualche secondo prima di trovare il coraggio di parlare. "Mi trovavo per caso a Hume, quando incontrai il vostro servitore". Guardò l'uomo dalla pelle nera, sempre immobile in fondo alla sala, avvolto nell'ombra.

"Non avevo idea di chi fosse, e anzi lo avrei evitato se il mio sguardo non fosse caduto sul marchio che aveva sulla fronte".

L'elfa silvana frugò nello zaino ed estrasse un piccolo e disarmonico tubo di legno, decorato con goffi ideogrammi in lingua elfica. Dopo averlo aperto tirò fuori una pergamena sulla quale era raffigurato un cerchio composto da un drago dorato e da una creatura alata dalle piume di fuoco, che si rincorrevano nel cielo.

"Il Drago e la Fenice," confermò Asmofidelius.

"Lo stesso simbolo che il vostro servitore porta marchiato sulla fronte," continuò Shade.

"Appena lo vidi mi sentii come liberata da un sortilegio. Il mio spirito si dischiuse, e reminescenze passate, che qualcuno o qualcosa aveva completamente rimosso dalla mia mente, tornarono improvvisamente alla luce".

La voce dell'elfa silvana si fece più sottile. "Fu allora," continuò, "che mi ricordai del nostro primo incontro, a Woodland, quando poco più che bambina vi sorpresi a parlare con mio fratello".

"Tuo fratello?" domandò Jena interrompendo la conversazione. "Non ci avevi mai detto di avere un fratello!"

"Ci sono ancora molte cose che non sapete di me," rispose seccamente la ladra. "E non è detto che dobbiate conoscerle".

Asmofidelius inspirò profondamente, gustando il sapore dolciastro del suo tabacco più pregiato. Il mago dalle vesti rosse non aveva mai cessato di scrutarlo, sondando ogni particolare del suo aspetto, delle sue movenze, delle sue vesti, degli accessori. Le vibrazioni melodiche gialle e rosse emesse dal suo spirito dimostravano tutta la forza che in esso era celata.

Dove lo avrebbe spinto tutta questa ambizione?

"Ricordo quel pomeriggio di tanti anni fa," disse il vecchio tornando a rivolgere la propria attenzione a Shade. "Tuo fratello Guile era un uomo saggio, degno di portare la *Runa della Terra* e di servire un sovrano saggio come Ikerálfar".

"Mio fratello portava una Runa?" domandò l'elfa, visibilmente colpita dalla rivelazione.

"Non era una semplice runa," rispose Asmofidelius, "bensì una delle sei *Rune primarie*, gli antichi artefatti forgiati con l'essenza stessa della creazione. Un tesoro che riuscì a custodire con cura, lontano dalle malvagie ambizioni di Amon, il figlio di Re Ikerálfar, che ritengo tu conosca meglio di chiunque altro..."

"Non ci capisco un accidente!" grugnì Jena alzandosi in piedi e rivolgendosi alla ladra. "Sono settimane che girovaghiamo seguendo le tue indicazioni e rischiando l'osso del collo. Adesso mi spieghi per filo e per segno perché ci troviamo nella casa di questo... vecchio stregone, altrimenti riduco questo posto come un campo di battaglia!"

"Hai ragione, Jena!" sospirò Shade. "E' il momento di fare chiarezza, e di spiegare al maestro Asmofidelius cosa ci ha spinti a cercarlo".

* * * * *

"Ricordate come iniziò la nostra prima avventura?" iniziò a raccontare Shade. "Eravamo stati assoldati dal quel mercante di Al-Kair, Jar-Bah Abaleeth, per intrufolarci nelle rovine di un tempio nel deserto. Dovevamo recuperare un antico libro di cui si era persa ogni traccia, in una cripta sepolta sotto metri di sabbia, abitata da spettri e creature terrificanti".

"Jar-Bah ci aveva promesso un mucchio di soldi," continuò Wrath, "e soprattutto ci convinse con la promessa che ogni altro tesoro rinvenuto sarebbe rimasto a noi".

"In verità nessuno ci aveva avvertito dei pericoli che si celavano tra quelle rovine", aggiunse la ladra. "Non fu facile liberarsi delle prime guarnigioni di non-morti, nonostante la grande abilità di Jena e di quel giovane cavaliere che si unì alla spedizione".

Asmofidelius sembrava prestare molta attenzione al racconto. Wrath Felling osservò che il vecchio maestro si era proteso in avanti, appoggiando i gomiti alle ginocchia, e portando il viso più vicino alle fiamme del braciere.

"Qual ragazzo era una forza della natura," commentò Jena scuro in volto, "non parlava molto, ma con la spada ci sapeva davvero fare. Combatteva come fosse posseduto dallo spirito di mille guerrieri".

Shade incrociò lo sguardo attento del vecchio e proseguì il racconto.

"Insomma, dopo diverse ore di combattimenti, rituali magici e trappole disinnescate, riuscimmo ad arrivare al cuore dei sotterranei e ai forzieri. Con grande sorpresa scoprimmo che oltre ad alcuni gioielli ed oggetti preziosi, i libri conservati negli scrigni erano parecchi, e che ve n'era uno in particolare che brillava di una fioca luce azzurrina. Appena Seska lo raccolse per infilarlo nella sacca, una forte scossa di terremoto fece vibrare tutta la struttura, che cominciò a scricchiolare rumorosamente.

Correndo all'impazzata ci dirigemmo a ritroso verso la superficie, inseguiti da schiere di spettri risvegliatisi a causa del nostro sacrilego saccheggio. Furono ore drammatiche in cui rischiammo più volte di lasciarci la pelle a causa del crollo di una struttura o dell'ira di una creatura maligna. Nel caos di quei momenti fummo costretti a dividerci e da allora perdemmo completamente le tracce di quel giovane cavaliere così taciturno".

"Ma le sorprese non erano finite!" interruppe Seska.

"Infatti. All'uscita del tempio Jar-Bah Abaleeth ci attendeva con le sue guardie armate per farsi consegnare ogni tesoro. Quel maledetto ci aveva giocato, e noi avevamo abboccato come polli.

Consegnammo il libro che ci era stato commissionato, insieme ad altri tomi preziosi e all'oro ritrovato in altre stanze del santuario, e fummo abbandonati nel deserto senza acqua né cibo".

"Bella fregatura!" esclamò Yoma ridendo. "E così siete rimasti senza un pugno di mosche ad arrostire al sole".

"Quasi," sussurrò Shade.

"In effetti l'incantesimo di riduzione dell'elfa si rivelò determinante anche in quella occasione," ammise Wrath. "Nessuno di noi si era accorto che il libro più prezioso, quello che brillava di una tenue luce azzurra, si trovava appeso al collo della nostra amica... miniaturizzato!

Nei mesi successivi scoprii che si trattava del Libro delle Rune, l'antico testo che descriveva storia e poteri dei più potenti artefatti di Asgahard: l'unica opera che, tra le sue pagine sibilline, era in grado di rivelarne i nascondigli".

Shade proseguì con il racconto. "In quei giorni, mentre tra di noi nasceva il rapporto di amicizia che tuttora ci lega, apprendemmo come le Rune scelgono i loro portatori, cercando di soggiogarli con il loro infinito potere, ma offrendo in cambio la forza per cambiare il loro destino.

Non poteva essere un caso che un testo leggendario, antico come la storia di Asgahard, fosse finito proprio in mano a noi. Dunque ci separammo con la promessa che avremmo dedicato i tre anni successivi allo studio e alla ricerca, oltre che al perfezionamento dei nostri singoli talenti. Al termine di questo lungo periodo di studio ed addestramento avremmo intrapreso un viaggio insieme, alla ricerca delle Rune".

Shade dovette prendere fiato un istante prima di ricominciare. "Ognuno di noi ha lavorato duramente in questo lungo periodo, cercando di raccogliere informazioni sulle Rune e sulla loro leggenda. Ogni indizio, ogni traccia apparentemente rilevante finivano per condurci ad un vicolo cieco, fino a quando non vidi in sogno mio fratello Guile ed udii per la prima volta pronunciare il suo nome: Asmofidelius.

Tenendomi in contatto con Wrath mettemmo insieme ogni frammento di informazione su di lei, maestro, fino a quando non ebbi una seconda visione che mi mostrò la città di Lunamtya, il suo porto e… questa casa"..

Asmofidelius appoggiò la sua pipa alla base del braciere, e si alzò lentamente in piedi. Camminò fino alla libreria posta alle spalle dell'energico guardiano e da dietro un vecchio raccoglitore pieno di pergamene ingiallite prese un mazzo di carte.

Tornò a sedersi e, rompendo il silenzio, disse: "Tuo fratello ha custodito per centotrentatré anni la *Runa della Terra*, senza mai utilizzarne il potere. Avrebbe potuto conquistare il trono di Woodland durante i giorni della guerra silenziosa, ma scelse saggiamente di non interferire con la storia e con il volere degli dei. Egli sapeva che il potere della Runa non gli era stato affidato per un uso personale, ma perché fosse tramandato alla persona giusta, che lo avrebbe ricevuto al momento giusto".

"Mio fratello è dunque morto per difendere questo segreto?" domandò Shade. "Ha perso la vita per un oggetto di cui nemmeno ha potuto godere fino in fondo?"

"Il potere delle Rune è troppo grande," continuò il maestro. "Gli uomini, gli elfi, i nani, gli orchi, i draaka, tutte le razze di Asgahard hanno vissuto rispettando l'equilibrio di questo pianeta nonostante numerose guerre lo abbiano scosso centinaia di volte. Se il potere delle Rune avesse avvantaggiato una razza rispetto all'altra, un popolo contro un altro popolo, si sarebbe avviata la spirale di distruzione che ogni custode ha il compito di evitare".

"Quindi stiamo perdendo tempo?" domandò Jena con voce brusca. "Non ci aiuterà a trovare le Rune perché il loro potere concentrato nelle nostre mani potrebbe portare il mondo alla distruzione. E' la solita storia..."

"Jena!" lo interruppe Shade "lascia che il maestro..."

"Ma che maestro e maestro!" grugnì il guerriero. "Questo vecchio mi sta rimbambendo con tutte le sue chiacchiere, e non ho ancora capito perché stiamo perdendo tanto tempo qui!"

"Riserva la tua forza per i nemici che incontrerai sul tuo cammino," esclamò dolcemente Asmofidelius porgendo il mazzo di carte a Jena. "Per favore scegli una carta ed appoggiala sul tavolo. Fatelo anche voi, per cortesia".

Con titubanza ognuno sfilò una carta dal mazzo e la sistemò sul ripiano seguendo le istruzioni del maestro.

"In tutta la mia vita, a tutte le persone che mi hanno domandato aiuto per ricercare le Rune ho risposto che non mi era possibile intervenire. Persino di fronte a condottieri dall'animo nobile o religiosi senza macchia, ho scelto di non rivelare alcun segreto.

Per decenni ho semplicemente atteso il momento in cui avrei tramandato il mio sapere al custode successivo, ma oggi le cose sono decisamente cambiate.

In principio esistevano solo due Rune: quella della *Vita*, in cui gli dei della luce avevano riposto il potere della creazione, e quella della *Morte*, in cui era concentrato il potere della distruzione affidato agli dei delle tenebre.

Il potente Dyan volle che le creature di Asgahard potessero plasmare il loro mondo secondo il proprio libero arbitrio, così divise la *Runa della Vita*, in cinque artefatti con poteri differenti, ognuno legato ad un diverso elemento.

Da allora le Rune della Terra, dell'Acqua, del Fuoco, dell'Aria e del Ferro sono passate di mano in mano, il più delle volte finendo per corrompere con il loro infinito potere i deboli animi dei loro portatori. La fiducia di Dyan nelle sue creature si rivelo spesso mal riposta.

Per il dominio delle rune scoppiarono guerre, si sterminarono interi popoli, si ordirono complotti, così i *guardiani delle rune* - incaricati nei secoli di vigilare sul loro utilizzo - decisero che sarebbe stato più saggio tenerle nascoste".

Asmofidelius inspirò una lunga boccata di fumo. Da settimane si stava preparando a quell'incontro, tuttavia era ancora indeciso sul da farsi. Sbuffò forte, e continuò a parlare.

"Quanto alla *Runa della Morte*, esiste un sovrano di un paese lontano che ne domina il potere. Egli gode del favore degli dei delle tenebre, che lo hanno eletto loro campione, e si prepara a sferrare il suo attacco al resto del mondo. L'*era della distruzione* di cui parlano le antiche profezie potrebbe essere già iniziata, e noi guardiani non possiamo più rimanere neutrali".

Le carte che gli avventurieri avevano pescato dal mazzo giacevano perfettamente allineate sul tavolo. Asmofidelius alzò lo sguardo verso Jena e girò la sua carta.

"Il Grifone bianco della luna di Primavera," esclamò fissandolo negli occhi. "E' una creatura leale e ambiziosa, votata alla protezione della prole; vive nel cielo dominando i venti e gli spiriti dell'etere. E' energia in espansione, rappresenta forza e coraggio, ed è una carta fortunata".

Poi si voltò verso Seska e girò la sua carta.

"L'Unicorno azzurro nel vento d'Autunno," pronunciò sorridendo alla giovane incantatrice. "La creatura gradita agli dei è libertà pura; sa scavare nella profondità degli animi ed ottenere fiducia. Vive la vita con leggerezza, scherzando con il destino. L'Unicorno può sopportare ferite profonde, e anche in prossimità della morte può sperare nell'aiuto del vento divino. Anche questa è una carta molto fortunata".

La terza carta era stata scelta da Shade. Esitò per qualche istante prima di voltarla, poi catturato lo sguardo dell'elfa, mostrò a tutti l'immagine che vi era dipinta.

"La Tigre bruna delle foglie d'Estate" sussurrò il vecchio maestro con aria compiaciuta. "La sua è un'energia di transizione, di continua crescita. Il più temerario tra gli animali ha radici solide e grande saggezza, ma il suo spirito combattivo e la sua ambizione hanno il sopravvento sulle scelte dettate dalla ragione. Può sopportare con pazienza fatica e carichi pesanti, ma deve difendersi dallo spettro dell'ira. Questa carta fu la stessa che scelse tuo fratello. Comincio a capire perché il suo spirito ti abbia condotto da me".

Yoma guardava nervosamente la sua carta: "*dopo tre carte positive la quarta sarà sicuramente sfortunata,*" pensò. "*Accidenti, mi lascerò suggestionare dalle farneticazioni di questo vecchio, come tutte le volte che qualcuno prova a predire il mio futuro*".

"Il Drago blu della neve d'Inverno" disse Asmofidelius scoprendo la carta del ladro. "La creatura leggendaria ha un'energia che spinge verso il basso, e che si muove come l'acqua nel letto di un fiume. Adattandosi ad ogni circostanza, riempiendo ogni ansa o canale, modellandosi a seconda delle necessità. Può essere una carta estremamente fortunata, come nascondere un lato oscuro. Il Drago non è un animale, ma un essere semidivino. E' molto furbo ed ama avere il controllo della situazione. Inoltre non conosce i concetti di *bene* e *male*, e segue solo il proprio istinto. Occorre una grande saggezza per sperare di dominare la sua influenza".

Wrath Felling si avvicinò al tavolo dove giaceva ormai solo la sua carta. Il maestro vi appoggiò sopra il palmo della mano e subito si accorse che qualcosa non andava; due carte, infatti, si erano incollate tra di loro e il mago rosso le aveva pescate insieme senza accorgersene.

"Abbiamo due carte per te, Wrath Felling" disse con voce turbata. "Non era mai accaduta una cosa simile".

Lentamente separò le due figure ancora coperte, poi girò la prima.

"La Fenice rossa dalle piume d'Estate. Essa rappresenta l'energia che spinge verso l'alto, nel suo punto di massima forza, quando controllarla risulta più difficile. Nel ciclo della vita rappresenta gli estremi, il massimo splendore e l'apice della decadenza. E' una figura fondamentale, in equilibrio assoluto tra bene e male".

La mano di Asmofidelius si avvicinò alla seconda carta. Gli occhi di Wrath Felling stavano ancora studiando la fenice fiammeggiante descritta dal vecchio, quando l'immagine dipinta sulla seconda carta gli gelò il sangue nelle vene.

L'anziano maestro rivolse il suo sguardo verso lo stregone, poi con un filo di voce rivelò il nome della figura ritratta.

"L'Agnello nero dal vello di Morte".

CAPITOLO OTTAVO
Demone in missione. Alla ricerca delle Rune.

Lord Thalor entrò con passo deciso nella tenda della strega. Scostò i teli neri che fungevano da schermo alla luce del sole ed avanzò fino al calderone dove una brodaglia limacciosa e maleodorante stava bollendo freneticamente.

"Ghertrud!" esclamò a voce alta rivolgendosi verso il giaciglio ove una piccola figura giaceva avvolta in una logora coperta grigiastra. "Alzati maledetta strega!"

Una mano scheletrica scostò la coperta e scoprì il viso scavato e logorato dal tempo dell'anziana fattucchiera.

"Cosa diavolo vuoi, Thalor?" domandò senza alzarsi dal pagliericcio con la solita voce acuta e lamentosa.

"Il nostro Signore è adirato a causa della vostra stupidità." Rispose con voce ferma il comandante supremo dell'esercito di Morlock. "So che vi ha mandato un servitore-ombra, e che voi gli avete mancato di rispetto. Egli non tollera un simile atteggiamento, neppure... da sua madre!"

"E ha mandato il suo fedele cagnolino per rimproverarmi?" chiese ridacchiando, mentre con un notevole sforzo si trascinava fino al paiolo rovente.

"Vi ho sempre rispettato, Ghertrud," disse il cavaliere abbassando il tono della conversazione, "ma anche la mia pazienza ha un limite".

Avvicinatosi ad uno sgabello di legno si sedette proprio di fronte al calderone, osservando per alcuni minuti i lenti movimenti della strega intenta a mescolare la sostanza puzzolente e verdastra che ribolliva al suo interno.

"Coldville si è schierata dalla nostra parte; Lord Yarrick ha avuto un ruolo determinante nella conquista del borgo. Pochi minuti fa un messo ci ha comunicato che l'assedio di Oasi ad opera delle armate rosse di Lord Zevrin sta procedendo secondo i nostri piani. I negromanti e gli invocatori stanno aumentando le nostre schiere di demoni e non-morti ogni giorno, e anche numerosi umani si stanno arruolando volontariamente nel nostro esercito. Siamo la più grande armata che abbia mai calcato il suolo di Asgahard. Tuttavia il nostro Signore non è tranquillo e la causa dei suoi turbamenti siete voi, Ghertrud. Voi e la vostra profezia".

"Gli dei amano giocare con le loro creature," disse la strega rimanendo concentrata sulla sua pozione. "A volte offrono il loro aiuto, a volte lo negano per un capriccio. I messaggi che filtrano dal mondo degli spiriti parlano di scenari inquietanti. Campi di battaglia lordi del sangue di migliaia di uomini, città in fiamme, interi regni in rovina. L'Impero del Drago Nascente non si arrenderà senza combattere, e la Morte troverà terreno fertile per la sua eterna mietitura. In ogni caso saremo noi a trionfare, a meno che..."

"A meno che?" domandò turbato Lord Thalor.

"Un esercito ha bisogno di grandi leader per vincere. La superiorità numerica non è sufficiente per la vittoria finale". La strega guardò fisso negli occhi il cavaliere e continuò. "La bilancia continua a pendere dalla nostra parte, Thalor, e se lo scenario rimanesse invariato le nostre armate avrebbero la meglio su quelle del nemico. Tuttavia il futuro è nebuloso; qualcuno dotato di grande potere potrebbe spostarsi da un piatto all'altro della bilancia, cambiando l'equilibrio e favorendo la vittoria di uno schieramento sull'altro".

"Quando la prima città dell'Impero del Drago Nascente verrà spazzata via dalla furia delle nostre armate, molti generali saranno pronti a tradire supplicandoci di accoglierli nelle nostre file," esclamò il cavaliere.

"Immagino di si," sussurrò la strega, "ma è importante che ci si adoperi sin da ora per reclutare le migliori pedine del nemico, e soprattutto per ritrovare tutte le Rune Primarie. E a tal proposito ho un'idea".

Proprio in quell'istante i veli neri che proteggevano l'oscurità interna si scostarono e fece il suo ingresso Lavia Mooneye, la mezzo-demone fedele a Yarrick Drako.

La strega fu compiaciuta nel vedere come lo sguardo della giovane fosse atterrito di fronte al suo orrendo aspetto. Non si aspettava che l'interno della tenda tetra dalla quale persino i non-morti mantenevano le distanze, fosse così minaccioso. Teschi ed arti mozzati giacevano ammucchiati in ogni angolo, insieme a sacchi pieni di polveri colorate ed ingredienti per sortilegi. Due candele ormai esauste, una rossa ed una nera, illuminavano con la loro luce tremula un leggio sul quale era posto un antico tomo di magia nera.

Accanto ad esso, Lord Thalor sedeva su uno sgabello di legno, con il prezioso manto che strisciava sul pavimento sudicio: sembrava curioso di conoscere il motivo della sua visita.

"Mi avete fatto chiamare, signora?" domandò timidamente dopo essersi inchinata con riverenza al comandante supremo delle armate di Morlock.

"Si, mezza-demone!" grugnì la megera. "Chissà che quel tuo bel faccino non si riveli un buon investimento per questo esercito..."

La vecchia fece cenno a Lavia di sedersi, indicando un cumulo di stracci posto a lato dell'entrata. Poi, rivolgendo lo sguardo verso l'angolo più in ombra della tenda, disse: "vieni avanti, Mordred!"

L'aria nella stanza si fece improvvisamente gelida quando dal buio, senza emettere nemmeno un lieve fruscio, emerse l'animanera.

Il cavaliere non-morto era alto quasi due metri, ma la pesante armatura di metallo annerito, insieme all'elmo sul quale erano state fissate le gigantesche corna di un *bashemith*, gli conferivano un aspetto ancora più imponente. Il lungo manto nero gli ricopriva buona parte del corpo e, sebbene la corazza ne rivestisse ogni porzione, i suoi movimenti erano avvolti in un silenzio innaturale.

"Sembra che Mordred abbia individuato la prima delle cinque Rune disperse," disse la strega rivolgendosi a Lavia. "Come era apparso nella mia visione, il suo portatore non è in grado di dominarne l'enorme potere, e presto verrà sopraffatto dalla sua energia arcana. Tuttavia egli rappresenta ancora un possibile pericolo, e pertanto dovrà essere eliminato".

* * * * *

Wrath Felling fissò con aria interrogativa il vecchio custode delle Rune. Non si era accorto che le due carte erano rimaste incollate tra loro quando le scelse per assecondare la predizione di Asmofidelius. Eppure era sempre stato un talento nei giochi di prestidigitazione con i *dragotarocchi*. La sua sensibilità nelle dita avrebbe dovuto avvertirlo dell'errore; a meno che proprio nell'errore non fosse nascosta la chiave dell'interpretazione.

La Fenice ritratta durante il sorgere del sole, nel primo mattino d'Estate, è una carta estremamente fortunata. Annuncia la vittoria al guerriero che si prepara alla battaglia, o un parto felice alla madre in attesa di un figlio, o ancora rivela all'erede al trono che il suo futuro regno sarà lungo e prospero. Promette gloria a chi saprà cadere e rialzarsi, morire e poi rinascere.

L'Agnello dal vello di Morte, invece, promette tali e tante sventure che spesso, nei giochi con cui suole dilettarsi la borghesia, viene tolta dal mazzo e sostituita con il Giullare (il quale proprio per questo motivo risulta essere oggetto di altrettanta avversione). Essa rappresenta la scelta consapevole del male, l'allontanarsi dalla luce per cercare rifugio nelle tenebre.

"A volte gli dei non consentono di sbirciare le trame del destino," disse Asmofidelius appoggiando una mano alla spalla del mago rosso, "e spesso dietro ad un fatto misterioso o apparentemente infausto non si cela altro che una banale coincidenza.

Ciò che mi sembra comunque chiaro è che nel futuro di ciascuno di voi si nascondono avvenimenti rilevanti. Il vostro fato ha già iniziato ad intrecciarsi con quello delle Rune primarie, fin dal giorno in cui siete entrati in possesso di quel libro.

Le Rune dell'Aria, dell'Acqua, della Terra, del Fuoco, del Ferro e la più potente, quella della Morte, hanno iniziato ad emettere una forte vibrazione. Lo avverto nell'aria, quando mi soffermo ad ascoltare la voce della brezza marina. Riesco a distinguere la diversa frequenza di ogni singola Runa, ed è chiaro che il giorno in cui esse vibreranno all'unisono non è distante".

"Ho la testa che mi scoppia!" sbraitò Jena dirigendosi con irruenza verso la porta da cui era entrato. "Non mi interessano le vostre noiose profezie, gli stupidi giochetti con le carte, e la vostra insulsa magia. Non mi viene un soldo in tasca sia che prosperi l'Impero, sia che da Morlock vengano orde di non-morti e taglino la testa a tutti i nostri governanti. Mi avete proprio stancato".

"Maestro..." tagliò corto Shade, "ci aiuterà a trovare le Rune?"

Asmofidelius rimase in silenzio per quasi un minuto, scrutando il volto dei cinque avventurieri che si faceva via via più scuro.

Nella sua lunga vita aveva incontrato numerose persone interessanti, ma nessuna di queste era mai riuscita davvero a meravigliarlo. Gli era sempre riuscito naturale leggere negli animi della gente, comprendere le vere intenzioni di ognuno prima ancora che fosse pronunciata una sola parola. Bastava, infatti, un'innaturale dilatazione della pupilla, o una lieve variazione del timbro vocale, o ancora un gesto semplice e spontaneo compiuto nel momento sbagliato, a rendere manifesta ogni emozione del suo interlocutore.

In quel momento tuttavia egli sentiva, anzi sapeva, di essere soltanto una pedina mossa dal fato sulla sua scacchiera. L'incontro con questi cinque giovani doveva essere stato scritto prima ancora della sua venuta al mondo. Ecco perché tutte le carte più importanti del mazzo erano uscite insieme: ecco perché i cinque elementi avevano deciso di manifestarsi nella scelta inconsapevole di ognuno di loro. E pur essendo soltanto in cinque, il fato aveva fatto in modo che tutte le sei carte legate alle Rune primarie venissero estratte. Anche quella della Morte.

"Vi aiuterò," sussurrò infine il vecchio. "Sono proprio curioso di vedere come la vostra storia andrà avanti".

* * * * *

Lavia non faceva parte dell'esercito di Morlock per convinzione ideologica. A dire il vero non si era mai interrogata a fondo sulle motivazioni alla base della guerra di espansione voluta dal suo oscuro sovrano. L'inospitale isola di Morlock, ad est dell'Impero del Drago Nascente, era stata un tempo la più florida delle regioni di Asgahard. In passato valli incontaminate e sconfinate foreste ne coprivano tutta la superficie, ed i popoli che la abitavano vivevano in pace tra loro per lo più ignorandosi.

Oggi i pochi abitatori delle lande grigie e desolate nemmeno ricordano quando ebbe inizio la trasformazione che ridusse il loro territorio in quello stato, sostituendo pascoli e foreste con lugubri deserti ed insalubri aree palustri. Tuttavia nessuno di loro si oppose all'idea di riconquistare una patria rigogliosa sottraendo ai più fortunati vicini le loro terre, e non disdegnando altresì le loro ricchezze.

Il vero motivo per cui Lavia si trovava in quel momento all'interno di una sudicia tenda, in compagnia di un indomito condottiero e di una malvagia megera, era il sentimento di gratitudine che provava nei confronti di Yarrick Drako.

Egli rappresentava per lei una sorta di fratello maggiore in grado di leggere nelle profondità del suo cuore, ma soprattutto di proteggerla da tutto il male del mondo. Come un faro che di notte guida le navi fino alle acque sicure del porto, così Yarrick aveva donato a Lavia il calore di un luogo sicuro su cui contare. Ecco perché la sua scelta di schierarsi a fianco del Signore di Morlock non era mai stata posta in discussione.

"Ebbene," esclamò la strega richiamando l'attenzione della mezza-demone ancora assorta nei suoi pensieri, "il tuo compito sarà quello di avvicinare un giovane avventuriero sospettato di essere in possesso di un oggetto molto importante per il nostro esercito; dovrai conquistare la sua fiducia e scoprire se davvero si trovi in possesso di una delle antiche Rune primarie. Dovrai tenerci costantemente informati sui suoi spostamenti e fornirci ogni dettaglio utile su come sia entrato in possesso di quel raro artefatto. Quando sarà il momento entreremo in azione e prenderemo in consegna il tuo bersaglio… con le buone o, preferibilmente, con le cattive!".

Sull'ultima parola Ghertrud iniziò a ridere con un timbro talmente malvagio da gelare il sangue nelle vene di Lavia, la quale non osò proferire alcuna parola e si limitò a cercare una conferma nello sguardo di Thalor. Dopo una breve pausa la strega aggiunse: "Mordred sarà la tua ombra. Ti seguirà a distanza ed interverrà all'occorrenza per garantire la tua incolumità. Dovrai essere molto astuta, ma anche notevolmente saggia per reggere a lungo questo gioco. Ecco perché abbiamo pensato di aiutarti fornendoti gli strumenti adatti alla missione".

La vecchia fece scivolare la mano scheletrica in una delle tasche nascoste tra le frange del suo abito logoro, ed estrasse un ciondolo ricavato dal cranio di un corvo. Incastonati nel piccolo teschio, all'interno delle orbite vuote, brillavano due piccoli quarzi color porpora, e un pezzo d'ambra curvo e affusolato fungeva da becco.

"Questo ciondolo non è un amuleto, bensì un'arma duttile ed efficace," continuò la strega facendo roteare l'oggetto davanti agli occhi di Lavia. "I suoi occhi sono una delle più sofisticate invenzioni dei nani di Rock. Sembrano pietre preziose, ma in realtà sono un miscuglio estremamente complesso di polveri ed unguenti esplosivi. Se schiacciate con vigore possono prendere fuoco, o addirittura esplodere.

Il teschio, invece, è cosparso di un potente veleno che non ha odore né sapore. E' sufficiente che sia messo a contatto con dell'acqua calda perché inizi a rilasciare il suo principio attivo: ne bastano poche gocce per uccidere un uomo.

Infine il becco d'ambra, il mio capolavoro. Anche questo va dissolto in un liquido: acqua, vino, birra... qualsiasi bevanda".

"A cosa serve?" domandò con un filo di voce Lavia, tremando di fronte al ghigno beffardo e malvagio della sua interlocutrice.

"Morte e amore... amore e morte. L'arma dell'amore è più forte e distruttiva di quella dell'odio. Ecco perché ho realizzato un filtro capace di far cadere ai tuoi piedi ogni uomo di Asgahard. Ti amerà, si fiderà ciecamente di te... e ti porgerà il fianco affinché tu possa ucciderlo!"

"Sono certo che porterai a termine la tua missione con successo," disse Thalor con tono quasi paterno, come per mitigare il clima di tensione creato da Ghertrud. Poi si diresse verso l'entrata della tenda.

"Lord Thalor..." disse Lavia supplicando con lo sguardo il suo comandante di non lasciarla sola con quella orrenda donna.

"Avanti," continuò il comandante, "andiamo a completare i preparativi per la tua partenza".

Il fumo nero e denso che saliva dal braciere sembrava si divertisse ad insinuarsi tra le travi di legno chiaro del soffitto. I dipinti raffiguranti paesaggi fluviali e marini nei quali bestie fantastiche mostravano tutta la loro maestà, parevano resistere alla fuliggine e agli altri depositi dovuti al sistema di riscaldamento della stanza.

Asmofidelius stava cercando, in una delle numerose librerie sparse per la sala, alcuni studi riguardanti le Rune primarie. Tra le pagine impolverate di un tomo rivestito il pelle di drago nero erano emersi gli appunti di un custode il quale era riuscito a tracciarne gli spostamenti negli ultimi trecento anni.

"Stando alle ricerche di Sir. Vladhish, lo storico che curò la biografia dell'ultimo Imperatore, la Runa dell'Acqua dovrebbe trovarsi proprio qui a Lunamtya". Il vecchio avvicinò una lente da taschino agli occhi, poi cominciò a borbottare alcune frasi scorrendo rapidamente il testo. "Ecco, sono almeno centodieci anni che si sono perse le sue tracce, da quando un membro del clero di Dyan la prese in custodia per nasconderla da tiranni ed avventurieri senza scrupoli".

Accadeva spesso che il clero decidesse di far sparire testi ed oggetti magici ritenuti troppo potenti o pericolosi. In un mondo costantemente stravolto da piccole e grandi battaglie per il potere, i templari di Dyan avevano sempre cercato di porsi come arbitri non solo della moralità del popolo, ma anche delle sue scelte politiche e militari. Ecco perché, all'insaputa della maggior parte dei cittadini dell'Impero, la più maestosa cattedrale di Asgahard celava – nei suoi sotterranei – una vera e propria cittadella destinata alla custodia e allo studio degli artefatti proibiti.

"Il duomo di Dyan si trova proprio nel centro della capitale, sullo stesso colle ove si erge il Palazzo Imperiale". Yoma indicò verso la finestra dalla quale poteva intravedersi la torre più alta del duomo, sotto la cui cupola si trovava la cappella privata del vescovo. *Persino i più giovani tra i membri della Gilda dei ladri* pensò, *"sanno quali tesori sono gelosamente custoditi nelle sue segrete"*.

Shade osservò attentamente lo sguardo di Yoma. Insolitamente il ladro si era dimostrato particolarmente attento alle chiacchiere del vecchio maestro, e non aveva mai interrotto la conversazione con uno dei soliti interventi sarcastici. Tornò con il pensiero al loro rocambolesco incontro nella città di Hume, e per la prima volta si rese conto di quanto poco conoscesse questo nuovo compagno di viaggio.

I pensieri dell'elfa furono interrotti dall'esclamazione di Asmofidelius: "Per le corna del minotauro! Ecco dove avevo messo quella pergamena..." Il vecchio sventolò un foglio ingiallito e consumato dal tempo sul quale erano tracciate alcune caotiche figurazioni che si sovrapponevano ad un testo scritto con una pessima grafia. "Questa mappa mi fu consegnata da un custode proveniente da Al-Kair, e conferma la presenza di una Runa in una cripta scavata nelle profondità del colle su cui sorge il tempio di Dyan. Potrebbe essere ancora li, protetta dai Paladini del Sacro Ordine della Luce".

Seska si fece avanti per esaminare la pergamena. "Se così fosse perché il vescovo Sillerieux non la usa per potenziare le difese dell'Impero? In fondo il culto si diffonde e prospera anche grazie all'impegno diplomatico della giovane Imperatrice Fiordalia".

Il volto di Asmofidelius si fece scuro.

"Giovane incantatrice," disse arrotolando con cura la mappa, "così come il male non è sempre il male, anche il bene a volte può sfociare in vizio. Sillerieux ha accumulato negli anni un grande prestigio: difficilmente chi possiede un potere così vasto riesce a conservare intatta la propria saggezza".

"Significa forse che al clero non interessano le sorti dell'Impero?" domandò Seska. "Ho sentito dire che l'Imperatrice non sta bene, che è affetta da un male incurabile. Se ciò fosse vero, e se il clero rimanesse neutrale, le armate di Morlock avrebbero vita facile contro un esercito demoralizzato e privo di leader".

"Non conosco lo stato reale di salute della piccola Fiordalia, anche se le voci sulla malattia sono insistenti". Il vecchio custode consegnò la mappa nelle mani di Wrath Felling e lo guardò fisso negli occhi. "Ricordate: Sillerieux è un uomo molto influente e carismatico, ma non è il clero. I seguaci di Dyan sono schierati con le forze del bene ed hanno a cuore le sorti dell'Impero così come di tutta Asgahard."

Wrath Felling fece per intervenire, ma fu interrotto nuovamente dal custode: "Andate ora, sono molto stanco!"

Ad un cenno del vecchio, il servitore che fino a quel momento era stato immobile e in assoluto silenzio in un angolo della sala si fece avanti ed accompagnò alla porta i cinque avventurieri.

Appena fuori Jena scosse il capo e scrutò il porto alla ricerca di una locanda. "Non vorrete mandarmi a dormire con la pancia vuota, spero" brontolò rivolgendosi ai compagni.

Seska lo fissò per un attimo, aggrottando la fronte, poi lo afferrò dolcemente per un braccio ed esclamò: "è andata meglio di quanto mi aspettassi. Dobbiamo festeggiare!"

Il vecchio cane dal pelo grigio tornò ad accucciarsi vicino alla porta e, dopo un profondo sbadiglio, lasciò che la brezza notturna gli carezzasse la schiena.

CAPITOLO NONO
Concilio di guerra. La Runa del Ferro.

La notizia della caduta di Coldville si era diffusa rapidamente nelle città dell'Impero, e i borgomastri delle comunità confinanti con i Territori Liberi affollavano le sale della reggia in attesa di essere ricevuti dall'imperatrice. Come formiche impazzite si riunivano in piccoli gruppi per diffondere le proprie preoccupazioni, e subito si separavano alla ricerca di altre orecchie impaurite su cui sfogare le proprie ansie.

"Yellsun è stata messa a ferro e fuoco," mormorava un grasso signore il cui cappello pennuto copriva gran parte del volto.

"La costa sud dei Territori Liberi è letteralmente in fiamme," starnazzò un ambiguo cortigiano. "Orde di non-morti hanno distrutto i campi, le coltivazioni... Non-morti, dico! Cadaveri senz'anima bramosi di carne umana con cui saziare la propria fame implacabile!".

Un gruppo di giovani cortigiane si lasciò andare a sciocche esclamazioni di paura, e si allontanò borbottando da quell'uomo.

"Pare che demoni giganteschi abbiano rapito tutte le donne dei villaggi intorno a Hellgate," gridò - quasi con una punta di invidia - una vecchia aristocratica famosa per la rapidità con cui riusciva a diffondere i peggiori pettegolezzi. "Si dice che lo facciano per riprodursi... Che orrore! Mi toglierei la vita piuttosto che dare alla luce il figlio di un demone degli inferi."

Un uomo con in testa un buffo cappello piumato si coprì il volto con le mani. "Cielo! Gli dei non permetteranno che un'orda di demoni cammini liberamente sul suolo di Asgahard!"

"E se si trattasse proprio di una punizione divina?" domandò una dama di corte. "Forse gli dei sono in collera con noi... in molti sostengono che l'alleanza con gli orchi sia sacrilega, e..."

"Il problema non sono gli orchi, ma demoni e non-morti. Come si può sconfiggere un esercito immortale?"

"Quelle maledette creature sono a milioni... e presto arriveranno anche da noi."

"Non oseranno sfidare l'Impero."

"Certo che lo faranno, sono molto più numerosi di noi..."

"...e poi come si può uccidere chi è già morto! Come si può combattere contro un esercito che non teme il dolore e la morte?"

"Le milizie imperiali devono intervenire! Bisogna proteggere i confini!"

"Si, l'imperatrice ha il dovere di difenderci! In fondo abbiamo sempre pagato le tasse!"

"E' il minimo che possa fare..."

Il generale Lionarm osservava la scena da un soppalco seminascosto ad una decina di metri d'altezza. Provava disgusto immaginando quanti dei suoi ragazzi avrebbero potuto perdere la vita per difendere i piccoli patetici privilegi di gente tanto squallida.

Personalmente non avrebbe sacrificato nemmeno un cavallo destinato al traino dei viveri per uno di quegli aristocratici rammolliti.

"Signore!" Esclamò un soldato dopo aver salutato formalmente il comandante della Cavalleria dei Draghi. "Il concilio sta per cominciare. L'Imperatrice Fiordalia è già uscita dalle sue stanze private e raggiungerà a breve la sala."

Lionarm congedò il soldato e s'incamminò lungo il corridoio che portava alla sala della guerra. Camminando a passo sostenuto superò la biblioteca dove si riunivano gli scienziati ed i maghi di corte, salutò gli anziani maestri intenti ad impartire preziosi suggerimenti agli studenti annoiati, ed in pochi minuti si ritrovò nell'ala del palazzo dove sorgevano le camere dei consigli.

Fuori da una delle grandi porte di legno lavorato lo attendevano quattro dei cinque generali che insieme a lui formavano il Comando Supremo dell'Alleanza imperiale, un organo militare costituito con il trattato di pace e di alleanza tra l'Impero del Drago Nascente e i popoli non umani.

Bark Stonskin era il rappresentante del popolo dei nani, un veterano che aveva combattuto numerose guerre e che aveva contribuito in prima persona all'unificazione dell'Impero. Per Fiordalia, rimasta orfana in tenera età, il vecchio nano era stato quasi un padre e - sebbene non fosse certo un fine stratega - la sua saggezza si era rivelata indispensabile in numerose occasioni diplomatiche.

Fiero e taciturno come la maggior parte dei membri della sua razza, Florius Lungarco - un famoso guerriero appartenente al popolo degli elfi - restava in disparte avvolto nel suo manto di seta intrecciata con fili d'oro, fumando una pipa di cristallo ed avorio.

A pochi metri da lui Kunglash Krotal, eroico capotribù dei draaka di Lizarville, un'antica stirpe di uomini-drago, rimirava con consueta meraviglia la collezione di spade antiche e pregiate appartenute a più valorosi condottieri scelti tra i popoli alleati.

Infine Lynn'lao Yiukee, paladina appartenente al Sacro Ordine della Luce, sedeva in silenzio nel seggio riservato al rappresentante militare del clero. Stretta in una cotta di maglia che a stento nascondeva le sue morbide forme, lucidava con un lembo del mantello il simbolo di Dyan che portava al collo.

Il generale Lionarm eseguì il saluto militare rivolto alle massime cariche del concilio di guerra, poi si diresse verso il suo seggio elegantemente intarsiato con foglie d'oro, immediatamente seguito dai consiglieri. Al centro del salone era posto un maestoso tavolo circolare ricavato da un unico ceppo di *quercia-pietra gigante*, suddiviso in sette spicchi di eguale dimensione, ma di colore differente. Alla sua destra il seggio verde era riservato al rappresentante del popolo degli elfi, mentre su quello grigio sedeva il rappresentante scelto dai clan nanici. Dalla parte opposta si trovavano il seggio rosso e quello giallo, rispettivamente occupati dai rappresentanti del clero e degli uomini-drago.

Di fronte allo spicchio dorato, infine, i rimanenti erano quello bianco, riservato all'Imperatrice, e quello nero, assegnato al Re delle tribù degli orchi.

In quell'istante, preceduta ed annunciata dal gran ciambellano di corte, fece il suo ingresso l'Imperatrice Fiordalia, che con incedere esitante si avvicinò al suo piccolo seggio bianco.

"Mettetevi comodi," sussurrò con dolcezza la giovane sovrana indicando ai consiglieri le rispettive postazioni. "Vogliate perdonare il mio ritardo".

Lionarm fu costretto a constatare che il volto della piccola Fiordalia, la bambina cui era stato maestro d'armi e cui aveva insegnato l'arte di solcare i cieli sul dorso dei possenti dragoni, la fanciulla la cui bellezza era stata oggetto di lodi e poemi tramandate dai menestrelli in tutte le regioni, tradiva uno stato di salute in continuo peggioramento. Era come se lentamente ed inesorabilmente sulla sua pelle un tempo rosea e vellutata fosse calato un velo bianco e traslucido in grado di sfumarne i lineamenti e di offuscarne la vitalità.

Fissò i suoi grandi occhi celesti, ancora pieni di vigore nonostante l'avanzare della malattia, quasi persi nell'innaturale pallore del suo viso, e provò un brivido nel percepire quanta tenacia e determinazione riuscissero ancora a trasmettere.

"Vi ho fatti chiamare perché la situazione sta volgendo al peggio". L'Imperatrice rivolse un cenno al ciambellano il quale si avvicinò al tavolo portando una mappa del continente. "Come saprete, gli eserciti sbarcati dall'isola di Morlock hanno occupato le città di Yellsun e Hellgate, dove hanno costruito il loro campo base.

Da pochi giorni hanno iniziato ad invadere anche i Territori Liberi. Le città di Coldville, Oasi e Yellsun sono cadute o sono prossime ad arrendersi. Altre città nell'estremo oriente potrebbero essere attaccate nei prossimi giorni.

Non disponendo di un esercito unitario tutti i Territori Liberi sono destinati a cadere: i nostri ambasciatori richiamati a Lunamtya concordano nell'affermare che le cinque città cadranno in meno di un mese. Tuttavia voi sapete meglio di me che l'attacco ai Territori Liberi non ha altro scopo se non quello di stabilire un presidio lungo i nostri confini. Sappiamo tutti che il vero obiettivo di questa invasione sono le nostre terre".

La voce dell'imperatrice si fece sempre più bassa, fino a divenire quasi un sussurro.

"Ke vengano pure," sibilò Kunglash Krotal battendo il palmo della mano sul tavolo. "Sssono mesi ke gli sciamani draaka preparano il popolo a questa guerra. I nossstri aruspici hanno messo in guardia l'Impero già da diverssso tempo! In ogni caso, nessuno potrà avvicinarsi al fiume sacro senza assaggiare il ferro delle nostre lame!"

Lynn'lao Yiukee posò delicatamente una mano sull'avambraccio squamoso dell'uomo-drago. Conosceva in ogni dettaglio il potenziale militare dei popoli uniti sotto le effigi imperiali, e non trascurava il valore degli uomini rettile. Tuttavia giudicava ingenuo il modo di pensare dell'alleato.

"Sottovalutare il nemico non è saggio," disse rivolgendo uno sguardo agli altri consiglieri. "Allo stato attuale l'esercito di Morlock è molto potente, e se l'opera di reclutamento messa in atto dai nostri nemici nei villaggi occupati porterà i frutti ipotizzati perderemo presto il vantaggio della superiorità numerica".

"Gli elfi si sarebbero fatti uccidere piuttosto che accettare di prestare servizio nelle fila del nemico!" mormorò Florius Lungarco richiamando l'attenzione degli interlocutori. "La dignità dei popoli elfici non è in vendita! Quanto contano i trattati, gli accordi, i patti siglati tra i diplomatici imperiali e i governatori dei Territori Liberi?". Il guerriero prese fiato e continuò: "ho servito il mio popolo per duecentonovantaquattro anni, ed in tutto questo tempo ho constatato che per gli umani è cosa normale vendere la propria dignità."

Lionarm sapeva che l'affermazione dell'elfo non era rivolta agli umani seduti a quel tavolo; tuttavia quelle parole riuscirono a ferire il suo orgoglio. L'imperatrice non meritava un simile affronto, specialmente considerati i suoi enormi sforzi per consolidare i rapporti tra le diverse razze di Asgahard. Era principalmente merito suo, e prima di lei di suo padre, se oggi i popoli dei territori imperiali vivevano in pace, godendo i frutti della loro opera diplomatica.

Ecco perché, nonostante non fosse solito perdere la calma, in quell'occasione avrebbe desiderato afferrare l'elfo per il suo prezioso bavero di seta per lanciarlo fuori dal salone a calci nel didietro. Tuttavia un inatteso intervento di Fiordalia deviò la sua attenzione.

"Amici," disse dolcemente, "la forza dell'Impero del Drago Nascente e dei Territori Alleati sta nell'unità dei nostri popoli. Un'unità costruita con sacrificio e con saggezza, compiendo anche significative rinunce per il bene di tutte le nostre genti. Io non permetterò, anzi, noi non permetteremo al Signore di Morlock di minare quanto di buono noi e i nostri padri abbiamo costruito."

Bark Stonskin sorrise. Le parole della sua piccola sovrana avevano colpito nel segno e ogni espressione arrogante sparì come per magia dal volto dell'elfo.

"Abbiamo poco tempo per organizzarci," continuò l'imperatrice con un filo di voce, "e mi aspetto che ognuno di voi tenga fede al patto di reciproco soccorso. Con il massimo dell'impegno. Auspichiamo che l'esercito di Morlock si tenga ben lontano dai nostri confini; tuttavia, se questa guerra dovesse scoppiare, saremo noi a vincerla."

Lionarm si lasciò sprofondare nella sua poltrona dorata, decorata con le effigi del comando, e si carezzò i folti baffi bianchi. L'imperatrice stava leggendo i resoconti degli esploratori e delle spie inviate nelle zone di guerra, e ognuno dei consiglieri sembrava prestare molta attenzione alle sue parole.

Bark Stonskin, chiuso nel suo consueto silenzio, sembrava una fortezza costruita su uno scoglio, imperturbabile nonostante lo scrosciare delle onde e la furia della tempesta. Con una delle sue grandi e ruvide mani vezzeggiava la folta barba argentata, intrecciando e sciogliendo i fili un tempo fulvi che la componevano. Il suo sguardo poteva sembrare duro e severo come quello di molti nani, ma a Lionarm risultava evidente quanto affetto lo legasse alla piccola imperatrice. Sul suo corpo portava i segni di mille battaglie, era sfuggito alla morte in così tante occasioni che alcuni pensavano che l'Inferno non lo avrebbe più cercato; tuttavia dal giorno in cui i medici diagnosticarono a Fiordalia quella malattia incurabile egli sembrava sempre più vecchio, sempre più solo. La fortezza nell'oceano aveva cominciato a scricchiolare.

"Imperatrice," la interruppe il vecchio quando fu certo che avesse esaurito l'argomento, "suggerisco di spostare le guarnigioni del Basilisco d'oro più vicine al confine con i Territori Liberi. La gente si sentirà maggiormente al sicuro, e il nemico capirà che non abbiamo alcuna intenzione di farci cogliere impreparati".

Florius Lungarco attese qualche istante, poi mormorò: "il Basilisco da solo non potrebbe reggere un attacco a sorpresa. Sono soldati troppo giovani; pochi hanno conosciuto la vera guerra".

"Metteremo in stato d'allerta la marina imperiale." Rispose in tono formale il generale Lionarm. "Dispiegheremo le flotte lungo tutto il confine bagnato dal mare, concentrando le navi migliori in prossimità dei principali porti e della capitale. Quanto alle truppe nemiche di terra, distano dai nostri confini almeno sette giorni di marcia. Già da domani il Basilisco potrebbe raggiungere i villaggi interessati, e preparare il campo per i rinforzi che giungeranno non prima di cinque giorni".

"Resssta da vedere kome si comporterà il clero," disse l'uomo-drago sottolineando l'affermazione con il sordo schiocco della sua coda. "Non mi sembra ke il vescovo Sillerieux abbia preso così ssseriamente la minaccia di Morlock. Il Sacro Ordine della Luce è composto da una elite di paladini erranti, e non mi risssulta che siano stati richiamati e messsi in allerta."

Lynn'lao Yiukee prese tra le mani il medaglione a forma di spirale, simbolo sacro del proprio ordine cavalleresco devoto a Dyan, la suprema divinità della luce. Osservò il pregevole intrecciò tra la spirale dorata, che rappresentava la Luce, e quella argentata, simbolo della notte: con il dito indice carezzò l'opera dello scultore, seguendo il filo d'oro che si avvolgeva su se stesso, fino a vincere e a coprire quello d'argento. La paladina aveva incontrato il vescovo la mattina precedente, e pur avendogli manifestato le concrete preoccupazioni circa il pericolo di una invasione, aveva ottenuto un mandato assai debole. *Il Tempio non ritiene del tutto fondate le preoccupazioni relative alla guerra con Morlock,*" le aveva confessato Sillerieux. "*In troppe occasioni l'opera diplomatica del clero ha risolto crisi che sembravano poter essere decise solo con l'uso delle armi*".

La paladina cercò le parole giuste per non lasciare trasparire il proprio disagio. "Il vescovo confida che la guerra possa essere evitata con una decisa azione diplomatica. In questi giorni una delegazione di arcipreti dovrebbe giungere sull'isola di Morlock per chiedere udienza al Signore di quelle terre maledette, e..."

Kunglash Krotal si alzò in piedi, scoppiando in una fragorosa risata: "...e li rimanderanno al mittente in un barile di *spirito d'uva*!"

"Vi prego di calmarvi, nobile Kunglash," disse Florius Lungarco prendendo la parola. "E' evidente che il vescovo Sillerieux crede di poter fermare la guerra mandando un'ambasciata di lacché sull'isola della morte. E' altresì evidente che le persone sedute a questo tavolo hanno un'opinione differente. Gli elfi sono pronti a tenere fede agli accordi con l'Impero, a patto che ciascun popolo faccia la sua parte... orchi compresi".

Lionarm sapeva che era solo una questione di tempo, prima che il solito problema emergesse.

Gli orchi e gli elfi si consideravano nemici naturali dall'alba dei tempi, e si erano sempre combattuti. Prima per il dominio delle foreste, poi per il commercio del legname, infine per ogni capriccio che l'una o l'altra fazione aveva utilizzato per poter muovere battaglia contro gli sgradevoli vicini di casa.

Solo con la nascita dell'Impero fu sottoscritto il primo vero trattato di pace tra i due popoli, e garante di questo patto era l'Imperatore in persona.

Gli elfi, popolo maggiorente avvezzo alla vita di corte e all'arte della politica, avevano subito preso parte attivamente al governo dei territori imperiali, mentre le grandi tribù degli orchi si erano rifugiate nelle loro praterie beneficiando della pace per l'incremento delle attività commerciali. Ora la gravità della situazione imponeva anche a loro un atteggiamento diverso.

"Il nobile Florius ha ragione," rispose Fiordalia con la consueta dolcezza che contraddistingueva ogni suo intervento, "ecco perché incontrerò nei prossimi giorni il re degli orchi, Kaizer Zruegrosh, per convincerlo a fornirci l'aiuto necessario".

Alle parole dell'Imperatrice seguì un dibattito sulle nuove forme di allenamento che i vari maestri d'armi avrebbero dovuto impostare per preparare le milizie ad uno scontro nei territori del nord-est. Mentre gli uomini si accaloravano per determinare quali e quanti sistemi si sarebbero dovuti scegliere per educare nel miglior modo possibile le nuove generazioni di guerrieri, le due donne presenti in sala sembravano distratte.

I neri occhi a mandorla di Lynn'lao Yiukee osservavano la scena senza interesse. Nella mente della paladina tornavano le immagini del suo recente colloquio con il vescovo Sillerieux, la guida spirituale del clero, l'uomo che più di ogni altro si sarebbe dovuto battere contro le malvagie ambizioni del Signore di Morlock. Ricordava ogni frase, ogni momento della conversazione, e pur non riuscendo a trovare alcuna sbavatura nei concetti espressi dal vescovo, nella profondità della sua anima sapeva che qualcosa non quadrava. In tutto ciò che aveva visto o udito nelle ultime settimane al Tempio vi era una nota stonata.

Accanto a lei l'Imperatrice Fiordalia si aggrappava alle ultime energie per non apparire debole di fronte ai pilastri del suo esercito.

I suoni attorno a lei sembravano sempre più sordi e lontani, e nascondere il tremolio delle mani stava diventando quasi impossibile.

Utilizzando le tecniche di respirazione che i maestri dell'est le avevano tramandato riuscì ad impedire al sudore di depositarsi sulla propria fronte. Si concentrò recitando la preghiera del coraggio, ed attese la fine della discussione mantenendo inalterata la sua regale postura.

Non appena Bark Stonskin si accorse di quanto fosse aumentato il pallore della sua giovane sovrana, richiamò l'attenzione dei consiglieri e li invitò ad aggiornare la seduta per mettersi subito al lavoro.

Il suo intervento, tuttavia, non fu sufficientemente tempestivo. L'Imperatrice aveva resistito con tutte le sue forze, ma le numerose fitte alla testa le avevano fatto perdere il controllo: ora vedeva fantasmi e mostruose creature deformi in ogni angolo della stanza.

La sua mente sapeva che si trattava solo di illusioni generate dalla malattia, ma il cuore era sordo alla voce della ragione. Chiuse gli occhi e con un filo di voce si rivolse ai membri del concilio.

"Nobili amici, il Drago nascente si muove come l'acqua del fiume. Scorre libero e impetuoso. Ha una forza in grado di scavare le montagne di pietra. Tuttavia è duttile ed ha pazienza, sa adattarsi al letto del fiume, come alla strada che il destino ha disegnato per lui.

Noi dobbiamo essere come l'acqua. Come il Drago che attende paziente di conoscere il proprio destino, per poi aggredirlo e domarlo nell'istante giusto".

Di fronte a lei uno splendido arazzo ritraeva l'Imperatore durante la firma del trattato di pace con i popoli alleati. *Dammi la forza per raggiungere la mia stanza,* pensò rivolgendosi all'immagine dell'amato padre. *Non voglio cadere di fronte a questi uomini*".

Quasi in silenzio, enunciati i saluti rituali, tutti i consiglieri lasciarono la stanza.

Fiordalia fu finalmente libera di sprofondare nel consueto oblio.

* * * * *

Lord Zevrin assisteva alla battaglia dall'alto di una duna di sabbia. Seduto sul dorso di un destriero dal manto nero come la notte, osservava il bagliore cremisi della città in fiamme.

Il cielo era solcato dalle scie dei proiettili infuocati che venivano scagliati a centinaia dalle colossali macchine da guerra posizionate in prossimità della porta principale. Il rumore delle esplosioni era assordante. Le piccole piramidi di terra e sabbia cristallizzata, nelle quali risiedeva la popolazione di Oasi, sembravano una sinistra necropoli abbandonata, popolata solo da scheletri e guerrieri non-morti intenti a compiere ogni genere di razzia.

I pavidi governanti erano fuggiti prima dell'inizio dell'assedio, lasciando senza guida le ultime armate dei Territori Liberi. La loro corsa era durata poco meno di un'ora, e si era arrestata di fronte ad un plotone di cavalieri rossi (i quali furono ben lieti di adornare le proprie bardature con una nuova collezione di onorevoli teste).

Le grida di terrore delle donne e dei bambini che venivano rinchiusi nelle gabbie riservate agli schiavi non era nulla in confronto ai lamenti strazianti dei soldati fatti prigionieri. Lord Zevrin aveva dato l'ordine di massacrare ogni membro dell'esercito nemico, salvo coloro i quali potevano essere ritenuti utili per ottenere informazioni. E gli inquisitori avevano preso molto seriamente il loro incarico.

"Signore!" gridò un soldato in armatura rossa, avvicinandosi cautamente alla possente cavalcatura. "Un piccolo gruppo di paladini si è arroccato nel Tempio, ed già respinto due attacchi da parte della nostra fanteria. I monaci sono neutrali e rivendicano il diritto di dare asilo ai fuggiaschi".

Zevrin non distolse lo sguardo dalla città in fiamme.

"Abbiamo contato circa venti persone armate, tra cui quattro donne," aggiunse non senza titubanza il giovane. "Non sono nulla se paragonati alle centinaia di miliziani che abbiamo sconfitto".

"E per questo vorresti fosse risparmiata loro la vita?" domandò con tono velenoso il generale delle armate rosse di Morlock.

Il ragazzo rimase in silenzio. Ricordava il giorno in cui ad un cadetto della sua età Lord Zevrin aveva posto una domanda analoga. *"Perché hai evitato di affondare il colpo contro il tuo avversario? Un nemico deve essere sempre eliminato, anche quando lo scontro è ormai vinto; niente è più pericoloso di un nemico accecato dal desiderio di vendetta. Dunque, per quale ragione ti sei fermato?".*

Allora quel ragazzo rimase in silenzio, non riuscendo a trovare le parole per giustificare quell'atteggiamento pietoso riservato all'amico battuto.

Quell'attimo di incertezza bastò perché fosse cacciato dall'accademia; abbandonato nelle piane della morte, dove non esistono colori e tutto sembra coperto da una fitta coltre di polvere grigiastra. Per diverse ore si difese dalla caccia degli zombi, i quali (attratti dall'insolita presenza di carne viva) gli si muovevano intorno come impazziti, aggredendolo con unghiate fulminee. Quando finalmente fu sopraffatto dal numero dei famelici non-morti lanciò un urlo talmente lungo e straziante che nessun cadetto riuscì a prendere sonno per una settimana.

"Ad un cavaliere rosso non è concessa alcuna esitazione," aveva ripetuto il generale agli allievi il giorno successivo. *"Noi siamo gli angeli purpurei chiamati a dispensare la Morte. Noi non proviamo pietà per il nemico. La compassione è un sentimento che su un campo di battaglia può solo nuocere. Un attimo di incertezza è sufficiente affinché il nostro avversario sia libero di eliminarci. Ora voi tutti sapete cosa avrebbe dovuto fare il vostro compagno; e sapete anche quale risposta mi aspettavo da lui..."*.

"No, signore." Disse il soldato emergendo rapidamente dal ricorso, e sforzandosi di apparire convincente, "Un cavaliere rosso non risparmia la vita al suo avversario".

"Bene, allora vai da Gathor e digli di attaccare con le armate demoniache. Voglio che di quel Tempio non rimanga che un vago ricordo". Lord Zevrin si girò di scatto fissando il giovane soldato negli occhi. Sembrava un cobra, pronto a balzare addosso alla sua preda per divorarla in un unico boccone.

Il Tempio era un logo sacro, da sempre rispettato anche in periodi di guerra. Che Lord Zevrin non temesse neppure gli dei? Che avesse intenzione di sterminare anche i pacifici monaci?

Il ragazzo si congedò e fuggì il più velocemente possibile dalla scena, dirigendosi verso le schiere inumane, dove il demone Gathor avrebbe appreso – con gusto – del nuovo incarico.

* * * * *

Il Tempio di Oasi era normalmente in grado di ospitare una popolazione di quaranta individui, divisi tra sacerdoti, monaci e druidi pellegrini. Alla base della grande struttura piramidale, nei due piani che si ergevano sopra le stanze riservate al culto degli dei neutrali, erano collocate numerose camere in cui i monaci potevano esercitare il corpo e la mente secondo gli insegnamenti degli Antichi. Essi, a differenza dei sacerdoti dediti allo studio e alla ricerca teologica, praticavano un'antica arte di combattimento i cui segreti erano custoditi gelosamente e codificati in testi scritti con un linguaggio cifrato che nemmeno la magia era mai riuscita a mettere in chiaro.

Nei giardini che circondavano il luogo di culto, tra le dune dell'arido deserto, nei bui e profondi cunicoli che si diramavano sotto la sabbia, da centinaia e centinaia di anni pochi eletti tramandavano il loro sapere a discepoli accuratamente selezionati, sottratti in tenera età alle cure della famiglia per essere educati all'arte marziale.

Normalmente nessuno poteva avere accesso agli insegnamenti degli Antichi se non aveva dedicato l'intera esistenza, a cominciare dalla fanciullezza, al tempio. E soprattutto a nessun culto estraneo a quello degli Antichi era concesso di venire a contatto con le sacre conoscenze.

Koori, il primo druido al quale i monaci avevano deciso di tramandare una parte delle loro conoscenze, era dunque una doppia eccezione.

Da soli tredici anni aveva rinunciato ad ogni tipo di contatto con il mondo esterno per dedicarsi esclusivamente allo studio dell'antica arte. In precedenza, infatti, aveva viaggiato per il mondo, partendo dal suo piccolo villaggio nei pressi della foresta di Woodland, spingendosi fino ad oriente, studiando ogni meraviglia naturale ed imparando a trarre forza e potere da ciascuna di esse.

Alla piramide era giunto quasi per caso, e quali per caso si era imbattuto in colui che sarebbe stato il suo principale maestro. Aveva appreso dapprima i segreti del deserto, degli animali e dei vegetali che lo popolano, delle terribili creature che ne abitano il sottosuolo.

Aveva letto i testi arcani custoditi nella grande biblioteca, aveva imparato a placare le fiere, a comprenderne il linguaggio, a sentire la voce del vento, delle piante, delle rocce.

Per tredici anni si era sottoposto ad allenamenti sempre più pericolosi ed estenuanti. Il suo corpo poteva ignorare il freddo, il caldo, persino il dolore. La sua mente cominciava ad imparare come il corpo poteva essere dominato.

Nessun insegnamento, tuttavia, lo aveva preparato allo spettacolo a cui stava assistendo.

La città di Oasi, quella stessa città che ora bruciava sotto i suoi occhi come un fascio di legna secca nella fucina di un fabbro, stava morendo.

Le fiamme avvolgevano ogni casa, e presto avrebbero raggiunto anche il tempio. Attorno alla piramide decine di demoni solcavano il cielo, sputando fuoco contro i sacerdoti in fuga e all'interno delle stanze ormai semi distrutte.

Alcuni paladini, insieme ai monaci più anziani, erano stretti a cerchio attorno all'edificio sacro per impedire alle empie creature di profanarne l'interno, ma soprattutto per coprire la fuga degli accoliti attraverso i sotterranei.

Koori si trovava nel piano più basso della piramide, in un labirinto costruito scavando la roccia per nascondere il più antico dei segreti di Oasi. "*Quando ti abbiamo scelto*", gli aveva detto il maestro prima di costringerlo a fuggire, "*conoscevamo già da tempo il destino della città. Sapevamo che un nemico potente avrebbe minacciato Asgahard, e che poche sarebbero state le possibilità di fermarlo. Dovevamo proteggere gli insegnamenti degli Antichi, preparare la strada per la rinascita del tempio dopo la sua distruzione. Ma ciò che ci convinse a scegliere proprio te come erede sta scritto nel tuo destino e in quello di alcune persone che incontrerai molto presto. Ora va, lascia che la Terra ti indichi dove fuggire, fidati di lei, e custodisci il nostro tesoro fino a quando sentirai di dovertene separare*".

Quel tesoro si trovava proprio davanti ai suoi occhi. Sospesa nell'aria fluttuava una piccola sfera di metallo liquido, all'interno della quale era imprigionata la Runa del Ferro.

Koori attese immobile qualche secondo, poi allungò la mano per toccarla. L'antico artefatto cominciò ad emettere una luce bluastra che presto si diffuse su tutto il suo corpo aumentando progressivamente d'intensità e costringendolo a chiudere gli occhi.

Pochi istanti dopo, quando il druido riuscì a riaprirli, della sfera non v'era più traccia.

"*E' dentro di me*", pensò osservando il simbolo marchiato a fuoco sul palmo della mano destra, "*La Runa del Ferro è l'antico tesoro che dovrò custodire*".

La voce della Terra si fece sempre più acuta, diffondendosi come una vibrazione attraverso la roccia sotto i piedi di Koori.

"Va bene", disse rivolgendosi al cunicolo scavato nella roccia, "va bene... sto arrivando".

CAPITOLO DECIMO
Lunamtya. Il gusto amaro della vittoria.

Yoma strisciò fuori dal vicolo curando di non fare il minimo rumore.

Le ombre della notte avrebbero atteso ancora a lungo prima di essere soffiate via dai raggi del sole mattutino. Ad ogni passo il logoro pavimento di legno produceva un lievissimo scricchiolio, nulla a che vedere con i ritmici boati emessi da Jena russando.

Il mago dormiva da solo nella stanza comunicante. Si era addormentato tardi, dopo aver recitato a lungo le litanie necessarie per memorizzare gli incantesimi, ed aver bevuto una tisana curativa dall'odore di fieno bagnato. Aveva avuto un'altra piccola crisi respiratoria tornando dalla dimora di Asmofidelius, ma la pozione calda aveva placato gli spasmi e lo aveva aiutato a prendere sonno.

Shade e Seska condividevano una camera al piano sottostante, in prossimità della vasca termale. Come avrebbe desiderato infilarsi nell'acqua calda e rimanere immobile per ore, dimenticandosi di ogni cosa.

Quando fu vicino alla finestra verificò che fosse socchiusa, come l'aveva lasciata appena rientrati nella locanda. Una fredda brezza s'insinuò tra le onde dei suoi folti capelli, carezzandogli il viso e quel sottile strato di barba che amava mantenere.

Agile come un felino balzò fuori sul cornicione, aggrappandosi alla tenda di lino grezzo. Con un comando ordinò al suo bastone di allungarsi fino alla strada, poi – facendo leva su di esso – si lasciò cadere fino a poggiare dolcemente sul selciato.

Le lanterne erano ormai completamente esaurite, e la città era illuminata solo dal cielo stellato.

"Questa città, di notte, è davvero incantevole. Quanti palazzi all'apparenza normali celano in realtà tesori di inestimabile valore. Quante opere d'arte, quanti gioielli, quanti antichi artefatti sono nascosti a pochi metri dalle mie mani". Yoma tornò con il pensiero ai tempi in cui partecipava alle scorribande della sua Gilda dei ladri nella capitale, alle avventure vissute con il padre e con i compagni di studi, ai primi amori consumati furtivamente in notti senza fine.

Senza perdere tempo, assicuratosi di non essere seguito da nessuno, imboccò un vicolo avvolto nell'oscurità e si diresse al luogo del suo appuntamento.

Sul retro della "Taverna del Prete Ubriaco" lo attendeva un uomo avvolto in una veste di lino nera, con il volto coperto da una maschera di stoffa.

Yoma gli sorrise e gli fece un inchino. L'altro non si mosse e si limitò ad allungare una piccola borsa di monete d'oro.

"Questo è un anticipo," gli sussurrò con tono freddo e disinteressato. "Il resto a lavoro compiuto, come da accordi".

Il ladro avrebbe voluto rispondere qualcosa, ma il messo misterioso si dileguò balzando leggero sopra i tetti.

"Un uomo di poche parole, come quasi tutti quelli della sua stirpe," pensò mentre rimirava quel suo piccolo tesoro.

S'incamminò per fare ritorno alla sua camera, quando ad un tratto gli parve di riconoscere una strada. Si avvicinò ad una porta verniciata di rosso e provò ad affacciarsi alle finestre. Scrutò l'interno di una cucina, dove su un tavolaccio ancora apparecchiato una forma di formaggio stava per essere rosicchiata da un piccolo topo grigio.

Un rumore improvviso dall'altra parte della strada mise in allerta i suoi sensi. Subito si infilò in un vicolo dove era accumulata una grande quantità di immondizia si nascose nell'ombra.

Sporgendosi fin dove la sua sagoma poteva confondersi con le pareti di legno annerite dal fumo, notò che un gatto – dopo essersi accertato che nessuno potesse osservare i suoi movimenti – stava nascondendo una piccola preda in un foro scavato in una cassa abbandonata.

"Ognuno ha i suoi segreti" disse tra sé Yoma, sorridendo al piccolo predatore notturno. *"E c'è chi se li porta fino alla tomba".*

Il gatto, dopo aver risposto accuratamente il proprio tesoro, si arrampicò sul ramo più alto di una pianta di arance e cominciò a lisciarsi il pelo.

Quando finalmente si accucciò per mettersi a dormire Yoma si trovava già lontano, davanti ad un palazzo prestigioso presidiato da due guardie imperiali.

"E' passato un bel po' di tempo dall'ultima volta che mi sono fatto gioco di loro," pensò osservando il buffo pennacchio dei due soldati che ondeggiava in avanti e all'indietro al ritmo del loro respiro. *"Quello basso e cicciotto russava anche allora".*

Lentamente, mantenendosi sempre come le spalle al muro, sguscìò fuori dal vicolo e si aggrappò al terrazzò del primo piano. Senza produrre nemmeno un leggero scricchiolio vi si arrampicò e si nascose per verificare che nessuna guardia si fosse svegliata.

"Per fortuna che i soldati dell'Impero non sono tutti come questi due, altrimenti il Signore di Morlock avrebbe vita facile. Se vegliano in questo

modo il sonno di una famiglia nobile, immagino come riuscirebbero a proteggere i nostri confini".

Rialzatosi misurò con un'abile occhiata la distanza che lo separava dal terrazzo al secondo piano. Fissato accuratamente il bastone tra le due terrazze, se ne servì per arrivare al tetto del palazzo vicino, posto a metà strada tra il primo e il secondo piano della casa nobiliare.

Recuperata l'arma magica la ripose nella cinta di cuoio, e si appresto a spiccare un balzo verso la ringhiera più alta.

Le grandi finestre del terrazzo superiore erano aperte e davano su una splendida camera lilla, nella quale troneggiava un maestoso letto a baldacchino. Drappi di seta rosa e bianchi calavano dal soffitto fino al nobile giaciglio, impedendo a Yoma di vedere chi vi riposasse.

"Non ricordavo una stanza tanto pomposa," pensò il ladro mentre con gesti quasi automatici si portava in prossimità del letto, *"ma di certo non potevo dimenticare una simile bellezza!"*.

La fanciulla dormiva avvolta in un sottile lenzuolo di raso niveo come i petali di un giglio, talmente morbido da cadere sul suo corpo evidenziando la grazia delle sue forme. I lunghi capelli, come lucenti fili d'oro, erano sparsi sul cuscino, e diffondevano nella stanza un aroma cui il ladro non pareva insensibile.

"Ah! Lunamtya... ora ricordo perché questa città mi mancava tanto. Le sue donne dall'aspetto nobile ed elegante, il profumo delle loro vesti sempre pulite, questa pelle liscia e delicata..."

Distratto dai suoi ricordi Yoma si avvicinò al letto senza notare che un sottile filo di cotone era teso proprio sopra in suo piede, e quando finalmente abbassò lo sguardo per controllare il percorso era ormai troppo tardi. Il suono di un campanellino gli fece gelare il sangue nelle vene. Strisciando nella penombra si catapultò verso la finestra, mentre l'eco di quel suono inatteso vibrava ancora nell'aria. Superò le file di drappi calati dal soffitto, afferrò con forza le maniglie della finestra prima accuratamente accostate, quando una voce ferma e decisa lo immobilizzò.

"Sapevo che saresti ritornato prima o poi, brutto mascalzone!"

Yoma non osò voltarsi e rimase impietrito aggrappato alla finestra.

"Ho atteso per tre lunghi anni che tornassi per adempiere alla tua promessa di matrimonio. Spero che tu abbia una ragione davvero valida per questo lungo silenzio; in caso contrario mi sentirai gridare tanto forte che giungeranno guardie armate persino da Hume!"

"Mia dolce dama," sussurrò il ladro spiando con la coda dell'occhio i movimenti della fanciulla, "non potete immaginare quali disavventure mi siano capitate in questi... tre anni".

"*Tre anni?*" continuò nella sua mente, "*E' vero, dannazione! Questa deve essere la figlia di quella cortigiana che... Un momento; ma come accidenti si chiamava?*"

"Ebbene?" domandò la fanciulla alzando il tono della voce. "Sono tutta orecchi. Sentiamo quali gravi motivi ti hanno tenuto lontano da me per tutto questo tempo, senza una lettera, senza una visita... senza..."

"La guerra!" Yoma calcolò che qualche secondo di silenzio sarebbe bastato per rendere teatrale il suo racconto improvvisato.

"Sono stato costretto a fuggire perché alcuni emissari di Morlock volevano la mia testa e... e minacciavano tutta la mia famiglia. Come avrei potuto mettere in pericolo la mia dolce... dama..."

La ragazza apparve perplessa. "E dimmi, cosa possono volere da un mascalzone cascamorto come te i soldati di un popolo lontano?"

"Può forse il cielo dimostrare all'uomo di essere infinito? Può forse il mare dimostrare di essere sconfinato? Come posso, dunque, convincerti che ho dovuto allontanarmi da te per proteggerti?"

"Per... per proteggermi?"

"*E' fatta! Ha abboccato!*" Yoma si girò di scatto e le afferrò le mani: "Mia cara, ora devo fuggire! Ho sbagliato a venire qui, ma dovevo vederti ancora una volta. Non mi importa di essere braccato, ma non potrei perdonarmi se il nemico decidesse di sfogare su di te le sue ire. Se solo uno di quegli orribili demoni pieni di tentacoli bavosi e di arti uncinati raggiungesse questa dimora, sfogasse i suoi peggiori istinti su di te... oh! Non potrei proprio perdonarmelo".

La ragazza sgranò gli occhi figurandosi la mostruosità descritta dall'amato. "Ma allora... quando tornerai? Quando potremo finalmente sposarci?"

"Presto!" rispose Yoma con voce salda. "Quando la guerra sarà vinta, io tornerò. Ora lasciami andare, ti prego...".

"Il destino gioca con i nostri sentimenti, mio amato. Non so se potrò resistere tanto a lungo lontano da colui al quale ho donato il mio cuore".

"*A questo punto dovrei stringerla forte e rassicurarla? Io scappo.*"

"Yoma, amore mio, promettimi che pronuncerai il mio nome ogni giorno appena sveglio e ogni notte prima di addormentarti".

"*Hem... sarà difficile visto che ancora non me lo ricordo.*" Il ladro aprì la finestra e si girò di scatto fissando gli occhi celesti della fanciulla. "Lo farò mia diletta, ma ora lascia che la notte torni a custodire il nostro segreto".

"Dovrò lasciarti, amore mio. Ti vedrò andare via senza nemmeno un bacio, una carezza... senza poterti avere un'altra volta accanto nella notte..."

"*Mmm... lascia perdere Yoma, stai per farti fregare un'altra volta!*"

"...senza il ricordo di un'ultima notte d'amore da poter rimpiangere ogni giorno fino al tuo ritorno?"

"In questo caso... credo... che non sarei un vero galantuomo se non esaudissi almeno un desiderio della mia amata prima di tornare al mio triste esilio".

Mentre le finestre si chiudevano alle spalle dei due amanti, dall'altra parte della strada, sull'uscio di una piccola costruzione di pietre rosse, un ubriaco rincasava cantando un motivetto un po' malinconico.

UN NANO ED UN ORCO
OGNUN COL SUO BICCHIERE
OGNUN COL SUO RICORDO
DA BUTTARE GIÙ

IL PRIMO FU AMATO
MA POI FU LASCIATO
ED ORA È UN SOLDATO
DI NOSTRA MAESTÀ

L'ALTRO FU UN GUERRIERO
TEMUTO E AMMIRATO
MA PRESTO HA PERDUTO
LA SUA UTILITÀ

UN NANO ED UN ORCO
INSIEME HANNO BRINDATO
OGNUN COL SUO RICORDO
DA BUTTARE GIÙ.

* * * * *

Il mattino seguente Jena si svegliò presto, con più appetito del solito. Scese in cucina di ottimo umore, si prodigò per aiutare la figlia del locandiere a trasferire il latte, il vino e le spezie nel magazzino, consumò per tre volte una doppia porzione di torta alle mele con latte di capra, ed ebbe anche il tempo per recarsi dal fabbro più famoso della città per far sistemare il filo della spada.

Yoma dormiva come un ghiro nonostante - simulando una serie di rumorosi incidenti - egli avesse provato in tutti i modi a svegliarlo per convincerlo ad accompagnarlo dall'armaiolo.

Quanto al mago e alle ragazze dovevano essere usciti prima di lui perché di loro non v'era alcuna traccia.

"*Poco male,*" pensò il guerriero roteando sopra la testa una bellissima ascia da guerra bipenne che il fabbro stava offrendogli ad un prezzo ragionevole, "*è la volta buona che riesco ad andare a dormire senza avere fronteggiato un'orda di goblin, o senza essermi infilato in un cunicolo tetro, umido ed infestato di bestie orripilanti*".

"La sua spada è pronta, signore," esclamò il garzone del negozio sottoponendo il lavoro del suo maestro al nerboruto cliente.

"Direi che è stato fatto un ottimo lavoro," rispose Jena cercando di farsi sentire dalla stanza di fianco. "*Speriamo che questa sviolinata valga almeno un po' di sconto*".

Il ragazzo ringraziò, presentò il conto (salato), e portò i saluti del maestro all'avventore.

Al centro della piazza, a pochi passi dalla bottega del fabbro, Wrath Felling stava parlottando con un venditore di anticaglie. La sua veste di velluto rosso era perfettamente in ordine, e non presentava più alcun segno della disavventura nei condotti fognari. I lunghi capelli bianchi, sistemati sulle spalle fino a coprire interamente il cappuccio, riflettevano la luce del sole tanto da apparire di un colore quasi innaturale. "*Dove avrà trovato il tempo per sistemarsi?*" si domandò il guerriero dirigendosi verso l'amico. "*La scorsa notte era pesto come lo zombie di un troll dopo uno scontro con un bufalorso*".

Wrath offrì al mercante tre monete d'oro per un manoscritto risalente al secolo precedente ed una vecchia piuma da scrittura dall'aspetto a dir poco scadente, suscitando l'ilarità di alcune massaie di passaggio.

"Non ti sembra di avere speso una follia per quelle cianfrusaglie?" domandò Jena quando il mago lo raggiunse.

"Temo, al contrario, che quel poveretto ignorasse il valore di questa penna di cigno nero," rispose sorridendo. "Vedi gli ideogrammi al centro del manoscritto?"

Il guerriero scrutò la pergamena disseminata di simboli incomprensibili. Poi sollevò la testa in attesa di una spiegazione più esauriente.

"Sono parole scritte in una lingua antica, da un popolo che non abita le nostre terre da molto tempo".

"E tu riesci a capire cosa c'è scritto?"

"Si tratta molto probabilmente di una formula magica elementare. Un incantesimo in grado di intervenire sulla penna e di risvegliarne i poteri".

Jena immaginò il mago mentre fronteggiava un'orda di non morti armato della sola piuma di cigno...

"Quali poteri?" chiese scacciando dalla mente l'immagine dissacrante.

"Di preciso non lo so, l'ultima parte della pergamena è pressoché illeggibile. Tuttavia immagino servisse per trascrivere ciò che veniva pronunciato a voce dal suo antico proprietario".

"Non male... se tu non fossi uno stregone, ma un bibliotecario o un trascrittore di libri..."

Il mago arrotolò con cura il manoscritto e ripose la piuma in una tasca segreta all'interno della tunica. "Sento, invece, che questo oggetto potrebbe rivelarsi più utile di quanto pensiamo".

Mentre i due imboccavano la strada che li avrebbe condotti fino alla locanda, al Tempio di Dyan una piccola folla di fedeli si stava raccogliendo in attesa dell'inizio della funzione.

Alcuni giovani sacerdoti vegliavano dall'alto dell'ultimo gradone, e suggerivano ai contadini presenti come collocarsi affinché nessuno potesse essere ferito o maltrattato. Di lì a poco il vescovo avrebbe compiuto un rituale per chiedere la protezione dei raccolti e del bestiame, e in molti continuavano a riversarsi nella piazza per potersi unire alla preghiera.

Poco distante dall'ingresso principale, spalancato per consentire alla calca di fluire regolarmente all'interno, Shade stava memorizzando ogni dettaglio della struttura. La facciata era un'opera tanto grandiosa quanto carica di misteri: i bassorilievi raffiguravano creature celesti intente a vegliare sulle opere umane, ma anche esseri infernali nascosti nelle ombre ricavate dagli scalpelli dei più grandi maestri del popolo dei Nani. Tra una scena e l'altra alcune decorazioni nascondevano fessure dalle quali chi stava all'interno dell'edificio poteva spiare il grande piazzale. Una in particolare era collocata proprio in linea con il Palazzo Imperiale, il cui ingresso si trovava all'estremità opposta della piazza a poche decine di metri da dove l'elfa si era appostata. Dopo aver dato un'ultima occhiata, annotò su un foglio la posizione di ogni fenditura, completando un disegno estremamente dettagliato della cattedrale.

"Lungo la fiancata est," suggerì Seska indicando la pergamena che l'amica stava illustrando, "c'è una piccola porta di legno protetta da una grata piuttosto pesante".

"L'ho vista," rispose svogliatamente la ladra. "Credo conduca alle stanze sotterranee; dall'interno della navata non vi è traccia di quell'entrata laterale".

"Forse. Anche se la totale assenza di guardie mi porta a pensare che non vi sia nulla di importante da difendere oltre quella porta... forse è solo un magazzino".

La ladra ripose i suoi appunti nello zaino, e scrutò la immensa torre campanaria in cima alla quale si trovavano gli appartamenti del vescovo Sillerieux. "Dove nasconderesti il tuo tesoro se fossi il più alto prelato di Dyan?" domandò infine all'incantatrice.

"Non saprei... di certo in un luogo difficilmente accessibile e ben protetto..."

"...e magari dove potresti controllarlo spesso senza dare nell'occhio," la interruppe Shade, "in un luogo tanto banale da risultare insospettabile".

"La torre!" esclamò Seska. "Nella cappella privata..."

Shade sorrise. Il segreto dei migliori ladri sta nel riuscire a pensare come le proprie vittime, e in pochi potevano vantare una sensibilità pari alla sua.

"Chi custodisce avidamente un grande tesoro," rispose, "non può resistere alla tentazione di osservarlo tutti i giorni, di rimirarlo, di toccarlo... In pochi affiderebbero l'oggetto più prezioso ad un umido e precario nascondiglio sotterraneo, magari custodito da creature mostruose".

"Resta da vedere se Sillerieux sappia realmente che una Runa è custodita nel suo Tempio".

"Non so... il fatto che non l'abbia mai usata potrebbe significare che non ne è a conoscenza".

"...Nel qual caso i discorsi fatti finora non avrebbero più significato".

Shade si fermò a riflettere. Asmofidelius, il maestro delle Rune, aveva dato loro un indizio prezioso; tuttavia lei era certa che avesse celato qualcosa, che avesse voluto in questo modo mettere alla prova la loro onestà.

Se la Runa dell'Acqua si trovava nascosta nel tempio di Dyan poteva essere solo in due posti: nelle stanze segrete collocate in profondità sotto il basamento della cattedrale, o nella sua sala più elevata, la cappella riservata ai vertici del clero.

"Dovremo dividerci." Enunciò l'elfa silvana al termine della sua riflessione. "Non possiamo rischiare di mettere in atto un'incursione a vuoto. Le guardie templari aumenterebbero la sorveglianza lungo tutto il perimetro del tempio, e diverrebbe impossibile puntare al secondo obiettivo".

"Divisi siamo più deboli..." commentò Seska.

"Ma possiamo passare più facilmente inosservati!" rispose Shade ostentando sicurezza. "Questa è la notte giusta: la luna non sorgerà!"

* * * * *

Il messaggero vestito con l'armatura rossa scese da cavallo e si diresse velocemente verso la tenda del suo signore.

Aveva cavalcato per una notte ed un giorno, concedendosi un'unica sosta a metà del percorso, dove una guarnigione attendeva per affidargli un destriero a riposo.

Trasportava un messaggio importante, che il generale delle armate rosse gli aveva affidato affinché raggiungesse al più presto il comandante Thalor, nell'accampamento a sud di Coldville.

Si avvicinò all'entrata e salutò i due alfieri incaricati di sorvegliare la tenda. Mostrò il sigillo ed attese con pazienza che dall'interno gli fosse autorizzato l'ingresso. Salutò formalmente gli ufficiali presenti, e quando il comandante supremo gli rivolse un cenno di approvazione incominciò a leggere la pergamena.

"*Lord Zevrin, generale delle armate rosse di Morlock, annuncia che la città di Oasi è stata conquistata la notte scorsa. Dopo un assedio di dodici ore, le armate hanno fatto il loro ingresso dalla breccia ricavata nella muraglia a sud. Le orde demoniache hanno incenerito gli oppositori, mentre i battaglioni di non-morti eliminavano ogni nemico sulla loro strada. La città è completamente sotto il nostro controllo. Attendo ordini per il prossimo obiettivo. Onore e gloria ai regni di Morlock*".

Quella che vide il giovane messaggero quando ebbe terminato la lettura della pergamena non era certo la reazione che si era immaginato. Certo non si aspettava che un uomo del rango di Lord Thalor si lasciasse andare a manifestazioni di gioia troppo esplicite, tuttavia sperava che la notizia fosse appresa con maggiore entusiasmo.

"Grazie soldato," disse il comandante congedandolo con un gesto della mano, "goditi un giorno di licenza!"

Appena il giovane uscì dalla tenda, l'ufficiale dall'armatura nera si avvicinò a Lord Thalor. "E' andata come prevedevo," disse con tono cupo.

"La conquista di Oasi faceva parte del nostro piano, Lord Yarrick, fin dall'inizio!" rispose con voce ferma il suo superiore.

"Eppure poteva essere condotta diversamente, senza un'inutile devastazione, senza che il patrimonio della città venisse distrutto". Il generale nero sperò che il suo riferimento alla grande biblioteca custodita nel tempio fosse recepito. Aveva perso la calma ed aveva alzato troppo la voce, atteggiamento che Lord Thalor non avrebbe perdonato a nessun altro sottoposto.

"Comprendo le tue ragioni, Lord Yarrick. Tuttavia non posso tollerare che vi sia astio tra i generali di mia fiducia."

Il comandante si girò di scatto verso gli ufficiali rimasti all'interno della tenda e li congedò con un'occhiata nervosa. Attese che vi fosse nuovamente silenzio e continuò: "Non ho fatto altro che seguire il tuo suggerimento, Yarrick".

"Volevo solo evitare che Coldville venisse devastata dalla guerra. E' una città davvero splendida e molto produttiva, e integra avrà la possibilità di servire molto meglio il nostro regno.

Ho sperato che Zevrin avrebbe compreso l'immenso patrimonio rappresentato da Osai, la più ricca e colta tra le cinque città! Invece ha raso al suolo ogni cosa…

Abbiamo distrutto immense ricchezze, signore".

Il generale allentò una cinghia che stringeva la parte anteriore dell'armatura nera adornata con teschi e altri simboli di morte. Lentamente si portò di fronte a Lord Thalor ed abbassando il capo aggiunse: "Sono un idiota. Ho soltanto rimandato l'inevitabile. Lord Zevrin è un mostro senza anima e prima o poi lo avrebbe comunque dimostrato".

"In guerra la pietà è un sentimento pericoloso…"

"Non ho risparmiato il popolo di Coldville per pietà, ma per interesse strategico. Che utilità può avere la conquista di nuovi territori se prima li radiamo al suolo? A cosa serve conquistare una città quando ogni ricchezza è saccheggiata, quando le opere sono distrutte, quando non vi è più nemmeno un uomo che possa produrre tanto da pagare le tasse?

Thalor rimase in silenzio. Ripensò alla ragione per la quale era iniziata questa guerra, al suo popolo costretto ad abitare città maledette, a coltivare campi che non producevano più frutti, ad allevare vacche dal latte acido, a bere acqua torbida e maleodorante. Ritornò con il pensiero alla sua fanciullezza, quando ancora si potevano trovare macchie di vegetazione sana tra le paludi e le aride valli di ghiaia.

"Ricostruiremo un regno di pace," esclamò innalzando un calice di vino rosso elfico e rivolgendosi a Yarrick con un'espressione forzatamente distesa. "Non ripeteremo gli errori di chi ci ha preceduto, hai la mia parola. Ricostruiremo le città colpite dalla guerra, e verremo ricordati come portatori di pace, non come conquistatori assetati di sangue".

"Allora ferma quel pazzo di Zevrin." Esclamò Yarrick interrompendo il discorso. "Fermalo prima che sia troppo tardi".

CAPITOLO UNDICESIMO
Sopra la cattedrale. Sotto la cattedrale.

Dall'alto della collina sulla quale sorgevano il Palazzo Imperiale e il grande Tempio dedicato a Dyan si poteva udire chiaramente il rumore del mare.

Le poche lanterne sparse per le vie del centro, nei pressi dei palazzi nobiliari e lungo lo stradone che portava dalla piazza del mercato all'Accademia delle Arti Magiche, illuminavano con la loro fioca luce una notte senza luna. Il tenue bagliore arancione delle fiammelle si rifletteva sulle armature lucenti degli lancieri imperiali impegnati nelle consuete ronde notturne, e creava un suggestivo gioco di ombre danzanti sulle pareti di pietra e mattoni.

Un piccolo gruppo di soldati visibilmente ubriachi uscì dalla *Locanda dei Monaci Erranti*, imprecando contro il gestore che li stava mettendo alla porta. Nelle taverne e negli alberghi del centro il decoro era imposto da una legge imperiale fortemente voluta dall'aristocrazia locale, che mal tollerava risse e schiamazzi notturni.

Appena udirono uno degli ubriaconi alzare il tono della voce, i lancieri si avvicinarono alla scena pronti ad intervenire. La minaccia di trascorrere il resto della notte in una cella fu sufficiente a sedare ogni polemica, e a convincere il gruppetto a sparpagliarsi.

Jena e Shade approfittarono dell'attimo di distrazione per emergere dal vicolo dove erano nascosti.

Attento a non fare rumore, il guerriero estrasse dallo zaino un rampino di ottima fattura, al quale era legata una corda di seta nera come la pece. Leggera, elastica e molto resistente, quella fune preziosa era in grado di sostenere il peso di tre uomini in armatura pesante.

Shade afferrò il gancio per la sua impugnatura, e dopo averlo fatto volteggiare sopra la sua testa per alcuni istanti, lo scagliò al di la del muro più alto del tempio. Con una serie di movimenti collaudati, verificò che il rampino avesse afferrato un appiglio sicuro; poi si rivolse con un cenno al guerriero invitandolo a controllare che le guardie non si fossero accorte del rumore.

Di fronte all'ingresso della locanda i due lancieri erano ancora fermi ad ascoltare le rimostranze dell'oste. Jena li osservò per una manciata di secondi, poi confermò con un gesto che la situazione era sotto controllo.

L'elfa silvana fece ricorso alle sue doti di ladra e con movimenti rapidi e sicuri si arrampicò lungo le mura. Quando fu in cima verificò che non vi fossero sorveglianti nelle corti interne; poi, con un balzo felino, facendo leva su un robusto ramo di quercia, si lasciò cadere nei giardini del tempio.

Jena attese di sentire il miagolio di un gatto. Aveva discusso a lungo con la ladra sull'opportunità di trovare un segnale più chiaro del richiamo di un felino in amore... tuttavia le sue proteste non erano state accolte.

"Nessuno ascolta mai il guerriero", si lamentò a bassa voce.

"Chi è grande e grosso deve essere per forza anche scemo!"

Le sue riflessioni furono interrotte da un lungo *"Miaoou"*.

"Se questo è un gatto in amore", si disse mentre scalava le mura, *"io sono l'imperatrice Fiordalia"*.

Quando ebbe risalito la parete recuperò la fune nera e la lasciò andare dalla parte opposta, verificando che il rampino fosse ben arpionato alla costruzione. Discese per qualche metro aiutandosi con la corda, poi si lasciò cadere nel prato.

"Dobbiamo nascondere la corda" sussurrò la ladra indicando un grosso albero dalla fitta chioma. "Sarà sufficiente annodarla ad uno di questi rami".

Jena eseguì il comando. Aveva combattuto nell'esercito, e sapeva che non era opportuno discutere gli ordini di chi poteva vantare una maggiore esperienza. Nelle azioni più pericolose non c'è tempo per discutere. A volte nemmeno per riflettere. Ecco perché l'istinto del guerriero lo aveva protetto in tutte le battaglie.

Corsero entrambi verso un cespuglio di *biancofoglio*, e li sostarono per qualche istante. La torre, che s'innalzava proprio a pochi passi dagli arbusti, sembrava una spada conficcata dagli dei nel cuore del tempio.

"Non ci sono porte," grugnì Jena cercando di parlare a bassa voce, "e le finestre sono troppo piccole per consentirci di entrare."

Shade studiò attentamente il suo obiettivo. Non vi erano ingressi e questo poteva essere comprensibile: l'accesso era riservato solo al vescovo e ai sacerdoti più importanti, ed evidentemente i corridoi interni erano più facili da sorvegliare.

Le finestre erano numerose. Collocate una sopra l'altra a distanza di un piano, sembravano troppo piccole e strette per consentire che un uomo vi passasse attraverso.

"Non avrai intenzione di ricorrere di nuovo alla magia che riduce?" domandò il guerriero ripensando con orrore alla battaglia nelle fogne. "Non ho intenzione di essere schiacciato come un insetto dai piedi maleodoranti di un prete sonnambulo..."

Shade non rispose. Non aveva preso nemmeno in considerazione l'idea di ricorrere alla magia degli elfi: non potendo controllare la durata dell'incantesimo, sarebbe stato troppo rischioso avventurarsi per i corridoi del tempio. Avrebbero rischiato di trovare il tesoro e di non essere in grado di spostarlo.

"Dobbiamo scalare la torre". La ladra pronunciò queste parole con un tono volutamente solenne, come se dal buon esito dell'impresa derivasse la salvezza o la condanna del mondo interno. "La terrazza che circonda la stanza più alta è l'unico punto da cui si può penetrare nella cappella di Sillerieux!"

"Se anche avessimo la forza per scalare una parete liscia di trenta metri, impiegheremmo ore per farlo!" esclamò Jena.

"Non è detto," rispose la ladra mostrandogli un piccolo bracciale di ametista. "Questo è un dono di un'amica di cui un giorno ti parlerò... conferisce il potere di rendere più veloci e potenti i movimenti del suo portatore, e credo faccia proprio al caso nostro".

Il guerriero osservò con attenzione l'oggetto magico. Se anche avesse funzionato – e su questo era abituato a non fare molto affidamento – avrebbe aiutato una sola persona a risalire la parete. Le parole di Shade risolsero ogni dubbio: "Lo userai tu, Jena."

L'elfa silvana era una donna dal fisico elastico e molto bene allenato. Probabilmente si sarebbe dimostrata in grado di scalare la torre facendo semplicemente ricorso alle sue doti segrete di ladra. Jena, invece, poteva contare su una forza fisica fuori dal comune, ma il suo stesso peso sommato a quello di armi ed armatura, non gli avrebbe certo consentito l'impresa.

"Spero che ti divertirai quando dovrai raccogliermi dal selciato..." si lamentò infilando il bracciale fatato. Subito una luce azzurrina si diffuse dalle gemme di ametista.

"Sta funzionando," rispose Shade con un sorriso, "come ti senti?"

Jena non sembrò avvertire alcun cambiamento. Iniziò a saltellare sul posto, ma non si librò nell'aria come aveva immaginato. Provò dunque ad aggrapparsi ad una sporgenza tra le pietre della torre campanaria; con una sola mano si sollevò lentamente, constatando come la presa apparisse ben salda e il peso fosse drasticamente diminuito.

Sorrise. Con un paio di ampie bracciate, puntando semplicemente i piedi contro la roccia liscia e i mattoni grezzi, salì fino a raggiungere la finestra del primo piano. Dopo essersi sollevato balzò fino all'appiglio successivo, e poi ancora verso la seconda piccola apertura.

La magia stava funzionando. Si lanciò verso l'alto, passando velocemente da una presa all'altra, da una finestra a quella successiva, finché – complice l'enfasi del momento – non urtò violentemente con la spada il metallo di una grata. Nel silenzio della notte il rumore si diffuse impietosamente.

Shade, nascosta tra le lamelle del biancofoglio, scrutò il compagno appiattito nell'ombra, proprio sotto la terrazza.

Fortunatamente nessuno pareva essersi destato a causa del forte rumore.

Quando fu certa di vedere il guerriero scavalcare la ringhiera in cima alla torre, anche la ladra iniziò la sua scalata.

Sfruttando due piccoli arpioni di ferro nascosti sotto le punte dei suoi stivali di cuoio e i rampini creati appositamente per adattarsi alla forma delle sue mani, Shade seguì il percorso individuato dal guerriero.

Fece leva sulle rientranze nella roccia e salì lentamente, servendosi di alcuni preziosi buchi lasciati dai costruttori per sorreggere le impalcature.

* * * * *

La grata di ferro, posta a protezione della porticina lungo la fiancata est del tempio, si sollevò senza emettere nemmeno un sottile scricchiolio. Una forza invisibile calciò più volte contro la serratura, fino a quando la struttura di legno cedette, andando a sbattere violentemente sullo stipite opposto. Trascorsi alcuni istanti, l'inferriata ricadde pesantemente a terra, e dietro di essa l'uscio tornò a chiudersi celando i danni prodotti sul chiavistello.

Tutto ciò avvenne senza che si udisse il minimo rumore.

L'interno del corridoio era completamente immerso nell'oscurità. Una scintilla balenò nell'aria, e ricadendo accese la torcia appoggiata alla parete. La fiamma cominciò a divorare il legno annerito dall'usura, e presto produsse un leggero scoppiettio.

"L'effetto della magia del silenzio è terminato, e presto torneremo anche visibili." Wrath Felling pronunciò alcune parole in una lingua antica, e ricomparve a pochi passi dalla porta dalla quale era entrato insieme ai suoi compagni.

"Come sarebbe più facile il mestiere del ladro se tu mi insegnassi uno di questi trucchi," rispose Yoma comparendo a sua volta sotto la torcia accesa.

Per ultima apparve anche l'incantatrice, la quale pareva assorta nello studio di una mappa. "Secondo quanto ci ha spiegato Shade," disse, "ci troviamo proprio sopra l'ingresso dei sotterranei".

"C'è una botola, infatti!" esclamo il ladro illuminando il pavimento con la fiaccola. "*Ovvero un modo sicuro per cacciarsi nei guai...*"

Il mago fece leva con il suo bastone a forma di cobra, e riuscì a sollevare il portello. Yoma afferrò la maniglia e tirò verso l'alto con forza. Un odore nauseabondo si diffuse rapidamente nell'aria, costringendo tutti i presenti ad allontanarsi dal cunicolo.

"Qualunque cosa si nasconda qui sotto," disse il ladro rivolgendosi con sarcasmo a Seska, "non ha la tua stessa passione per i profumi".

La drow passò una mano tra i suoi capelli d'argento; le sue movenze sensuali e calibrate ricordavano quelle di un felino accucciato, pronto a spiccare un balzo verso la propria preda. "Non credevo avessi anche tu un olfatto tanto fine," gli rispose con voce suadente. "Immagino, dunque, che ti sia accorto di avere addosso l'odore di una donna..."

Una vampata di calore tinse di rosso il volto di Yoma. La sua scappatella notturna, nonostante si fosse premurato di nascondere ogni possibile traccia ai suoi compagni di stanza, era stata scoperta. Si appuntò mentalmente di fare attenzione ai sensi troppo sviluppati della drow.

"Mai trascurare un dettaglio all'apparenza insignificante," sentenziò l'incantatrice colpendo con una leggera gomitata il fianco del ladro.

Il siparietto strappò un sorriso anche al mago, il quale – solo quando fu certo che lo scambio di battute non sarebbe continuato – invitò gli altri a seguirlo nella discesa.

I tre s'infilarono nel cunicolo, illuminando il cammino con una piccola torcia di legno. La scalinata di pietra, a tratti ricoperta da un viscido strato di muschio, terminò ad una decina di metri sottoterra, in corrispondenza di una piccola cripta ovale da cui partiva un lungo e basso corridoio.

Percorsero la nuova strada con cautela, prestando la dovuta attenzione ad ogni minimo rumore. Impresse sullo strato di polvere che copriva il pavimento si potevano notare chiaramente le tracce del passaggio di numerosi uomini. Evidentemente non era inusuale che uno dei sacerdoti o dei guardiani del tempio si recasse nei sotterranei.

Tutto d'un tratto il corridoio si fece più ampio, fino a confluire in una seconda stanza ovale nella quale erano presenti due vecchie porte di legno apparentemente chiuse.

Le impronte sul pavimento sembravano condurre verso destra. Yoma si avvicinò alla porta e vi appoggiò l'orecchio. "Sento qualcosa!" Disse immediatamente. "Lamenti... o un respiro affannoso."

Wrath toccò la maniglia e constatò che la polvere non vi era depositata. Segno che qualcuno, aprendo la porta, l'aveva rimossa di recente.

Alle loro spalle Seska imitò il gesto del ladro ed avvicinò il lungo orecchio da elfo all'altra entrata. Scrollando le spalle fece segno di non udire nulla.

"Stando alla mappa che ci ha preparato Shade il centro del tempio dovrebbe essere a sinistra," sussurrò l'incantatrice mostrando la pergamena ai compagni, "mentre proseguendo verso destra ci troveremmo proprio sotto al Palazzo Imperiale... o nelle sue segrete."

Decisero di affidarsi all'esperienza della ladra, e – servendosi delle doti di scassinatore di Yoma – aprirono prima la porta.

Il corridoio in cui entrarono era grande, come quelli dei piani in superficie. Disseminato di ingressi che conducevano a piccole stanze colme di vecchi paramenti, libri in disuso e strumenti da lavoro, proseguiva estendendosi per decine di metri.

Sul soffitto erano poste alcune grosse travi, a distanza regolare tra loro. Yoma vi avvicinò la torcia per esaminarle meglio, insospettito dalla loro collocazione non necessaria, ma un forte colpo di tosse del mago quasi gli fece perdere la presa.

"Perdonatemi," ringhiò Wrath, "tutta questa polvere... sto facendo l'impossibile per trattenermi!" In momenti come quelli la sua fede incondizionata nelle conoscenze arcane pareva vacillare. Il potere, la profonda conoscenza delle arti magiche valevano questo prezzo?

Un secondo colpo di tosse gli si strozzò in gola. Uno scricchiolio sopra la sua testa lo avvertì dell'imminente pericolo. Affidandosi all'istinto si gettò all'indietro proprio quando una pesante lama d'acciaio andò a sfracellarsi contro il pavimento, esattamente dove stava sostando fino ad un istante prima.

Scampato il pericolo, Wrath dovette constatare che un muro di metallo lo aveva separato dai suoi compagni. Dall'altra parte poteva udire la voce disperata di Seska che chiamava il suo nome.

"Sono tutto intero," esclamò cercando di apparire tranquillo. "Ma sono bloccato..."

Dall'altra parte Yoma esaminò accuratamente la scena, cercando la leva o l'interruttore che aveva fatto scattare la trappola.

Si rese conto che le pietre del pavimento avevano tutte una forma irregolare. Solo quella scheggiata dalla lama era perfettamente squadrata.

"In ogni caso siamo sulla buona strada." Continuò il mago. "Chi si prenderebbe la briga di collocare trappole dove non c'è nulla da proteggere?"

Seska fu costretta a dargli ragione. Tuttavia il suo interesse nella spedizione era ormai compromesso. "Non proseguiremo lasciandoti solo," disse picchiando i pugni contro la parete di acciaio.

"Non corro alcun pericolo," mentì Wrath Felling. "Tornerò alla locanda e vi aspetterò"

"Non possiamo fare altrimenti," le sussurrò Yoma appoggiando una mano sulla sua spalla. "Le catene che reggevano il peso della lama si sono spezzate. Il meccanismo che avrebbe potuto aiutarci a sollevarla di nuovo è inservibile".

Wrath si rese conto di essere realmente solo.

* * * * *

La terrazza conduceva esattamente dentro la cappella degli alti prelati. Non era sfarzosa, ma nemmeno sobria come il resto del tempio. Una porticina conduceva alle stanze del vescovo, dove con tutta probabilità Sillerieux stava riposando.

Shade cominciò ad esaminare l'altare, cercando nei piccoli forzieri che contenevano l'incenso e gli altri oggetti rituali. "*Gli dei mi perdoneranno*" pensò mentre frugava nella cassettiera che reggeva l'ara, "*in fondo se trovassimo noi la Runa dell'Acqua la terremmo lontana da Morlock e dalle forze del male*".

Jena era agitato. Non aveva fede negli dei, o almeno era convinto che non si interessassero delle vicende umane, tuttavia si sentiva a disagio nei luoghi sacri. Soprattutto mentre la sua compagna stava tentando di saccheggiarne uno.

"Non hai ancora finito?" domandò impaziente.

"Se mi aiutassi a cercare finiremmo certamente prima".

Il guerriero finse di non sentire e si allontanò verso la porta interna. Nel corridoio non si udiva alcun rumore. Le luci erano spente e non sembrava ci fossero guardie di ronda.

La cosa a dire il vero lo preoccupava. Non era la prima volta che entrava in un palazzo importante; aveva violato castelli, scovato stanze del tesoro, partecipato ad incursioni rocambolesche nel territorio del nemico. In ognuna di queste occasioni, tuttavia, il luogo più importante era presidiato dalle guardie più valorose. Gli sembrava incredibile che Sillerieux non avesse una scorta.

"Qui non c'è." Sentenziò Shade interrompendo i suoi pensieri. "Dobbiamo vedere le sue stanze private".

"Tu sei pazza. Pazza furiosa!"

"Abbiamo ancora poco tempo prima che i monaci di Dyan si alzino per le orazioni del mattino."

"Non ci sono guardie..." avvertì titubante il guerriero sbarrandole la strada. "E questo può significare una cosa sola..."

"Magia!" esclamò l'elfa silvana senza accennare ad un minimo turbamento. "Sapremo riconoscerla."

Quando Jena si accorse che la risposta non aveva alcun fondamento era già troppo tardi. Shade stava camminando silenziosamente sui tappeti color porpora del corridoio.

* * * * *

La testa del cobra scolpita in un unico pezzo di giada imperiale, e fissata in cima al suo lungo bastone magico, irradiava di una pallida luce verde tutto l'ambiente, conferendogli un aspetto certamente sinistro. Wrath Felling si trovò di nuovo nella stanza ovale, di fronte alla porta che insieme ai suoi compagni aveva scelto di non aprire.

L'avrebbe ignorata una seconda volta, quando udì chiaramente un lamento provenire dall'interno. Si avvicinò con l'orecchio, e riuscì a sentire una voce maschile che strillava implorando per un po' di acqua.

"*Le segrete.*" Pensò, "*questo deve essere il lamento di un prigioniero*". Ciò che gli sembrava strano era che le prigioni avrebbero dovuto trovarsi qualche centinaio di metri più in la, in direzione del Palazzo Imperiale. A meno che anche i sacerdoti di Dyan, o forse i suoi paladini del Sacro Ordine della Luce, tenessero dei prigionieri nei sotterranei del luogo di culto.

Provò a concentrarsi sulla voce al di la della porta. Il lamento indefinito stava divenendo via via più chiaro. Se dapprima gli era parso che domandasse un po' di acqua, ora sembrava che supplicasse qualcuno per la sua liberazione. Premette l'orecchio contro il legno nel tentativo di udire con maggiore chiarezza le parole del presunto prigioniero; rimase fermo per qualche istante poi, all'udire l'ultima frase, si allontanò di scatto impugnando saldamente il suo bastone magico.

"Wrath Felling, aiutami!" gridò di nuovo la voce prigioniera.

Il mago percepì un accenno di forza magica, come se qualcuno lo stesse osservando da un diverso piano di esistenza. Conosceva la magia della chiaroveggenza che consentiva di arrivare con il proprio sguardo in luoghi fisicamente irraggiungibili, ed immaginò che quell'uomo fosse capace di controllarla.

"*Uno stregone!*" pensò. "*Tenuto prigioniero... forse pericoloso*".

Frugò in una delle tasche interne alla sua veste ed estrasse un piccolo zaffiro incastonato in un ciondolo di cuoio nero. Rapidamente lo sostituì ad una turchese che portava al collo, e subito la sensazione di essere spiato svanì.

"Wrath Felling, aiutami!" continuò a gridare la voce con un tono ancora più disperato.

La serratura della porta scattò, e la maniglia cominciò a girare molto lentamente. Il mago – afferrandosi saldamente al proprio bastone – attese che l'entrata si aprisse.

Il legno scricchiolò a lungo, poi come spinta da un vento misterioso, la porta si spalancò. Davanti a lui si estendeva un lungo corridoio di mattoni anneriti dal tempo e dall'umidità. Gocce di condensa (o più probabilmente semplici infiltrazioni) cadevano dalla volta fino a terra, scomparendo nella nebbiolina resa verdastra dalla luce del bastone.

Su entrambi i lati, a perdita d'occhio, erano disseminate celle in grado di contenere uno o più prigionieri, tuttavia non v'era traccia di guardie o di carcerieri.

Il mago avanzò lentamente scrutando le stanze vuote e le sbarre arrugginite. La voce che invocava il suo nome aveva cessato di insistere. Per un attimo pensò di essersi immaginato tutto, che la suggestione del momento avesse evocato in lui immagini e suoni fantasma. Poi, di nuovo, si udì il lamento: "Wrath Felling... ti prego, aiutami, sono... vicino... molto vicino...")!

Un eco sinistra rimbalzò di cella in cella fino a tramutarsi in fremito, in un brivido gelido che lo costrinse a rallentare, a prendere fiato.

Si appoggiò con la schiena alla parete umida. Disorientato, osservò la nebbia salire da terra e insinuarsi sotto le sue vesti, ondeggiando lentamente. Tossì e si asciugò la bocca con la manica di velluto.

Improvvisamente una mano ossuta e raggrinzita lo afferrò per un braccio. Wrath non poté trattenersi dal lanciare un grido. Si girò di scatto trovandosi a fissare dritto negli occhi un vecchio dal volto simile a quello di un corvo. Il suo viso era lungo, i lineamenti affilati; la pelle sottile e semitrasparente ne rivestiva a malapena il teschio. Pochi capelli grigiastri cadevano sulle vesti scure, logore e strappate lungo gli orli.

"Grazie per essere venuto, giovane mago!" sogghignò il vecchio stringendo la presa al punto di lasciare il segno. "All'Accademia insegnano ancora ad essere solidali tra colleghi, vero? Sono trascorsi così tanti anni..."

Le ultime parole furono pronunciate con evidente tono canzonatorio. Fu allora che Wrath realizzò di avere già visto il volto dell'uomo che gli stava gelando il sangue nelle vene.

Nella scuola di magia della capitale gli apprendisti più anziani si divertivano a spaventare i novizi raccontando le sue gesta di quel vecchio mago, colpevole di numerosi crimini ed espulso con disonore dal conclave degli arcimaghi.

Quel volto...

Lo ricordò tratteggiato su una vecchia pergamena, inchiodata sulla porta di un laboratorio sigillato all'Accademia della Arti Magiche di Lunamtya...

E disegnato sulla copertina di alcuni testi occulti che aveva consultato di nascosto, nonostante il divieto dei suoi superiori.

Rabbrividì nel pronunciare il suo nome.

"V...Venemius?"

Sul volto del prigioniero apparve un ghigno che avrebbe succhiato la speranza anche dal cuore del più indomito paladino dell'Ordine della Luce.

"Mi servirà un pizzico della tua essenza vitale per uscire da questa cella, giovane mago. Te ne lascerò abbastanza per sopravvivere, almeno credo..."

Wrath provò a divincolarsi, ma la presa del vecchio si dimostrò salda come la morsa di un fabbro. In meno di un attimo ogni barlume di energia gli fu risucchiato dal corpo; persino il bastone cessò di emettere la propria luce incantata e tornò ad essere un semplice pezzo di legno intarsiato.

L'energia accumulata nel corpo di Venemius fu rilasciata di colpo, ed esplose in un fragoroso bagliore azzurro. Un intenso odore di zolfo si librò nell'aria, accompagnato da un sibilo sinistro, ed i due maghi scomparvero senza lasciare traccia.

* * * * *

La serratura arrugginita finalmente cedette. Con estrema delicatezza – e dopo essersi coperto il viso con un fazzoletto - Yoma aprì il forziere su cui stava lavorando da diversi minuti. Avevano rovistato in ogni stanza, in ogni vecchia libreria, in ogni armadio e baule, ma non avevano trovato altro che stracci e cianfrusaglie. Solo quel piccolo scrigno, nascosto in fondo ad un pozzetto posto esattamente sotto l'altare maggiore, aveva meritato un minimo di considerazione.

Era troppo piccolo, comunque, per contenere armi magiche o artefatti di valore, e troppo grande per contenere ricchezze in oro o gioielli. Che vi fosse nascosta proprio una delle antiche Rune?

Seska si avvicinò con la torcia. "Cosa diavolo è quella sfera galleggiante?" domandò sperando che la risposta del ladro potesse confermare la sua speranza.

"Potrebbe essere..."

Il volto di Yoma si contrasse in una smorfia di terrore. Alle spalle dell'incantatrice due creature d'ombra stavano allungando i loro tentacoli verso lo scrigno, e avanzavano velocemente.

Seska si voltò di scatto e gridò al compagno di chiudere il forziere e di infilarlo nella sacca. Facendo ricorso alle tecniche riservate alla sua scuola di magia, alzò un muro di fuoco illusorio che parve ingannare le ombre tanto da rallentarne il passo; dopodiché inizio a correre verso l'uscita.

Gli incantesimi studiati dai maestri dell'illusione sono tutt'altro che futili inganni. Finché la vittima non si accorge della falsità di ciò che ha davanti, confida a tal punto nel propri sensi da subirne ogni effetto.

Un fuoco illusorio scalderà fino a bruciare la carne; un ponte immaginario reggerà perfettamente il peso di una persona che non abbia dubbi sulla sua effettiva esistenza; una freccia scagliata da un arciere illusorio causerà dolore esattamente come quelle reali, arrivando persino ad uccidere i deboli di cuore.

Nel caso delle ombre, la loro scarsa intelligenza giocò a favore dei fuggiaschi. Ci vollero alcuni minuti perché la prima delle due creature trovasse il coraggio di superare le fiamme, lo stesso tempo che bastò al ladro e alla drow per raggiungere l'unica scala che li avrebbe riportati in superficie.

"Stando ai miei calcoli," esclamò Yoma superando la prima rampa, "potremmo sbucare in mezzo alla navata principale del tempio!"

Seska prese fiato: "Non abbiamo altra scelta," rispose, "la via da cui siamo arrivati e sbarrata."

"In ogni caso preparati ad affrontare qualsiasi cosa."

Ciò che si trovarono di fronte, superata l'ultima serie di gradini, non era esattamente quello che si aspettavano: una piccola stanzetta tonda, con un bellissimo soffitto a cupola, ma senza nessuna porta o cancello.

Yoma maledisse i nani che avevano progettato quel luogo. Le ombre li avrebbero presto raggiunti ed avrebbero tentato in ogni modo di portarli nel loro regno di tenebra.

"Lassù c'è una botola!" Seska indicò una strana serratura collocata sulla lastra circolare al vertice della cupola.

Il sorriso di Yoma si spense prima ancora di nascere, quando il primo tentacolo d'ombra emerse dalla scalinata.

"Li trattengo io," disse con titubanza l'incantatrice spingendo lontano il compagno, "ma tu sbrigati ad aprire quella botola!"

Mentre il ladro cercava di raggiungere il punto più alto del soffitto aiutandosi con una corda, Seska iniziò a mormorare una litania stridula e ripetitiva.

La prima creatura d'ombra uscì completamente dall'oscurità. Aveva due braccia, due gambe e una testa esattamente come un uomo, ma le sue proporzioni erano assolutamente grottesche. Agitava i lunghissimi arti superiori come fossero veri e propri tentacoli, e fissava il suo avversario con malvagi occhietti rossi.

Chiunque abbia frequentato una scuola di magia sa che le ombre non possono essere definite *esseri viventi*; tuttavia non vengono nemmeno classificate come non-morti e ciò ingenera notevole curiosità nei loro confronti. Le loro essenze appartengono ad un diverso piano di esistenza, una sorta di limbo sospeso tra il regno della vita e quello della morte, una sorta di immagine negativa del mondo reale.

Ciò che rende davvero pericolose queste creature - come sostengono gli studiosi - è il loro bisogno disperato di nutrirsi per non divenire completamente immateriali, e il loro empio cibo non è altro che l'essenza stessa della vita.

La litania di Seska si interruppe di colpo nell'esatto istante in cui un tentacolo si schiantò contro di lei. Con un urlo disumano l'ombra manifestò il suo disappunto, notando che nella stanza erano presenti altre tre copie identiche dell'incantatrice, e che il suo bersaglio si era dissolto senza fornire nutrimento.

"Questo scherzo mi farà guadagnare un po' di tempo," pensò Seska osservando i neri tentacoli avanzare verso i suoi doppi immaginari, *"devo inventarmi qualcosa di più efficace se voglio dare il tempo a Yoma di aprire la dannata botola"*.

Nel frattempo il ladro stava cercando di forzare un grosso lucchetto che impediva alla botola di aprirsi; la ruggine lo aveva indebolito, ma ciò aveva definitivamente compromesso anche gli ingranaggi interni rendendo inutili tutti i suoi trucchi da scassinatore.

Le due ombre avanzarono lentamente verso le immagini illusorie; Seska attese il momento opportuno, poi recitò un incantesimo sulla torcia che teneva in mano. La fiamma cambiò il suo colore in azzurro, poi iniziò a sfarfallare e ad emettere un bagliore più intenso.

"Ci sono riuscito!" gridò Yoma sollevando la botola. "Afferra la corda!"

La drow lanciò la torcia contro le ombre che ormai avevano annientato le ultime due immagini. Il lampo riuscì ad accecarle per un tempo sufficiente a garantirle la fuga. Si arrampicò fino a raggiungere l'apertura sul soffitto, balzò fuori e si gettò a terra, mentre Yoma bloccava il passaggio chiudendo la botola.

Guardandosi attorno realizzarono di essere in un piccolo cortile sul retro del tempio, nella zona ovest. Una luce si accese in una delle finestre affacciate sul chiostro.

Yoma afferrò la compagna per un braccio e corse verso le mura. La aiutò a salire e, facendo ricorso ad ogni briciolo di forza rimasta, si arrampicò dietro di lei. Un sacerdote si affacciò alla finestra tenendo in mano un piccolo lume, troppo tardi per accorgersi di qualcosa.

I due corsero per tutto il vicolo senza voltarsi indietro. S'infilarono in una cantoniera laterale, e poi in un viottolo scuro e maleodorante. Finalmente, dopo essersi lasciati un bel po' di strada alle spalle, si fermarono a riprendere fiato.

Fu allora che il corpo di Seska fu attraversato da un fremito. Si girò di scatto verso il tempio, in preda al panico: "Non riesco più ad avvertire la presenza di Wrath... Deve essere successo qualcosa!"

* * * * *

"Non c'è nulla nemmeno in questa stanza..." sussurrò Shade chiudendo silenziosamente l'anta di una credenza decorata con tarsie d'oro.

"Allora andiamocene elfa scellerata, prima che un'armata di paladini ci sorprenda a rovistare negli armadi dell'uomo più riverito del mondo!" rispose Jena trattenendosi a stento dal gridare.

Le mani della ladra si muovevano lentamente rincorrendosi nell'aria, tracciando cerchi concentrici in ogni direzione. Seguite dal suo sguardo attento accarezzavano linee invisibili, come se potessero toccare ciò che gli altri sensi non riuscivano a percepire.

Gli elfi nascono con una particolare inclinazione per la magia. Essa non viene appresa come una tecnica attraverso lo studio e una lunga pratica in accademia, ma nasce e si sviluppa nel fisico esattamente come gli altri cinque sensi. Certamente gli stregoni elfici affinano le proprie doti naturali attraverso lo studio dei tomi sacri e delle Tradizioni Arcane, tuttavia anche coloro i quali non dedicano la propria esistenza allo studio della magia possono percepirne l'essenza e sfruttarne i doni.

Shade, dal giorno in cui si lasciò alle spalle Woodland e la cultura degli elfi silvani, fu costretta a concentrarsi maggiormente sui sortilegi preferiti dai ladri, dagli assassini e dai maestri del sotterfugio: primi fra tutti gli incantesimi di mimetismo e protezione, quelli per creare silenzio o oscurità, quelli utili per nascondere gli oggetti o le armi, quelli per cambiare aspetto, o – come nel caso delle fogne di Lunamtya – gli incantesimi che aumentano o riducono le proprie dimensioni.

In quel frangente, tuttavia, Shade stava ricorrendo ad una delle più importanti doti della sua razza: stava cercando di individuare la presenza di magia nell'ambiente circostante.

"Quella porta è protetta da un glifo magico," affermò dopo un lungo silenzio, indicando quella che con tutta probabilità era la stanza da letto del vescovo Sillerieux.

"Non vorrai..."

"No. Sono convinta che la sua camera – nella quale ogni giorno avrà libero accesso la servitù – non possa contenere grandi tesori. Resta solo un'altra porta da aprire..."

Muovendosi nella penombra con una serie di movimenti impercettibili, Shade giunse all'estremità opposta del corridoio. Aprì con delicatezza la porta e sbirciò all'interno. Un istante dopo fece cenno con la mano a Jena di raggiungerla, e subito sgusciò all'interno.

Il guerriero raggiunse la soglia della stanza cercando di camminare con passo leggero sui morbidi tappeti color porpora. Entrò e vide la compagna intenta ad esaminare una grande mappa del continente, sulla quale erano tracciati diversi segni colorati.

Alcune frecce indicavano il movimento degli eserciti di Morlock dalla loro isola fino ai Territori Liberi. Le città occupate erano contrassegnate da una croce tracciata con un inchiostro color sangue; anche Oasi, stando alla mappa, doveva essere caduta in mano al nemico. Altre frecce tratteggiate puntavano invece su Lunamtya, su Woodland e sulle terre dei nani.

"*Questa stanza sembra tutto fuorché lo studio di un prete...*" considerò Jena studiando le carte ammucchiate sul tavolo. Aveva visto stanze della guerra molto meno organizzate di quella.

Il fiume di pensieri si arrestò quando l'elfa gli porse una pergamena ingiallita, sulla quale era disegnata la figura di una guerriero in armatura da battaglia, armato di una lunga falce.

"Un'Animanera!" esclamò Jena restando a bocca aperta.

"Andiamocene da questo posto..." consigliò Shade dopo essersi infilata nello zaino una manciata di fogli, "ho un brutto presentimento".

Il guerriero annuì, e per un istante gli sembrò di udire la voce di Wrath invocare aiuto.

CAPITOLO DODICESIMO
La Runa dell'Acqua. Venemius, il negromante.

La figlia del locandiere servì stufato di cinghiale con focaccia speziata alle bacche di biancofoglio. Abbozzò un sorriso cercando di mostrarsi come di consueto allegra e serviziervole, ma subito si accorse che a quel tavolo non avrebbe avuto molto successo. Così, compiuto il suo dovere, raccolse alcuni boccali vuoti e tornò in cucina.

In quel momento entrò Yoma che corse a sedersi insieme al resto del gruppo. "I miei contatti in città dicono che nessuno è stato arrestato questa notte, tanto meno un mago..."

Seska lo afferrò per un polso: "Potrebbero averlo catturato i paladini dell'Ordine della Luce mentre cercava di uscire dai sotterranei..."

"Lo escludo," rispose il ladro abbassando il capo, "amici bene informati mi hanno assicurato che l'unico prigioniero dei paladini è un vecchio decrepito, uno stregone inquisito per crimini piuttosto gravi."

L'incantatrice mollò la presa. "Nella sua stanza da letto ci sono tutti i suoi libri, le sue erbe medicinali. Non se ne sarebbe mai andato senza."

Mentre gli altri continuavano ad analizzare la situazione Seska lasciò scivolare una mano in una tasca nella sua cintura, dove era custodita una piccola gemma azzurra.

Si alzò ed andò a sedersi lontano dal clamore, in un angolo tranquillo di fronte al camino. Chiuse gli splendidi occhi viola e lasciò che il suo corpo si rilassasse, godendo del calore irradiato dalle fiamme.

Come accadeva ogni volta che ricorreva ai poteri della pietra, sentì la magia che rifluiva dentro il suo corpo come una scossa elettrica.

Faticò per riprendere conoscenza, ma quando poté finalmente aprire gli occhi si ritrovò smarrita in un deserto grigio, privo di colori. Nel cielo la luna color sangue (che aveva incontrato nel suo primo viaggio all'interno della psiche di Wrath Felling) era quasi completamente eclissata.

Avanzò lentamente camminando a piedi nudi sulla sabbia gelida fino a raggiungere le rocce appuntite e taglienti tra le quali si ergeva un immenso obelisco nero.

I succinti abiti che indossava non erano le solite vesti invernali con le quali aveva viaggiato fino a Lunamtya. Una leggera fascia di seta bianca le avvolgeva il petto, scendendo fino a legarsi attorno alla vita. Sentiva le gambe libere, i movimenti fluenti. Nessuno zaino appesantiva il cammino, non esistevano armi, né ampolle curative, né componenti per gli incantesimi. C'era solo lei e il deserto silenzioso.

Si sedette alla base della torreggiante pietra monumentale cercando tracce del gatto nero con cui aveva dialogato in passato, ma senza successo.

Stava quasi per addormentarsi quando l'eco di una risata la costrinse a guardare verso il cielo. Al posto dello spicchio di luna cremisi due occhi malvagi la stavano fissando. Si sentì nuda, indifesa. Cercò di resistere, di rifuggire da quello sguardo spaventoso e ipnotico al tempo stesso, uno sguardo che correva lungo la sua pelle bronzea cercando un varco verso la sua anima. Provò a liberarsi dalla presenza maligna, di fuggire altrove, ma gli occhi non le permettevano di concentrarsi e si facevano sempre più vicini.

Ad un tratto un miagolio sofferto richiamò la sua attenzione. Si girò di scatto, ma al posto del felino vide una piccola porta di legno rosso: aprì con forza la maniglia e varcò la soglia facendo ricorso alle sue ultime energie...

Un attimo dopo era di nuovo nella locanda, davanti al camino. Attorno a lei erano raccolti tutti i suoi compagni, visibilmente sollevati dal suo risveglio.

"Sei stata assente per più di tre ore," rivelò Shade porgendole un bicchiere d'acqua fresca, "ci hai spaventato..."

Non ebbe la forza di rispondere. Sapeva di essere al sicuro da quello sguardo terribile, tuttavia provava ancora quella sensazione di totale smarrimento. Gli occhi non avevano trovato la sua anima, ma non poteva dire altrettanto di quella di Wrath.

"Il mago... è vivo..." disse finalmente con un filo di voce. "Ma sono certa che sia in pericolo".

"Vi siete parlati attraverso la magia?" domandò ingenuamente Jena.

In una diversa occasione l'incantatrice avrebbe riso dell'ingenuità con cui il guerriero affrontava argomenti legati all'arcano. Tanto grande era la sua forza, il suo valore nei campi di battaglia, quanto scarsa era la sua dimestichezza con le arti magiche.

"Purtroppo no. Ho raggiunto la sua mente nelle pieghe dello spazio e del tempo; era viva, ma non v'era traccia della sua coscienza. Un'altra essenza vitale molto più potente di quella di Wrath dominava il suo mondo interiore".

"Non capisco," ammise Yoma, "chi o cosa hai trovato nella testa del mago?"

L'elfa scura chinò il capo. "Non lo so... sono sfuggita per un soffio da qualcosa di malvagio e di molto pericoloso."

"Ho sempre pensato che nella testa di Wrath albergasse qualcosa di pericoloso. Credi sia in pericolo?" chiese ancora il ladro.

"Fino all'ultimo ho temuto che la sua coscienza fosse perduta. Che la mente malvagia si fosse sostituita a lui e che una volta raggiunto il mio corpo astrale avrebbe distrutto anche me... Non ne sono certa, ma proprio un attimo prima che quegli occhi terribili mi trovassero qualcuno mi ha aiutato a fuggire... forse un residuo di coscienza di Wrath?"

Shade ripensò ai documenti sottratti dal tempio, alle mappe della guerra, alle Animenere. Il vescovo Sillerieux, il punto di riferimento per tutti i seguaci di Dyan, era coinvolto in qualcosa di poco chiaro.

Pubblicamente aveva minimizzato sul pericolo di un invasione da parte degli eserciti di Morlock, ma in realtà era a conoscenza di dettagli assai precisi... sapeva perfettamente che la minaccia era reale, che le armate nemiche erano numerose e bene organizzate, che le città dei Territori Liberi stavano capitolando una ad una.

L'elfa silvana si avvolse nel mantello ed invitò i compagni a salire al piano superiore, dove si trovavano le loro stanze. "Corriamo un grave pericolo qui a Lunamtya," disse con un filo di voce, "dobbiamo ritrovare Wrath ed andarcene il prima possibile. Ciò che abbiamo *prelevato* la scorsa notte non deve finire in mani sbagliate. Chiederemo consiglio al maestro e ci rimetteremo in cammino lasciandoci alle spalle i pericoli della capitale".

Seska osservò le pergamene ed i libri dello stregone sparsi sul suo letto. Tra le pagine ingiallite di un antico tomo era appoggiata una piuma di cigno nero, che con tutta probabilità lo stregone aveva utilizzato per prendere alcuni appunti. La prese tra le dita e subito avvertì un lieve formicolio. *"Chissà quali poteri stava cercando di risvegliare in te,"* pensò osservando la penna magica, *"credo sia meglio che tu non rimanga abbandonata su questo giaciglio."*

L'incantatrice mise un po' di ordine tra gli oggetti del mago, poi recitò un semplice incantesimo di protezione affinché nessuno potesse danneggiarli o sottrarli al suo legittimo proprietario.

Dopo avere terminato ripose la penna su un foglio bianco di pergamena e raggiunse gli altri nella camera a fianco.

* * * * *

Il buio lo circondava completamente. Nessun bagliore soffuso, nessuno spiraglio, nessun suono che potesse aiutarlo ad orientarsi.

Non poteva muovere le mani perché qualcosa legava saldamente i suoi polsi e le sue dita. Un fazzoletto - di cotone a giudicare dal sapore – gli impediva di parlare, di chiamare aiuto, e... soprattutto di recitare incantesimi.

La cosa più fastidiosa, tuttavia, era il senso di nausea che provava ogniqualvolta tentasse di muovere la testa. Quella sensazione di malessere, mista alla mancanza di percezioni visive o uditive, gli aveva fatto temere in un primo momento di essere ferito gravemente e di trovarsi nell'anticamera del regno degli dei...

Attese pazientemente che il suo carceriere si mostrasse, sospettando di essere stato imprigionato insieme a quel dannato vecchio dai miliziani dell'Ordine della Luce. Avrebbe cercato di convincerlo di non essere un complice del criminale, ma soltanto una sua ignara vittima... Come sarebbe riuscito, però, a spiegare la sua presenza nei sotterranei del tempio?

I suoi ragionamenti furono interrotti da un rumore di passi. Qualcuno stava per entrare in quella cella buia ed ovattata, forse per interrogarlo, forse semplicemente per sincerarsi che fosse sveglio.

Decise rapidamente che non avrebbe finto di dormire e che sarebbe stato più utile studiare il nemico e, solo successivamente, elaborare una strategia efficace.

La porta si aprì ed un bagliore accecante lo costrinse a chiudere gli occhi abituati all'oscurità.

"Buongiorno, Wrath Felling!" disse una voce acuta e gracchiante. "Hai dormito per due giorni, avrai fame..."

Il cuore gli sussultò nel petto. Avrebbe riconosciuto quella voce tra diecimila, e avrebbe fatto di tutto pur di allontanarsi da essa velocemente.

"Ti ho portato un piatto di minestra. Se prometti di non fare scherzi ti libero le mani e la bocca, poi potrai avere tutte le spiegazioni del caso."

Wrath annuì. Il freddo tocco di mani ossute lo fece rabbrividire.

Venemius era stato uno dei maestri più rispettati e temuti dell'Accademia delle Arti Magiche di Lunamtya. Considerato il più grande esperto vivente in materia di negromanzia e di invocazione da altri piani dimensionali, aveva fatto parte per molti anni del conclave degli arcimaghi, l'assemblea che governa e controlla l'uso della magia in tutte le terre di Asgahard.

Aveva appreso ogni cosa su demoni, non-morti, creature d'ombra, esseri astrali e provenienti da altri piani dimensionali, ed aveva iniziato a trasmettere il suo sapere ad una elite di apprendisti molto dotati.

Tutto iniziò a cambiare quando, anche per un arcimago potente come lui, si avvicinò inesorabile l'ora della morte.

Un grave morbo, tremendo e sconosciuto, contratto dopo essere stato a contatto con un demone maggiore sul quale stava conducendo esperimenti segreti, lo stava lentamente condannando.

A nulla sembravano valere le sue infinte conoscenze.

Si ritirò per settimane nella grande biblioteca dell'Accademia, ricercando tra i libri più antichi una soluzione alla lenta corruzione del suo corpo. Affiancato dal suo allievo migliore, un elfo silvano rinnegato per essersi avvicinato ad una materia proibita dal suo popolo, esaminò i più segreti trattati di negromanzia e di scienze mediche, provando in ogni modo a realizzare in laboratorio un antidoto contro il morbo.

Il tempo continuò a scorrere spietatamente e quando realizzò che ogni suo tentativo si sarebbe rivelato vano fu colto da un profondo sconforto.

E si sa, non v'è animale più pericoloso di quello che non ha più nulla da perdere, e lotta spinto dalla disperazione.

Buttò all'aria ogni cosa, si sfogò contro i suoi assistenti, distrusse un patrimonio inestimabile di testi arcani, e se ne andò.

Lontano dagli sguardi ormai fastidiosi degli altri maghi, si recò in un luogo di cui pochi conoscevano l'esistenza, e che fin dalla sua giovinezza era stato per lui una fonte d'ispirazione. Un antico tempio mimetizzato tra i vecchi palazzi mercantili del porto, dedicato alla dea Tia'naut, custode dei negromanti, sorella gemella del malvagio dio Zeo'naut, nonché figlia prediletta e sposa incestuosa di Tod, la suprema divinità del male.

Non si fermò a pregare e tanto meno fece offerte votive alla dea. Assassinò a sangue freddo un vecchio ubriacone che si era addormentato sul retro di una osteria, e - non pago - animò il suo corpo trasformandolo in uno zombie privo di volontà.

Preceduto dal suo schiavo non-morto, scese fino all'altare dove un sacerdote oscuro stava celebrando un rito in compagnia di pochi seguaci, e bestemmiando contro la dea compì una strage. Si divertì ad animare il cadavere orribilmente mutilato del prete nero, soltanto per recare un'ulteriore offesa a Tia'naut, e poi si diresse verso la cripta. Non ebbe difficoltà a fermare i *necroguardiani* messi a guardia dei segreti del tempio, e finalmente poté mettere le mani sul tomo che stava cercando.

Era un testo proibito, un saggio risalente alle prime ere, impregnato dell'essenza stessa del male. Le sue pagine erano scritte con il sangue dei primi esseri che gli dei avevano collocato sulla scacchiera del mondo, gli *Elfi della Luce*, e si diceva che l'involucro fosse rivestito con brandelli della loro pelle, anneriti dal tempo.

Tornò al laboratorio dell'Accademia, lasciando che allievi fidati cancellassero le tracce del suo crimine. Rimase a studiare per settimane, mentre la malattia era ormai progredita a tal punto da renderlo irriconoscibile.

Una notte Venemius svegliò il suo assistente fremendo per l'eccitazione. Gli disse di essere vicino alla soluzione e che con il suo aiuto avrebbe potuto sperimentare un nuovo potente rituale.

L'elfo provava pietà per quel vecchio ricurvo, coperto di piaghe e di ferite, lo spettro di ciò che era stato un tempo. Sapeva che niente avrebbe potuto bloccare la maledizione, e che con un po' di pazienza avrebbe ereditato la sua posizione e il suo potere. Lo seguì nel laboratorio e lo aiutò a preparare gli ingredienti per l'incantesimo.

Lavorarono incessantemente per ore, e quando tutto fu finalmente pronto per dare inizio al rituale si concedettero qualche minuto di riposo davanti ad una tazza di infuso bollente.

All'elfo bastò un piccolo sorso per capire di essere stato tradito dal suo maestro, ma prima che potesse muovere un solo muscolo cadde a terra paralizzato. Le energie gli vennero presto a mancare, e in pochi istanti la sua mente non ebbe più la forza di comandare il corpo.

Il vecchio lo sollevò a fatica e ne distese il corpo su una lastra di pietra. Poi diede inizio alla stregoneria che avrebbe succhiato l'energia vitale dal corpo del suo assistente per trasferirla nel suo.

L'esperimento ebbe successo, e Venemius vide il suo fisico non solo liberato dalla malattia, ma anche ringiovanito di parecchi anni. Si liberò in fretta e furia del cadavere mummificato, lieto che con esso se ne andasse l'unico testimone del suo omicidio efferato, e nascose il tomo in una sacca tra le pieghe dello spazio e del tempo.

Da qual giorno poté finalmente tornare alla sua vita normale, all'insegnamento, allo studio e alla ricerca che tanto lo appassionavano. Gli bastarono pochi mesi, tuttavia, per capire che la sua malattia non era stata vinta del tutto, ma solo rallentata.

Il corpo rinvigorito dalla longevità degli elfi avrebbe retto per qualche anno prima di cedere all'avanzare del morbo, e poi?

La scoperta sul suo corpo di nuovi segni della malattia accelerò la sua corsa verso la follia.

Convinse gli altri maestri dell'Accademia a spostare la scuola di negromanzia fuori dall'edificio principale, in un palazzo dove avrebbe potuto godere di una certa indipendenza. In realtà gli arcimaghi del consiglio furono ben lieti di liberarsi di lui, del suo orribile laboratorio, degli allievi pallidi ed scarni, e ciò si rivelò un grave errore poiché diede inizio al progressivo smembramento dell'Accademia... ma questa è un'altra storia.

Venemius, approfittando dello scarso controllo esercitato dai colleghi arcimaghi, continuò periodicamente ad appropriarsi della vita dei migliori studenti di magia. Per quasi cinquant'anni nessuno si interrogò sui motivi della sua incredibile longevità (in fondo era il più grande esperto vivente di negromanzia, e gli altri arcimaghi supponevano che avesse trovato un modo per rallentare il corso del tempo sul suo corpo mortale).

Tuttavia quando Ophidelius, un giovane e dotato apprendista, iniziò ad indagare sulla scomparsa dell'amico anch'esso allievo della Scuola di Negromanzia, il concilio degli arcimaghi di Lunamtya decise di andare a fondo della vicenda, fornendogli in segreto tutto il supporto necessario.

L'epilogo dell'indagine fu tutt'altro che scontato. Tuttavia, grazie al coraggio di quel giovane negromante e all'intervento della novizia Lynn'lao Yiukee, Venemius fu catturato e condannato al carcere a vita per i numerosi crimini commessi. Per impedirgli di ricorrere alle sue conoscenze arcane, i paladini del Sacro Ordine della Luce lo rinchiusero in una cella consacrata a Dyan, isolata da qualsiasi fonte di energia arcana e nella quale sarebbe rimasto rigorosamente solo, fino al sopraggiungere della morte.

Trascorse otto anni nella sua cella, completamente isolato dal mondo, ormai quasi sconfitto dall'inesorabile avanzare della malattia, finché non percepì la presenza di un mago la cui energia magica era sproporzionata rispetto alle sue conoscenze e alla capacità di controllarla.

Seguì con la mente i suoi passi che si avvicinavano, come un faro nella notte. Riuscì ad attirarlo a sé, e quando lo ebbe finalmente vicino gli risucchiò energia sufficiente per teletrasportare sé stesso e la sua vittima lontano dalle segrete...

Wrath Felling rifiutò il piatto di minestra.

Il vecchio sorrise: "Se temi che abbia contaminato il tuo cibo sei uno sciocco! Perché dovrei perdere tempo ad avvelenarti quando sei già completamente in mio potere? Coraggio, mangia... Non mi serve un compagno di viaggio debole e lento."

Il mago rosso dovette riconoscere che il suo carceriere aveva ragione: era debilitato, intontito, assolutamente inoffensivo. Affondò il cucchiaio di legno in quella che sembrava zuppa di radici e assaggiò timidamente.

Era talmente amara che, se anche non fosse stata avvelenata, lo avrebbe sicuramente ucciso per il cattivo sapore.

"Noi due dobbiamo comportarci da bravi amici." Venemius prese una sedia di legno coperta di ragnatele e si sedette di fianco a lui. "Tu nascondi un grande potere di cui ignoro l'origine, e di cui mi voglio servire per curare in modo definitivo la mia malattia. Ci recheremo a Lizarville, nella casa di un vecchio sciamano draaka dove ho nascosto un mio laboratorio. Troveremo anche un vecchio amico in grado di aiutarci ad analizzare il tuo corpo".

"Vai al diavolo!" ringhiò Wrath.

"Di norma veniva a trovarmi lui, ma è un po' che non si fa sentire..."

Il vecchio si sollevò dalla sedia e si voltò a fissare il suo prigioniero con aria minacciosa. "Ho raccolto una fiala del tuo sangue, alcuni tuoi capelli, e mi sono permesso di tagliarti un'unghia. Ti rendi conto di cosa può fare un maestro di negromanzia con questi tre ingredienti?"

Wrath si sentì scoppiare il cuore nel petto. Un sentimento misto di rabbia e terrore lo pervase, costringendolo ad ammutolire.

Capì di essere davvero in trappola.

"Ora sembri decisamente più ragionevole... Ti dico solo che con questa fialetta posso controllare il tuo corpo come una marionetta. Posso comandare al tuo cuore di fermarsi, alle tue ossa di frantumarsi, o ai tuoi nervi di contorcersi.

Ti consiglio inoltre di non provare ad attaccarmi. Conosci l'incantesimo della *morte rovesciata*, vero? La tua vita è legata alla mia ora, ed ogni ferita inflitta al mio corpo si tradurrebbe in una ancora più profonda e mortale sul tuo".

Venemius continuò: "Risaliremo seguendo il fiume dalla città di Lomi fino ai territori degli uomini-drago; da li, in barca, ci dirigeremo a Lizarville dove incontreremo il mio vecchio amico. Quanto al nostro *patto*, la mia proposta e questa: posso insegnarti molte cose durante il viaggio, compreso come tenere a bada quella brutta tosse che ti ha tormentato nel sonno. In cambio dovrai scortarmi senza tentare di fuggire. Mi dispiacerebbe dover indebolire il tuo potere trasformandoti in uno schiavo non-morto, ma non esiterei a farlo se si rendesse necessario".

Wrath non si pronunciò. Sapeva di non avere altra scelta che assecondarlo, pertanto riacquistò il pieno controllo di sé e continuò a mangiare. Avrebbe avuto sicuramente un'occasione per fargliela pagare. Non era certo che Venemius dicesse la verità su quella dannata fiala, ma aveva letto di incantesimi di negromanzia in grado di comandare la materia delle creature viventi.

Inoltre aveva dannatamente bisogno di placare il fuoco che sentiva ardergli nei polmoni. Quella cosa stava consumandolo dall'interno, e lui non aveva ancora trovato un rimedio per controllarla.

Serviva solo un po' di pazienza e una buona dose di fortuna, come quando nel giochi dei *dragotarocchi* si accetta di sacrificare qualche arcano minore per distogliere l'attenzione del giocatore avversario dalle figure più importanti, in attesa di pescare un drago.

"Bene," concluse Venemius uscendo dalla stanza, "ti aspetto di sotto appena sarai pronto per partire".

* * * * *

La scomparsa di Wrath Felling aveva distolto l'attenzione del resto del gruppo dalla missione conclusa la notte precedente, ma la Runa nascosta nel piccolo forziere rinvenuto nei sotterranei del tempio era un oggetto troppo importante per meritare di essere ignorato così a lungo. Almeno questo era ciò che stava pensando Yoma, mentre in un angolo buio della sua stanza si apprestava ad aprire lo scrigno.

Nella camera a fianco Shade stava mostrando a Seska i disegni rubati al vescovo Sillerieux. Una serie di schizzi ed appunti che descrivevano come, attraverso un rituale dedicato ad un oscuro semidio, potevano essere create le più potenti e spaventose creature non-morte: le Animenere.

L'argomento poteva essere interessante, ma difficilmente egli avrebbe avuto un'altra occasione per esaminare in pace l'antico e prezioso artefatto.

Nessuno aveva stabilito chi lo avrebbe custodito. Nessuno si era ancora fatto avanti, per cui…

Con uno schiocco delle dita fece scattare la serratura, e subito una piccola sfera azzurra cominciò a fluttuare nell'aria.

Yoma si avvicinò, lasciando che la luce azzurrina gli irradiasse il volto. Il globo sembrava composto di un liquido fluorescente che dal proprio interno sgorgava verso la superficie, con un ritmo lento e costante, quasi ipnotico.

Il ladro attese a lungo prima di trovare il coraggio di avvicinarvi una mano. Lentamente, con il cuore che gli rimbalzava nel petto, allungò il dito indice fino a toccare la superficie della Runa. Subito la luce aumentò d'intensità fino a divenire di un candore accecante.

Yoma sentì l'energia dell'artefatto rifluire nel suo corpo, come una scossa elettrica. Provò a gridare, ma la sua voce gli rimase strozzata in gola. Raccolse tutte le proprie forze per trascinarsi in piedi, ma finì per essere scagliato violentemente in terra da un'esplosione di luce.

Un istante dopo era di nuovo nella sua stanza buia e silenziosa.

La sfera era scomparsa, e lo scrigno che l'aveva custodita era ridotto in cenere ai suoi piedi. Aiutandosi con la spalliera del letto si alzò e si diresse verso la porta. Le sue gambe tremavano e i piedi faticavano a muoversi secondo le indicazioni del cervello. La stanza era permeata di un tremendo puzzo di carne bruciata.

Giunse di fronte alla specchiera dove poté finalmente constatare di non essere ferito. Non v'era traccia di lividi o sangue sul suo volto, ma un filo di fumo saliva dal suo collo.

Si sfilò rapidamente la maglia immaginando che avesse preso fuoco, e la gettò a terra. Tuttavia presto dovette constatare che il fumo non saliva dalle vesti, ma dalla sua pelle.

Alla base del suo collo era impresso, con un marchio a fuoco, un simbolo dal significato inequivocabile.

La Runa dell'Acqua.

CAPITOLO TREDICESIMO
Muschio e uomini-fungo. Una colazione indigesta.

Lavia Mooneye aveva viaggiato per tre giorni sorvolando le terre dell'Impero, sul dorso di un grifone nero. Aveva sostato in luoghi tranquilli ed isolati, dove una rara e preziosa cavalcatura come la sua non avrebbe rischiato di attirare troppo l'attenzione.

I grifoni, infatti, un tempo largamente diffusi su tutto il continente, si trovavano ormai quasi esclusivamente sui monti di Rock dove solamente una piccola elite poteva essere addestrata dai nani al trasporto delle persone. Da sempre cacciati dagli umani (che mal sopportavano le frequenti razzie ai loro allevamenti di bestiame), era davvero insolito vederne nelle zone adiacenti ai villaggi.

Mantenendosi lontana dalle città più grandi, aveva deciso di non puntare direttamente alla capitale - dove immaginava si potessero trovare le persone che era stata incaricata di incontrare – ma si era diretta verso il fiume in modo da fare a cavallo l'ultima parte del viaggio, da Lomi a Hume, ed infine a Lunamtya.

Mordred, l'Animanera incaricata di seguirla a distanza per riferire ogni dettaglio della missione, aveva viaggiato sulle strade del sortilegio e si trovava già nei pressi della locanda dove per la prima volta aveva incontrato il portatore della Runa. Non avendo bisogno né di mangiare, né di riposare, aveva occupato il tempo dedicandosi alla sua cavalcatura, un possente stallone nero dal carattere forte e dalla tempra vigorosa. Pochi cavalli, infatti, sopportano l'idea di avere in groppa una creatura non-morta, la negazione stessa della natura, e l'Animanera teneva particolarmente a quel destriero tanto coraggioso.

Certo di essersi attenuto scrupolosamente al piano, stava nascosto in una piccola grotta naturale attendendo il momento in cui la mezza-demone si sarebbe incontrata con il gruppo.

Lavia, completamente ignara degli avvenimenti della notte precedente, aveva appena liberato il suo grifone in una radura poco distante da un piccolo villaggio di agricoltori. Stando alle istruzioni ricevute prima della sua partenza, in una di quelle fattorie avrebbe trovato un allevatore in grado di fornirle il mezzo di trasporto per la capitale.

La primavera stava iniziando a sfoggiare tutti i suoi colori. Un tenue profumo di fiori e di erba bagnata veniva trasportato dal vento fresco del nord, e s'insinuava tra i rami delle querce e dei platani accarezzandone i teneri germogli.

Lavia era stregata dalla bellezza di quella regione: camminava senza fretta, fermandosi a contemplare i melodici stormi di uccelli azzurri che rientravano dalle migrazioni invernali, o le colline coperte da un tappeto di minuscole spighe color smeraldo. Le piccole case dei contadini erano sparse in tutta la valle, circondate dai campi che presto si sarebbero tinti d'oro e di verde, a seconda del tipo di frutto che la terra avrebbe reso.

Passeggiava avvolta in una pelliccia di orso bianco che copriva la sua sottile e sensuale corazza di scaglie di drago rosso, e al contempo permetteva di tenere ben nascosta la balestra a due colpi che di recente aveva imparato ad usare con una certa abilità.

Impiegò circa un'ora a trovare l'allevamento, un vecchio casolare circondato da un recinto al cui interno erano custoditi numerosi cavalli.

Un grasso contadino mollemente appoggiato allo steccato, stava illustrando le doti di un eccellente purosangue a due viandanti dall'aspetto non comune.

Il primo era avvolto in logore vesti nere, e indossava il tipico copricapo a punta che distingueva, almeno un secolo prima, i maghi appartenenti all'Accademia di Lunamtya da quelli delle altre città. Doveva essere piuttosto anziano a giudicare dai lenti movimenti delle mani ossute, e forse anche malato. La sua carnagione era cinerea, e il gracchiante timbro della sua voce sembrava il rantolo di un moribondo.

Quello che sembrava essere il suo compagno di viaggio stava in disparte, in assoluto silenzio, reggendosi al suo lungo bastone. Le sue vesti parevano qualitativamente superiori, ma certo necessitavano di una bella ripulita. In velluto color porpora, avevano le estremità rivestite di stoffa nera, ricamata con rune dorate. Incurante delle più elementari forme di cortesia, il viandante teneva il cappuccio calato sul volto, alla stregua di un monaco eremita, o di un bandito in fuga.

Il contadino aveva la fronte perlata di sudore, e tratteneva a stento un grasso sorriso. Evidentemente in cuor suo era convinto di avere concluso un buon affare. Prese dal recinto un vecchio cavallo dal manto nero e lo consegnò insieme al purosangue all'anziano dall'aspetto stravagante; ricevette il suo compenso e finalmente girò lo sguardo verso di lei.

"Come posso servirla, mia signora?" Domandò con ostentata gentilezza.

"Mi serve un cavallo," rispose Lavia, "che sappia correre veloce e che sia facilmente rivendibile alla capitale".

Il contadino si grattò la barba incolta, appoggiò il sacchetto di monete ricevuto dall'anziano viandante sul tavolo e rivolse la sua attenzione agli animali intenti a pascolare.

I due acquirenti s'incamminarono lungo il sentiero; la mezza-demone – rimasta sola con l'allevatore - non poté fare a meno di notare che il sacchetto ricevuto come pagamento non conteneva affatto monete d'oro o d'argento, ma semplici sassi di fiume.

"*Maghi!*" pensò osservandoli mentre le loro sagome scomparivano lentamente all'orizzonte. "*Devono avere usato un incantesimo per trasformare i sassi in monete... almeno nella testa di questo allocco!*"

L'allevatore si presentò davanti alla sua cliente con una bestia non più giovane, ma dall'aspetto interessante. Il manto fulvo e lucido evidenziava una muscolatura robusta, e lo sguardo dell'animale sembrava particolarmente sveglio. Lavia trovò subito l'affare interessante. Non provò nemmeno a trattare sul prezzo; pagò i cinque pezzi d'oro richiesti, più alcune monete d'argento per la sella.

Appena completata la bardatura si lanciò al galoppo lungo in sentiero, nella speranza di imbattersi nuovamente nei due misteriosi figuri. Qualcosa di indefinito, specialmente nell'uomo dalle vesti rosse, aveva messo in allerta i suoi sensi.

Salì fino alla cima del colle coltivato a frumento, seguendo le tracce lasciate dai loro cavalli, fino ad un bivio.

Dall'alto poté osservare tutta la valle, le piccole abitazioni perse in mezzo alla radura, il sentiero di terra battuta che si perdeva nella foresta.

"*E' li che devono essersi diretti,*" pensò tra sé, "*altrimenti le tracce discenderebbero la collina dalla parte opposta*".

Aveva sperato di poterli seguire senza allontanarsi dalla propria meta. Lunamtya era ancora lontana e si trovava nella direzione opposta rispetto alla foresta.

"Sono per metà una demone," disse al suo cavallo carezzandogli la criniera, "e il mio sangue mi dice che devo seguire quell'uomo. E' qualcosa di simile all'istinto, una forza che ogni tanto mi sussurra nell'orecchio un avvertimento prezioso, un consiglio, talvolta un ordine!"

Il puledro sbuffò dalle narici, e si incamminò al trotto verso la fitta vegetazione a valle.

* * * * *

Koori decise di accamparsi. Il muschio verde presente in piccole quantità sulle rocce accanto a lui indicava con chiarezza che presto sarebbe emerso in superficie. Aveva camminato senza sosta, avvolto nell'oscurità del sottosuolo, concedendosi solo poche ore di sonno ogni cinque o sei ore di marcia. Non aveva idea di quanti giorni fossero trascorsi: non aveva più visto sorgere il sole, né la luna, né aveva incontrato animali sufficientemente intelligenti da poter interrogare.

Accese un falò servendosi di alcune radici morte ed essiccate raccolte lungo il cammino, e scaldò una scodella di liquore. Estrasse dallo zaino una tazzina cerimoniale e, dopo averla riempita fino all'orlo di spirito bollente la innalzò sopra la sua testa. La ruotò tre volte facendole fare un giro completo: una volta in onore del proprio maestro, una volta per i compagni caduti per difendere il tempio, ed infine per invocare la benedizione degli Antichi. Poi ingoiò il liquore e lasciò che le lacrime sgorgassero dai suoi occhi. In silenzio, senza scomporsi, attese che il calore della bevanda si diffondesse in tutto il corpo, poi si sdraiò e cominciò ad osservare il simbolo runico marchiato sul palmo della sua mano.

Mai avrebbe immaginato di possedere uno degli artefatti più potenti e temuti di Asgahard. Una grande energia scorreva libera nel suo corpo, tuttavia egli non aveva idea di come servirsene.

I maestri lo avevano costretto a fuggire per mettere in salvo il loro sapere, ma non lo avevano istruito su come controllare il potere magico della Runa del Ferro.

Il marchio sul suo corpo non era altro che una brutta bruciatura, un disegno spento che chissà, forse un giorno avrebbe palesato tutta la sua potenza.

Rivolse una preghiera agli dei, raccomandando l'anima degli amici cui aveva voltato le spalle mentre combattevano una battaglia impari contro le forze del male. Domandò perdono per non essere caduto al loro fianco, per essere stato costretto a sopravvivere portando sulle sue sole spalle il peso della conoscenza.

Le braci scoppiettavano vivacemente, scaldando il suo corpo esausto. Anche la terra sotto di lui pareva meno fredda del solito, quasi volesse cullarlo in un abbraccio materno.

Cedette al sonno, proprio mentre una famiglia di uomini-fungo – attratta dall'insolito bagliore – emergeva da una apertura nella roccia.

Il più piccolo sfuggì dal controllo di quello che doveva essere il capo della spedizione, e si avvicinò a piccoli balzi fino al giaciglio del druido. Esaminò la scena con i suoi vispi occhietti neri, quasi abbagliato dai meravigliosi colori delle fiamme, poi cedette al silenzioso richiamo degli adulti e tornò a nascondersi dietro alle rocce.

L'esemplare più alto, il cui busto era decorato con gemme grezze dalle sfumature rossastre, lo rimproverò investendolo con una pioggia di spore fluorescenti, poi lo spinse all'interno della cavità.

La sua autorità venne presa molto seriamente dal resto del gruppo che arretrò chinando il capo.

Abituato a muoversi silenziosamente per non attirare l'attenzione delle pericolose creature che abitavano il mondo sotterraneo, si mosse con circospezione in direzione del falò. Gli altri uomini-fungo lo osservarono con malcelato timore mentre, con la sua rudimentale mazza, toccò il corpo del druido.

Koori, ancora mezzo addormentato, balzò in piedi trovandosi proprio faccia a faccia con la strana creatura fungiforme. Lanciando un grido di terrore arretrò inciampando sulle radici in fiamme e sparpagliando le braci lungo il pavimento roccioso. L'uomo-fungo, intimorito a sua volta da quell'urlo raccapricciante, alzò la mazza per proteggersi da quel mostruoso essere di superficie.

Con la schiena a terra e ingannato dalla penombra, il druido vide la creatura ergersi davanti a lui con fare minaccioso e temette per la sua vita. Si rannicchiò contro le rocce e – senza nemmeno rendersene conto – invocò il potere della Runa.

Dalle sue mani una coltre di fumo sulfureo si diffuse rapidamente in tutta la caverna, mettendo in fuga gli spettatori tremanti. Un botto improvviso convinse il capo che fuggire a grandi balzi non sarebbe stato poi un così grande disonore.

Nella confusione i corpi delle strane creature che saltellavano avanti ed indietro presi dal panico si scontrarono più volte.

Solo il più piccolo, spinto da una curiosità irrefrenabile, rimase fermo dietro ad una sporgenza della parete, osservando l'umano scomparire in un lampo azzurrino.

Pochi istanti più tardi Koori comprese di essere stato magicamente trasportato in un luogo molto lontano. La fitta vegetazione si ergeva fino quasi a toccare il cielo, e il canto degli insetti e degli animali selvatici aveva un suono molto familiare.

"La mia terra!" esclamò ad alta voce, mentre a fatica riprendeva il controllo delle sue gambe. "Non posso sbagliare, questa vegetazione assomiglia troppo alla foresta di Woodland! Il Grande Fiume non deve essere lontano".

Quel giorno il vescovo Sillerieux volle consumare la colazione in solitudine, nelle sue stanze, lontano dal clamore della sala da pranzo.

"Sua eccellenza è indisposto," era il messaggio che i sacerdoti di Dyan avevano l'ordine di riferire a chiunque avesse chiesto udienza. Fra questi vi era anche il custode delle carceri il quale aveva passato le ultime ore cercando le parole per riferire della scomparsa del temuto prigioniero dalla cella sotterranea. Tra tutte le persone cui fu respinta la richiesta di un incontro, lui fu l'unico ad apparire profondamente sollevato.

Sillerieux portò una forchettata di crema di biancofoglio alla bocca. Era talmente preoccupato che lo assaggiò appena senza neppure accorgersi che era troppo zuccherato.

Quando ebbe finito spinse in fondo al tavolo il vassoio d'argento, afferrò la tazza di caffè bollente e si lasciò sprofondare nel trono avvolto dalla penombra.

Osservò la fiammella che lentamente consumava la candela; la sua mente era a tal punto impegnata che quasi non si accorse del trascorrere del tempo, finendo per ritrovarsi nella più totale oscurità.

Qualcuno aveva avuto il coraggio di violare le sue stanze, di frugare sul suo tavolo, tra le sue carte. I suoi appunti più importanti, quelli relativi ai procedimenti per la creazione delle Animenere, non erano stati trovati, tuttavia altre informazioni compromettenti erano nelle mani di qualche curioso.

Tra i sacerdoti suoi servitori nessuno era così coraggioso da tentare una mossa così azzardata. Al contempo nessun novizio avrebbe potuto superare la implacabile sorveglianza dei guardiani.

Eppure i segni dell'intrusione erano evidenti.

Come avrebbe desiderato ricorrere ai poteri che un tempo gli consentivano di vedere tra le pieghe dello spazio e del tempo. Tuttavia da quando aveva scelto di voltare le spalle a Dyan le sue preghiere non sortivano più alcun effetto, mentre i poteri magici ottenuti dagli dei del male in cambio del tradimento non servivano a tale scopo.

Sillerieux sapeva di essere in pericolo, che il suo bluff poteva essere scoperto da un momento all'altro. Avvertiva su di sé lo sguardo di occhi avidi che lo scrutavano, aspettando la sua rovina. Gli occhi del suo pericoloso alleato che, stando all'ultima conversazione, presto avrebbe preteso quella Runa nascosta in qualche anfratto del tempio e di cui ancora non era entrato in possesso.

La Runa! E se gli intrusi fossero penetrati nelle sue stanze per cercarla? E, peggio ancora, se avessero trovato ciò che lui cercava da mesi invano?

Ma no! Sillerieux serrò le mani lunghe ed affusolate, poi tentò di rilassarsi. Tutto sarebbe andato secondo i piani. Aveva calcolato ogni evenienza, anche la più improbabile.

Il suo ingegno non l'avrebbe mai tradito.

"A COSA PENSI, PRETE?" domandò una voce nell'oscurità immobile, fredda e muta.

Il cuore del vescovo gli schizzo in gola, mentre lunghi tentacoli d'ombra s'insinuavano tra le persiane fino a lambire le sue vesti da camera.

"Lord Wishid! A cosa devo l'onore di questa sua intrusione nelle ore diurne?" Sillerieux pronunciò queste parole con voce tremante ed insicura. Si maledisse per questo.

"NON VORREI AVERTI SPAVENTATO," ironizzò il suo invisibile interlocutore, "MA CI TENEVO A RICORDARTI CHE NON HAI PIÙ MOLTO TEMPO PER RISPETTARE LA TUA PARTE DI PATTO. NON HO ANCORA AVUTO NOTIZIE DA TE CIRCA LA RUNA CHE È NASCOSTA NEL TEMPIO".

"Questo edificio è immenso, e nasconde innumerevoli segreti..."

"HO GIÀ SENTITO QUESTA STORIA TROPPE VOLTE!" sibilò la voce spettrale con tale forza da costringere il vescovo ad abbassare il capo. "LA MIA PAZIENZA STA GIUNGENDO AL LIMITE, VESCOVO DI DYAN! STAI DELUDENDO LE MIE ASPETTATIVE E QUELLE DEL SUPREMO DIO DELL'OSCURITÀ, IL POTENTE TOD. COSA STAI FACENDO PER RECUPERARE LA RUNA DELL'ACQUA CHE I TUOI PREDECESSORI HANNO NASCOSTO NEL TUO TEMPIO?"

Le ultime parole pronunciate con arroganza risvegliarono l'orgoglio del vescovo, il quale si alzò dal trono e spalancò le finestre permettendo alla luce del giorno di scacciare l'oscurità. "Hai bisogno di tutto il mio supporto, Wishid, se vuoi vedere i tuoi vessilli sostituire quelli dell'Impero qui a Lunamtya! Trovare la Runa non è l'unica missione che mi è stata assegnata dal divino Tod, e non ammetto di essere trattato alla stregua di un tuo servo!"

I tentacoli arretrarono come feriti dalla luce, fino a sottrarsi completamente alla vista.

"DEVO AMMETTERE DI ESSERMI SCELTO UN ALLEATO CON PARECCHIO FEGATO, SILLERIEUX... ED IN EFFETTI IL TUO AIUTO SI RIVELERÀ PREZIOSO NEL GIORNO IN CUI SFERREREMO IL NOSTRO ATTACCO FINALE.

E' FONDAMENTALE CHE LE RUNE PRIMARIE NON FINISCANO IN MANI SBAGLIATE.

QUANDO SARÀ IL MOMENTO... PREGA DI AVERE CIÒ CHE MI SPETTA!"

La voce scomparve insieme alle spire d'ombra, e il vescovo Sillerieux sprofondò nel suo seggio. Pochi giorni lo separavano dal momento in cui avrebbe avuto in mano le redini dell'Impero. La guerra era alle porte e lui avrebbe giocato un ruolo determinante, con o senza quella maledetta Runa.

Gli rimaneva poco tempo per scoprire cosa diavolo era successo la notte precedente, e se qualcosa era stato rubato dal tempio. In caso contrario avrebbe setacciato ogni stanza, ogni magazzino, ogni cripta o sotterraneo per trovare quel dannato artefatto e placare il Signore di Morlock.

La sua mente, intanto, cominciò ad elaborare un piano nel caso le cose non fossero andate per il verso giusto.

* * * * *

"Voi due, fermatevi!" gridò Lavia lanciando il suo destriero in direzione dei due viandanti.

A poche decine di metri in direzione ovest i due misteriosi figuri che avevano acquistato le cavalcature prima di lei - ingannando con un incantesimo l'ignaro allevatore - si voltarono e rallentarono il passo.

Il vecchio dalle logore vesti nere rivolse un cenno con la mano al suo compagno, poi si fermò bloccando la strada.

"Chi sei, e cosa vuoi da noi?" domandò, frugando con una mano all'interno delle sue tasche nascoste. "Se sei un bandito ti avverto che viaggiamo senza soldi."

La mezza-demone tentò un approccio diretto, sorridendo. "Me ne sono accorta dal tipo di moneta che avete impiegato per pagare i cavalli".

Il vecchio ostentò una risata che ad orecchie più esperte avrebbe svelato tutta la sua artificiosità. "Mi chiamo Venemius e questo e Wrath il mio assistente. Siamo due artisti nomadi, specializzati in spettacoli di prestidigitazione".

"Il mio nome è Lavia Mooneye," rispose la mezza-demone rendendosi conto di non aver pensato ad una copertura. Cercò ispirazione esaminando il proprio aspetto; lo sguardo le cadde sulla balestra a due colpi, un'arma troppo insolita per un normale viaggiatore. "Sono una guerriera mercenaria, attualmente senza occupazione. Vi ho visto dirigervi a sud, da soli, e ho pensato di offrirvi i miei servigi".

Wrath Felling la scrutò da sotto il cappuccio. Era una donna giovane e bellissima i cui lineamenti tradivano un'origine inumana. Le orecchie leggermente più lunghe ed appuntite ricordavano quelle degli elfi, ma il viso pieno e la carnagione ambrata escludevano ogni parentela con quella razza. I suoi capelli, di una lunghezza appena sufficiente a coprirle il collo, erano di un rosso innaturale con vivaci sfumature viola. Indossava una improbabile armatura che le lasciava scoperta buona parte del corpo, risultando più simile ad un arma di seduzione che non ad uno strumento di difesa. A giudicare dai riflessi irregolari doveva essere di scaglie di rettile, forse addirittura di drago rosso, come lo strano cerchietto che portava sulla fronte. Sulle spalle una pelliccia di orso bianco la proteggeva dalla temperatura in costante calo con l'avvicinarsi della sera, lasciandole scoperte le lunghe gambe seminude, adornate con lacci di pelle cremisi.

Venemius pensò che la presenza di un guerriero si sarebbe potuta rivelare utile, ma dubitava che la ragazza avesse molta esperienza. La scrutò a fondo, attratto dalla sua natura inumana, cercando di valutare accuratamente ogni aspetto della proposta. Pensò che anche l'energia vitale di una mezza-demone si sarebbe potuta rivelare utile in caso di necessità...

"Saremmo onorati di averti come scorta, ma non abbiamo con noi denaro, né oggetti di valore".

Lavia scrollò le spalle. "Divideremo vitto e alloggio durante il viaggio, e se avrete fortuna con il vostro spettacolo potrete saldare il debito. Io sto viaggiando verso il Principato di Al-Kaìr dove spero ci siano più occasioni di lavoro".

"Non mi sembra un buon affare," mentì Wrath sperando così di distogliere le attenzioni del vecchio negromante da quella ragazza dall'aria schietta, "la foresta è un luogo tranquillo e possiamo cavarcela da soli".

La voce del mago vibrò in tutta la sua potenza. Desiderava con tutte le forze che quella giovane guerriera si allontanasse il più possibile dal suo malvagio rapitore. Era convinto che l'interesse manifestato dal negromante derivasse esclusivamente dal desiderio di studiare la sua rara natura inumana.

Venemius parve percepire la sincera preoccupazione di Wrath, e non volle perdere l'occasione per tenerlo legato a sé ancora più saldamente. La minaccia di possibili ritorsioni contro la ragazza lo avrebbe inchiodato al suo ruolo.

"Mi hai convinto, Lavia!" esclamò con un ghigno di soddisfazione, "verrai con noi a Lizarville, la città dei draaka!"

I due si scambiarono alcuni convenevoli, poi si rimisero in cammino.

Prima della notte avrebbero raggiunto un luogo a nord di Lomi, ideale per accamparsi e poco distante dal fiume.

"*Cosa nasconde l'uomo dalle vesti rosse?*" si chiese Lavia chiudendo la fila, "*e per quale ragione voleva così fermamente che me ne andassi?*"

Aveva percepito il suo sguardo indagatore mentre la esaminava da capo a piedi, ma non riusciva a comprendere cosa l'avesse spinto ad opporsi così fermamente al suo supporto. Forse semplicemente non voleva spendere i propri risparmi per assoldare un soldato di ventura, o magari non si fidava della sua millantata esperienza.

In cuor suo, tuttavia, sapeva che nessuna delle due supposizioni si avvicinava alla verità.

Cosa in quel mago l'attraeva al punto da farle dimenticare la propria missione? Mentre la domanda le rimbalzava in testa, il suo sguardo cadde sul bastone legato alla sella del suo interlocutore. "*La testa di cobra! Come quello di cui mi ha parlato Lord Thalor. Che sia lui ad avere respinto con una colonna di fiamme l'attacco dei goblin?*"

Il bastone e le vesti rosse erano più che un indizio. Ma cosa ci faceva il suo bersaglio così lontano dalla città di Lunamtya? E dove erano finiti gli altri avventurieri descritti nel rapporto di Mordred?

CAPITOLO QUATTORDICESIMO
Ultime ore a Lunamtya. La serenissima inquisizione.

Gli avventurieri rimasti a Lunamtya, orfani del mago Wrath Felling, dedicarono le due giornate successive alla ricerca di ogni indizio che potesse servire a capire chi o cosa lo avesse fatto prigioniero.

Jena, che sapeva muoversi abilmente negli ambienti vicini alla guardia imperiale, sfruttò le proprie conoscenze e il nome di un vecchio compagno d'armi per apprendere qualche elemento più preciso circa l'unico evento di rilievo accaduto nella notte della sparizione, ovvero la fuga di un pericoloso negromante dalle carceri nascoste sotto il tempio di Dyan. La cella che lo aveva ospitato, costruita dai mastri carcerieri in collaborazione con gli arcimaghi dell'Accademia, era stata realizzata con un minerale incantato che per sua natura neutralizzava ogni incantesimo; per anni questo artificio era bastato ad impedire la fuga degli stregoni prigionieri, ma quella notte qualcosa non aveva funzionato. Le mura e le sbarre erano rimaste perfettamente integre, tuttavia il prigioniero era riuscito a far perdere le sue tracce. Ecco perché le indagini delle milizie erano orientate alla ricerca di un complice che avrebbe fornito al prigioniero l'energia magica sufficiente per vincere il vincolo arcano e teletrasportarsi lontano dalla città.

Mentre il guerriero raccoglieva queste preziose informazioni, Shade aveva indirizzato la propria ricerca verso una delle congreghe minori di ladri (nella capitale, infatti, grazie ad un antico e collaudato regolamento comportamentale, coesistevano pacificamente più gilde operanti nel medesimo "settore". Esisteva la ben nota Gilda dei Ladri di Lunamtya, ma coesistevano alcune altre congregazioni indipendenti che si guardavano bene dal pestare i piedi ai ricchi e potenti cugini più importanti).

Nessuno dei confratelli interrogati si rivelò particolarmente loquace, tuttavia - sommando le poche indiscrezioni raccolte - anche l'indagine della ladra finì per concentrarsi sull'evasione del famigerato prigioniero, senza tuttavia ricavare alcun indizio sulla scomparsa di Wrath Felling.

Chiusa nella camera della locanda Seska si dedicò alla ricerca del mago attraverso viaggi spirituali nella dimensione della magia. Ella sapeva che se anche per un solo istante fosse riuscita a sfiorare la sua coscienza avrebbe potuto apprendere la verità su quanto accaduto la notte della loro incursione nel tempio. Tentò mille strade diverse, ma nella psiche dell'amico non vi era altro che nebbia, sabbia grigia, rocce affilate e spettrali obelischi neri che sfidavano un cielo dai colori terribili ed innaturali. E c'erano quegli occhi maledetti che la cercavano, che ne bramavano il corpo mistico, le energie, l'anima.

Quell'entità malvagia era astuta e manifestava un immenso potere, che tuttavia non appariva in grado di poter usare appieno. Come se il suo enorme potenziale magico fosse rimasto intrappolato, ancorato sul fondo di un oceano. Una cosa era certa: qualunque fosse la ragione di quella debolezza, era soltanto temporanea.

L'incantatrice drow, nonostante il terrore che quell'empia visione le evocava, non smise mai di entrare ed uscire dalle stanze del pensiero che collegavano il suo soffio vitale a quello di Wrath. La sua mente e il suo corpo furono a tal punto provati dall'incessante ricorso alla stregoneria, che al termine del secondo giorno un febbrone da cavallo la costrinse al riposo.

Ad accorgersi per primo delle sue precarie condizioni di salute fu Yoma, che dovette insistere parecchio prima di convincerla ad infilarsi tranquilla a letto. A dire il vero il ladro aveva gironzolato per la città incapace di dedicarsi seriamente alla ricerca.

Aveva vagato senza meta, turbato da un insolito senso di colpa, ripensando ai veri motivi che lo avevano spinto a seguire Shade.

Era un ladro, un malvivente, un uomo abituato da sempre a non potersi fidare di nessuno.

Questione di sopravvivenza.

Ma da quando si era unito al gruppo fingendo di essere interessato alla ricerca delle leggendarie Rune (senza mai credere fino in fondo al buon esito della spedizione), e immaginando una spericolata avventura da un estremo all'altro di Asgahard - dalla quale sarebbe ritornato ricco di antichi tesori e di forzieri colmi d'oro - la sua visione della vita stava incrinandosi.

Si era unito ad un gruppo bene assortito fingendo di condividere uno stesso sogno. Gli altri - abituati a fidarsi ciecamente del raziocinio dell'elfa silvana - lo avevano accolto senza badare troppo alle sue *credenziali*.

E alla prima occasione utile li aveva fregati, impossessandosi della Runa dell'Acqua.

A dire il vero lui voleva solamente curiosare dentro lo scrigno e mai avrebbe immaginato che il potere che ne era imprigionato si sarebbe liberato in suo favore. Secondo la leggenda sono le stesse Rune a scegliere il loro portatore.

Ebbene, era evidente che gli dei si stessero prendendo gioco di lui per l'ennesima volta. Chissà quante risate si stavano facendo osservandolo incespicare, senza la benché minima idea di come gestire il potente artefatto.

In quei giorni, infatti, approfittando del caos dovuto alla scomparsa del mago, Yoma aveva cercato di minimizzare la cosa, raccontando a Jena e agli altri di non essere stato minimamente turbato dal potere dell'artefatto. Quale enorme menzogna! Dall'istante in cui era divenuta parte integrante del suo corpo, scegliendo di marchiare come un tatuaggio la base del suo collo, egli avvertiva un impulso, anzi una vibrazione costante, scorrere dalla punta delle dita dei piedi, fino all'ultimo ciuffo di capelli.

Per non parlare, poi, delle strane voci che aveva udito avvicinandosi al mare (mentre cercava la palafitta di quel vecchio che sembrava sapere tutto delle Rune): una ridondante eco simile al canto di migliaia di voci sovrapposte, ad un coro allegramente tenebroso.

In ogni caso, anche se fosse riuscito a ritrovare la casa di Asmofidelius, l'avrebbe trovata completamente vuota. A Shade era quasi preso un colpo quando dovette constatare che nessuno, né il vecchio cane dal manto grigio, né il misterioso servitore dall'aspetto poderoso, sembrava avere lasciato alcuna traccia della propria esistenza.

Dell'incontro avvenuto poche sere prima restava solo un leggero profumo di pipa, misto all'odore della brace spenta.

* * * * *

In un luogo molto distante da Lunamtya, gli eserciti di Morlock stavano completando la conquista dei Territori Liberi.

Cadute Coldville, Heavendoor e soprattutto Oasi, i borgomastri dei vicini villaggi fecero a gara per giurare fedeltà agli invasori. In molti andarono ad ingrossare le file nemiche, mentre piccoli gruppi di ribelli venivano cacciati per tutta la regione.

L'area era ormai quasi interamente sotto controllo, eccezion fatta per Icek, la città di cristallo, e Desertac, dove i barbari abitanti resistevano tenacemente all'assedio delle guarnigioni non-morte.

Nei piani di Lord Thalor le cinque città stato sarebbero dovute crollare quasi all'unisono. I Territori Liberi si trovavano proprio a metà strada tra l'Isola di Morlock e le regioni governate dall'imperatrice Fiordalia, ed il loro controllo era essenziale per poter preparare l'attacco decisivo.

Thalor non voleva correre il rischio che, proprio durante l'assedio alla capitale dell'Impero, qualcuno si riorganizzasse alle spalle del suo esercito e ne impegnasse le retrovie. Non poteva permettere che qualche piccolo esercito isolato gli creasse dei problemi.

Per conquistare la città di Lunamtya gli sarebbero serviti tutti i suoi uomini, compresa la retroguardia, e in qualità di comandante supremo degli eserciti di Morlock non poteva permettersi di indugiare sugli scrupoli di Yarrick.

"Ho un dispaccio urgente per Lord Zevrin!" disse al messaggero che sostava, in attesa di ordini, appena fuori dalla sua tanda.

Il ragazzo balzò subito sull'attenti, poi prese un rotolo di pergamena, intinse la penna in un calamaio che portava legato alla cintura, e si preparò a scrivere.

"Non farmi perdere tempo con le introduzioni formali, soldato. Le inserirai tu successivamente. Ora scrivi: *raggiungerete immediatamente la città di Desertac, dove le armate di non-morti stanno subendo la controffensiva delle popolazioni barbariche. Condurrete una selezione delle guarnigioni che hanno combattuto ad Oasi, e preparerete l'assedio finale. La città deve cadere al più presto sotto il nostro controllo*".

Appena il messaggero ebbe completato la pergamena, Lord Thalor la rese ufficiale con il suo sigillo di ceralacca, e gli ordinò di prepararne una seconda destinata a Lord Drako.

Usò un tono completamente differente per assegnare al generale delle armate nere - Yarrick Drako – il compito di condurre un'ambasciata presso il triunvirato che governava Icek. La sua abilità come guerriero era seconda solo alle sue doti diplomatiche, e Thalor puntava proprio su queste per ottenere il controllo su tutta la regione. Non gli importava, infatti, conquistare a caro prezzo una città inutile e lontana dal fronte imperiale: ciò che gli serviva era esclusivamente un trattato di pace di cui potesse fidarsi, basato su una qualche forma di ricatto che sarebbe stato compito di Yarrick escogitare.

* * * * *

In altri luoghi posti ai margini della foresta di Woodland, dove il grande fiume che lambisce i confini tra le terre dell'Impero e quelle dei popoli alleati inizia la sua corsa verso il mare, Koori stava cercando di raggiungere un centro abitato nel quale sistemarsi per prendere fiato e pianificare il suo immediato futuro. I monaci di Oasi gli avevano affidato una missione difficile, resa ancora più disperata dalla totale mancanza di tracce. Chi erano le persone che avrebbe dovuto incontrare sul suo cammino? Come avrebbe potuto riconoscere o identificare l'uomo o la donna a cui trasmettere la Runa del Ferro? E in che modo, poi?

Aveva camminato incessantemente da quando l'artefatto lo aveva magicamente trasportato nella foresta, dialogando con gli animali selvatici e cercando di ottenere informazioni circa i più prossimi insediamenti. Le terre degli elfi erano troppo lontane, nascoste nel cuore di Woodland e protette da una fitta vegetazione millenaria. A nord, risalendo il fiume, vi erano alcuni villaggi popolati da umani, elfi rinnegati e mezz'elfi, troppo piccoli per suscitare interesse.

Le possibilità erano due: allontanarsi dalla foresta alla ricerca del borgo di Lomi, nei territori dell'Impero, o spingersi a sud, verso le città dei draaka.

Osservò un cespuglio di rovi neri al centro del quale si ergeva un orgoglioso bocciolo di *rosantica*. Si avvicinò per scrutare da vicino una grande ragnatela costruita tra le spine profumate, ed osservò lo stelo piegato dal peso del fiore. Gli sembrò sciocco affidarsi ad una suggestione, ma il peso del fiore aveva piegato lo stelo verso sud, e per lui in fondo una strada valeva l'altra.

Raccolse un piccolo *ragno d'ombra* che si era arrampicato sulla sua gamba e s'incamminò lungo il sentiero.

* * * * *

Mentre i miliziani di Lunamtya setacciavano ogni stanza del tempio alla ricerca di quello strano e misterioso oggetto che stava togliendo il sonno al loro vescovo, Sillerieux si era stabilito nel palazzo della Serenissima Inquisizione per partecipare alle indagini sulla fuga di Venemius.

Questo nuovo ordine fondato dallo stesso vescovo allo scopo di creare una piccola elite di inquisitori a lui fedeli, era mal tollerato dagli altri rami della chiesa di Dyan. Negli anni successivi alla sua istituzione vi fu addirittura una specie di pacifica rivolta guidata dai religiosi raccolti in preghiera nel Monastero di Zhorx. Ma grazie ad alcune abili mosse politiche e alla concessione di nuovi fondi per lo sviluppo delle comunità lontane dalla capitale, i monaci si ritrovarono presto isolati e furono costretti ad assecondare i desideri del vescovo.

A nessun prelato era consentito di accedere ai locali della Serenissima Inquisizione, né di conoscerne le attività. A tutti, compresi i membri del

Sacro Ordine della Luce, era fatto divieto persino di parlarne.

Sillerieux era riuscito a creare un organismo segreto, una piccola casta di spie e cavalieri scelti, totalmente alle sue dipendenze.

Eretta per sua volontà sulle macerie di un antico luogo di culto pagano, la sede della Serenissima aveva un aspetto talmente inquietante da meritare a pieno titolo il nomignolo di "bocca dell'inferno". Circondata da un piccolo e sinistro bosco di *palme cremisi* e da un'alta cinta muraria, era perennemente avvolta in una cappa di silenzio. I cavalieri dell'inquisizione, protetti da pesanti armature che nascondevano ogni lembo di pelle in modo da celarne l'identità, uscivano raramente durante le ore diurne e ciò aveva contribuito al diffondersi di terribili leggende sul conto di questo misterioso ordine.

Nelle camere del pentimento, scavate per decine di metri nella roccia sottostante il palazzo, Sillerieux stava seguendo un interrogatorio.

Un uomo gigantesco dal corpo deforme e dal capo avvolto in una maschera di pelle nera si ergeva, madido di sudore, di fronte ad un prigioniero. I muscoli sparsi sul torso nudo e gonfio guizzavano ad ogni schiocco della sua frusta, trasmettendo tutta l'energia che quel corpo immenso doveva contenere.

Il vescovo era sprofondato nel suo divano ed osservava la scena nascosto dietro ad una grata di ferro battuto. Era ormai evidente che nemmeno questo poveretto avrebbe rivelato alcun particolare utile alle sue indagini. Questo orrido spettacolo sarebbe andato avanti per pochi minuti, poi il silenzio – quel maledetto silenzio – avrebbe invaso ancora una volta la stanza.

Quando Lord Wishid gli rivelò della presenza di un'antica Runa nei sotterranei del tempio, Sillerieux pensò che sarebbe stato facile ottenere un immenso profitto (oltre ad un deciso incremento del suo potere personale) offrendo il proprio aiuto. Di certo non poteva immaginare che la ricerca si sarebbe rivelata tanto complicata.

Nella sua mente si era ormai insinuato il dubbio che la Runa fosse scomparsa in coincidenza con la fuga di quel vecchio negromante, per questa ragione aveva disposto interrogatori a tappeto in tutto il quartiere della cattedrale ed aveva sguinzagliato i cavalieri dell'Ordine della Luce alla ricerca del fuggitivo.

Un grugnito selvaggio accompagnò l'ultima sferzata del boia sulla schiena straziata del prigioniero. Subito due monaci incappucciati prelevarono il corpo senza vita, e veloci come ombre sparirono in un corridoio avvolto nell'oscurità.

Alle spalle del vescovo si insinuò con passo furtivo un servitore che iniziò a sussurrargli vicino all'orecchio. "Una donna ha rivelato alcune informazioni utili, eccellenza!"

Sillerieux annuì facendo cenno di continuare.

"Stava preparando una tisana per il figlio malato, quando le è parso di notare un bagliore improvviso fuori dalla finestra. La donna si è avvicinata ai vetri della sua casa, rimanendo nascosta, e ha notato due uomini uscire da un piccolo portale luminescente.

Stando alle sue descrizioni, uno dei due figuri era privo di sensi, o forse morto, e levitava a mezz'aria sospinto da una forza magica. L'altro era un vecchio coperto da un logoro manto scuro, decisamente somigliante al nostro uomo.

La casa della donna si trova nella zona esterna alle mura, ad ovest della città, proprio ad un passo dal sentiero nei boschi."

"E' li che si sono incamminati!" lo interruppe il vescovo alzandosi in piedi. "Hai fatto un buon lavoro, servo, ora fai in modo che la donna abbia la giusta ricompensa. Portale un'offerta in denaro e medicinali per il figlio. Deve diffondere la voce che chiunque collabori con la Serenissima Inquisizione riceverà un premio."

Sillerieux uscì in fretta dalle camere del pentimento, salì le sei rampe di scale e percorse il lungo corridoio che portava al salone senza luci.

Aprì il pesante portone di ferro di cui lui solo custodiva la chiave, ed entrò. Ad attenderlo vi erano cinque cavalieri seduti sui loro troni di pietra; sembravano statue dedicate alle divinità della guerra, coperte di decorazioni e di armi spaventose.

"Figli miei, alzatevi!" comandò il vescovo. "Ho una missione per voi, una missione di vitale importanza."

Le armature si levarono in piedi all'unisono, senza emettere nemmeno un cigolio.

"Dovete trovare due uomini fuggiti da Lunamtya verso il Grande Fiume! Uno di essi è un negromante potente e pericoloso. I dati sulla sua storia sono stati impressi nella vostra memoria; cercate nel vostro subconscio e rinverrete tutte le informazioni necessarie.

Si sono allontanati da poco, e sono certo che nell'etere potrete trovare ancora traccia della loro energia arcana".

Ogni cavaliere brandì la sua enorme falce in segno di approvazione, e chinò il capo.

"Bene, sono molto soddisfatto di voi Animenere! Ora andate e portatemi i fuggitivi. Non importa se vivi o morti: a volte è più semplice interrogare uno spirito piuttosto che un mortale!
Il vostro obiettivo primario è individuare e recuperare la Runa dell'Acqua, a qualunque costo".

I non-morti uscirono spalancando il portone, marciando con il passo perfettamente sincronizzato nell'aria resa gelida dalla loro empia presenza. Il loro rombo di morte echeggiò lungo tutti i corridoi del palazzo, fino a quando davanti a loro non si aprì un portale fatto di fumo nero e denso. Uno ad uno si addentrarono in quel vortice di buio e sparirono nel nulla.

* * * * *

Lavia individuò una piccola radura particolarmente adatta per accamparsi. La notte sarebbe calata di lì a poco, e non sarebbe stato prudente proseguire nel territorio di caccia dei predatori.

L'indomani avrebbero cominciato a discendere il fiume su una di quelle zattere che gli uomini-drago costruiscono per portare ai loro villaggi merci e bestiame.

La sera precedente si erano fermati sulla riva del fiume, in una piccola palafitta usata come rifugio dai cacciatori della zona. Per rimanere fedele alla sua copertura si era offerta di fare la guardia all'esterno e non era riuscita a scambiare nemmeno una parola con il mago rosso.

Il giorno seguente, durante il viaggio, lo stregone più anziano le aveva rivolto numerose domande, e la sua mente era stata costretta ad uno sforzo continuo per non rischiare di cadere in contraddizione. Il suo assistente, al contrario, era rimasto sempre in silenzio, nascosto dal cappuccio.

Lo aveva osservato più volte nel tentativo di captare un cenno del capo, un gesto insolito, qualsiasi movimento che spezzasse quell'ostinato mutismo. Ogni volta che per un istante incrociava il suo sguardo avvertiva una strana sensazione, una sorta di sesto senso, di vocina che le diceva *"attenta Lavia! C'è qualcosa che non quadra"*. Era ormai certa che nascondesse qualcosa, così come le appariva ormai chiaro come mal sopportasse l'autorità del vecchio. Doveva trovare il modo per restare sola con lui qualche minuto, per interrogarlo senza la presenza del suo presunto mentore.

La mezza-demone legò i cavalli al tronco di una quercia, lasciando loro corda sufficiente per pascolare. "Dobbiamo cercare un po' di legna per il fuoco," disse rivolgendosi a Wrath, "questa

notte farà freddo e in questa zona vivono lupi e cinghiali..."
Il mago fece per seguirla lungo il sentiero che si addentrava nel bosco, ma subito Venemius lo bloccò afferrandolo per un braccio. "La nostra guida saprà cavarsela da sola," disse rivolgendole un sorriso, "noi intanto prepareremo i giacigli e la cena. Abbiamo ancora una lepre da arrostire!" Lavia ricambiò il sorriso e si allontanò.

"Cosa hai in mente, Venemius?" domandò Wrath liberandosi dalla presa e fissando il vecchio nei suoi occhietti malvagi. "Perché hai voluto che ci seguisse anche quella ragazza? Non serve ai tuoi piani e ci sarà solo d'impiccio."

"Ti sei chiesto perché si sia offerta di venire con noi?" rispose lo stregone.

"No, e non mi interessa".

"Dovrebbe, invece, dal momento che sembra particolarmente intenta a studiarti. Non hai notato come osserva il tuo bastone? Come scruta le rune ricamate sui tuoi abiti?"

Wrath rimase in silenzio ripensando agli sguardi furtivi che aveva più volte intercettato durante il giorno, e che aveva liquidato come semplice curiosità. La malizia del negromante lo stava contagiando...

"Pensavo," continuò Venemius, "che potrebbe rivelarsi utile se fosse davvero un guerriero... non tutti nelle città dei draaka saranno contenti di rivedermi".

"*Quale creatura con un po' di sale in zucca lo sarebbe...*" pensò Wrath. "*e se non ricordo male gli sciamani draaka vietano lo studio e la diffusione della negromanzia, esiliando chiunque decida di violare questa tradizione*".

"Nel caso - piuttosto probabile - non fosse un vero soldato di ventura," continuò il vecchio stregone, "si tratterebbe comunque di merce rara. Non capita tutti i giorni di vedere il frutto dell'unione tra una donna umana ed un demone. Ha un corpo atletico e longilineo, più simile a quello degli elfi che a quello degli umani. Non ha squame né pelliccia, non ho visto corna o protuberanze ossee, e neppure una coda! Chissà quale tratto inumano avrà ereditato dal genitore demone... Di certo le iridi e i capelli purpurei non appartengono alla specie umana.

In ogni caso, se avessimo bisogno di denaro, al mercato degli schiavi di Al-Kaìr faremmo un figurone."

"Certo," ironizzò Wrath sistemando la lepre sullo spiedo, "peccato solo che il principato di Al-Kaìr sia a settimane di cammino da qui. Senza contare, poi, che da almeno due decenni la schiavitù è stata abolita nelle terre dell'Impero".

"Un vero peccato," osservò Venemius. "In un'epoca così violenta questi esempi di *progresso* suonano parecchio ipocriti.

E invero non sarebbe saggio sprecare materiale così prezioso per vile denaro. Vorrà dire che potrò finalmente completare quegli esperimenti su cavie inumane interrotti a causa della prigionia!"

Wrath fu scosso da un brivido. Il vecchio aveva pronunciato l'ultima frase con un tono di voce differente, molto meno sarcastico: ora gli sembrava tutto più chiaro. "Non oserai farle davvero del male? Se le torcerai un capello, io..."

"Tu cosa, sciocco? Mi combatterai con la tua ridicola magia? Mi lancerai addosso dardi incantati? Fulmini magici? Sfere infuocate? Per tutta la vita ho seppellito i maghi che hanno osato sfidarmi con questi trucchetti da prestigiatore, e sono vivo da troppo tempo per lasciarmi sconfiggere da un ragazzino come te!"

Wrath avvertì una fitta lancinante all'avambraccio. Scostò la veste e notò che alcune piaghe purulente si stavano formando e diffondendo proprio dove il negromante lo aveva afferrato.

"Con la mia arte posso comandare la carne dei vivi e quella dei morti. Posso avere intere legioni di servitori piagati alla mia volontà, umili burattini senza anima. Posso togliere la vita, diffondere malattie, trasformare in veleno mortale l'acqua delle sorgenti... ma posso anche restituire la vita a chi l'ha perduta, sanare ferite ritenute mortali, ridare vigore alle piantagioni vinte dalla siccità. Quale altra scuola di magia offre un potere così immenso? E tu, sciocco scolaretto, osi minacciarmi!"

Wrath strinse i denti per mascherare una seconda e più intensa vampata di dolore. Con la manica della veste tentò di tamponare la ferita, ma la carne continuava a lacerarsi in modo lento e progressivo. In pochi istanti il respiro tornò ad essere affannoso come nel pieno delle crisi respiratorie. Erano giorni che, grazie agli unguenti balsamici del vecchio stregone, non provava più quella terribile sensazione.

La poca aria che entrava nelle sue narici venne respinta dai polmoni che si contraevano a scatti nell'affannosa ricerca di ossigeno. La vista cominciò ad annebbiarsi.

"Ora capisci quanto grande sia il potere di cui dispongo, apprendista?" continuò con voce pungente Venemius. "Il tuo sangue, la tua carne, le tue ossa sono in mio potere. Mi basterebbe schioccare le dita per vedere il tuo corpo decomporsi in un mucchietto di polvere macilenta... Certo, mi dispiacerebbe vedere sprecato il tuo talento; ma sai che non esiterei a farlo".

"Maledetto pazzo!" sibilò il mago rosso tossendo sangue bollente. "Ti ucciderò non appena si presenterà l'occasione..."

Il negromante sorrise e con un lento gesto della mano sinistra alleviò le sue difficoltà respiratorie.

"Credo che per questa notte farai a meno delle mie cure. Chissà che la tua nuova amica non conosca un buon rimedio per lenire il bruciore di quella brutta infezione al braccio".

Udendo quelle parole Lavia trasalì. Nascosta dietro ad un cespuglio aveva assistito a buona parte della scena, rimanendo immobile ed in assoluto silenzio. L'istinto le aveva suggerito di non allontanarsi dal viluppo di rami e fronde che la proteggeva. Nessuno l'aveva notata e la discussione era troppo animata perché qualcuno badasse al panorama.

Non aveva mai creduto che i due fossero semplici illusionisti, ma non si aspettava certo che il vecchio fosse un negromante. Uno di quegli stregoni di cui si serviva il Signore di Morlock per creare le legioni di scheletri guerrieri e per imbrigliare le schiere demoniache. Uno molto più esperto, a giudicare quantomeno dall'età, di quelli visti in azione al campo di Hellgate, e certamente molto più pericoloso.

Yarrick le aveva sempre raccomandato di tenersi alla larga da quelle che venivano chiamate *vesti scure* e loro empi incantesimi. *"Non hanno alcun rispetto per la vita,"* le aveva ribadito in più di un'occasione, *"per loro un uomo in salute o un cadavere putrefatto hanno la stessa utilità".*

Ciò che non capiva, invece, era l'atteggiamento del giovane mago dalle vesti rosse. Se era davvero in possesso di una Runa primaria, che pensava Lord Thalor, perché non usarla per difendersi? Non aveva nemmeno provato a contrastare la magia del negromante.

"Inutile farsi tante domande," pensò Lavia, *"fino a quando non riuscirò a rimanere sola con lui non avrò alcuna risposta. Se tutto fila liscio abbiamo ancora un solo giorno di viaggio prima di raggiungere Lizarville, e le mie occasioni fino ad allora saranno ben poche. Come vorrei che Yarrick potesse consigliarmi..."*

La mezza-demone raccolse la legna che aveva ammassato dietro al cespuglio e lentamente si incamminò verso l'accampamento.

CAPITOLO QUINDICESIMO
Il Grande Fiume. Lizarville.

Koori aveva dormito poco e male quella notte. Alcuni cinghiali non avevano gradito la sua presenza a pochi metri dalla tana, e il druido non aveva potuto fare altro che accettare le rimostranze e rimettersi in cammino. Il sole sarebbe sorto solo dopo alcune ore e la foresta era ancora avvolta nel silenzio.

Il *ragno d'ombra* che aveva raccolto il giorno prima aveva costruito una piccola ragnatela nella tasca del suo zaino, proprio dove aveva riposto le radici ed i frutti raccolti per il viaggio. Il suo stomaco brontolava per la fame, e non poteva dargli torto dal momento che nemmeno la sera prima se l'era sentita di distruggere il lavoro del suo compagno di viaggio. Doveva mangiare qualcosa, ma cosa?

Le felci azzurre ai suoi piedi erano commestibili, ma disgustose. Non vi era nemmeno un frutto sui cespugli di *baccadolce*, e sembrava che tutti gli abitanti della foresta gli stessero alla larga.

"Avrei dovuto arrostire uno di quei cinghiali," pensò. Poi si ricordò dei cuccioli intravisti all'interno della tana e scrollò le spalle. Non gli andava di essere ricordato come l'abominevole druido sterminatore di maiali selvatici. Il regno animale sa essere molto pettegolo.

Mentre scostava le foglie secche dal sentiero alla ricerca di qualche fungo un sottile profumo di carne arrostita gli si insinuò nelle narici. I suoi sensi si acuirono alla ricerca di una percezione olfattiva in grado di confermare quel segnale. Il terriccio bagnato aveva un odore inconfondibile, così come era piuttosto semplice distinguere l'aroma di ognuna delle piante che lo circondavano. D'istinto imboccò un sentiero che conduceva alla riva del fiume. Afferrandosi ad un robusto ramo di quercia si lasciò cadere qualche metro più in basso, poi balzando da un sasso all'altro senza fare il minimo rumore raggiunse la sponda.

Scosso dai bruschi movimenti, il piccolo ragno d'ombra emerse dalla sua tana e si arrampicò fino all'orecchio del druido.

"Buongiorno!" disse Koori sorridendogli. "Senti che buon profumino di lepre arrosto?"

Il ragno, constatato che non vi era alcun pericolo imminente, fece una breve passeggiata tra i capelli del suo ospite, per poi rientrare rapidamente nella tasca dello zaino.

Il grande fiume scorreva tranquillo. Le sue acque cristalline viaggiavano per centinaia di chilometri, dalla sorgente sulle montagne di Rock per tutto il territorio dei nani. Raccoglievano il tributo dei numerosi affluenti e si gettavano con vigore nella foresta di Woodland, lambendo tutto il confine delle terre degli elfi silvani. Dopo avere dissetato le pianure dell'Impero del Drago Nascente bagnavano le città degli uomini-drago e scendevano a sud oltre i confini del Principato di Al-Kaìr, dove finalmente raggiungevano la foce.

Tutti i popoli veneravano il grande fiume, ed osservandolo il tutta la sua fierezza anche Koori non poté fare a meno di rivolgergli un saluto ed una preghiera di ringraziamento.

GRANDE FIUME,
PLACA LA SETE DI OGNI CREATURA.
DISSETA LE SPIGHE E LE TERRE DEGLI UOMINI,
LEVIGA LA PIETRA E L'ORGOGLIO DEI NANI,
FORTIFICA GLI ALBERI ED IL REGNO DEGLI ELFI,
PROTEGGI LE SABBIE E LE UOVA DEI DRAAKA,
GUIDA LA CACCIA E LA FESTA DEGLI ORCHI,
NEL TUA ABBRACCIO NASCE LA VITA,
NEL TUO ABBRACCIO RIPOSANO I MORTI.

Il profumo di carne allo spiedo si era fatto più intenso. Koori notò che a poche decine di metri da lui vi era un piccolo accampamento. Tre cavalli si stavano abbeverando sulla sponda, vicino ad una tenda molto rudimentale. Un filo di fumo saliva dai resti del bivacco.

"Non si saranno mangiati tutto?" pensò mentre si avvicinava furtivamente al braciere. Gli bastarono pochi passi per intravedere un bel pezzo di carne avanzata sullo spiedo. *"Che gli dei siano ringraziati!"*

Muovendosi con passi leggiadri sui ciuffi d'erba, il druido raggiunse l'accampamento. Scrutò verso la tenda per assicurarsi che i viandanti non fossero svegli, e si avventò sulla lepre.

Consumò avidamente i primi bocconi. La carne si era mantenuta tiepida sotto un sottile strato ormai carbonizzato, e gli sembrava davvero deliziosa.

Prese lo spiedo e con movimenti furtivi fece per allontanarsi dall'accampamento, ma un colpo di tosse proveniente dall'interno della tenda lo spaventò. Si bloccò all'istante concentrandosi sui rumori all'interno.

Al primo colpo di tosse ne seguirono altri, finché udì una voce femminile sussurrare alcune parole. Sentì frugare all'interno di uno zaino e poco dopo un fruscio di piedi sull'erba. Qualcuno stava per alzarsi dal proprio giaciglio e forse sarebbe uscito. Si acquattò in una depressione del terreno, seminascosto da un cespuglio di felci, ed attese immobile.

Un giovane dai capelli lunghi e bianchi emerse dalla tenda, stringendo in mano una veste di velluto cremisi. Se la lasciò scivolare rapidamente addosso e si sedette vicino alle braci fumanti. Con un pettine d'osso si lisciò i capelli, poi ne raccolse due ciocche ai lati del capo e li intrecciò fissandoli con due cordicelle dorate.

Il suo respiro doveva essere veramente caldo a giudicare dalle nuvole di vapore che soffiava espirando.

Osservandolo più attentamente Koori iniziò a percepire una strana vibrazione, come una lieve scossa elettrica in tutto il suo corpo.

Poi avvertì una fitta alla mano destra.

Distese lentamente il palmo e vide che il marchio della Runa stava emettendo un leggero bagliore.

"Un manuale di istruzioni mi avrebbe fatto comodo," pensò stringendo nuovamente il pugno. *"In ogni caso sembra proprio che la Runa stia cercando di dirmi qualcosa riguardo quel giovane. Ma cosa?"*

Pochi istanti dopo dal rifugio uscì anche una donna, che si avvicinò al ragazzo dai capelli bianchi offrendogli una ciotola di legno grezzo. Lui la scansò con un gesto delicato e le sussurrò qualcosa di incomprensibile; poi tossì di nuovo vigorosamente coprendosi le labbra con un fazzoletto.

Koori indietreggiò strisciando nell'erba, ma il suo movimento incauto attirò l'attenzione di un cavallo, che cominciò a sbuffare nervosamente. Trattenne il fiato e si bloccò con il viso schiacciato a terra. La donna si avvicinò al destriero ed iniziò a carezzargli dolcemente il crine.

Fortunatamente nessuno sembrava avere compreso il chiaro messaggio dell'animale.

Dall'interno della tenda non si udiva più alcun rumore, ed ormai era abbastanza distante da tentare la fuga. Raggiunse una zona d'ombra e si alzò sulle ginocchia, appena in tempo per scorgere un vecchio avvolto in una logora tunica nera alle sue spalle.

Un lampo azzurro lo colpì in pieno petto scagliandolo a qualche metro di distanza. Un secondo lampo si schiantò alle sue spalle, ad un passo dalle cavalcature che comunicarono a nitrire in preda al panico.

"Fermati Venemius!" gridò Wrath correndo verso il negromante. "Cosa diavolo ti ha preso?”

Il vecchio fece uno strano movimento con le mani e il druido sentì di non poter più muovere nemmeno un muscolo. Anche la donna, impugnata una strana balestra, gli corse incontro tenendolo sotto tiro.

“Fermi!” gridò di nuovo il mago, spingendo verso l'alto la balestra di Lavia. “Non vedete che è solo un monaco?”

Koori rivolse lo sguardo al simbolo sacro ricamato sulla sua casacca e ringraziò gli dei. Forse non lo avrebbero ucciso.

“Un monaco? O più probabilmente un ladro travestito?” grugnì il vecchio indicando i resti dello spiedo.

“Chi sei?” chiese la mezza-demone tenendolo sotto tiro, “e perché stavi cercando di fuggire?”

Il druido pensò al suo monastero in fiamme e agli eserciti che seminavano morte e distruzione nei Territori Liberi. Chi erano questi viandanti? Amici o nemici di Morlock? Il vecchio era certamente un mago, e la ragazza aveva l'aria di essere un guerriero bene addestrato. Il giovane aveva riconosciuto le sue vesti, per cui tanto valeva dire la verità confidando ancora una volta nella provvidenza. “Mi chiamo Koori, e vengo dal Tempio di Oasi. La città è stata invasa e io sono riuscito ad evitare per un soffio la cattura. Sono in viaggio da giorni senza cibo e...”.

“Oasi è sotto assedio?” lo interruppe Wrath avvicinandosi.

“Oasi... è caduta.” La risposta fu quasi un sussurro, ma sortì l'effetto di un tuono in piena estate.

A Lavia tornarono alla mente le parole dei suoi compagni d'armi. Ricordava perfettamente quanta importanza fosse attribuita alla conquista della più importante città dei Territori Liberi da parte dei generali di Morlock. Eppure non riusciva a provare alcuna soddisfazione. Lo sguardo del giovane monaco tradiva tutta la sofferenza che era stato costretto ad isolare nelle buie segrete della sua anima. Cosa era accaduto agli abitanti della città? Quale trattamento era stato riservato ai monaci, agli studiosi, ai religiosi, alle donne ed ai bambini, a tutti gli innocenti che solo per caso si trovavano sulla rotta di Morlock verso la conquista del continente?

Pensieri come questi non dovevano distrarla dalla sua missione. Dopo tutto non spettava a lei decidere come la guerra dovesse essere combattuta.

“Dobbiamo rimetterci in cammino,” minimizzò Venemius rimuovendo l'incantesimo da lui ironicamente battezzato *“rigor mortis”*.

“Dove sei diretto?” chiese Lavia abbassando l'arma e aiutando il druido a sollevarsi in piedi.

"Ho pensato solo a fuggire, non ho una meta," rispose rimanendo alquanto sorpreso per i modi gentili della strana donna.

"Potresti accompagnarci alla città di Lizarville," suggerì la mezza-demone cercando con lo sguardo il consenso del vecchio. "Li potresti trovare cibo e ristoro".

"Può venire," sibilò il negromante scuotendo le spalle per evidenziare il proprio disinteresse, "ma solo fino alla città dei draaka. Da li in poi ognuno per la sua strada."

Wrath invitò il monaco a finire la sua colazione. Sembrava che nessuno, a parte lui, avesse notato lo strano tatuaggio che il ragazzo portava sul palmo della mano destra. Il disegno, apparentemente senza senso, gli ricordava alcune formule alchemiche studiate in passato. Formule antiche che avevano a che fare con l'alterazione dei metalli, con la pietra filosofale...

Ma la forma ricurva e spiraliforme dell'immagine poteva essere associata anche agli ideogrammi utilizzati dai druidi per memorizzare i loro incantesimi.

In ogni caso la presenza di uno nuovo compagno di viaggio avrebbe impegnato maggiormente Venemius. Poteva essere l'occasione che stava aspettando. Gli sarebbe bastato un attimo di distrazione per lanciare un messaggio a Seska attraverso i sentieri della magia.

* * * * *

La gigantesca falce si schiantò sulla porta di legno marcio, mandandola in frantumi. Un'Animanera entrò a fatica nel piccolo capanno poco distante dalle prime abitazioni di Lomi. Sparsi sul pavimento c'erano i resti di alcuni pranzi consumati furtivamente, e pezzi di corda giacevano lungo la parete.

Il pavimento scricchiolava sotto il peso della poderosa armatura, ma la coltre di silenzio che circondava il non-morto impediva al lamento di diffondersi.

Fuori dal capanno gli altri quattro cavalieri dell'inquisizione si ergevano immobili come statue, sfidando con le empie corazze le prime luci del mattino. Il sole sarebbe sorto di li a poco, ma le Animenere non temevano le ore diurne come gli altri non-morti.

Certo il loro potere si intensificava con il calare delle tenebre, ma a dispetto delle leggende chiunque abbia affrontato uno di questi sanguinari guerrieri sotto il sole di mezzogiorno non ne è uscito vivo.

Con la sua lunga arma l'Animanera all'interno del capanno sollevò alcune bende sporche di sangue. Vicino ad esse una gavetta conteneva i residui secchi di una tisana curativa ed alcune stuoie erano sparse sul pavimento. Con movimenti lenti, quasi meccanici, il non-morto ispezionò e scostò tutte le stuoie fino a scovare una botola nascosta sul pavimento.

Con un calcio mandò in frantumi il portello e, piagandosi in ginocchio, infilò la testa tra le assi fracassate. Un piccolo libro dalla copertina di pelle nera era celato nell'intercapedine. Si avvicinò per esaminarlo meglio, fino a notare che sull'involucro esterno era marchiata una scritta: *Venemius*.

L'Animanera allungò il braccio fino a toccare il libro, ma come il ferro del suo guanto borchiato sfiorò la pelle bruna della copertina una immensa esplosione fece saltare in aria il capanno e tutto il suo contenuto.

Brandelli dell'armatura di metallo nero caddero ai piedi degli altri cavalieri i quali resistettero immobili sotto la pioggia di fuoco. Soltanto i cavalli, in preda al terrore, cercarono di mettersi al riparo dalle braci roventi che schizzavano ovunque, lambite dalle fiamme; ma la stregoneria che li teneva legati ai non-morti impediva loro di allontanarsi troppo.

Presto i tizzoni ardenti diffusero l'incendio anche tra gli alberi che costeggiavano il viale. Le prime case, tuttavia, erano ben lontane e non sembravano correre un immediato pericolo.

Dopo alcuni minuti i frammenti dell'armatura colpita dall'esplosione iniziarono a vibrare. Un fumo denso ed oleoso s'innalzò da ogni pezzo di metallo scuro che fu subito ricoperto da migliaia di vermi emersi dalle ombre. I diversi grovigli di larve e sottili tentacoli neri si mossero verso un identico punto, per ricongiungersi in un unico ammasso. Quelli che fino a pochi attimi prima erano gli arti del non-morto raggiunsero il torso ormai interamente ricostruito e i filamenti corvini si fusero di nuovo insieme. Infine anche l'elmo, trasportato dalle minuscole propaggini si ricongiunse con il collo e l'Animanera fu pronta a rialzarsi.

I cinque cavalieri con le effigi della serenissima inquisizione montarono a cavallo e si gettarono al galoppo verso il grande fiume.

* * * * *

Furono necessarie solo poche ore di cammino lungo la sponda del fiume per raggiungere il molo dove era ormeggiata la zattera. Due corpulenti uomini-drago vi stavano caricando numerose casse contenenti merci di vario genere. Pelli di capra, carne essiccata, persino alcune armi di chiara fattura umana. Sulla riva erano sparse anche diverse anfore di argilla, contenenti vino o forse olio.

Lavia non aveva mai incontrato un draaka e rimase sorpresa per l'incredibile aspetto dei due individui. I corpi possenti e muscolosi erano interamente ricoperti di squame ed in corrispondenza con i gomiti, gli avambracci e le spalle si potevano osservare piccole ed irregolari escrescenze ossee a forma di corno. Il colore delle squame era irregolare: tendeva al verde nell'esemplare più giovane, ma sfumava in tinte iridescenti in quello dall'aspetto più anziano.

Avevano anche una lunga coda da rettile che strisciava a terra con movimenti perfettamente sincronizzati con il lavoro di facchinaggio.

La cosa più incredibile, però, era la testa in tutto e per tutto identica a quella di un drago.

Tra di loro comunicavano in una lingua dai suoni bizzarri, ricca di sibili e di schiocchi gutturali, tuttavia immaginava che essendo mercanti conoscessero anche la lingua comune dell'Impero.

Venemius si avvicinò per trattare direttamente con il più anziano, in lingua draaka. Furono necessari diversi minuti di contrattazione per far si che accettassero di trasportare quattro passeggeri imprevisti, e Koori fu sorpreso nel vederli predisporre lo spazio per caricare anche le cavalcature.

"Abbiamo concluso un buon affare," sibilò il negromante. "Terranno i nostri cavalli come pagamento per il viaggio, e all'arrivo verremo ospitati nella taverna della famiglia di questi draaka".

Prima che Lavia potesse obiettare qualcosa il vecchio aggiunse: "Nulla ti vieta di riprendere il tuo cavallo e di rinunciare al passaggio fino a Lizarville…"

"…non rinuncio al mio incarico," rispose sorridendogli, "e poi non ho mai visitato le città degli uomini-drago. Quando si ripresenterà un'occasione del genere per una mercenaria come me?"

"Bene, allora preparatevi a partire. Arriveremo in città al tramonto."

"Non mi avete ancora rivelato il motivo del vostro viaggio," disse Koori aiutando il vecchio a salire sull'imbarcazione.

"Siamo artisti e siamo soliti portare il nostro spettacolo di illusione e prestidigitazione in giro di città in città."

"Un po' più che artisti a giudicare dagli incantesimi che vi ho visto usare contro di me questa mattina…"

Venemius non ebbe un attimo di esitazione: "Abbiamo dovuto imparare a difenderci, in particolare dai briganti. Non è raro trovarsi di notte faccia a faccia con un criminale pronto a tagliarti la gola per quattro monete."

Il druido non sembrava convinto. Bisognava conoscere a fondo la magia per sferrare un attacco come quello che aveva subito. Cercò tuttavia di camuffare le proprie perplessità cambiando discorso e rivolgendo le proprie attenzioni a Lavia.

"Da quello che ho capito tu ti sei aggiunta solo di recente alla *compagnia*?"

"Sono un soldato di ventura, e da pochi giorni sono incaricata di scortare i maestri Wrath e Venemius nel loro viaggio."

"Credo che gli dei non facciano mai incontrare le persone solo per caso… speriamo che le loro intenzioni siano buone."

Il dialogo continuò per buona parte del viaggio, coinvolgendo saltuariamente anche i due draaka.

Le acque del fiume erano tranquille, e l'equipaggio non dovette faticare per mantenere la zattera nella giusta corrente. Sulle sponde la vegetazione si faceva sempre più ricca; le chiome degli alberi si allungavano verso il letto del fiume, intingendo le liane nelle acque limacciose ed intrecciandosi in un groviglio sempre più fitto. Da diverse ore non v'era più alcuna traccia di insediamento umano: non si vedevano sentieri, né approdi, soltanto animali che raggiungevano le acque per abbeverarsi.

Come fuoriusciti dalla tavolozza di un pittore, stormi di uccelli dalle piume variopinte si tuffavano tra i flutti alla ricerca di cibo e refrigerio, per poi spiccare il volo e rifugiarsi tra le fronde.

La vista dei passeggeri seduti sulle casse di viveri spaziava tutt'intorno sull'ampio paesaggio fluviale, custodito - come fosse un tesoro da mantenere il più possibile segreto - da una cupola sempre più chiusa di rami e di foglie.

Wrath si fece spazio tra gli otri e le anfore, e poggiato il capo su un sacco di tuberi finse di dormire. Sapeva che Venemius lo avrebbe controllato, e che in particolare gli avrebbe impedito di librare il suo corpo astrale per mettersi in contatto con altri maghi. Aveva percepito i numerosi tentativi di Seska di dialogare con lui attraverso i sentieri del sortilegio, ma data la situazione una sua risposta avrebbe messo in grave pericolo l'amica.

Accantonata l'idea di viaggiare tra le pieghe dello spazio e del tempo, Wrath tornò a riflettere su un'idea che gli era balenata in testa il giorno precedente. Non poteva dire di avere studiato a fondo la piuma di cigno nero acquistata a Lunamtya, ma nutriva la speranza di poterla utilizzare anche a distanza. Conosceva numerosi incantesimi in grado di manipolare oggetti anche molto lontani, ma occorrevano alcune basi certe affinché tutto funzionasse correttamente. Era indispensabile avere una grande confidenza con l'oggetto, o con il luogo in cui era custodito. Occorreva essere certi della sua composizione chimica, e soprattutto… non doveva essere in alcun modo protetto magicamente. Di quest'ultimo dato non era affatto sicuro.

Per essere certo di non destare alcun sospetto, aiutato dal fatto che Koori stava subissando di domande il negromante, Wrath prese un pizzico di polvere nascosta in una minuscola tasca nell'orlo di una manica e la inspirò delicatamente.

Il suo corpo cadde in un sonno profondo, reale, mentre la sua mente era libera di concentrarsi sull'esecuzione dell'incantesimo. Quante volte si era servito di quella polvere per recuperare un po' di energia. Durante i suoi studi accadeva spesso che l'eccitazione gli impedisse di dormire anche per diversi giorni; i pensieri gli vorticavano nella testa, le formule e le teorie degli antichi maestri richiedevano profonde riflessioni e lo tenevano sveglio. Vedeva il traguardo vicino, a portata di mano, e non poteva perdere tempo per dare ascolto alle sciocche esigenze del suo fisico. Ecco perché si dedicò a migliorare la polvere del torpore, creando un incantesimo in grado di indurre un sonno ristoratore nel corpo, mentre la mente era libera di continuare a lavorare.

Recitò alcune litanie necessarie per trovare la giusta concentrazione, poi incominciò a cercare l'aura mistica della penna di cigno nero.

Non fu difficile percepire l'essenza dei suoi oggetti e dei libri magici abbandonati nella locanda di Lunamtya, ma l'individuazione della piuma magica richiese un certo sforzo.

In un primo momento gli sembrò quasi di riuscire ad afferrarla, ma l'energia magica di cui era composta reagì bruscamente, riportandolo con violenza al suo corpo sulla zattera.

Tentò di nuovo, facendo attenzione non solo alla composizione chimica della piuma, ma anche al rituale e agli ingredienti che supponeva fossero stati impiegati per incantare l'oggetto. Questa volta il contatto fu più morbido.

Venemius si alzò per controllare che Wrath stesse realmente dormendo. Si avvicinò al corpo e fece per toccarlo, ma il draaka più anziano lo interruppe. "Fra non molto potremo vedere la *porta del nord*, e in poco meno di un'ora sssaremo a Lizarville."

"Siamo già in territorio draaka?" domandò Lavia.

"Da diverse miglia, le nostre sssentinelle ci hanno avvistato più di un'ora fa".

Nello stesso momento, in quella che era stata la camera da letto di Wrath Felling a Lunamtya, la penna magica cominciava a scorrere su un foglio di pergamena, tracciando lettere tremanti ed insicure. L'inchiostro finì rapidamente ed il mago dovette fare ricorso a tutta la sua concentrazione per farla levitare di nuovo fino al calamaio.

Diresse nuovamente la punta verso il foglio, ma una fitta improvvisa gli fece perdere la presa. Una seconda fitta più forte lo riportò alla realtà. Venemius lo stava svegliando con piccoli colpi del suo bastone.

"Svegliati apprendista!" gli gracchiò con il solito sorriso malvagio. "Siamo arrivati".

Il sole stava tramontando e i cittadini di Lizarville stavano accendendo le prime lampade all'interno delle palafitte. Lo spettacolo era davvero incantevole e Wrath, nonostante il forte mal di testa, dovette ostentare tutto lo stupore necessario.

Sulle sponde del grande fiume, abilmente intrecciato con la foresta stessa, sorgeva un complesso sistema di palafitte in legno e *verdargilla*. Questo materiale ricco di gomma e collanti naturali, ricavato dal limo misto alle sabbie del fiume, permetteva alle costruzioni di ergersi su diversi piani e di sostenere il peso della popolazione, e garantiva altresì una discreta protezione dal pericolo di incendi. Esso veniva utilizzato non solo come materiale per le costruzioni, ma anche come elemento base di tutte le opere d'arte (statue, ornamenti monumentali, fregi e decori vari) che si potevano ammirare in prossimità delle abitazioni principali.

Lunghi e robusti ponti congiungevano le sponde, e tutte le case più alte erano collegate tra loro da passerelle di corda.

Le grandi chiatte colme di merci e le altre imbarcazioni erano ormeggiate a riva, e sulle acque transitavano solo minuscole zattere su cui era fissata una candela di cera protetta da variopinti paralumi di *carta-foglia*.

"Sssono le preghiere agli dei del fiume," disse il draaka più giovane, "le correnti le trasporteranno a dessstinazione."

Wrath ne seguì una con lo sguardo. Era la più luminosa e con il suo bagliore tingeva di rosso le onde accanto a sé. "*Speriamo che tu possa reggere il peso anche della mia preghiera... non credo che avrò molte altre occasioni per lanciare il mio messaggio.*"

La barchetta s'infilò sotto una palafitta e riemerse lontano dallo sguardo del mago, proseguendo tranquilla verso il suo destino.

"Ecco, sssiamo arrivati!" esclamò il mercante annodando una cima al molo principale. "Salite su quella passerella e camminate fino all'altra sponda. La locanda si trova proprio laggiù. Sssiate i benvenuti a Lizarville."

* * * * *

Seska aprì gli occhi di scatto. La febbre non le era ancora diminuita, ma era certa che il rumore proveniente dalla stanza adiacente la sua non fosse frutto di allucinazioni.

Si alzò dal letto accorgendosi di non avere nulla addosso, salvo un sottile drappo di lino, madido del suo sudore. Si trascinò fino al canterano sul quale era posta una bacinella d'acqua fresca e si sciacquò il viso. Non si concedeva un bagno caldo da giorni: "*devo avere un aspetto orribile,*" pensò schivando lo specchio.

Raccolse un lenzuolo pulito che qualcuno aveva abbandonato su una sedia, e se lo legò all'altezza del seno.

Non udiva alcun rumore provenire dalla taverna, né il consueto borbottio prodotto dai suoi compagni di viaggio che alloggiavano nelle camere vicine. Lanciò un'occhiata verso la finestra ed osservò la luce crepuscolare filtrare tra le crepe del legno. Il sole sarebbe tramontato presto: probabilmente gli altri erano in giro per la città.

Decise di andare a verificare cosa poteva aver prodotto il rumore che l'aveva svegliata. Uscì nel corridoio portando con sé un lume da camera, aprì la porta della stanza dove erano riposti gli oggetti di Wrath ed entrò. La fioca luce della fiammella illuminò il letto del mago, perfettamente in ordine. I suoi libri erano nella stessa posizione in cui lei stessa li aveva riposti, sul mobiletto accanto alla scrivania.

Si avvicinò allo scrittoio, ma dopo pochi passi si accorse che il pavimento era bagnato. Avvicinò la luce ai suoi piedi e vide che erano immersi in una poccia nera.

"L'inchiostro di Wrath!" esclamò a voce alta.

Ai piedi del letto, infatti, il calamaio caduto dalla scrivania aveva versato tutto il suo contenuto. La drow lo raccolse, tingendosi le mani con la china, e lo posò sullo scrittoio a fianco di una pergamena.

"*E questa da dove viene?*" pensò. "*Avevo messo tutti gli appunti di Wrath insieme ai libri di incantesimi*".

La raccolse per arrotolarla e riporla insieme alle altre, ma la vicinanza al lume fece brillare l'inchiostro ancora fresco. Seska osservò i caratteri (scritti con tanta imprecisione da risultare quasi incomprensibili) e riconobbe il simbolo con cui l'amico soleva marchiare tutti i suoi fogli più importanti.

°Ψf°

Sono costretto a seguire Venemius fino a Lizarville la città dei draaka.

Non provate a comunicare con me è troppo pericoloso.

Sarò io a darvi nuove notizie attraverso

e sarà possibile ci incontreremo nei pressi di tale

CAPITOLO SEDICESIMO
Ultimatum a Icek. Kharn, gamba di ferro.

Un possente grifone, contrastando con le possenti ali piumate la corrente gelida che soffiava in senso contrario, atterrò nel centro del campo.

Le tende erano coperte da un sottile strato di brina ed erano quasi perfettamente mimetizzate tra gli spuntoni di roccia e gli abeti innevati.

Yarrick Drako scese dal dorso della bestia, sprofondando di alcuni centimetri nel ghiaccio. L'armatura nera era pesante, e lo era ancora di più coperta dal manto di pelliccia che i soldati del luogo gli avevano suggerito di indossare.

Un ufficiale gli corse incontro, ma lui lo liquidò con un cenno della mano: "Di all'araldo di raggiungermi nella mia tenda. Sembra che il governo di Icek non sia interessato a negoziare con il nostro Signore".

Proseguì fino ad una tenda presidiata da due miliziani e vi entrò scostandoli bruscamente.

"*Il troppo freddo deve aver congelato il cervello a quelle cariatidi!*" pensò riempiendo un boccale di sidro ed inghiottendone il contenuto a grandi sorsate. "*Preferiscono forse che la loro città faccia la fine di Oasi? Che Zevrin guidi un'orda di demoni e non-morti a devastarne le case, i templi, i monumenti?*"

Era rimasto particolarmente sorpreso dalla magnificenza di quella piccola cittadina scavata nel ghiacciaio. Le strutture di ogni palazzo richiamavano il paesaggio circostante: era fatto ampio uso di vetro e cristallo per impreziosire gli edifici, e per dare solidità alle costruzioni erano impiegati esclusivamente marmi bianchi e azzurri, levigati al punto di sembrare specchi.

"*Potrebbe non rimanere altro che un cumulo di macerie...*" disse fra sé, ripensando al rapporto sulla conquista di Oasi, e a come i demoni di Zevrin avevano devastato la città senza avere rispetto nemmeno per i luoghi sacri. "*La guerra è guerra, certo, ma ci sono delle regole, dei codici non scritti, che nessun generale si era mai sognato di violare. Valeva la pena muovere una così colossale offensiva per annettere al proprio regno città distrutte, fertili pianure ridotte ad ammassi di cenere, popoli terrorizzati ed infelici?*"

I suoi pensieri furono interrotti dall'ingresso del messaggero.

"Mi avete fatto chiamare, generale?"

"Sì, dovrai consegnare un messaggio al triunvirato di Icek. Si tratta di un ultimatum."

Il giovane prese un foglio di pergamena e si preparò a ricevere la dettatura.

"Alle formalità penseremo dopo," esordì Yarrick, "veniamo subito al dunque. Egregi governatori, mi aspetto da voi che meditiate con attenzione prima fornire una qualsiasi risposta.

La geografia di Asgahard sta mutando radicalmente, ed è in atto una guerra di conquista che darà un volto nuovo al mondo che conosciamo. Già oggi, dopo la caduta di Oasi, Coldville, Heavendoor e presto Destertac, la regione chiamata Territori Liberi è divenuta parte integrante del regno di Morlock.

Presto anche l'Impero del Drago Nascente e i popoli alleati dovranno cedere le armi di fronte alla superiorità schiacciante del nostro esercito. Le mappe che siete abituati a sfogliare dovranno essere interamente ridisegnate, e dipende esclusivamente da voi se il nome di Icek potrà essere letto anche in futuro.

Al nostro Signore non interessa conquistare la vostra città, pertanto sia chiaro: accetterete di firmare il trattato che questa mattina vi ho personalmente esposto, oppure Icek, i suoi palazzi di cristallo e le sue genti verranno cancellati dalla faccia del pianeta.

Affinché il nostro esercito non oltrepassi i vostri confini in stato di guerra richiediamo, senza margine di trattativa, che la vostra Guardia Cittadina e l'esercito siano completamente disarmati, che un presidio di soldati di Morlock sia accolto entro le vostre mura a garanzia del rispetto degli accordi, che ogni decisione del vostro governo riguardante i rapporti con altre genti sia controfirmata dal nostro ufficiale di grado maggiore.

Avete tempo fino alla mezzanotte di domani per prendere la vostra decisione. In caso di risposta negativa, o di mancata risposta, questo ultimatum avrà valore di dichiarazione di guerra".

L'araldo alzò gli occhi verso il generale nero. Sembrava molto provato dall'incontro tenutosi ad Icek, ma il testo di questa dura ambasciata gli era uscito di bocca senza la minima incertezza.

Completò il messaggio con l'intestazione e le formule di rito. Lo rilesse ad alta voce ed ottenuta l'approvazione corse a consegnarlo.

Yarrick tornò al suo bicchiere di sidro e ripensò alla città che aveva sorvolato meno di un'ora prima. *Tutta la zona sud e buona parte delle zone est e ovest sono scavate nel ghiacciaio, pertanto la fanteria potrà avere accesso esclusivamente da nord. Sarà lì, indubitabilmente, che il triunvirato schiererà il grosso dell'esercito".*

Stese una mappa che i ricognitori avevano tracciato nei giorni precedenti, e la studiò con attenzione.

"In un assedio tradizionale saremmo sfavoriti. Gli arcieri metterebbero in difficoltà la nostra fanteria per diverse ore, e la retroguardia non potrebbe usare le macchine da guerra senza rischiare di causare più danni a noi che a loro... La loro strategia è basata esclusivamente su questa convinzione. Ciò che quei tre vecchi altezzosi non sanno è che le mie armate dispongono di tattiche molto persuasive, e di un asso nella manica."

Yarrick chiamò uno dei soldati messo a guardia della sua tenda e gli impartì un ordine: "fate chiamare i lancieri volanti con i loro dragoni, e dite loro di collocarsi proprio di fronte all'ingresso della città, appena fuori dalla portata degli archi nemici. Li raggiungerò ad un'ora dalla scadenza dell'ultimatum".

Il soldato salutò e fece per uscire, ma Yarrick aggiunse: "...raccomando una particolare attenzione nella disposizione dei draghi: che la popolazione di Icek abbia modo di vederli e di sentirli!"

* * * * *

Il rumore all'interno di una locanda draaka non era diverso da quello di ogni altra taverna di Asgahard. Dalla cucina si udiva il borbottio delle pentole nelle quali veniva preparata la zuppa di pesce, e lo schianto dei piatti e delle stoviglie quando venivano ritirati dalla sala. Seduti ai tavoli numerosi gruppi di draaka consumavano la loro cena, bagnando ogni pietanza con piccoli bicchieri di *zequil*, una forte bevanda alcolica dall'odore pungente, e cianciando rumorosamente.

Wrath era stanco. L'effetto della polvere del torpore non si era ancora completamente dissolto, ed era estremamente faticoso doversi dimostrare lucido agli occhi attenti di Venemius.

La sua minestra era particolarmente gustosa e, in circostanze differenti, avrebbe dedicato agli squisiti bocconi di pesce piccante la meritata attenzione. Anche Koori aveva le sue difficoltà a dimostrarsi lucido dopo averne consumato una tripla porzione ed avere bevuto al colpo cinque bicchierini di liquore draakiano. Al tempio di Oasi, dove i monaci distillavano le foglie di cactus producendo una grappa in grado di mettere a dura prova lo stomaco di chiunque, era considerato un buon bevitore; chissà cosa avrebbero pensato vedendolo disteso sul tavolo per cinque bicchierini di zequil! Lavia non aveva cenato con loro. Appena entrata si era preoccupata di farsi assegnare le stanze per la notte, con lo scopo di verificare personalmente che fossero sufficientemente sicure.

Ad un tratto la porta principale si spalancò e fece il suo ingresso un uomo-drago dalle scaglie bluastre. La sua gamba destra era amputata fino al ginocchio, ed era sostituita da una protesi grottescamente decorata, in ferro borchiato. Legato in vita portava un grosso machete dalla lama seghettata ed interamente ricoperta di rune decorative. Sulla testa, a coprire la cresta spinosa, portava un largo cappello di foglie di palma, e la sua corazza era di cuoio annerito dal tempo.

Appena lo vide entrare Venemius si alzò in piedi e si trascinò fino al bancone. Alcuni draaka lo schernirono nel loro linguaggio fatto di schiocchi e grugniti, ma bastò uno sguardo del nuovo arrivato per metterli a tacere. Quasi all'unisono tutti tornarono ai loro affari abbassando il tono di voce. Qualcuno addirittura si affrettò a consumare il pasto e a raggiungere l'uscita.

"Bentornato Sssignore" sibilò il guerriero dall'arto di metallo. "Molte lune hanno guadato il Grande Fiume dal nossstro ultimo incontro".

"E molte cose sono cambiate a quanto vedo". Il vecchio si avvicinò al volto dell'uomo-drago fissandolo con la consueta espressione malvagia. "Anche tu non sembreresti più lo stesso se non fosse per la ferita alla gamba."

"Le lune sono passate anche su di me, mio sssignore. La mannaia del tempo non fa distinzioni tra umani e draaka. Sssolo i dannati elfi sembrano riuscire a rallentarne la fame."

"Il tempo può essere piegato!" esclamò Venemius afferrando il possente braccio del guerriero. "Io stesso lo ho già sconfitto più di una volta, e con il tuo aiuto potrò farlo di nuovo".

"E' per questo che sei tornato? Per sssfidare gli dei ancora una volta?" Lo sguardo del draaka si fece infinitamente triste. "Non basterebbero due vite per lavare le nostre colpe, Sssignore, e certamente i miei avi non mi accoglieranno nella grande Caccia degli Dei. Sssperavo tuttavia di vivere in pace gli anni ke mi restano, osservando i giovani draaka affidare speranze, preghiere di pace e prosperità agli sssspiriti del Fiume."

"Sei rimasto il solito sciocco, Kharn! Essere nato nella casa di uno sciamano ti ha reso stupido e superstizioso. Nemmeno il più ignorante tra i contadini di Hume crede ancora che i morti draaka trascorrano l'eternità a cacciare al fianco degli dei. Come puoi temere un dio che non ti ha mai cercato, né aiutato, né reso potente, ed essere cieco di fronte all'infinito potere delle mie arti magiche! Non ricordi come ho strappato alla morte la tua amata sorella? Come le ho soffiato di nuovo in corpo l'energia che le era stata *ingiustamente* strappata dalla malattia?"

Il draaka avvertì un forte senso di vertigine che presto si trasformò in nausea. Le parole del mago avevano lo stesso sapore metallico delle catene. Catene che nemmeno il più forte tra i guerrieri avrebbero potuto spezzare. "Lo ricordo ogni giorno della mia vita Sssignore. E kontinuerò a pagare il mio debito di gratitudine offrendoti in eterno la mia lealtà."

"Queste sono le parole che volevo sentire. Ora dimmi, hai mantenuto ordinato il mio laboratorio come ti avevo comandato?"

"Certo Venemius, tutto è come lo avevi lasciato. Per anni ho vegliato affinché nesssuno osasse varcare la soglia delle tue ssstanze. Le voci dicevano che non saresti mai più tornato, che la città dell'Impero ti avrebbe tenuto per sempre prigioniero... ma io non ho dato ascolto a nessuno ed ho eseguito diligentemente i miei compiti. La parola di un draaka è una sola."

"Ottimo. Ora via, torna alla casa di tuo padre e fai in modo che nessuno ci disturbi. Devo riposare per prepararmi al rito."

Per tutta la durata della conversazione Kharn si era sentito addosso gli occhi di qualcuno, ma il vecchio con il suo muso raggrinzito a pochi centimetri dal suo naso gli aveva impedito di guardarsi intorno.

Prima di congedarsi lanciò un'occhiata furtiva ad un tavolo di umani e vide che un giovane dai capelli lunghi e bianchi lo stava fissando con un'espressione di freddo distacco. Rimase impietrito, incapace di distogliere lo sguardo, come imprigionato nella tela di un ragno. Poteva distinguere l'odore di quel ragazzo a metri di distanza, nonostante il forte aroma di spezie che, dalle cucine e dai tavoli, aveva permeato tutto l'ambiente. Aveva il profumo del fuoco che arde negli accampamenti dei guerrieri, ma anche il puzzo della morte, della malattia, della sofferenza. Gli fu immediatamente chiaro l'obiettivo del negromante: in quel giovane corpo era imprigionato un grande potere, e costui avrebbe fatto di tutto pur di possederlo.

* * * * *

L'assedio di Icek sarebbe stato ricordato come uno dei più fulminei della storia di Asgahard.

Pochi minuti prima dello scadere dell'ultimatum, il triunvirato diede ordine agli arcieri di scagliare un'ondata di dardi verso lo schieramento nemico. Le prime linee dell'esercito di Morlock erano state abilmente disposte fuori dalla portata delle frecce, e nessun soldato rimase ferito.

Seguendo alla lettera le tattiche militari simulate presso i campi di addestramento, i lancieri si librarono in volo rispondendo all'attacco con il soffio infuocato dei dragoni; in un'esplosione di calore furono spazzate via tutte le guardie armate che non avevano trovato prontamente rifugio nelle torrette di pietra.

Mentre le fiamme avvolgevano le mura, le seconde linee avanzarono trascinando le macchine da guerra per cingere d'assedio la città. Otto catapulte cominciarono a scagliare una pioggia di proiettili incendiari all'interno della cinta, mentre più avanti una torre mobile, coperta da pelli di animale bagnate, veniva spinta dagli schiavi verso il versante più debole della fortificazione.

Il generale Yarrick Drako si ergeva immobile sul suo destriero, mentre un fiume di militari in armatura da guerra gli scorreva intorno marciando a ritmo serrato. L'eco dei passi sovrastava ogni altro rumore: non si udivano le grida disperate dei cittadini, né il ruggito poderoso dei draghi, soltanto lo schianto ritmico e regolare degli stivali che si avvicinavano al loro obiettivo.

Quando fu certo di avere messo fuori combattimento buona parte degli arcieri, Yarrick richiamò i draghi e diede ordine ai suoi uomini di ancorare la torre d'assedio alle feritoie sguarnite.

Dal fiume impetuoso di guerrieri in armatura si levò un canto di guerra che in breve coinvolse tutto l'esercito. Le tante voci divennero una sola, una melodia roboante e fiera, un'invocazione al dio della morte che accogliesse i caduti al suo cospetto con ogni onore.

Pochi ardimentosi osarono contrapporsi all'assalto finale. Le esperte milizie di Morlock si fecero rapidamente strada all'interno delle mura e in pochi minuti riuscirono a spalancare la porta permettendo al grosso dell'esercito di fare il proprio trionfale ingresso in città.

Facilitati dal panico generale gli invasori resero presto inoffensivo ogni avversario superstite. Tutti i cittadini maschi, compresi vecchi ed adolescenti, vennero fatti prigionieri ed interrogati uno ad uno. Ogni centro di potere temporale o spirituale venne occupato.

Il generale Yarrick seguì tutte le operazioni con molta attenzione, avendo cura di impedire ogni inutile violenza alle persone e ai monumenti della città. Solo alle prime luci dell'alba, quando ormai la situazione era completamente sotto il controllo dei suoi uomini più fidati, si diresse con una piccola scorta verso il palazzo del triunvirato dove da prima della battaglia si erano arroccati i governatori. Il pesante portale di vetro, centrato in pieno dal proiettile di una catapulta, era frantumato a terra in blocchi caldi e taglienti. Le fiamme avevano consumato le sculture di ghiaccio che adornavano la piazza principale, e sul selciato scorrevano rivoli d'acqua sporca mista al sangue dei caduti.

Dalle finestre al primo piano si udivano le grida di terrore dei funzionari, mentre i soldati violavano il loro ultimo rifugio frugando in ogni stanza, cella o sottoscala, alla ricerca dei tre governatori.

Yarrick entrò nella sala del consiglio dalle cui finestre sventolavano già i vessilli di Morlock, ed attese con pazienza che gli anziani fossero condotti al suo cospetto.

Ogni evento si era verificato secondo le sue previsioni. Fino in ultimo aveva sperato di potere evitare lo scontro, ma ogni preparativo per la battaglia era stato curato nei minimi dettagli, come se l'esito della trattativa fosse stato negativo dal principio.

La città di ghiaccio era capitolata in fretta, con perdite minori rispetto a quelle preventivate e con danni facilmente riparabili. Ora era necessario ristabilire l'ordine, ed instaurare un governo provvisorio che fosse rispettato e temuto dai cittadini.

La voce di un giovane militare lo distrasse dalle sue riflessioni. "Li abbiamo catturati, signore. Se desiderate possiamo tradurli immediatamente al vostro cospetto."

Senza tradire alcuna emozione Yarrick fece cenno al soldato di procedere. Era molto soddisfatto del lavoro dei suoi uomini, ma le gratificazioni di un generale dovevano essere dispensate con prudenza: in fondo non avevano fatto altro che compiere il loro dovere.

Fecero il loro ingresso tre uomini dall'aspetto grottesco. Le vesti lorde e maleodoranti rivelavano quale vano tentativo di fuga avessero architettato per sottrarsi all'arresto. Le guardie li avevano trovati in un condotto fognario proprio sotto il palazzo, mentre cercavano di forzare una grata di protezione. Uno di loro era incastrato tra due sbarre arrugginite e invocava l'aiuto dei compagni i quali, senza curarsene, erano intenti a battere una pietra contro il catenaccio che bloccava l'unica via di fuga. Non opposero resistenza appellandosi al codice di guerra e rivendicando un trattamento consono al loro rango.

Varcarono la soglia della stanza del consiglio dimenandosi come in preda ad un delirio, invocando il nome di tutti gli dei di Asgahard, e gettandosi a terra a peso morto in un atteggiamento del tutto simile al capriccio di un bambino.

"Provo imbarazzo per voi!" Esclamò Yarrick osservando la scena dal fondo della stanza, seminascosto nell'ombra. "Siete uomini privi di dignità. Ottusi, egoisti, così ciechi da non accorgervi della evidente superiorità dell'esercito che vi trovavate di fronte. Così stupidamente orgogliosi da non comprendere la generosità della mia offerta."

Fece un passo avanti rivelando al triunvirato la sua identità.

"Io non ero d'accordo con questi due!" Disse gettandosi in ginocchio uno dei governatori. "Io volevo accettare l'ultimatum…"

"Bugiardo! Spregevole infingardo!" piagnucolò il secondo. "Io ero quello contrario all'attacco. Siete stati voi ad ordinare ai soldati di scagliare le prime frecce. Non avranno il coraggio di attaccare, dicevate. I draghi non potranno sopportare il grande freddo della notte."

"Non dia ascolto alle parole di questi pazzi. Sono io quello che…"

"Silenzio!" li interruppe Yarrick. "Questo spettacolo mi ha nauseato. In quanto governatori della città vi ritengo pienamente responsabili di ciò che è accaduto. Voi avete aperto le ostilità nonostante la mia proposta, l'ultimatum e lo schieramento del nostro esercito alle porte della città. Il sangue che è sgorgato questa notte lorda le vostre mani."

"Pietà di noi," piagnucolò il più anziano, "possiamo ancora esservi utili per dialogare con i cittadini, per aiutarvi ad amministrare le risorse della città…"

"La gente ha rispetto delle nostre decisioni. Ci ha sempre seguiti con fiducia..."

Lo sguardo di Yarrick si fece feroce. "Fiducia? La stessa fiducia che voi avete ripagato mandandoli a morire in una battaglia che non avevano alcuna speranza di vincere?"

"Non intendevo questo, Lord Drako, solo che potremmo intercedere per voi con il popolo; non è gente istruita e si lascerà guidare. Basterà che tutti abbiano un piatto di minestra e un tozzo di pane."

Quelle ultime parole, seppure pronunciate in un attimo di disperazione, colpirono profondamente Yarrick. Il continente era pieno di città governate da infidi omuncoli privi di spina dorsale, squallidi parassiti che vivevano nella bambagia a spese dei loro cittadini.

Non riusciva ad immaginare azione peggiore del tradimento, soprattutto quando ad essere traditi erano i più deboli.

"Le risorse alimentari della città saranno equamente ripartite tra il mio esercito ed il popolo: quelle militari saranno confiscate. Quanto all'essermi utili lo sarete, non abbiate timore. Sarà proprio grazie al vostro aiuto che i cittadini impareranno la legge di Morlock."

Yarrick si rivolse ad uno dei soldati della scorta e, dopo avere lanciato un'ultima occhiata al triunvirato di Icek, ordinò: "Sia proclamata l'esecuzione di questi uomini a mezzogiorno, nella piazza principale. I loro corpi dovranno rimanere appesi per tre giorni e tre notti in modo che tutti i cittadini possano vederli, fino all'insediamento del nuovo governatore. Tutti i funzionari di palazzo siano interrogati e scortati al campo; ai vigliacchi ed ai traditori sia riservato il medesimo trattamento."

Senza curarsi delle invocazioni e delle maledizioni dei tre anziani il generale uscì dal palazzo e, scuro in volto, fece ritorno alla sua tenda nell'accampamento.

CAPITOLO DICIASSETTESIMO
Il laboratorio misterioso. Il Re degli Orchi.

Kharn prese una delle torce che illuminavano la stanza e iniziò a discendere le scale che portavano ai sotterranei della vecchia dimora. Tollerava a stento il cigolio prodotto dalla sua protesi di ferro, ma proprio non riusciva a sopportare lo scricchiolare dei vecchi gradini di legno. Accompagnò ogni passo con un'imprecazione, sforzandosi di non ripetere mai la stessa. Da buon frequentatore di locande aveva appreso ogni genere di insulto da ogni remoto angolo del continente, e si vantava di poter offendere nella propria lingua ogni dannata razza del pianeta.

Stava giusto imprecando contro i facili costumi delle femmine di razza elfica quando finalmente appoggiò il piede sano sull'umida roccia della caverna. Protese la torcia in avanti ed illuminò la porta di legno fradicio e verdastro di fronte alle scale.

"Vieni avanti Kharn!" disse Venemius dall'interno.

Il guerriero draaka spinse in avanti la porta e cercò di ignorare il cigolio dei cardini arrugginiti.

Il vecchio negromante era ricurvo sopra un tavolaccio di pietra, sul quale era disegnata la sagoma di un umanoide. Alle sue spalle, sopra una stufa di metallo annerito, erano state messe a bollire alcune pentole dalle quali si versava icore biancastra.

Il laboratorio era appartenuto per generazioni alla famiglia di Kharn, e nell'ultimo secolo aveva subito poche modifiche. Lungo le pareti erano disposti antichi armadi di legno e *verdargilla* i cui interni erano stati progettati per conservare le erbe mediche e le spezie. Sopra gli armadi scorrevano due file di mensole necessarie per archiviare i numerosi testi di medicina naturale, i trattati di occultismo e i cataloghi delle piante curative e degli oli animali.

Dal soffitto pendevano due scheletri di draaka anneriti dal tempo, le cui ossa erano interamente ricoperte di ideogrammi e strani geroglifici.

"Non mi pare di avere visto tua sorella in casa..." sibilò il mago senza voltarsi.

Il cuore dell'uomo-drago si arrestò per un attimo, come trafitto da un dardo. "Khyu... torna raramente in città. Non abbiamo più molti contatti. Anzi non abbiamo quasi più parlato da..."

"Le femmine di ogni razza solo accomunate dall'incapacità di provare gratitudine: è la loro natura!" Il vecchio accompagnò la battuta con una risata meschina.

Kharn rimase in silenzio pensando a come la sua spada seghettata si sarebbe infilata facilmente in quel dorso ricurvo. S'immaginò mentre affondava il colpo letale alla base del collo, e per un attimo si sentì molto più sereno.

Venemius si girò ed indicò alcuni vassoi sparsi sul pavimento, pieni di uno strano liquido dalle sfumature metalliche. "Prendili e mettili su quel tavolo," ordinò distrattamente, "facendo attenzione a non versare nemmeno una goccia della pozione che vi è contenuta".

Kharn obbedì quasi meccanicamente. Raccolse i vassoi e li poggiò con delicatezza sul tavolo. In pochi istanti il liquido contenuto smise di muoversi e tornò ad assumere il colore dell'argento. Lentamente cominciarono a prendere forma alcune immagini, sempre più nitide con il passare dei minuti.

Per prima apparve la figura di una strana donna dai capelli purpurei, che dormiva appoggiata di schiena alla parete, stringendo tra le mani una balestra. Accanto a lei, nel letto più vicino, un giovane umano era immerso in un sonno profondo: il draaka riconobbe uno dei due umani che viaggiavano con il negromante.

"Ho preso alcune precauzioni, non ti preoccupare," disse Venemius comparendo alle spalle del servitore. "Non si sveglieranno fino a domani nella tarda mattinata".

"Non vedo l'altro ssstregone. Ke ne è ssstato di lui?" domandò Kharn fissando l'ultimo vassoio sul quale non si era ancora formata alcuna immagine.

"E' chiuso in un'altra stanza della locanda, lontano dai nostri compagni di viaggio. Su di lui temo che l'incantesimo del sonno possa avere effetti meno duraturi."

"E' pericoloso, sssignore?"

"Quanto una puntura di zanzara. Non è pericoloso, ma può essere una scocciatura."

Comparve finalmente anche l'ultima immagine. Wrath Felling era disteso sul suo giaciglio, ma il suo sonno sembrava particolarmente tormentato. Il corpo tremava e si contorceva a scatti. Le vesti erano madide di sudore. Tuttavia nemmeno gli spasimi più violenti sembravano riuscire a destarlo.

"Ho aggiunto al sonno indotto una componente di incubi terrificanti e particolarmente realistici. Se tutto funzionerà a dovere domattina non avrà nemmeno la forza di parlare!"

"Ssse non sono indiscreto, sssignore, quale sarà il prescelto? Immagino sarà lo ssstregone, anche se il suo corpo non mi sssembra molto in salute. Non penso ke vivrà a lungo in quelle condizioni: il puzzo della morte lo ha già raggiunto e superato."

Venemius infilò una mano ossuta nella tunica nera ed afferrò una minuscola fiaschetta che portava legata al collo. Immerse in una soluzione mista di sangue ed unguenti erano contenute un'unghia e una ciocca di capelli bianchi. Kharn osservò con disgusto lo strano amuleto, poi rivolse lo sguardo al negromante.

"Ho esaminato con attenzione il corpo del giovane stregone e sono certo possa resistere all'incantesimo cui sarà sottoposto. Tuttavia ancora non mi è del tutto chiara l'origine del potere che lo sta consumando. La sua temperatura corporea interna è più elevata di quanto un uomo possa sopportare, e gli organi ne risentono. Il cuore e i polmoni sono sottoposti ad uno stress che non potrà essere sopportato a lungo".

"Quindi non userai il sssuo corpo?"

"Sei un buon guerriero e in te scorre il sangue di una dinastia di sciamani. Ma lascia perdere le intuizioni, draaka! Sei più ottuso di un *mangiaterra*. Il mago è debole, ma grazie alle nostre cure e alla mia magia il suo corpo tornerà in ottima salute, pronto per essere piegato alla mia volontà."

Kharn indietreggiò fino a trovarsi con le spalle al muro. Ora gli era finalmente tutto chiaro.

"Hai un ruolo importante e non tollererò che tu mi deluda. In fondo non dovrai fare altro che ripetere il rituale che salvò la vita a tua sorella, la piccola Khyu… o meglio l'ingrata Khyu!"

Venemius si avvicinò all'uomo-drago fluttuando, fermandosi a pochi centimetri dal suo muso.

"Io… io…"

"Non c'è bisogno che tu dica nulla," lo interruppe il negromante fissandolo con i suoi occhi malvagi. "Dovrai solo fare quello che io ti ordinerò. Ricorda che tutto quello che ho dato… può essere ripreso in qualsiasi momento. La vita è una sola, Kharn, tranne per chi ha la fortuna di essermi fedele".

Questa ultima frase poteva essere interpretata in vari modi, ma per il draaka il messaggio non poteva essere più chiaro.

"Farò quello ke mi ordinerete sssignore."

"Lo so, Kharn, lo so…"

L'Animanera si chinò ad osservare i resti del bivacco. Le tracce erano fresche e potevano essere ricondotte a quattro persone e a non più di tre cavalcature. I cinque cavalieri non-morti si rimisero in sella e imboccarono il sentiero che portava al fiume.

* * * * *

Kaizer Zruegrosh giunse alle porte di Lunamtyia sul dorso di un feroce lupo da guerra. Immobile a pochi metri dalla porta della città osservò in silenzio i mercanti e i viandanti che fuggivano verso la campagna, trattenendo a stento una risata.

Pensò con una punta di orgoglio che il suo aspetto dovesse essere proprio terrificante. Era alto più di due metri e mezzo e indossava un'armatura grottesca fatta di enormi placche di ferro borchiato tenute insieme da chiodi uncinati e lacci di cuoio. La spalla sinistra soltanto, come da tradizione, era coperta da uno scudo semisferico sul quale era dipinto lo stemma della casata di appartenenza, il lupo rosso. In testa portava un elmo mostruoso, decorato con corna ed ossa di animale: la visiera semi arrugginita, ispirata alle fauci di una belva, era colorata di rosso come se da essa sgorgasse sangue.

Il re degli orchi balzò fragorosamente a terra, e trascinando una enorme ascia bipenne si avvicinò alle guardie cittadine con passo deciso, lasciando un solco nel terriccio bagnato.

"Sono Kaizer Zruegrosh!" pronunciò togliendosi l'elmo e rivelando il suo aspetto orchesco. "L'Imperatrice sentiva la mancanza di un vero *uomo* e ha chiesto di vedermi…"

La guardia più anziana aveva ricevuto l'ordine di accogliere la delegazione degli orchi e si sorprese di vedere il re viaggiare da solo. Fu lieto di avere a che fare con una sola di quelle giganteche creature dalla pelle verde. Ne sopportava a fatica l'odore acre e i loro modi ineducati, ed era certo che in città avrebbero creato non pochi disordini.

Balbettando alcune frasi di cortesia ordinò ai soldati al suo seguito di condurre l'*illustre* ospite al Palazzo Imperiale.

L'orco osservò divertito alcuni soldati che si avvicinavano al suo destriero con fare circospetto, poi - facendosi strada da solo - si incamminò lungo la via principale di Lunamtya verso la residenza imperiale.

Lunamtya era una tra le più grandi città del continente, e si estendeva lungo la costa del golfo per diverse miglia assumendo la forma di uno spicchio di luna. L'antica cinta muraria proteggeva il centro storico della capitale, dove si trovavano i palazzi più importanti, le aree commerciali e le residenze dell'aristocrazia. Il resto della città era circondato da mura di recente costruzione, molto meno profonde ma rese ugualmente robuste dagli incantesimi di protezione dei maghi dell'Accademia.

Tenendo un passo sostenuto Re Zruegrosh percorse rapidamente la strada che saliva il colle principale, e fu soddisfatto nel veder trottare la sua scorta e nell'udire le soffuse risate dei cittadini che osservavano la scena divertiti.

Superò con disinvoltura la delegazione imperiale che lo attendeva davanti ai cancelli del palazzo, schivò il ciambellano e gli eleganti cortigiani a cui non mancò di riservare un cerimonioso grugnito, e si diresse verso la sala del concilio di guerra.

Il vescovo Sillerieux osservò tutta la scena dalla finestra della sua stanza.

Non immaginava che si sarebbero mossi anche gli orchi. Di solito così poco attenti alle scelte politiche dell'Impero, così profondamente individualisti ed irrazionali, così selvaggi.

Si allontanò dalla finestra e prima di sedersi al suo tavolo da lavoro prese alcune antiche pergamene. La più grande era una mappa di Asgahard, disegnata dai nani nei laboratori di geografia di Rox. La distese con delicatezza, fissandone gli estremi con alcuni preziosi fermacarte, e cominciò ad analizzarla.

Il continente era un arcipelago composto da una grande isola centrale, alcune isole minori ed un gran numero di isolette e scogli disseminate lungo le coste.

La grande isola di Asgahard dava il nome al continente ed era divisa in cinque regioni.

A sud, in una piccola area geografica protetta dal clima caldo e secco, si estendeva il Principato di Al-Kaìr. Il governo era composto dai rappresentanti delle tribù del deserto e dai capi delle gilde mercantili, ma il vero potere economico e militare era tenuto saldamente in mano dalla famiglia reale. Il Principe aveva infatti il monopolio delle spezie (dalle quali venivano ricavati i principali componenti per gli incantesimi dei maghi di tutto il continente), ed era l'unico proprietario di tutte le miniere di ferro, rame, oro e gemme. Inoltre controllava la gilda dei ladri e degli assassini, dai cui selezionava gli uomini migliori per i suoi spietati servizi segreti e per il suo esercito personale.

Il Principato di Al-Kaìr si trovava a sud di una regione molto estesa, abitata dalle popolazioni con cui l'Impero aveva stretto una solida alleanza.

Le terre di confine, dalle colline di Trowin alla savana di Soioth, erano popolate dagli orchi di Kaizer Zruegrosh, un clan particolarmente numeroso e *civilizzato*, composto prevalentemente da allevatori e cacciatori, pescatori (e pirati), nonché da professionisti della guerra.

Il vero cuore della regione, però, era la grande foresta di Woodland dove si estendeva - protetto dalla fitta vegetazione - il regno degli elfi. Ad ovest di Woodland si allungavano fino alle muraglie di ghiaccio le catene montuose abitate dalle civiltà naniche di Rock e di Rox, mentre ad est – lungo il grande fiume – sorgevano Lizarville, Draakrek, Kratlok e gli altri piccoli villaggi draaka.

Risalendo verso l'estremo nord, l'Impero del Drago Nascente riuniva tutte le contee abitate dagli umani, dalle fredde piane di Blosword fino alle fiorenti coste ove sorgeva la capitale, Lunamtya.

Oltre i confini imperiali, percorrendo la strada maestra verso nord-est, si potevano raggiungere i Territori Liberi, l'area desertica governata dalle cinque città stato di Oasi, Coldville, Desertac, Icek e Heavendoor.

Infine, più ad est, isolata da un'aspra catena montuosa, si trovava la piccola Repubblica del Mare, nata da un fragile accordo tra orchi ed elfi marini. Nel cuore del piccolo stato, protetti dalla jungla, si nascondevano numerosi villaggi abitati da orchetti, goblin e coboldi, oltre a Laket, una florida città lacustre abitata da umani.

Le altre due isole maggiori erano collocate all'estremo ovest, oltre il mare di ghiaccio, e a sud-est.

La prima era l'inavvicinabile terra dei draghi, ove - stando alle fonti di cui Sillerieux disponeva - nessun popolo aveva osato ergere una città.

La seconda era il ben più noto Regno di Morlock, un luogo misterioso e sconosciuto quasi quanto l'Isola dei Draghi.

Il vescovo notò che qualcuno prima di lui aveva aggiunto una serie di glosse alla mappa, chiamando per esempio *territori maledetti* l'area palustre a nord dell'isola di Morlock, ed aggiungendo note sulla pericolosità di alcuni tratti di mare.

"*Questa mappa deve essere aggiornata,*" pensò intingendo una penna nel calamaio ed iniziando a tracciare alcuni segni sulla pergamena. "*Oggi quasi tutta la regione dei Territori Liberi è stata annessa al Regno di Morlock.*"

Oasi, Coldville, Heavendoor e Icek sono state conquistate, e non credo che i barbari di Desertac resisteranno a lungo all'assedio."

Sillerieux tornò con il pensiero al suo primo incontro con gli emissari di Lord Wishid, quando venne messo a conoscenza dell'imminente offensiva che Morlock avrebbe scatenato. Gli fu subito chiaro di quanto potere disponessero quegli eserciti, e quale catastrofe si sarebbe abbattuta sull'Impero del Drago Nascente.

Fu in quella occasione che cominciò a realizzare appieno quale fosse il disegno di Tod, la suprema divinità del male cui era segretamente votato. Kaizer Zruegrosh, invece, come la quasi totalità degli orchi, giudicava sciocco qualsiasi culto umano. Certamente bisognava avere rispetto per gli dei, così come un bravo soldato deve avere sempre il massimo rispetto per il proprio comandante. Ma era certo che se gli dei avessero voluto che gli orchi perdessero tempo a pregare, non li avrebbero creati forti e coraggiosi, bensì ambigui e fiacchi come elfi ed umani.

* * * * *

L'Imperatrice Fiordalia decise di accogliere Re Zruegrosh nei suoi appartamenti privati, nonostante le critiche e i borbottii dei maestri di protocollo.

Nel salone degli arazzi la luce del giorno accedeva attraverso due ampie vetrate, riflettendosi sui pavimenti di marmo levigato, e filtrando attraverso la leggera veste di seta bianca indossata dall'imperatrice. Il suo volto era coperto da un velo semitrasparente e i capelli erano raccolti in un'acconciatura sobria ed austera, impreziosita da filamenti dorati.

Un'ancella aveva preparato un vassoio di bevande calde e pasticcini, e si era premurata di spargere essenze profumate prima di lasciare la stanza, nella speranza che l'aroma dei fiori potesse nascondere il terribile odore dell'ospite.

"E' meglio venire subito al sodo," grugnì il re degli orchi appena l'ultimo servitore uscì dalla stanza. "Le mie tribù non scenderanno in battaglia al fianco delle truppe imperiali nel caso l'esercito di Morlock decida di invadere i vostri territori".

Fiordalia scelse di mantenere un atteggiamento serio e distaccato. "Immagino non avrai attraversato mezzo continente solo per riportarmi una simile ovvietà, nobile Kaizer. La tua sedia vuota all'ultimo concilio parlava da sé…"

L'orco fu scosso dalla fierezza dello sguardo dell'imperatrice mentre sussurrava le ultime parole. Nessuno sapeva con esattezza quale morbo sconosciuto o potente maledizione l'avessero colpita. La forza indomabile del suo spirito riusciva a calare il pessimo stato di salute fisica, ma per quanto tempo avrebbe retto? Per quanti giorni ancora l'impero avrebbe avuto una guida?

"Ero in mare, maestà, alla testa di una spedizione esplorativa diretta alla misteriosa *Isola dei Draghi*. Dimenticate che sono un individuo d'azione, non un diplomatico. Come ho ribadito in ogni occasione il seggio nero dovrebbe essere affidato a qualche anziano con una corona in testa e tanto tempo da perdere in chiacchiere, non al sottoscritto".

"O magari andrebbe eliminato del tutto," rispose seccamente la sovrana. "Voi orchi non perdete occasione per sottolineare quanto riteniate irrilevante l'Alleanza con l'Impero".

Kaizer Zruegrosh si avvicinò lentamente all'imperatrice, rimanendo in silenzio per qualche secondo. Scrutò attraverso il velo per comprendere quanto la malattia avesse deturpato quello che era conosciuto come il più bel viso di Asgahard, poi iniziò a parlare: "Nobile Imperatrice, voi conoscete la verità meglio di chiunque altro. State dunque mentendo a me o a voi stessa?

Sapete benissimo quanto siano fragili le basi dell'alleanza tra il mio popolo e le altre razze. Per millenni elfi ed orchi si sono contesi le risorse del territorio a colpi di spada. Per millenni gli umani ci hanno combattuto chiamandoci *mostri*, occupando le nostre praterie, affondando le nostre navi, sterminando intere tribù.

Questa alleanza ha giovato alle nostre attività commerciali ed esplorative, è vero, ma si è limitata a questo".

"Non sono trascorsi che pochi anni dalla firma del trattato di pace. Saranno le generazioni future a raccogliere il frutto dei nostri sforzi".

"Non lo nego, imperatrice, ma oggi manca la fiducia in un costrutto politico che non si addice alla natura degli orchi. Non si possono tenere a freno gli istinti primordiali troppo a lungo. Si rischia la follia".

Follia. Una parola che scosse l'imperatrice. La sua sconosciuta malattia, come la definiva ogni medico di corte, non poteva essere semplice... follia? Probabilmente nessuno l'aveva diagnosticata per non risultare offensivo. I pensieri di Fiordalia si concentrarono sullo spettro verdastro che stava osservandola da dietro il suo interlocutore. Aveva un teschio al posto della testa e una lunga lingua sinuosa che si agitava fuori dal ghigno orrendo.

Distolse lo sguardo, ma una nuova visione (questa volta un'ombra con tentacoli uncinati) cominciò ad avvicinarsi a lei spalancando le sue fauci. L'imperatrice aveva ormai imparato a domare le proprie reazioni, non lasciando trasparire all'esterno ciò che in realtà stava vivendo. Prese un lungo respiro e, adottando una delle più prime tecniche di concentrazione che il suo maestro Bark Stonskin ebbe cura di insegnarle da bambina, cacciò da sé ogni paura.

Tornando a concentrarsi su Kaizer Zruegrosh, versò un infuso oleoso e profumato in due tazze di ceramica *gë* finemente lavorate da mani orchesche. Ne offrì una al suo ospite e lo invitò ad avvicinarsi a lei, mentre un delicato profumo di lavanda cominciava a diffondersi nell'aria.

"Dovresti fare una passeggiata tra i banchi del mercato di Lunamtya, mio caro Kaizer".

L'orco fu sorpreso da quella osservazione apparentemente senza senso. Assaggiò con diffidenza l'infuso bollente, compiacendosi di come la ceramica diffondesse il calore alle sue mani in modo così gradevole.

"Queste tazze sono un autentico capolavoro dell'artigianato, e sono senza dubbio uno degli oggetti più richiesti al mercato. I miei osservatori hanno rilevato che i mercanti di ceramica *gë* stanno facendo affari d'oro, e che tanto nei palazzi dei nobili quanto nelle case del popolo non manca mai un vaso, un servizio di piatti o da tè importato dalle terre degli orchi…"

"Con questo cosa intendi dire?"

"E' solo un piccolo esempio di come il nostro mondo stia cambiando rapidamente, nonostante l'Alleanza sia stata fondata da così poco tempo. Cinquant'anni fa nessuno avrebbe potuto immaginare che gli orchi sarebbero stati famosi a Lunamtya più per la loro arte che per il terrore seminato sui campi di battaglia".

Re Zruegrosh studiò la sua tazza. "Sapevo che la ceramica *gë* si vendeva bene, ma non immaginavo fosse considerata un oggetto d'arte da voi umani".

"E' solo un esempio, Kaizer. E' solo un piccolo tassello di una rivoluzione culturale che cambierà per sempre il volto dell'Impero. Umani, elfi, nani, orchi e draaka non hanno mai vissuto un vero periodo di pace che consentisse a questa rivoluzione culturale di prendere il via. Oggi stiamo vivendo un momento straordinario, anzi stiamo contribuendo ad avviare un processo che potrà rendere migliore la vita a tutti i nostri popoli".

Fiordalia si fermò per prendere fiato. Sentiva che le forze stavano cominciando ad abbandonarla e non voleva che la sua debolezza fosse palesata proprio in quel momento. Era certa di avere aperto una breccia nelle marmoree convinzioni del sovrano degli orchi.

"Questo futuro di pace e di prosperità non è lontano," continuò, "il sogno di mio padre è un bambino a cui stiamo insegnando a muovere i primi passi. Inciamperà, incespicherà, ma prima o poi saprà stare in piedi da solo".

"Le tue parole sanno emozionare," sussurrò l'orco, "ma sono soltanto parole. Tu vedi un futuro radioso, molto diverso dal presente che è davanti ai miei occhi.

Agli orchi il futuro non interessa. Viviamo nel presente. Giorno per giorno.

C'è un detto antico che recita *il domani è nelle mani di nani e umani, il futuro all'elfo chiaro e all'elfo scuro*".

L'imperatrice colse il significato profondo di quella filastrocca; gli orchi vivevano poco più di trent'anni. Poco rispetto agli uomini. Un'inezia rispetto alla longevità degli elfi.

Dovevano avere un concetto del *futuro* molto diverso dal loro...

"Dipende da noi se un qualsiasi futuro potrà realizzarsi," disse Fiordalia raccogliendo le forze per l'assalto finale. "E dipenderà da come sapremo affrontare le minacce esterne. L'esercito di Morlock si prepara ad invadere le nostre città di confine. La guerra è alle porte e noi siamo ancora divisi, vulnerabili".

Kaizer Zruegrosh si alzò in piedi, poggiò la tazza sul tavolino e portò i pugni sui suoi fianchi. Nella sua testa balenavano idee contrastanti. Lui era un buon Re, non poteva negarlo. Era un ottimo sovrano per il semplice fatto che era il più forte! Nessuno, dall'età di cinque anni, era mai riuscito a domarlo, a metterlo a terra. Aveva organizzato in modo egregio gli eserciti delle tribù ed aveva guidato le più importanti spedizioni esplorative osando addirittura mettere piede sulle Isole dei Draghi, dove nessun umano, nessun elfo, nessun nano erano mai giunti. Si, era un buon Re, ma alla maniera degli orchi. Tutte le sue strategie militari, tutto il suo valore sul campo di battaglia o al timone di una nave non servivano a nulla in un incontro diplomatico.

"Imperatrice, le mie tribù non scenderanno in battaglia al fianco delle truppe imperiali nel caso l'esercito di Morlock decida di invadere i vostri territori. Questo è il volere del mio popolo."

Fiordalia continuò a fissare negli occhi il gigantesco orco. Il viso mostruoso di quella creatura dalla pelle verdastra le sembrava infinitamente umano:

nel suo sguardo c'era fierezza, ma anche molta dolcezza. Le stessa frase con cui il dialogo era iniziato pochi minuti prima era stata pronunciata quasi con rassegnazione.

Re Zruegrosh fece per congedarsi, ma prima di uscire dalla stanza si rivolse un'ultima volta all'imperatrice: "Non so se il popolo degli orchi farà parte del futuro che stai dipingendo, nobile Fiordalia. Le tue parole sono vascelli carichi di speranza, salpati per lidi lontani ed inesplorati. Sono certo che un giorno approderanno e germoglieranno in terra fertile. Quel giorno posso solo prometterti che io, Kaizer Zruegrosh, sarò al tuo fianco."

Quando la porta si chiuse alle spalle del re degli orchi, dalle pareti della stanza emersero decine di spiriti urlanti che iniziarono a danzare intorno a Fiordalia.

CAPITOLO DICIOTTESIMO
Bivacco al confine di Woodland. La Runa del Fuoco.

"Questo paesaggio è talmente monotono che credo il mio cavallo si stia addormentando..." esclamò Jena allargando le braccia e lasciandosi ciondolare all'indietro. "Prati verdi, prati verdastri, prati gialloverdi, prati, prati e ancora prati. Credo che non mangerò più insalata per almeno vent'anni".

Seska, che lo seguiva a pochi metri di distanza, alzò lo sguardo che fino a quel momento era rimasto concentrato su un piccolo compendio di magia nera e si rivolse a lui con un sorriso. "A dire il vero non ricordo di averti mai visto mangiare altro che carne e patate speziate! Il tuo stomaco non ha mai conosciuto l'insalata... potrebbe essere per lui un'esperienza nuova".

"Chissà a cosa stava pensando il buon Dyan quando decise di dare la parola anche alle donne," grugnì in risposta il guerriero.

L'elfa scura lasciò che il piccolo libro nero levitasse placido accanto a lei, mentre con un altro semplice incantesimo ordinava ad una mela di sbucciarsi e dividersi in quattro spicchi. Il frutto si dimostrò particolarmente obbediente e quattro porzioni perfettamente identiche iniziarono a danzare attorno all'incantatrice.

Con un semplice gesto convinse quello che le sembrava lo spicchio più audace ad arrestarsi davanti alle sue labbra e lo morse con delicatezza.

Quando ebbe terminato la prima porzione agitò le dita della mano indicando la schiena di Jena e subito un pezzo di mela raggiunse il guerriero.

"E' inutile che cerchi di conquistarti il mio perdono, donna!" Ridacchiò il guerriero infilandosi in bocca l'intero spicchio. "Visto? Ho mangiato la frutta senza fiatare e... accidenti! Mi sembra di essere tornato bambino. E poi cosa ci posso fare se nelle bettole che frequentiamo servono sempre e solo stufato con patate? Quando ti deciderai ad invitarmi a cena in un lussuoso ristorante per gente nobile come me, ti dimostrerò che so gustare anche la buona cucina".

"Come quella volta che al porto di Slativa ci hanno servito la minestra di molluschi... quando il locandiere è arrivato al tavolo con la zuppiera fumante credevo ti saresti messo a piangere".

"Tutta colpa di quello scemo del cameriere: poteva dirmelo che i *molluschi* erano quegli affari schifosi che stanno nelle conchiglie. Roba da selvaggi! ...o da gente con le branchie".

La discussione si protrasse per altre due mele, arricchendosi di aneddoti e ricordi di disavventure culinarie, fino a quando all'orizzonte apparvero altre due figure a cavallo.

Il sole era un enorme disco rosso ormai quasi interamente sprofondato dietro le colline. Anche il verde brillante delle praterie stava iniziando ad imbrunire.

Pochi minuti dopo Shade e Yoma, partiti da meno di un'ora in avanscoperta, si ricongiunsero con i compagni di viaggio.

"A pochi chilometri da qui c'è un villaggio di agricoltori," esordì il ladro indicando il punto in cui il sole stava tramontando. "Le case sono costruite non lontano dagli argini del Grande Fiume e c'è anche una piccola locanda dove si potrebbe trascorrere la notte".

"Avete trovato dove potere attraversare il fiume?" domandò Seska.

L'espressione di Shade si fece particolarmente severa. "Purtroppo l'unico ponte in questa zona è stato distrutto settant'anni fa durante un conflitto con gli elfi di Woodland, e da queste parti la corrente è troppo forte per le piccole imbarcazioni. Le sponde distano tra loro quasi dieci chilometri, e pare non ci sia modo di passare".

"Sembra che l'unica soluzione sia proseguire fino a Lomi dove il fiume si fa più tranquillo, e poi prendere una di quelle zattere che usano gli uomini-drago per raggiungere il loro territorio," aggiunse Yoma.

A Seska tornarono in mente le parole con cui Wrath Felling aveva cercato di informarli: "*Sono costretto a seguire Venemius fino a Lizarville la città dei draaka*". Il messaggio era sembrato a tutti chiaro e conciso: era evidente che il mago non aveva seguito Venemius, uno dei più disprezzati e pericolosi criminali di Lunamtya, di sua volontà. In quelle segrete doveva essere successo qualcosa di grave, qualcosa da cui Wrath non era riuscito a difendersi.

Una ulteriore conferma poteva essere ricavata dal monito che le era stato evidentemente rivolto: "*Non provate a comunicare con me è troppo pericoloso*".

Erano trascorsi tre giorni da quando avevano lasciato la capitale dell'Impero per mettersi alla ricerca dell'amico scomparso, ed in quel lasso di tempo nessuno aveva più provato a stabilire un contatto eterico. Avevano attraversato le sconfinate pianure imperiali seguendo la strada dei mercanti di legno, e si trovavano ormai poco distanti dalle acque del Grande Fiume. Lizarville non era lontana.

"Dove iniziano esattamente i territori degli elfi?" domandò Jena.

Shade estrasse dallo zaino una mappa di chiara fattura nanica, e cominciò a scorrere con il dito lungo la rappresentazione di un fiume. "I territori degli elfi di Woodland in questa regione comprendono entrambe le sponde del Grande Fiume. Il villaggio di Weis, quello di cui vi parlava Yoma, è costruito proprio sul confine, vicino a questi altri due villaggi umani: Wood-Bazar e Hickman".

Jena si guardò intorno. "Immagino che i tuoi amici con le orecchie a punta siano nascosti un po' ovunque lungo i confini del regno…"

"E' probabile. I ranger pattugliano tutto il perimetro di Woodland, e tengono d'occhio gli insediamenti umani."

"Da adesso in poi bisognerà fare molta attenzione," grugnì il guerriero. "Gli *orecchie-a-punta* hanno un pessimo carattere: hanno la puzza sotto il naso e odiano un sacco di cose. In particolare detestano gli elfi scuri e… le promesse spose dei loro principi quando decidono di darsela a gambe coprendo di vergogna l'intero regno."

Con un movimento fulmineo Shade estrasse i suoi pugnali neri e li fece roteare sulla punta delle dita. "Stai esagerando, Jena. In passato ho tagliato gole per frasi meno ingiuriose!"

"Cosa vi avevo detto? Pessimo carattere."

"Diamoci un taglio," suggerì Yoma, "prendiamo una stanza per la notte alla locanda di Weis, e cerchiamo di dare nell'occhio il meno possibile. Domattina propongo di proseguire verso sud cercando di evitare ogni spiacevole incontro."

Il gruppo si mosse in silenzio, avviandosi al passo lungo il sentiero.

Il volto di Shade, incorniciato in un cappuccio che le nascondeva le lunghe orecchie, si fece cupo. Le parole di Jena avevano scoperchiato un vaso sigillato da troppo tempo.

La sua fuga da Woodland per sottrarsi alle nozze con il principe Amon era stata motivata da un unico fondamentale imperativo: difendere la propria libertà. Per quel concetto assoluto di *libertà*, avrebbe rischiato ogni cosa, anche e soprattutto la vita!

Aveva ricevuto continue pressioni da suo padre perché non si sottraesse ai suoi doveri verso Amon, ma non era riuscita ad sopportare l'idea di rimanere imprigionata per secoli tra le grinfie di un uomo tanto subdolo.

Dopo la sua fuga sapeva di avere una sola certezza: non avrebbe mai potuto fare ritorno alla sua terra natale. Avrebbe trascorso il resto della sua vita esiliata tra gli umani, ben nascosta dai sicari del suo disprezzato promesso sposo, ed attenta a non fare passi falsi.

Tornò con la mente ai suoi ultimi giorni a Woodland.

Aveva agito d'impulso, una notte come tante altre, all'improvviso, mettendo in atto un piano di fuga soltanto ipotizzato fino a quel momento. Aveva assecondato un lampo di follia, piegandosi ai voleri passionali del proprio istinto (una cosa a dir poco inusuale per un elfo), e si era lasciata tutto alle spalle. Un futuro agiato, un popolo che nonostante i suoi sforzi non riusciva a smettere di amare, e la propria famiglia.

Ecco la vera ragione di tanto smarrimento. Tutto avrebbe sopportato tranne che a pagare il prezzo della sua libertà fossero altre persone.

Dei altri membri della sua famiglia non aveva avuto più notizie.

Non sapeva più nulla di quel padre ambizioso che sognava di congiungere la sua stirpe a quella reale; un padre che non aveva quasi conosciuto, impegnato com'era a divincolarsi tra gli intrighi di palazzo. Sua madre era morta molto tempo prima della sua fuga, e di certo il resto della sua famiglia non aveva mai manifestato grande interesse per lei.

Era davvero possibile che il suo gesto avesse costretto il padre a dimettersi dagli incarichi politici? La domanda continuava a ronzarle nella testa.

"Darsela a gambe coprendo di vergogna l'intero regno", aveva detto Jena. E forse non a torto.

Pensò alla morte di suo fratello Guile, avvenuta in circostanze misteriose durante una spedizione in una zona inesplorata della foresta di Woodland.

Suo padre aveva pianto la perdita del primogenito senza poter rivedere, nemmeno per un'ultima volta, il suo corpo senza vita.

I soldati del Re gli avevano spiegato che Guile era morto insieme ad un ranger e ad un *geos*, assalito forse da un branco di fiere particolarmente feroci. Di loro erano stati ritrovati solo pochi brandelli di carne e alcuni oggetti personali.

Vi furono solo brevi ricerche e nessuna indagine accurata. Il ritrovamento di sangue e ossa nei pressi del luogo dell'aggressione avevano confermato le ipotesi dei militari, così fu organizzato un funerale sfarzoso a spese della famiglia reale ed in pochi giorni la vita a Woodland tornò quella di sempre.

Chiuse gli occhi cercando nei propri ricordi un'immagine di suo fratello, ed immediatamente rivisse la scena dell'ultima volta che lui le sorrise, con la sua tipica espressione serena.

Si sforzò di ingoiare il suo dolore, ma una lacrima d'argento riuscì a fuggire dalla prigione dei suoi occhi.

* * * * *

La *Locanda del Ratto* aveva un nome parecchio azzeccato. Seska non ricordava di avere mai alloggiato in un edificio le cui pareti puzzassero tanto di marciume, e non era affatto contenta di dover dividere la stanza (oltre che con Shade e Yoma) con una colonia di simpatici roditori.

Il suo letto non aveva forma e probabilmente l'imbottitura non veniva cambiata da almeno due secoli.

Jena, appena vista quella che doveva essere la sua stanza, si era precipitato a montare la sua tenda in strada vicino ai cavalli. L'oste aveva provato a protestare ma i metodi del guerriero si erano rivelati piuttosto persuasivi.

Nessuno dei quattro ebbe il coraggio di cenare alla locanda, così Yoma acquistò vino e formaggio da una famiglia di contadini ed imbastì una cenetta frugale in un prato alle porte del villaggio.

"La luna è splendida stasera," sospirò Seska lasciandosi cadere con la schiena sull'erba.

"A volte il calore di un focolare e un paio di bicchieri di vino fanno vedere il mondo in una prospettiva migliore, " rispose Shade fissando con un sorriso beffardo il grosso guerriero intento a divorare l'ultima fetta di *pecorino*.

"Senti elfa," bofonchiò Jena, "mi dispiace per prima... Tu mi conosci. Lo sai che parlo senza pensare a quello che dico".

"Ti conosco da troppo tempo per offendermi, bestione! O forse sono troppo buona... un altro elfo ti avrebbe assassinato nel sonno..."

"...chiudendoti nella tenda con un topo-mannaro!" aggiunse Seska mimando la scena.

Jena ignorò la battuta e si fece serio. "Ragazzi, è un po' che volevo chiedervelo. Non abbiamo più avuto il tempo dopo la sparizione di Wrath... Cosa ne pensate di quanto abbiamo scoperto nel tempio di Dyan, a Lunamtya?"

L'espressione di Shade tornò a rabbuiarsi. "Forse siamo gli unici a sapere che il capo della chiesa di Dyan ha dei contatti con il signore di Morlock..."

"E che forse sta giocando su due tavoli," puntualizzò Jena.

"Aggiungerei anche che si diletta ad evocare leggendarie creature non-morte," aggiunse Yoma con tono irriverente, "se non sbaglio le chiamavate Animenere?"

Seska rimase distesa sull'erba osservando le costellazioni primaverili farsi strada in un cielo dominato dalla luna piena. "Conosco un incantesimo che potrebbe aiutarci ad avere le idee più chiare. Provate a concentrarvi sui ricordi di quella notte, pensate intensamente a ciò che avete visto nei piani alti del tempio, ai documenti che avete soltanto sbirciato senza riuscire a trafugare".

Shade si sforzò di focalizzare l'attenzione sulla cartina che aveva trovato nello studio del vescovo Sillerieux. "C'era una grande mappa del continente, dipinta a mano, sulla quale erano tracciati diversi segni colorati…"

L'immagine descritta dalla ladra si materializzò in mezzo alle fiamme. Dapprima apparve come una semplice pergamena, ma in pochi attimi alcuni lampi di luce colorata tracciarono i confini del continente di Asgahard.

Shade continuò: "Alcune frecce ben marcate indicavano il movimento degli eserciti di Morlock dai *Territori Maledetti*, al centro della loro isola, fino ai *Territori Liberi*".

Un piccolo esercito di minuscole miniature si materializzò sulla pergamena, spostandosi dal Regno di Morlock fino alla costa di Hellgate, per poi marciare verso le cinque città stato dei Territori Liberi.

"Su ognuna delle città occupate era stata tracciata una croce. Ricordo che l'inchiostro sembrava… sangue. Coldville, Heavendoor, Icek e anche Oasi, la capitale. Tutte erano contrassegnate con una macabra croce di sangue".

Seska si concentrò sulle energie coinvolte nell'incantesimo. I ricordi di Shade erano come degli acquerelli in cui le figure apparivano sfocate. Spettava a lei renderle più nitide.

La ladra osservò con attenzione l'immagine traslucida che l'incantesimo aveva generato tra le fiamme, ed aggiunse: "non è tutto. Dagli appunti sulla cartina sembrava che il vescovo fosse al corrente dei piani di conquista di Morlock. La caduta di Desertac, la città dei barbari, era data per scontata. A quel punto, ultimata la conquista dei Territori Liberi, gli eserciti avrebbero attaccato l'Impero marciando verso Lunamtya".

"Non lo so, Shade… Magari ci siamo sbagliati. Nella fretta ci siamo lasciati suggestionare da tutte quelle mappe e… da quel disegno sulla pergamena rituale". Jena tornò con il pensiero all'immagine dell'Animanera raffigurata tra le carte di Sillerieux. Era in tutto e per tutto simile a quel cavaliere demoniaco che avevano incontrato alle porte di Lunamtya dopo la battaglia con i goblin. Era emerso dalle fiamme come un incubo, e così come era apparso si era volatilizzato senza attaccarli.

Mentre la drow poneva fine al sortilegio, Shade si versò un altro calice di vino e si distese su un fianco cercando con il corpo il calore del fuoco. "Ho pensato a lungo agli avvenimenti di questi ultimi mesi. Abbiamo un esercito invasore alle porte dell'impero, un esercito votato agli dei oscuri. Si sussurra che il signore di questo esercito sia l'araldo di Tod, il supremo dio della morte. Infatti le sue legioni sono composte da demoni, non-morti e creature soprannaturali, oltre che dagli abitanti umani dell'isola di Morlock".

"Con questo cosa vuoi dire?" domandò Yoma.

"Le Animenere sono le più potenti tra le creature non-morte. Sono cavalieri imbattibili, la cui forza è centuplicata dal tocco del male. Gli anziani del mio popolo raccontano che solo un dio della progenie di Tod, l'infido Cacharon, può dare vita ad un'Animanera. Stringendo un patto con la vittima ancora in vita, e con la collaborazione di un chierico della luce."

"Ma è impossibile!" borbottò Jena. "Un chierico buono non si presterebbe mai ad una simile aberrazione!"

"E per di più i suoi poteri gli derivano dalla lealtà verso il suo dio," aggiunse Seska, "il quale non gli consentirebbe di compiere un rito in favore di una divinità malvagia".

"Magari fosse tutto così semplice". Shade ingoiò l'ultimo sorso e gettò il calice nell'erba. "E' vero, il potere dei chierici deriva dagli dei. Tuttavia essi si limitano ad aprire la mente ai loro seguaci, affinché possano imparare a realizzare miracoli. Nel corso degli anni i chierici riescono ad affinare le loro capacità, finendo per dover ricorrere alla preghiera agli dei esclusivamente per gli incantesimi più complessi e pericolosi. In pratica acquisiscono un accesso diretto al potere degli dei".

"Comincio a capire dove vuoi arrivare," esclamò Seska. "Se un normale chierico nel corso della sua carriera può utilizzare incantesimi minori senza più dover ricorrere all'aiuto degli dei, chissà a quale potere può avere accesso il capo della chiesa di Dyan!"

"Esatto. Non vi pare strano che per secoli nessuno abbia mai incontrato un'Animanera e che oggi persino voi ne abbiate vista una con i vostri occhi? Fino all'arrivo dell'esercito di Morlock si pensava addirittura che si trattasse solo di una leggenda popolare".

Jena scagliò un pugno contro il terreno, tanto forte da spaventare Yoma il quale scattò in piedi impugnando la sua asta di *legnotinebro*.

"Insomma stai dicendo che Sillerieux sta aiutando gli dei del male a creare le Animenere? Ma in che cavolo di mondo viviamo?"

Yoma ripose il bastone imprecando mentalmente. "Non mi stupirei se fossi in te. Ogni uomo ha il suo prezzo, e secondo me un dio deve disporre di strumenti molto convincenti". Il ladro si accorse subito dell'uscita poco felice. *"Scoprire la verità è sempre in qualche modo doloroso,"* pensò, *"e il tradimento fa parte della vita, ed è un passo doloroso spesso anche per chi lo compie".*

Per qualche istante nessuno proferì parola. Timide fiamme guizzavano tra le braci, illuminando lievemente i volti dei quattro commensali.

Fu il guerriero a rompere per primo il silenzio: "In ogni caso i piani di battaglia che abbiamo rivisto nella tua visione, Seska, mi sembrano completamente folli. Anche disponendo del migliore esercito del mondo come possono sperare di uscire vincitori combattendo su tre fronti?"

A Seska la risposta sembrava ovvia. "La Runa della Morte! Ricordate le parole di Asmofidelius? Il signore di Morlock possiede la più potente tra le Rune Primarie, un artefatto in grado di conferire un potere distruttivo senza eguali".

Yoma con un gesto istintivo si toccò alla base del collo dove era comparsa la Runa dell'Acqua. "Hem… a proposito di rune io…"

"Ne parliamo più tardi Yoma!" lo interruppe bruscamente Seska, indicando un cespuglio alle spalle del ladro. "Sembra che a qualcuno interessi la nostra storia".

Jena sfoderò istintivamente la sua spada e scrutò tra i arbusti; sapeva di potersi fidare dell'istinto dell'elfa scura.

"Non vedo muoversi nulla!" Sussurrò dopo qualche attimo di silenzio.

"Anche a me per un attimo è parso di percepire la presenza di qualcuno," fece notare Shade, "ma ora non sento più niente."

Seska era una drow e come accade a tutti gli elfi scuri i suoi sensi erano più acuti nelle ore notturne. Nel buio aveva visto chiaramente una sagoma seminascosta tra i cespugli, intenta ad osservarli e forse ad ascoltare i loro discorsi.

"Se davvero qualcuno si divertiva a spiarci ora se n'è andato," esclamò il guerriero riponendo la sua arma nel fodero.

"Si sarà trattato di una timida contadina, giunta fino in città per vedere di persona il leggendario Yoma Slayer!" provò a sdrammatizzare il ladro, tornando a sedersi accanto al falò. "In ogni caso siamo un po' nervosetti stasera, o sbaglio?"

Shade si rese conto solo in quel momento che il suo cuore stava battendo ad un ritmo forsennato. Le capitava raramente di essere sopraffatta dalle emozioni, e non riusciva a spiegarsi se la tensione del momento fosse dovuta all'allarme lanciato dalla compagna o dai discorsi affrontati pochi minuti prima.

Lanciò uno sguardo furtivo verso la foresta di Woodland, poi posò lo sguardo sui volti degli avventurieri. Osservò le espressioni tese, condividendo il senso di impotenza che era rimasto loro appiccicato dopo l'esame della situazione politica di Asgahard.

Lo smarrimento non durò che pochi attimi, subito ricacciato indietro dal suo innato istinto da leader. Si voltò verso Seska e con un sorriso la invitò a raccogliere i resti del bivacco. Alcuni minuti dopo erano pronti per tornare verso la Locanda del Ratto.

"Tu non vieni, Yoma?" domandò Jena vedendo che il ladro se ne stava immobile, sdraiato nell'erba.

"Vi raggiungo più tardi, non preoccupatevi. Faccio compagnia al fuoco ancora per qualche minuto".

Yoma seguì con lo sguardo il guerriero incamminarsi lungo il sentiero, e poi sparire all'orizzonte. "*Finalmente solo*," pensò tendendo l'orecchio verso il cespuglio alle sue spalle. "*E' tempo di fare quello che va fatto*".

* * * * *

Wrath aprì gli occhi. Era completamente nudo, madido di sudore, sdraiato su una roccia nera, levigata come uno specchio. L'aria era irrespirabile, calda come il fuoco e satura di zolfo.

Si mise a sedere per osservare il paesaggio infernale intorno a lui. Non vi era alcuna traccia di vegetazione, né alcuna costruzione che indicasse la presenza di altre creature intelligenti.

Soltanto deserto, dune di sabbia rossa a perdita d'occhio, intervallate qua e là da colonne di fuoco che arrivavano a toccare il cielo e da giganteschi blocchi di roccia lavica schiantati al suolo.

Wrath si soffermò su ognuno dei suoi cinque sensi, constatando come apparisse reale ogni sensazione che stava vivendo: il calore bruciante della roccia sotto i suoi piedi nudi, il sapore acre dello zolfo sulla sua lingua, il puzzo di fumo misto ai gas combustibili, il rombo assordante delle eruzioni vulcaniche e non ultima la spaventosa visione di ciò che lo circondava. Se si trattava di un paesaggio psichico o l'illusione prodotta da un incantesimo, era quanto di più realistico avesse mai visto.

Si alzò in piedi e provò a richiamare alla mente alcune formule magiche elementari. Come aveva supposto non produssero alcun effetto.

Senza magia realizzò di essere completamente indifeso. Attese qualche minuto poi iniziò a discendere dalla roccia sulla quale si era risvegliato. Camminò muovendosi a fatica nella sabbia rossastra versò quella che sembrava essere la duna più alta. Si arrampicò aiutandosi con le mani, facendo ricorso a tutte le sue energie.

Nonostante l'aria densa e sulfurea il suo respiro era stranamente regolare, e la solita maledetta tosse non accennava a farsi sentire.

Gli fu necessaria più di un'ora per raggiungere la cima della duna, ma lo sforzo fu ripagato dalla sorpresa che si presentò ai suoi occhi.

Un maestoso obelisco nero dall'aspetto particolarmente familiare svettava tra le rocce, riflettendo una gigantesca luna rossa alle sue spalle.

Wrath non riuscì a trattenere una risata. Si lasciò cadere sulle ginocchia e sprofondò con le mani nella sabbia, lasciando che i pensieri fluissero liberi nella sua mente.

Non poteva trovarsi in questo luogo. O meglio non poteva esserci finito senza la sua volontà, e soprattutto in questa forma semicorporea.

L'obelisco nero, il deserto e la luna di sangue erano gli elementi con cui rappresentava il proprio paesaggio psichico, il luogo non-luogo dove poteva incontrare la mente di altri stregoni, dove non molti giorni prima aveva dialogato con l'amica Seska. Quando decideva di viaggiare, attraverso la magia, nella rappresentazione della propria psiche egli assumeva la forma incorporea di un gatto nero, in grado di vagare alla ricerca di risposte...

Il mago aprì di nuovo gli occhi e osservò i dettagli del paesaggio infuocato intorno a sé, un ambiente simile a quello che aveva creato nella propria mente, ma al tempo stesso molto differente. Le lingue di fuoco e le continue esplosioni, il calore soffocante, le rocce nere affilate come scimitarre e protese verso il cielo erano una vera novità. Non era stato lui ad immaginarle. Non era stato lui a decidere di proiettare il proprio spirito in questo inferno.

Si avvicinò all'obelisco e notò che le quattro facciate riflettevano alcune immagini in movimento.

Vide sé stesso, disteso a terra sul pavimento di una camera d'albergo. I polsi e le dita delle mani legate, il suo bastone magico reso inefficace da un sortilegio di Venemius. Ricordò il suo arrivo a Lizarville la notte precedente. Ricordò che nell'ultimo istante di lucidità prima di cadere in un sonno indotto dalla magia del suo nemico aveva sentito un calore bruciante farsi largo nel suo petto. Ricordò di avere cercato rifugio in un incantesimo di protezione e che stremato si era abbandonato nelle braccia dell'oblio.

"Forse l'incantesimo di difesa che ho pronunciato," pensò ad alta voce, "ha interferito con la magia del vecchio negromante. Non è riuscito ad impedire che il mio corpo si addormentasse, ma ha tenuto sveglio il mio subconscio".

Girò intorno all'obelisco e vide la stanza dove Venemius stava lavorando insieme al suo assistente draaka. L'uomo-drago obbediva ad ogni ordine del negromante, ma non sembrava affatto felice di servirlo. Forse quella situazione sarebbe potuta tornare a suo vantaggio.

Osservò gli occhi folli dello stregone mentre con avidità sfogliava le pagine di un tomo proibito. Riconobbe l'euforia che derivava dal superamento dei confini del sapere, dall'approfondimento delle conoscenze arcane; il senso di infinito potere che derivava dall'apprendere insegnamenti banditi per la loro pericolosità. Osservò la lucida follia negli occhi di Venemius e riconobbe se stesso.

Distolse gli occhi dalla scena e nella terza faccia vide Shade in quella che sembrava essere la camera da letto di una fetida locanda. Vide che si agitava nel sonno, mentre al suo fianco Seska stava seduta in silenzio ad osservare il buio con sguardo triste. Desiderò di essere accanto all'incantatrice, di posarle una mano sulla spalla e di pronunciare una delle sue solite battute ciniche in grado di farle tornare il sorriso… o di farla arrabbiare furiosamente. Nel messaggio che le aveva scritto con la penna magica aveva cercato di avvertirla di quanto Venemius fosse pericoloso. Conosceva troppo bene i suoi amici per sperare che non tentassero di aiutarlo. Pregò gli dei perché li tenessero lontani dai pericoli e soprattutto dal malvagio negromante.

"Io ho causato la sua fuga, e spetta a me ricacciarlo in prigione… o all'inferno!" pensò.

Infine si fermò ad osservare l'ultima faccia dell'obelisco. Il giovane druido di nome Koori era addormentato nella sua camera. Al suo fianco Lavia, la mezza-demone, cercava di scrollarsi di dosso gli effetti dell'incantesimo del sonno scagliatole contro da Venemius.

"Sembra proprio che il negromante abbia commesso la sua prima leggerezza, dimenticando che i demoni sono immuni ad incantesimi che inducono sonno o controllano i pensieri".

La giovane dai capelli purpurei si sollevò appoggiandosi alla sua balestra e si stropicciò gli occhi; il suo passo era incerto, ma riusciva a muoversi senza produrre eccessivo rumore.

Pochi istanti dopo la vide uscire dalla porta, infilarsi in un corridoio buio al secondo piano della locanda, e cercare di aprire la stanza dove era rinchiuso il corpo di Wrath.

Lavia, ancora intorpidita dall'incantesimo che Venemius le aveva scagliato contro, stava cercando di forzare la serratura della camera con uno strano oggetto, un amuleto che ricordava la testa di un corvo. Utilizzando una delle due pietruzze che fungevano da occhi causò una piccola esplosione, il cui rumore fu evidentemente coperto dagli schiamazzi della locanda. Dopo avere atteso qualche istante con le orecchie tese ad ascoltare i rumori provenienti dal piano di sotto, si infilò nella stanza.

Wrath vide di nuovo il suo corpo accasciato a terra. La mezza-demone si chinò per verificare che fosse addormentato profondamente, poi cominciò a frugare nelle sue vesti ed in ogni angolo della stanza.

Wrath non aveva idea di cosa stesse cercando quella piccola ficcanaso, ma trovò conferma dei suoi sospetti. Aveva sempre pensato che quell'incontro a cavallo non fosse stato fortuito.

Quando Lavia ebbe finito di esaminare ogni angolo della stanza, incominciò a seminare accuratamente un po' di disordine. Raccolse qualche moneta e qualche piccolo oggetto d'arredamento in modo da simulare una rapina, poi tornò accanto al corpo del mago.

Si sedette accanto a lui e lo osservò con attenzione. Carezzò i suoi capelli d'argento, scostandoli dalla fronte, poi gli sussurrò qualcosa nell'orecchio.

Wrath non riuscì a comprendere le sue parole, ma captò la dolcezza con cui venivano pronunciate. Era straordinariamente bella, e gli sembrava quasi di poter percepire il profumo della sua pelle malcelata dagli abiti succinti.

Rimase accanto al suo corpo inattivo per alcuni minuti. Gli sembrò addirittura di vedere una lacrima solcare il suo viso. Infine si alzò e, coperta con cura ogni sua traccia, fece ritorno nella sua stanza per rimettersi nella posizione in cui Venemius l'aveva lasciata.

Wrath tornò ad osservare Venemius il quale, sprofondato nella lettura dei suoi libri di negromanzia, sembrava non essersi accorto di nulla.

Respirò profondamente e si allontanò dall'obelisco ancora più confuso. Si sedette su una roccia, e contemplò la luna di sangue.

"Non è un caso che tu sia finito in questa visione distorta del tuo paesaggio psichico," vibrò una voce suadente alle sue spalle.

Wrath si sollevò di scatto rivolgendosi verso l'obelisco. Una sfera di fuoco fluttuava a mezz'aria, proprio sulla punta del monolito.

"Sono stata io ad attirarti qui, approfittando del tuo stato di incoscienza".

La sfera di fuoco si mosse verso di lui, fermandosi a meno di un metro dal suo corpo nudo. Wrath avvertì un calore reale, sempre più intenso, ed arretrò fino a quando non si accorse di avere il baratro alle sue spalle.

"E' troppo tardi per avere paura, Wrath Felling. Hai fatto la tua scelta molto tempo fa".

La voce assunse un tono femminile, suadente, quasi materno. Poi ricominciò a parlare.

"Non è un caso che il tuo paesaggio mentale stia lentamente cambiando, Wrath Felling. Le rocce, la sabbia, i colori... tutto sembra sempre più tormentato, come la tua anima.

Sembravi sicuro di te quando hai accettato di servire il vampiro, sull'isola di Morlock".

Wrath avrebbe voluto parlare, ma dalla sua bocca non uscì alcun suono. La sfera si avvicinò ancora di più, e la pelle del suo petto cominciò a sfrigolare. Il dolore era insopportabile, ma Wrath rimase in piedi fissando la sabbia rossa sotto di sé.

"Ne è valsa la pena, mago?" sibilò la voce dopo alcuni attimi di silenzio.

"Te lo saprò dire quando avrò imparato a dominare il tuo potere," rispose Wrath tossendo.

"Cosa ti fa pensare di poterci riuscire? Nessuno prima di te è mai sopravvissuto a lungo dopo essere entrato in contatto con la Runa del Fuoco...

Hai desiderato il potere. Hai messo in gioco la tua vita, ma soprattutto hai ceduto un pezzo della tua anima quando hai accettato di aiutare il vampiro".

"Ho solo recuperato per lui un artefatto..."

"Grazie al quale il vampiro ha versato sangue innocente, ogni giorno da quella notte..."

Wrath ingoiò la sua risposta. La Runa aveva ragione e lui lo aveva sempre saputo. Per questo motivo non era mai riuscito a rivelare ai suoi compagni di esserne entrato in possesso.

La voce continuò a parlare, facendosi più squillante, riecheggiando in quella valle immaginaria.

"Ammiro la tenacia con cui sopporti il dolore, riuscendo a contenere la rabbia che ti esplode dentro.

Non posso dire che tu abbia imparato a dosare le tue forze, ad usare la mente prima del corpo, ma hai fatto progressi interessanti.

Ho visto nei tuoi ricordi i tuoi primi giorni alla scuola di magia, quando la tua impazienza ti impediva di ottenere i risultavi che desideravi. Ho condiviso la tua frustrazione di fronte ai primi insuccessi, quando gli insulti dei tuoi maestri ti suggerivano di abbandonare l'arte della stregoneria per dedicarti a qualcosa di più adatto alle tue capacità...

Imparasti a non bruciare le tappe, ad essere più riflessivo, ad imprigionare la tua impulsività, a ricacciare in gola i tuoi sentimenti. Imparasti a soffocare quella tua collera".

Lo spirito infuocato attese in silenzio le reazioni di Wrath, scrutando in profondità la sua mente.

"Oggi sei un mago di grande talento, ma la tua ambizione continua a non avere uno scopo. Come impiegherai tutto questo potere cui stai sacrificando la tua vita?

Hai ottenuto il fuoco della conoscenza, bruciando tutte le tappe del sapere. Sei sceso a patti con forze oscure, arrivando a comprendere misteri sconosciuti anche ai più potenti stregoni della storia di Asgahard.

Hai ancora tanta strada da compiere, ma il tempo a tua disposizione è quasi terminato; il tuo corpo si sta consumando per lo sforzo inadatto alle tue capacità. Ora rispondi, Wrath Felling, come userai il mio potere qualora dovessi sopravvivere alle mie prove?"

Il mago alzò lo sguardo di scatto e fissò il cuore del globo infuocato. La sua espressione era fiera e decisa. Avanzò lentamente, mentre le fiamme iniziavano a lambire il suo corpo. Sentì la carne del suo petto contorcersi e i suoi capelli argentei prendere fuoco. Inspirò a fondo in modo che le vampate incandescenti si facessero strada nei suoi polmoni. Ogni centimetro del suo corpo era straziato dal dolore.

"Vuoi sapere come userò il tuo potere, Runa? Se scenderò in campo nella squadra dei buoni o dei cattivi in questa inutile guerra?" domandò con un filo di voce mentre con le braccia carbonizzate si aggrappava alla Runa del Fuoco.

"Non sono mai stato un uomo saggio, e non credo di avere fatto molti progressi in questo senso. Mi dispiace che tu lo abbia creduto.

Quanto al patto con il vampiro, ho solo colto un occasione. A lui serviva un mago che non fosse una dannata veste nera per sottrarre un medaglione consacrato a Tod, il dio delle tenebre. Un compito che doveva essere affidato ad una persona che non fosse al soldo di Lord Wishid, il Signore di Morlock.

In cambio ho ottenuto te, la Runa del Fuoco, un oggetto che il vampiro non avrebbe mai osato toccare per paura di finire incenerito dal potere della creazione".

Lo spirito fiammeggiante riprese ad avanzare, senza emettere alcun suono. Nel silenzio innaturale Wrath prese fiato, osservando la sua carne annerirsi per la vicinanza al fuoco. Strinse i denti per il dolore, poi continuò.

"Credo sinceramente di non essere un uomo buono, e i miei valori sono alquanto discutibili.

Io non sopporto di vedere soffrire un innocente, ma non ho mai provato un briciolo di pietà nel colpire a morte i prepotenti. Ed il nostro mondo brulica di gente avida e stupida, persone per le quali non provo assolutamente nulla.

Quanto alle sorti di questa guerra, di questo mondo, temo di doverti dare la più grossa delusione. Non sprecherei un minuto del mio tempo per aiutare chi non vuole essere aiutato. Vogliono massacrarsi per un lembo di terra? Facciano pure.

Allora, vuoi sapere come userò il tuo potere, Runa? Credo proprio che me ne servirò per conquistarne uno ancora più grande!"

Riuscì a stento a completare la frase, poi le fiamme divorarono completamente il suo corpo. La luce scaturita dal centro della Runa del Fuoco disintegrò ogni cosa nel raggio di qualche decina di metri.

In meno di un minuto di Wrath Felling e della sfera infuocata non rimase che un mucchietto di cenere.

* * * * *

Kharn entrò fracassando la porta con un calcio. La sua gamba di ferro tuonò schiantandosi al suolo a pochi centimetri dalla testa di Wrath, il quale rimase immobile senza dare segni di vita.

"Venemius non sssarà kontento di questo casino, nosssignore!" grugnì esaminando la stanza in soqquadro. "Qualcuno deve esssere entrato per derubare i foressstieri".

Sollevò da terra la borsa delle monete appartenente al mago, e constatò che era completamente vuota.

Vide che il bastone dalla testa di cobra, quello che il negromante aveva ordinato di portare al laboratorio, era fermo al suo posto, avvolto in un panno scuro.

Sollevò il corpo di Wrath, lo avvolse in un lenzuolo e se lo mise in spalla; poi - raccolto con cautela il bastone - si diresse a passo veloce verso la stanza dove stavano riposando gli altri due stranieri.

Osservò che la porta era chiusa, avvicinò l'orecchio ed ascoltò i respiri provenienti dall'interno. "Ssstanno dormendo, proprio kome aveva previsssto Venemius!". Pensò di entrare per controllare di persona che tutto fosse a posto, ma per il timore di svegliarli e di rovinare i piani del negromante decise di tornarsene nel laboratorio.

Lavia tirò un respiro di sollievo quando sentì i passi del draaka discendere le scale ed uscire dalla locanda.

Si affacciò alla finestra e vide che il gigantesco uomo-drago portava in spalla un sacco misterioso. Non impiegò molto a capire cosa contenesse.

Fino a quel momento la sua missione non era stata molto fortunata. L'uomo che era stata incaricata di spiare non si trovava come previsto a Lunamtya, in compagnia di un gruppetto di avventurieri, ma in viaggio con un oscuro negromante. Si era subito accorta che tra i due non correva buon sangue, ma da poche ore aveva compreso che il mago più giovane era in realtà prigioniero del vecchio.

Fu davvero sorpresa quando lo vide legato a terra, sprofondato in un sonno magico, e chiuso a chiave nella sua stanza.

Ripensò alle poche parole che erano riusciti a scambiarsi durante il viaggio. Il vecchio era si era adoperato parecchio per evitare che potessero rimanere soli anche solo per pochi istanti. Tornò con la mente al loro primo incontro, quando Wrath insistette a lungo perché Venemius rifiutasse la sua offerta di scortarli durante il viaggio alla città degli uomini-drago. Aveva cercato di tenerla fuori dal pasticcio in cui era coinvolto. Aveva cercato di proteggerla.

Fu assalita dal senso di colpa per avere approfittato della condizione di debolezza del mago per frugare tra le sue cose.

Lui aveva cercato di proteggerla senza nemmeno conoscerla, senza farsi condizionare dalla sua natura semi-demoniaca. E lei lo aveva fregato alla prima occasione utile.

Non le era servito a nulla sussurrare le sue scuse all'orecchio di un uomo sprofondato in un sonno profondo.

Doveva fare qualcosa per placare quel dannato senso di colpa.

Doveva in qualche modo aiutarlo!

Lord Thalor avrebbe compreso. In fondo la sua missione consisteva nel verificare che il mago fosse in possesso di una delle antiche Rune, e non avrebbe potuto portarla a termine se il vecchio negromante avesse nascosto - o peggio ucciso - il suo obiettivo.

Seguì con lo sguardo Kharn infilarsi in una delle palafitte a sud della locanda e cercò di memorizzare il percorso.

Afferrò la sua balestra e provò a svegliare Koori, il quale era ancora sotto l'effetto dell'incantesimo del sonno. Tentò invano di fargli riprendere i sensi scuotendolo e infilandogli la testa in un secchio di acqua gelida.

Ogni suo tentativo si rivelò inutile, così scrisse un messaggio su un frammento di tessuto e lo infilò nel pugno del druido. Poi corse fuori dalla camera e in pochi istanti si ritrovò in strada.

Doveva essere notte fonda, dal momento che non vi era nessuno in strada a parte una coppia di draaka ubriachi fradici.

Sfruttò la sua capacità di vedere al buio per muoversi lungo i pontili meno illuminati. Lasciò che la sua natura demoniaca predominasse su quella umana e si concentrò sull'odore di Wrath, un odore che aveva memorizzato attentamente annusandogli i capelli poche ore prima.

Raggiunse la palafitta dove aveva visto entrare Kharn, e si accorse che era differente da tutte le altre essendo costruita per metà all'interno di una grotta. Si avvicinò con circospezione, rimanendo nascosta dai barili d'olio di pesce accatastati sui pontili adiacenti.

Si concentrò sui rumori provenienti dall'interno. Il Grande Fiume scorreva tranquillo, ma il rumore dell'acqua era comunque in grado di confonderla. Non udendo alcuna voce decise di avvicinarsi ad una delle piccole finestre che guardavano verso la foresta.

Era chiusa con una semplice stuoia di paglia, come usava in quasi tutte le case di Lizarville. I draaka erano troppo robusti per poter passare da una di quelle piccole aperture (che venivano utilizzate al massimo dai bambini per combinare qualche scherzo). A Lavia fu sufficiente sollevare la copertura per infilarsi all'interno dell'abitazione.

La stanza era avvolta nell'oscurità, ma la mezza-demone era in grado di vedere nel buio come se fosse giorno. Notò che un corridoio conduceva all'interno della grotta, dove erano sistemate due camere da letto e una terza camera chiusa a chiave. Appoggiò l'orecchio alla porta chiusa ed udì il rimbombo di una voce in lontananza.

"Ci siamo," pensò. "E sembra che il suono provenga dal basso!"

Esaminò il sistema con cui potevano essere chiuse le camere da letto e confidò che fosse altrettanto primitivo. Estrasse uno dei suoi dardi dalla piccola faretra e lo infilò nello stipite della porta: lo fece salire fino ad incontrare il pezzo di legno che bloccava la porta, poi applicò un po' più di forza e lo sollevò.

Varcata la soglia si trovò in una piccola anticamera da cui partiva una scalinata di legno piuttosto malridotta. Alle pareti alcune torce dovevano essersi spente da poco perché stavano riempiendo di fumo l'ambiente.

Si chinò per osservare da vicino i gradini, e comprese che non le sarebbe stato possibile discendere nei sotterranei senza produrre una lunga serie di cigolii. *"Ecco un buon sistema d'allarme,"* pensò. *"Un solo passo su questi gradini e addio effetto sorpresa"*.

Lavia rimase immobile, cercando di concentrarsi sui rumori provenienti dalla caverna sotterranea. La stanza da cui provenivano le voci di Kharn e di Venemius doveva essere chiusa da un'altra porta di legno, a giudicare da come i suoni si distorcevano prima di giungere alle sue orecchie. Tuttavia la distanza non era sufficiente perché lei potesse sperare di scendere le scale senza essere scoperta.

Era in un vicolo cieco.

All'interno del laboratorio Kharn aveva appena finito di sistemare Wrath sul tavolaccio di pietra. Aveva fissato con delle catene i suoi polsi ed aveva immobilizzato le sue dita con delle piccole strisce di ferro. Venemius gli aveva spiegato che a certi maghi era sufficiente uno sguardo, una parola o il movimento impercettibile di un dito per scagliare un dardo incantato contro un nemico, così aveva preso tutte le precauzioni necessarie. Seguendo le istruzioni del negromante aveva bendato gli occhi del prigioniero e gli aveva tappato la bocca con una pezza di cuoio forato: questo gli avrebbe impedito di disturbare il loro lavoro.

Proseguì nella sua opera senza fiatare, incerto se accennare o meno a Venemius del furto avvenuto nella stanza del prigioniero. Aveva trovato le cose che gli era stato ordinato di recuperare, per quale motivo avrebbe dovuto scatenare le ira del negromante descrivendo come la stanza era stata messa a soqquadro e probabilmente saccheggiata.

Venemius si allontanò dalle sue ampolle per controllare il suo prigioniero. "Hai fatto un buon lavoro Kharn," esclamò soddisfatto. "Possiamo iniziare l'esame del nostro *candidato*. Ma prima occorrerà svegliarlo, sarebbe un vero peccato se un giovane e talentuoso mago non potesse assistere ad un rituale così affascinante!"

Il negromante prese un piccolo alambicco nel quale ribolliva un liquido color oro e ne versò poche gocce sulle labbra di Wrath.

Lentamente il mago riprese coscienza, ma non aprì gli occhi né si agitò come Venemius aveva previsto. Rimase calmo e tranquillo, quasi rassegnato, senza provare nemmeno a parlare.

"Bentornato tra i vivi, Wrath Felling," esclamò Venemius mentre con le mani secche e rugose scopriva il petto della sua vittima. "Sei un tipo strano, mio caro. Il tuo corpo emana ancora più calore del solito, e questo non è un buon segno. La tua tosse peggiora ogni giorno, e hai la febbre alta. I miei rimedi hanno alleviato i sintomi, ma la malattia – qualunque essa sia – sta evidentemente peggiorando. Ho ragione di credere che la tua ora stia per giungere".

Kharn trovò apprezzabile la cocciutaggine del giovane mago: sopportava con coraggio la situazione e non mostrava alcuna paura per il proprio destino. Non apriva gli occhi e non parlava per non dare soddisfazione a Venemius. Pensò che in altre circostanze sarebbe stato un buon compagno d'armi.

"So che nutri la vana speranza di uscire in qualche modo da questa situazione," continuò il negromante. "Ma prima di te ho già seppellito tanti stregoni, e credo che continuerò a lungo la mia carriera".

Con un gesto rapido della mano infilò uno spillone nell'addome di Wrath che sussultò. "Non temere, non ho leso alcun organo vitale. Ora esaminerò il tuo sangue e darò un'occhiata alle tue viscere. Se farai il bravo non ti succederà nulla di grave. Non ho intenzione di danneggiare la tua essenza vitale… il mio elisir di lunga vita!"

Venemius diede inizio ai suoi rituali, continuando a praticare piccoli fori ed incisioni, e a riempire di sangue le sue ampolle. Trascorsa la prima mezz'ora, nel pieno della sua estasi creativa, ordinò a Kharn di gettare nel fiume i residui delle prime analisi e di tornare con due barili di acqua pulita.

Lavia non aveva ancora trovato un modo per superare la scalinata di legno; era rimasta immobile nel buio cercando di carpire frammenti di conversazione all'interno del laboratorio. Comprese di essere in pericolo non appena sentì avvicinarsi i passi aritmici dell'uomo-drago. La porta del laboratorio si aprì di scatto e Kharn cominciò a salire i gradini facendo eco con un'imprecazione ad ogni cigolio.

Lavia aveva pochi secondi per decidere se fuggire o approfittare dell'occasione per affrontare il guerriero draaka. Nei lunghi attimi in cui era rimasta nascosta nel buio aveva notato una nicchia di quelle in cui vengono conservati i viveri durante i mesi più caldi, collocata ad un paio di metri da terra, proprio sopra la porta d'ingresso. Lanciò la balestra su una forma di formaggio e, attendendo che la gamba di ferro del draaka producesse uno di quegli orrendi cigolii, si infilò nel pertugio.

Kharn salì gli ultimi gradini voltato di schiena, trascinando una pentola ricolma di un liquido putrescente. Aprì la porta senza voltarsi ed imboccò il corridoio che lo avrebbe condotto all'esterno.

"*E adesso?*" Si chiese la mezza-demone balzando fuori dal suo nascondiglio. "*Potrei entrare di corsa, e...*"

In quell'istante si rese conto che avrebbe dovuto uccidere il vecchio a sangue freddo. Si era gettata nella tana del lupo sapendo che in uno scontro frontale con il negromante o con il guerriero draaka avrebbe avuto la peggio, per cui aveva elaborato solamente una strategia mirata a liberare Wrath Felling con un'azione furtiva.

Non era un'assassina e l'idea di togliere la vita ad un uomo colpendolo alle spalle la stomacava.

Si rese conto che la sua indecisione sarebbe potuta costare la vita al mago. Pensò a cosa avrebbe fatto Yarrick al posto suo... Di certo avrebbe saputo cosa fare.

Stava bruciando secondi preziosi.

Discese le scale lentamente, appoggiandosi alle pareti per diminuire la pressione sui gradini di legno. Si concentrò sui suoni provenienti dal laboratorio sperando che Venemius continuasse ad essere concentrato sul suo rituale.

Quando finalmente poggiò il piede sulla roccia si domandò quanto tempo avrebbe impiegato Kharn per fare ritorno. Il fiume era molto vicino. Non aveva che una manciata di secondi per risolvere in un modo o nell'altro la situazione.

CAPITOLO DICIANNOVESIMO
Furia e tradimento. Esplosioni nel laboratorio.

Un urlo agghiacciante echeggiò per tutto il villaggio. Jena si alzò dal suo giaciglio ed uscì dalla tenda tenendo strette in pugno la sua spada lunga e la daga dalla testa di drago. Fino ad un istante prima stava dormendo, per cui non indossava altro che un paio di calzoni di lino. Faceva un freddo cane, la luna in cielo era coperta da un fitto strato di nubi ed il villaggio era sprofondato nel buio. Non era rimasta accesa nemmeno una lanterna, forse a causa del vento che aveva sferzato la sua tenda nelle ore precedenti.

Avanzò verso la Locanda del Ratto, maledicendosi per non essere rimasto con i compagni.

Nell'aria aleggiava un insolito odore di tabacco dolce e di muschio bianco, ben diverso dal tanfo di decomposizione cui il villaggio lo aveva abituato.

Affrettò il passo, correndo a piedi nudi sui ciottoli umidi e freddi, cercando di supplire alla carenza di visibilità facendo affidamento sugli altri sensi.

Gli parve di percepire un movimento, qualcosa di più di uno spostamento d'aria, ma non udì alcun rumore di passi. Continuò ad avanzare mantenendo la guardia alta, orientandosi con il rumore del fiume e con la diversa pavimentazione delle strade.

Sentendo un sibilo alla sua destra si voltò di scatto deviando con la sua lama una freccia. *"Bella parata!"* pensò gettandosi in avanti e rovesciando una pila di botti vuote. Chiuse gli occhi ed inspirò profondamente, appoggiandosi con la schiena ad alcuni grossi barili. *"Loro mi vedono, evidentemente. Odore di tabacco… frecce… muschio bianco…"*.

Un secondo dardo si conficcò ad un centimetro dalla sua fronte, interrompendo i suoi pensieri. Come preda non sarebbe sopravvissuto a lungo. Scattò di lato verso la direzione in cui ricordava si trovasse la locanda ed udì chiaramente la corda di un arco distendersi. Il cacciatore era più vicino di quanto avesse sperato. *"Ora so dove sei e non vorrei essere nei tuoi panni. Ti piace giocare sporco? Va bene, ti accontento subito!"*.

Arrestò la sua corsa davanti all'ingresso della locanda, consapevole di avere il nemico proprio dietro le spalle. Attese per un interminabile attimo che una nuova freccia venisse scoccata. Si piegò sulle gambe e si proiettò all'indietro, scagliando la sua daga nella direzione del rumore.

Cadde a terra, mentre la freccia si conficcava nel legno marcio della locanda e la sua lama si faceva strada nella gola del suo avversario. *"Istinto di sopravvivenza: la preda ha steso il cacciatore!"*.

Jena non perse un minuto. Avrebbe recuperato la sua daga più tardi, ora gli interessava solo accertarsi che i suoi amici fossero sani e salvi.

Aprì la porta della locanda ed inciampò in un cadavere disteso proprio davanti all'ingresso. Il bagliore delle braci nel camino gli bastò per riconoscere il volto tumefatto dell'oste.

Si guardò intorno, ma non vide altri corpi. *"Dunque hai urlato tu, amico?"* pensò. *"Mi dispiace di non essere arrivato in tempo"*.

Adagiò il corpo dell'oste senza vita sul pavimento e si precipitò su per le scale chiamando a gran voce i suoi compagni. Salì i gradini tre alla volta, e quando fu al secondo piano udì un chiaro rumore di vetri infranti.

Si avventò sulla maniglia della stanza in cui si aspettava di trovare Yoma, spalancò la porta, ma la trovò vuota.

Stava per indirizzarsi verso l'altra camera quando la lama di un coltello gli si infilò nella schiena. Riuscì a non cedere e a sferrare una potente gomitata al volto del suo assalitore, spaccandogli il cranio.

Non ebbe nemmeno il tempo di constatare quanto fosse profonda la sua ferita che un secondo aggressore gli si lanciò contro brandendo una insolita spada leggermente ricurva.

Jena fu assalito da una furia cieca, mentre affidandosi al solo udito si difendeva dagli assalti del nemico. Urlando, sferrò una serie di affondi che costrinsero il suo antagonista ad arretrare fino al corridoio dove si trovava la camera di Shade e Seska.

Il suo avversario era agile, sapeva combattere al buio, e maneggiava la spada con una certa abilità. La lama leggera ed affilata gli sfiorò il collo e gli squarciò il braccio sinistro, ma con una forza non sufficiente a causare danni seri. Jena comprese che la sua stazza poteva rivelarsi l'arma vincente, e concentrò una serie di assalti brutali sull'arma del nemico. L'ultimo affondo fu talmente violento che non solo riuscì a disarmarlo, ma lo scaraventò contro la porta della camera che andò in frantumi. Il guerriero calpestò il corpo inerme del suo avversario e si affrettò ad entrare nella stanza. Da una torcia lasciata cadere sul pavimento di legno marcio si stava spandendo rapidamente un incendio.

Seska era a terra, immobile, rovesciata nel suo sangue, mentre di Shade non vi era più alcuna traccia.

Le fiamme cominciarono ad aggredire i pagliericci e a diffondersi lungo le pareti di legno. Jena sollevò delicatamente la drow e se la mise in spalla, poi afferrò per i capelli l'ultimo dei suoi aggressori e lo trascinò giù per le scale fino all'esterno della locanda.

Gli abitanti del villaggio cominciarono lentamente ad accorrere. Ormai esausto, Jena appoggiò delicatamente a terra l'amica e cominciò a cercare aiuto. Fece per alzarsi, ma il dolore lancinante provocato dalla profonda ferita alla schiena lo fece trasalire. Cadde sulle ginocchia mentre attorno a lui cominciava a radunarsi una piccola folla impaurita. Sollevò la testa ed incrociò per la prima volta il volto del suo aggressore privo di sensi. L'odore di erba tagliata e di muschio bianco, la vista notturna, il profumo del tabacco rituale... Come aveva immaginato si trattava di un elfo silvano, quasi certamente di Woodland, e i suoi abiti erano ricamati con gli stemmi reali.

* * * * *

Shade seguì i suoi rapitori senza fiatare. Con il cuore stretto in una morsa di rabbia e paura respirava a fatica, muovendosi quasi in apnea.

Aveva lasciato Seska sul pavimento della camera, con il viso schiacciato a terra nel suo stesso sangue. Non aveva potuto fare nulla per aiutarla, se non arrendersi e consegnarsi ai sicari del principe Amon. Era stata portata via, strattonata con forza, senza nemmeno avere il tempo di verificare se l'amica fosse ancora in vita.

Percepiva la presenza di numerosi elfi, nonostante intorno a sé riuscisse a contarne non più di sei. In gioventù, quando ancora frequentava l'accademia al palazzo reale di Woodland, anche a lei era stato insegnato come mimetizzarsi nella boscaglia, rimanendo perfettamente invisibili, simili ad ombre nella notte. Chiunque li avesse seguiti avrebbe dovuto fare i conti con chissà quanti ranger, tutti ben armati di archi e balestre.

Si carezzò una spalla dove un dardo, colpendola di striscio, le aveva lasciato un leggera ferita. Avevano combattuto i loro aggressori con coraggio, respingendo un primo assalto soprattutto grazie alle potenti illusioni evocate dalla magia dell'incantatrice drow. Ma quel primo diversivo le aveva distratte dal nemico più pericoloso, uno di quei maghi elementalisti della terra che gli elfi chiamano *geos*.

Mentre erano impegnate a respingere un secondo assalto dei ranger, lo stregone aveva potuto agire indisturbato, evocando dal legno marcio del pavimento una serie di propaggini spinose, rovi ed arbusti pungenti che si strinsero intorno a Seska immobilizzandola.

A Shade furono sufficienti una manciata di secondi per realizzare che l'unica speranza di non vedere uccisa l'amica era quella di cessare le ostilità e di consegnarsi al nemico. In fondo era chiaro fin da subito chi fosse il vero bersaglio.

Il gruppo continuò a marciare a passo sostenuto verso il fiume, dove Shade immaginava fossero ormeggiate alcune barche. Nessuno le aveva rivolto la parola per tutto il percorso, nemmeno per schernirla.

Quando giunsero al molo alcuni ranger le fecero segno di imbarcarsi su una piroga, sulla quale erano ad attenderla due cavalieri reali in alta uniforme e il geos, pronti a prenderla in custodia.

Le sue ultime speranze di tentare una fuga si dissolsero quando le furono incatenate le caviglie a due grosse sfere di metallo. Se si fosse lasciata cadere nel fiume sarebbe stata inghiottita dalle acque limacciose, trascinata dalla pesante zavorra.

Shade rivolse un'ultima occhiata verso il villaggio, nel disperato tentativo di cogliere un indizio che rivelasse le condizioni di salute dei compagni, ma vide solo un bagliore in lontananza ad indicare l'inequivocabile presenza di un incendio.

Quando la barca mollò gli ormeggi poté osservare una decina di ranger emergere dalla boscaglia e radunarsi in prossimità del molo, seguiti da una figura incappucciata. I movimenti furtivi del personaggio e l'atteggiamento apparentemente ostile degli elfi accesero la sua curiosità. Questi non aveva la statura, le movenze e la struttura longilinea tipiche della razza elfica, per cui non poteva essere altro che un umano. Le dava le spalle, e anche quando si abbassò il cappuccio non riuscì a vederlo in faccia, tuttavia c'era qualcosa in quell'uomo che le sembrava davvero familiare.

Ringraziò gli dei per avere donato agli elfi la capacità di vedere nel buio e aguzzò la vista alla ricerca di un particolare che le risolvesse questo dubbio.

Un mantello senza fregi, scuro, marrone o forse verde, gli copriva le spalle. Non portava armi, salvo un bastone molto lungo. Un'asta di legno bruno… Il sangue le si gelò nelle vene quando vide uno degli elfi porgere una borsa di monete all'uomo.

"*Non può essere!*" Pensò, mentre il battito forsennato del suo cuore affermava il contrario. "*Non posso credere che lo abbia fatto… che mi abbia venduto ai miei nemici!*".

La barca di allontanò verso la riva opposta del Grande Fiume. Silenziosa tra i flutti scomparve lenta nella notte.

Nello stesso istante, sul molo, Yoma si affrettò a ringraziare con un inchino il capitano dei ranger. Poi si coprì di nuovo la testa con il cappuccio e si incamminò verso il villaggio.

* * * * *

Lavia era ancora lì, ferma sulla porta del laboratorio, con il dardo pronto a scattare dalla sua balestra per conficcarsi nella nuca di Venemius. Chino sul tavolaccio di pietra il negromante stava salassando la sua cavia umana e sembrava totalmente assorto nelle sue meditazioni.

Le mani le tremavano mentre una goccia di sudore le correva lungo la schiena. Doveva solo premere quel dannato grilletto e farla finita. In un attimo il vecchio si sarebbe afflosciato a terra, e lei avrebbe avuto il tempo di soccorrere Wrath Felling e di fuggire prima che il guerriero draaka facesse ritorno.

Trattenne il respiro ed iniziò a contare a ritroso.

"Cinque... coraggio stupida, falla finita... ti è stata affidata una missione importante e tu ti stai facendo mettere sotto da un vecchio odioso, malvagio e certamente privo di scrupoli... Quattro... se Yarrick ti vedesse tremare come una foglia, maledizione... quel maledetto negromante non esiterebbe un solo secondo prima di farti esplodere la testa... Tre... concentrati, concentrati, focalizza la mente sull'obiettivo che ti è stato assegnato...i tuoi compagni, il tuo esercito, il tuo comandante... Lord Thalor, si aspetta molto da te... Due...Wrath Felling, il mago, ha bisogno di te...ha bisogno del tuo aiuto...il mago che ha catturato la tua attenzione dal primo istante... il mago che nasconde un grande segreto... il mago che secondo la strega custodisce la Runa del Fuoco... Uno..."

Il dardo scoccò rapido sfrecciando verso il suo obiettivo, ma con gran stupore di Lavia arrestò la sua corsa a pochi millimetri dal collo del negromante, rimanendo sospeso nell'aria.

Venemius si voltò lentamente ed afferrò con la punta delle dita raggrinzite il proiettile, lanciando un'occhiata maligna alla mezza-demone.

"Alle spalle non è leale," disse con voce calma. "Tuttavia devo ammettere che in pochi sono arrivati così vicini a sorprendermi. Mi sono fatto un po' prendere la mano dai miei esperimenti". Le sue cornee erano rosse, coperte da un sottile strato di sangue, ed il suo sguardo era colmo di rabbia. Una rabbia che cresceva di attimo in attimo. "Così quel buono a nulla di Kharn si è fatto sorprendere da una mercenaria alle prime armi.

Che cosa speravi di ottenere uccidendomi? Speravi forse di sottrarmi un ricco bottino? Speravi che in questo laboratorio fosse sepolto un tesoro? O semplicemente non sono stato un compagno di viaggio sufficientemente simpatico?"

Era chiaro che Venemius non si aspettasse alcuna risposta. Le sue parole e il tono della sua voce si spandevano nell'aria come un incantesimo, inculcando un sentimento di puro terrore nell'animo della mezza-demone.

Lavia non poteva muovere un muscolo. I suoi piedi erano ancorati a terra, incapaci del benché minimo spostamento. Avrebbe voluto fuggire, correndo su per le scale di legno fino alle palafitte, ma una forza inesorabile la teneva inchiodata alla terra. Provò a distogliere lo sguardo dal vecchio, ma non riuscì a muovere nemmeno i muscoli del collo. Cominciò ad irrigidirsi, a tremare. I suoi polmoni si contrassero, impedendole di respirare correttamente.

"Povera stupida! Pensavi di assassinarmi con un semplice dardo da balestra!". Venemius alzò le braccia e dalle sue mani cominciò a diradarsi una foschia densa e nerastra. Le fiamme del suo laboratorio di alchimia si spensero soffocate dal fumo, e gli alambicchi alle sue spalle cominciarono a vibrare vistosamente.

Dalla mano sinistra partì improvvisa una scarica che andò ad abbattersi contro la porta dietro la quale era nascosta Lavia, riducendola in frantumi. La giovane cadde a terra, colpita da un'esplosione di frammenti di legno.

"E' davvero un peccato uccidere un essere interessante come te, un abominio nato dal seme di un demone e dal ventre di una femmina umana. Avevo ipotizzato tutta una serie di esperimenti che avrebbero ridotto il tuo bel corpicino in un ammasso di carne e sangue al mio servizio... un meraviglioso esemplare di mezzo-demone-non-morto... Tuttavia sembra proprio che tu costituisca un pericolo per me, o quantomeno una fonte di disturbo da sradicare con mano ferma. E' tempo di salutare questo mondo!". Venemius si preparò a lanciare una seconda scarica elettrica. Particelle ioniche di colore azzurro cominciarono a materializzarsi attorno alle sue dita, mentre nell'aria si diffondeva un intenso odore di ozono.

Nell'esatto istante in cui il negromante fece partire la sua saetta, però, Wrath trovò la forza di aprire gli occhi e - con uno sforzo estremo - gli si lanciò contro facendogli mancare il bersaglio.

Il vecchio barcollò ma rimase in piedi, mentre il corpo straziato della sua cavia di laboratorio si schiantava sul pavimento di roccia, trascinando con sé buona parte degli strumenti di alchimia. Subito alcune pergamene presero fuoco, minacciando i tomi antichi ed i trattati di anatomia ammonticchiati tra uno scaffale e l'altro.

Quell'attimo di distrazione fece riprendere un po' di fiato a Lavia che si alzò in piedi ed impugnò la frusta che era stata addestrata ad utilizzare negli scontri corpo a corpo. Sforzandosi di contrastare il terrore indotto dalla magia del suo nemico, si lanciò in una serie di attacchi fulminei.

Il negromante accompagnò ogni vano tentativo di eludere il suo scudo di forza con una fragorosa risata. Si compiaceva nel vedere frustrato ogni tentativo della giovane di andare a segno, ed altrettanto godeva nel vedere riverso a terra l'oggetto dei suoi studi.

Wrath non sembrava ancora pienamente in sé. Disteso a terra, confuso e sporco di sangue, tentava di estrarre dalla sua carne i lunghi aghi e gli strani strumenti che Venemius aveva utilizzato su di lui. Circondato dalle lingue di fuoco respirava a stento. La sua mente era annebbiata, in parte ancora prigioniera del sogno di poche ore prima. Alzò lo sguardo e vide Kharn discendere le scale di corsa attirato dai rumori della battaglia. Il draaka esitò un istante prima di fare il suo ingresso. Studiò la situazione per individuare la fonte di maggiore pericolo, poi partì di scatto superando i brandelli della porta e si scagliò contro Lavia, scaraventandola con una spallata contro uno scaffale pieno di ampolle. Nell'impatto decine di pozioni si riversarono sul pavimento mescolandosi e producendo una nebbia fitta e maleodorante.

"*Qui si mette davvero male! Tutto potrebbe esplodere da un momento all'altro,*" pensò Lavia mentre tentava di trovare rifugio dietro ad un tavolo di pietra. Aveva battuto con forza la schiena contro un ostacolo di legno massiccio e le costole le facevano dannatamente male. Tuttavia ad una prima analisi non le sembrava di essersi fratturata nulla. Cercò lo sguardo di Wrath, ma da quella posizione poteva vedere soltanto la sua mano protratta verso un bastone avvolto in una stoffa nera. La sua frusta le era sfuggita di mano, e in un corpo a corpo la balestra era inservibile. Kharn l'avrebbe attaccata di nuovo per finirla, non le rimaneva che l'ultimo asso nella manica: "*Il medaglione della strega!*". Approfittando della scarsa visibilità strisciò dietro ad un grosso barile ed afferrò il suo amuleto simile alla testa di un corvo. Estrasse le pietre dalle orbite e si preparò per fronteggiare l'imminente attacco.

L'aria nel laboratorio era ormai quasi irrespirabile, satura di fumo e di miasmi tossici. Tra un colpo di tosse e l'altro, Venemius ordinò al guerriero draaka di occuparsi della mezza-demone, mentre con un incantesimo impediva alle fiamme di diffondersi e di minacciare la sua biblioteca e la altrettanto preziosa strumentazione.

Kharn sollevò un barile e lo scagliò nel punto dove aveva visto cadere la mezza-demone. Non sperava certo di liquidarla con un attacco tanto grossolano, ma un po' di sano caos l'avrebbe obbligata ad uscire allo scoperto. Si mosse con circospezione, studiando tutti i nascondigli raggiungibili dallo scaffale distrutto: gli ci volle meno di un secondo per individuare la fila di barili dove probabilmente si era rintanata la sua preda. Era certo che la giovane non si sarebbe arresa senza tentare un ultimo disperato attacco, per cui finse di muoversi verso di lei battendo con la gamba metallica sulla roccia. Come aveva previsto Lavia uscì allo scoperto rotolando fuori dal suo nascondiglio, e gli scagliò conto due minuscole pietre rosse. A distanza ravvicinata non avrebbe potuto evitare quei proiettili, ma la sua prudenza gli salvò la vita. Si gettò di lato facendo leva sulla gamba sana, e quando le pietre toccarono terra alle sue spalle fu scaraventato in aria per l'esplosione. Le fiamme cominciarono a divorare libri e mobili di legno, mente una dopo l'altra tutte le ampolle di vetro finivano in frantumi.

Venemius lanciò un urlo disperato quando vide una lingua di fuoco avvolgere il più prezioso libro di negromanzia della sua collezione. Aiutandosi con il potere della sua magia attirò a sé i testi più antichi e preziosi e li fece fluttuare su per le scale. Poi si preoccupò di arraffare tutte le pergamene che aveva disteso sui tavoli di pietra ed uscì dal laboratorio, non prima di avere intimato a Kharn di non uscire senza il corpo del mago.

Il draaka non si era sentito così vivo da anni. Circondato dalle fiamme respirava a pieni polmoni il profumo della battaglia. Si alzò in piedi e rimase immobile a fissare Lavia, attendendo che la sua avversaria fosse pronta per combattere. In quel momento non gli importava minimamente dell'ordine ricevuto dal vecchio pazzo. Non si era nemmeno curato di scoprire se il giovane mago fosse saltato in aria insieme a mezzo laboratorio o se si trovasse ancora riverso a terra.

"Coraggio e tenacia non ti mancano, guerriera," sibilò Kharn mettendosi in posizione di guardia, "fammi vedere di cosa sssei capace!"

Il possente veterano draaka non la stava prendendo in giro. Sembrava al contrario che la stesse incoraggiando. A Lavia tornò alla mente il ricordo di un lungo discorso pronunciato da Yarrick al suo contingente, prima della conquista di Coldville. *"Coraggio e vigliaccheria non sono argomenti che si adattano a tempi di pace. In battaglia conta la determinazione, la lucidità, la consapevolezza della propria condizione di mortale. Occorre essere sempre bene addestrati, mantenere alta la guardia, avere occhi anche dietro la testa ed orecchie sempre tese. Il guerriero riposa ai margini del campo di battaglia, ma non dorme mai.*

Il guerriero rispetta il suo nemico. Il guerriero ama il suo nemico, perché sa che non sarebbe nulla senza di lui. Voi mi avete domandato quale sia la disciplina più importante per un soldato... ebbene io credo che sia la ricerca della forza interiore. Dovete imparare a sgombrare la mente dai pensieri inutili, a mantenere il pensiero lucido e alta la vostra determinazione. A tutti è offerta la possibilità di distinguersi in una grande impresa, ma occorre essere pronti a cogliere l'opportunità.

Perché ciò che faremo in questa vita possa riecheggiare nell'eternità".

Inspirò profondamente. Non aveva alcuna possibilità di contrastare il suo nemico sul piano fisico, ma poteva contare su una maggiore agilità. Entrambi erano disarmati, anche se Kharn poteva contare su artigli e denti bene affilati.

"Coraggio Lavia fatti venire in mente qualche cosa", si disse mentre si allontanava lentamente dalle librerie in fiamme.

Kharn le si gettò contro all'improvviso cercando di colpirla con un pugno. Il caso o l'istinto, o una combinazione di entrambi, spinse Lavia a rivolgere uno sguardo verso alcuni ganci appesi al soffitto. Saltò sopra un barile, mentre il colpo del draaka andava a schiantarsi contro le casse alle sue spalle. Con un secondo balzo si aggrappò ad una delle catene arrugginite e si lasciò cadere sul tavolaccio di pietra su cui era stato immobilizzato Wrath.

La mezza-demone si guardò intorno alla ricerca del giovane ferito, ma il fumo e le fiamme le impedivano di vedere chiaramente.

Kharn si proiettò verso di lei cercando di afferrarla, ma Lavia si lanciò verso l'altra lastra di pietra evitando anche il secondo attacco.

Respirando affannosamente si fermò ad analizzare la situazione. L'ossigeno cominciava a scarseggiare, e l'incendio era ormai diffuso in ogni angolo del laboratorio. Non le rimaneva molto tempo per trovare una soluzione.

Evitò un terzo pugno del draaka, ma questa volta commise un errore. Si aggrappò ad una catena che era rimasta troppo a lungo vicino alle fiamme, e per il calore eccessivo dovette mollare la presa prima del tempo. Cadde con la schiena su una libreria, riducendola in frantumi e picchiando contro le costole già doloranti. Una dozzina di libri anneriti dalle fiamme le caddero addosso facendole perdere l'equilibrio. Gli occhi le si erano riempiti di cenere e fuliggine, e faticava a tenerli aperti. Decisa a reagire provò a rialzarsi, ma un calcio bene assestato la scaraventò in aria spingendola al centro della stanza. Il dolore le fece mancare il fiato per un tempo che le parve infinito. Con gli occhi ancora semichiusi e graffiando con le unghie la roccia del pavimento provò a trascinarsi lontano dal nemico. Udiva i suoi passi, uno sordo e uno metallico, avvicinarsi lentamente.

Provò ad alzarsi in ginocchio, ma nella frenesia urtò contro un tizzone ardente che la costrinse a ributtarsi con la faccia per terra. Lavia stava per lanciare un'imprecazione, ma l'urlo le morì in gola quando si accorse che la sua mano era scivolata sopra un oggetto a lei molto familiare.

Si alzò di scatto provando ad ignorare il dolore, e cominciò a roteare la sua frusta costringendo Kharn ad arretrare verso le fiamme.

Una strana forma di eccitazione le scorreva nelle vene, mentre il cuore pompava al doppio della velocità. Concentrò i suoi attacchi verso il viso dell'uomo-drago, cercando di sorprenderlo con la guardia abbassata, finché una sferzata non lo colpì alla base del collo aprendo una brutta ferita.

Lavia comprese troppo tardi la strategia di Kharn e non poté impedire al suo avversario di afferrare la frusta all'altra estremità.

"Davvero un bel colpo, mezza-demone!" gridò mentre avvolgeva la frusta intorno al suo possente avambraccio. "Rapido, potente, molto efficace. Ma temo ke la nossstra battaglia ssstia ormai volgendo al termine!"

Kharn sollevò il braccio ed iniziò a strattonare con forza, mentre Lavia cercava in ogni modo di resistere puntando i piedi contro il terreno e sbilanciandosi all'indietro. Stava per perdere le speranze quando un'improvvisa esplosione costrinse entrambi a lasciare la presa.

Il draaka precipitò contro una parete nel tentativo di proteggersi dalle schegge di vetro e dai brandelli di soffitto, finendo con la gamba artificiale sotto due pesanti lastre di marmo.

Lavia fu più fortunata perché ad attutire la sua caduta trovò il corpo di Wrath Felling. "Dobbiamo uscire di qui!" gridò al mago aiutandolo a sollevarsi. "Riesci a sentirmi? Qui sta per crollare tutto!"

"Non sono sordo!" tuonò Wrath liberandosi dalla presa. "Solo non prevedevo che mi rovinasse addosso una mezza-demone piovuta dal cielo! Sono solo un po' stanco e *leggermente* infastidito dalle torture che Venemius mi ha inflitto. Il trucchetto che ho usato per sopportare il dolore ha qualche effetto collaterale sullo stato di attenzione!"

Lavia fu felice di constatare che il mago sembrava essere di nuovo perfettamente in sé. Era ferito in modo piuttosto serio, ma sembrava in grado di muoversi da solo, aiutandosi con il suo bastone magico. "Va bene, avrai modo di spiegarmi meglio quando saremo fuori di qui".

I due si diressero verso la scala che portava in superficie, ma prima di abbandonare il laboratorio Lavia vide il draaka bloccato sotto le macerie, ormai prossimo ad essere raggiunto dalle fiamme.

"Non possiamo lasciarlo morire così!" gridò a Wrath tornando sui suoi passi. "E' un nemico, ma ci siamo battuti lealmente".

"Fermati!" le gridò vendendola gettarsi di nuovo in quella trappola incandescente. "Non puoi aiutarlo da sola, quel marmo è troppo pesante per essere sollevato a mano!"

Wrath maledisse la sua impulsività, poi intonò una litania tracciando con la testa di cobra del suo bastone alcuni cerchi concentrici nell'aria. "Appena vedrai sollevarsi le pietre cerca di fare leva con quella trave laggiù!"

Lavia annuì e si posizionò alle spalle del draaka, pronta ad intervenire. Non appena le lastre di marmo iniziarono a vibrare infilò la tavola di legno tra i due frammenti più voluminosi e premette con tutta la sua forza.

Kharn riuscì a liberare la sua gamba di ferro e ad alzarsi in piedi: il suo arto artificiale era malridotto, ma gli sarebbe bastato per fuggire da quell'inferno. Il suo volto si contrasse in qualcosa di simile ad un sorriso. "Non sssono sorpreso per questo tuo gesto, mezza-demone. Ad un guerriero con la tua tempra e il tuo coraggio non poteva mancare una certa dose di nobiltà d'animo. Ora ti sssono debitore".

"Risparmia il fiato, draaka!" taglio corto il mago. "Dobbiamo andarcene da questo laboratorio al più presto!"

"Lasciatemi andare avanti per primo!" intimò Kharn spostando lo sguardo sul giovane mago. "Se il negromante ci stessse aspettando di sssopra, nessuno di voi sssarebbe abbastanza in forma per fronteggiarlo!"

"Quali sono le tue intenzioni?" domandò Wrath sbarrandogli la strada. "E per quale ragione dovremmo fidarci di te?"

"Ripagherò il mio debito aiutandovi a fuggire. Poi sssaremo pari". E rivolgendosi a Lavia aggiunse: "E il nostro prossimo ssscontro determinerà un vincitore".

Kharn si trascinò su per le scale seguito dagli altri a debita distanza. Le fiamme avevano raggiunto anche i piani alti della palafitta e da fuori si udiva il vociare dei cittadini di Lizarville intenti a domare l'incendio.

"Pressssto, scendete per questa scala. Troverete una piccola barca a remi con armi e qualche provvista. Liberate gli ormeggi e lasciatevi trasportare dalla corrente. A quest'ora - se gli dei sssaranno con voi - nessuno riuscirà a vedervi fuggire".

"Che ne sarà di quel ragazzo che era con noi alla locanda?" domandò Wrath prima di scendere nel passaggio segreto.

"Quando sssono salito in superficie per cercare acqua pulita sssono andato a controllare le vosssstre stanze e lui non c'era più. Pensavo che voi sssapeste dov'era!"

"Quando vi ho seguito Koori era ancora sotto l'effetto dell'incantesimo del sonno," commentò Lavia, "si deve essere svegliato, e deve aver trovato il messaggio che gli ho infilato in mano…"

"Coraggio, non c'è più tempo!" tuonò Kharn. "Dovete andare prima che Venemius inizi a sssospettare qualcosa!"

Lavia iniziò la sua discesa nel passaggio segreto che l'avrebbe condotta fuori dalla palafitta in fiamme. Wrath attese una manciata di secondi prima di seguirla, osservando il draaka che con passo malfermo arrancava verso l'uscita principale.

Stava per abbandonare l'edificio pericolante quando udì aumentare il clamore della folla. Nello spazio limitato quel baccano parve il tuono di un combattimento su vasta scala. Un brivido gli corse lungo la schiena quando udì il grido di morte di una femmina draaka, e con un gesto istintivo afferrò il braccio di Lavia. "Fermati, la fuori sta succedendo qualcosa!"

Lei si bloccò all'istante, tendendo le orecchie. Per la prima volta si guardò intorno studiando il cunicolo con la sua capacità di vedere al buio. "L'uscita deve essere molto vicina," sussurrò indicando il punto dove, pochi gradini più in basso, il tunnel compiva una leggera deviazione verso destra. "Se restiamo qui corriamo il rischio di finire sepolti dalle macerie della palafitta!"

Wrath prestò scarsa attenzione alle sue parole. Conosceva la lingua degli uomini-drago e stava cercando in ogni modo di capire cosa stesse succedendo. "Ascolta le grida dei draaka: non è il fuoco a terrorizzarli!"

Lentamente i due raggiunsero la grotta dove era nascosta la barca a remi di Kharn. Nel buio soltanto Lavia riusciva a muoversi con disinvoltura, mentre Wrath non poteva fare altro che concentrarsi per recuperare un po' le energie. Non aveva ancora avuto il coraggio di valutare la gravità delle sue ferite. Sentiva di avere ancora la febbre alta, e la sua veste era inzuppata del sangue che gli fuoriusciva dalle lesioni addominali. La cosa che lo stupiva maggiormente era che dal suo risveglio i suoi polmoni non lo avevano ancora abbandonato. Nemmeno un colpo di tosse lo aveva scosso da quando, nel suo lungo sogno, aveva abbracciato lo spirito della Runa del Fuoco.

Lavia lo raggiunse sulla barca e mollò gli ormeggi.

Mentre la corrente cominciava a trascinarli verso il Grande Fiume, prese un panno di lana molto scuro e si avvicinò al mago per coprirlo. "Con questo avremo maggiori possibilità di passare inosservati".

Wrath afferrò la stoffa a aiutò Lavia a distendersi sul fondo accanto a lui. "A giudicare dalle urla immagino che le guardie avranno altre cose a cui pensare nei prossimi minuti… chissà cosa diavolo sta succedendo li fuori!"

La barca uscì dall'antro in cui era stata nascosta per anni, gettandosi lentamente nel fiume. Seguendo il corso della corrente passò sotto al ponte di legno che tagliava a metà la città di Lizarville e continuò il suo viaggio costeggiando l'argine maggiore.

I due fuggitivi rimasero immobili l'uno addosso all'altra, trattenendo quasi il respiro. Wrath poteva sentire il cuore di Lavia battere freneticamente a contatto con il suo corpo. Non era certo il momento giusto per simili considerazioni, ma il mago non poté fare a meno di notare quanto la mezza-demone riuscisse a sprizzare sensualità anche nelle situazioni più improbabili. Con i muscoli tesi e la pelle madida di sudore, con i suoi capelli rosso porpora tagliati corti - appena il necessario per coprirle il collo - con quegli occhi di fuoco che sembravano voler respingere in tutti i modi l'oscurità della notte, aveva l'aspetto di una fiera pronta divorare la sua preda.

Ora le urla di panico e il fragore della battaglia echeggiavano pochi metri sopra di loro.

Wrath sollevò leggermente un lembo della coperta per cercare di vedere qualcosa. Sagome impazzite correvano gridando in ogni direzione, mentre il buio della notte era rischiarato a tratti dal bagliore delle esplosioni.

Per poco un miliziano colpito in pieno petto da una saetta infuocata non finì dritto sulla barca per poi sprofondare senza vita nel fiume, con il petto orrendamente dilaniato.

Wrath avvertì il respiro caldo di Lavia sul suo petto nudo. Un brivido gli partì dalla base della schiena per schiantarsi nel suo cervello quando sentì la sua mano carezzargli l'addome.

"Sono preoccupata per le tue ferite," sussurrò la mezza-demone cercando di tamponare il sangue con un lembo di stoffa. "Stai perdendo molto sangue anche se mi sembra che il flusso sia diminuito".

"Venemius sapeva come infilzarmi senza ledere gli organi vitali," rispose Wrath cercando di restare concentrato sugli avvenimenti esterni. "Credo che al negromante interessasse conservare in buono stato il mio corpo per poterlo utilizzare a suo vantaggio".

"Ma per quale ragione hai permesso che ti sottoponesse a simili torture?" Il mago si rese conto che le risposte a quella domanda potevano essere più di una, così decise di tagliare corto. "Non potevo fare altrimenti. Se usciremo vivi da questa situazione forse ti spiegherò ogni cosa. E anche tu mi dovrai alcune spiegazioni". Pronunciò le ultime parole con una punta di sarcasmo, pensando alla scena cui aveva assistito nel suo sogno.

Lavia ritrasse in silenzio la sua mano.

Ormai solo un piccolo gruppetto di case li separava dai confini della città. La barca passò sotto ad uno dei tanti ponticelli di corda che collegavano le palafitte appartenenti allo stesso clan. Ancora qualche metro. Ora il mago riusciva a vedere l'ultimo dei due archi che gli antichi draaka avevano costruito alle porte di Lizarville.

Wrath trattenne a stento un folle grido d'esaltazione: era finalmente libero da Venemius e dal suo laboratorio maledetto. Libero di potersi ricongiungere con i compagni, libero di poter regolare i conti con tutti... compresa Lavia!

Poi sentì mancargli il cuore.

Come risposta al suo silenzio trionfale giunse un coro selvaggio di grida orrende.

Il mago sollevò la coperta e guardò dietro di sé.

Sull'argine sopra di loro, cinque stalloni bruni come la notte galoppavano falciando chiunque si trovasse sulla loro strada: in sella ad ognuno di questi possenti destrieri era montato quello che da quella distanza sembrava essere un cavaliere in armatura da guerra.

Wrath li riconobbe subito come Animenere.

Erano più o meno ad un miglio di distanza, ma stavano guadagnando rapidamente terreno.

CAPITOLO VENTESIMO
Parola d'onore. Fuga da Lizarville.

Per Jena quel mattino il risveglio fu davvero traumatico. Prima una secchiata d'acqua gelida aveva interrotto il suo sonno già di per sé molto tormentato. Poi quei patetici miliziani gli avevano impedito di uscire dalla cella in cui era stato rinchiuso la notte precedente, e lo avevano messo in ceppi per il solo fatto di avere provato – con un certo successo – a scardinarne una maledetta porta di ferro. Infine quel medico ciarlatano gli aveva applicato un impacco maleodorante che pareva non avesse altro effetto se non quello di bruciare come il sale su una ferita.

Nelle due ore precedenti aveva appreso quanto fosse inutile sbraitare bestemmie e insulti contro le autorità locali, così si era seduto tranquillo in attesa che qualcuno gli venisse a spiegare quanto a lungo lo avrebbero tenuto in cella.

In verità era molto preoccupato per Seska.

L'aveva portata fuori dalla locanda in fin di vita, priva di conoscenza e con le ferite che grondavano sangue. Aveva supplicato che la affidassero alle migliori cure di un medico del villaggio, in attesa di poter contattare un chierico guaritore da una delle città più vicine. Ma il borgomastro - accorso alla locanda per dirigere i soccorsi - aveva ordinato che fosse impedito a chiunque di lasciare il villaggio, fino all'arrivo della guardia imperiale.

Jena non aveva voluto sentire ragioni. Si era detto disposto a prendere tutti i presenti a pugni, uno ad uno, se gli avessero impedito di andare a cercare l'aiuto di un sommo chierico, così era stato colpito alle spalle da un miliziano, tramortito e gettato in prigione.

Era altrettanto in ansia per Shade... Quegli sporchi elfi dovevano averla rapita, e chissà quale sorte le sarebbe capitata una volta raggiunta la capitale del regno di Woodland.

Picchiò un pugno per terra.

Si alzò, passeggiò nervosamente trascinando le catene, ed infine tornò a sedersi.

Ripensando agli avvenimenti della notte precedente si domandò che fine avesse fatto Yoma. Lo aveva lasciato a sonnecchiare accanto al fuoco, e non lo aveva più rivisto.

Mentre fronteggiava gli elfi all'interno della locanda era capitato nella stanza del ladro, ma non aveva trovato né lui, né un segno della sua presenza.

Anzi, ritornando con la mente alla scena si ricordò di un particolare cui non aveva fatto caso: il giaciglio di Yoma era perfettamente intonso e non vi era traccia dei suoi abiti ed effetti personali.

Se fosse rimasto ucciso in uno scontro con gli elfi i miliziani avrebbero trovato il corpo, e a quest'ora già ne sarebbe stato informato. In un villaggio così piccolo un cadavere fa sempre notizia.

In ogni caso Jena dubitava che gli elfi potessero avere interesse a rapire un umano, per di più un ladro appartenente ad una nota gilda. Nella cultura elfica il furto è un delitto gravissimo, avendo a che fare con principi cardine della loro natura quali l'onore e il rispetto. In tempi più antichi veniva punito con la morte. Oggi con l'esilio nelle terre degli umani.

Cosa potevano farsene, dunque, gli elfi di un ladro umano, connubio di quanto più disprezzabile possa posare il calcagno sul suolo di Asgahard?

Era assorto nei suoi oscuri pensieri quando il borgomastro si fece finalmente vivo, accompagnato da due soldati e da alcuni uomini del villaggio.

"Ti è tornata la calma guerriero?" domandò porgendogli dalle sbarre una tazza di caffé bollente. "Mi piacerebbe poter conversare con te senza rischiare si trovarmi con il cranio fracassato".

Jena avrebbe voluto saltargli alla gola, ma mantenne il sangue freddo e ricambiò con un sorriso tirato il gesto gentile.

Il borgomastro era un uomo semplice, sulla cinquantina. Le altre persone si rivolgevano a lui in tono confidenziale, ma mai mancandogli di rispetto. Doveva essere stato un grande lavoratore, a giudicare dal suo fisico robusto e da quanto erano rovinate le sue mani. Molto probabilmente un contadino o un allevatore. Il suo viso rossastro, infatti, era attraversato dai tipici solchi tracciati dal sole.

Vestiva con abiti sobri e non portava su di sé alcun segno che potesse differenziarlo dagli altri cittadini che gli era capitato di intravedere. L'unico particolare che poteva attirare attenzione erano i suoi lunghissimi baffi, intrecciati con fili dorati alla sua barba bianca.

Un giovane miliziano della guardia imperiale, giunto probabilmente dal vicino avamposto di Wood-Bazar, entrò nella cella e liberò il guerriero dalle catene.

"Vi prego di lasciarci soli," disse il borgomastro ai suoi accompagnatori, "non credo che il signore voglia aggredire un vecchio contadino disarmato…"

Quando finalmente l'ultimo assistente uscì dall'edificio adibito a prigione,

219

i due salirono la scala che portava al secondo piano e si accomodarono in quello che doveva essere l'ufficio del sindaco di Weis.

"Il mio nome è Goffredo Weismunich, ma qui tutti mi chiamano Fredo. La mia famiglia governa questo villaggio da quattro generazioni, da quando il mio bisnonno Jerom Weismunich fondò un piccolo insediamento commerciale alle porte del regno degli elfi ed iniziò ad intrattenere rapporti con loro. Quale'è il tuo nome?"

"Jena", tagliò corto il guerriero.

"Bene, Jena". Il borgomastro attese qualche istante prima di ricominciare a parlare. "Dalle informazioni che ho raccolto, tu e altri tre stranieri siete giunti al nostro villaggio ieri pomeriggio. Avete bivaccato alle porte del villaggio e tre di voi hanno affittato una camera alla Locanda del Ratto. Poi nella notte è scoppiato il caos, e ci siamo ritrovati con un mucchio di cadaveri, con la tua amica drow gravemente ferita, con un ranger e un guerriero in prigione, con un edificio dato alle fiamme e senza traccia degli altri due stranieri con cui seri arrivato qui da noi… cosa devo pensare?"

"E' semplice. Siamo stati sorpresi di notte mentre stavamo riposando. Io ero solo e sono corso a cercare i miei amici. Nel percorso tra la mia tenda e la stanza in cui alloggiavano ho fatto fuori qualche *orecchie-a-punta*, due o tre non ricordo. Questi elfi sono veloci ma si rompono facilmente. Quando finalmente sono arrivato nella camera dove avevano preso alloggio, la locanda stava già bruciando. Ho portato fuori Seska e un elfo ancora vivo. Ho pensato che in seguito avrei potuto interrogarlo … il resto della storia lo conoscete!"

Fredo accese la sua pipa e si appoggiò sullo schienale della poltrona. "Ammettiamo che il tuo racconto sia vero, per quale ragione gli elfi – con i quali conviviamo in pace da quattro generazioni – avrebbero dovuto attaccare il nostro villaggio? E perché prendersela proprio con quattro stranieri appena arrivati? Ed infine, Jena, se ciò che hai raccontato è vero perché i tuoi due compagni sono scomparsi?"

"Non sono fuggiti, se è questo che state pensando!"

"Allora dammi delle risposte che mi aiutino a decidere cosa fare, Jena. La tua amica ha urgente bisogno di cure. Le sue ferite sono gravi e il nostro medico non ha gli strumenti per salvarle la vita. Il ranger che hai portato fuori dalla locanda nella notte ha cercato di ammazzarsi ingerendo una bacca velenosa, ed ora è privo di conoscenza. La guardia imperiale è qui fuori, ed aspetta di sapere se dovrà arrestare te o aprire un incidente diplomatico con il regno di Woodland. E credimi se ti dico che sarebbe molto facile consegnarti a loro ed evitarci un mucchio di guai!"

Jena si sentì fortemente impreparato. Lui sapeva risolvere i problemi sul campo di battaglia. Era quello che nel gruppo aveva il compito di prendersela con gli avversari più grossi. Sicuramente non era mai stato un abile negoziatore.

Era certo che gli elfi li avessero attaccati per rapire Shade. Conosceva la sua storia e sapeva che il figlio del re di Woodland covava un certo rancore nei confronti di colei che si era rifiutata di sposarlo, rinunciando agli agi di un trono per vivere di avventure nelle terre degli umani. La verità non gli sembrava potesse giocare a suo favore…

Wrath avrebbe saputo cosa dire per convincere il borgomastro della loro innocenza; lui era un autentico maestro nell'uso della parola. Seska avrebbe fatto leva sulle sue doti di grande seduttrice per infinocchiare tutti e svignarsela. Anche Shade, nonostante il suo caratteraccio, se la sarebbe cavata egregiamente in un interrogatorio. Lui, invece, sapeva usare i pugni e la spada.

Entrambi inutili in questa situazione.

"Signor sindaco," bofonchiò cercando di usare un tono il più possibile formale, "io non ho idea di cosa vogliate sentirvi dire. Vi ho raccontato tutta la verità sugli accadimenti della scorsa notte, quanto ai miei compagni non so che fine abbiano fatto. Se volete la mia opinione credo che l'agguato sia stato organizzato dagli elfi silvani per rapire la mia amica Shade… la cui unica colpa è quella di avere respinto la proposta di matrimonio del loro principe".

L'espressione del borgomastro si fece cupa. I guai sembravano aumentare a dismisura.

"Ora la prego, signor Fredo," continuò il guerriero, "avete la mia parola d'onore che tornerò a sottopormi al vostro giudizio, ma devo assolutamente trovare qualcuno in grado di curare Seska".

In quell'istante qualcuno bussò alla porta.

Un soldato della guardia imperiale fece il suo ingresso nello studio del sindaco. "Purtroppo, signore, porto cattive notizie," annunciò con aria grave. "Pochi minuti fa l'elfo che avevamo in custodia è morto, ma non è tutto. Abbiamo effettuato un controllo sulle decorazioni della sua divisa e pare che si tratti di una guardia che fa capo direttamente alla famiglia reale di Woodland".

"E' la conferma dei miei sospetti!" esclamò Jena alzandosi in piedi e cercando lo sguardo del borgomastro. "Dobbiamo fare qualcosa per

Shade… la guardia imperiale non può permettere che un cittadino libero venga rapito da quei maledetti elfi per un capriccio del loro principe! Dannazione, non possiamo rimanere qui a chiacchierare permettendo agli elfi di fare tutto ciò che vogliono nelle vostre terre!"

Il giovane soldato della guardia non osò aggiungere nulla, anzi parve annuire.

Fredo strinse in mano la sua pipa cercando conforto nel calore del legno, poi si alzò dalla sua poltrona e si affacciò alla finestra che dava sui resti fumanti della Locanda del Ratto. "Voglio fidarmi della tua parola, guerriero." Enfatizzò senza voltarsi. "Se partirai subito, prendendo con te due cavalli, potrai raggiungere la città di Lomi entro domani mattina. Lì troverai il più vicino tempio di Dyan e, se sarai fortunato, potrai rintracciare una sacerdotessa di nome Caxandra. E' piuttosto famosa per le sue doti di guaritrice, e molti sostengono che sia in grado di compiere autentici miracoli".

"Grazie signor Fredo," lo interruppe Jena, "troverò questa Caxandra e la porterò al villaggio!"

Il borgomastro si avvicinò al soldato della guardia e gli posò una mano sulla spalla. "Quanto a te dovrai consegnare un mio rapporto al capitano dell'avamposto di Wood-Bazar. Non credo che i tuoi superiori saranno felici di apprendere ciò che è accaduto, per cui farò in modo di assumermi le responsabilità del caso".

Jena si congedò con un'energica stretta di mano, anche se avrebbe voluto abbracciare entrambi. Scese di corsa le scale e si catapultò in strada.

Pochi minuti più tardi stava già galoppando verso la città di Lomi.

* * * * *

La piccola imbarcazione si muoveva lenta, trascinata dalla corrente del Grande Fiume verso gli argini limacciosi. Wrath non era certo che i cinque cavalieri in armatura da guerra scorti in lontananza stessero inseguendo loro, tuttavia dall'esatto istante in cui li aveva avvistati non aveva ancora avuto il coraggio di fiatare.

Quasi completamente nascosto dal panno li vide avanzare spediti, brandendo le loro orrende falci, da cui grondava il sangue delle povere vittime che avevano avuto la sfortuna di trovarsi nel posto sbagliato al momento sbagliato.

Anche una sola Animanera sarebbe stata un avversario fuori dalla loro portata. Ma cinque... cinque avrebbero dato filo da torcere ad un dio.

Wrath stava scavando tra i suoi ricordi alla ricerca di sistema per affrontare - o quantomeno rallentare - le aberranti creature non-morte, quando il fondo della barca graffiò contro qualcosa.

L'istinto di Lavia fu quello di alzarsi, ma il mago la bloccò respingendola con forza.

"Ci siamo quasi incagliati!" sussurrò lei liberandosi nervosamente dalla presa.

"Me ne sono accorto, ma avremo ben altri problemi se ci farai scoprire!"

Lavia lo fulminò con lo sguardo. Poi si voltò dalla parte opposta incrociando le braccia.

Per la seconda volta la barca scalfì le sabbie del fiume, rallentando bruscamente.

"E' meglio se ti prepari al peggio," mormorò Wrath sbirciando fuori dalla coperta. "Ce li abbiamo sopra".

"Mai una buona notizia," borbottò Lavia con tono canzonatorio. "Pensi di riuscire a tenerli a bada per un paio di minuti? Forse possiamo ancora cavarcela".

Wrath sospirò. "Non ho idea di come tu possa pensare di…"

Questa volta la barca si incagliò veramente, andando a sbattere contro un groviglio di mangrovie.

Gli zoccoli dei cavalli picchiavano contro il terreno, tuonando sempre più vicino.

Come una valanga che non può essere evitata.

"Devi fidarti di me. Tu pensa a creare un diversivo". Lavia scostò la coperta e si tuffò nel fiume.

"*Fidarmi di te?*" pensò Wrath afferrandosi saldamente al suo bastone. "*Fidarmi di chi? Di quella che si getta nel laboratorio di Venemius per cercare di aiutarmi, o di quella che mi sta raccontando solo bugie da quando ha cominciato a seguirmi? O ancora di quella che rovista come un ladro tra le mie cose mentre sono a terra primo di sensi?*"

I cavalieri arrestarono la loro corsa proprio sopra il bosco di mangrovie e si lanciarono verso il fiume senza dire una parola.

Wrath si proiettò fuori dal nascondiglio e rimase fisso ad osservarli, mentre dal suo bastone s'irradiava una lieve aura dorata. "*Bene, Lavia. Non ho altra scelta che fidarmi di te. Vuoi un diversivo? Lo avrai!*".

Il mago alzò le braccia verso il cielo stringendo il suo bastone con entrambe le mani. Tenendo lo sguardo fisso sulle Animenere che marciavano verso di lui iniziò ad urlare una cadenzata litania, ripetendola sempre più velocemente fino a farla diventare quasi un canto.

I suoi capelli bianchi iniziarono a sollevarsi mentre un vortice di vento cominciò a danzare intorno al suo corpo.

Dal centro della sua schiena incrostata di sangue e fuliggine si diffuse dapprima un bagliore, poi lingue di fuoco si fecero strada strisciando come serpenti sulla sua pelle.

Dal centro della schiena... proprio dove stava prendendo forma un antico simbolo di potere: la Runa del Fuoco.

Wrath era ormai interamente avvolto in un turbine di fiamme.

I suoi occhi proiettavano raggi di luce che si riflettevano sul metallo delle armature maledette indossate dalle cinque Animenere.

I cavalieri non-morti sollevarono le loro falci ed iniziarono a correre verso il nemico. I loro passi pesanti facevano tremare il terreno ed increspavano l'acqua sulla riva del fiume. Ma il mago non poteva accorgersene. Occorreva la massima concentrazione per governare un così grande potere.

Quando finalmente furono abbastanza vicini Wrath comandò alle fiamme di fondersi in un piccolo globo sopra la sua testa. Subito dopo una gigantesca esplosione spazzò via ogni cosa nel raggio di dieci metri.

Le Animenere furono travolte dall'onda d'urto e - insieme a rocce, alberi e piante – furono fatte a pezzi dalla deflagrazione.

Wrath cadde in ginocchio sulla spiaggia. Le ferite inflitte da Venemius avevano ricominciato a sanguinare copiosamente, mentre piccole fiammelle divoravano lentamente la sua carne sulle braccia, sul collo e sulla schiena.

Provò ad alzarsi, ma non ne ebbe la forza.

Sapeva che i corpi dei non-morti si sarebbero ricomposti in pochi minuti. Dove diavolo era finita Lavia?

In risposta al suo interrogativo l'acqua del fiume, nel punto dove pochi istanti prima si era tuffata la mezza-demone, iniziò a ribollire.

Lavia emerse dai flutti avvolta in quello che a prima vista poteva sembrare un semplice manto nero. I suoi occhi color porpora si guardavano intorno con malcelato imbarazzo. Poi si fissarono su di lui, maledettamente seducenti.

Lavia attese qualche istante, come per prendere fiato, poi allargò le braccia svelando due potenti ali nere, simili a quelle di un pipistrello.

"Solo due persone al mondo hanno visto le mie ali," mormorò tenendo lo sguardo fisso su di lui. Lentamente si avvicinò al mago e lo aiutò ad alzarsi. "Nelle mie vene scorre sangue di demone, e questa è una delle poche eredità ricevute da mio padre. Non ne vado molto… orgogliosa".

"Le Animenere non ci metteranno molto a rimettersi in sesto," ansimò Wrath con un tono piuttosto cinico. "Con quelle cose puoi… anche volare?"

"Certo che posso volare! Il problema è che non ho mai portato un'altra persona e…"

Un cigolio poco lontano gelò loro il sangue nelle vene.

"…se hai deciso di provarci questo è il momento!" tagliò corto il mago.

Lavia gli si avvicinò e lo cinse alle spalle. "Cerca di tenere stretto il tuo bastone. E se conosci un incantesimo per attenuare una caduta ti consiglio di ripassarlo".

Le ali della ragazza si distesero completamente ed iniziarono a spingere aria verso il basso. Fu necessario uno sforzo superiore al previsto, ma dopo qualche tentativo riuscirono a librarsi in volo.

Quando furono in alto sopra le chiome degli alberi si sentirono finalmente fuori pericolo. Lavia si diresse verso il centro di Woodland, dove la foresta si faceva via via sempre più fitta, sperando che la conformazione del territorio mettesse in difficoltà gli inseguitori.

Il suo cuore pulsava ad un ritmo forsennato, più per la tensione che per lo sforzo fisico. Nelle ultime ore si erano susseguiti tanti avvenimenti che sentiva di non avere più il controllo delle proprie emozioni.

Sentiva sulle sue mani il sangue di Wrath che sgorgava lento dalle ferite, e temeva che senza opportune medicazione il ragazzo non avrebbe resistito ancora a lungo.

Si soffermò sulle numerose bruciature comparse sulla sua pelle, quando ad un tratto vide il tatuaggio al centro delle sue scapole, e proprio in quell'istante realizzò.

Aveva portato a termine la sua missione.

Suo malgrado.

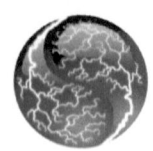

LIBRO SECONDO

CAPITOLO VENTUNESIMO
Segreti e segrete. L'ultimo viaggio di Caxandra.

Da qualche giorno il vescovo Sillerieux si era rinchiuso nei suoi uffici senza dare alcun tipo di avviso o giustificazione agli alti prelati.

Ai servitori aveva ordinato di impedire a chiunque di avvicinarsi alle sue stanze. Nessuno avrebbe dovuto interrompere il suo *ritiro spirituale*, e nemmeno lui poteva sapere quanto sarebbe durato il colloquio privato con il divino.

I chierici più anziani non avevano ragione di dubitare delle intenzioni del sommo sacerdote, ma nelle stanze del Tempio già da tempo serpeggiavano strane voci.

Sillerieux era più temuto che rispettato dalle gerarchie ecclesiastiche. Aveva amministrato il suo potere con prudenza, circondandosi fin da subito solo di persone estremamente fidate. Negli anni aveva allontanato dai posti di potere chiunque potesse rappresentare una minaccia alla sua carriera, ed aveva indotto a farsi da parte tutti i sacerdoti più illuminati, facendo leva sul desiderio di portare lontano, in mezzo alla gente, i doni che Dyan aveva fatto loro.

Tolti di mezzo i chierici della vecchia guardia, complice l'ascesa al trono di una imperatrice bambina, Sillerieux fu capace di insinuarsi nei luoghi del potere temporale creando un vero e proprio stato nello stato.

Il consolidamento del suo potere avvenne anche attraverso il potenziamento delle milizie della santa sede. Azzerato il vertice del Sacro Ordine della Luce con la scusa di fare spazio ai più giovani cavalieri, Sillerieux ottenne il controllo diretto di una tra le più temute forze militari di Asgahard.

Ma con il consolidamento del potere temporale il vescovo sacrificò buona parte del proprio potere spirituale. A Lunamtya le feste religiose persero via via buona parte del loro carisma divenendo più che altro occasioni per fiere e mercati. Anche le cerimonie, nelle quali i sacerdoti offrivano le loro cure ai bisognosi e i consigli spirituali ai fedeli, e dove era usuale il verificarsi di autentici miracoli divini, iniziarono a perdere buona parte della propria efficacia.

Alcuni attribuivano questa crisi alla incombente minaccia della guerra; altri puntavano il dito contro l'instabilità del trono imperiale. Altri ancora, senza porsi troppe domande, aveva preferito allontanarsi dal culto rivolgendo le proprie preghiere agli dei minori del *pantheon*.

Tuttavia nessuno poteva nemmeno sospettare che il capo della chiesa e del Sacro Ordine della Luce avesse in realtà venduto la propria anima e si fosse votato a Tod, fratello di Dyan e suprema divinità della Morte e del Male.

Quella notte Sillerieux non aveva consumato che pochi bocconi dei pasti che gli erano stati depositati sui mobili posizionati all'esterno delle sue stanze. I vassoi d'argento giacevano uno sull'altro, in modo disordinato, e nell'aria si stava diffondendo l'odore dolciastro della putrefazione.

Sprofondato nel suo letto, completamente avvolto nell'oscurità, cercava di ignorare il terribile bruciore di stomaco che da giorni lo stava affliggendo.

Abituato da sempre a tenere saldamente le redini di ogni trama, e a controllare con mano ferma il movimento di ogni sua pedina sulla grande scacchiera di Asgahard, viveva con profonda angoscia gli eventi delle ultime settimane. Non riusciva a sopportare di non avere elementi sufficienti per analizzare quanto stesse accadendo.

Lord Wishid, il Signore di Morlock, non lo aveva più cercato e questa maledetta attesa lo stava logorando.

Non aveva ancora potuto tenere fede alla sua parte di accordo e per giorni aveva atteso che il suo nero alleato si facesse vivo per reclamare quella stramaledetta Runa. Si era preparato ad un'accesa discussione, persino ad una lite. Aveva affilato le sue armi diplomatiche in attesa di doversi discolpare per il suo *temporaneo* fallimento. Aveva soppesato ogni parola, certo che la Runa non potesse essere l'unica ragione di quell'alleanza nata sotto gli auspici del divino Tod.

A tutto si era preparato, però, tranne che al silenzio.

Questa quiete immobile e questa interminabile attesa si stavano rivelando per Sillerieux un nemico peggiore di un alleato furioso.

Tornò con il pensiero alla sua ultima conversazione con le Animenere inviate alla ricerca dei due stregoni scomparsi dalla capitale. Ripensò alle esatte parole del rapporto: i cavalieri non-morti erano arrivati ad un passo dal catturare Venemius, lo stregone fuggito dalle carceri del Tempio di Lunamtya. Avevano devastato la tranquilla città di Lizarville, scoperchiando ogni possibile nascondiglio, bruciando case, massacrando i draaka che avevano provato ad opporsi alla loro furia. Tuttavia il vecchio negromante si era letteralmente volatilizzato; scomparso dopo avere dato alle fiamme il suo laboratorio. Sparito insieme al suo misterioso compagno di viaggio, un giovane mago dai capelli bianchi in grado di padroneggiare incantesimi del fuoco di straordinaria potenza (argomento che – in circostanze differenti – avrebbe meritato indagini più approfondite) ed insieme ad una creatura ancora più misteriosa: un rarissimo esemplare di mezza-demone.

Sillerieux si era dapprima infuriato con le sue Animenere. Poi, riflettendo sugli stralci dei rapporti ed iniziando a fare congetture, la sua ira era mutata in preoccupazione.

Il vescovo si era sempre ritenuto un abile stratega. Si era sempre mosso con serpentina eleganza tra trame, sotterfugi e complotti. L'alleanza con il potente sovrano di Morlock, a tutti gli effetti, poteva essere considerata il suo miglior successo politico e personale: venerato come un santo dai fedeli di Dyan e contemporaneamente temuto e rispettato dai discepoli di Tod.

Tuttavia, tutto ad un tratto, i suoi piani avevano iniziato a scricchiolare.

Doveva ammettere di avere sottovalutato la promessa fatta a Lord Wishid di concedergli la Runa dell'Acqua, da sempre nascosta nei sotterranei del Tempio. Quella che aveva giudicato un'impresa facile si era rivelata un'autentica disfatta. La Runa dell'Acqua, di cui per anni aveva chiaramente percepito la presenza per la forte vibrazione arcana che era in grado di generare, gli si era mantenuta ben celata vanificando ogni azione di ricerca. Come fosse dotata di vita autonoma e di intelletto era riuscita ad eludere ogni forma di chiaroveggenza che il divino Tod gli aveva concesso per scovarla.

Poi, nella notte in cui Venemius era fuggito dalla sua cella di massima sicurezza, le vibrazioni erano scomparse. La Runa si era presa il lusso di fargli un ultimo sgambetto e di lasciare il suo nascondiglio nel tempio.

Coincidenza o no, Sillerieux non aveva potuto fare altro che concentrarsi sull'unica pista, sperando che la cattura del fuggiasco gli avrebbe permesso di stringere finalmente le grinfie sul prezioso artefatto.

Aveva giocato le sue carte migliori, affidando la ricerca ai suoi servitori più leali e potenti… ma ora temeva che la cosa gli si potesse ritorcere contro. Non poteva certo permettersi che qualcuno lo collegasse ai guerrieri non-morti, le creature più empie e sacrileghe della storia di Asgahard.

E il fallimento delle Animenere aveva contribuito non solo ad accrescere la sua inquietudine, ma anche a sviluppare il sospetto che qualcosa di importante si stesse verificando alle sue spalle.

Se davvero Venemius era riuscito ad impadronirsi della Runa dell'Acqua, perché non utilizzarne il potere per affrontare e distruggere le Animenere? Oppure perché muoversi a piedi fino alla città dei draaka quando è noto che uno dei primi incantesimi che concede ogni Runa primaria è proprio il *teletrasporto*? Uno stregone anziano come lui non poteva avere incontrato difficoltà a padroneggiare le funzioni base dell'artefatto.

Questi pensieri lo avevano messo di fronte ad uno scenario diverso. Forse, mentre il negromante organizzava la sua fuga dalla capitale, approfittando della confusione, qualcun altro si era introdotto nei sotterranei. Qualcuno che aveva poi deciso di curiosare anche nelle sue stanze private, dove erano custodite le sue pergamene più riservate.

Qualcuno che ora aveva elementi sufficienti quantomeno per sospettare un suo coinvolgimento nella creazione delle Animenere.

Inizialmente aveva sperato che il suo potente alleato Lord Wishid non avesse ancora reclamato la Runa perché troppo concentrato sulle sue strategie di conquista dei Territori Liberi. Si era sentito parzialmente sollevato dalla cosa. Poi, però, aveva cominciato ad insinuarsi un fastidioso tarlo... E se fossero stati proprio gli emissari di Lord Wishid ad introdursi nel tempio per saccheggiarlo e prendersi la Runa? Potevano essere stati loro ad organizzare la fuga di Venemius al solo scopo di sviare le indagini. O magari per reclutare un nuovo alleato. Per di più la presenza rilevata dai suoi cavalieri non-morti di una mezza-demone nel gruppo dei fuggitivi aveva contribuito ad accrescere notevolmente i suoi sospetti. Non esisteva, infatti, altro luogo ove potesse vivere la progenie bastarda di un demonio che non tra le file dell'esercito di Morlock.

Eppure nemmeno questa ipotesi gli sembrava del tutto plausibile. Quale interesse poteva avere il suo alleato a tradirlo prima che il piano di conquista della capitale fosse davvero avviato?

Lord Wishid e le sue truppe contavano sul suo contributo per indebolire il governo dall'interno fino a minare definitivamente l'autorità della giovane imperatrice.

Poteva contare solo su questa certezza. Il signore di Morlock aveva tutto l'interesse ad impedire che un vescovo, realmente fedele a Dyan, tornasse ad insediarsi sul trono della santa sede.

* * * * *

Shade fu svegliata da un calcio alla schiena. Provò a scattare in piedi, ma un secondo colpo la mandò a sbattere contro la parete di roccia, facendola cadere a terra.

Rimase immobile per qualche istante, cercando di riprendere i sensi.

Aveva un cappuccio di juta legato in testa. Una caviglia incatenata con una ganascia di metallo. Sentiva sul suo corpo il tocco gelido della roccia, per cui dovevano averle tolto i vestiti e naturalmente le armi. Aveva le mani libere, ma i polsi erano legati insieme con una corda. Tutto sembrava odorare di muffa.

Le mancava il respiro a causa delle percosse subite, ma tentò ugualmente di parlare con il suo carceriere.

"Che cosa volete da me?"

Conosceva già il responso, ma sperava di ottenere qualche informazione in più sui suoi rapitori e sul luogo della sua prigionia.

In tutta risposta ottenne un latrato e uno schiaffo sul volto.

"Gli elfi non latrano," pensò, *"e non si sporcano le mani con i prigionieri".*

Qualunque creatura fosse stata rinchiusa insieme a lei in quella che sospettava fosse una prigione non era affatto amichevole.

I colpi le erano stati inferti con incredibile irruenza, ma senza precisione. Un elfo, con un decimo dello sforzo, avrebbe potuto stordirla colpendola alla base del collo, o causarle sofferenze inaudite insistendo sui suoi nervi.

Il latrato, poi, denotava una componente bestiale assente sia negli umani che negli orchi.

"Tutto qui quello che sai fare?" domandò Shade con tono provocatorio, sollevandosi lentamente da terra.

La creatura si scagliò con un pugno verso l'elfa, ma questa volta non fu abbastanza rapida. Shade schivò il colpo spostandosi repentinamente di lato. Poi quando fu certa che la creatura fosse sbilanciata in avanti tese la corda che le teneva legati i polsi e si lanciò sulle sue spalle stringendogliela intorno al collo.

Tirò con forza, mentre il mostro si dimenava cercando di disarcionarla. Da quella posizione si rese conto che la creatura era alta almeno due metri e larga quasi altrettanto. Il collo era enorme, la pelle dura come la roccia.

"Ogre! Non può che essere un maledetto ogre!"

Non perse tempo a gioire della sua intuizione. Il mostro stava cominciando ad accusare la mancanza di fiato e stava sfruttando le ultime energie nel tentativo di schiacciarla tra sé e la parete di roccia.

Spostandosi istintivamente sul fianco della creatura, riuscì ad evitare di finire spappolata contro uno spuntone di roccia. L'ogre fu meno fortunato e finì per inciampare contro una sorta di stalagmite. Shade si gettò dalla parte opposta, puntandogli un piede contro la nuca e facendo leva con tutto il suo peso.

L'agonia del mostro durò pochi secondi, poi stramazzò a terra senza vita.

Quando fu certa di non correre altro pericolo, Shade si slacciò la corda che le teneva legato il cappuccio e, una volta sfilato, prese una enorme boccata di ossigeno.

"Splendido combattimento," sibilò una figura nell'ombra. "Per un attimo ho faticato a distinguere quale dei due opponenti fosse il vero *barbaro*".

Fuori dalla cella, comodamente seduto su un elegante seggio ricavato da un intreccio di rami, sedeva un uomo il cui volto era celato dall'oscurità.

"Ora che ti posso vedere nuda, sporca di fango e di sangue, so che sei proprio tu la belva feroce che per così tanto tempo ho cercato di aggiungere alla mia collezione!"

"Amon... maledetto infame!"

"Non sprecare il tuo fiato, *principessa!*" Il tono della sua voce era gelido ed affilato come la lama di un rasoio. "Ti aspettano giorni difficili, e non ti conviene sprecare energie invano".

Shade si avvicinò con uno scatto alle sbarre che la separavano dal principe degli elfi, ma fu fermata dalla catena che le teneva legata una caviglia.

"Sei come una belva, Shade! Indocile, indisciplinata, incapace di vivere tra persone civili. A disagio tra i tuoi simili, felice in mezzo alla faccia umana. Mi sei sempre apparsa come un puledro selvaggio. Ma esattamente come avviene per i cavalli, sarai presto domata ed imparerai a sottostare al tuo antico padrone".

"Sai che preferirei morire piuttosto che giacere anche una sola notte con te!"

Amon si sollevò dal seggio accompagnato dal lieve fruscio del suo manto di seta imperiale. Discese alcuni gradini si fermò con il viso a pochi centimetri dalle sbarre.

Senza età, come quello di quasi tutti gli elfi ed in particolare di quelli di stirpe reale, il suo volto non era cambiato da quando Shade era fuggita da Woodland. Il suo sguardo invece si.

Carico di odio, rancore, frustrazione. A Shade parve di poter distinguere, nelle verdi iridi del suo principe, tutte le emozioni negative accumulate nel corso degli anni.

"Ascolta bene le mie parole, Shade-lynn! Subirai ogni sorta di umiliazione in queste carceri. Nessuno nel regno di Woodland è al corrente della tua cattura, tranne i miei due servitori più fidati. Gli elfi che ti hanno catturata sono stati tutti uccisi, perché non andassero a raccontare in giro – prima del tempo – che tu eri di nuovo a casa".

Con un movimento serpentino Amon afferrò il volto di Shade e lo trascinò contro le sbarre.

"Quando avrò finito con il trattamento che ti ho riservato, mi supplicherai di prenderti in moglie. Mi implorerai di giacere con te! Striscerai ai miei piedi invocando la mia benevolenza e sarai felice di mostrarti al popolo degli elfi come una sposa fedele e rispettosa dell'etichetta! Così sarà chiaro a tutti che il mio volere è come quello di un dio, e che nessuno può opporsi ad una mia decisione."

Shade si liberò dalla presa e sputò in terra.

"Prima di andarmene," aggiunse Amon quasi con un sussurro meschino, "voglio che tu riceva il mio primo regalo!"

Da dietro ad una colonna di roccia un *geos* si mosse verso il principe, sorreggendo un forziere rosso porpora.

Come ogni elementalista della terra, l'uomo aveva il capo coperto da un turbante bruno, da cui fuoriuscivano solo le lunghe orecchie a punta. Anche il volto era coperto da una fascia di tessuto scuro che lasciava scoperti solamente gli occhi.

Era rimasto perfettamente mimetizzato fino a quell'istante, in totale silenzio. Nemmeno gli occhi allenati di Shade erano riusciti ad accorgersi della sua presenza.

Dall'ombra emerse un secondo servitore, decisamente più basso del compagno e con una vistosa benda rossa che gli copriva l'occhio sinistro.

"Mia principessa," pronunciò con voce solenne il primo geos, "questo è un gentile omaggio del divino principe Amon. Il colore porpora, come da antica tradizione, simboleggia il sacro vincolo della famiglia e la solidità dei legami tra le genti elfiche".

Amon osservava in silenzio, con un ghigno stampato sul volto.

Il cuore di Shade smise per un attimo di battere mentre lo scrigno veniva aperto verso di lei. Tutto rimase immobile, senza suoni e senza colori.

La prima cosa che l'elfa riuscì ad intravedere dentro il forziere furono due occhi verdi, congelati in una espressione di terrore e di spasimo.

Il resto della visione le causò un dolore simile ad un tuffo in una vasca piena di ortiche.

Adagiata su un morbido cuscino intessuto con i più preziosi fili di *loto bianco* la testa di suo padre sembrava rivolgerle un ultimo cenno accusatorio.

"Spero che il mio primo dono ti piaccia, Shade-lynn... ne riceverai numerosi altri nei prossimi giorni!"

Amon scomparve nel buio seguito dal suo servitore, lasciando che il dolore e i sensi di colpa portassero avanti la tortura che lui aveva iniziato.

* * * * *

Jena viaggiava incessantemente da giorni.

Aveva raggiunto il tempio di Lomi senza concedersi nemmeno un istante di sosta, nemmeno per bere o per mangiare, sfruttando entrambi i cavalli che il borgomastro di Weis gli aveva messo a disposizione.

A notte inoltrata, con malcelata irruenza, si era introdotto nelle celle dove i sacerdoti davano ospitalità ai pellegrini, chiamando a voce alta il nome di Caxandra.

Il panico iniziale si era presto tramutato in semplice confusione.

I bambini avevano iniziato ad urlare; le donne a richiamare rumorosamente l'attenzione dei propri compagni; gli uomini avevano iniziato ad inveire, di rimando, contro il guerriero.

I chierici non avevano potuto fare altro che frapporsi tra i pellegrini ed il guerriero nel vano tentativo di placare gli animi in attesa che qualcun altro risolvesse la situazione.

Erano presto giunte anche alcune guardie cittadine, richiamate dalla confusione.

La situazione era stata davvero prossima a degenerare, e si sarebbe certamente aggravata se non fosse improvvisamente comparsa la somma sacerdotessa.

Caxandra era una donna molto anziana, quasi cieca, famosa in tutto il continente per le sue doti di guaritrice. Temuta per il suo spirito indomito e per la sua morale adamantina, aveva servito Dyan per quasi un secolo, rifiutandosi di allinearsi ai dettami della chiesa e di trascorrere la sua vecchiaia tra gli illustri prelati del tempio di Lunamtya.

I pellegrini venivano da ogni paese con la speranza di poterla incontrare, portando con sé le proprie famiglie e i propri malati. Alcuni - in particolare coloro che non erano in immediato pericolo di vita - erano costretti ad attendere mesi prima di poterla vedere. Per questa ragione il tempio si era dovuto organizzare con locali adibiti ad albergo, e la città era nota anche per una delle maggiori concentrazioni di locande dell'Impero.

Caxandra aveva raggiunto Jena facendosi largo tra la folla ammutolita.

I pellegrini, come rapiti dalla sua aura mistica, avevano seguito il suo incedere trattenendo il fiato. Passo dopo passo aveva raggiunto quel rozzo guerriero, madido di sudore, pesantemente armato e dall'aspetto poco rassicurante. Si era fermata per un istante proprio davanti a lui, come un minuscolo gattino di fronte ad una possente *tigre di Oasha*.

Senza dire una parola lo aveva preso sotto braccio e lo aveva condotto nelle corti interne al tempio, dove una carrozza – spartana, ma dall'aspetto molto solido - li stava aspettando.

Jena non era mai stato tanto sorpreso in vita sua.

Si era preparato mille discorsi. Aveva addirittura pensato che, se non fosse riuscito a convincere la sacerdotessa a seguirlo, l'avrebbe rapita con la forza senza curarsi della sua età, né del fatto che un esercito di miliziani e pellegrini gli avrebbe dato la caccia per l'eternità.

Invece non aveva dovuto pronunciare nemmeno una parola.

Aveva viaggiato a fianco della guaritrice per un giorno intero senza trovare il coraggio di farle alcuna domanda. L'aveva osservata a lungo, raccolta in una posizione che la faceva apparire ancor più vecchia e raggrinzita. Forse assorta nelle sue preghiere; certamente serena come si trovasse al cospetto di Dyan.

Non si era mai mossa fino a quell'istante, quando posò il suo sguardo severo sul guerriero e pronunciò quella frase.

"Morirò domani pomeriggio, al calare del sole. Credo che arriveremo in tempo per provare a guarire l'elfa scura".

Jena ebbe paura. In una situazione normale avrebbe preso quella frase per il delirio di una vecchia ultracentenaria. Ma la situazione che stava vivendo era tutto tranne che normale, e lo sguardo che si sentiva incollato addosso non era quello di una visionaria.

Imprecò nel silenzio della sua mente. Cosa le avrebbe dovuto rispondere?

Bofonchiò qualche parola senza senso, ma fu subito interrotto da Caxandra.

"Ho dovuto compiere una scelta difficile. C'erano tante persone al tempio che meritavano di essere guarite. Padri di famiglia che lasceranno in difficoltà le loro mogli e i loro figli. Bambini che non raggiungeranno l'età adulta. Fanciulle che non conosceranno la gioia del matrimonio".

Posò una mano su quella del guerriero e continuò guardando fuori dal finestrino.

"Ho dovuto compiere una scelta. Ho dovuto decidere quale vita meritasse maggiormente di essere salvata nel poco tempo che mi rimaneva da vivere. Ho provato a dare un valore alla vita. Soppesandola come si trattasse di grano o di oro".

Rimase in silenzio per un tempo che a Jena parve eterno. Poi girò si voltò nuovamente ad osservare il guerriero, mostrando i suoi occhi saggi e sereni, ma gonfi di lacrime.

"Non è stato facile, guerriero. Non so se puoi capirmi. Tu conosci la vita e la morte da un punto di vista diverso dal mio. Hai combattuto sui campi di battaglia, dove la vita stessa ha un prezzo molto basso. Hai ucciso e hai visto cadere i tuoi compagni. Hai gioito della morte dei tuoi nemici. Hai pianto per la scomparsa dei tuoi fratelli. Ora stai soffrendo perché temi di perdere un'amica importante. Ebbene, farò di tutto perché tu non debba piangere la tua amica drow, perché questa è la volontà di Dyan".

Jena rivide nello sguardo compassionevole dell'anziana donna gli occhi di sua madre. Riconobbe in lei quella tipica espressione colma di amore che hanno i genitori quando cercano di tramandare ai figli un insegnamento importante, di quelli che forgeranno loro il carattere.

La carrozza proseguì fino a raggiungere i campi coltivati in prossimità del borgo di Weis.

"Sono tante, signora, le cose che la mia mente non arriva a comprendere," disse quasi con un sussurro il guerriero. "La spada ha una legge facile da seguire: uccidere o essere ucciso. Non servono gli dei sui campi di battaglia. Dyan non è mai sceso dal suo trono per coprirmi le spalle. Oggi sono qui, tutto intero, perché sono un combattente migliore di tutti quelli che mi hanno sbarrato la strada e che ora giacciono sotto tre metri di terra".

Caxandra continuava a guardarlo con dolcezza, come se avesse previsto ogni sua parola.

"Dove sono gli dei quando c'è bisogno di loro? Dov'erano quando mia madre veniva inutilmente uccisa e il suo corpo lasciato in pasto ai topi?"

"Conosci già le risposte," si limitò ad aggiungere la sacerdotessa.

"Certo. Gli dei non sono così diversi da noi umani. Probabilmente amano scommettere sulle nostre vite. Dall'alto vedono il nostro mondo come una enorme scacchiera".

Jena era stremato. Non aveva sonno, fame o sete. Ma si sentiva davvero sfinito.

Caxandra lo lasciò sfogare fino in fondo, poi gli poggiò una mano sul cuore.

"Lascia che provi a guarire la tua ferita, guerriero. L'anima necessita di essere curata come il corpo".

La sua mano emise un lieve bagliore che lentamente si diffuse sul petto di Jena, accompagnato da un sottile tepore.

"Gli dei sono da sempre in guerra, mio caro. I due fratelli Dyan e Tod, con le rispettive proli divine, lottano perché la loro essenza abbia il sopravvento. Il bene assoluto contro il male assoluto. Due forze uguali nate in perfetto equilibrio. Sembra però che Tod, il dio della Morte, abbia scelto davvero bene i suoi campioni e che l'offensiva scagliata contro Dyan stia accrescendo a dismisura il suo potere. Anche Dyan ha scelto i suoi campioni, ma come vogliono le scritture *essi saranno liberi di fare le loro scelte e di disegnare da soli il nuovo futuro*".

Caxandra sfiorò con le dita il volto di Jena, indugiando sui suoi occhi. Le sue virtù officinali intorpidirono i sensi del guerriero, facendolo sprofondare in un sonno ristoratore.

"Riposa Jena Blade. Ti aspettano giorni bui e scelte difficili, ma sono sicura che ti dimostrerai all'altezza delle aspettative. Il tuo è un cuore grande che prima o poi emergerà dalla corazza in cui lo tieni protetto".

La carrozza si fermò qualche ora più tardi nella piazza di Weis, di fronte alla casa del borgomastro.

Caxandra ordinò che nessuno disturbasse il riposo del guerriero. Poi fu accompagnata nella stanza dove era stata accolta e medicata Seska.

CAPITOLO VENTIDUESIMO
Con le spalle al muro. Verità e bugie.

Lavia strisciò fuori dalla tana. Attese qualche istante guardandosi intorno e valutando ogni rumore con la massima attenzione. Poi aprì le possenti ali nere e si levò in volo.

Il sole era sorto da pochi minuti e la foresta di Woodland aveva dato inizio al consueto concerto di cinguettii e canti di cicale.

La primavera era alle porte, annunciata da un cielo radioso e da una brezza mattutina fresca e gradevole.

Una coppia di piccoli rapaci si gettò all'inseguimento della mezza-demone, giocando con la sua scia. Lavia si lasciò raggiungere e li guidò all'interno di una corrente ascensionale che permise loro di salire oltre le nuvole.

Si sentiva forte e libera come il vento che le carezzava la chioma purpurea. Le ferite si erano quasi interamente riassorbite, grazie alle cure di Wrath, ma soprattutto per merito del suo potere rigenerante.

La sua natura non umana aveva contribuito ad accelerare il processo di guarigione cui Wrath aveva dato inizio medicandola con una pomata al muschio azzurro. Sentiva ancora addosso il profumo di quelle carezze.

Allontanò il pensiero e si gettò in picchiata verso un piccolo lago nascosto tra le frasche. Si tuffò nell'acqua gelida, sfiorando il fondo con la punta delle dita. Poi riemerse e si lasciò galleggiare sulla superficie.

Fuggiti da Lizarville, avevano trovato rifugio nella tana abbandonata da un grosso animale selvatico. Senza nemmeno accendere un fuoco per paura di essere individuati, si erano nutriti di bacche, frutti e radici, ed avevano medicato le reciproche ferite con i pochi rimedi erboristici che Wrath ricordava di avere studiato.

Fortunatamente nelle vicine radure crescevano alcune tra le più efficaci piante curative che gli elfi di Woodland selezionavano da millenni, e la tana si era rivelata una fonte inesauribile di muschi preziosi.

Le condizioni del mago erano parse da subito meno gravi di quello che inizialmente era sembrato. Il vecchio negromante doveva essere stato particolarmente attento a non infliggere ferite troppo gravi al corpo che avrebbe dovuto ospitare il suo spirito malvagio. I maggiori danni erano stati cagionati dalla Runa del Fuoco durante lo scontro con quei cinque cavalieri non-morti.

Il ricordo di quegli attimi di terrore le riportò alla mente gli obiettivi della sua missione.

Mordred, l'Animanera cui era stata affiancata, si trovava ancora alle porte di Lunamtya. Aveva provato a mettersi in contatto telepatico con lei ogni sera, ma Lavia era stata abile a fingersi in condizione di non poter sostenere un colloquio mentale. Sapeva di avere solamente guadagnato un po' di tempo, ma non le era servito a prendere una decisione.

Perché aveva così paura di fare rapporto?

La sua missione si era conclusa con successo, con buona pace di quella orribile strega.

Era solamente grazie al suo intuito che il Signore di Morlock stava per impossessarsi di una nuova potente Runa.

Di fatto, se avesse eseguito alla lettera i piani della strega ora si troverebbe a Lunamtya, a giorni di distanza da Wrath e dall'obiettivo della sua ricerca. "Se mi fossi limitata ad eseguire i miei ordini," pensò a voce alta, "avrei probabilmente fallito. Ma non mi troverei nella condizione di dover tradire un… *amico*".

La parola "amico" le suonò davvero strana. Doveva ammettere che Wrath non era un amico. Non sapeva nulla di lui, del suo passato, del perché fosse in possesso di un così potente artefatto, di come fosse finito vittima di quel vecchio negromante.

Avevano solo condiviso un lampo di vita e qualche giornata avventurosa. Si erano trovati fianco a fianco in una battaglia in cui era in gioco la loro sopravvivenza, e si erano dovuti fidare l'una dell'altro.

Erano stati così vicini che…

Si domandò cosa avrebbe fatto Yarrick al posto suo. Avrebbe piegato la testa ed obbedito ai suoi superiori, rispettoso com'era dei codici e delle gerarchie, o si sarebbe battuto per difendere il proprio onore?

Di certo non si sarebbe lasciato coinvolgere più del necessario. Non avrebbe permesso ai sentimenti di offuscargli la mente.

Non avrebbe concesso spazio al proprio cuore per alcuna distrazione…

Un improvviso cerchio alla testa le preannunciò il contatto telepatico tanto temuto. Un fischio assordante la costrinse ad inginocchiarsi sull'erba. Poi la foresta fu pervasa da una coltre di innaturale silenzio.

"*Lord Thalor attende tue notizie da giorni,*" sussurrò una voce che sembrava sgorgare dagli abissi infernali. "*Spero per te che il tuo silenzio sia fondato su ragioni adamantine*".

Lavia inspirò profondamente, cercando di liberare la mente da ogni pensiero che potesse contraddire le sue parole. "Lord Thalor comprenderà che ogni contatto avrebbe potuto compromettere la mia copertura e l'esito della missione".

"Le tue sciocche giustificazioni non mi interessano, piccola e patetica progenie infernale! Hai dunque trovato ciò che brama il nostro signore?"

"Credo di essere sulla strada giusta, ma… mi occorre un'ultima conferma".
Stava di nuovo rimandando l'inevitabile.

Trascorsero alcuni attimi di silenzio nei quali Lavia si sentì violata dai poteri mentali del non-morto. Era come se una bestia dai mille tentacoli si fosse asserragliata intorno al suo cervello.

La sua natura demoniaca la rendeva parzialmente immune agli attacchi mentali, per cui oppose una resistenza discreta, pregando che Mordred non se ne accorgesse.

"Bene, mezza-demone. Scoprirò da solo se sei davvero sulle tracce della Runa del Fuoco".

Lavia trattenne il respiro.

"Fai rimanere il mago rosso nel luogo in cui avete trovato rifugio. Sarò lì nel più breve tempo possibile".

"Posso occuparmi della cosa da sola," provò a controbattere con fermezza Lavia. "Non serve che…"

"Lord Thalor ti riteneva inadeguata a recuperare l'artefatto, per questo ti ha affiancata a me," la interruppe l'Animanera. *"Tu avevi il compito di aiutarmi nelle ricerche. Io quello di strapparla dal corpo del suo possessore e di custodirla fino a nuovo ordine".*

Per la prima volta Lavia si trovò di fronte al reale significato della sua missione. Immaginò Wrath riverso a terra in una pozza di sangue, sovrastato dalla figura trionfante del cavaliere non-morto.

Dovette scacciare il pensiero.

"Quando prevedi di arrivare, Mordred?"

"Mi muoverò con i favori dell'oscurità. Viaggerò seguendo i fili della notte e le vie della magia oscura, e ti raggiungerò prima dell'alba di domani. Lontano dalla luce i miei poteri crescono a dismisura".

"E se non fosse la persona giusta? Se non fosse in possesso di alcuna Runa?".

"Il mondo piangerà la perdita dello stregone sbagliato. Dubito che la cosa possa in qualche modo turbarmi…

Non provare a farmi credere che le sorti di uno stupido umano stiano a cuore alla figlia bastarda di un demone infernale!

Ti limiterai a trattenere il mago. Io penserò al resto".

L'Animanera non attese alcuna risposta e scollegò la propria mente da quella di Lavia, lasciandola come svuotata.

Le mancava il fiato e il cuore le batteva nel petto con tanta irruenza da poterle sfondare l'armatura.

Nella sua testa, come uno sciame di folletti impazziti, rimbalzavano immagini di morte e disperazione.

La morte di Wrath.

La sua disperazione.

Cercò di riprendere fiato mentre - inattesa e repentina - si faceva strada nella sua mente l'ultima immagine della notte precedente.

Wrath aveva preparato un nuovo unguento medicinale, pestando le foglie di tarassaco insieme alla resina di una particolare quercia dalla corteccia azzurrognola.

Aveva scaldato la poltiglia sulle sue mani, facendo ricorso ad una minuscola porzione del potere conferitogli dalla Runa.

Lei era nuda, riparata solo da filamenti di tenebra.

Ricordava perfettamente il brivido provato quando le mani del mago avevano iniziato a spalmare l'unguento sulla sua schiena. Quando con imprevedibile dolcezza avevano sfiorato le sue cicatrici, indugiando intorno ad ogni costola che si era incrinata durante lo scontro con Kharn.

Riusciva ancora a percepire il profumo di resina che aveva invaso la grotta e le si era appiccicato addosso. Così come la melodia dei loro respiri, carichi di tensione...

Di nuovo scacciò il pensiero.

Raccolse una sacca d'acqua, e si rimise in volo verso la tana.

* * * * *

Wrath tracciò una spirale nell'aria ed evocò il suo libro di incantesimi. L'aria si squarciò, e dal nulla comparve - sospeso a mezz'aria - un antico tomo rilegato in pelle nera.

I nastri argentati che lo tenevano sigillato si sciolsero dolcemente al comando del mago. Poi un sottile alito di vento sollevò la pesante copertina ed iniziò a sfogliare le pagine anch'esse nere come la notte.

Superata la metà del libro, Wrath sfiorò con l'indice della mano sinistra la costa decorata con il proprio sigillo e pronunciò la *parola di comando*. In pochi istanti sulle pergamene corvine fiorirono una moltitudine di rune appartenenti all'antico linguaggio della magia.

Comparvero per primi i testi scritti in avorio, una raccolta di rituali magici appresi durante i primi anni all'Accademia di Lunamtya: magia bianca, illusionismo, ma anche divinazione e qualche piccolo sortilegio difensivo.

Vi erano poi molte pagine scritte con un inchiostro color sangue, lucido e cangiante come fosse stato appena versato. Erano gli incantesimi ricercati e perfezionati in segreto dallo stesso Wrath. Potenti evocazioni in grado di controllare o contrastare la forza degli elementi; stregonerie volte ad alterare la forma e la sostanza delle cose; formule arcane e proibite con cui invocare servitori dagli abissi infernali o dare vita a creature senz'anima.

Il mago non si soffermò sugli incantesimi bianchi, né su quelli che recavano il suo sigillo, ma proseguì oltre.

Sfogliò numerose pergamene sulle quali erano annotati frammenti di formule dalle rune dorate o argentate, potenti stregonerie di cui non era ancora in grado di padroneggiare gli effetti.

Infine giunse sulla pagina che stava cercando. Al centro del foglio troneggiava l'illustrazione della Runa del Fuoco, e tutte intorno i mille appunti presi dallo stesso Wrath nel tentativo di comprendere il segreto dell'antico artefatto.

Iniziò a scrivere, annotando gli effetti dell'incantesimo che aveva scagliato contro le Animenere durante la fuga da Lizarville, e cercando di ricordare le parole che istintivamente aveva pronunciato. Erano uscite dalla sua bocca senza che lui ne potesse comprendere il senso o il significato. Come se fosse stata la Runa stessa a parlare.

Odiava quella sensazione di impotenza.

Per anni aveva provato a decifrare le indicazioni contenute nel Libro delle Rune, l'antico testo che descriveva le virtù dei più potenti artefatti di Asgahard e ne rivelava il nascondiglio attraverso enigmatici indizi. Aveva confrontato le poche documentazioni trovate ad Al-Kaìr con i tomi più preziosi contenuti della biblioteca di Lunamtya e nei laboratori dei suoi maestri, ma non aveva trovato altro che leggende e storie confuse.

Si era mosso con la massima circospezione, attento a non alimentare pericolosi sospetti, certo che in molti avrebbero commesso ogni genere di efferatezza pur di stringere le grinfie sulla Runa del Fuoco. A cominciare dagli arcimaghi, quegli stregoni ammuffiti che insegnavano all'accademia della magia.

Poi l'aggravarsi della sua malattia e le conseguenze di una serie di esperimenti falliti lo avevano obbligato a ridurre il numero di viaggi nelle città lontane dall'Impero e non aveva più scoperto niente di nuovo fino all'incontro con Asmofidelius.

Ripensò alla *Fenice dalle piume d'Estate*, la figura che aveva pescato tra i tarocchi del vecchio saggio. "Promette gloria a chi saprà cadere e rialzarsi, morire e poi rinascere", aveva detto.

Il ricordo di quelle parole lo portò a rivivere con intensità la visione che aveva avuto mentre giaceva nella locanda di Lizarville. Il suo corpo aveva preso fuoco, arso nell'abbraccio con la Runa del Fuoco. Aveva percepito tutto il dolore e l'angoscia della morte.

Il suo respiro, il battito del suo cuore, ogni cosa si era fermata.

Poi, all'improvviso, tutto aveva ricominciato a scorrere.

La Runa lo aveva forse messo alla prova? Era una domanda cui solo il tempo avrebbe potuto rispondere.

Rimase concentrato per alcune ore, scrivendo e mandando a memoria tutti i suoni e le intonazioni che poteva richiamare alla mente.

Quando ebbe terminato comandò al suo libro di tornare a nascondersi nelle pieghe del tempo ed uscì fuori nella radura.

Faticava a respirare, ma le erbe balsamiche che aveva raccolto la notte precedente riuscivano almeno ad alleviare il solito dolore al petto.

Gli balenarono in mente le amorevoli cure di Seska. Avrebbe voluto comunicare con lei e con gli altri, ma quasi tutti i suoi oggetti erano scomparsi nel laboratorio di Venemius, compresa la penna e l'inchiostro magici.

Non aveva mai rivelato a nessuno, nemmeno a quei compagni che per lui una volta avrebbero dato la vita, di essere entrato in possesso di una Runa Primaria. All'inizio semplicemente per timore delle reazioni.

Poi, con l'insorgere degli effetti collaterali di quella possessione, aveva cominciato a sentirsi sempre più estraneo al gruppo.

Tutti avevano puntato il dito contro la sua sete di conoscenza. Erano giunti alla facile conclusione che la malattia fosse la conseguenza di studi proibiti o esperimenti fuori dalla sua portata.

Dell'antica e profonda amicizia era rimasto solo un simulacro a cui ognuno rimaneva attaccato secondo le proprie possibilità.

Di fatto si erano allontanati da lui.

Tutti tranne Seska...

Quante volte aveva provato a mettersi in contatto telepatico con lei nei giorni successivi alla fuga da Lizarville, ma non aveva mai ottenuto alcuna risposta. Quel tipo di magia funziona difficilmente quando il mago non conosce l'esatta ubicazione di chi vuole contattare, e ancora più difficilmente funziona quando il destinatario del messaggio mentale si trova molto distante. Tuttavia non riusciva a non essere preoccupato per le sorti dell'incantatrice.

Aveva come la strana sensazione che fosse accaduto qualcosa a lei o ad un altro dei suoi compagni di avventure.

Tossì forte e si accorse che stava sputando sangue.

Nella notte le sue crisi respiratorie avevano ricominciato a farsi sentire.

Sapeva che gli effetti lenitivi della negromanzia di Venemius si sarebbero lentamente esauriti, ma aveva sperato in un po' più di tempo.

Si sentiva vicino a poter domare la Runa, ma era consapevole di non avere ancora in mano tutti i tasselli necessari per ricomporre quel dannato puzzle.

Era certo che se solo fosse riuscito ad esaminare un'altra delle Rune Primarie - magari quella che insieme ai suoi compagni aveva cercato nella cattedrale di Lunamtya - quell'ultimo velo di mistero sarebbe caduto.

Assorto nei suoi pensieri Wrath si accorse solo all'ultimo momento della figura alata che stava scendendo verso la tana da cui si era allontanato.

Seguì la planata con la coda dell'occhio, poi emerse lentamente dalla boscaglia e si incamminò verso il rifugio.

Doveva assolutamente trovare il modo di ricongiungersi con Seska e con i suoi compagni.

Ma prima di farlo desiderava affrontare una volta per tutte l'ultimo dei tanti misteri che circondavano la sua esistenza.

Il mistero di nome Lavia.

* * * * *

"Sono felice di vedere che non sei stato sbranato dal padrone di questa tana," disse Lavia quando vide emergere Wrath Felling dalle frasche. "Potevi lasciarmi un messaggio…"

Il mago le sorrise.

"Mi sono allontanato per timore che i tuoi voli acrobatici sopra la radura richiamassero un esercito di ogre".

"Non mi ha visto nessuno… credo… e poi mi sono procurata acqua e cena!"

I due si scambiarono uno sguardo canzonatorio e si addentrarono nel loro rifugio, carichi di bacche e di radici.

La mezza-demone si affrettò a svuotare la sacca con la quale aveva raccolto l'acqua del lago in una giara di pietra creata da Wrath attraverso un incantesimo di alterazione.

La sua corazza di scaglie di drago rosso era completamente fradicia, ma dopo il bagno aveva riacquistato un po' della sua lucentezza. Era un'armatura costruita appositamente per mettere in risalto la sensualità del corpo femminile e consentire la massima libertà di movimento in battaglia. Le era sempre apparsa come un capolavoro di artigianato, ma in quel momento le sembrava solo di avere addosso un oggetto bagnato e freddo.

Camminò fino ad una stalagmite dai contorni levigati e – seminascosta dalla pietra – iniziò a slacciare il collare che sosteneva la corazza superiore. Sciolse i nodi laterali per liberare i fiancali, sfilò spallacci e bracciali di cuoio, ed infine lasciò cadere a terra ogni indumento.

Wrath non distolse lo sguardo dal suo corpo nudo.

La osservò mentre con un pezzo di stoffa frizionava i suoi capelli scarlatti, lasciandoli poi scendere disordinati fino alla base della nuca. Anche umidi non arrivavano a coprirle le spalle.

Era rimasto subito colpito da quel taglio di capelli, corto ed irregolare, in grado di enfatizzare i lineamenti esotici del suo volto conferendole un'aria sediziosa.

La sua schiena nuda non tradiva la presenza di quelle ali magiche in grado di apparire e scomparire secondo la sua volontà. Si presentava come quella di qualsiasi altra donna, liscia e vellutata, senza alcuna protuberanza o cicatrice.

"Perché hai insistito per seguirci a Lizarville?" domandò Wrath a bruciapelo, sperando che una domanda così diretta l'avrebbe costretta a tradire le proprie emozioni.

Lavia si avvolse nella sua pelliccia di orso bianco e sostò per qualche istante immobile, dando le spalle al suo interlocutore.

Poi si avvicinò al giaciglio di paglia sul quale era disteso il mago e si sedette accanto a lui.

"Non sono sicura di volertelo rivelare," gli sussurrò senza guardarlo negli occhi.

L'aria era piena del profumo della sua pelle.

Nella penombra Wrath riusciva ad intravedere il suo profilo delicato, e il lampo purpureo dei suoi occhi. Quella che sedeva al suo fianco non era la donna-guerriero, indomita e sprezzante del pericolo, che aveva ammirato a Lizarville; e neppure quella opportunista che aveva sorpreso a rovistare tra i suoi oggetti, approfittando del suo stato di incoscienza.

Oltre a lui, nel buio di quella tana abbandonata, c'era solo una fanciulla dallo sguardo perso nel vuoto. Piccola ed indifesa. In balia degli eventi, come un guscio di noce in mezzo ad una tempesta.

Lavia si voltò lentamente, rimanendo prigioniera dello sguardo deciso del mago.

Nel silenzio ovattato della caverna entrambi potevano udire chiaramente l'eco dei loro respiri, vibranti all'unisono.

Wrath sprofondò nel suo sguardo languido e malinconico, ma ebbe la forza di incalzarla di nuovo: "Sono stanco di tutti questi enigmi, Lavia. Vorrei decidere una volta per tutte se potermi fidare di te".

"E cosa farai se non ti dovesse piacere la verità che stai cercando?" domandò lei avvicinandosi con il viso.

Il mago indugiò sulle sue labbra carnose e provò un senso di vertigine, come stesse per precipitarvi dentro. "Non posso concedermi il lusso di vivere nel dubbio. Non ti accorgi di ciò che sta accadendo tutto intorno a noi? Di come il nostro mondo stia per essere travolto da un'ondata di violenza senza fine?"

"Più di quando tu possa immaginare..." sospirò.

"Allora è tempo che tu scelga una volta per tutte se portare avanti il tuo gioco – qualunque esso sia – o scoprire le carte. Devi solo scegliere da che parte stare".

Una lacrima scese in silenzio sulle gote della mezza-demone.

"Dietro a quella che può sembrarti una scelta facile si nasconde una pesante rinuncia," rivelò Lavia con un filo di voce. "Rivelarti tutto di me significherebbe rinnegare il solo mondo che conosco.

Vorrebbe dire abiurare tutta la mia vita, con i suoi pochi punti fermi, gli obiettivi per cui ho duramente lottato... e più di ogni altra cosa significherebbe tradire l'unica persona che possa considerare la mia famiglia".

"Capisco," la interruppe Wrath asciugandole le lacrime con una carezza.

Lavia si ritrasse e iniziò a singhiozzare. "No, non puoi capire! Il vero problema è che non ho più alcuna scelta. Dal momento in cui ti ho incontrato tutte le mie certezze si sono infrante..."

Wrath esitò per un attimo, poi la afferrò con forza e la strinse a sé in un abbraccio quasi liberatorio. Lei lo fissò a lungo con i suoi occhi vermigli, porgendogli le labbra vivide e polpose. Ebbe un fremito quando lo vide avvicinarsi con il volto, poi si avventò sulla sua bocca, baciandolo avidamente, senza fiato.

Qual giorno non si dissero più nulla, ma si amarono intensamente, come sospesi tra la vita e la morte.

Si amarono con passione selvaggia, quasi con disperazione, dimenticando i loro segreti e lasciando per una volta che il mondo andasse avanti senza di loro.

CAPITOLO VENTITREESIMO
Un sacco di sorprese. La minaccia dello scorpione-ragno.

Nel buio della sua prigione, Shade giaceva a terra immobile. Aveva tentato in ogni modo di liberarsi dalla catena che la teneva inchiodata a terra, ma le maglie si erano rivelate indistruttibili e completamente immuni alla sua magia.

I geos che servivano Amon avevano portato via il corpo senza vita dell'ogre contro cui era stata costretta a battersi, ma avevano lasciato il forziere e il suo terribile contenuto in un punto dove Shade non potesse arrivare. Lo avevano lasciato aperto, in modo che l'orrenda espressione di quella testa mozzata fosse costantemente rivolta verso la loro prigioniera.

Shade non aveva versato nemmeno una lacrima dopo il suo incontro con il principe Amon. Era rimasta li, quasi immobile, schiacciata dal senso di colpa per quella morte ingiusta e vigliacca che sentiva pesare sulla sua coscienza.

Per tre giorni nessuno le aveva più fatto visita, nemmeno per portarle del cibo. Quanto all'acqua aveva dovuto arrangiarsi con le pozze di umidità che si erano formate sotto le più grosse stalattiti.

Sprofondata nella totale oscurità dell'antro in cui era rinchiusa, aveva imparato a distinguere i diversi momenti della giornata dai suoni che le giungevano dall'esterno.

Sapeva che era sorto il sole, ad esempio, quando le cinciallegre cominciavano a cantare subito seguite dal cinguettio dei passeri.

Il cuculo e le tortore attendevano la tarda mattinata per unire le loro voci al coro degli altri abitanti della foresta.

Le cicale e gli altri insetti preferivano il pomeriggio, e la loro melodia cresceva nelle ore più calde, fino a scomparire del tutto al calare del sole.

In quel momento la foresta era silenziosa. Si poteva udire solo il ruggito minaccioso dei predatori che iniziavano i preparativi per la notte di caccia. Immaginò che il sole dovesse essere tramontato da poche ore.

Ad un tratto le parve di sentire un lieve tocco sulle dita della mano, ma pensò che si trattasse di un impulso nervoso dovuto al freddo o alla circolazione del sangue. Ma quando si sentì di nuovo sfiorare le dita ritrasse istintivamente la mano ed iniziò a scrutare l'oscurità con i sensi all'erta.

Come ogni elfo silvano, Shade era in grado di vedere anche al buio. Poteva percepire il calore dei corpi, ma anche la tenue luminosità dei vegetali e la differente fluorescenza di minerali ed oggetti inanimati.

Si guardò intorno con la massima attenzione, tenendo alta la guardia. Poi i suoi occhi caddero su un piccolo *ragno d'ombra* che si muoveva garbatamente a pochi centimetri dai suoi piedi nudi.

"Sei fortunato, piccolo amico, stavo per schiacciarti". Disse chinandosi verso l'aracnide.

Lo raccolse lasciandolo passeggiare tra le sue dita e tornò a sedersi sulla fredda roccia.

"Non si infastidisce una signora, sai? Specialmente quando la signora in questione è prossima ad un attacco isterico… Ma tu cosa ci fai da queste parti? Non mi sembri nel tuo habitat naturale…"

Osservò le striature grigiastre sul corpo robusto dell'aracnide e le zampe massicce e ben sviluppate, tipiche dei ragni erranti. La livrea era nera, lievemente cangiante, con riflessi violacei. Sul prosoma erano evidenti tre bande chiare, due laterali e una mediana, che racchiudevano due aree più scure con linee radiali azzurre.

"I ragni d'ombra non vivono nelle grotte, ma all'aperto, nelle foreste. Che ci fai qui?"

L'inaspettata visita di quella creatura ebbe il merito di distrarla per qualche minuto, allontanando quei pensieri cupi e dolorosi che l'avevano tormentata per interi giorni e notti insonni.

Poi, così com'era venuto, il ragno discese rapidamente lungo le sue gambe e tornò ad immergersi nell'oscurità. Shade lo seguì con lo sguardo fino a che non lo vide infilarsi tra le sbarre ed arrampicarsi su una cassapanca di legno sulla quale erano stati accumulati diversi oggetti, tra cui i suoi abiti, i suoi gioielli e soprattutto i suoi coltelli dalla lama nera.

Si infilò in una tasca della sua giacca, ma subito riemerse per curiosare tra le else dei pugnali. Passeggiò allegramente sulla sua cintura di cuoio nero, poi si tuffò in una delle borse portamonete e subito dopo nella sacca in cui teneva le razioni di cibo.

Shade deglutì in silenzio. Non toccava cibo da giorni e probabilmente avrebbe trovato gustose anche quelle insipide gallette.

Non ebbe il tempo di crogiolarsi nel ricordo dei tanti pasti frugali consumati nel corso delle sue avventure, perché dall'esterno percepì con chiarezza un rumore di passi.

Li udì soffermarsi sopra la sua testa, certamente ancora all'esterno della grotta in cui era stata rinchiusa. Poi sentì il rumore di una pesante serratura di ferro, subito seguito dal cigolio di una porta di legno e da un vocio crescente.

Pochi istanti dopo fecero il loro ingresso i due elementalisti fedeli ad Amon, trascinando alcune pesanti sacche. Nonostante avessero il volto ed il capo nascosti dal caratteristico turbante, il loro sguardo tradiva un sadico divertimento.

Accesero alcune torce e le fissarono alle pareti esterne alla cella, poi il più alto dei due - quello che alcuni giorni prima le aveva consegnato il macabro dono di Amon - si avvicinò alle sbarre.

"Buonasera, *principessa*". Disse rivolgendole un saluto dai toni sarcastici. "Il nostro nobile signore si scusa per non avere potuto cenare con voi nei giorni scorsi. Improrogabili impegni lo hanno costretto lontano, ma per farsi perdonare e per allietare la vostra permanenza ci ha ordinato di prepararle un sontuoso banchetto".

Il geos con la benda sull'occhio si avvicinò alle sbarre trascinando le due pesanti sacche di juta. Si aprì un varco comandando alla roccia di inghiottire le aste di ferro e depositò tutto fuori dalla portata della prigioniera.

Shade aveva imparato fin da bambina a temere i poteri di cui erano dotati gli elementalisti della sua razza, ma se la catena non fosse stata così corta di certo avrebbe tentato di affrontarlo. Sembrava piuttosto anziano, ma le sue vesti non erano quelle di un geos di alto livello. Sul piano fisico non avrebbe avuto alcuna possibilità di sopravviverle.

Lo seguì con sguardo minaccioso mentre ritornava all'esterno della cella, deformando la pietra al suo passaggio.

Infine gettò uno sguardo prudente verso le due sacche il cui contenuto sembrava essere particolarmente agitato.

"La cena è servita," continuò quello allampanato. "Il principe Amon è certo che saprete apprezzare le prelibatezze che ha personalmente raccolto per voi. Sono primizie, riservate a palati raffinati".

Shade sollevò lentamente lo sguardo verso il geos. I suoi occhi erano freddi e determinati, quasi privi di emozione. "Trovate la cosa divertente, vero?" domandò con un tono talmente velenoso da gelare il sangue nelle vene dei suoi carcerieri. "Siete solo feccia!"

Lo spilungone smise di sorridere e la sua espressione si tramutò in una maschera d'odio. Scese gli ultimi scalini e si portò in prossimità della cella, afferrando con i suoi artigli le sbarre che lo dividevano dall'elfa.

"Vi lasceremo marcire in questo buco per settimane, senza portarvi né acqua, né cibo. A voi la scelta, *principessa*. Morire di fame e di sete, oppure cibarvi di ciò che è contenuto in quella sacca. In tutta onestà credo che fareste meglio ad essere più gentile con noi; la vostra permanenza in questa prigione non sarà breve".

Shade si voltò giusto in tempo per vedere il primo topo mettere il muso fuori dalla juta per annusare l'aria circostante. "Dite pure al vostro principe che non ho alcuna intenzione di stare al suo gioco…"

"Ne riparleremo tra qualche giorno!" ghignò il geos.

"Godetevi pure i vostri piccoli trionfi…" lo interruppe l'elfa silvana con voce carica di veleno. "E cercate di godervi i prossimi giorni, perché prima che questa storia sia finita vi prometto che raggiungerete i vostri dei e i vostri avi negli abissi dell'inferno. E sarà davvero un piacere spedirvi all'altro mondo… personalmente".

"Siete davvero divertente. Ma non mi sembrate in condizione di poter minacciare qualcuno!"

Entrambi i maghi elementalisti della terra si diressero ridacchiando verso l'uscita, non curandosi di spegnere le torce. Prima di scomparire nell'oscurità l'elfo più alto si voltò indietro lanciando un'occhiata di sfida.

"…nel frattempo mi auguro possiate divertirvi con i vostri nuovi amici! Avrete modo di non annoiarvi."

Shade li ascoltò mentre si addentravano nella foresta di Woodland, fino a che il rumore dei passi fu completamente sovrastato dai suoni della notte. Misteriosamente, così come era comparso, anche il ragno d'ombra riemerse dalla bisaccia e si diresse lungo le scale verso l'esterno della prigione.

* * * * *

La taverna era buia e fumosa. Dalla cucina un puzzo disgustoso di formaggio avariato si diffondeva miscelandosi con l'aroma di carne bruciata e di malto fermentato. I tavoli erano di legno massiccio, robusti come le sedie – rigorosamente una diversa dall'altra – sulle quali poggiavano le stanche membra dei minatori.

Le gallerie tra le montagne di Rock erano frequentate quasi esclusivamente dai nani che nei secoli le avevano scavate. Un dedalo di cunicoli in continua espansione, spesso senza una capo né una coda, che si snodava nelle radici della più vasta catena montuosa di Asgahard.

Un tempo i nani erano stati custodi gelosi delle loro trappole sotterranee, ma già da quasi un secolo avevano iniziato a reclutare anche umani, orchi ed addirittura qualche elfo scuro.

Questo non aveva contribuito in alcun modo a smussare l'innata antipatia che i nani nutrono nei confronti delle altre razze.

"Non sono affatto razzista!" Gridò un vecchio minatore picchiando il suo boccale di birra sul bancone del bar. La sua barba bianca era intrecciata con buffi filamenti di stoffa colorata che contrastavano con lo sguardo severo tipico dei nani più anziani. "Siete voi umani che, nutriti fin dall'infanzia a latte e menzogne, non sapete più distinguere la verità!"

Yoma ingoiò l'ultimo sorso di *grapparoccia*, poi girò il bicchiere e lo mise sopra i precedenti quattro.

La Runa disegnata alla base del suo collo gli bruciava come l'inferno, ma con tutto l'alcol che aveva in corpo il dolore sembrava più semplice da sopportare.

Allentò leggermente il nodo del fazzoletto con cui copriva quel maledetto marchio e si massaggiò la cicatrice.

"Conosco bene gli orchi e so che non metteranno in gioco la loro vita per difendere Lunamtya dagli eserciti di Morlock". Il nano si scolò mezza pinta di birra prima di continuare. "Gli elfi coglieranno la palla al balzo per defilarsi e correranno con le loro sottane in mano a rifugiarsi nella foresta. I draaka no, quelli non si tireranno indietro, ma sono troppo pochi per cambiare le sorti di una guerra.

Restano i nani…"

Il nano si lisciò la barba misurando le pause del suo discorso con l'abilità di un consumato oratore. Poi continuò.

"Come dicevo restano i nani, ed i nani faranno quello che fanno sempre. Faranno quello che va fatto. Quello che è giusto fare".

Yoma fece segno ad una cameriera di versargli un altro bicchiere e di lasciare il fiasco sul bancone. Lo vuotò tutto d'un fiato, senza distogliere lo sguardo dalla vistosa scollatura della ragazza.

Rimase zitto per qualche minuto con lo sguardo perso nel vuoto, poi si voltò a guardare il vecchio minatore. Le tante rughe che si intrecciavano sul suo volto gli conferivano un aspetto millenario, ma la luce che aveva il suo sguardo era quello di un ragazzino.

Gli rivolse un sorriso amaro, non prima di avere tranguigiato un altro bicchiere, poi buttò una manciata di monete d'argento verso l'oste e si alzò barcollando.

"Ma andate tutti al diavolo!" vociò marciando con passo incerto verso l'uscita.

Incespicò discendendo gli scalini che portavano all'ingresso, evitando per un soffio di travolgere la tavola di un gruppo di nani vestiti con abiti da lavoro. Riuscì a non cadere aiutandosi con la sua asta magica, barcollando tra le risate e gli scherni degli avventori.

Varcò la soglia senza voltarsi indietro, e dopo essersi avvolto nel suo mantello scomparve nella notte.

* * * * *

Jena si sollevò di scatto e balzò fuori dal letto. Il cuore cominciò a pompare rapidamente sangue in tutti i suoi muscoli, ma non bastò a dissipare la coltre che gli annebbiava la mente.

Si guardò intorno.

Vide una libreria colma di pergamene, uno scrittoio ed una tavola di legno sulla quale erano inchiodate alcune mappe. Guardò fuori dalla finestra e si accorse che era già scesa la notte.

In un attimo la sua testa fu invasa da un'orda di pensieri e ricordi disordinati.

Wrath era in guai seri in giro nei dintorni di Woodland. Shade era stata rapita dagli elfi. Seska era in fin vita. Di Yoma non si sapeva più nulla. Lui era stato sbattuto in cella. Fredo, il borgomastro di Weis, lo aveva aiutato a raggiungere la sacerdotessa...

"Caxandra!" Esclamò raccogliendo in tutta fretta il suo equipaggiamento ed inforcando la porta che dava su una piccola scala di legno. "Il sole è tramontato, maledizione!"

Si precipitò giù dalle scale e si ritrovò in un corridoio su cui si affacciavano diverse porte. Da una di queste si udiva una sorta di lamento corale, forse una preghiera.

Esitò per un momento, poi aprì la porta e guardò all'interno della stanza.

Fredo se ne stava in piedi, con il cappello in mano ed il capo chino. Accanto a lui alcune donne stavano allestendo una camera mortuaria, recitando una triste litania. Dalla sua posizione non riusciva a vedere il feretro, ma gli mancava il coraggio di varcare la soglia per scoprire la verità.

Esitò, combattuto tra la speranza che su quel letto non giacesse il corpo senza vita dell'anziana sacerdotessa e il terrore che Seska non ce l'avesse fatta...

Appena il borgomastro lo vide gli si avvicinò lentamente, con volto sereno, e lo accompagnò all'interno della camera.

Jena prese tempo studiando le espressioni sul volto delle persone che gli stavano cedendo il passo, ma alla fine fu costretto a guardare.

Caxandra giaceva immobile, con le mani intrecciate sul cuore. Indossava la sua veste rituale bianca ed un semplice cerchietto d'argento sul quale era scolpito il simbolo sacro a Dyan.

Fu sorpreso nel vedere che la salma era stata adagiata su un tappeto di gigli e rose bianche. Si domandò dove avessero trovato fiori tanto preziosi soprattutto fuori stagione. Ma ciò che lo colpì maggiormente fu l'espressione che vide dipinta sul viso della donna.

Il suo volto era sereno, quasi sorridente. Dopo una vita spesa interamente al servizio degli altri, il guerriero fu felice di immaginarla al cospetto del dio che tanto aveva amato.

Fredo lo afferrò per un braccio. "Prima di spirare la sacerdotessa mi ha pregato di dirti che tutto è andato per il meglio e che la tua amica si riprenderà completamente.

Mi ha pregato di dirti che si stava spegnendo serenamente, accolta in cielo dalla luce di Dyan. Ha ripetuto più volte che *tutto era come avrebbe dovuto essere*".

"Seska dove si trova ora?" domandò Jena con voce rotta dalla commozione.

"Sta riposando al piano di sotto," gli rispose il borgomastro. Ti condurrò da lei appena sarà terminata la funzione".

Un'anziana contadina gli si avvicinò e gli carezzò il braccio con la sua mano segnata da una lunga esistenza spesa nei campi. "La guaritrice ha trascorso le sue ultime ore parlando di te, guerriero. Sapeva che non ti avrebbe più rivisto, e ne era dispiaciuta. Tuttavia si è spenta serenamente proprio grazie al vostro incontro".

Jena non riuscì a reggere lo sguardo carico di aspettative della donna, e quando vide che anche le altre lo stavano circondando fece un passo indietro.

"Quando il cielo posa i suoi occhi su di te non c'è modo di scappare!" continuò una vecchia megera che – a giudicare dall'abbigliamento eccentrico e dalle pitture sul volto – doveva essere una sorta di indovina o di fattucchiera. "Sulle tue spalle e su quelle dei tuoi compagni di viaggio è stato poggiato un fardello non indifferente. Ma Caxandra era convinta che ne foste degni…"

"Il divino Dyan illuminerà il vostro cammino," sussurrò un'altra contadina. "Siete benedetti dal cielo…"

"Vi prego signore, permettetemi di toccarvi," supplicò una religiosa claudicante. "Concedetemi un po' della vostra fortuna…"

Il guerriero indietreggiò fino alla porta d'ingresso, trascinando Fredo per una manica.

"Fammi uscire subito di qui," gli intimò, "prima che faccia cambiare idea a queste fanatiche!"

Il borgomastro intimò alle donne di tornare ad occuparsi della funzione, poi lo aiutò ad uscire dalla stanza e lo condusse all'esterno dell'edificio.

Nel silenzio della notte riecheggiavano solo gli schiamazzi dei miliziani intenti a giocare a dadi sulla strada che tagliava in due il borgo.

Weis non era mai stato un paese vivace, ma dopo l'incidente alla locanda i cittadini erano ancora più restii a lasciare le proprie abitazioni nelle ore serali.

Fredo rimase in silenzio per qualche minuto, scuro in volto, camminando lentamente. Poi si fermò e poggiando una mano sulla spalla di Jena gli parlò con tono quasi paterno.

"Devi capirle, per quelle donne e per gli abitanti di questa regione Caxandra era una specie di santa..."

Jena ripensando alle emozioni provate durante il suo breve viaggio in compagnia della sacerdotessa non poté obiettare nulla. "In effetti quella donna mi ha davvero colpito..."

"Appena arrivata ha dato disposizioni perché le fosse preparato un funerale all'insegna della sobrietà e del rispetto delle antiche usanze. Noi siamo rimasti senza parole.

Mai avremmo immaginato che la sua prima visita a Weis si potesse aprire con l'annuncio della sua imminente dipartita.

Ma le donne non hanno perso tempo e senza porsi domande si sono subito adoperate per soddisfarla.

E mentre lei si occupava della tua amica drow, intanto che io, i miliziani e tutti gli altri uomini ci aggiravamo senza capire cosa diavolo stava succedendo, le donne sono riuscite a sistemare tutto".

Fredo prese fiato.

Infilò una mano all'interno della sua giacca ed estrasse una piccola fiaschetta. Tolse il tappo ed immediatamente l'aria fu pervasa dall'aroma acre del distillato di patata dolce.

Ne bevve un sorso, poi la porse al guerriero e continuò a parlare.

"Caxandra è rimasta sola per ore con la tua compagna, invocando l'aiuto di Dyan e la benedizione degli dei della luce. Poi è uscita dalla stanza sfoggiando un sorriso radioso. Era stremata, ma sembrava davvero felice. Non ci ha nemmeno dato il tempo di offrirle acqua o cibo. Ha pregato le donne di aiutarla ad indossare il suo ultimo abito e si è distesa sul suo letto in attesa che giungesse la morte".

"Che puntualmente è arrivata…"

"Si, ma non prima che facesse promettere a tutti noi di rassicurarti. Voleva che tu sapessi che alla fine, proprio mentre gli dei compivano il loro miracolo restituendo la salute alla drow, era riuscita a completare la sua visione.

Desiderava che tu sapessi che Dyan le aveva rivelato perché la vita della tua amica era così importante…"

"Ebbene, quale sarebbe il motivo?"

"Non ce lo ha rivelato. Ha detto che sei destinato a scoprirlo da solo".

Jena ripensò allo sguardo gonfio di lacrime di Caxandra mentre si struggeva per i malati che non sarebbe riuscita a curare. Aveva accettato con coraggio il proprio destino, dedicando tutta l'esistenza al suo compimento. Fino all'ultimo respiro aveva servito Dyan, riflettendo in mezzo agli uomini la luce degli dei.

E il suo ultimo pensiero era stato per lui.

Con l'angoscia che lo soffocava, cadde in ginocchio, sul gelido selciato, e pianse in silenzio.

* * * * *

"Quando uscirò di qui qualcuno pagherà per questo," pensò Shade mentre con il piede nudo fracassava il cranio ad uno dei tanti ratti che la stavano circondando.

Decine di occhietti rossi guizzavano da un lato all'altro della caverna, studiando con la massima eccitazione quel nuovo territorio da colonizzare e i suoi "abitanti".

Per il momento nessuno di quegli orribili roditori aveva osato attaccarla, tuttavia sapeva che la fame li avrebbe presto spinti ad organizzarsi. Per sua fortuna sembravano attratti maggiormente dalla seconda sacca che gli sgherri di Amon avevano lasciato nella cella.

"Chissà quale altra agghiacciante sorpresa mi aspetta," si domandò Shade, provando per la centesima volta a forzare le maglie della catena che la teneva legata ad un masso inamovibile.

Nei suoi giorni di prigionia aveva provato a liberarsi in ogni modo. Picchiando gli anelli della catena contro le rocce, provando a deformarli nei punti dove si agganciavano al basamento e alla ganascia che le stringeva la caviglia, persino ricorrendo alla magia.

Si era liberata della corda che le teneva uniti i polsi, ma quella maledetta catena era intatta, come fosse nuova.

L'elfa provò disgusto nel vedere un piccolo gruppetto di ratti neri avventarsi voracemente sulla carcassa di quello che aveva schiacciato.

Si spostò lentamente verso le sbarre, in un punto dove si ergeva una stalagmite piuttosto massiccia. Vi si arrampicò, salendo fino a tendere la catena.

Da quell'osservatorio privilegiato vide che alcuni roditori erano riusciti ad aprirsi un varco alla base della seconda sacca. Il più grosso si infilò all'interno con la testa, ma un istante dopo cadde all'indietro, rigido come una statua di sale.

Vi fu un lungo attimo di immobilità, poi dal foro nella juta rovinò fuori una cascata di vermi ed altre amenità striscianti.

Decine di migliaia di insetti schizzarono fuori dal sacco e iniziarono a propagarsi sul pavimento di roccia.

Tra blatte, ragni, scarafaggi e termiti si fecero largo anche alcuni scorpioni. Shade ne contò almeno otto, tra i quali spiccava un grosso *scorpione-ragno* dei deserti di Al-Kaìr. Non poteva dire con certezza se gli altri sette fossero velenosi, ma lo scorpione-ragno era certamente uno degli aracnidi più mortali che conoscesse.

Noto anche come *la morte purpurea*, raggiungeva dimensioni eccezionali ed il veleno contenuto nel suo aculeo, ricco delle più micidiali neurotossine esistenti in natura, era talmente corrosivo da essere in grado di intaccare l'armatura di un guerriero.

Quell'esemplare era lungo quasi trenta centimetri, ed il suo carapace viola costellato da una miriade di piccoli aculei lo rendeva ben più minaccioso delle altre creature.

Shade notò che molti degli insetti fuoriusciti dal sacco erano già morti. All'interno di quel contenitore doveva essersi combattuta una cruenta battaglia per la sopravvivenza.

Furono sufficienti pochi minuti perché tutto il fondo della cella fosse interessato dal conflitto tra le varie specie di insetti ed aracnidi. I ratti, in preda ad una febbrile eccitazione, correvano da un lato all'altro afferrando tra le loro fauci i bocconi ritenuti più succulenti.

Shade approfittò della confusione per studiare il soffitto della caverna. Molte stalattiti scendevano come spade acuminate verso terra; alcune si fondevano con le stalagmiti formando colonne dai contorni levigati, altre assumevano forme singolari. A pochi metri dalla sua postazione una stalattite costellata di quarzi lievemente fluorescenti aveva formato una sorta di isola a mezz'aria.

Shade calcolò che avrebbe potuto reggere il suo peso, allontanandola maggiormente dal pericolo sottostante. Non avrebbe avuto alcuna difficoltà a spiccare un salto fino a quell'altezza, tuttavia non aveva idea di come avrebbe influito il peso della catena. E soprattutto la sua lunghezza le sembrava appena sufficiente.

Decise di rischiare.

Si alzò in piedi e face qualche passo in avanti, allentando la tensione della serie di anelli. Inspirò profondamente e si lanciò verso l'alto.

La catena bloccò in modo brusco la sua ascesa, facendola precipitare verso il basso.

Con un disperato colpo di reni Shade riuscì ad arrivare a pochi centimetri dall'isola. Con una mano si aggrappò ad un quarzo e rimase immobile a ciondolare.

La stalattite non mostrò alcun segno di cedimento. L'elfa soffiò fuori tutta l'aria che le era rimasta bloccata nei polmoni, poi fece ricorso a tutte le sue ultime energie e si sollevò fino ad appoggiare il ventre sulla roccia.

Si sporse con il viso per studiare la situazione e notò subito come lo scenario sottostante fosse mutato.

Dopo una prima fase di assoluta confusione sembrava che i ratti avessero ripreso il controllo. Tenendosi a distanza da chi poteva rappresentare un pericolo, stavano costringendo tutte le prede in un angolo della caverna. Alcuni scorpioni erano stati uccisi anche se l'azione era costata il sacrificio di un certo numero di roditori.

Gli insetti più piccoli e quelli meno combattivi si stavano dileguando oltre le sbarre, verso l'uscita della caverna.

Non vi era alcuna traccia dello scorpione-ragno.

Shade notò che anche le termiti si stavano organizzando. Molte di loro ormai ricoprivano interamente i cadaveri dei mammiferi, mentre altre trascinavano verso l'uscita le carcasse di insetti ben più pesanti di loro.

Non ci volle molto, però, perché alcune di queste aguerrite creature iniziassero a risalire la catena che le avrebbe condotte verso una destinazione inesplorata.

Shade aveva già provato ad utilizzare la magia per tentare di liberarsi e sapeva che i geos avevano protetto ogni centimetro di quella prigione con incantesimi di difesa ben più potenti dei suoi.

Si guardò intorno alla ricerca di una pietra o di un qualsiasi oggetto che potesse fungere da arma, ma non trovò assolutamente nulla.

All'improvviso le parve di udire il suono di una voce, ma non vide nessuno.

Si trascinò oltre il bordo dell'isola ed osservò al di là delle sbarre. Non c'era nessuno, ma sentì distintamente queste parole: *"Resta immobile! Andrà tutto bene"*.

Le termiti stavano guadagnando terreno. Erano centinaia, forse migliaia. Dovevano avere percepito il profumo della preda più grossa e si preparavano al banchetto.

Shade si domandò quanto avrebbe potuto resistere, nuda, senza alcun tipo di difesa, all'attacco di quegli insetti in grado di divorare ogni cosa?

Si voltò sulla schiena e chiuse gli occhi, ansimando.

"Non muoverti!" intimò nuovamente la voce. *"Fidati di me..."*

Questa volta fu certa di avere udito la voce di qualcuno. Aprì gli occhi ma ciò che vide le fermò il cuore.

Lo scorpione-ragno si era arrampicato fino al soffitto e stava discendendo lungo la stalattite che sorreggeva l'isola.

Il suo passo era rapido e deciso, e puntava decisamente verso di lei.

"Resta ferma!" ripeté nuovamente la voce misteriosa. *"Non ti accadrà nulla di male"*.

La *morte purpurea* si lasciò cadere alla base della stalattite proseguì la sua corsa verso l'elfa. Con le tenaglie ricoperte da una peluria rossastra le sfiorò un braccio.

Shade sussultò, e subito la voce la rimproverò. *"Non ti devi muovere, per nessuna ragione. Resta assolutamente immobile!"*.

Lo scorpione-ragno si arrampicò, passeggiando con le sue otto zampette su tutto il suo corpo. Discese lungo la sua gamba, proseguendo fino al piede. Poi sollevò la coda con aria minacciosa.

Shade chiuse gli occhi, giusto in tempo per sentire il pungiglione che si schiantava vicino alla sua caviglia.

Rimase immobile, senza respirare, fino a quando udì uno strano sibilo. Fece per sollevarsi ma la voce la fermò. *"Non ancora! Dovrai tenere duro per qualche secondo"*.

Shade sentì che le prime termiti avevano raggiunto la ganascia e stavano iniziando a distribuirsi sul suo corpo. Lo scorpione-ragno era sceso dalla sua gamba e non aveva idea di dove si fosse nascosto.

Sentì il primo morso, subito seguito da numerosi altri.

"*Ora!*" tuonò la misteriosa voce. "*Tira la gamba verso di te!*"

Shade scattò indietro, reagendo istintivamente a quel comando, e la ganascia si sfilò dalla sua caviglia. La catena andò a schiantarsi sul pavimento, con tutta la sua popolazione di termiti, e bastò un attimo per liberarsi delle poche che avevano già raggiunto l'isola.

Shade si rannicchiò con le spalle appoggiate alla stalattite, abbracciandosi le gambe. Il cuore le batteva all'impazzata.

Lo scorpione-ragno doveva aver colpito con il suo aculeo la ganascia, intaccandola con il suo veleno corrosivo. Solo un miracolo aveva impedito che una goccia di veleno finisse a contatto con la sua pelle.

"*Sei stata molto in gamba*", disse con tono pacato la solita voce.

Shade alzò la testa e vide lo scorpione-ragno fermo di fronte a lei, arroccato su una vicina colonna di roccia.

"Chi sei?" domandò.

"*Sono un amico che ti aiuterà ad uscire da questa prigione.*

Ma dovrai avere ancora un po' di pazienza".

"Perché mi stai aiutando?"

"*Sono un monaco e sono anche un druido. Mi piace aiutare chi è in difficoltà... E poi il mio amico ragno mi ha detto che sei stata gentile con lui*".

"Allora fammi uscire di qui, cosa stiamo aspettando?"

"*Non è possibile. Almeno, non ancora. Sono solo e mi trovo piuttosto lontano; inoltre la tua prigione è ben protetta. Dovrai tenere duro ancora per qualche giorno. Ho bisogno di ritrovare alcune persone che spero vorranno aiutarmi.*

Lo scorpione-ragno ti starà vicino se qualche altro animale dovesse tentare di infastidirti. Purtroppo non sono riuscito a controllare l'istinto di così tante diverse creature, altrimenti avrei evitato questo massacro".

"Puoi controllare gli animali?"

"*Diciamo che riesco a comunicare con loro. E' per puro caso, parlando con alcuni animali della foresta, che ho scoperto quello che ti stava accadendo. Così ho mandato un mio piccolo amico a studiare la situazione ed ho potuto vedere attraverso i suoi occhi il trattamento a cui ti stavano sottoponendo.*

Quanto a convincere lo scorpione-ragno ad entrare nella squadra dei buoni... diciamo che è stato un po' più impegnativo".

"Mi sembra una cosa pazzesca."

"*Non più strana di tante altre. Ora devi solo pensare a sopravvivere per* qualche giorno. Devi cercare di mangiare qualcosa. So che può sembrare orribile, ma gli insetti sono un ottimo alimento".

"Che schifo! Non potrei mai…"

"Devi fidarti di me ancora una volta. Non potrai reggere ancora per molto senza mangiare. In quanto al bere c'è un'infiltrazione d'acqua proprio sopra la tua testa. L'ho vista attraverso gli occhi dell'amico aracnide".

Shade alzò lo sguardo e vide il luccichio delle gocce che scendevano lungo una massiccia conformazione rocciosa. "Faro il possibile… ma non hai ancora risposto alla mia prima domanda. Dimmi almeno il tuo nome".

"Mi chiamo Koori".

"Ti devo la vita, Koori".

"Non mi devi niente. Tieni duro, tornerò presto a tirarti fuori di li…"

CAPITOLO VENTIQUATTRESIMO
Una pinta di grogram. L'ordalia di Yarrick.

Lord Thalor se ne stava dritto sul cassero di un brigantino ad osservare il cielo.

Il Signore di Morlock in persona gli aveva ordinato di tornare in patria per scortare un misterioso viaggiatore, e lui aveva obbedito – come sempre – senza porsi alcuna domanda.

Seppure estremamente sorpreso dalla richiesta, si era recato al luogo dell'appuntamento portando con sé alcuni tra i suoi migliori uomini; aveva incontrato l'oscuro personaggio e lo aveva condotto in gran segreto al porto di Heavendoor, per poi salpare la notte stessa.

Giunto sull'isola di Morlock, dopo avere attraccato in prossimità del porto di Frigir, aveva incontrato una delegazione di guardie scelte di Lord Wishid il cui compito si limitava a prendere in consegna quell'uomo.

Nessuno aveva osato pronunciare una parola di troppo.

In seguito a quell'incontro, Lord Wishid lo aveva ricevuto nella sala del trono per impartigli un ordine decisivo.

Poche ore dopo era di nuovo in mare aperto, diretto al suo accampamento.

Dal ponte di coperta si udiva il vociare dei soldati intenti a litigarsi l'ultimo barile di *grogram* con l'equipaggio. Si domandò come potessero apprezzare quel miscuglio aspro e annacquato.

Il grogram era una bevanda composta da un pessimo distillato di mele, misto ad acqua e a succo di agrumi, ideata dagli alchimisti di Orcville per ottimizzare le razioni di liquidi durante i lunghi viaggi in nave.

Dal momento che le energie dei maghi neri dovevano essere preservate per compiti più gratificanti, e che quindi nessuno poteva essere impiegato per destalinizzare l'acqua di mare, anche gli eserciti di Morlock avevano iniziato a farne largamente uso.

In passato, infatti, l'acqua dolce veniva portata a bordo in barili, ma sviluppava rapidamente alghe e muffe, tramutandosi in un liquame putrescente. Si era dapprima tentato di tagliarle l'acqua stagnante con birra o vino per renderla gradevole al palato (il che significava altri barili a bordo soggetti a deterioramento); poi si era sostituita completamente con una birra ad alto tasso alcolico, che non deteriorava ma causava altri tipi di problemi soprattutto di ordine disciplinare.

Fu così che gli alchimisti di uno dei porti più caotici della Repubblica del

Mare inventarono questa bevanda dissetante, alcolica in misura sufficiente ad allungarne la conservazione per mesi, e ricca di succo di agrumi in grado di prevenire lo scorbuto ed altre malattie stagionali.

Lord Thalor era abituato a bere distillati invecchiati, e non sopportava l'idea che il suo palato fosse intaccato da quell'infimo surrogato.

Si consolò accendendosi la sua pipa preferita. Era ricavata dal corno di un *carniphecs* che aveva ucciso in giovane età, sopravvivendo per miracolo al massacro della sua legione. Era certo che lo spirito dei suoi compagni fosse incarnato in quell'oggetto di rara bellezza, e quando vedeva il fumo profumato del suo tabacco salire verso il cielo non poteva che pensare a loro, a quelle giovani vite strappate dal mondo senza ragione.

"Non che la guerra sia una buona ragione per perdere la vita", pensò carezzando il braciere intiepidito, *"ma è almeno migliore di un incontro occasionale con un predatore giunto da chissà quale inferno!"*

Si avvicinò alla parte prodiera del cassero e poggiò le spalle contro la ringhiera del ponte di comando, guardando negli occhi il giovane timoniere che stava portando il veliero sulle ali della notte.

"Signore, perché non scende in coperta a riposare?" domandò il marinaio con tono ossequioso.

Lord Thalor indicò la volta celeste. "E' una notte molto strana e il cielo sembra adirato".

"…forse più malinconico," commentò il giovane scrutando tra le nubi alla ricerca di qualche stella che gli confermasse la direzione.

"E dimmi, qual è il tuo nome?"

"Mi chiamo Jonathan, signore. Jonathan J. Pistolavich. Vengo dalle piane di Hueso, ad est della nostra isola".

"Da quante ore sei al timone?" domandò il comandante tornando a concentrarsi sul marinaio.

"Dodici ore e quaranta minuti circa, signore. Ma se mi è consentito esprimere un'opinione posso tenere questo veliero ancora per altrettante!"

Lord Thalor sorrise.

Poi richiamò l'attenzione di un arciere che stava bighellonando sul ponte e gli ordinò di portare due pinte di grogram.

"Vorrà dire che passeremo il resto del viaggio insieme, bevendo una pinta di orribile surrogato, scrutando il cielo".

"E' un onore, signore!" esclamò il ragazzo con voce rotta dall'emozione. "Non avrei mai sperato di…"

"Voglio raccontarti una cosa," lo interruppe allungandogli il boccale che gli era appena giunto dagli alloggi sottostanti. "Fino a qualche decennio fa l'isola di Morlock era un vero e proprio paradiso.

La vegetazione era rigogliosa, e numerosi corsi d'acqua scendevano dalle montagne per serpeggiare vivacemente tra le foreste e le colline. I nostri campi davano più frutti di quanti potevamo consumarne, il bestiame era sano e forte, dalle cave nelle nostre montagne potevamo ricavare tutte le materie prime che ci occorrevano, e i nostri mari erano ricchi di ogni specie marina.

Le grandi città erano luoghi pieni di vita, dove la nostra gente coltivava l'arte e la musica, i nobili amministravano con saggezza e persino i più poveri non conoscevano la fame.

I vicini territori dell'Impero, al contrario, erano flagellati dalle numerose guerre tra le razze. Elfi, nani, orchi, draaka ed umani lottavano per i loro meschini interessi, e gli dei si divertivano a vederli combattere dal loro trono celeste.

Mentre nei Territori Liberi si andava formando l'alleanza delle cinque città, le pacifiche razze dell'est stavano gettando le basi per la loro Repubblica del Mare e il millenario principato di Al-Kaìr continuava la sua politica di chiusura verso il resto del mondo, immutato ed immutabile nei secoli".

Il giovane timoniere ingurgitò mezza pinta di grogram senza distogliere nemmeno per un istante lo sguardo da Lord Thalor, il quale prese fiato e ricominciò a raccontare.

"All'improvviso, senza alcuna ragione, tutto cambiò.

A cominciare da un mattino qualsiasi, da un giorno come tanti altri, quel paradiso incominciò a trasformarsi nell'inferno che è oggi.

Il bestiame fu sterminato da un morbo che si diffuse con la rapidità di un fulmine. I campi divennero aridi e le foreste lasciarono il posto a distese di legname senza vita. Intorno a quelli che un tempo erano fiumi e laghi dalle acque cristalline si formarono grigie paludi, terreno fertile per creature inquietanti che emersero dal sottosuolo.

Ma, cosa ancor più terribile, le nostre donne iniziarono a divenire sterili. I nobili e il popolo furono colpiti da una terribile maledizione che ridusse il numero dei nuovi nati quasi a zero, seminando tristezza e terrore in tutto il nostro regno.

Fu allora che Lord Wishid, asceso al trono di Morlock, prese in mano le redini di un regno senza più vita né speranza".

"Onore e gloria al Signore di Morlock!" esclamò il ragazzo portando la mano sul cuore.

Lord Thalor estrasse dalla sua camicia un medaglione in argento, raffigurante un teschio umano sulla cui fronte erano incise le lettere T, O e D. Lo mostrò con orgoglio al marinaio, permettendogli di prenderlo in mano per coglierne gli splendidi dettagli.

"Fu in quel tempo che il divino Tod discese dal suo regno celeste per mostrarsi in forma umana al nuovo sovrano.

Lo condusse per sessanta giorni nelle paludi a nord dell'isola, mostrandogli intere città disseminate di cadaveri, deserti di sabbia grigia al posto dei campi di grano, fratture nello spazio e nel tempo in grado di richiamare i peggiori demoni dagli inferi.

Lo guidò sul sentiero della verità, rivelandogli che tutta quella rovina non era altro che il frutto dell'ira di Dyan - suo fratello nel regno degli dei - adirato perché i suoi figli prediletti stavano distruggendo i loro regni dandosi battaglia, mentre i figli di Tod creavano un mondo perfetto di pace e prosperità.

Lord Wishid camminò al fianco del nostro dio per sessanta giorni, senza chiedere acqua né cibo, sostenuto solo dalla forza della fede. Commosso da tanta devozione Tod fece a lui e al suo popolo il dono più grande che sia mai stato fatto ad un mortale.

Gli affidò la Runa della Morte, l'artefatto più potente che sia mai esistito in tutta Ashgahard, uno strumento che gli avrebbe consentito di risollevare le sorti del suo regno e di vendicare il torto subìto".

"E' per questo che stiamo combattendo, signore?" domandò il giovane con il fervore della fede.

"Combattiamo per restituire al nostro popolo ciò che ci è stato ingiustamente tolto. Per dare nuova speranza a chi è sopravvissuto alla maledizione di Dyan e per ottenere un nuovo futuro di pace ed armonia.

Combattiamo per un sogno.

Combattiamo per vendetta".

Jonathan avrebbe ricordato a lungo quella notte.

Al timone di un brigantino che veleggiava veloce sulle ali della notte, in compagnia del comandante supremo di tutte le armate di Morlock, a parlare di sogni e di speranze.

Con il cuore che gli pompava nel petto e gli spruzzi di acqua salata sul volto, in quel momento la guerra non gli sembrava più un male necessario, ma la forza naturale con cui si sarebbero riparati i torti del mondo.

* * * * *

"Cosa diavolo stai insinuando, strega?" domandò Yarrick entrando con irruenza nella tenda di Ghertrud. "Perché stai dicendo in giro che Lavia è pronta a tradirci?"

La vecchia, distesa tra i suoi stracci e la cera delle migliaia di candele che bruciavano aromi di incenso, si voltò a guardarlo incuriosita, ridacchiando.

"Perché è la verità. La tua amica mezza-demone è stata vicina a compiere la sua missione, ma ora è tormentata da dubbi…"

"Non credo ad una sola parola".

"Fai male. Non sono io a parlare, ma le carte. E i tarocchi non mentono mai".

"Sei pazza! Sei solo una donna arida che cerca di manipolare la gente".

Ghertrud emise la solita bizzarra risata gracchiante: era una risata folle che traeva origine da quella parte buia della mente che per prima è mossa dal canto dei nervi.

"Sei uno sciocco Yarrick. Il grande Lord Drako si preoccupa per le sorti di una ragazzina, un insignificante scherzo della natura!

Comincio a capire perché non volevi che le fosse assegnata questa missione. Tu provi qualcosa per quella mezza-demone!"

Yarrick le si avvicinò lentamente portando il suo viso a pochi centimetri da quel volto raggrinzito. I suoi occhi, freddi come il ghiaccio, avrebbero messo in fuga un'intera legione.

"Chiudi quella fogna di bocca, prima che sia costretto a lordare la mia lama con il tuo sangue putrido!

Io ho amato una sola donna nella vita, una donna il cui nome non merita di essere pronunciato davanti ad un essere squallido come te".

Ghertrud aveva colpito nel segno ed assaporava il momento con distaccato compiacimento. Aveva scovato un nervo scoperto nella corazza di Yarrick e ne avrebbe fatto tesoro per il futuro.

"In fondo forse hai ragione," mentì girandosi di spalle. "Le carte parlano chiaro, ma non sempre i divinatori le capiscono fino in fondo".

"Così va meglio," grugnì il guerriero allontanandosi dalla donna.

La strega tentò di cambiare argomento. "Piuttosto ho saputo di come hai conquistato la città di cristallo. Finalmente le tue doti di stratega sono servite a qualcosa".

"La città è sotto il nostro controllo, e tutte le sue ricchezze sono integre. Ho insediato un nostro governo militare e credo che nessuno vorrà darci

267

problemi in futuro".

Ghertrud ripropose la sua maledetta risata. "Ti farà piacere, invece, sapere che Lord Zevrin non è ancora riuscito ad avere la meglio sui barbari di Desertac. Chi non ha niente da perdere, come quei selvaggi, combatte con maggiore tenacia!"

Yarrick aveva letto ogni rapporto appena rientrato dalla missione, ma non era al corrente dei dettagli. "Come è possibile che un piccolo borgo arroccato riesca a tenere testa alle spietate legioni di non-morti e alla ferocia di Lord Zevrin?"

"Pare che i dintorni della città siano disseminati di cunicoli e di nascondigli dai quali i barbari riescono ad entrare ed uscire per compiere attentati e vanificare ogni strategia delle nostre armate.

In più conoscono il deserto e sanno come sfruttare le condizioni ambientali meglio di noi.

E solo una questione di tempo. Prima o poi verranno spazzati via dalle nostre truppe".

"Ciò non toglie che ci stiano rallentando," commentò Yarrick.

"Lord Thalor sarà di ritorno questa notte dalla sua missione in patria. Mi risulta che abbia richiamato qui al campo Lord Zevrin e tutti gli altri generali. Qualcosa di grosso bolle in pentola, ma credo sia lui la persona giusta con cui parlare di strategie militari e di noiosi assedi.

Ora, se vuoi scusarmi, preferirei tornare alle mie carte. Il vento sta cambiando e le stelle sembrano lanciare messaggi confusi.

Il comandante supremo si aspetta buoni auspici e sembra proprio che riuscirò ad accontentarlo".

Yarrick si congedò, pentito per avere perso le staffe di fronte a quella vecchia strega. Scoprire il fianco a quella donna, mostrando il suo unico punto debole, non era stato saggio.

Marciò con passo deciso fino alla sua tenda, congedò le guardie che ne custodivano l'accesso e si ritirò per riposare.

I suoi alloggi erano più spartani di quelli degli altri generali. Aveva rinunciato ad ogni comodità, ma aveva espressamente richiesto che gli fosse costruito un piccolo altare di legno per i suoi momenti di preghiera. Liberatosi dell'armatura si cosparse il corpo con un olio profumato, si lavò le mani, il viso ed i capelli, infine si coprì con una veste di lino grezzo.

Guardò il suo volto in un piccolo specchio dai contorni irregolari. Osservò le prime rughe sorgere intorno agli occhi azzurri come il cielo d'inverno. Seguì con un dito la profonda cicatrice che lo segnava dalla fronte allo zigomo sinistro, incrociando l'altra ferita che dalla mandibola attraversava tutta la guancia.

Ricordi di un passato ormai sempre più distante.

Usando una piccola chiave che portava al collo aprì un baule sistemato a fianco del suo letto ed estrasse il ritratto di una donna che andò a posizionare sopra l'altare.

Si inginocchiò, accese una manciata di incensi, e si raccolse in preghiera, aprendo il cuore ai suoi ricordi più dolorosi.

* * * * *

Yarrick Gregorius Sigmar von Drachen nacque durante una lunga notte del solstizio d'inverno in un maniero non lontano dalla città di Lunamtya. Suo padre, il duca Willfred, era un importante nobile locale, ma soprattutto uno dei più temuti generali dell'esercito imperiale.

Fin da bambino, su ordine della sua famiglia, fu addestrato dai migliori maestri d'armi presso la capitale dell'Impero del Drago Nascente, dimostrando un particolare interesse per le nozioni strategiche.

Il generale Lionarm lo volle introdurre personalmente all'arte della scherma. In quel ragazzo ammirava l'impegno ardimentoso con cui affrontava la durezza degli allenamenti, il suo coraggio e la grande forza d'animo.

Grazie al suo fisico possente e alla sua naturale agilità riuscì presto a superare ogni altro allievo del suo corso ottenendo di poter partecipare ad alcune azioni militari ancor prima della sua consacrazione nell'esercito.

Durante una di queste missioni, dopo avere liberato un villaggio di contadini dall'incubo di una banda di briganti, fu accolto insieme ai soldati più anziani presso una locanda allestita a piccolo ospedale.

Le sue ferite non erano gravi, ma un profondo taglio sul suo viso rischiava di fare infezione. Così conobbe Jeanette, una ragazzina del villaggio che si era offerta di aiutare il medico ad offrire le prime cure ai feriti, e la sua vita cambiò per sempre.

Jeanette sembrava essere l'unica persona in grado di parlare al cuore di quel ragazzo schivo e solitario, concentrato solo sui propri doveri e sulla fedeltà al proprio casato.

I due si incontrarono altre volte, di nascosto, nelle foreste che separavano la capitale da quel piccolo borgo circondato dai campi di frumento. Continuarono a vedersi fino a quando quella profonda amicizia non si trasformò in un sentimento più profondo.

Gli anni del suo noviziato furono molto intensi, ma Yarrick occupò ogni suo minuto libero pensando a Jeanette.

Ogni aspirante cavaliere doveva portare a termine un addestramento particolarmente intensivo che nell'arco di tre anni, non necessariamente ininterrotti, gli avrebbe consentito di cavarsela nel migliore dei modi sia in terra che in mare.

Nel corso di questo triennio, i novizi avevano l'obbligo di svolgere sei mesi di professione presso la Chiesa di Dyan, al servizio del Sacro Ordine della Luce, continuando a prepararsi sia da un punto di vista culturale che nell'esercizio delle armi.

In quel periodo le loro frequentazioni clandestine furono più frequenti grazie alla vicinanza del Tempio di Lunamtya al piccolo villaggio di Jeanette.

Terminato il semestre presso la Chiesa di Dyan ai migliori novizi spettavano sei mesi di esercizio pratico in mare, imbarcati su di una galera dell'esercito imperiale, per mettere in pratica e verificare quanto si era imparato in accademia.

Fortunatamente nel periodo di servizio nautico era compreso anche un servizio a terra, in inverno, quando il mare perennemente in burrasca non consentiva la navigazione; il lavoro al porto era indispensabile per conoscere le tecniche di manutenzione delle imbarcazioni anche al di fuori della navigazione, ma Yarrick riuscì a sfruttarlo per coltivare la sua relazione.

Nessuno, né tra i suoi superiori, né tra i suoi compagni d'armi, riuscì mai a sorprenderlo in una delle sue fughe notturne. Il ragazzo era diventato molto abile a prevedere ogni mossa di chi gli stava intorno, così come era assolutamente straordinaria la sua capacità di apprendimento nelle varie materie teoriche che gli venivano insegnate sotto la guida del nano Bark Stonskin.

Negli ultimi anni di accademia studiò matematica, geometria, cosmografia, storia, geografia, nautica (si doveva imparare anche a leggere le complesse carte nautiche del tempo), tattica terrestre, tattica navale e disegno.

Inoltre, sotto la guida del generale Lionarm, continuò a perfezionarsi delle materie ginniche, nella scherma, nel tiro con la balestra, nell'uso delle armi bianche e nello studio dei primi prototipi di armi da fuoco.

Completò il suo noviziato ancora prima di compiere diciotto anni, collezionando una serie di onorificenze e menzioni di merito senza eguali nella storia dell'accademia.

Nella notte del suo diciottesimo compleanno, Yarrick raggiunse la sua amata al piccolo tempio abbandonato nel cuore della foresta ove erano soliti incontrarsi. La amò con tutta la passione che aveva nel cuore, con la disperazione di chi lontano dalla propria compagna si sente privato di un pezzo di anima.

Appena prima di congedarsi la condusse davanti al piccolo altare consacrato ad Asmodeus, il dio della neutralità il cui culto si era perso nei tempi antichi, e le consegnò un anello di fidanzamento, sapendo che l'indomani mattina sarebbe stato proclamato cavaliere in una cerimonia ufficiale al cospetto del padre.

Partì per Lunamtya promettendo a Jeanette che una volta terminate le celebrazioni sarebbe tornato a prenderla per presentarla alla famiglia e proclamare formalmente la sua intenzione di prenderla in moglie.

La cerimonia di investitura occupò tutta la giornata e con grande sorpresa Yarrick apprese che suo padre, il duca Willfred von Drachen, lo aveva reclutato per una campagna importante presso la contea di Blosword. In quelle terre lontane una famiglia nobiliare da sempre ostile alla corona imperiale aveva proclamato l'indipendenza del suo feudo e si preparava a estendere i propri domini alle lande confinanti.

Willfred desiderava che suo figlio fosse messo finalmente alla prova su un vero campo di battaglia, e non avrebbe atteso nemmeno un giorno prima di partire alla volta di quella lontana contea.

Così Yarrick fu costretto a partire senza poter tenere fede alla promessa fatta a Jeanette la notte precedente.

Durante una delle più sanguinose battaglie Yarrick rimase nuovamente ferito al volto e fu costretto ad arretrare dalla sua posizione in prima linea.

Per tutto il giorno si era sentito strano, come se sulla sua anima gravasse un'ombra scura e densa.

Appena fu lontano dalla mischia vide un corvo nero posarsi sul cadavere di un soldato.

Quella creatura nera lo osservava immobile, scrutandolo con i suoi occhietti cattivi. Ad un tratto aprì le ali e gli si avventò contro. Yarrick schivò il volatile, ma fu folgorato da una visione di sangue.

Il suo cuore gli esplose in petto, tormentato da un orribile presentimento.

Senza pensarci due volte montò in sella al suo destriero e si lanciò in una corsa sfrenata verso il villaggio di Jeanette.

Vi giunse dopo un giorno ed una notte di marcia senza sosta, solo per trovare il piccolo borgo dato alle fiamme.

Scese da cavallo e si diresse verso la casa dove viveva la sua amata, ma con sommo orrore scoprì che era stata assassinata insieme a tutta la sua famiglia.

Il suo piccolo corpo giaceva in una pozza di sangue. I briganti le avevano usato violenza prima di colpirla a morte con una serie di coltellate al petto, poi avevano svaligiato la sua povera abitazione ed erano fuggiti.

In quell'istante qualcosa si spezzò nella mente di Yarrick.

Il senso di colpa iniziò a soffocarlo...

Se avesse tenuto fede alla sua promessa Jeanette non si sarebbe trovata al villaggio durante quella maledetta mattanza.

Se non avesse anteposto i voleri di suo padre ai suoi sentimenti la sua piccola promessa sposa non sarebbe stata brutalmente uccisa.

Fuggì da quel villaggio correndo nella boscaglia, camminando senza meta per giorni e giorni, maledicendo se stesso e il suo nome.

Si strappò di dosso ogni pezzo di armatura che lo collegasse all'esercito imperiale e per due settimane rimase solo nei boschi, vivendo come un animale.

Non trascorse nemmeno un minuto senza desiderare di raggiungere la sua amata nel regno della morte, e quando fu sul punto di togliersi la vita venne fermato da uno dei soldati che suo padre aveva inviato a cercarlo.

Yarrick esplose in un impeto di rabbia e si scagliò contro il miliziano colpendolo duramente. I due finirono a terra e, nonostante fosse protetto dall'armatura, il soldato fu quasi ucciso da quella furia omicida incontrollabile.

Arrestatosi un attimo prima di sferrare il colpo di grazia contro quell'innocente, Yarrick fuggì verso Lunamtya e dopo avere raggiunto il porto s'imbarcò sulla prima nave diretta lontano dall'Impero.

Quello fu l'ultimo giorno di vita di Yarrick Gregorius Sigmar von Drachen, la cui anima era deceduta insieme a quella della sua amata Jeanette.

Dal giorno in cui mise piede sull'isola di Morlock di quello che era stato il rampollo di una delle più importanti casate imperiali non rimase che un simulacro colmo di straziante disperazione; un essere dominato da uno spirito vendicativo, deciso a portare la giustizia in ogni angolo del mondo, a colpi di spada.

Le sue imprese solitarie in quelle terre maledette divennero ben presto leggenda. Aveva iniziato a farsi chiamare Yarrick Darko, rinunciando definitivamente al suo vero cognome e ad ogni legame con suo padre, nel quale vedeva l'artefice ignaro della sua infelicità.

Il tempo tramutò le ferite del suo cuore in profonde cicatrici.

Yarrick trovò un lieve conforto nella preghiera, rivolgendosi a quel dio che tutto il mondo sembrava avere dimenticato, unico testimone del suo amore per Jeanette.

Viaggiò per i territori maledetti dell'isola di Morlock, liberando i villaggi da ogni tipo di oppressore, fino a quando in una delle sue rare visioni vide l'immagine di una spada nera. Vide un'elsa contorta ed irregolare eppure elegante e misteriosa di metallo nero, riccamente adornato di rune blu cobalto ed argento scuro, ed una lama intangibile, quasi uno squarcio nel tessuto della realtà, più buia della notte stessa.

Partì immediatamente alla ricerca di quella spada, in quella che egli stesso definì la sua ordalia.

Viaggiò fino alle lontane terre di Al-Kaìr, perlustrando quel deserto infuocato in lungo ed in largo, da solo o aggregandosi a spedizioni esplorative.

Perse quasi la vita al soldo del mercante Jar-Bah Abaleeth, quando il tempio sotterraneo nel quale era disceso insieme ad un manipolo di giovani avventurieri rovinò loro addosso rischiando di seppellirli.

Ma proprio in quel tempio infestato da non-morti e creature spettrali riuscì a trovare l'indizio che lo avrebbe condotto alla sua meta.

Trovò infatti un medaglione sacro sul quale era scolpita l'effige del dio Asmodeus insieme all'immagine di quella misteriosa spada.

Il pendente aveva un'incisione tutta intorno che sembrava indicare una città fantasma, abbandonata secoli prima dopo l'assedio che la rase al suolo.

Partì in preda ad un'estasi mistica, senza nemmeno verificare che i compagni di quella avventura fossero riusciti a salvarsi, e giunto tra le rovine di quella città vi scoprì un tempio dedicato al suo dio.

Scese nel sottosuolo, camminando tra i morti e gli spiriti inquieti di quella città che lo fissavano immobili, ed appoggiata sopra l'altare maggiore vide ciò che stava cercando.

Tenebrosa!

La spada gli permise di impugnarla e gli rivelò altri frammenti di una visione più complessa.

Yarrick vide un Guerriero che indossava un'Armatura d'Oro, decorata sul petto con l'immagine di una Fenice. Il guerriero stringeva in mano la stessa spada che aveva raccolto su quell'altare, e i suoi piedi si reggevano su una montagna di teschi.

Chiuse per un istante gli occhi, abbagliato dalla lucentezza di quella armatura e l'immagine del guerriero lasciò il posto a quella di un misterioso giustiziere in vesti sacerdotali nere, dai lunghi capelli corvini, cieco e con quattro braccia. Nella mano destra più alta stringeva in pugno *Tenebrosa*, nell'altra una bilancia d'argento. Nelle sinistre reggeva un libro ed una torcia su cui brillava una fiamma buia.

Infine vide un Re adagiato sul trono di un regno lontano, in un luogo che apparve subito estraneo alla geografia di Asgahard.

Yarrick comprese che ognuna di quelle immagini era semplicemente una rappresentazione del suo dio.

Strinse saldamente in pugno Tenebrosa e riemerse dalle rovine di quel tempio.

Il suo era un dio che esigeva giustizia e lui avrebbe fatto in modo di accontentarlo.

Torno sull'isola di Morlock ed iniziò a dispensare il suo concetto di giustizia, bagnando la sua spada con il sangue di chiunque con la sua opera potesse recare offesa al supremo Asmodeus.

In quegli anni fu avvicinato da Lord Thalor il quale gli offrì la grande visione del Signore di quel regno.

Il generale gli raccontò ciò che Lord Wishid aveva appreso dagli dei, di come il divino Dyan avesse maledetto quelle terre e di come fosse necessario per quel popolo trovare una nuova terra.

Fu così che Yarrick decise di unirsi all'esercito di Morlock, convinto che la sua opera avrebbe riportato giustizia su quelle terre che, come lui, tanto avevano sofferto.

CAPITOLO VENTICINQUESTIMO
La notte delle verità. L'ira di Mordred.

Erano rimasti tutta la notte immobili, abbracciati, riscaldati dalla tiepida luce che il bastone dalla testa di cobra irradiava verso i loro corpi nudi. Avevano assaporato ogni momento in perfetto silenzio, godendo della vicinanza reciproca, senza pensare a nulla che potesse infrangere la magia di quell'attimo.

Lavia non si era mai sentita così al sicuro, protetta dal calore di quell'abbraccio. Fin da bambina aveva avuto la morte come compagna di giochi e nessuno le aveva mai donato il piacere di un carezza. Non avrebbe mai immaginato di potersi sentire tanto felice.

Tuttavia non aveva dimenticato quale minaccia stesse per schiantarsi sul loro idillio.

"Dobbiamo andarcene subito," disse rompendo quel lungo silenzio.

Wrath la guardò con dolcezza, sprofondando nelle sue iridi purpuree. Le passò una mano tra i capelli scoprendo le sue gote arrossate, s'insinuò tre le pieghe del suo collo sfiorandola con le labbra; poi risalì il fiume del suo respiro, verso la sua bocca, e la baciò con dolcezza.

"Dobbiamo fuggire!" ripeté la mezza-demone senza riuscire a trovare la forza di alzarsi. "Siamo davvero in grave pericolo... e se vuoi sapere tutta la verità io sono pronta a..."

"Non mi devi dire nulla!" la interrupe il mago poggiandole un dito sulla bocca. "Non sarà necessario che tu ti esponga, perché qualunque fosse la tua storia non cambierebbe il fatto che ho deciso di fidarmi di te. Avevo già preso questa decisione, e questa notte è servita solo a rafforzarla.

Ma c'è una cosa che voglio rivelarti, affinché tu sia la prima persona a conoscere il mio più grande segreto".

"Credo di conoscerlo, Wrath. Credo di avere conosciuto il tuo segreto ancor prima di incontrarti. Ed è anche per questo che desidero che tu sappia tutto di me".

Lavia gli raccontò della sua appartenenza all'esercito di Morlock e della missione affidatale da Lord Thalor in persona. Gli parlò a lungo di Yarrick Drako, il più temuto tra i generali del loro regno, ma anche il suo più caro amico. Gli raccontò delle sue origini, di come suo padre - il demone Gathor – avesse abusato di sua madre durante una scorreria, regalandole una figlia bastarda. Gli parlò, infine, di Mordred e lo mise in guardia dagli immensi poteri di cui era dotato. Descrisse ogni cosa nei minimi dettagli, come se quel fiume di parole potesse lavarle l'anima e metterla al riparo dal giudizio di Wrath.

Quando ebbe terminato il suo racconto si sollevò dal giaciglio e si allontanò verso la roccia dove aveva appoggiato le sue vesti e l'armatura. Nascose le sue lacrime e quando fu completamente vestita si sedette con le spalle contro la parete di roccia nascondendo il volto tra le gambe, attendendo il suo giudizio.

"Non sono sorpreso," disse dopo un lungo silenzio il mago. "Non ho mai creduto che il nostro incontro fosse dettato dal caso. Inoltre ti ho sorpreso mentre ispezionavi il mio equipaggiamento nella locanda di Lizarville".

"Perché non mi hai detto nulla? E soprattutto come hai potuto fidarti di me nei giorni successivi?"

"In principio non ho avuto altra scelta. Dovevamo guardarci le spalle a vicenda e, come dice il proverbio, il *nemico del mio nemico è un amico.* Poi... mi sono limitato ad assecondare i miei istinti, come ho sempre fatto".

Lavia restò in silenzio, con la testa nascosta tra le ginocchia. Iniziò a tremare, complici alcune folate di vento gelido che s'insinuarono dall'esterno.

Wrath avrebbe voluto stringerla a sé per soffocare nel calore del suo abbraccio tutta quella tristezza. Ma il tempo a loro disposizione era terminato ed entrambi ne erano perfettamente consapevoli.

"Si tratta del tuo passato," le disse sforzandosi di rassicurarla, "e non puoi certo tornare indietro.

L'unica cosa che posso prometterti è che d'ora in poi non sarai mai più sola".

Lavia iniziò a singhiozzare, e come una bambina si fece piccola piccola. "Mordred sarà qui a momenti. Non voglio che ti faccia del male. Posso portarti in volo lontano da qui..."

"Le Animenere sono creature troppo potenti e fuggire non servirebbe a nulla. Non possiamo nasconderci in eterno.

E poi ho la terribile sensazione che i miei compagni siano in pericolo e voglio trovare il modo di mettermi in contatto con loro.

Dobbiamo affrontarlo e liberarcene una volta per tutte".

Lavia gli corse incontro, cingendogli il petto. "Non ti sei ancora ripreso... e quello è un avversario fuori dalla nostra portata".

"E' vero, ma io ho la Runa ed ho tutta l'intenzione di usarla contro di lui".

Wrath materializzò con un semplice incantesimo la sua veste di velluto rosso e si rivestì. Afferrò saldamente il bastone magico e si incamminò verso l'esterno.

Per la prima volta dopo tanti mesi si sentiva in splendida forma e la sua maledizione sembrava essere del tutto scomparsa.

"Fai in modo che continui a fidarsi di te e portalo al nostro rifugio. Io sarò pronto a riceverlo".

* * * * *

Mancavano poche ore all'alba e la luna era ormai scomparsa dietro la linea dell'orizzonte. Il cielo era coperto da una fitta coltre di nubi che impedivano ai primi raggi di sole di squarciare il velo di quella notte così buia.

Mordred si era materializzato a circa un miglio dal rifugio, non prima di avere ordinato a Lavia di farsi trovare alle coordinate prestabilite.

Era apparso in un'esplosione di fuoco, imponente nella sua armatura da battaglia. Il suo manto guizzava tra le fiamme, mente la sua lunga falce dalla lama di metallo rosso si faceva strada tra la vegetazione annerita.

Lavia rimase pietrificata dal suo sguardo luminescente, appena visibile sotto quell'elmo sormontato da due serie di lame dentellate e da un paio di grosse corna di caprone.

Non c'era un volto sotto quella maschera di morte, così come non esisteva alcun corpo tra le maglie di quell'armatura. Nascosta sotto quell'ammasso di ferraglia c'era soltanto un'anima maledetta, prigioniera dell'empio potere del semidio Cacharon.

"*Ho già incontrato quell'uomo,*" disse con voce spettrale mentre con passo deciso si affrettava verso il rifugio, "*e sono convinto che possa disporre di un potere magico superiore a quello degli umani della sua età. Se vorrai portare a casa la pelle dovrai prestare attenzione. Lui non potrà nulla contro il mio potere, ma tu potresti rimanere coinvolta nello scontro*".

Lavia restò in silenzio, sforzandosi di tenere la mente libera da qualsiasi pensiero che potesse mettere in pericolo Wrath.

"*Da questo momento procederemo in silenzio, protetti da un incantesimo in grado di annullare ogni suono prodotto dal nostro incedere.*

Appena raggiungeremo l'obiettivo tu farai in modo che il mago esca dalla sua tana, e io penserò al resto".

L'animanera sollevò la sua falce ed una bolla di oscurità li avvolse entrambi.

Immediatamente ogni cigolio dell'armatura, ogni rumore di passi, persino il suono del loro respiro fu inghiottito da quell'incantesimo.

Procedettero svelti seguendo il sentiero che si articolava tra la fitta vegetazione del sottobosco.

Quando furono prossimi alla meta Lavia gli fece cenno di fermarsi. Il non-morto si allacciò alla sua mente per comunicare attraverso il pensiero, ma il suo primo tentativo andò a vuoto.

Lavia non aveva opposto volontariamente resistenza; era come se nel collegamento si fosse insinuata una qualche interferenza.

"Come hai osato respingere il mio flusso mentale?" ringhiò Mordred riuscendo nel secondo tentativo di comunicare telepaticamente.

"Non sono stata io!" provò a giustificarsi la mezza-demone. *"Non ho opposto alcuna resistenza".*

"Quando questa storia sarà finita voglio fare chiarezza sul tuo strano comportamento".

Temendo che questo incidente potesse mettere ulteriormente in pericolo Wrath, Lavia fece in modo di fugare ogni sospetto offrendo una serie di dettagli fondamentali per l'assalto al rifugio.

"Il giaciglio dove il mago starà riposando si trova all'interno della caverna che potrai scorgere superando quella fila di alberi. L'interno della tana non è molto grande, ma ci si può stare comodamente in piedi. Per sorprenderlo basterà entrare in silenzio: bloccandogli l'ingresso non avrà più alcuna via di fuga".

"Bene" tuonò il non morto. *"Non perdiamo altro tempo. Tu resterai fuori e gli impedirai di uscire nel caso – assai remoto – che riuscisse a sorprendermi".*

Mordred si mosse subito, tenendo saldamente in pugno la sua falce rosso sangue.

Superate le ultime file di alberi si trovò al centro di una piccola radura. Seminascosto tra i cespugli poté vedere chiaramente un pertugio scavato dagli artigli di qualche grosso animale. L'accesso alla caverna era esattamente come Lavia lo aveva descritto.

L'animanera allargò le braccia e per incanto fu avvolto da una nube di oscurità. Silenzioso e quasi invisibile si fece strada scostando lentamente le frasche, e in un attimo scomparve all'interno del rifugio.

Poco distante dall'ingresso vide che il mago stava sfogliando un libro di incantesimi, dandogli le spalle.

"Strano," pensò, *"credevo che lo avrei trovato addormentato. Forse non*

avendo trovato la mezza-demone al suo risveglio sospetta qualcosa..."

Era chiaro che quell'uomo stava preparandosi a qualche cosa. Stringeva in mano un tipico bastone magico, un oggetto offensivo e potenzialmente pericoloso, e conosceva troppo bene gli stregoni di Morlock per non riconoscere chi sta preparandosi ad affrontare una sfida.

"Non c'è da preoccuparsi," ripeté mentalmente. *"Per fare un lavoretto pulito non dovrò fare altro che sorprenderlo alle spalle, senza dargli il tempo di reagire".*

Si mosse con calma, prestando la massima attenzione, un passo dopo l'altro, portandosi a due metri circa dalla schiena del bersaglio. Poi balzò in avanti sollevando la falce sopra il suo elmo, raccolse tutte le proprie forze ed affondò la lama in quel costato privo di difese.

Il colpo scaraventò il corpo in avanti, mandandolo a sbattere contro una parete di roccia.

Mordred osservò compiaciuto la sua vittima riversa in un lago di sangue. Poi afferrò il mantello per pulire la sua lama.

Troppo tardi si rese conto che la sua lama era perfettamente pulita. Si voltò verso il cadavere e vide che a terra non c'era altro che un sacco pieno di foglie secche.

Ebbe appena il tempo di percepire un movimento alle sue spalle che un fulmine magico lo colpì in pieno petto, facendogli perdere la presa sull'arma.

Un secondo fulmine fu facilmente deviato dalla barriera magica che il non-morto ebbe la prontezza di innalzare.

Mordred guardò verso l'ingresso della caverna, ma non c'era più nessuno.

Infuriato raccolse la sua falce e si precipitò all'esterno. Vide Lavia che volava sopra di lui, imbracciando la sua balestra a due colpi.

Riuscì a schivare un primo dardo, ma il secondo gli si conficcò in mezzo all'elmo.

"Sporca traditrice! Ci vuole ben altro per fermarmi!" Il non-morto caricò la sua arma di energia ed esplose una serie di colpi verso il cielo.

Lavia fu abile nello schivare la prima serie di attacchi, dando il tempo a Wrath di raggiungere la sua posizione. Attese in aria fino a quando non fu certa che il mago fosse pronto a sferrare il suo attacco, poi scese in picchiata vero il non morto, evitandolo per un soffio.

L'animanera si fece sorprendere da una sfera di fuoco che schizzò fuori dalla boscaglia. Colpito in pieno volto si accasciò al suolo emettendo un grido inumano.

Rimase immobile, avvolto dalle fiamme, per una manciata di secondi. Poi si rialzò lasciando a terra il suo elmo cornuto.

Lavia non era riuscita ad allontanarsi tanto da non rimanere pietrificata dalla visione del suo volto. Due occhi dalle iridi infuocate galleggiavano quasi sospesi in un teschio fluttuante, composto da un intreccio di fili di tenebra. Le sue fauci erano spalancate in una smorfia di dolore, ed i fumi che esalavano da quel corpo evanescente sembravano composti della materia stessa dell'inferno.

Il non-morto lanciò un urlo straziante, tanto forte da costringere i suoi avversari a tapparsi le orecchie con entrambe le mani. Lavia, che stava planando verso una striscia di prato tra gli alberi, rimase stordita e precipitò rovinosamente su un groviglio di piante rampicanti. Provò a rialzarsi ma Mordred le si avventò contro con tutta la sua forza, cercando di colpirla con la sua arma mortale.

Evitò un affondo per miracolo, inciampando nella radice di una quercia. Rotolò sul fianco per schivare un secondo attacco, poi si lanciò dietro ad un tronco riverso sul suolo. L'animanera fece ricorso ai suoi poteri infernali, facendo avvizzire ogni pianta nel raggio di alcuni metri. Le foglie ingiallirono, i rami si contorsero su loro stessi tramutandosi rapidamente in cenere. Persino i tronchi più spessi marcirono all'istante, liquefacendosi in una poltiglia nerastra.

"*Sei mia!*" gridò quando ogni ostacolo tra lui e la mezza-demone fu disintegrato.

Aprì il palmo della mano e lanciò un incantesimo contro la sua vittima, sollevandola dal suolo. Lavia perse il controllo dei suoi arti. Le sue braccia si distesero verso l'esterno; le gambe si allungarono puntando verso il suolo; le sue ali si aprirono fino a spiegarsi completamente. Come appesa ad una croce invisibile, la mezza-demone iniziò a perdere i sensi. Scomparve per prima la vista, subito seguita dalla capacità di distinguere i suoni intorno a lei.

Immediatamente dopo i suoi polmoni smisero di pompare aria ed il suo cuore rallentò ogni funzione.

Alcuni soldati che aveva incontrato al ritorno dai campi di battaglia le avevano raccontato che in punto di morte si rivivono i momenti più belli della propria vita. A Lavia dispiacque di non riuscire a portare all'altro mondo nessun altro ricordo oltre al suo primo incontro con Yarrick e alle emozioni provate la notte precedente. Come era triste pensare che la sua vita poteva essere riassunta in due soli ricordi.

Wrath aveva assistito alla scena da lontano, e senza nemmeno un secondo di esitazione aveva iniziato a correre verso il punto in cui aveva visto cadere l'amica. Con il cuore che gli batteva all'impazzata nel petto invocò l'aiuto degli dei.

"Fammi arrivare in tempo Dyan! Dammi la forza di sconfiggere quella creatura infernale, dovesse costarmi la vita. Ma ti prego fa che non le accada nulla di male".

Si concentrò sulla reminiscenza della sua visione, focalizzando nella sua mente l'immagine della Runa del Fuoco. Vide tutti i simboli arcani fluttuare disordinatamente nella sua memoria. Ritornò con la mente alle parole che aveva inconsciamente pronunciato nelle occasioni in cui il potere della runa gli si era manifestato, e riuscì a riconoscere parte di quei simboli.

Corse all'impazzata, con un'energia che non aveva mai ricordato di avere, verso l'immagine del suo nemico. Quando fu abbastanza vicino da intravedere anche il corpo di Lavia che fluttuava esanime a pochi metri da terra, i simboli arcani gli si ordinarono davanti agli occhi in una frase di cui comprese immediatamente il significato.

La pronunciò con autorevolezza, come se avesse maneggiato da sempre un così grande potere.

Il suo corpo fu subito avvolto dalle fiamme, che si liberarono dall'immagine tatuata al centro della sua schiena. Due ali infuocate consentirono al suo copro di alzarsi in volo e di muoversi più velocemente verso l'obiettivo, mentre tra i palmi delle sue mani iniziava a formarsi una piccola sfera di luce accecante.

Mordred si accorse del bagliore alle sue spalle e mollò la presa sulla mezza-demone. Innalzò una barriera in grado di annullare ogni tipo di magia offensiva ed indietreggiò verso il cuore della foresta.

Wrath avrebbe voluto colpirlo liberando tutto il suo potere, ma da quella posizione anche il corpo di Lavia sarebbe stato investito dall'onda d'urto. Il non-morto comprese il motivo di quel tentennamento, e si fece scudo con il corpo della ragazza. *"Non puoi attaccarmi"*, strillò verso il cielo, *"se non vuoi fare a pezzi anche questa progenie bastarda! Arrenditi o le spezzerò il collo! Consegnati a me e le risparmierò la vita".*

Wrath sapeva che quel mostro stava mentendo, ma sentiva di non avere altra scelta che arrendersi.

Iniziò a planare lentamente verso il basso quando intravide un rapido movimento con la coda dell'occhio. Con un lampo il giovane druido che avevano perso di vista a Lizarville si materializzò alle spalle dell'animanera. Koori gli strizzò l'occhio, poi – prima che Mordred potesse accorgersene – afferrò la ragazza e si teletrasportò altrove.

Al mago fu sufficiente una manciata di secondi per riprendere la concentrazione e scaraventare un fiume di energia contro il non-morto.

La sua barriera non riuscì a far fronte a tutto quel potere e si frantumò in migliaia di piccole scaglie di oscurità; poi un'ondata di fuoco travolse l'animanera, distruggendo la sua arma e la sua armatura, e disintegrando ogni filamento d'ombra che ne costituiva l'essenza.

Il mago constatò che di quel nemico non era rimasta più alcuna traccia, ed iniziò a cercare Koori e Lavia nella foresta in fiamme.

Corse nella direzione dove aveva visto sparire il ragazzo, ma la battaglia aveva consumato tutta la sua energia e ben presto si ritrovò nel cuore dell'incendio senza più alcuna protezione.

Il fumo rendeva l'aria irrespirabile, tanto da costringerlo a strisciare in terra. Stremato si appoggiò con la schiena ad un tronco reciso per prendere fiato, ma ben presto fu circondato dalle fiamme.

Non vi era più alcun passaggio.

Stava per perdere le speranze quando Koori comparve a pochi centimetri dal suo naso. "Forza! Prendi la mia mano e andiamocene di qui".

Wrath fu assolutamente felice di obbedire, ed in una frazione di secondo si trovò lontano dall'incendio, seduto proprio a fianco di Lavia, la quale sembrava stare decisamente meglio.

"Abbiamo molte cose di cui parlare," evidenziò il druido porgendo una sacca piena di acqua ai due compagni, "ma dobbiamo muoverci di qui al più presto. Mi dovete un favore ed ho intenzione di chiedervelo subito indietro".

Wrath fece per ribattere, ma una fitta alla testa gli fermò le parole in gola. "Seska!" esclamò alzandosi in piedi. "Sta cercando di mettersi in contatto mentale con me! Devo riuscire a recuperare le forze".

"Dovrai farlo strada facendo," lo interruppe Koori. "Credimi, non possiamo perdere nemmeno un minuto".

I tre si guardarono negli occhi senza aggiungere più nulla. Pochi minuti più tardi erano già in marcia verso il cuore di Woodland.

* * * * *

"Per un attimo mi è sembrato di riuscire a sentirlo," sussurrò Seska con un filo di voce rivolgendosi all'amico che la stava accudendo. "Poi ho perso il contatto. Se solo avessi la forza di alzarmi…"

Jena le lanciò un'occhiata feroce. "Tu non ti muoverai da quel letto fino a quando non arriverà il carro che ho barattato con il mio cavallo e quello di Yoma".

"Ti ho già ripetuto che sto bene; sono solo stanca e un po' affamata".

"Per una volta farai quello che ti dico, o prenderò a calci quel tuo piccolo sedere drow!".

Seska capì dal tono acceso della voce che lo avrebbe fatto davvero. Era davvero bello che un amico si preoccupasse tanto per lei, ma sapere che gli altri suoi compagni si trovavano ancora in pericolo non le permetteva di stare tranquilla.

"Non c'era alcun bisogno di un carro," continuò per punzecchiarlo, "e francamente credo che tu non abbia fatto un buon affare… ma resterò zitta e obbedirò senza fiatare ai tuoi ordini, capo!"

"Sarà meglio per te".

Jena non poté trattenere una risata. Era la prima dopo tanti giorni di angoscia, e fu felice di scrollarsi di dosso un po' della tensione accumulata.

Il sole appena sorto riempiva di luce la stanza, colorando di rosa le lenzuola in cui il suo corpo era stata delicatamente avvolto dopo il rituale di guarigione. Era una frizzante giornata di primavera e tutto il villaggio aveva cominciato a riversarsi nelle strade per avere notizie della morte di Caxandra e del suo ultimo miracolo, ripetendo i racconti delle donne che l'avevano vegliata durante la notte e raccontando un mucchio di fandonie sul loro conto.

Nessuna di quelle bugie riuscì ad impensierire il guerriero, troppo concentrato sui preparativi della loro partenza.

Tuttavia non avrebbe mai dimenticato il suo incontro con la somma sacerdotessa, né avrebbe potuto togliersi dalla testa il peso delle parole che la donna aveva pronunciato prima di morire.

Per quale ragione gli dei avrebbero dovuto interessarsi alle loro vite? In nessun modo le loro azioni avrebbero potuto cambiare il corso degli eventi… Decise di archiviare momentaneamente il problema e di tornare a dedicarsi all'amica.

"Ci moveremo verso il cuore di Woodland seguendo un sentiero segnalatomi dall'allevatore che mi ha venduto il carro. Fredo ha firmato un lasciapassare affinché gli elfi silvani ci credano commercianti".

"Sarà difficile che se la bevano. Tu non hai proprio l'aspetto del mercante e con un carro vuoto…"

"Lasciami finire. L'allevatore cui ho ceduto i cavalli mi fornirà anche un bel carico di mais. Pare che agli elfi piacciano le pannocchie e che talvolta si spingano al villaggio per fare acquisti".

"Va bene, ma resta il fatto che tu hai l'aria del piantagrane e che sei armato fino al collo".

"Infatti sarai tu la mercante ed io… il soldato di ventura assunto per scortarti".

"Non funzionerà mai. E poi hai dimenticato che siamo stati aggrediti proprio da ranger elfi? Chi ha partecipato a quell'imboscata ci riconoscerà sicuramente. No, non può funzionare".

"Ho pensato anche a quello… ci travestiremo!"

"Oh, cielo!"

"…e tu userai la magia per rendere più credibile il travestimento".

Seska ci pensò seriamente per un istante. Era un'incantatrice ed una illusionista; ingannare la gente era a sua specialità e cambiare l'aspetto di una persona non era certo un sortilegio troppo impegnativo.

Nemmeno per un geos era così semplice dissipare un'illusione ben congegnata. Tuttavia le sue perplessità rimanevano ben radicate.

"Tu sai perfettamente che non funzionerà, ammettilo! In due contro tutto il popolo degli elfi! E poi hai dimenticato che se c'è una cosa che i silvani odiano sono proprio i loro cugini drow?"

"Infatti dovrai fare di tutto per apparire umana. Anzi, forse è meglio dire… umano!"

"Cosa stai cercando di dirmi?" Seska lo scrutò con aria perplessa. "Non pretenderai che io finga di essere… un uomo?"

Jena sogghignò, poi estrasse da una sacca che fino a quel momento era rimasta nascosta agli occhi di Seska una parrucca nera. I capelli erano corti e ricci, acconciati come usa tra i commercianti di Al-Kaìr.

"Questa ti aiuterà a nascondere i tuoi capelli argentati. Sono un po' troppo insoliti per passare inosservati".

"Tutti i drow hanno capelli dorati o argentati, stupido bestione! E in ogni caso non mi convincerai mai ad andare in giro travestita da maschio".

"Nessuna donna di Al-Kaìr se ne va in giro da sola. Oltretutto in compagnia di un losco mercenario…

Dovrai fingere di essere il figlio di un ricco mercante, impegnato in un istruttivo viaggio in giro per il mondo, commerciando prodotti tra una terra e l'altra".

Seska strappò la parrucca dalle mani di Jena e la osservò da vicino. Era piuttosto vecchia, ma ben conservata.

"Chissà dove accidenti sei riuscito a recuperarla!" si domandò la drow provando ad indossarla. "Comunque non funzionerà. Verremo scoperti e scorticati nella piazza principale di Woodland, tra gli applausi del pubblico. Allora finalmente sarai soddisfatto!"

"Ti ho detto che andrà tutto bene. Questa volta saremo noi a sorprendere tutti.

E poi lo sai bene che tolti di mezzo Wrath e Yoma, siamo gli unici che possono tentare di salvare Shade dal principe degli orecchie-a-punta.

Siete la mia famiglia. E io non permetto che qualcuno possa mettere in pericolo la mia famiglia.".

"E Wrath? Sono certa che abbia provato a mettersi in contatto con me, e poco fa sono quasi riuscita a sentire la sua mente!"

"Wrath è un tipo tosto. Sono certo che riusciremo a venirne fuori tutti insieme, come è sempre stato. E poi, se non ricordo male, nel suo ultimo messaggio accennava ad un possibile incontro a Woodland".

"Stava viaggiando verso Lizarville, e la città dei draaka confina con la foresta di Woodland" penso ad alta voce l'elfa scura.

In quell'istante un giovane garzone bussò alla porta, portando il cesto di pane e formaggio che Jena aveva ordinato, insieme ad una piccola porzione di carne essiccata.

Il guerriero le servì il pranzo e la costrinse ad ingoiare tutto, fino all'ultima briciola. Terminato il pasto, nonostante tutte le sue lamentele e i vani tentativi di liberarsi dalla sua presa, le vuotò in gola mezzo fiasco di vino rosso cercando di convincerla dei poteri officinali dell'alcol.

Se c'era una cosa di cui Jena era assolutamente certo era che nessun medicinale avesse poteri terapeutici paragonabili al vino, alla birra o ai liquori in genere.

Quando fu certo di averla rimpinzata a dovere, la prese in braccio, discese in strada e la adagiò su un letto di pannocchie.

"Immagino che avrai nascosto il tuo arsenale sotto il mais," domandò Seska convinta di coglierlo in fallo.

Jena finse di essere offeso. "Per chi mi hai preso, drow! Ho fatto preparare un fantastico doppiofondo sotto il carro, dove ho nascosto il mio equipaggiamento meno convenzionale. Un paio di spade le posso anche tenere in vista, dal momento che sarò la tua guardia del corpo!"

La salutò con un buffetto sulla guancia e si mise alla guida del carro, dirigendosi lontano dal centro del paese.

Fredo li attese alle porte del villaggio, circondato da una piccola folla di curiosi, e quando li vide passare lanciò loro una benedizione solenne.

Jena si sbracciò per salutarlo, giurando a se stesso che un giorno avrebbe restituito a quell'uomo tutti i favori che gli aveva concesso.

Quando fu certo di essersi lasciato alle spalle anche l'ultima casa di contadini si girò per controllare la sua passeggera e vide che aveva ripreso a dormire.

Rallentò leggermente il cammino e prese la deviazione che li avrebbe condotti nel cuore del reame degli elfi.

CAPITOLO VENTISEIESIMO
Troni bramati. Una luce in fondo al buio.

"*Secondo una famosa leggenda,* Mihathal l'Osservatore, *eterno signore del caos e padre di tutti gli dei, forgiò il pianeta Everland per offrire ai suoi tre figli, Dyan, Tod ed Asmodeus, un luogo dove essere venerati.*
Everland nacque da una piccola sfera di metallo sospesa in uno dei numerosi universi del reame celeste. Questa sfera di metallo fu spinta dal vento divino ed iniziò a roteare su sé stessa, divenendo sempre più calda fino ad infuocarsi. Le fiamme divorarono il metallo, alimentate dall'aria che si stava formando tutta intorno. Il metallo sublimò, sconvolgendo di colpo il clima e facendo piovere. L'aria si fece acqua e cadde sul pianeta, spegnendo il fuoco e raffreddando le masse. Fu così che emerse la terra ed il pianeta iniziò ad essere sconvolto dai colossali cataclismi dovuti alla nascita degli oceani, al sorgere delle catene montuose, all'emersione dei continenti, al formarsi delle foreste, dei deserti e delle distese di ghiaccio.
In quella lontana era di sconvolgimenti Mihathal consegnò il pianeta negli artigli dei dragoni ancestrali *(i primogeniti), creature semidivine che già popolavano altri universi, affinché lo aiutassero a modellare le terre emerse e le profondità degli abissi .*
Trascorsero i millenni ed Everland assunse finalmente la forma che avrebbe conservato fino ad oggi. Fu così che Mihathal ordinò al caos di abbandonare la sua creazione e ai secondogeniti, *nati dagli antichi draghi ancestrali, di ritirarsi in un arcipelago isolato, affinché altre creature potessero essere plasmate e disseminate sul globo.*
Il divino Osservatore pose il germoglio della prima razza nel cuore di una lussureggiante foresta; li chiamò elfi della luce, *perché furono i primi sui quali brillarono i raggi del sole. Soddisfatto della sua opera fece loro il dono della longevità, affinché potessero conservare la memoria dei tempi antichi e trarne il giusto consiglio.*
Piantò dunque il secondo seme nella dura materia delle montagne e vide sorgere il popolo dei nani delle rocce. *Si compiacque di loro per il candore dei pensieri e per la curiosità con cui si affacciavano al mondo, così decise di donare a questa stirpe il potere dell'ingegno e l'arte della scienza, affinché potesse progredire trasformando sogni ed idee in realtà.*
Si recò poi nell'arcipelago dove si erano ritirati i draghi ancestrali e convinse Draaka, *il più antico e potente tra i sopravvissuti della prima*

*era, a fargli dono del suo unico corno. Da esso forgiò gli uomini-drago,
e li collocò lungo le spiagge limacciose del grande fiume, donando loro
il coraggio e lo spirito indomito dei padri, affinché nei secoli a venire
non fosse dimenticato il valore di chi abitò il pianeta negli anni della sua
formazione.*

Dove il mare incontra la terra plasmò la razza degli orchi delle acque
salmastre, *e fece loro il dono della forza e della robustezza, affinché
potessero esplorare gli oceani ed i continenti.*

Infine giunse al centro di una grande pianura e diede origine alla razza
umana, *dotata di spirito di adattamento e di grande inventiva, ma priva
di particolari talenti naturali. La amò, e volle dedicarle un dono grande
ma pericoloso, quello della libertà, affinché fosse sempre in grado di
amministrare la propria forza e la propria debolezza.*

*Quando ebbe completato la sua creazione convocò i suoi tre figli, Dyan,
Tod e Asmodeus affinché potessero ammirarla.*

*Concesse loro ogni potere su Everland e sulle sue creature, in ognuna
delle quali era stato piantato il seme del bene, quello del male ed il seme
della neutralità. Poi li volle guardare negli occhi per un ultima volta, e
scomparve per sempre".*

Amon aveva sentito raccontare questa storia almeno un milione di volte.
Era tratta da un antichissimo testo comune a tutte le razze di Asgahard,
scritto in una lingua morta da millenni e pertanto soggetta a differenti
interpretazioni. Aveva sempre trovato offensivo il tono con cui si parlava
della genesi di umani, orchi, nani e draaka, messi quasi sullo stesso piano
dei primi elfi. E questa era una delle tante ragioni per cui non aveva mai
prestato grande attenzione alle lezioni degli storici.

Circondato dagli affreschi millenari del suo studio, posto in una delle
torri più sfarzose del palazzo reale di Woodland, anche quel giorno stava
sforzandosi di non cedere alla noia di fronte al suo vecchio precettore e ai
suoi giovanissimi cugini.

Si domandò quante altre volte avrebbe dovuto ascoltare dal principio la
storia degli elfi della luce (di cui i silvani erano i diretti discendenti) e del
primo sovrano della nazione elfica, Re Liósálfar.

Fin dalla sua fanciullezza era stato costretto a studiare per mesi e mesi
ogni atto governativo di quel monarca illuminato che ebbe il merito di
guidare il popolo nei suoi primi mille anni, impedendo ogni contatto con
le altre razze *primitive*.

Si sollevò stancamente dal triclinio nel quale era sprofondato, e si portò vicino ad una finestra per prendere una boccata d'aria. Il precettore interruppe la lettura del testo storico per alcuni istanti, poi continuò imperterrito.

"...*all'inizio dei tempi, dunque, un'unica stirpe elfica viveva nel cuore della foresta di Woodland, ed era governata con infinita saggezza da Re Liósálfar. Egli iniziò la costruzione della città antica, completamente immersa nella natura e ricavata da un intreccio di alberi e pietra scolpiti con la magia.*

Completamente isolati dal resto del mondo, ignari dell'esistenza di altre razze e di altri popoli, gli elfi della luce conducevano una vita in totale armonia con il creato, godendo dei privilegi concessi loro dagli dei.

Liósálfar II successe al trono del padre in un'era in cui tutti i popoli di Asgahard avevano iniziato a relazionarsi tra loro. Tutti tranne gli elfi. Il sovrano portò avanti con fermezza la politica isolazionista di chi lo aveva preceduto, ma questa linea non era condivisa da suo fratello Døkkálfar il quale iniziò presto a stringere relazioni segrete con gli umani che abitavano le vicine pianure.

Ben presto le loro divergenze portarono il popolo a dividersi, e mentre la stirpe di Døkkálfar cominciò a diffondersi su tutto il continente dando origine agli elfi delle tenebre, ai drow e agli elfi marini, il popolo di Liósálfar II rimaneva sempre più chiuso in sé stesso, padrone e prigioniero di una foresta fatata.

I due fratelli non arrivarono mai ad un vero e proprio scontro, ma le generazioni successive innalzarono un vero e proprio muro di odio e pregiudizi tra le diverse stirpi, un muro che non fu mai abbattuto".

Amon smise di ascoltare, distratto dalle espressioni dipinte sul volto dei suoi cugini. Viðbláinn, un moccioso dai capelli gialli come il fieno figlio di una delle sue tante sorelle, ascoltava la lezione quasi con devozione. Si era dimostrato da subito un ottimo studente, dotato di acume e spiccata intelligenza, e molto interessato alla storia della famiglia reale. Un po' troppo per i suoi gusti.

Carezzandosi il mento soppesò con attenzione i vantaggi e gli svantaggi di farlo assassinare prima che potesse diventare una minaccia alla sua ascesa al trono.

Søriou era più giovane del cugino, molto meno sveglio, ma decisamente più simile a lui. Nei suoi occhietti furbi si leggeva un forte desiderio di avere la meglio sugli altri, qualcosa di più simile all'avidità che all'ambizione.

Amon sapeva come trattare quelli come lui. Quando sarebbe venuto il momento lo avrebbe comprato, senza correre il rischio di sporcarsi le mani, ed avrebbe potuto contare su un alleato prezioso.

Lanciando un'occhiata di sfida al precettore si defilò lentamente, aggirando una libreria colma di pergamene ed imboccando la porta che lo avrebbe condotto lontano dalle noiose lezioni e dai suoi stupidi cugini.

Discese le scale che dalla torre conducevano ad una delle terrazze più alte della città, legata al palazzo da una serie di piccoli ponti di legno e filamenti di ottone. Da quella posizione la foresta sembrava uno sconfinato mare verde accarezzato dal vento; si fermò ad ammirare quella che gli sembrava non più un'eroica nazione, ma una riserva in cui gli umani avevano concesso loro di sopravvivere.

Il trattato di pace era solo un altro modo per definire la sudditanza delle razze non umane alla corona di Lunamtya.

Si guardò le mani, rivolgendo i palmi verso l'alto. Erano le mani delicate di un principe, ma anche le robuste mani di un guerriero. Per un attimo le immaginò coperte di sangue e provò un brivido di eccitazione lungo la schiena.

Sarebbe presto diventato Re del più antico popolo di Everland, sovrano assoluto della nazione elfica.

In cuor suo sapeva che l'evento non avrebbe tardato a realizzarsi, viste le precarie condizioni di salute di suo padre, ma era altresì consapevole che la sua gente guardava con malcelato timore a quel momento.

Avevano rispettato, amato, quasi venerato il loro sovrano per più di quattrocento anni. Dal momento in cui era salito al trono per guidarli in uno dei più sanguinosi conflitti che gli elfi silvani dovettero combattere contro gli altri popoli di Asgahard, fino alla sua triste e solitaria vecchiaia, scontata come una pena nella sala del trono del palazzo reale.

Anche Amon aveva amato, rispettato, quasi venerato suo padre per come aveva condotto il suo popolo fino ai trattati di pace con l'Impero del Drago Nascente e con le razze di nani, draaka ed orchi.

Ma negli ultimi decenni il suo rispetto era via via scemato, il suo amore era mutato in indifferenza, e l'oggetto della sua venerazione si era spostato altrove.

Si era svegliato ogni mattina con la speranza che un servitore gli portasse il triste annuncio della dipartita di Re Ikerálfar. Ed ogni mattina, fino a quel momento, la delusione aveva innalzato il livello della sua impazienza, portandolo a coltivare progetti privati sui quali poter sfogare ogni frustrazione.

Ecco perché la vendetta su Shade, sull'unica donna che aveva avuto il coraggio e la faccia tosta di respingere il suo amore, aveva assunto priorità assoluta.

Dai giorni immediatamente successivi alla sua fuga da Woodland aveva sguinzagliato per tutti i territori dell'Impero un piccolo esercito di ranger, spie e cacciatori di taglie. Per anni questi erano ritornati con dipinto sul volto il meschino ritratto del loro fallimento, fino a quando un umano – un ladro appartenente ad una famosa gilda – aveva avuto il coraggio di avvicinare un suo geos per offrire i suoi servigi.

"*Yoma Slayer,*" pensò Amon mentre imboccava la scalinata che lo avrebbe condotto ai giardini acquatici racchiusi nei chiostri delle sue stanze private. "*Quell'uomo ha mantenuto la sua promessa, riuscendo dove tutti gli altri avevano fallito*".

Tornò con la mente alla notte in cui lo incontrò segretamente alle porte di Hume. Si era presentato solo, armato esclusivamente di un'asta di legno, vestito come un qualsiasi umano di città.

Aveva completamente ignorato le sue guardie armate facendosi strada tra le alabarde, e si era rivolto con tono strafottente ai suoi geos, cosa che nessun umano sano di mente avrebbe osato fare.

Quando finalmente si era trovato di fronte a lui lo aveva salutato con il rispetto dovuto ad un principe, mutando completamente la sua espressione ed assumendo un contegno perfettamente in linea con i precetti elfici.

La cosa lo aveva stupito a tal punto da consentirgli un colloquio in privato.

"*Sono assolutamente certo di poter trovare ciò che state cercando da anni, mio principe,*" gli aveva sussurrato con tono ossequioso ma molto determinato. "*Dispongo di una rete di informatori infallibili, e ho contatti in tutte le città dell'Impero. Gli occhi della mia organizzazione si nascondono in ogni vicolo, in ogni villaggio sperduto nelle pianure, all'interno di castelli e palazzi nobiliari, nei porti e nelle locande più malfamate. Persino tra la vostra gente e nelle cave dei nani di Rock, tra le palafitte dei draaka e sul dorso dei lupi da guerra ocheschi. La gilda dei ladri è una nazione tra le nazioni; serpeggia sotto le città dell'Impero, tre le mura del principato di Al-Kaìr, nei Territori Liberi, nelle province della Repubblica del Mare. Persino sull'isola di Morlock.*

Il mio talento e la mia organizzazione sono al vostro servizio mio signore, ad un prezzo che sicuramente vi potete permettere".

Amon fu di nuovo sorpreso dall'abilità diplomatica di quell'uomo condita con una sfacciataggine tenuta a freno con grande fatica.

Il prezzo richiesto per quei servigi era davvero folle, ma Amon accettò senza riserve sperando che il gesto colpisse duro nell'onore di coloro che fino a quel momento avevano fallito.

Non incontrò mai più Yoma fino alla notte in cui si mise in contatto con i suoi ranger per organizzare la consegna.

"Ho fatto la scelta giusta mandando a morte tutta quella marmaglia inaffidabile," pensò Amon quando ebbe raggiunto la sua camera da letto.
"Umiliati da un solo uomo.
Tutta la mia elite di maghi e soldati non è riuscita in anni di ricerche a fare quello che un umano ha realizzato in una manciata di mesi. Dovrò servirmi ancora di quel ladro, all'occorrenza..."

Si gettò sul suo morbido letto di ovatta e fece chiamare gli unici due servitori di cui sentiva di potersi davvero fidare.

Gli era venuta una gran voglia di fare visita a Shade.

* * * * *

Quella notte un vortice di spiriti urlanti fece breccia nelle ormai esili difese dell'imperatrice Fiordalia.

La prima orda di *soulstealers* si materializzò sul soffitto della stanza da letto, e strisciando lungo le pareti affrescate discese fino a terra.

Fiordalia sentì tirare le candide lenzuola di seta e si raggomitolò su sé stessa, rimanendo con lo sguardo fisso nel buio come quasi ogni sera.

Avvertì il fiato di quelle orribili creature non-morte, l'impalpabile e gelida carezza delle loro mani sulle sue gambe, il crepitio dei loro corpi putrefatti, ma riuscì a mantenere la calma.

Erano solo spiriti.

Non potevano farle del male.

Dai piedi del letto emerse un secondo stormo di anime inquiete che iniziò a volteggiare urlando oltre il baldacchino.

Fiordalia si coprì la testa con il cuscino, premendolo con forza contro le orecchie.

Quel suono straziante era la somma di migliaia di voci, di grida disperate. Era il ricordo impresso nell'etere delle urla di uomini torturati, straziati sui campi di battaglia, divorati da belve assetate di sangue. Erano i pianti inconsolabili delle vedove, dei figli che sarebbero cresciuti soli, di chi aveva perso ogni motivo per vivere.

La giovane imperatrice lasciò che le sue lacrime si mischiassero a quel fiume di dolore.

Erano solo spiriti.

Non potevano farle del male.

Dopo ore di tormento il suono improvvisamente cessò. Nessuna mano spettrale toccò più il suo corpo. Nessun artiglio si aggrappò più alle sue vesti o alle lenzuola.

Fiordalia pregò che fosse finalmente tutto finito. Supplicò gli dei che la lasciassero sprofondare in un sonno liberatore.

Attese qualche minuto perfettamente immobile, nel silenzio.

Erano solo spiriti.

Non potevano farle del male.

Quando aprì gli occhi vide i soulstealers fermi, tutti intorno al letto. Come le Animenere erano il frutto di una maledizione divina. Sacerdoti non-morti, fedeli al semidio Cacharon, con ancora addosso i macilenti simulacri delle vesti sacre che avevano portato in vita.

Il potere di Cacharon non era sufficiente a conservare l'antica robustezza dei loro copri, i quali si muovevano in modo innaturale e disarticolato, scossi dal fremito di un sistema nervoso corrotto.

Ma la cosa più atroce che gli occhi di Fiordalia furono costretti a guardare erano i loro volti sui quali trionfava tutto il sadico potere del semidio.

La creatura più vicina al letto aveva il collo spezzato e la testa piegata sulla spalla; dalla sua bocca orribilmente scardinata fuoriusciva la testa di un lupo che latrava senza emettere alcun suono.

Icore bianca ed eterea grondava dai suoi occhi spalancati in una maschera di straziante sofferenza.

L'imperatrice provò a distogliere lo sguardo, ma incontrò quello di un soulstealer dal cranio fracassato, completamente infestato da vermi. Dalle sue orbite vuote fuoriuscivano sei zampe di aracnide coperte di peluria grigiastra, che si muovevano meccanicamente.

Erano solo spiriti.

Non potevano farle del male.

Si sbagliava.

Un attimo dopo i non-morti le erano addosso, afferrandole le vesti, toccando la sua pelle con il gelido tocco di quegli arti deformi, cercando di farsi strada nella sua mente stremata.

Da troppe notti viveva quello stesso incubo, sempre più realistico, sempre più doloroso.

Da troppe settimane il sortilegio non le concedeva riposo, tormentandola con orribili visioni durante il giorno e con incubi in carne ed ossa al calare delle tenebre.

Quella notte un vortice di spiriti urlanti fece breccia nelle ormai esili difese dell'imperatrice Fiordalia.

Le ancelle la trovarono come pietrificata, mezza nuda in mezzo alle lenzuola di seta ridotte a brandelli.

Respirava appena e fissava il soffitto con lo sguardo perso nel vuoto. I medici, i sacerdoti ed i maghi che prontamente accorsero provarono a rianimarla in ogni modo, ma non un farmaco, né una preghiera o incantesimo riuscì a farla tornare in sé.

Nessuno osò formulare la diagnosi che già da tempo serpeggiava nei corridoi del palazzo.

Follia, demenza, pazzia, era come se queste parole fossero state bandite; scomparse dal vocabolario dei nobili, dei militari, dei chierici, di ogni cittadino di Lunamtya.

Come per scongiurare il pericolo di una catastrofe. Come se cancellando una parola il suo significato non potesse più verificarsi.

Pur agendo con la massima discrezione, ai funzionari governativi non rimase che avviare le procedure per la nomina di un tutore che tenesse le redini dell'Impero.

Così, alle prime luci dell'alba, il vescovo Sillerieux fu raggiunto da una delegazione di dignitari e convocato a palazzo per l'investitura.

* * * * *

La neve scendeva lenta, accarezzando dolcemente le cime delle montagne ed imbiancando le foreste di abeti. Nessun nano sembrava farci caso, dal momento che tra le montagne di Rock - ed in particolare nei dintorni della città di Rox - nevicava per almeno cinque mesi all'anno.

I minatori camminavano in gruppi numerosi, ridendo e scherzando con il loro solito vocabolario pieno di sconcezze. La dura giornata di lavoro era finalmente giunta al termine, e presto avrebbero riabbracciato le loro famiglie, gustando un'abbondante cena davanti al camino.

Bark Stonskin stava percorrendo la via che tagliava a metà il piccolo villaggio sorto nei pressi della nuova miniera di ferro, a poche ore di cammino dalla città di Rox.

Il suo pony dal manto bruno marciava lento, affrontando la salita con solida determinazione. Gli carezzò il crine, affondando la mano callosa tra i ciuffi di pelo biondo, poi gli sussurrò di aumentare il passo e quando fu vicino al gruppo di minatori si limitò ad un breve cenno di saluto e passò oltre.

Dal borbottio alle sue spalle fu costretto a constatare che qualcuno lo aveva riconosciuto. Nonostante vestisse abiti popolari e la sua cavalcatura fosse sellata con gli ornamenti tipici di Rox, il suo volto era troppo noto per passare inosservato.

Aumentò il passo ed imboccò il sentiero che conduceva alla Locanda dell'Ultimo Miglio, un postribolo costruito nell'estrema periferia della città nanica, in una gola perennemente tormentata dal vento gelido.

In gioventù aveva scaldato le sue notti in bettole ben peggiori di quella, ma da quando le sue vecchie ossa occupavano il seggio riservato al popolo dei nani nell'Alleanza con l'Impero del Drago Nascente non aveva più osato avventurarvisi.

Ripensò alla sua piccola Fiordalia, a come stesse sopportando con tenacia la malattia che l'aveva colpita. Era in viaggio già da diversi giorni e il fatto di non poter essere costantemente aggiornato sulle condizioni di salute dell'imperatrice lo tormentava.

Imprecò contro gli dei, colpevoli di non averle concesso la giusta protezione.

Imprecò anche contro sé stesso, reo di non averla saputa difendere…

In cuor suo sapeva di averla addestrata con la stessa devozione che avrebbe dedicato ad una figlia; era stato duro, inflessibile, come deve essere un maestro che ha a cuore il futuro del suo allievo migliore. Ma aveva saputo anche piegarsi di fronte alla saggezza che albergava in quel piccolo cuore, figlio del sovrano più illuminato che abbia mai calpestato il suolo di Asgahard.

"Verrà la guerra," disse al suo pony continuando a pettinare con la mano la sua folta criniera, "e il sogno a cui ho dedicato la mia vita sarà messo alla prova.

La guerra è uno strumento di verità. Metterà a nudo tutte le nostre debolezze, e mostrerà al mondo di che pasta sono realmente fatti i popoli alleati".

Il pony scrollò la testa, sbuffando nuvole di vapore dalle grandi narici.

"Il filo che lega nani, elfi, draaka, orchi e umani è sottile, non ha avuto tempo sufficiente per consolidarsi.

Il Re degli elfi è l'unico tra i firmatari dell'alleanza ad essere ancora in vita, eppure persino nel suo palazzo c'è chi trama contro il trattato allo scopo di ripristinare l'antico oscurantismo".

Bark stava riflettendo a voce alta quando uno strano suono giunse al suo orecchio.

Si zittì, e tirò le redini della sua cavalcatura, affidandosi ad uno dei talenti della sua razza. Abituati da generazioni ad abitare città semisepolte sotto la roccia, i nani avevano imparato a non affidarsi alla vista sviluppando maggiormente gli altri sensi, così tese l'orecchio e rimase ad ascoltare.

Di nuovo udì un suono simile ad un sottile rantolio provenire dal fondo di uno dei crepacci che si aprivano ai lati del sentiero.

Balzò a terra e si avvicinò con prudenza al baratro; si appoggiò con il petto sulla roccia ed ascoltò in silenzio.

Le nuvole in cielo impedivano alla luce della luna di filtrare. Bark non ricordava di avere mai visto una notte più buia di quella in tutta la sua vita.

"C'è qualcuno li sotto?" gridò verso la direzione da cui gli era parso di udire il rumore.

Non sentì più nulla.

"Serve aiuto?" domandò di nuovo.

A qualche secondo di silenzio seguì quello che al nano parve un colpo di tosse, un colpo di tosse dannatamente umano.

"Coraggio, tieni duro!" gridò ancora in direzione del suono. "Vengo a prenderti".

Fino a quel momento Bark aveva viaggiato senza luce, affidandosi alla sua memoria e sfruttando la capacità di vedere nel buio del suo pony, acquistato anni addietro in uno dei preziosi allevamenti sotterranei di Rock.

Frugò nello zaino che portava legato alla sella, ma dovette constatare che non possedeva nemmeno una torcia.

Imprecò duramente contro il suo scudiero, fingendo di non ricordare che era stato lui a ordinargli di non appesantirlo con inutili cianfrusaglie da viaggio.

Fu sollevato nel vedere che la sua borsa conteneva almeno una corda, ma l'euforia cessò rilevando quanto fosse malridotta.

"Dovrai aiutarmi vecchio mio," disse legando la corda alla sella e convincendo il cavallo a tenerne tra i denti un'estremità.

"Mi affido a te, ora provo a scendere".

Bark si assicurò all'altro capo della corda ed iniziò la sua discesa. Inizialmente trovò una serie di appigli piuttosto comodi che gli permisero di guadagnare un appoggio sicuro sopra uno spuntone di roccia. Il tratto successivo, però, lo costrinse a muoversi con la massima prudenza, molto lentamente.

La neve si era depositata sulla pietra rendendola tremendamente viscida, e il nano fu costretto più di una volta ad appendersi alla corda per non precipitare nel vuoto.

Quando finalmente raggiunse il punto da cui proveniva quel sottile lamento, intravide un bagliore appena percettibile e la sagoma di un uomo distesa su una lastra di granito. Doveva essere precipitato dall'alto a giudicare dalla posizione disarticolata.

Bark si avvicinò con circospezione, si chinò verso l'uomo ed osservò che da uno strano disegno alla base del suo collo si irradiava una flebile luce cerulea.

Quel tatuaggio gli era familiare, ma non riusciva a ricordare dove l'avesse già visto.

Allontanò il pensiero e provò di nuovo a rivolgergli la parola.

"Sono qui per aiutarti, riesci a parlare?"

L'uomo tossì nel tentativo di rispondere. "C... cr... credo di non avere nemmeno... un osso... al suo posto..." sussurrò con voce quasi ironica. "A giu... giudicare dalla tua altezza... o sei caduto anche tu in un crepaccio... o... sei un nano..."

Bark pensò che il duro impatto con il suolo dovesse avergli tolto il senno. Non poteva credere che, con il corpo massacrato da tutte quelle ferite, potesse avere voglia di scherzare.

"Come ti chiami?" domandò timidamente.

"Yoma... Yoma Slayer... per servirla!"

"E' un miracolo che questo tuffo tra le rocce non ti abbia ucciso. E se non ti avessi trovato lo avrebbe fatto il freddo durante la notte. Come accidenti sei finito qui sotto?"

"N... nani... diciamo che... non devo essere stato... troppo simpatico... e..."

"...e ti hanno conciato per le feste".

"Già..."

"In ogni caso, ragazzo, puzzi di alcol come se avessi svaligiato una distilleria".

"N... non una distilleria... una locanda..."

Bark cominciò a fare qualche supposizione. L'umano doveva avere infastidito qualcuno alla Locanda dell'Ultimo Miglio. Magari era riuscito a rubare qualche bottiglia e l'oste o chi per lui gli aveva dato una bella lezione.

Quella stamberga era nota per essere frequentata dai peggiori ceffi delle montagne. Era un rifugio per briganti ed assassini, e solo un pazzo forestiero poteva essere tanto idiota da cercare guai con quella gentaglia.

"Bene Yoma Slayer, adesso dovrai stringere i denti. Proverò a portarti al sicuro, ma credimi sarà piuttosto doloroso".

"La mia asta..." strillò Yoma con le sue ultime forze. "Ti prego... non lasciarla qui sotto..."

"Tranquillo, sembra piuttosto piccola. In qualche modo la porteremo con noi".

"Posso pagarti... ho con me ... un piccolo tesoro... nella foga non hanno pensato... di frugare nella mia giacca..."

"Non sprecare fiato e pensa solo a rimanere vivo. Il tuo denaro non mi serve".

Bark iniziò a studiare le ferite di quell'umano. La luce irradiata dal suo collo non era sufficiente ad illuminare tutta la roccia su cui era adagiato il corpo. Iniziò a tastare con le mani il sto torso, classificando la gravità delle fratture a seconda di quanto fossero strazianti le sue urla. Le gambe erano entrambe spezzate, e la spalla sinistra si era frantumata conto uno spuntone di roccia.

Anche dal cranio sembrava essere fuoriuscito del sangue.

Non riusciva davvero a spiegarsi come potesse essere sopravvissuto fino al suo arrivo.

Decise che perdere tempo con altri esami non gli sarebbe servito a nulla. La situazione sembrava davvero critica e le speranze che quell'uomo potesse resistere allo stress della risalita erano quasi nulle. Gli passò la corda sotto la schiena, si assicurò che fosse bene annodata dietro le spalle e quando fu il momento di sollevarlo gli rifilò un pugno alla base del mento, stordendolo all'istante.

"Questa anestesia ti aiuterà a non sentire il dolore della risalita", grugnì massaggiandosi le nocche.

Poi, procedendo a tentoni nell'oscurità, iniziò la sua scalata.

CAPITOLO VENTISETTESIMO
Strategie di guerra. Uno schiaffo nella foresta.

Lord Thalor non aveva riposato bene quella notte. La strega lo aveva tenuto sveglio per ore con i suoi presagi e le sue sciocche superstizioni, e quando finalmente era riuscito a coricarsi sulla sua branda il sonno se n'era andato.

Era rientrato dal suo viaggio a Morlock con un ordine preciso ed era giunto il momento di comunicare anche agli altri generali quali fossero le intenzioni del loro sovrano.

Alzatosi in piedi si portò di fronte ad un pezzo di specchio ed osservò il suo corpo nudo. Era quello di un guerriero, di un uomo che aveva vissuto per combattere. Le numerose cicatrici disegnate sulla sua pelle erano il segno inequivocabile della benedizione di Tod. Molte, infatti, erano frutto di lacerazioni profonde, ferite mortali. Non importa quanto fosse stato vicino alla morte; era riuscito sempre a rialzarsi e a riconquistare la sua posizione sul campo di battaglia.

Dopo essersi lavato e sbarbato, indossò la sua corazza e il suo mantello verde, si cinse in vita la sua spada ed uscì dalla tenda.

In mezzo al campo, nel punto in cui era stato acceso un grande fuoco intorno al quale i soldati scaldavano le loro ossa, gli ufficiali erano già in riga.

Lord Drako, vestito in alta uniforme, lo osservava dal centro dello schieramento.

Il vento agitava il suo mantello color porpora e si insinuava tra i suoi capelli biondi, tagliati corti.

Protetto nella sua armatura di metallo nero come la notte, con le mani appoggiate all'elsa del suo spadone a due mani, aveva l'autorevolezza di un dio della guerra.

Negli occhi dei suoi uomini si leggeva una totale dedizione per il loro generale. Non avrebbero esitato un istante a dare la vita per lui.

Al suo fianco Lord Zevrin si stagliava minaccioso.

I simboli di morte che decoravano la sua armatura rossa erano stati lucidati ad arte, così come la sua spada leggermente ricurva.

I suoi uomini lo temevano e ne rispettavano la ferocia dimostrata in battaglia. Nonostante il parziale insuccesso a Desertac, Zevrin rimaneva una delle migliori armi nelle mani del Signore di Morlock.

La scomparsa di Mordred, inizialmente, aveva gettato un po' di scompiglio tra le file dei non morti, ma altre Animenere avevano preso il suo posto. Centinaia di scheletri animati dalla magia nera restavano immobili in attesa di ricevere ordini. Zombie e soulstealers si agitavano incapaci di tenere fermo il loro corpo, emettendo lamenti e gemiti soffusi. Un'infinità di spettri e fantasmi circondava tutto il campo, muovendosi senza emettere il minimo suono.

I negromanti e gli stregoni, avvolti nelle loro vesti scure, erano guidati da una donna, Lady Lusyfra, appartenente al popolo ormai estinto degli elfi di Morlock. La sua padronanza della magia nera pareva non fosse seconda a quella dello stesso Signore di Morlock, ed era una delle più antiche studiose delle Rune.

Anche il demone Gathor sedeva di fronte alla sua legione di creature inumane. Esseri evocati dagli abissi infernali, la cui essenza era composta di pura malvagità. Incapaci, una volta scatenati sul campo di battaglia, di fermare la propria sete di morte e distruzione, venivano impiegati solo in situazioni estreme.

Lord Thalor li osservò a lungo prima di parlare. Conosceva i suoi uomini meglio di chiunque altro, e sapeva che molti di loro attendevano questo momento da tutta la vita.

"Ho pensato tutta la notte a quali parole utilizzare per descrivervi questo momento," disse il generale supremo delle armate di Morlock ai suoi soldati.

"I prossimi giorni saranno i più importanti della vostra vita. Credo infatti che ciascuno di noi sia nato ed abbia vissuto solo per vedere i giorni che verranno.

Il nostro dio ci ha mostrato la verità, e Lord Wishid, il nostro signore, ha consegnato a noi le chiavi per liberare il nostro popolo dall'ingiustizia di cui è stato vittima per decenni.

Stiamo per scatenare l'inferno sulle terre sacre a Dyan!"

Un boato interruppe il discorso del generale.

I soldati dalle retrovie alzarono le spade verso il cielo, inneggiando al regno di Morlock.

"Ognuno di voi sa quello che deve fare," continuò Lord Thalor.

"Ci siamo preparati ogni giorni per questo momento. Ogni allenamento, ogni battaglia, ogni assedio sono stati solo un'anteprima di ciò che sta per avverarsi. Abbiamo lottato per conquistare ogni singolo centimetro che ci separa dalla capitale del nostro regno a questo accampamento. La terra che calpestiamo ha bevuto il sangue dei nostri fratelli, ma ora ci appartiene. I

Territori Liberi hanno provato ad opporsi alla nostra crociata, ma si sono dovuti inginocchiare di fronte alla nostra potenza.

In fondo loro erano solo uomini, mentre noi... noi siamo gli araldi di un dio!"

Un grido di trionfo esplose nell'aria del mattino, Lord Thalor attese che i soldati si sfogassero urlando verso il cielo, poi continuò.

"La nostra gente, sull'isola di Morlock, lotta ogni giorno per un frutto non contaminato, per un pezzo di carne che non odori di marcio, per una pertica di terreno ancora coltivabile, per un pesce che non venga a galla già morto.

E tutto questo solo perché Dyan, quello che in passato ritenevamo fosse un dio giusto, ha voluto colpire i figli prediletti del suo divino fratello.

Ci è stato negato ogni futuro, miei uomini. Ma oggi inizieremo a riprendere nelle nostre mani la tela del destino.

Oggi siamo chiamati a decidere se arrenderci al gioco del dio della luce, o combattere per il nostro domani. Se continuare a vivere strisciando sulla terra come vermi, o se alzare la testa e fare vedere al mondo intero di che pasta sono fatte le genti di Morlock!"

I soldati inneggiarono: "onore e gloria ai regni di Morlock!"

"Guardatevi intorno, soldati," concluse Thalor, "e fissate nella vostra memoria ogni attimo di questa giornata, perché da questo istante inizia l'alba di una nuova era. Perché da oggi inizia il tempo della nostra rinascita. Risorgeremo insieme, conquistando il trono di Lunamtya, o saremo annientati insieme combattendo come eroi.

Allora, miei uomini, fratelli su campo di battaglia... siete pronti a risorgere?"

Ogni soldato, umano o inumano, urlò con tutto il fiato che aveva in gola, agitando spade, lance, asce, e tutte le armi verso il cielo.

Il boato si estese per chilometri, facendo letteralmente vibrare la terra.

Lord Thalor diede inizio ai preparativi per la più attesa di tutte le battaglie.

La guerra era ormai alle porte.

* * * * *

"Il sentiero dovrebbe essere questo," indicò Koori emergendo dalle frasche. "Ne ho avuto conferma parlando con alcuni amici che vivono nella foresta".

"Hai idea di quanto sia distante il luogo dove è tenuta prigioniera la ragazza di cui ci hai parlato?" domandò Wrath.

301

"In linea d'aria è molto vicino, ma per essere certi di non incontrare una pattuglia di ranger bisognerà aggirare la radura. Ci servirà tutta la giornata".

"Meglio essere prudenti," commentò Lavia raggiungendo i due compagni. "Ho sentito dire che gli elfi di Woodland non sono famosi per la loro ospitalità".

"Decisamente no," bofonchiò Wrath imboccando il sentiero.

Camminarono per tutta la mattina seguendo le indicazioni che il giovane druido raccoglieva dagli animali del bosco.

Sostarono ai piedi della tana di un gufo dall'aspetto autorevole, grazie al quale Koori apprese alcune informazioni sui carcerieri della ragazza elfa.

Il rapace si era dimostrato un attento osservatore. Solo tre persone si erano avventurate in quella zona di fitta boscaglia negli ultimi giorni: due elfi accomunati da un particolare tipo di abbigliamento che Wrtah riconobbe appartenere all'ordine dei maghi elementali della terra, i temuti geos, ed un terzo decisamente più discontinuo nelle visite, a cui gli altri due sembravano portare rispetto.

"*Il capo di quel branco*," aveva confidato il gufo a Koori, "*ha lo sguardo di una tigre, ed il suo odore ricorda quello di una carcassa in decomposizione*".

Continuarono a percorrere il sentiero fino a quando, a metà pomeriggio, non si trovarono di fronte ad un vicolo cieco. La foresta terminava a strapiombo su un crepaccio scavato da un affluente del Grande Fiume, e non sembrava vi fosse modo di passare dall'altra parte.

"Posso trasportarvi in volo," suggerì Lavia. "Ma dovrò fare due viaggi".

"Temo non sia possibile," sussurrò il mago rosso facendo segno di fare silenzio. Con un cenno della mano indicò a fondo valle, dove alcuni elfi stavano raccogliendo la legna trasportata dal fiume. "Volando sopra la loro testa corriamo il rischio di essere scoperti".

"Possiamo usare l'incantesimo del teletrasporto!" suggerì Koori. "Da questa distanza credo di riuscire a scorgere un buon punto di arrivo, senza correre il rischio di materializzarci dentro il tronco di un albero".

Wrath avrebbe voluto saperne di più su come quel giovane druido potesse padroneggiare un incantesimo di tale portata. Ma non era il momento. "Quelli laggiù sono geos. La magia del teletrasporto metterebbe immediatamente in allerta i loro sensi. Sono addestrati per percepire le vibrazioni arcane a miglia di distanza".

"Cosa suggerisci di fare?" domandò quindi il ragazzo.

"Non possiamo fare altro che tornare indietro e cercare una via alternativa".

Non perdettero tempo e tornarono sui loro passi.

Koori sapeva muoversi con maggiore agilità tra le insidie del sottobosco, per cui convinse gli altri a lasciarlo andare in avanscoperta.

Uscì dal sentiero e si mise a correre con passo leggero, quasi senza fare rumore.

Gli alberi crescevano vicini gli uni agli altri. Le chiome si intrecciavano in un groviglio reso ancora più fitto dai numerosi rampicanti che s'innalzavano fino al cielo, ma per Koori orientarsi in quel labirinto era una cosa assolutamente naturale.

Le piante come gli animali avevano un loro linguaggio, una sorta di codice comportamentale. E lui era in grado di comprenderlo.

Superò un cespuglio di rovi e si trovò di fronte al solito crepaccio. Solo che questa volta non sembrava esserci nessuno lungo gli argini del torrente.

Studiò con attenzione il paesaggio e si rimise in marcia per raggiungere gli altri.

Lavia, nel frattempo, si era chiusa in uno strano silenzio.

Il suo cuore era tormentato da pensieri angosciosi. Probabilmente Yarrick era già stato informato dell'uccisione di Mordred, e del suo tradimento. Oltre alla delusione avrebbe dovuto sopportare l'ingiuria dei suoi avversari.

Lord Zevrin avrebbe di certo approfittato della notizia per gettare discredito su di lui, e quella maledetta strega avrebbe sfruttato la cosa per le sue manipolazioni.

Era felice di avere protetto Wrath e il suo segreto, ma non poteva sopportare l'idea che a pagare fosse l'unica persona che aveva creduto in lei, aiutandola a muovere i primi passi in un mondo che non perdona alcuna debolezza.

"Sei stanca?" domandò il mago rosso cercando di rompere il silenzio. Si sentiva un idiota per avere fatto una domanda così sciocca.

"No, non ti preoccupare," rispose lei senza alzare lo sguardo dalle foglie secche che ricoprivano il sentiero. "Sto bene".

Wrath era un maestro nell'utilizzare le parole per convincere le persone ad assecondare i suoi desideri. Era un bravo manipolatore, certo, ma non aveva la benché minima idea di come si facesse a consolare una persona.

"So quello che provi," disse tentando un secondo approccio, "e vorrei davvero poterti aiutare".

"Credimi non puoi farci niente," rispose Lavia in modo secco, come a voler chiudere il discorso.

"Volevo solo esserti vicino". La pazienza di Wrath cominciava a venire meno.

"Possibile che tu non ti renda conto di quello che sto passando?" Lavia scattò verso di lui e lo costrinse a fermarsi per guardarla negli occhi. "Io ho sacrificato tutta la mia vita in una sola notte e l'ho fatto per te…"

Wrath rimase a bocca aperta; non era stato lui a chiederle di compiere un sacrificio tanto pesante.

Soprattutto considerando che se avesse deciso di portare a termine la sua missione lo avrebbe consegnato nelle mani di un'Animanera.

Non era certo nella posizione di poter alzare la voce contro di lui.

"E' un peso ingiusto quello che mi stai gettando sulla coscienza, Lavia. Sei stata tu a prendere la decisione di seguirmi, non ti ho condizionato in alcun modo. Io me la sono sempre cavata da solo e tu… sei libera di tornare a Morlock quando vuoi!"

"Sei un gran bastardo, Wrath!" Gli occhi della mezza-demone si gonfiarono, ma riuscì a trattenere le lacrime. Non gli avrebbe concesso quella soddisfazione. "E comunque non era mia intenzione appesantire la tua povera coscienza. E' già troppo carica di colpe perché possa essere gravata dai miei sentimenti".

"Le mie colpe non ti riguardano. E quanto ai sentimenti non credo di essere in grado di provarne, mia cara!"

Lo schiaffo che Lavia diede a Wrath rieccheggiò nel bosco.

Il mago rimase immobile, impietrito, incapace di dire una sola parola, mentre davanti a lui Lavia non riusciva a trattenere il pianto.

Solo allora si rese conto di quanto fosse grave ciò che gli era uscito dalla bocca.

Koori sopraggiunse proprio in quel momento. "Ho trovato un passaggio sicuro… ma che diavolo state combinando voi due?"

Lavia tirò su con il naso, si asciugò le lacrime e sfoggiò un sorriso di circostanza. "Sono pronta, andiamo!"

Wrath rimase con i piedi incollati al suolo per alcuni secondi, con il cuore che gli scoppiava nel petto. Un misto di rabbia e rimorso gli faceva ribollire il sangue.

"Forza, mago!" urlò il druido dal fondo del sentiero, "dobbiamo arrivare alla prigione prima che faccia buio".

Wrath si incamminò, ricacciando i suoi pensieri in fondo al cuore.

Shade si sforzò di inghiottire quel boccone dolciastro. Per alcuni giorni si era nutrita soltanto di insetti, come le aveva suggerito Koori, ma con il tempo il senso di nausea non le si era minimamente affievolito.

Aveva provato ad utilizzare le infiltrazioni d'acqua per lavarsi, ma continuava a sentirsi abbruttita in quella situazione ai limiti della sopravvivenza. Non riusciva ad immaginarsi così, nuda, a strisciare tra le rocce alla ricerca di termiti e scarafaggi con cui placare il morso della fame.

Amon avrebbe pagato per l'assassinio di suo padre, e per tutto il male che le stava infliggendo…

* * * * *

Wrath e gli altri stavano sdraiati tra le felci attendendo che gli ultimi raggi si sole scomparissero dietro alle montagne.

Dalla loro posizione elevata riuscivano a vedere perfettamente l'ingresso della prigione, uno dei tanti *xenote* (o "occhi della terra" come li chiamavano gli elfi in lingua antica) scavati dagli affluenti del Grande Fiume.

I *xenote* erano varchi di accesso a mondi sotterranei avvolti dalle sterpaglie e dalle piante rampicanti. Misteriosi intrecci di rocce calcaree scavate dall'acqua, labirinti di stalagmiti e stalattiti millenarie, fiumi e laghi sotterranei illuminati da quarzi fluorescenti.

Ce n'erano migliaia in quella zona, la maggioranza dei quali non era mai stata individuata o esplorata da nessuno. Un luogo perfetto per nascondere una persona.

Koori era assolutamente certo che in quello che si apriva davanti a loro fosse tenuta prigioniera una giovane ragazza elfa. Appena giunti in quel luogo nascosto tra gli alberi di mogano, aveva raccolto da terra un piccolo ragno d'ombra ed era rimasto a lungo a dialogare mentalmente con lui.

"La ragazza è nascosta qui sotto," aveva poi rivelato ai compagni. "Questo ragno d'ombra è un amico di vecchia data, ed è rimasto a vegliarla fino ad ora. Mi ha confermato che i suoi carcerieri sono soltanto in due, e che un terzo viene a farle visita di rado.

Pare però che da alcuni giorni nessuno dei tre si sia più fatto vivo".

In un primo momento, su suggerimento dello stesso Koori, avevano pensato di fare una rapida irruzione nella caverna approfittando dell'assenza dei guardiani.

Ma avvicinandosi all'ingresso dello xenote Wrath aveva percepito una vibrazione arcana e grazie al potere del suo bastone magico era riuscito ad individuare alcuni *glifi di protezione* che i geos avevano utilizzato per impedire a chiunque di avvicinarsi alla prigioniera.

Eludere quegli incantesimi avrebbe richiesto troppo tempo, con una forte probabilità di fallire nel tentativo.

Così avevano deciso di rimanere nascosti per studiare la situazione, pronti a tendere un'imboscata appena i carcerieri si fossero presentati.

"Devo confidarvi una cosa," disse improvvisamente Koori cercando di smorzare la tensione che da alcune ore percepiva tra i suoi compagni di viaggio. "Non ho idea del perché quella ragazza sia tenuta prigioniera".

Wrath e Lavia non nascosero una certa sorpresa.

"Potrebbe essere un'assassina, una donna pericolosa… magari gli elfi hanno tutte le ragioni di questo mondo per tenerla segregata lontano dalla loro città".

"Ragazzo mio tu sei completamente pazzo," sentenziò Wrath scrollando la testa. "Perché diavolo ci hai coinvolti in questa follia? Vuoi rischiare di rimettere in libertà un criminale, magari dovendo combattere contro chi sta dalla parte della ragione?"

"Cosa non ci hai ancora detto, Koori?" domandò Lavia preoccupata. "Qual è il vero motivo per cui ci hai condotto fin qui?"

Il druido prese fiato.

Ripensò alla sua fuga dalla città di Oasi divorata dalle fiamme, e alle ultime parole del suo maestro.

"*…ciò che ci convinse a scegliere proprio te come erede sta scritto nel tuo destino e in quello di alcune persone che incontrerai molto presto…*".

Come poteva sapere se erano loro le persone con cui avrebbe dovuto condividere quel destino così importante?

Decise di affidarsi al proprio istinto ed iniziò a parlare.

"Sono un druido, ma ho vissuto con i monaci del tempio di Oasi per molto tempo, coltivando le loro antiche arti e affinando le discipline di cui gli dei mi hanno dotato.

Prima che il monastero fosse raso al suolo dalla furia degli eserciti di Morlock i miei maestri mi hanno rivelato che la Runa del Ferro, un antichissimo artefatto di immenso potere, era custodito nel cuore dell'edificio.

Affinché non cadesse nelle mani del nemico mi hanno ordinato di fuggire e di portarlo lontano dagli artigli del Signore di Morlock".

Wrath non poteva credere alle sue orecchie. Ecco perché quel ragazzino riusciva a padroneggiare un incantesimo della portata del teletrasporto. Lo lasciò continuare senza interromperlo.

"Il potere della Runa mi ha condotto al vostro accampamento. All'inizio ho pensato si trattasse solamente di una coincidenza; distratto dalla presenza di quel vecchio negromante non mi sono accorto della strana vibrazione che provo ogni volta che mi avvicino a voi due.

Poi quando siamo giunti a Lizarville ho capito che la Runa mi stava guidando e mi sono lasciato trasportare…

Ho evitato per un soffio di essere coinvolto nell'attacco delle Animenere, e quando ho letto il messaggio di Lavia ho pensato di nascondermi nel bosco attendendo il momento in cui avrei potuto aiutarvi a fuggire.

Ma la Runa, senza che io potessi in alcun modo impedirlo, mi ha trasportato lontano dalla città dei draaka, in un luogo sicuro all'interno della foresta. Ed è lì che ho avuto la visione.

Ero solo in un'immensa prateria. L'erba era sottile e morbida. L'aria fresca e senza odore. Sull'unica collina che si ergeva al centro della prateria vi erano alcune pietre azzurre, sospese nell'aria a formare un cerchio. Mi sono avvicinato, attratto dalla magia di quel luogo, ed ho visto una spada gigantesca conficcata a terra nel punto più elevato dell'altura.

Il metallo di quella spada sembrava solido, ma al tempo stesso era come se le particelle che lo componevano si muovessero in una danza quasi ipnotica.

Quando finalmente mi sono trovato di fronte a quell'arma ho provato a toccarla, e subito la mia mente è stata travolta da un turbinio di immagini.

La Runa mi ha mostrato la vostra fuga ed il luogo dove avevate trovato rifugio; ma mi ha anche rivelato che avreste corso un grande pericolo e che se mi fossi fidato del suo potere avrei potuto aiutarvi.

Poi mi ha mostrato l'immagine di una giovane elfa, tenuta in catene in uno xenote. Ho letto nei suoi occhi rabbia e disperazione e ho provato una profonda tristezza.

Ho visto altri uomini ed altre donne confondersi in un fiume di volti che si sovrapponevano tra di loro senza che li legasse alcun filo logico.

Ed ancora l'immagine di un guerriero dall'aria scanzonata insieme ad una splendida elfa scura dagli occhi viola e dai capelli d'argento".

"Jena e Seska!" lo interruppe Wrath. "Conosco molto bene il guerriero e la drow che ti ha mostrato la visione".

"Lo supponevo," continuò il druido, "e sono convinto che anche l'elfa imprigionata in questo xenote sia in qualche modo legata al nostro destino".

Lavia si domandò se anche lei facesse parte di quel disegno. Non sopportava l'idea che tutto fosse già scritto e che il suo ruolo fosse solo quello di una marionetta nelle mani degli dei.

"Puoi descriverci il volto della ragazza?" domandò il mago con apprensione.

"Nella visione si intravedeva appena... Ricordo i suoi occhi color smeraldo, uno sguardo deciso... e i capelli rosso bruno, né lunghi né corti... Ho parlato con lei attraverso la Runa, e mi è sembrata solo una donna spaventata".

"Potrebbe essere Shade," commentò a voce alta Wrath. "Ma come è potuta finire nelle mani degli elfi? Era a Lunamtya quando mi sono imbattuto in Venemius!"

"In ogni caso," concluse Koori, "non so per quale ragione la ragazza sia stata imprigionata, ma so che la Runa del Ferro mi lega a lei, così come mi lega a voi due".

Rimasero tutti zitti per qualche minuto, assorti nei loro pensieri.

Intanto il sole era sceso dietro alle montagne di Rock e la foresta stava lentamente per essere inghiottita dall'oscurità.

* * * * *

I due geos comparvero con il calare delle tenebre.

La roccia davanti all'ingresso della prigione, nel punto esatto dove Wrath aveva individuato un glifo di protezione, aveva iniziato a vibrare per poi deformarsi e ribollire. Subito dopo un mago elementalista di corporatura robusta era emerso dalle profondità della terra, avvolto nelle sue strane vesti. Aveva il capo coperto dal tipico turbante che i membri della sua scuola indossavano per distinguersi dagli apprendisti, e portava una benda di colore rosso sull'occhio sinistro.

Per alcuni istanti rimase immobile, attendendo che la roccia liquida che lo copriva ricadesse a terra. Quando le vesti furono completamente asciutte si scostò, permettendo ad un suo compagno di emergere dalla terra nello stesso modo.

Il secondo geos aveva occhi da faina e si rivolgeva al compare con tono saccente. Era particolarmente alto, di costituzione esile, e lo strano modo

308

in cui si muoveva, quasi serpeggiando, mettevano i brividi.

"Io avrei mangiato i topi piuttosto che infilarmi in bocca una manciata di vermi," ironizzò il tipo con un occhio solo mentre attendeva che le ultime gocce di roccia scivolassero dalle vesti del compagno.

"Gli uni o gli altri non avrebbero fatto differenza per me".

"Lo dici perché non ti hanno costretto a mangiarli".

"Sciocchezze. Si tratta solo di cibo".

"Disgustoso… Comunque sono curioso di vedere cosa ha scelto di fare l'elfa. Potrebbe anche non avere mangiato nulla".

"In tal caso credo proprio che non la troveremmo in salute".

"Già. Il principe Amon deve essersi preso proprio una bella cotta per la ragazza, considerato tutto l'astio che ha covato in questi anni".

Wrath Felling, nascosto a pochi metri dai due elementalisti della terra insieme a Lavia e Koori, ebbe la conferma dei suoi sospetti. *Deve trattarsi proprio di Shade,* pensò cercando di rimanere concentrato sulle parole dei carcerieri, *sapeva che il principe degli elfi non le avrebbe dato pace. Ma come è possibile che sia finita nelle mani di quegli aguzzini? Cosa può essere accaduto a Jena e a Seska? Non avrebbero mai permesso ad Amon di catturarla*".

Il mago rosso sentì il suo cuore gonfiarsi. Non poteva accettare l'idea che fosse capitato qualcosa di brutto agli altri… soprattutto a Seska.

Sentì che Lavia lo stava osservando e provò una strana sensazione, come se la mezza-demone riuscisse a leggergli dentro.

"State pronti!" bisbigliò Koori richiamando l'attenzione dei compagni. "Per entrare nello xenote dovranno rimuovere l'incantesimo di protezione, e noi avremo pochi istanti per infilarci alle loro spalle".

Lavia annuì. Non potevano sapere se il glifo si sarebbe riattivato dopo il loro passaggio, tuttavia sapevano di dover correre quel rischio. Una volta entrati avrebbero potuto liquidare i due elfi prima che potessero chiamare i rinforzi.

"Io scommetto che si è nutrita con i topi…" affermò con convinzione il mago senza un occhio.

"Libera l'accesso alla prigione," tagliò corto quello dall'aria allampanata, "così sveleremo il mistero e tu la farai finita con questa storia".

Lavia mise mano alla sua balestra a due colpi, sincerandosi che i dardi fossero fermi al loro posto. Poi prese la mira.

Koori le afferrò il polso con decisione.

"Fermati. Non siamo assassini!" le sussurrò.

La mezza-demone si voltò verso di lui fulminandolo con lo sguardo. "Come pensi di affrontare due geos? Vuoi addormentarli a parole?"

Il druido non seppe cosa rispondere.

"Quei due elementalisti non esiterebbero un istante prima di strappare la carne dalle tue ossa," commentò Wrath a bassa voce. "Sono i sicari di un uomo malvagio e non credo che ci mostrerebbero altrettanta pietà".

Koori non aveva mai combattuto contro nessuno e tanto meno le sue mani si erano macchiate del sangue di un avversario.

"So che avete ragione, ma sono stato addestrato a non ricorrere alla violenza per risolvere i problemi. Dobbiamo trovare un altro modo per salvare la ragazza".

"Non c'è un altro modo, Koori". Wrath prese in mano la situazione con decisione. "Dobbiamo affrontarli sfruttando il fattore sorpresa e prendendoli alle spalle. Solo così possiamo sperare di immobilizzarli senza essere coinvolti in uno scontro.

Se diamo loro il tempo di ricorrere alla magia avremo minori possibilità di liberare l'elfa e soprattutto correremo il rischio di rimanere uccisi".

"Ci hai messo tu in questa situazione," commentò Lavia tornando ad imbracciare la sua arma. "Ora cerca di non perdere la testa e concentrati sul tuo compito. Noi penseremo ai guardiani, tu a liberare la prigioniera".

Il geos più robusto si avvicinò all'ingresso dello xenote ed alzò le braccia, salmodiando lentamente. Le sue parole si intrecciarono l'una nell'altra, in un groviglio melodioso.

Wrath riconobbe alcuni frammenti di una lingua antica, quella con cui gli elfi della luce - migliaia di anni prima - avevano scritto i primi testi di magia elementale.

Nell'arcano potere dell'aria si nascondeva la chiave per ogni incantesimo di protezione. Il mago seguì con la massima attenzione ogni movimento delle dita del geos, sperando di catturare l'essenza di quel potere.

Ad un tratto un disegno di luce bianca iniziò a materializzarsi di fronte all'elfo. Assomigliava al rosone di un tempio, una sorta di fiore dai mille petali, intrecciato in un ginepraio di fronzoli delicati.

Quando il glifo fu completo il geos aprì entrambe le braccia e pronunciò la parola di comando.

Shilaf uh jehxeb!

Il glifo si frantumò in una miriade di particelle luminose, emettendo un suono che ricordava una cascata di vetri in frantumi.

Un attimo dopo i due elfi sparirono all'interno della caverna, e subito

Lavia si lanciò fuori dal nascondiglio posizionandosi a destra dell'entrata, vicino ad una roccia frastagliata.

Wrath scese lentamente verso l'ingresso della prigione, rivolgendo il cobra intagliato sul suo bastone verso il punto in cui era stato rimosso l'incantesimo di protezione.

Koori prese un profondo respiro e cercò di ricacciarsi in gola tutte le sue esitazioni.

Pensò alle torture a cui quella ragazza era stata sottoposta e a quelle che avrebbe sofferto in futuro se non fossero intervenuti. Cercò di convincersi che il male andava affrontato, e che non sempre si poteva raggiungere il proprio scopo senza scontrarsi con qualcuno.

Richiamò alla mente un salmo che il suo maestro gli aveva tramandato affinché riuscisse a trovare in sé le rispose di fronte ad ogni dilemma.

COME IL VIANDANTE CAMMINA NELLA NOTTE
E NON HA OCCHI PER SCORGERE
DOVE LO CONDURRÀ LA VIA
COSÌ TI DEVI AFFIDARE AL TUO VENTRE
E LASCIARTI GUIDARE DAI SUOI RESPIRI
PERCHÉ LA DAMA DEL TEMPO TI ATTENDE
ALLA LOCANDA DELL'ULTIMO DESTINO
DOVE MILLE STRADE ARRIVANO
E MILLE STRADE PARTONO
ED ELLA IN MANO REGGERÀ IL CALICE
DELLE RISPOSTE GIUSTE
CON IL QUALE BRINDERETE
IN ONORE DI QUELLE SBAGLIATE

Con in testa il doloroso ricordo del monastero in fiamme si diresse a sinistra dell'entrata, muovendosi tra le frasche senza fare il minimo rumore.

Il bastone del mago non emise alcun bagliore, segno che non vi erano nelle vicinanze altre trappole di natura arcana. Wrath fece segno a Lavia di scrutare nel buio con la sua capacità di vedere anche in assenza di luce.

La strada era libera.

"E' il momento di entrare," sussurrò la mezza-demone. "Da questo momento non possiamo più tirarci indietro".

Wrath fisso negli occhi il giovane druido, il quale annuì con convinzione. Gli si avvicinò fino a poterlo toccare con il bastone.

"L'incantesimo che sto per recitare ti renderà invisibile agli occhi di chiunque, noi compresi.

Avrai la possibilità di aggirare i guardiani e di liberare la ragazza quando noi inizieremo a tenerli occupati.

Ma fai attenzione a non farti coinvolgere nello scontro e a non attirare troppo l'attenzione su di te. L'invisibilità è solo l'effetto di una illusione, destinato a scomparire se darai motivo ai due geos di pensare che qualcuno stia ricorrendo a quel tipo di magia".

Al comando di Wrath, dalla testa di cobra precipitò una cascata di luce bianca che avvolse Koori fino a farlo scomparire.

"Sono pronto," disse il ragazzo.

Si infilarono nello stretto pertugio da cui si accedeva allo xenote, facendo attenzione al terreno scivoloso sotto i loro piedi.

Da una decina di metri sotto di loro si poteva scorgere il bagliore di alcune torce. Si udiva anche il borbottio delle parole dei due geos, ma da quella posizione era impossibile comprenderne il significato.

Koori scese con passo leggero fino alla fine della scalinata scavata nella roccia, e si portò vicino alle sbarre, nel punto dove erano stati accantonati gli abiti e l'equipaggiamento della prigioniera.

Afferrò due coltelli dalla singolare lama nera e se li infilò nella cintura, rendendo anche loro invisibili.

Poi strisciò vicino ai due guardiani ed attese.

* * * * *

I geos stavano complottando tra loro fingendo di ignorare la ragazza accovacciata su una piattaforma di roccia.

L'elfo dall'aria altezzosa se ne stava comodamente seduto sul trono che era stato disposto all'esterno della cella dal principe Amon, in occasione della sua prima visita alla sua prigioniera, e sembrava intento ad impartire ordini.

Il suo compare pareva non gradire quell'atteggiamento strafottente, ma si limitava a protestare gesticolando.

Finalmente, dopo avere discusso alcuni minuti, si voltarono a guardarla.

"Il principe ha ordinato di prepararvi a riceverlo!" gridò il più robusto dei due elementalisti rivolgendosi all'elfa in catene.

Lanciò uno sguardo tagliente al suo socio, poi con un rapido gesto delle mani evocò una tinozza piena d'acqua che comparve al di là delle sbarre.

"Vedi di lavarti. Non vorrai ricevere il tuo promesso sposo in quelle condizioni, vero?"

Shade rimase immobile, tenendo gli occhi chiusi.

Lo scorpione-ragno l'aveva liberata dalla catena che la teneva ancorata alla roccia, eludendo con il suo veleno naturale tutte le protezioni magiche che gli elementalisti avevano posto su quel metallo. Tuttavia Shade non voleva che i suoi carcerieri se ne accorgessero, almeno fino a quando non fosse giunto il momento di tentare la fuga.

"Hai sentito quello che ho detto?" Il geos sembrava piuttosto scocciato.

"Non ho alcuna intenzione di ripetermi. Nella vasca c'è un pezzo di sapone profumato. Quando avrai finito di lavarti indosserai questi abiti puliti".

Il mago fece fluttuare una elegante veste di seta fino alla roccia più vicina alla tinozza. Poi, iniziando a galleggiare a mezz'aria, incrociò le gambe e si sedette dando le spalle alle sbarre.

Shade non avrebbe obbedito per nessuna ragione al mondo, ma i suoi pensieri furono interrotti dalla visita di un vecchio amico.

Il piccolo ragno d'ombra con cui aveva giocato alcuni giorni prima l'aveva raggiunta sulla piattaforma. Si era arrampicato sulle sue braccia, aveva camminato fino al dorso della sua mano e si era fermato li, proprio davanti ai suoi occhi.

"*Resta ferma e ascoltami,*" le disse Koori comunicando mentalmente attraverso il piccolo aracnide. "*Sono qui con alcuni amici per liberarti, ma ci serve la tua collaborazione*".

"Cosa devo fare?" sussurrò l'elfa rimanendo immobile e tenendo gli occhi chiusi.

"*Asseconda i due geos e fai in modo che ti credano legata alla catena. Devi trovare il modo di farli entrare. Dobbiamo capire come aprire le sbarre dal momento che non sembra esistere alcuna porta!*"

"Passano sotto terra, attraverso la roccia," rispose Shade. "Li ho visti sempre entrare ed uscire usando uno dei loro poteri magici".

"*Si muovono nell'elemento terra… è un incantesimo esclusivo della loro scuola di magia. Pare proprio che questa cella sia ben protetta. Ma non devi preoccuparti, ho portato con me un mago molto in gamba. Vedrai che troveremo il modo per farti uscire da li*".

"Non capisco perché tu stia facendo questo per me, e non so davvero come ringraziarti…".

"*Non servono motivazioni particolari per fare la cosa giusta*".

"Comunque qualsiasi cosa vogliate fare dovete agire in fretta, prima che

313

arrivi il principe Amon… è più pericoloso di quanto possa sembrare".

"Faremo il possibile. Ora cerca di assecondarli e di tenerli occupati. Inventati qualcosa per allontanarli o perlomeno per distogliere la loro attenzione da te.

Ti prometto che tra non molto sarai fuori da questo maledetto posto".

Il ragno d'ombra scese dalla sua mano e si arrampicò sul soffitto della grotta.

Shade si sollevò, e cercando di coprire con il suo corpo la visuale ai due guardiani agganciò la ganascia alla catena, utilizzando l'anello corroso al veleno. Era piuttosto malridotto, ma con un po' di fortuna le avrebbe retto il gioco.

"Ve bene, farò quello che volete," disse l'elfa scendendo con particolare attenzione dal suo rifugio di pietra. "Ma se devo prepararmi per il principe Amon, vi pregherei di lasciarmi un minimo di intimità".

I geos rimasero sorpresi dalle parole della prigioniera. Era evidente che i metodi coercitivi ideati dal loro sovrano cominciavano a sortire qualche effetto.

"Mi fa piacere constatare che le nostre cure stanno addolcendo quel tuo brutto carattere," sibilò il mago sprofondato nel trono. "Ma per tua sfortuna sono un tipo molto diffidente, e credo che rimarrò qui a godermi lo spettacolo".

Shade raggiunse in silenzio il fondo dello xenote.

Stava per rispondere al suo carceriere quando con la coda dell'occhio notò che la ganascia si stava sfilando dall'anello che la teneva collegata alla catena.

Con un gesto tempestivo andò ad urtare la caviglia contro una stalagmite e si accovacciò fingendo di essersi ferita.

Mentre i geos si avvicinavano alle sbarre per prendersi gioco di lei, sfruttò l'occasione per sistemare l'aggancio in modo che la catena potesse strisciare fino alla vasca. Poi si risollevò e lanciò un'occhiata malevola allo spilungone.

"Quando resterò sola con il principe Amon non mancherò di fargli presente che siete rimasti a spiarmi mentre mi preparavo per lui. Non so quanto sarà felice di sapere che i suoi servitori hanno mancato di rispetto alla sua promessa sposa".

"Non prenderti gioco di noi!" le rispose l'elementalista alzandosi dal trono. "Sei solo una stupida se pensi che il principe darà retta alle parole di una schiava!"

Il mago senza un occhio si voltò a guardarlo con aria preoccupata. "Tu fai pure come credi," commentò, "ma io me ne torno fuori. Nel dubbio preferisco non rischiare la collera di Amon. Non saremmo i primi ad essere giustiziati per un semplice capriccio".

"Non essere sciocco. Sai benissimo che il principe ci ha ordinato di trattarla alla stregua di una prigioniera".

"Io so soltanto che per questa donna ha una vera ossessione, e che non rischierò inutilmente la mia vita per vedere una stupida elfa in una vasca da bagno. Ripeto, fai come credi. Io me ne vado".

Il suo compare lo seguì con lo sguardo mentre saliva le scale, poi si girò verso Shade. "Va bene. Faremo quello che desideri! Hai dieci minuti per prepararti e farti trovare vestita.

Ed in ogni caso non credo proprio che rimanere a guardarti sarebbe stato particolarmente piacevole! Preferirei accoppiarmi con la moglie di un ogre che con una selvaggia amica degli umani!"

Appena ebbero girato l'angolo Shade si infilò l'abito che i geos le avevano consegnato, si avvicinò alle sbarre ed attese.

CAPITOLO VENTOTTESIMO
La città sugli alberi. L'uomo nero e l'uomo bianco.

"Svegliati bestione!" sussurrò Seska assestando un paio di gomitate nelle reni del guerriero che le dormiva accanto. "C'è una pattuglia di ranger cinquanta passi più avanti.

Jena aprì lentamente gli occhi e si accorse di essersi addormentato addosso alla sua compagna di viaggio. "Il movimento del carro mi mette sonno, non ci posso fare nulla," dichiarò alzando le spalle. "Piuttosto dove sarebbero questi ranger?"

L'incantatrice scrollò la testa. La sua vista era certamente più sviluppata di quella di un umano, ma i quattro elfi nascosti tra le frasche - con quei loro tipici archi lunghi - li avrebbe notati anche un cieco.

"Il primo è su quella quercia, in alto, nascosto tra i rami. Un altro è dietro a quel cespuglio, vicino al ponte che attraversa il torrente. I rimanenti due sono pronti a balzare fuori dagli arbusti di biancofoglio".

"Si, ora li ho visti". Il guerriero si stiracchiò sbadigliando rumorosamente. "Lasciamo che siano loro a fare la prima mossa, in fondo siamo solo mercanti di pannocchie, no?"

Il carro percorse il sentiero fino al ponte, poi Seska tirò le redini e Jena scese a terra, afferrò le briglie e condusse i cavalli sul ponte, molto lentamente, osservando con la coda dell'occhio ogni spostamento dei ranger.

Quando furono sull'altra sponda fece per risalire, ma una freccia si conficcò proprio ad un centimetro dalla sua mano.

"Ma che diavolo..:" gridò girandosi con le spade sguainate. "Siamo mercanti, perché ci attaccate?"

Un elfo si fece avanti, con una freccia pronta a scoccare. "Nessuno può entrare nella nostra città senza una valida ragione e senza un lasciapassare".

Seska prese in mano la situazione e simulando un tono di voce maschile ed autoritario si rivolse al guardiano: "abbiamo un salvacondotto firmato da Goffredo Weismunich, borgomastro di Weis, e un carico di mais destinato al vostro mercato.

Siamo mercanti e veniamo dai deserti di Al-Kaìr. Abbiamo barattato le nostre spezie con il mais sperando di poter fare buoni affari con il vostro popolo".

Il ranger studiò a fondo quel ragazzino dalla pelle scura, troppo giovane per essere un buon commerciante, poi lo incalzò con aria impudente.

"Non siete grandi affaristi se avete barattato spezie con del comunissimo mais!"

"In realtà il nostro carico è stato danneggiato dalle cattive condizioni del tempo," rispose con prontezza la drow travestita, "e con le poche spezie rimaste integre abbiamo cercato di rifarci della perdita".

L'elfo fece due rapidi calcoli e si convinse che quella storia poteva essere verosimile.

Richiamò i compagni, e tutti e quattro si misero ad ispezionare la merce. Controllarono superficialmente i primi strati di pannocchie e il lasciapassare, poi consentirono al carro di proseguire.

Jena pensò che la città di Woodland, la capitale del regno elfico, doveva essere molto vicina.

Dopo alcune ore di marcia la vegetazione iniziò a mutare. Gli alberi avevano tronchi giganteschi e le loro chiome sembravano poter toccare il cielo. Lunghe liane fiorite pendevano dalle cime più alte, colorando di giallo e di rosa tutto il sottobosco.

Intorno al sentiero si snodava una fitta rete di piccoli torrenti dalle acque cristalline, tra le cui onde sguazzavano carpe dorate.

Gli animali del bosco non sembravano affatto intimoriti dalla loro presenza. Seska notò un cervo con la sua prole brucare proprio a margine del sentiero, e non resistette alla tentazione di carezzargli il manto lucido e bruno.

Poi, all'improvviso, intravidero quella che non a caso era giudicata una delle meraviglie di Asgahard.

Una delle più alte torri del palazzo reale si ergeva elegante tra le chiome delle sequoie. Un intreccio di legno ed ottone, interamente decorato con intarsi che narravano la millenaria storia della nazione elfica. Jena restò a bocca aperta, abbagliato dai riflessi del sole sulla cupola di metallo rosa.

"Il capolavoro di Re Liósálfar," enfatizzò Seska accompagnando l'elogio con un ampio gesto di saluto. "Il palazzo reale più antico di Asgahard... splendido, non c'è che dire. Ma quando si hanno gli dei dalla propria parte non deve essere poi così difficile innalzare opere così straordinarie. Per noi discendenti di Døkkálfar non è stato altrettanto facile".

"E' il prezzo da pagare per avere rinunciato a tutto questo," commentò sarcasticamente il guerriero. "Nessuno vi ha obbligato a rintanarvi sotto terra come tante piccole talpe dalle orecchie a punta!"

Seska pensò per un momento di trasformarlo in un maiale. L'incantesimo era di quelli complicati, ma avrebbe volentieri corso il rischio per dargli una lezione.

Si limitò a scrollare la testa e a cambiare discorso.

"Cosa intendi fare appena entrato in città?"

"Dobbiamo recitare bene la nostra parte. Tu chiederai informazioni su come e dove si possano vendere le nostre merci, lusingherai qualche guardia, sprecherai il fiato raccontando di come quel duro di tuo padre ti abbia spedito in giro per il mondo ad imparare l'arte del commercio… mentre io mi limiterò a stare zitto. Le guardie del corpo non parlano".

"Magari fosse vero!" sussurrò la drow mentre le prime abitazioni cominciavano ad apparire all'orizzonte.

Jena ripose nei rispettivi foderi le sue spade.

Sembrava che non esistesse alcun tipo di dogana. La cosa non lo sorprese a giudicare dall'accoglienza che questo popolo sapeva riservare agli stranieri.

Superarono alcuni isolati gruppetti di case, costruite l'una addosso all'alta intorno ad una serie di tronchi di dimensioni colossali.

Erano costruzioni piccole e molto sobrie, quasi povere.

Marciarono senza per alcuni minuti puntando al palazzo reale e finalmente, tra i rami degli alberi, videro sorgere la vera città di Woodland.

Tutte le case più belle, i palazzi nobiliari e le più piccole residenze signorili, erano arroccate su quelle piante titaniche, circondate da un intreccio di strade, ponti, piazze, terrazze tutte ricavate attingendo alle energie arcane di cui era permeata la foresta.

La città era un unico intarsio di rami e filamenti di ottone, liane e tronchi millenari, terrazze su cui erano elegantemente disposti fiori dagli aromi intensi e dai colori esotici.

Nessuna pianta era stata sacrificata per la costruzione di quella straordinaria capitale. Dalle più piccole abitazioni, alle gigantesche ville che sorgevano tra le chiome più alte, tutto era solamente un intreccio di rami, liane ed alberi vivi, cui la magia aveva dato una forma armoniosa.

I torrenti non scorrevano più a terra, ma si arrampicavano fino alla cima di quella città aiutati da una serie di mulini, messi uno vicino all'altro fino a raggiungere il primo e più grande canale di ottone.

Tra un albero e l'altro splendidi intrecci di rami e liane fiorite fungevano da ponte, consentendo agli elfi di muoversi per la città senza dover scendere a terra. Sui rami più robusti riuscivano persino a muoversi carrozze rivestite da tessuti dorati ed argentati, trainate da felini dai manti variopinti.

Jena e Seska si fermarono ai piedi di una grande sequoia introno alla quale si avvolgeva una sorta di rampa fatta di radici e di terriccio. Notarono su quella salita i solchi tracciati dalle ruote dei carri che ascendevano ai piani più alti della città, così decisero di seguirli.

I cavalli provarono ad opporsi, ma Seska riuscì a tranquillizzarli ricorrendo ad un semplice incantesimo.

Jena scese dal carro ed aiutò i palafreni a poggiare gli zoccoli nei punti di maggiore presa. Superato il primo tornante i cavalli presero coraggio ed aumentarono il passo permettendo al guerriero di risalire.

Pochi minuti dopo raggiunsero una terrazza sospesa ad una ventina di metri dal suolo, e videro la città di Woodland aprirsi davanti ai loro occhi increduli.

Disposte a cerchio, decine di bancarelle offrivano le loro merci ad un pubblico numeroso, composto quasi esclusivamente di elfi vestiti con abiti molto semplici.

Un forte profumo di pane appena sfornato raggiunse le loro narici, subito mischiandosi con l'aroma acre del formaggio di capra e con il delizioso effluvio di funghi e frutta secca.

Tanti piccoli cesti di vimini racchiudevano i tesori provenienti da terre lontane: spezie profumate, frutta esotica, sale marino e zucchero bianco.

Pochi mercanti offrivano merci diverse dal cibo. Tra questi spiccava il negozio di un maestro armaiolo sul cui banco erano sapientemente disposti alcuni tra i più eleganti fioretti che Jena avesse mai visto.

"Roba da elfi!" sussurrò nell'orecchio dell'amica. "Io potrei usarli solo per pulirmi i denti".

Seska non ebbe il tempo di commentare perché una piccola folla di curiosi cominciò a stringersi intorno al loro carro rivolgendo domande in uno stretto dialetto elfico.

"Vogliono acquistare il mais," tradusse la drow. "Non per loro, ma per i nobili di cui sono al servizio".

"Non vendere nulla," l'ammonì il guerriero. "Non abbiamo ancora ottenuto un vero e proprio permesso per mercanteggiare, e non vorrei scatenare l'ira degli altri mercanti o dei ranger che... stanno arrivando da dietro le bancarelle di frutta!"

Tre arcieri con la spada sguainata si fecero largo tra la folla, intimando ai due stranieri di scendere dal carro.

"Abbiamo richiesto ed ottenuto il permesso di portare la nostra merce in città," disse Seska con atteggiamento ossequioso. "Vorremmo solo vendere questo carico di mais e poi tornare nella nostra terra".

"Da dove venite?" domandò il più anziano dei tre ranger in una stentata lingua comune.

Seska si fece coraggio.

"Vengo da Al-Kaìr, ma il carico proviene dal borgo di Weis, nelle pianure ad est della foresta. Il mio compagno è un soldato di ventura, assoldato per proteggere me e il mio carico durante questo viaggio".

La guardia scrutò Jena dalla testa ai piedi, schernendolo in dialetto elfico con i suoi compagni. Poi si dilungò in una serie di commenti offensivi su Seska (o meglio sul ragazzo dalla pelle scura e dai capelli arruffati che loro credevano di vedere).

Infine infilzò con il fioretto una pannocchia e se la infilò sotto la giacca.

"Mi dispiace, ma non potrete vendere nulla fino a quando non avremo svolto i normali controlli sulla qualità dei vostri prodotti.

Vi consiglio di prendere alloggio alla *Taverna delle Fate*. Potrebbero essere necessari diversi giorni, se non settimane, per compiere le verifiche".

Seska si finse turbata. "Ma la merce è deperibile. Non può aspettare così tanto tempo prima di essere venduta".

"Questa è la legge di Woodland, umani! E dovete rispettarla".

Le tre guardie fecero per andarsene, quando una di loro sorprese una bambina mentre raccoglieva dall'erba una pannocchia caduta.

Assestandole una pedata la fece ruzzolare per terra, poi corse ad afferrarla per la camicetta strattonandola verso i compagni.

La folla iniziò a borbottare timidamente, ma nessuno osò farsi avanti per difendere la piccola da quella brutale aggressione.

Il ranger fece l'errore di passare vicino al carro e Jena, girandosi di scatto, gli assestò una gomitata in pieno viso, mandandolo a schiantarsi contro un albero dieci passi più indietro.

"Perdonatemi signore," gridò correndo a soccorrerlo. "Mi sono voltato senza sapere che eravate dietro di me, vi prego di scusarmi".

L'elfo non ebbe la forza di rispondere. Con un labbro spaccato ed il naso ridotto ad una polpetta sanguinante bofonchiò qualcosa di incomprensibile.

I suoi compagni, visto come era stato ridotto l'amico, persero la voglia di ridere e, dopo averlo aiutato a sollevarsi, se ne andarono in silenzio.

Quando furono lontani Jena ripulì il faccino di quella piccola elfa dalle lacrime, e Seska le fece omaggio di un paio di pannocchie.

"Corri a casa adesso," le sussurrò in lingua elfica, "e non raccontare a nessuno quello che è successo".

La bambina sorrise e corse verso la città bassa, mentre la folla di curiosi tornò in silenzio verso il mercato.

"Come inizio non c'è male," commentò la drow risalendo sul carro. "Siamo in città da dieci minuti e tu hai già spaccato la faccia ad una guardia…"

Jena arrossì in silenzio.

"Comunque," aggiunse l'elfa scura, "avrei fatto la stessa cosa se fossi stata al posto tuo. Coraggio, andiamo a cercare questa Taverna delle Fate".

* * * * *

Una taverna elfica è un luogo davvero strano.

Di norma gli elfi bevono poco, non si ubriacano mai, mangiano cibi salutari e detestano la compagnia.

Per queste ragioni, per un elfo di Woodland, aprire una taverna non è considerato un buon affare.

Tuttavia Pøkkèlfèr il mezz'elfo amava il suo lavoro, e i clienti non gli erano mai mancati. Certo aveva imparato ad accontentarsi di vedere seduti ai tavoli della sua locanda solo avventori del ceto più basso. Vecchi servitori allontanati dai palazzi della città alta, soldati di basso rango che non avrebbero mai fatto carriera perché privi di titolo nobiliare, mezz'elfi e pochissimi umani.

Ecco perché quando vide varcare la soglia un guerriero umano insieme ad un giovane dalla pelle scura volle subito prodigarsi per farli sentire a proprio agio.

"Benvenuti signori," disse da dietro il bancone, continuando ad asciugare i boccali di birra appena lavati. "Immagino che avrete già potuto apprezzare l'accoglienza delle nostra città".

L'ironia nel tono della sua voce era palese, e Jena trovò subito quel mezz'elfo molto simpatico.

"Ci servirebbe una stanza per qualche giorno," replicò Seska impostando il tono della voce per renderlo più simile a quello di un uomo. "Siamo in città per commerciare mais, ma le nostre merci devono essere sdoganate e non sappiamo quanto tempo occorrerà per completare questi dannati controlli".

Il locandiere sorrise scrollando la testa.

Controllò in controluce che il boccale fosse perfettamente pulito, poi lo appoggiò su una mensola splendidamente intarsiata, vicino agli altri bicchieri di vetro soffiato.

"Vado subito a prepararvi una stanza per le notti che occorreranno, e poi vedremo come aiutarvi a risolvere il vostro piccolo problema. Intanto posso offrirvi una birra? Immagino che il vostro viaggio sia stato lungo".

Jena accettò immediatamente l'offerta e iniziò a raccontare le peripezie di un viaggio che in realtà non avevano mai fatto. Descrisse con dovizia di particolari la lunga percorrenza nel deserto di Al-Kaìr, tra predoni senza scrupoli e mostruose creature antropofaghe.

Quando ebbe terminato il racconto (e il primo boccale di birra) il mezz'elfo diede ordine alla ragazza in cucina di servire la cena ai viandanti; poi si congedò per salire ai piani superiori della taverna e preparare la stanza ai suoi ospiti.

In un angolo buio della stanza un vecchio osservava la scena in silenzio, soffiando dense nuvole di fumo dalla sua pipa.

Seska si era accorta subito della sua presenza, e per tutta la durata della conversazione con il locandiere si era sentita squadrata da quel silenzioso osservatore.

Avvicinandosi al suo tavolo vide che era molto più anziano di quello che sembrava. La sua pelle aveva perso ogni traccia di colore assumendo un tono grigiastro, mentre i suoi lunghi capelli bianchi scendevano radi e disordinati sulle vesti nere logorate dal tempo.

Appoggiato al muro, alle sue spalle, Seska notò un bastone piuttosto contorto, dall'aspetto semplice e al tempo stesso sinistro. Altri lo avrebbero potuto scambiare per una sorta di gruccia da passeggio, ma lei percepì immediatamente la forte vibrazione arcana che quell'oggetto era in grado di irradiare.

Fece segno a Jena di accomodarsi su una panca appoggiata alla parete esterna, mentre lei si sedette proprio di fronte a quell'oscuro personaggio.

Non le aveva tolto gli occhi di dosso nemmeno per un istante, così prese coraggio e lo affrontò direttamente.

"Buongiorno signore. Desidera unirsi a noi per cena?"

"No, grazie". Tagliò corto il vecchio elfo.

Seska si trovò subito spiazzata. Si sentiva a disagio in quegli abiti maschili e non poteva certamente ricorrere alle sue doti di seduttrice così conciata. Mentre Jena si guardava intorno con aria annoiata tentò un secondo assalto.

"La guardia cittadina ci è sembrata piuttosto ostile; non devono passare molti mercanti da queste parti, vero?"

Il vecchio sogghignò.

"In effetti no. Solo pochi umani e qualche draaka riescono a tenere relazioni commerciali con questa città.

E certamente nessun orco, nano o... drow!"

A Seska gelò il sangue nelle vene.

"Si dice che non corra buon sangue tra voi silvani e le altre stirpi elfiche", commentò Jena fingendo di non dare peso all'affermazione del vecchio.

"Si dice bene," rispose senza scomporsi.

In quel momento dalla cucina uscì una giovane cameriera con in mano un vassoio. Camminò con passo leggero fino al tavolo, tenendo lo sguardo fisso per terra, poi servì la cena con modi estremamente gentili.

Jena la ringraziò cordialmente, e subito le sue guance si tinsero di rosso.

Quando la mezz'elfa ebbe riempito le loro coppe con un vino dall'aroma delizioso si affrettò a rientrare in cucina.

"E' un mucchietto d'ossa," commentò il guerriero in risposta allo sguardo indagatore dell'amica. "Molto carina, ma niente curve".

"Ho visto come ti ha guardato," sentenziò la drow. "Conosco il significato di quello sguardo. Sembra proprio che tu abbia fatto colpo".

"Lo sai che ho occhi solo per te," la schernì il guerriero inzuppando una crosta di pane in quella che sembrava essere una zuppa di legumi.

Il vecchio afferrò il suo bastone e si trascinò in piedi.

"Buona cena," disse passando accanto al loro tavolo.

"E se permettete un consiglio cercate di non attirare troppo l'attenzione su di voi. Come vi dicevo non corre buon sangue tra gli elfi e... *i giovani mercanti del deserto di Al-Kaìr*".

Le parole dell'elfo confermarono i sospetti di Seska.

La sua illusione con lui non aveva funzionato.

* * * * *

Il mattino seguente, al sorgere del sole, Seska fu svegliata dai rumori provenienti dalla camera adiacente la sua, quella in cui era stato alloggiato Jena.

Udì una porta scricchiolare nell'aprirsi e una risatina femminile trattenuta a stento. Poi un leggero rumore di passi nel corridoio e giù dalle scale, verso la sala da pranzo della locanda.

Con un gesto stizzito provò a coprirsi la testa con un guanciale, ma ormai era sveglia e si costrinse ad alzarsi.

Si trascinò fino ad una tinozza di acqua pulita con la quale si lavò il viso.

Poi pestò alcune foglie di menta e di salvia in una ciotola di argilla, e si sciacquò la bocca, avendo cura di strofinarsi i denti.

In piedi davanti ad uno specchio pettinò i suoi lunghi capelli d'argento, li raccolse e li nascose sotto la parrucca riccia e corvina che aveva indossato fino alla notte precedente.

I raggi del primo sole del mattino le carezzavano la pelle nuda, offrendole quel poco di calore che quella pigra primavera stava regalando al mondo. Indossò gli abiti da mercante, infilò i piedi negli stivali da deserto e si concentrò per rinnovare il suo incantesimo di illusione.

Subito il suo viso si allungò assumendo tratti maschili; i suoi occhi si tinsero di nero, così come le sopracciglia, e le sue lunghe orecchie da elfo scuro si arrotondarono fino a somigliare a quelle di qualsiasi umano.

Raccolse tutti i suoi oggetti in una sacca ed uscì dalla sua camera. Passò accanto alla porta della stanza dove dormiva Jena e lo sentì russare rumorosamente.

Odiava ammetterlo, ma si sentiva gelosa delle attenzioni che quella notte il guerriero poteva avere dedicato alla cameriera.

Ripensò a tutte le volte che aveva civettato con lui e con Wrath, prima che la ricerca delle Rune li allontanasse mettendoli in così grande pericolo.

Le si strinse il cuore pensando che il suo più caro amico poteva essere in pericolo di vita... Cacciò dalla testa l'incubo che potesse essere rimasto ucciso, e si sforzò di richiamare alla mente il ricordo dei loro momenti più felici.

Si ripromise che quella notte, nel silenzio della sua camera, avrebbe ritentato di mettersi in contatto con il mago rosso.

Fino a quel momento aveva indirizzato tutto il suo potere magico nel mantenere in vita l'illusione che supportava il suo travestimento. I suoi sensi erano rimasti sempre all'erta, pertanto non era stata in grado di avventurarsi con la il suo corpo astrale lungo le strade eteree che l'avrebbero condotta alla mente di Wrath.

Si sedette su uno sgabello davanti al bancone e salutò Pøkkèlfèr, intento a preparare la colazione ai suoi ospiti.

"Già in piedi?" le domandò servendole una fetta di crostata ai frutti di bosco ed avvicinandole una brocca piena di latte di capra.

"Mi piace svegliarmi presto la mattina," mentì riempiendo la sua ciotola di latte ed intingendo la torta profumata.

Il mezz'elfo le offrì anche un cesto di frutta e le propose una bevanda elfica che sembrava possedere doti tonificanti.

Seska assaggiò quell'intruglio nerastro dall'aroma acre, e lo trovò gradevole soprattutto se abbinato al sapore zuccherino della crostata.

"Gli stranieri possono muoversi liberamente per la città?" domandò l'incantatrice, pensando a come iniziare la ricerca di Shade.

"In effetti non esistono leggi che limitino ai cittadini dell'Impero di visitare la città. Tuttavia, come avrete potuto notare, i silvani sanno essere piuttosto scortesi".

"E' un peccato. Questa città è meravigliosa e meriterebbe di essere ammirata da tutti i popoli di Asgahard".

Il locandiere si appoggiò alla parete alle sue spalle e si lasciò andare ad un lungo sospiro.

"Qui le cose cambiano molto lentamente. Ed è normale se si pensa che un elfo può arrivare a vivere dieci volte più a lungo di un umano o di un nano. Nessuno ha fretta di cambiare il proprio stile di vita, e un cambio generazionale impiega almeno quattrocento anni a verificarsi. Per questa ragione il popolo di Woodland non si è ancora adattato alle grandi novità che l'alleanza firmata da Re Ikerálfar sta portando.

Anche per noi mezz'elfi non è cambiato nulla.

Continuano a considerarci un'aberrazione e nonostante gli editti del nostro sovrano puniscano severamente ogni tentativo di discriminarci siamo relegati ai margini della società".

"Perché non lasciate questa città e vi trasferite in territorio umano? Nelle pianure intorno a Lunamtya sono numerosi i villaggi in cui le comunità di mezz'elfi vivono in pace".

"Nonostante tutto questa è la nostra città ed abbiamo imparato a convivere con le nostre difficoltà. E poi mi risulta che anche i mezz'elfi che vivono insieme agli umani siano discriminati per il loro sangue meticcio".

Seska fu costretta ad ammettere che presso l'Impero nessun mezz'elfo era mai stato insignito di un titolo nobiliare. Non aveva mai sentito parlare di mezz'elfi nei ranghi più elevati dell'esercito, così come non aveva mai visto uno di loro indossare le vesti sacerdotali al Tempio di Dyan.

Terminò di fare colazione, saldò il conto anche per la notte appena trascorsa, e si avventurò all'esterno.

Camminò lungo un sentiero sospeso nel vuoto scansando gli sguardi ostili dei nobili a passeggio e costeggiando gli ingressi di alcuni tra i più raffinati palazzi della città alta.

Si fermò ad ammirare un immenso giardino di orchidee selvatiche e quando fu stanca si sedette a riposare su una panchina collocata proprio di fronte al palazzo reale.

Era immersa nei suoi pensieri, rapita dalla contemplazione di una così grande meraviglia, quando percepì una presenza alle sue spalle.

Si voltò di scatto e vide che in piedi, proprio a pochi metri da dove era seduta, il vecchio elfo con cui aveva parlato alla locanda la stava osservando in silenzio.

L'uomo indossava una lunga veste bianca, ricamata con filamenti d'oro e d'argento, e sul capo portava uno strano cappello dall'aria antica.

Le si avvicinò sorridendo e la salutò.

Le domandò il suo nome e da dove provenisse, poi iniziò a contemplare il paesaggio.

In quegli abiti eleganti sembrava una persona completamente diversa da quella che se ne stava seduta in disparte in un angolo buio della Taverna delle Fate.

"E' davvero un palazzo splendido," le sussurrò indicando la grande cupola d'ottone. "Una meraviglia per gli occhi di chi può fermarsi per ammirarlo".

Le si era rivolto con un tono molto cordiale, parlando in linguaggio elfico con un singolare accento che sapeva di antico.

"E' meraviglioso, come tutta questa città," rispose la drow con malcelata esitazione.

Il vecchio le si avvicinò carezzando con le dita i petali dei fiori che riempivano le aiuole.

"In pochi sanno che questo parco è stato realizzato dai migliori giardinieri di Lunamtya, come omaggio al popolo degli elfi silvani.

E' un dono prezioso che l'Imperatore volle fare all'amico Re Ikerálfar. Dalla sua camera da letto, infatti, proprio sotto la grande cupola d'ottone, il sovrano degli elfi può ammirarlo nella sua interezza.

Solo da quell'altezza il giardino svela il suo grande segreto. I colori delle orchidee, disposte con infinita maestria, formano l'immagine di un unicorno al galoppo in una prateria selvaggia: il simbolo della stirpe reale... Non è straordinario?"

Seska annuì. Dopo le premesse del giorno precedente non si aspettava certo una conversazione dai toni tanto garbati.

Il vecchio le si sedette accanto, non prima di avere appoggiato il suo bastone su una pietra levigata.

"Prima di morire mi sarebbe davvero piaciuto vedere la mia gente cambiare atteggiamento verso gli altri popoli di Asgahard".

"Un utopia a quanto pare". Seska si pentì immediatamente della sua uscita spiacevole, ma il vecchio parve non essersi minimamente turbato.

"Gli dei sono stati molto generosi con me. Per tutta la durata della mia lunga vita mi hanno concesso la loro benedizione, tuttavia sono certo che non vedrò realizzarsi questo mio sogno di pace".

Seska percepì l'enorme tristezza nascosta tra le parole di quell'elfo. Osservò le profonde rughe che solcavano il suo volto, assediando i suoi occhi chiari e luminosi, e provò un forte senso di compassione.

Doveva essere davvero difficile per uno con i suoi ideali vivere in mezzo ad una società che la pensava in modo diametralmente opposto.

In ogni caso non riusciva a non pensare a come, nell'incontro del giorno precedente, quell'uomo si fosse comportato in modo tanto differente.

"Ricordo un tempo lontano in cui mi sono sentito al centro dell'universo," raccontò voltandosi a guardarla. "Credevo che con l'aiuto degli dei e con la forza delle mie idee rivoluzionarie sarei riuscito a cambiare questo popolo.

Ho lottato a lungo, mettendo a segno importanti vittorie, e per lunghissimi anni ho vissuto nell'illusione di essere sulla strada giusta".

La drow immaginò che l'elfo stesse parlando di epoche lontane, risalenti almeno a trecento anni prima. Si figurò quell'anziano personaggio con indosso un'armatura da guerra, al comando di un esercito pronto a tutto.

"Immagino che lei, Signore, appartenga alla classe aristocratica di Woodland?" domandò Seska cercando di interagire.

"In un certo senso, sì".

Il vecchio non aggiunse nulla di più e Seska si sentì in imbarazzo, come il giorno precedente alla locanda. Continuava a non capire perché stesse raccontando proprio a lei tutte queste cose.

"In ogni caso non mi lascerò certo vincere dalla tristezza," continuò. "Ho ancora una faccenda di una certa importanza da sistemare prima del mio ultimo giorno, e con questa guerra alle porte bisognerà proprio che cominci a darmi da fare".

L'anziano tornò a scrutarla a fondo con i suoi occhi vivaci, e Seska percepì una chiara vibrazione arcana, come se qualcuno le stesse leggendo nel cuore.

Per l'incantatrice fu la conferma che il vecchio era in grado di scorgere la realtà che si celava dietro la sua illusione.

Abbassò lo sguardo confusa e imbarazzata.

Per quale ragione quell'uomo si era confidato proprio con lei, sapendo che dietro al suo travestimento si celava una drow, un'elfa scura nemica del suo popolo?

Perché aveva cambiato atteggiamento dal giorno prima?

Non ebbe modo di domandarglielo perché lo vide alzarsi ed allontanarsi in silenzio.

Ebbe appena il tempo di rispondere al suo cenno di saluto, poi lo osservò scomparire dietro una siepe, rimanendo sola con i suoi pensieri.

CAPITOLO VENTINOVESIMO
Imboscata. Furia elementale.

A Koori gelò il sangue nelle vene quando udì il grido del geos provenire dalla superficie.

Era rimasto con le orecchie tese, pronto a correre in aiuto ai suoi compagni, ma il sibilo dei due dardi scagliati dalla balestra di Lavia, seguito dall'urlo straziante di un uomo ferito a morte lo avevano impietrito.

Dall'esterno il fragore dello scontro giungeva come ovattato.

Un'esplosione - probabilmente in prossimità dell'ingresso - scatenò un vento caldo e sulfureo che invase l'intero xenote.

Poi la terra cominciò a tremare ed al frastuono si mischiarono le voci accorate di chi stava combattendo una battaglia per la vita.

Shade era in piedi vicino alle sbarre, a pochi metri dal suo equipaggiamento.

Quando finalmente riuscì a dare un volto a chi le aveva parlato nella testa fino a pochi minuti prima rimase senza parole.

Koori dimostrava tutti i suoi pochi anni. Era esile, non tanto alto, ed aveva gli occhi onesti e puliti di chi non era mai sceso a compromessi.

Aveva un fisico asciutto e scolpito, tipico di chi – come i monaci di Zhorx - pratica stili di combattimento senza armi e coltiva i poteri della mente. Il suo abbigliamento, però, non sembrava quello di un praticante di arti marziali. Somigliava piuttosto agli strani abiti che aveva visto indossare ad alcuni druidi ai margini della foresta di Woodland.

"Io mi chiamo Shade-lynn, ma gli amici mi chiamano solo Shade. Immagino che tu sia Koori".

Il ragazzo smise di concentrarsi sui rumori della battaglia ed annuì. Restò per un momento incantato di fronte alla bellezza di quella ragazza che fino a quel momento aveva soltanto immaginato, poi si scrollò e si affrettò a porgerle i suoi abiti e le sue armi.

"Non ho proprio idea di come aprire queste maledette sbarre," ammise con aria candida. "Questa roccia è permeata di magia nera, e sembra non poter udire le mie parole. Le mie abilità sembrano inefficaci".

Shade non si perse d'animo. "Ci deve essere un modo per uscire di qui. Quei due geos sono riusciti ad introdurre un ogre in questa cella…"

"Infatti entrare non dovrebbe essere troppo difficile. Il problema è come uscire".

Era assorto nei suoi calcoli quando una tremenda fitta al palmo della mano destra lo fece trasalire.

Osservò il bagliore bluastro scaturire dalla runa scolpita nella sua carne, e comprese di avere sottovalutato il grande potere di cui il destino lo aveva dotato.

"Non ho idea di come si usi, ma questa Runa ti aiuterà ad uscire. Se mi ha condotto fino a questa prigione credo sia perché non vuole vederti marcire in catene".

Shade era sempre più allibita. Poteva davvero una Runa primaria essere stata affidata a quel ragazzino?

Lo osservò mentre si allontanava dalle sbarre.

Lo vide sedersi a gambe incrociate con la schiena appoggiata al trono di cui si era servito il principe Amon. Poi lo sentì salmodiare.

Udì un ruggito disumano provenire dall'esterno, seguito da passi pesanti che si schiantavano al suolo.

Una stalattite si staccò dal soffitto ed andò a schiantarsi sulla vasca piena d'acqua, riducendola in frantumi.

Quando si voltò per capire cosa stesse facendo il ragazzo vide che non c'era più.

Lo cercò con lo sguardo in ogni punto illuminato delle torce, finché una voce alle sue spalle la costrinse a voltarsi.

Koori era in piedi accanto a lei, con un espressione soddisfatta dipinta sul volto.

"Ora sono dentro insieme a te.
Andiamo, la Runa ci guiderà fuori da questo buco".

* * * * *

Il mago che lo aveva evocato giaceva a terra senza vita, colpito in pieno petto da due dardi scoccati dalla balestra di Lavia.

Tutto era accaduto in un attimo.

Pochi istanti prima era stato risucchiato dal suo piano di esistenza con un incantesimo di evocazione. Aveva sofferto per la violenza con cui la magia di un geos lo aveva strappato dal suo mondo fatto solo di terra e sassi, per costringerlo a materializzarsi in un ambiente così diverso dal suo.

Aveva tentato di opporsi al controllo con tutta la sua forza, ma le leggi della magia non lasciavano scampo.

Doveva mettere a servizio del suo padrone tutta la sua furia...

Ma prima ancora che potesse ricevere il primo ordine qualcuno aveva spezzato il legame uccidendo il geos che lo aveva evocato.

Ora, privo di qualsiasi controllo, il gigantesco *elementale della terra* era deciso a sfogare tutta la sua furia distruttiva contro i tre mortali ancora in piedi.

L'elfo dall'occhio bendato era inchiodato alla parete di roccia, a pochi centimetri dall'ingresso dello xenote. Wrath era riuscito ad immobilizzarlo prima che potesse proteggersi con una magia difensiva. Aveva fuso insieme l'incantesimo della *tela del ragno* con uno dei poteri più semplici da controllare della Runa del Fuoco, bloccandolo contro il muro con una *rete fiammeggiante*.

Circondato da spire di fuoco che gli impedivano di trovare la giusta concentrazione, il geos non sapeva se temere di più la possibilità di finire arrostito tentando una fuga, o l'eventualità di incorrere nelle ire di quel mostro di terra e roccia.

"Liberatemi!" implorò scrutando nella profonda oscurità della foresta di Woodland. "Non potete lasciarmi qui... quella creatura è libera!"

L'elementale udì il lamento dell'elfo e iniziò ad incedere verso di lui con il suo passo lento e pesante. La terra tremava ogni volta che quelle gambe di roccia si schiantavano al suolo. Lente ed inesorabili le sue grottesche membra si facevano sempre più vicine.

Il mostro accompagnava ogni movimento con ruggiti minacciosi e la sua voce era come un tuono in grado di squarciare il velo della notte.

Wrath osservava la scena da dietro un cespuglio di rovi. In condizioni normali un elementalista avrebbe avuto gioco facile ad assumere il controllo di una creatura come quella, ma quel geos era troppo impaurito ed aveva ormai perso la concentrazione.

L'elementale della terra lo avrebbe eliminato senza alcun problema.

Attese fino a quando il gigantesco ammasso di roccia non arrestò la propria corsa; lo osservò protendere al cielo le sue braccia deformi, pronto a sfracellarle contro il suo bersaglio. Trattenne il fiato fino al momento in cui l'elementale iniziò a sbilanciarsi per sferrare il suo attacco...

Poi liberò il suo incantesimo.

Avvicinò i palmi delle mani al petto e una piccola gemma di luce purissima si formò all'altezza del suo cuore. Con un delicato moto circolare fece scendere quel piccolo globo ardente lungo il fianco destro, all'indietro; in seguito - con un gesto repentino - lo scagliò in avanti, sostenuto da un'onda di energia arcana.

La sfera di fuoco esplose tra le gambe del mostro, facendolo rovinare al suolo. Frammenti di pietra schizzarono come proiettili impazziti per decine di metri, investendo la vegetazione.

Quella montagna animata di roccia collassò su sé stessa, fino a mescolarsi con il terreno.

Dopo il boato ci furono alcuni secondi di assoluto silenzio. Ma Wrath era certo che la battaglia non fosse finita.

Non aveva idea di come rispedire quella creatura nel suo piano di esistenza.

Nemmeno la Runa in suo possesso poteva aiutarlo a dominare l'elemento terra.

Lanciò un'occhiata a Lavia poi decise si avvicinarsi al geos. Non c'era altra scelta che liberarlo per costringerlo a fermare il mostro di roccia.

Avvolto in quel silenzio innaturale iniziò a correre verso l'ingresso dello xenote, dove il mago elementalista era imprigionato.

Stava per raggiungerlo quando una fitta al petto lo costrinse a rallentare il passo. Cadde sulle ginocchia tenendo una mano stretta sul cuore.

Si era illuso di avere imparato a domare lo straordinario potere della Runa del Fuoco, ma quel bruciore lancinante lo riportò violentemente alla realtà.

Tossì e sputò sangue sulle braci fumanti che la sua esplosione aveva sparso tutto intorno alla grotta.

Si alzò in piedi a fatica, respirando affannosamente.

Riuscì a trascinarsi fino al suo prigioniero; poi, tagliate le spire di fuoco con un movimento armonico della sua mano, lo minacciò: "Rispedisci quella dannata creatura nel mondo da cui proviene, o la prossima volta lascerò che ti riduca in poltiglia!"

"Non posso! Gli elementali obbediscono solamente al mago che li ha evocati," rispose con voce tremante il geos. "E lo fanno malvolentieri.

Quando vengono liberati non desiderano altro che sfogare la loro furia distruttiva contro chi li ha sradicati dal loro regno".

"Le tue chiacchiere non mi interessano," tagliò corto Wrath annullando il suo incantesimo. "Quello che abbiamo sotto i piedi è un grosso problema, e tu dovrai trovare il modo di risolverlo".

In quell'istante dalla terra si levarono quattro tentacoli di pietra, due dei quali andarono a schiantarsi nel punto esatto in cui le spire di fuoco avevano tenuto prigioniero il guercio. L'ingresso della prigione franò sigillando lo xenote, ed una montagna di detriti seppellì completamente il geos rimasto ucciso.

Nello stesso istante Lavia fu colpita da una propaggine minore e scagliata contro il tronco di una quercia. L'impatto fu violento e la mezza-demone perse i sensi.

Mentre il mostro riassorbiva i suoi tentacoli per riemergere dal sottosuolo nella sua forma originale, Wrath iniziò a preparare un incantesimo. Sollevò il suo bastone verso il cielo ed iniziò a recitare una litania nell'antica lingua dei draghi. Parole oscure si confondevano con il sibilo delle consonanti draconiane, mentre i toni si mescolavano in una melodia che cresceva via via in intensità.

Le nuvole in cielo cominciarono ad addensarsi, muovendosi sempre più velocemente.

Il mostro udì quel canto ed intuì che poteva costituire un pericolo. Ancora parzialmente fuso con il terreno provò invano a divincolarsi. Poi, impossibilitato a lanciarsi contro quel nemico, fece levitare alcune rocce intorno a sé, pronto ad usarle come proiettili.

"Moriremo schiacciati come formiche!" gridò il geos cercando di tenere sott'occhio tutti i macigni che ascendevano verso il cielo.

"E se non ci dovesse uccidere lui, lo farà certamente il Principe Amon!"

Le sue lamentele non ottennero alcuna risposta.

Quando i primi massi cominciarono a precipitare, il geos innalzò una barriera che riuscì a proteggere entrambi.

Ma la creatura di terra non si arrese e fece sorgere dalle profondità sottostanti un gigantesco monolito di pietra.

In quel momento il canto di Wrath cessò, e tra le nuvole che vorticavano in cielo iniziarono ad esplodere lampi purpurei.

Il boato di un tuono squassò la terra, quando una serie di saette cominciò a balenare nell'occhio del ciclone.

Il colossale macigno fluttuò fino a fermarsi ad una decina di metri dal suolo, proprio sopra la testa dei due maghi. Ma Wrath era troppo concentrato per pensare a cosa sarebbe accaduto qualora il mostro ne avesse perso il controllo. L'incantesimo era di un livello troppo alto perché potesse permettersi una qualsiasi distrazione. Lo aveva studiato per anni, ma non aveva mai avuto l'occasione di metterlo in pratica.

Il geos intuì troppo tardi quello che sarebbe accaduto.

Wrath comandò al cielo di scatenare la sua furia e subito un primo fulmine andò a schiantarsi sulla testa dell'elementale, riducendola in mille pezzi. Il suo corpo fu colpito da una successiva serie di saette che ebbero forza sufficiente per staccargli entrambe le braccia, ma ciò nonostante il mostro continuava a muoversi.

I danni ingenti che aveva subito gli fecero perdere il controllo sulle decine di rocce che teneva sospese sopra la testa dei suoi nemici, ed il monolito iniziò a precipitare.

Il geos fece ricorso a tutto il suo potere per arrestarne la corsa, ma riuscì a malapena a rallentarlo.

"Non lo terrò ancora per molto!" gridò sforzandosi di contrastare la forza di gravità. "Se non ti inventi qualcosa finiremo schiacciati!"

Wrath tornò in sé giusto in tempo per accorgersi del pericolo. Non gli rimaneva energia sufficiente per tentare di distruggere il macigno, tantomeno per provare a controllarlo.

Era sfinito. Il suo corpo implorava un attimo di riposo; ogni muscolo era contratto, il sistema nervoso mandava dolorosi impulsi al cervello, e i polmoni sembravano non riuscire a raccogliere aria sufficiente per respirare.

Gli rimanevano pochi istanti prima che quella montagna di pietra gli rovinasse addosso, troppo pochi per recitare un qualsiasi incantesimo di protezione. Decise di affidarsi a quella che poteva essere la sua unica possibilità.

Cercò l'aiuto della Runa del Fuoco.

Rilassò la mente e si lasciò attraversare dal potere che gli bruciava al centro del petto. Non oppose resistenza al fiume di energia che rompeva gli argini e conquistava via via ogni cellula del suo corpo, e quando fu il momento giusto chiuse gli occhi.

Il tempo si fermò, o quantomeno quella fu la sensazione che la magia del teletrasporto gli trasmise.

Muovendosi alla velocità del suo pensiero afferrò il geos per la sua tunica, si proiettò nel punto in cui Lavia giaceva svenuta, la cinse delicatamente, e nello stesso istante in cui era partito si trovò sulla collina che sovrastava la valle.

Il tempo ricominciò a scorrere alla giusta velocità e il monolito andò a sfracellarsi nella radura, sommergendo i resti della creatura elementale.

* * * * *

Lo schianto fece crollare un terzo del soffitto dello xenote, che collassò su se stesso aprendo un crepaccio proprio al centro della radura.

Koori, nascosto sotto uno strato di roccia insieme a Shade, ringraziò gli dei per non essere stato sommerso da quella montagna di roccia e detriti. Sentì sulla pelle la fresca carezza del vento, e solo allora realizzò che il soffitto della grotta era franato.

"Direi che la via di fuga ha trovato noi," scherzò a voce bassa tenendo stretta la mano di Shade. "Te la senti di provare a risalire?"

In tutta risposta l'elfa cominciò ad arrampicarsi sui massi, risalendo verso la superficie.

"Il pericolo là fuori potrebbe non essere cessato," provò inutilmente ad opporsi il druido. "Potrebbero esserci ancora i geos, o peggio…"

"Non possiamo perdere questa occasione," rispose Shade accelerando il passo. "Non voglio rimanere in questo buco un secondo di più!"

In superficie non si udiva più alcun rumore.

Koori fino a quel momento aveva ostentato una certa sicurezza, ma in cuor suo temeva per la sorte dei suoi compagni. Il clamore della battaglia che si era svolta in superficie aveva riecheggiato anche in profondità, facendogli temere il peggio.

"Ci sono quasi," disse Shade mentre con le mani si aggrappava alle radici di un albero divelto. "Afferra la mia mano!"

Koori non se lo fece ripetere e si tenne stretto alla presa della ragazza.

Pochi istanti dopo furono finalmente fuori.

Si voltarono intorno in cerca di un indizio su cosa fosse accaduto, ma non videro altro che un vasto cratere, braci fumanti e schegge di roccia sperse un po' ovunque.

Restarono ammutoliti giusto il tempo per riprendere fiato. Poi iniziarono a camminare nascosti tra i cespugli, in direzione opposta rispetto all'ingresso della prigione.

Koori immaginò di essere una lepre in fuga da un predatore e si concentro su ogni suono e ogni odore.

Il profumo acidulo della vegetazione violata si fondeva con l'aroma acre del legno bruciato. Una lieve pioggia di cenere stava coprendo le foglie intorno al cratere.

Ebbe appena il tempo di accorgersi che alla miscela di odori si era aggiunto un familiare olezzo sulferino, quando una voce alle sue spalle lo fece trasalire.

"Allora sei proprio tu!" esclamò Wrath toccando con la testa del suo bastone la schiena di Shade.

"Wrath! Siano lodati gli dei! Cosa ci fai qui… non dirmi che sei tu che…" "Koori la interruppe saltando al collo del mago. "Ho temuto che i geos vi avessero ucciso. Non mi sarei mai perdonato di avervi coinvolto in una missione così pericolosa!"

Wrath lo allontanò visibilmente imbarazzato. "Sono davvero felice che tu sia salva Shade, ma non c'è tempo per festeggiare. Dobbiamo allontanarci di qui il prima possibile".

Lavia era in piedi pochi metri più indietro. Perdeva sangue da una profonda ferita sulla fronte, ma teneva saldamente in mano la corda con cui il geos era stato legato ed imbavagliato. "Cosa ne facciamo di lui?" domandò con aria seccata.

Wrath si appoggiò al bastone e cominciò a trascinarsi verso di lei. "Lo porteremo con noi lontano da qui. La creatura elementale non può essere fermata; continuerà a seminare il caos fino a che qualcuno non la rispedirà nel suo mondo. Quel mostro non ha ancora preso confidenza con il nostro piano di esistenza, per questo sono riuscito a fermarlo. Ma abbiamo solo guadagnato qualche minuto".

"Allora andiamo!" suggerì Koori.

Shade lanciò uno sguardo carico d'odio verso il suo aguzzino. "Mi piacerebbe molto infilare i miei coltelli nelle viscere di quel bastardo. Ma probabilmente Wrath ha ragione, il suo potere potrebbe esserci utile. Promettetemi solo che nel caso debba essere torturato mi concederete il privilegio di farlo con le mie mani".

Il geos provò a dimenarsi, ma con uno strattone Lavia lo convinse a muoversi insieme al gruppo.

"Non farà che rallentarci," si oppose la mezza-demone. "E troverà il modo di tirarci addosso i ranger".

Un ruggito in lontananza attirò l'attenzione di Shade che si girò di scatto verso il cuore della foresta.

"Maledizione! Sono già qui!"

CAPITOLO TRENTESIMO
Fuga nella foresta. Predatori e prede.

Adorava il profumo delle braci fumanti, tipico delle locande vecchio stile. Non c'era niente di più appagante per un guerriero di trovarsi seduto in una vecchia osteria, davanti ad un piatto caldo e saporito, con una disponibilità illimitata di birra e una cameriera dallo sguardo languido.

Jena stava infilandosi in bocca una gigantesca fetta di torta alle patate selvatiche, quando udì il clamore in strada.

Il ruggito di un felino squarciò il velo della notte, subito seguito dal ritmo regolare di un piccolo esercito in marcia.

Non si scompose, ma si limitò ad osservare quasi distrattamente Seska che correva a vedere fuori dalla finestra. Infilò un dito nell'ultimo dei tre vasetti di salsa alle noci che aveva ordinato e raccolse la poca crema rimasta.

La cameriera uscì dalla cucina con due piatti di minestra destinati al tavolo accanto. Le strizzò l'occhio e fu soddisfatto nel vederla arrossire.

Deglutì a fatica il grosso boccone, leccò con cura ogni traccia di salsa dalle mani e, alzandosi lentamente, ebbe cura di portare con sé il suo boccale di birra.

"Cosa diavolo succede?" domandò sorseggiando rumorosamente.

"Una ventina di ranger sta correndo fuori dalla città, e pare che il principe sia alla testa del drappello".

"Interessante. Torniamo a tavola?"

Seska gli lanciò una delle sue occhiate di fuoco. "Non ti interessa sapere dove stanno andando?"

"Dovrebbe?" domandò con fare ingenuo il guerriero pulendosi la bocca dalla schiuma.

Si voltò per constatare che la cameriera era sparita in fretta e furia nascondendosi in cucina. Non riuscì a trattenere un sorriso compiaciuto.

"Sembravano allarmati," lo pungolò l'amica, "potrebbe essere accaduto qualcosa di importante…"

Jena sbuffò. "Gli elfi sembrano sempre qualche cosa. E' gente strana. Torniamo a tavola?"

"Dannato zuccone! Potrebbe essere l'occasione giusta per scoprire qualcosa, dobbiamo seguirli!"

"Non credo che la nostra copertura reggerebbe se ci facessimo scoprire a seguire il principe e la sua guarnigione. Potrebbero scambiarci per spie… Finiamo con calma la cena, poi…"

Prima che il guerriero potesse obiettare qualcosa si trovò in mano il suo equipaggiamento.

"Sono passati da poco. Basterà seguire le loro tracce".

"Devo dedurre che le mie considerazioni strategiche non siano state abbastanza convincenti?"

"Deduzione corretta".

Jena sospirò.

"Fammi almeno prendere la spada... sono curioso di vedere come ne usciremo vivi questa volta".

* * * * *

"Ci hanno circondati," sussurrò Shade. "Posso percepire la loro presenza intorno a questa radura; conosco le loro tattiche, chiuderanno ogni via di fuga".

"Possiamo solo correre verso il fiume," propose Koori strisciando verso l'elfa. "E' l'unica direzione da cui non possono arrivare".

Shade scrollò la testa. "Non ci sono ponti. E anche se riuscissimo ad arrivare sull'altra sponda non troveremmo alcun sentiero. E' una zona della foresta infestata da una vegetazione tossica, dietro alla quale si estende la Selva dei Miasmi Purpurei..."

Il canto di un upupa echeggiò nella notte, trasportato da aliti di vento gelido.

"In ogni caso non vedo alternative," le rispose Koori guardandola negli occhi con quella sua tipica espressione fiduciosa.

"Il ragazzo ha ragione," commentò Wrath, tenendosi una mano stretta sul cuore. "Dovete correre in quella direzione. Io farò in modo di rallentare i nostri inseguitori. Voi preoccupatevi di trovare un sistema per attraversare il fiume".

Esitarono, ma il mago li allontanò in malo modo. "Non ho alcun bisogno del vostro aiuto. Sarò più libero di muovermi senza dover pensare anche alle vostre vite!"

Lavia era rimasta in disparte, ad una decina di passi dal gruppo. Trascinava il prigioniero come fosse un animale al guinzaglio, senza degnarlo di un'occhiata.

Non riusciva a togliersi dalla mente le parole pronunciate da Wrath prima che si scatenasse l'inferno.

"...quanto ai sentimenti non credo di essere in grado di provarne".

Aveva ancora nelle orecchie il suono dello schiaffo con cui aveva posto fine alla discussione. Il volto senza espressione dell'uomo per cui aveva gettato via tutta la sua vita, quegli occhi pieni di rabbia, le straziavano il cuore.

"...quanto ai sentimenti non credo di essere in grado di provarne".

Con quelle parole l'aveva delusa. E ferita.

Quando lo udì incalzare Koori e Shade per spingerli a fuggire non ebbe nemmeno la forza di reagire.

Strattonò con vigore il geos e si mise in marcia, questa volta alla testa del gruppo.

"...quanto ai sentimenti non credo di essere in grado di provarne".

Camminò senza voltarsi, con passo spedito, senza concedere nemmeno un ultimo sguardo a Wrath e a ciò che rappresentava per lei.

"Non fermatevi ad aspettarmi," disse il mago con voce decisa. "Userò la magia per andarmene da qui e raggiungervi oltre il fiume, quando saremo tutti lontani dalla città degli elfi".

"E' un'idiozia Wrath," gli rispose Shade sapendo che le sue parole non avrebbero sortito alcun effetto. "Insieme saremmo stati più forti".

"Ma divisi saremo prede più difficili da cacciare," concluse il mago. Trattenne un colpo di tosse a fatica, e quando riuscì a riprendere fiato esortò l'amica ad andarsene. "Non perdetevi per strada," le disse con un sorriso che sembrava più una smorfia di dolore. "Ci rivedremo domattina, quando il sole sarà già alto in cielo e noi saremo tutti lontani da questo posto infernale".

Shade fece per dire qualcosa, ma Wrath le lanciò un'occhiataccia. Il discorso era definitivamente chiuso.

Così raggiunse gli altri e s'incamminò verso il Grande Fiume.

Quando fu certo di essere rimasto solo, il mago si lasciò cadere su una roccia coperta da un fitto strato di muschio azzurro.

Si sentiva veramente a pezzi.

Il dolore al petto si era fatto più intenso, ma era molto differente da quello che aveva provato nei giorni precedenti.

Inspirò profondamente, ma l'aria fredda lo fece tossire.

La Runa non aveva esitato a conferirgli un grande potere nelle ultime battaglie. Gli aveva permesso di vincere e di portare a casa la pelle. Ma a quale prezzo?

Lo aveva difeso dalle Animenere al villaggio dei draaka. Gli aveva consentito di distruggere Mordred, di salvare la vita a Lavia e di sopravvivere ad uno scontro con un elementale della terra.

Wrath sapeva che la Runa aveva esaudito le sue preghiere solo per ottenere in cambio un prezioso tributo di sangue ed energia vitale.

Tornò con la mente al giorno in cui era entrato in possesso della Runa. Scacciò il pensiero, come aveva sempre fatto, per non ricordare nulla di quell'episodio, ma il senso di colpa gli strinse il cuore in una morsa rovente.

Tossì forte, soffiando piccole nuvole di vapore nell'aria gelida della notte, e sputando sangue.

Caxandra, la sacerdotessa di Lomi, era stata molto chiara quando lo aveva visitato. Allora gli disse che non poteva nulla contro la maledizione che lo stava divorando dall'interno, e che gli rimanevano sei mesi di vita, un anno al massimo.

Erano passati sette mesi da quell'incontro, e a giudicare da quanto il suo fisico era stato messo alla prova dalle torture di Venemius, oltre che dal ricorso sconsiderato ad incantesimi di livello avanzato, il suo tempo doveva essere ormai giunto al termine.

Ogni incantesimo gli era costato un'oncia di carne, sempre più vicina al cuore. Potere in cambio di ore, forse giorni di vita.

Ed il prezzo da pagare era stato ogni volta più salato.

In più di un'occasione si era illuso di poter domare il potere della Runa. Era stato vicinissimo alla soluzione, specie durante le più recenti battaglie, ma ogni volta l'artefatto lo aveva tratto in inganno ed aveva riscosso il suo fatale tributo.

Tossì di nuovo, coprendosi la bocca con una manica della sua veste e cercando di non fare rumore.

Il ruggito di un felino lo fece trasalire. Era dannatamente vicino; troppo vicino perché non lo avesse udito tossire.

Il dolore al torace era troppo forte perché potesse riuscire ad ignorarlo rimettendosi in marcia. Rimanendo seduto sulla roccia appoggiò entrambe le mani sul suo bastone e in un attimo il suo corpo divenne invisibile. Iniziò a respirare affannosamente, con il cuore impazzito che sembrava volesse uscirgli dal petto.

Immobile, mentre gli uomini di Amon si facevano sempre più vicini, si accorse di avere paura.

Si odiava per le parole dette a Lavia e per come si erano lasciati.

Nella sua vita aveva affrontato situazioni molto difficili, aveva eretto uno scudo a difesa della sua anima, e non aveva mai sprecato il suo tempo in inutili sentimentalismi. Tuttavia, in quel preciso momento, l'idea di essere ucciso prima di poterle parlare di nuovo lo terrorizzava. Capì di essere diventato vulnerabile. Il muro che aveva costruito a difesa della sua anima stava lentamente crollando, permettendo al rimorso, alla paura, alla passione di penetrare le sue difese.

Ora aveva qualcosa in più da perdere, oltre alla vita, e la Runa sembrava esserne felice.

Fu in quell'istante che, all'improvviso, senza ulteriori preavvisi, il suo cuore cesso di battere.

* * * * *

L'immagine della fuga di Shade giunse al Principe Amon come un breve ma limpido fotogramma. Pochi istanti prima di essere ucciso, uno dei geos a cui aveva affidato il compito di sorvegliarla era riuscito ad inviargli un impulso, un'ultima immagine.

Amon non riuscì a domare la rabbia e, senza riflettere sulle conseguenze del suo gesto, chiamò a raccolta un drappello di ranger ed arcieri a dorso di pantera per correre ad impedire che gli fosse sottratto il suo giocattolo preferito.

Accecato dall'ira attraversò la foresta senza fornire alcun tipo di spiegazione agli elfi che lo scortavano, e solamente quando si trovò di fronte alle macerie del reclusorio si rese conto che le sue trame non sarebbero più rimaste segrete.

Gli informatori di suo padre, Re Ikerálfar, non avrebbero tardato a comunicargli quello che stava accadendo, e i suoi uomini si stavano senza dubbio ponendo delle domande, alle quali avrebbe dovuto trovare una risposta più che convincente.

"Cosa dobbiamo cercare esattamente, mio signore?" domandò un *arciere arcano* che da più di duecento anni faceva parte della elite di guerrieri incaricati di proteggere i membri della famiglia reale.

Amon non ebbe un istante di esitazione. "Fuggitivi. In questa caverna era tenuta prigioniera una traditrice del nostro popolo, una pericolosa assassina che un tempo fui così folle da voler accogliere a palazzo".

L'arciere si fece molto serio. *Tradire* era un concetto quasi alieno al popolo degli elfi, e certamente uno tra i crimini più gravi.

Amon fu sollevato nell'osservare che la sua ostentata indignazione stava trovando terreno fertile, e continuò. "La criminale Shade-lynn era tenuta prigioniera nella massima segretezza, perché fosse interrogata e perché i suoi uomini non potessero trovarla".

"Non può essere fuggita lontano," si premurò di osservare l'arciere arcano. "E in ogni caso non mi capacito di come una traditrice del nostro popolo possa avere trovato dei complici tra gli elfi, disposti ad aiutarla a fuggire".

Un ranger emerse in quell'istante dalla boscaglia portando sulle spalle il corpo di un geos senza vita.

"Non ci sono altri corpi tra le macerie, mio signore". Disse adagiando il cadavere su una lettiga predisposta da alcuni servitori al seguito. "I maghi hanno cercato con i loro rituali e sono pronti a giurare che non vi siano altri corpi, né morti né vivi, nel raggio di trecento metri".

"Tutto qui?" domandò Amon stringendo l'elsa della sua spada. "Non avete scoperto altro?"

Il ranger indietreggiò istintivamente. "Abbiamo individuato le impronte di sei persone, compreso l'elementalista rimasto ucciso. Cinque si perdono nella foresta, in direzione del fiume".

"*Se i maghi non si sbagliano*", pensò Amon, "*Shade è fuggita grazie all'aiuto di tre complici, e uno dei miei geos si trova insieme a loro. Questo potrebbe semplificare le cose...*"

Con un cenno della mano rispedì il ranger al suo posto e comandò all'arciere arcano di continuare le ricerche concentrandosi sulla zona vicina al fiume. Fece chiamare gli elementalisti che si trovavano tra le macerie ed insieme a loro si gettò all'inseguimento della sua preda.

* * * * *

Jena e Seska non seguirono il sentiero percorso dagli elfi di Amon. Si mossero nel sottobosco, protetti dalla fitta vegetazione, tenendosi prudentemente a distanza dal gruppo di ranger che chiudeva il drappello. Marciarono in assoluto silenzio, comunicando a gesti, fino a quando non arrivarono nei pressi delle macerie.

Osservarono gli elfi intenti ad esaminare l'interno e l'esterno dello xenote, mentre un gruppetto di geos salmodiava qualcosa intorno ai resti di quella che doveva essere una statua dalle forme grottesche, un golem o forse un guardiano elementale.

Rimasero nascosti tra le felci, fino a quando l'ultima squadra di esploratori al seguito del Principe non uscì di scena.

Poi, nonostante i tentativi di Jena di tenerla ferma, Seska uscì allo scoperto.

"Hai sentito? Parlavano di Shade".

Jena non conosceva la lingua elfica, e non aveva perso tempo ad origliare le conversazioni di Amon con i suoi uomini. In compenso aveva studiato a fondo la composizione del drappello e soppesato con attenzione la pericolosità di ogni elemento.

"Finirai per farti sentire," tagliò corto.

"Credimi testone," sbuffò la drow afferrandolo per la cintura, "non è rimasto nessuno a sorvegliare il cratere. Di certo non si aspettano che qualcuno sia così pazzo da seguirli".

"Appunto," grugnì il guerriero. "Quella in cui mi hai trascinato è un'autentica follia. Non che non mi stia divertendo, sia chiaro, ma avremmo più possibilità di uscirne vivi se tu provassi a..."

"Il Principe degli elfi ha detto che è riuscita a fuggire. Dobbiamo trovarla prima che siano loro a farlo".

"E come pensi di fare, mio affascinante stratega, a superare un esercito di stregoni, arcieri, ranger, damerini di corte e gentaglia con orecchie a punta... senza offesa, ovviamente... io adoro le tue orecchie a punta..."

Seska finse di non sentire. "Stanno andando verso il fiume. Chiuderanno un cerchio intorno al punto in cui secondo loro Shade potrebbe essersi rifugiata. Conosco bene la nostra amica ladra, e sono pronta a scommettere che non si lascerà incastrare dalle loro tattiche militari. Le conosce e sa come affrontarle".

"Quindi attraverserà il fiume".

"Io nei suoi panni proverei a farlo, ma c'è un problema. Il fiume non può essere attraversato a nuoto; le sue acque scorrono con violenza, e le sponde sono troppo distanti. Serve un ponte, o almeno una barca".

Il volto di Jena si fece scuro. "Hai un piano o pensi di stordire gli elfi di Woodland con un mare di chiacchiere?"

"Dobbiamo attraversare il fiume un po' più a sud di dove si stanno dirigendo gli elfi di Amon. Se Shade, come penso, riuscirà a trovare il modo di passare sull'altra sponda potremmo raggiungerla prima che lo facciano i suoi nemici".

"E come accidenti pensi di saltare dall'altra parte?" tuonò Jena.

"Per il momento non ne ho a più pallida idea," disse Seska sfoggiando il migliore dei suoi sorrisi. "Ma sono sicura che lungo la strada ci verrà qualche idea".

CAPITOLO TRENTUNESIMO

La Selva dei Miasmi Purpurei. La Fenice rossa dalle piume d'estate.

"Riesco a vedere chiaramente l'altra sponda," esclamò Koori indicando oltre le acque del Grande Fiume. "Dovrei essere in grado di teletrasportarvi senza intoppi. L'ho già fatto altre volte, anche se spostare più di una persona potrebbe rivelarsi più impegnativo".

Il prigioniero si voltò di scatto verso il giovane monaco. *"Teletrasporto?"* pensò scrutandolo con attenzione. *"Non posso credere che questo ragazzino sia in grado di padroneggiare un incantesimo di tale difficoltà"*.

Anche Shade si voltò a guardarlo con aria interrogativa. "Sei davvero in grado di farlo?"

Koori sorrise. La Runa che gli era stata affidata riposava placida dentro di lui, ma sarebbe corsa in suo aiuto come aveva sempre fatto fino a quel momento. "Fidatevi di me," disse afferrandole la mano. "E comunque la sorte che potrebbe capitarci non è peggiore del finire in pasto agli aguzzini di Amon".

"Piuttosto," disse Shade, "dobbiamo escogitare qualcosa per quando ci troveremo in mezzo ai miasmi tossici..."

La selva che si trovava oltre il fiume era un territorio che gli elfi di Woodland evitavano persino di nominare. Alberi deformi dalle foglie violacee e piante dall'aspetto grottesco sorgevano su un terriccio nero e limaccioso, rilasciando fumi e spore che rendevano l'aria irrespirabile.

Durante il regno di Ikerálfar, i geos erano riusciti a circoscrivere la Selva dei Miasmi Purpurei a poche centinaia di acri, ma nessuno di loro era riuscito nell'impresa di bonificare l'intera area.

Una volta estirpate, le piante ricrescevano, le spore tornavano a galleggiare nell'aria, e ben presto tutto ritornava esattamente come prima. In molti la ritenevano una zona maledetta dagli dei e, stando a quanto Shade ricordava, nessuno vi aveva mai più messo piede da almeno un secolo.

"I maestri di corte insegnavano ai giovani elfi un canto magico," sussurrò la ladra cercando quelle note ormai dimenticate nella tela dei suoi ricordi. "Non un vero e proprio incantesimo, ma un'invocazione rivolta allo spirito della foresta di Woodland affinché tenesse lontano le piante pericolose dai suoi eletti. Per il popolo degli elfi la foresta è una *madre sacra*. Non possono accettare che faccia del male ai figli che la adorano dall'alba dei tempi".

"E questo canto può fare qualcosa contro i miasmi velenosi?" tagliò corto

Lavia. "La mia natura... mi rende immune a quasi tutte le tossine naturali, ma il druido è un umano".

"Anche se velenose, sono piante come tutte le altre," provò a minimizzare Koori. "La loro voce si sente fin da qui. E' un grido di dolore, un pianto di solitudine... Se solo riuscissi a comunicare con la Selva, sono certo che non ci farebbe del male".

"Voi siete tutti pazzi!" grugnì il geos che Lavia teneva legato accanto a sé. "Arrendetevi, o morirete. Per mano del Principe Amon o avvelenati da quelle maledette spore. Sembrate topi in gabbia. Vi agitate come forsennati senza avere la minima idea di cosa fare".

Shade lo colpì al volto con una gomitata e lo guardò stramazzare a terra. "Nessuno ha chiesto la tua opinione, e solo sentire la tua voce mi fa venire il vomito".

Koori le afferrò delicatamente un braccio, ma lei si liberò indispettita dalla presa. Rimase immobile a guardare il geos che strisciava per terra. Era legato e i suoi movimenti lo facevano somigliare ancora di più ad al verme che era.

Il ricordo della sua prigionia aveva assalito Shade portando con sé il peso di tutti i conti ancora da saldare. Avrebbe desiderato schiacciare con un piede la testa di quell'elfo fin sotto terra... Ma, così come l'aveva sopraffatta, la rabbia svanì.

Lentamente.

"Lasciamolo tornare dai suoi amici," propose Lavia. "Oppure facciamolo fuori qui. Non servirà a nulla trascinarlo con noi".

La mezza-demone realizzò in quell'istante di trovarsi fuori posto. Lontana da casa, o perlomeno da quella che un tempo era stata la sua famiglia, da Yarrick, dai campi di battaglia, dall'esercito che aveva tradito per salvare la vita a Wrath Felling, il portatore della Runa di Fuoco.

Per un attimo fu tentata di lasciarli al loro destino e di fuggire lontano da tutto e da tutti.

"Non uccideremo nessuno a sangue freddo". Disse Koori chiudendo il discorso. "E a questo punto non possiamo permettere che corra a spifferare al Principe Amon dove siamo fuggiti".

Shade prese una lunga boccata d'ossigeno, poi aiutò il prigioniero ad alzarsi e fece un cenno a Lavia. "I segugi di Amon ci saranno ormai addosso. Non so cosa avesse in mente Wrath, ma dobbiamo assecondarlo e pensare alla nostra fuga. Quando saremo sull'altra sponda troveremo un rifugio dove aspettarlo, e decideremo cosa fare del prigioniero".

Lavia annuì, ancora assorta nei suoi pensieri. Poi alzò lo sguardo e parlò con voce decisa. "Fate questo benedetto salto. Io passerò dall'altra parte con le mie forze".

Senza proferire un'altra parola si lanciò giù dall'argine, aprì le sue grandi ali nere come la notte e spiccò il volo.

Shade osservò per pochi istanti la natura svelata della mezza-demone, ma non ebbe il tempo di commentare.

Il palmo della mano destra di Koori cominciò ad emettere una luce verde lampeggiante e nell'aria intorno a loro iniziarono a vorticare simboli arcani appartenenti ad una lingua perduta nel tempo.

Il monaco fece cenno a Shade di afferrare il prigioniero, poi le prese il polso con la mano sinistra, e puntò verso il cielo la Runa del Ferro.

La luce aumentò d'intensità, fino a costringerli a chiudere gli occhi.

Quando li riaprirono il fiume si trovava alle loro spalle e di fronte a loro si ergeva in tutta la sua solennità la Selva dei Miasmi Purpurei.

"Niente male," commentò Lavia scendendo delicatamente a terra. "Ma tutta quella luce non può essere passata inosservata".

Koori scrutò la sponda opposta.

Il nemico non era ancora in vista, ma facendo ricorso ai suoi talenti di druido, provò a concentrarsi sulle voci di alcuni animali della foresta. C'era forte agitazione nell'aria, come quando i grossi predatori minacciano la tranquillità delle prede più piccole.

"*Pericolo!*" gridavano le civette, in un tam tam che rimbalzava da una cima all'altra degli alberi. "*Fuggire!*" strillavano i muntjak in preda al panico. "*Vengono da questa parte!*" facevano eco le scimmie, con le loro grida sottili.

Lo scontro con l'elementale della terra e il crollo dello xenote avevano scatenato il caos tra gli abitanti della foresta, e la marcia dell'esercito di Amon stava facendo il resto.

"Dobbiamo sfruttare il nostro vantaggio," sussurrò muovendosi a fatica verso le due donne. L'incantesimo gli era costato molta energia e lo sforzo di parlare gli provocò un forte senso di nausea. Dovette accasciarsi vicino ad uno strano cespuglio per dare di stomaco.

Shade allentò la presa sul prigioniero e si avvicinò a Koori per aiutarlo ad alzarsi.

Altre immagini iniziarono a materializzarsi davanti agli occhi del monaco.

Un letto di foglie rosa e viola.

Alberi piantati vicini, in cerchio, chinati per piangere.
Silenzio. Nemmeno il vento si insinua tra le liane nere.
Solo terra che giace sotto terra.
Il cerchio si stringe...
Tutto diventa scuro.
Nero...

Koori si sforzò di non cedere al dolore. Le tempie gli pulsavano e sentiva i muscoli che lentamente s'irrigidivano.

"Le spore"... diceva una voce lontana.

"Fatelo respirare"... faceva eco un'altra voce.

Non riusciva a collegare i pensieri e il suo corpo non accennava ad obbedirgli. Provò a muoversi, ma vide un'immagine sfocata delle sue dita che sprofondavano sempre di più nel terriccio nero.

Cercò di stare calmo, di recuperare i cinque sensi.

La vista lo aveva abbandonato, i suoni che giungevano alle sue orecchie erano orrendamente distorti.

Poi in mezzo alle urla lancinanti gli parve di cogliere un canto lontano. Spinto dalla disperazione cercò con tutte le sue forze di isolare quella musica dal resto del rumore. Era una nenia che gli ricordava l'ora delle preghiere al monastero di Oasi. Cercò nei suoi ricordi più cari e rivide i monaci nelle stanze della meditazione. I suoi maestri nei tempio delle arti di combattimento. Gli anziani, i custodi del sapere... Rivide la sua mano entrare in possesso della Runa del Ferro...

Il canto si avvicinava lento, coprendo i rumori, facendo di nuovo battere il suo cuore.

Riconobbe la voce di Shade e capì che stava riacquistando le forze. Nell'istante in cui le voci si zittirono nella sua mente, la visione tornò nitida davanti ai suoi occhi.

Un letto di foglie rosa e viola.
Alberi piantati vicini, in cerchio, chinati per piangere.
Silenzio. Nemmeno il vento si insinua tra le liane nere.
Solo terra che giace sotto terra.

"La Selva sta cercando di mostrarci la via," sussurrò con le sue ultime forze Koori. Poi si lasciò cadere e perse i sensi.

* * * * *

"Ora che ti conosco a fondo capisco perché voi drow siete stati perseguitati da tutte le razze di Asgahard," esclamò Jena, sforzandosi di risalire sul tronco da cui era caduto.

Seska lo osservava seduta su un grosso masso, sull'altra sponda del fiume. "Coraggio guerriero! Se resterai ancora un po' a mollo le tue armi finiranno per arrugginirsi".

Jena grugnì. "Non hai idea di quanto pesi tutta la ferraglia che ho addosso... E comunque, visto che ti sei servita della mia spinta per levitare da una riva all'altra di questo dannato fiume, potresti almeno farmi il dono di stare zitta!"

"E' un incantesimo molto utile, ma in effetti senza il tuo aiuto mi sarei limitata a galleggiare immobile a mezzo metro da terra".

"Dunque mi devi un favore. Resta in silenzio per cinque maledetti minuti. E se questo tronco dovesse cedere facendomi precipitare in acqua come un sacco di piombo lasciami crepare in pace".

Seska si abbracciò le gambe ed appoggiò il mento alle ginocchia. Poi lo osservò con i suoi grandi occhi viola. "Dopo tutta la fatica che hai fatto per salvarmi la vita, non potrei vederti morire annegato. Per cui vedi di stare attento".

Jena sorrise.

Molte donne avevano il potere, con lo sguardo giusto o con un particolare tono di voce, di mettere confusione nella sua testa. Umane, elfe, drow, persino una mezz'orco che aveva visto combattere in un'arena per gladiatori erano state in grado di mettere sottosopra le sue emozioni, facendolo sentire come una scimmia ammaestrata.

Seska aveva trasformato il suo dono naturale in una vera e propria arte. Era una donna splendida, forse la più bella che gli era mai capitato di incontrare. Ma la sua bellezza scompariva di fronte alle sue innate doti di seduttrice. Doti che aveva affinato negli anni vissuti alla ricerca di avventure, studiando a fondo l'animo umano e i suoi punti deboli, e perfezionando il tutto con l'uso della magia.

Proseguì strisciando i piedi lungo tutta la superficie del tronco che galleggiava sulla corrente, incastrato tra due grosse pietre.

Per arrivare fino a quel punto era stato costretto ad arrampicarsi su un albero che cresceva in riva al fiume ed allungava i suoi robusti rami per diversi metri sull'acqua.

Si era lasciato cadere su una roccia abbastanza grande da reggere l'impatto, poi – tra una imprecazione e l'altra – era saltato su una serie di scogli coperti da alghe decisamente scivolose.

Seska lo aveva seguito fino all'ultima delle pietre. Li, dopo essersi fissata in vita una lunga corda di seta, aveva recitato l'incantesimo di *levitazione* ed aveva iniziato a fluttuare nell'aria in attesa che il guerriero la spingesse verso la riva opposta.

Grazie ad una buona dose di fortuna la corda si rivelò abbastanza lunga da arrivare fino a destinazione.

Sull'altra sponda del fiume, Seska aveva fissato la corda al tronco di un albero, affinché Jena potesse gettarsi in acqua senza essere travolto dai flutti.

Non fu un'impresa facile per il guerriero nuotare tenendosi alla corda, mentre l'armatura, lo zaino e le sue due spade gli ostacolavano i movimenti. Ma facendo ricorso a tutta la sua forza (e ad un repertorio di invettive da fare invidia ad un corsaro) riuscì ad aggrapparsi a quel tronco bloccato a pochi metri dalla fine della traversata.

Scivolò in acqua ancora una volta prima di raggiungere Seska, poi si lasciò cadere a terra per prendere fiato.

"Ora io rimarrò qui a riposare," disse ansimando. "E domattina, dopo avere fatto colazione con un arrosto di elfo silvano, forse passerò la giornata a pescare".

La luce della luna s'insinuava tra i capelli d'argento di Seska, mentre lei tentava di strizzarli. Si era liberata del suo travestimento da ore, ed aveva recuperato dalla sua borsa un piccolo amuleto in grado di proteggerla dal freddo della notte.

Si avvicinò a Jena e lo cinse alle spalle, in modo che il calore irradiato dal talismano si diffondesse anche sulla sua pelle.

Rimasero in silenzio, avvolti nell'oscurità.

Il cuore del guerriero iniziò a pompare molto più sangue di quanto gli occorresse, fino a quando il gelo scomparve completamente dalle sue ossa.

Non disse nulla, perché in quell'istante non c'era davvero nulla che potesse dire.

Chiuse gli occhi e si lasciò andare, assaporando fino in fondo quel momento di tenerezza.

Restarono così fino a quando le note di un canto lontano non raggiunsero le orecchie di Seska.

"Devono essere loro!" esclamò l'incantatrice drow alzandosi in piedi di scatto. "Ho sentito una voce di donna... una canzone".

Jena avrebbe voluto dire "*chi può essere così idiota da cantare nel bel mezzo di una caccia all'uomo?"*, ma le parole gli rimasero in bocca. Raccolse le sue armi e si alzò in piedi, con la mente leggermente intorpidita.

Seska si stava già arrampicando sull'argine, con la sinuosità di un felino. Constatò con piacere che le sue ferite dovevano essere ormai quasi del tutto guarite.

Controllò che le sue lame fossero al loro posto, poi iniziò a scalare il dislivello che lo separava dalla foresta.

Pochi minuti dopo i due raggiunsero il sentiero che costeggiava il fiume. Proseguirono in silenzio verso nord, osservando che il progressivo mutare della vegetazione.

Gli alberi forti e rigogliosi della foresta di Woodland in questa zona sembravano sofferenti. Sui rami le foglie sembravano avvizzite, e i tronchi erano parzialmente coperti da una strana sostanza biancastra.

Proseguirono verso quel canto lontano, fino a quando la musica cessò di diffondersi tra i rami.

Intorno a loro fluttuavano spore biancastre, simili alla neve, e le foglie delle piante avevano assunto un colore tendente al viola.

Jena guardò serio la drow, cercando nei suoi occhi viola una spiegazione. "Non so davvero di cosa si tratti," sussurrò Seska raccogliendo da terra una foglia rosa acceso. "Ma credo che dovremo fare molta attenzione".

"Mi brucia la gola, dannazione!" esclamò Jena. "Forse queste spore sono tossiche".

Aprì il suo zaino e prese due pezzi di bende, ancora inzuppate per la traversata a nuoto. Ne porse una all'elfa scura e avvicinò l'altra all'bocca. "E' meglio non rischiare, che dici?"

Seska annuì.

Non riuscirono più ad udire quel canto che confidavano li avrebbe condotti verso Shade, ma proseguirono addentrandosi in quella selva purpurea.

Ad un tratto udirono un urlo straziante proveniente dal cuore della foresta. Si lanciarono uno sguardo ed affrettarono il passo.

* * * * *

"*Apri gli occhi, mago!*" tuonò una voce in quell'oscurità silente in cui era sprofondato.

Il dolore che in quegli ultimi mesi aveva straziato il suo corpo si era finalmente placato. Si rifiutò di darle ascolto e si lasciò cadere ancora più in profondità.

"*Wrath Felling, è dunque questa la tua decisione finale? Hai deciso di cedere la partita alla Morte?*"

La morte... la fine di tutto. Prima di sprofondare nell'oblio non aveva mai pensato che potesse essere una scelta tutto sommato accettabile. Un non-luogo senza spazio per i sentimenti. Senza dolore, senza quell'irrefrenabile ambizione di cui era stato schiavo, senza giusto o sbagliato... senza amore.

Un'isola nel nulla dove trovare, finalmente, un po' di riposo.

"*Il tempo per i ripensamenti è finito, mago,*" disse la voce sempre più lontana, quasi impercettibile. "*Non mi resta che dirti addio. Sappi solo che la tua scelta ha mutato il disegno del destino, e che in molti pagheranno un prezzo molto salato per la tua resa*".

Wrath provò un moto di rabbia e se ne stupì lui stesso. "Non sarò mai uno schiavo del destino, Runa!" gridò strappando il velo all'oscurità, e si trovò sdraiato sulle dune di sabbia rossa del suo mondo psichico, di fronte all'obelisco nero.

In alto, sulla sua punta, si ergeva maestosa una fenice dalle piume infuocate. Aveva l'aspetto di una gigantesca aquila reale e il suo piumaggio brillava per effetto delle fiamme. Il collo e il resto del corpo avevano il colore dell'oro, mentre la sua coda era azzurra con penne rosee. Il suo lungo becco affusolato era quello di un feroce rapace, e dal suo capo scendevano due grosse piume, una rosa e una azzurra, che ondeggiavano lambite dalle lingue di fuoco.

"*Sono le tue scelte, infatti, a determinare il tuo destino e quello del mondo,*" disse l'uccello di fuoco. "*Lo devi accettare, funziona così anche nel regno dei morti*".

"Dunque cosa accadrà dopo la mia morte?" domandò Wrath in tono di sfida.

La fenice si alzò in volo disegnando dei cerchi in cielo, proprio sopra l'obelisco nero. "*Guarda tu stesso,*" gli rispose mentre sulle lastre di pietra nera iniziavano a vorticare delle immagini.

Wrath si avvicinò e vide Koori riverso a terra in una pozza del suo sangue. Il corpo attraversato da una freccia era ormai senza vita, ed alcuni ranger lo stavano gettando accanto a quello di Jena.

Il guerriero aveva il petto squarciato da quella che sembrava un'esplosione magica, e il suo volto era sfigurato dalle ustioni.

Vide da lontano anche i corpi di Shade, Seska e Lavia, riversi a terra e circondati da alcuni uomini incappucciati, geos a giudicare dal colore delle loro vesti.

Poi lo scenario cambiò. Vide Lunamtya attaccata dal cielo. Enormi draghi soffiavano fuoco tra le strade, incendiando i palazzi e divorando chi tentava di fuggire. Dal mare un'immensa flotta di navi sparava colpi di cannone verso il porto, chiudendo in trappola le navi imperiali. Tutto intorno alla città gli eserciti di Morlock preparavano l'assedio, trucidando i contadini e razziando i villaggi fuori dalle mura della capitale.

"Vorresti farmi credere che tutto questo dipenda da me?" gridò Wrath voltando le spalle all'obelisco.

"*Quello che vedi è solo uno degli scenari possibili dopo la tua morte. Altri con le loro azioni potranno mutare il destino di Asgahard, ma il tuo ruolo in tutto questo è certamente rilevante*".

Wrath girò lo sguardo verso la pietra nera, e vide il corpo senza vita di Lavia, sul quale alcuni ranger stavano infierendo.

"La colpa di tutto questo è tua, maledetta Runa!" gridò puntando il dito verso la fenice. "Sei tu che mi hai condannato. Sei tu che mi impedisci di combattere al pieno delle mie forze".

"*Conoscevi il prezzo da pagare per utilizzare il mio potere, e non hai certo fatto economia. Hai aperto tu le porte al male quando mi hai incontrato sull'isola di Morlock!*"

Wrath colpì con un pugno l'obelisco e provò dolore, come se fosse vivo e se fosse fisicamente in quel luogo.

"Le tue chiacchiere non mi interessano, Runa. Dimmi cosa diavolo vuoi da me e cosa devo fare per uscire da qui!"

"*Un nuovo patto...*" sussurrò la fenice nel posarsi sulla cima del monumento nero. "*Un accordo segreto tra me e te, senza terzi incomodi...*"

Wrath strinse i pugni guardando le immagini della morte di Seska. I ranger la trascinavano per i capelli ed esultavano trionfanti.

"Farò quello che vuoi, ma sbrighiamoci!"

"*Saggia decisione,*" disse sogghignando la Fenice rossa dalle piume d'Estate. "*Vedrai, la mia proposta ti piacerà... si parla di un grande potere...*"

* * * * *

Koori sembrava essere l'unico ad avere sofferto per l'aria densa di fumi e spore, ma per sicurezza tutti procedettero con una pezza inumidita davanti alla bocca.

Al prigioniero furono liberate le mani, nonostante la ferma opposizione di Lavia, perché potesse proteggersi dall'aria velenosa.

Marciarono lenti verso il cuore della Selva, mentre Shade intonava il suo canto di protezione. Al suo passaggio le liane sembravano aprirsi. Gli arbusti rinsecchiti ritraevano gli aculei intrisi di tossine, e gli alberi dai tronchi neri e contorti sembravano avere perso la loro aria minacciosa.

Il monaco aveva ripreso rapidamente i sensi, ma le mille voci di quella foresta tormentata continuavano a rieccheggiare nella sua mente.

"Credo che la Selva voglia dirci qualcosa," mormorò Koori affrettando leggermente il passo. "Ma non riesco a capire la sua lingua".

"Devi essere impazzito, ragazzo". Gli rispose secco il prigioniero. "Le piante parlano solo agli ubriachi".

"Non dargli ascolto," lo interruppe Shade. "Quando gli avrò dato un'altra gomitata smetterà di aprire quella fogna di bocca".

Lavia provò a raccogliere alcune foglie cadute a terra. Avevano colori che sfumavano dal rosa tenue al viola, ma a parte questo particolare sembravano del tutto identiche alle normali foglie verdi.

"C'è molta tristezza tra questi rami," continuò Koori. "Le foglie cadono a terra come lacrime".

A Shade tornarono in mente le frasi deliranti del monaco, mentre era in preda alle convulsioni. "Quando hai avuto quella visione, hai parlato di *Alberi piantati vicini, in cerchio, chinati per piangere*. E anche di *un letto di foglie rosa e viola*".

"Sul colore delle foglie direi che non ci sono dubbi," sentenziò Lavia. "Ma non chiamerei questo sentiero un *letto*".

"Come fate a dare retta ad un moccioso intossicato dal veleno di queste piante schifose?" gorgogliò il geos. "E' quasi morto un momento fa, ed ora vuole convincerci che la foresta gli parla..."

Koori si fermò. Si voltò indietro e guardò il prigioniero con aria minacciosa. "La Selva non ci ha attaccato. Nessuno di voi è stato intossicato dalle spore, e terminate le visioni mi sono subito ripreso. Se fossi stato avvelenato non riuscirei a reggermi in piedi".

"Non dubito delle tue parole, Koori," disse Shade togliendosi il fazzoletto da davanti alla bocca. "Ma sei l'unico umano e potresti essere più vulnerabile a certe tossine".

Lavia si avvicinò al monaco porgendogli una delle foglie cha aveva raccolto. Nel punto dove era rimasta a contatto con la sua mano il colore viola stava scomparendo, sostituito da una timida sfumatura verdognola.

"Si è nutrita della tua essenza vitale," disse il geos indietreggiando. "Questa foresta maledetta può succhiarci il sangue, e noi siamo qui in mezzo a parlare di visioni!"

La mezza-demone gli andò incontro per trattenerlo, ma l'elfo riuscì a darle una spallata, facendola cadere a terra. Poi iniziò a correre in mezzo ai cespugli.

Shade si gettò all'inseguimento, ma il geos – incurante dei rovi e degli aculei – aveva guadagnato già parecchi metri di vantaggio.

Nel buio della notte anche gli occhi speciali della ladra faticavano a distinguere i pericoli, e dopo avere schivato per un soffio le spire di una pianta carnivora decise di arrendersi.

Koori e Lavia la raggiunsero in pochi istanti.

"Lascialo andare," suggerì la mezza-demone. "Sta correndo verso il centro della Selva e da lì non potrà certo chiedere aiuto agli uomini del Principe".

"Ha ragione Lavia," disse Koori, "è meglio procedere con prudenza. La Selva non vuole farci del male, ma rischiamo di ammazzarci da soli se non guardiamo dove mettere i piedi".

Lavia s'incamminò lentamente. "Sono stata una stupida," sussurrò con un filo di voce. "Mi sono distratta e non ho controllato il prigioniero..."

Koori fece per dire qualcosa, ma lei lo zittì.

"Non dire nulla. Sono un soldato e so benissimo che non bisognerebbe mai scusarsi. E' che questa situazione è assurda. Non dovrei essere qui, maledizione".

"*Cosa diavolo sto facendo?*" si chiese. "*Il mio esercito, la mia casa, sono lontani da qui. Ho compromesso la mia missione. Mordred è stato annientato e la strega avrà già detto tutto a Yarrick... e quel bastardo di Wrath... potrebbe essere in pericolo...*"

La mezza-demone nascose il volto. Serrò i denti cercando di ingoiare le lacrime e di cacciare dalla testa l'eco di quello schiaffo nella foresta.

"Non sappiamo nulla di te," provò a dire Shade. "So solo che hai accettato di metterti nei guai per aiutarmi, e che sei arrivata insieme a quello che – nonostante a volte si difficile da ammettere – è un mio vecchio amico".

"Faresti meglio a non fidarti di me. E forse nemmeno di lui". Non riuscì ad impedire che una lacrima le solcasse il viso. Sentì sulle labbra quel sapore salato che tradiva la sua debolezza, e pensò a come Yarrick sarebbe stato deluso di lei se l'avesse vista in quel frangente.

"Wrath Felling non è certo un tipo che ispira fiducia," commentò con tono sarcastico la ladra. "E' arrogante e ambizioso, e più di una volta ci ha piantato in asso per seguire i suoi interessi personali. Quello che gli esce dalla bocca è solo un centesimo di quello che ha in mente... o nel cuore. Insomma, non è il prototipo dell'amico ideale.

Eppure esiste un sottile legame tra di noi, basato sul profondo rispetto che abbiamo gli uni per i limiti e le debolezze degli altri. E al momento del bisogno ci siamo sempre sostenuti a vicenda".

Nell'ascoltare quelle parole il cuore della mezza-demone fu sopraffatto da un turbinio di emozioni. I dubbi e le paure della sua prima missione importante, la tensione di un doppio gioco, il sapore del sangue nella lotta contro un avversario più forte, il disagio nello svelare la sua natura di demone, la fuga disperata sopra un oceano sconfinato di alberi, il profumo della pelle di Wrath mentre giacevano abbracciati...

Aprì gli occhi e con il dorso della mano si pulì le guance. "Io non appartengo al vostro mondo. Non sono umana, né elfa, né ho vissuto insieme a voi le vostre avventure. Sono un soldato e devo fare ritorno al mio esercito".

Koori e Shade si guardarono negli occhi. Entrambi sapevano che nelle file dell'esercito imperiale non c'è spazio per demoni o mezzi-demoni.

"Sei al servizio del Signore di Morlock?" domandò Koori conoscendo già la risposta.

Lavia prese fiato, poi si voltò verso di loro. "Si, sono un soldato di Morlock e ho fallito la missione che mi avevano assegnato. Ora non mi resta che fare ritorno a casa, ed accettare con dignità la punizione che vorranno infliggermi. Almeno questo lo devo al mio maestro".

Shade la raggiunse e le mise una mano sulla spalla. "Sarai pure un soldato di Morlock, ma devo molto al tuo coraggio e non sarei libera se non fosse per il tuo aiuto".

"Come fate a non odiarmi?" domandò arretrando di un passo. "Io sono il vostro nemico..."

Koori le sorrise. "Solo le tue scelte ad avere fatto di te un prezioso alleato, non certo un nemico".

"E poi," aggiunse Shade, "noi non facciamo parte dell'esercito imperiale, e di questa guerra ci importa ben poco".

Il loro discorso fu interrotto da un fruscio poco lontano.

Poi un urlo agghiacciante echeggiò in tutta la Selva.

Le foglie iniziarono a cadere dagli alberi, sempre più numerose, mentre le spore iniziarono ad agitarsi nell'aria.

"Non possono essere gli uomini di Amon," disse Shade, "quel grido proveniva dalla direzione opposta rispetto al fiume".

"Non possiamo fare altro che andare avanti," disse Koori, "la Selva sembra infastidita e non credo che la sua pazienza durerà ancora a lungo".

Senza aggiungere altro si rimisero in cammino verso il cuore di quella foresta maledetta.

CAPITOLO TRENTADUESIMO
Il guardiano del sepolcro. Sottoterra.

Camminarono per tutto il resto della notte al riparo dei grandi alberi della Selva. Koori apriva la strada, ascoltando con attenzione i suggerimenti che gli giungevano dalle foglie cadenti. Shade lo seguiva come un ombra, in assoluto silenzio, stringendo saldamente in mano le sue due lame nere.

Dietro di loro Lavia procedeva con cautela, cercando di orientarsi e di memorizzare le piante che apparivano più strane.

"Aspettate," disse ad un tratto fermandosi di fronte ad una pianta dal cui tronco si districavano alcune protuberanze simili a tentacoli. "Siamo già passati per questo sentiero".

Il monaco si precipitò a vedere e dovette ammettere che anche a lui sembrava di avere già incontrato quella pianta lungo il cammino.

"Ne siete certi?" domandò Shade.

"Mi dispiace," ammise Koori, "ma temo di avervi fatto girare in tondo per l'ultima mezz'ora. Eppure ero certo..."

Lavia gli tappò la bocca, premendogli una mano sul viso e facendogli cenno di tacere. Non distante da loro aveva udito un rumore e voleva accertarsi che non si trattasse dei loro inseguitori.

Attesero nascosti nell'ombra, concentrati su ogni minimo suono, fino a quando la mezza-demone non sentì di nuovo quel rumore.

Erano i passi di qualcuno, non c'erano dubbi.

"Dobbiamo correre, presto!" sussurrò all'orecchio di Shade e Koori. "Sono molto vicini!"

I tre emersero dai loro nascondigli ed iniziarono a procedere velocemente lungo il sentiero. Inizialmente cercando di non fare troppo rumore, poi - dal momento che sembrava impossibile evitare foglie e rami secchi a terra - correndo con tutta l'energia rimasta.

Imboccarono quella che sembrava essere la via più larga, ma subito trovarono la strada sbarrata da un groviglio di aculei.

Si lanciarono in discesa nel sottobosco, evitando per un soffio un grosso fungo gonfio di spore, poi di nuovo lungo una pista coperta dalle foglie viola.

Nel silenzio della notte si udiva solo il battito ritmico dei loro passi ed il rapido calpestio di legname.

Nessun animale sembrava abitare quell'angolo sperduto di mondo, e nemmeno il cielo osava affacciarsi tra le chiome purpuree e quell'intreccio di rami neri.

"Non... ce la faccio... più..." sbuffò Shade ricorrendo alle ultime riserve di energia. La sua lunga detenzione l'aveva indebolita, e durante la fuga aveva già speso tutte le sue riserve.

Koori arrestò la sua corsa e così fece anche Lavia, senza tuttavia fermarsi.

"Possiamo riprendere fiato," disse la mezza-demone, "ma non dobbiamo arrenderci proprio adesso".

Shade annuì.

Stava per rimettersi in moto quando una goccia la colpì sulla spalla. Toccò con la punta delle dita la sostanza vischiosa che le era caduta addosso, e quando alzò lo sguardo lesse l'orrore negli occhi di Lavia e Koori.

"Via di lì!", gridò il monaco afferrandola per un braccio.

Shade guardò sopra la sua testa e vide una gigantesca pianta carnivora agitare i propri tentacoli nell'aria.

Imprigionato nella gigantesca bocca di quell'orrore giaceva il corpo del geos. Gli acidi che ribollivano nel suo tronco ne avevano già parzialmente digerito la metà superiore, ma lui continuava ad agitarsi, incapace di liberarsi da quella trappola mortale.

Lavia sparò un dardo di balestra contro una propaggine che stava per toccarla, e questa si ritrasse di scatto, giusto in tempo per consentire al gruppo di mettersi al riparo dietro ad un cespuglio.

"Miei dei, dobbiamo fare qualcosa per quell'uomo," strillò Koori.

"Pensa a rimanere vivo, monaco!" lo zittì la mezza-demone. "Non credo che ci sia molto da fare per lui, e il mostro sembra avere ancora appetito".

I rantolii del geos si fecero più forti quando sentì le loro voci, ma la pianta scattò inclinandosi verso l'alto per inghiottirlo.

"Cielo, è orribile... nessuno merita una fine del genere". Koori si lanciò fuori dal nascondiglio, affondò una mano nel terriccio ed iniziò a salmodiare.

Le foglie iniziarono a vorticare intorno a lui, sempre più velocemente, creando uno scudo che impediva al mostro di toccarlo.

Poi la terra si squarciò e le radici di un albero schizzarono fuori come proiettili, colpendo con violenza il vegetale.

La bocca del mostro si chiuse, stringendo tra i denti il copro agonizzante del geos, poi si riaprì in modo repentino e lo sputò fuori.

Il corpo straziato dagli acidi corrosivi precipitò ad un passo da Koori, che – incapace di ignorare quell'orrore – perse la concentrazione.

Le foglie che lo proteggevano caddero a terra, e prima che potesse invocare nuovamente i suoi poteri di druido fu afferrato da un tentacolo.

Shade non attese un istante di più. Mentre Lavia teneva a bada le altre propaggini, corse verso il monaco e colpì il braccio del mostro con entrambe le lame, riuscendo a liberarlo.

Koori iniziò a correre e – recuperate le armi - anche lei fece per andarsene, ma una mano l'afferrò alla caviglia facendola inciampare.

Il geos la guardava con il volto dilaniato dagli enzimi corrosivi, emettendo gorgoglii disperati. Era ancora vivo, nonostante delle sue braccia rimanessero solo tendini e brandelli di muscolatura, e i lineamenti del suo viso stessero cadendo liquefatti a terra. Le sue gambe si agitavano senza controllo, incapaci di fare presa sulla terra, e a Shade sembrò che volesse trascinarla all'inferno con lui. Rimase impietrita, incapace di reagire, ed iniziò ad urlare.

Lavia vide la scena da lontano e mise fine a quell'orrore sparandogli due colpi in testa. Questo bastò a distrarla, e a nasconderle alla vista un tentacolo che riuscì ad afferrarla sollevandola da terra.

Koori stava ritornando verso Shade, per aiutarla ad alzarsi, quando si accorse di quello che stava accadendo a Lavia. Esitò un istante di troppo, indeciso sul da farsi, ed un'appendice della pianta carnivora riuscì ad insinuarsi sotto il tappeto di foglie, stringendosi di scatto intorno alle sue caviglie.

Il mostro sollevò le sue prede fino alle chiome degli alberi, stringendo la presa fino quasi a soffocarle.

Shade contò altri due tentacoli ancora liberi di muoversi, e si gettò di lato giusto in tempo per evitare il primo.

Il secondo frustò il terreno a mezzo metro da lei, costringendola ad arretrare.

"Vattene Shade!" gridò Koori con tutto il fiato rimasto.

In risposta la ladra afferrò i suoi pugnali per la lama e spiccò un salto verso la bocca della creatura; li lanciò nel punto dove i tentacoli che tenevano prigionieri i suoi amici si congiungevano al tronco, e – afferrato al volo il ramo di un albero – si arrampicò verso la cima.

I suoi colpi non riuscirono a tranciare le appendici lignee della pianta, ma quantomeno le fecero allentare la presa tanto da consentire a Lavia e a Koori di tornare a respirare normalmente.

Dalla cima dell'albero, parzialmente schermata dal groviglio di rami, Shade vide un bagliore azzurro balenare e schiantarsi contro il tronco del mostro.

Altri due lampi, più precisi del primo, s'incunearono dove Shade era riuscita ad infilare le sue lame, causando una piccola esplosione.

Koori e Lavia precipitarono da parecchi metri, ma il terriccio e le foglie attutirono il colpo.

Non fecero in tempo ad alzarsi, che da dietro ad un cespuglio un uomo balzò fuori facendo vorticare le sue spade.

"Mettetevi al riparo," grugnì Jena mentre con la sua daga si sbarazzava dell'ultimo tentacolo. "Al mostro ci penso io, ma non vorrei che quella pazza di Seska ci arrostisse tutti con le sue magie!"

Un altro lampo aprì la strada all'assalto del guerriero, che dopo avere infilato la spada sinistra sotto la gola della creatura, impugnò con entrambe le mani l'elsa dello spadone e – compiendo un intero giro su sé stesso – riuscì a colpirla con tale violenza da strapparla da suolo.

La pianta precipitò a terra contorcendosi ancora per alcuni istanti, poi si bloccò di colpo emettendo un ultimo sibilo di morte.

* * * * *

Seska fu quasi sul punto di urlare di gioia quando vide Shade scendere dall'albero sana e salva. Uscì fuori dal suo nascondiglio e le corse incontro, abbracciandola come non aveva mai fatto prima.

"Sono così felice che tu stia bene," le disse con gli occhi lucidi. "Vivevo con il senso di colpa per non essere riuscita ad aiutarti, quando sei stata catturata".

"Ho temuto anche io per la vostra vita," le rispose la ladra, "sono stata portata fuori da quella locanda senza poterti nemmeno soccorrere. Ed eri ferita... Come fate ad essere qui? Cosa..."

"Non c'è tempo per le chiacchiere!" esclamò Jena, emergendo con tutte le armi in mano dai resti del mostro. "Per farla breve, la drow è quasi morta, la sacerdotessa Caxandra è riuscita a salvarla per un pelo (ma è passata a miglior vita), noi ci siamo avventurati travestiti da mercanti nella città degli elfi, abbiamo visto il Principe Amon partire con fare losco per una spedizione, lo abbiamo seguito, e... come per magia siamo arrivati giusto in tempo per togliervi dai guai.

Ora leviamoci di torno, perché il baccano che abbiamo fatto non può essere passato inosservato.

Piuttosto, chi sono i tuoi amici? E dov'è finito Yoma?"

Shade raccontò di quello che aveva visto mentre la barca dei suoi rapitori prendeva il largo sul Grande Fiume. Era stato Yoma a venderla al suo più acerrimo nemico, rivelando agli elfi di Amon i loro spostamenti e aiutandoli a far scattare la trappola alla locanda.

Poi, evidentemente, doveva essere sparito in giro per il mondo a godersi il meritato premio.

Jena non disse nulla. Scrollò la testa ed iniziò a camminare, verso il sentiero che proseguiva alla spalle della pianta carnivora.

Mentre procedevano lungo la pista, Shade introdusse Koori e Lavia come *amici* di Wrath, e spiegò che il mago li aveva piantati in asso prima della traversata, perché da solo gli sarebbe stato più semplice trovare una via di fuga.

"Non ha voluto esservi di peso rallentandovi la fuga," commentò sottovoce Seska. "Possibile che dopo tanti anni ancora non lo conosciate?"

Si pentì subito per quell'uscita poco felice, ma vide che Lavia era rimasta piuttosto colpita dal tono delle sue parole.

"Sembra che tu lo conosca molto bene," commentò la mezza-demone.

Si fissarono per alcuni istanti, comprendendo immediatamente che non sarebbero mai diventate amiche.

Lavia ripensò alle lunghe conversazioni con Wrath, e immediatamente le balenarono in mente tutte le volte in cui lui aveva nominato la drow dai capelli d'argento. Mai era emerso quanto fosse bella e dannatamente desiderabile. Ne quanto fossero complici.

Non aveva evitato di descriverla, ma era riuscito – con quell'abilità che solo gli uomini sanno avere – a fargliela immaginare diversa e soprattutto... innocua.

Quanto a Seska, la frase che la mezza-demone le aveva rivolto con malcelata indifferenza non era passata inosservata. Non solo le era parsa quantomeno inopportuna, ma aveva assunto il tono di un monito.

I toni, i pensieri e lo scambio di sguardi feroci durato meno di un istante passò totalmente inosservato al resto del gruppo.

Avanzarono compatti per pochi metri, poi la selva si aprì in una piccola radura. Sul terriccio nero e fradicio spuntavano fiori notturni, i cui petali color avorio riflettevano la luce degli astri.

Il vento, incuneandosi tra gli alberi, aveva ammucchiato le foglie rosa e viola ai margini di quel piccolo prato, che agli occhi increduli di Shade appariva ancora più strano della Selva dei Miasmi Purpurei.

Attesero qualche istante prima di uscire allo scoperto, quasi intimiditi di fronte ad uno spettacolo così bello ed inatteso.

Koori fu il primo ad avanzare tra i fiori, carezzandone delicatamente gli steli.

"Ogni foresta ha i suoi segreti," disse rivolgendo un sorriso al gruppo. "Forza, cosa fate lì impalati?"

"Nessuno ci aveva mai parlato di questo luogo," commentò Shade. "Ogni giovane elfo viene informato sui pericoli della Selva, ma non si ipotizzava nemmeno che potesse esistere al suo interno un luogo tanto incantevole".

"Credo che il vostro errore sia stato quello di smettere di ascoltare la voce degli alberi", le rispose il monaco. "Da subito ho avvertito che la Selva non ci era ostile. Certo deve avere imparato a difendersi da quegli elfi che si sono inventati di tutto per espiantarla".

Seska si fermò a scrutare l'estremo opposto di quella radura. "Guardate quella quercia," disse indicando una pianta dal tronco particolarmente contorto, "c'è qualcosa li sotto".

Si avvicinarono con circospezione fino a notare che ai piedi dell'albero era stato eretto un piccolo sacrario di legno. Un muschio leggermente fluorescente ricopriva quasi per intero una targa su cui era stato inciso un simbolo.

Shade spostò il muschio con la mano, e quando riconobbe il simbolo indietreggiò cadendo fra le braccia di Jena.

"Che succede?" domandò il guerriero.

"Il Drago e la Fenice," sussurrò Shade. "Lo stesso simbolo che è disegnato sulla mia pergamena. Ricordi? Il servitore di Asmofidelius lo aveva tatuato sul corpo".

"Aveva qualcosa a che fare con tuo fratello Guile?" domandò Seska.

L'elfa annuì. "Era un simbolo che per lui doveva significare molto".

Koori, che si era inginocchiato a terra per esaminare le strane radici dell'albero, scattò improvvisamente in piedi.

"Questa pianta si muove!" esclamò.

Ripensando alla pianta carnivora, tutti si allontanarono rapidamente.

"Io non vedo muoversi nulla," disse dopo alcuni secondi Jena. "Ragazzo, non è che a furia di parlare con frutta e verdura ti sei giocato il cervello?"

Shade prese coraggio e si avvicinò al punto in cui il monaco aveva visto muoversi qualcosa.

Quando arrivò ai piedi di quella quercia enorme sentì come un brivido percorrerle la schiena. Il terreno iniziò a vibrare e le radici si ritrassero, scivolando nelle profondità della terra.

Non ne comprendeva il motivo, ma dentro di lei sentiva di dover andare avanti verso il tronco, così avanzò decisa.

Le parve di udire una voce che diceva: "*vieni avanti Shade, non avere paura. Ci sono io a proteggerti...*".

La terra sembrò franare a pochi passi da lei, e si aprì una fossa proprio sotto il sacrario.

Senza voltarsi indietro mise un piede sul primo gradino fatto di radici intrecciate, e iniziò a scendere.

"Fermati elfa!" le gridò Jena, "ma cosa diavolo..."

"Non sembra sentire la tua voce," rispose Lavia, "cosa volete fare, restare qui o scendere con lei?"

"Non possiamo lasciarla andare da sola," suggerì Seska. "Forse è stata avvelenata da qualche spora".

Koori dissentì. "Lo escludo. Sembra invece che lei riesca a vedere o sentire qualcosa che noi non riusciamo a percepire".

Non esitarono oltre. Preceduti da Jena, e con Lavia che chiudeva la fila, scesero sottoterra.

* * * * *

Il bagliore intermittente emesso da alcuni cristalli appesi alle pareti rese possibile anche agli umani assistere a quella scena.

Sei piedi sotto la grande quercia vi erano i resti di un antico tempietto, una cappella cimiteriale di forma esagonale. Costruito in pietra da mani esperte, celava al proprio centro un altare di marmo bianco, levigato e splendente come se non vi si fosse mai posato un granello di polvere.

Disteso su quell'altare vi era il corpo di un elfo, avvolto in ricche vesti di seta bianca, con le mani ripiegate sul petto, all'altezza del cuore, dove era stato posto un piccolo scrigno d'argento.

Shade singhiozzava flebilmente, prostrata ai piedi del feretro, senza trovare il coraggio di guardare il viso di quello che un tempo era stato suo fratello, ed ora non era altro che un cadavere reso eterno dalla magia. Non riusciva a comprendere chi avesse potuto dedicare un sepolcro al corpo di Guile, e perché nessuno ne avesse mai fatto parola con lei.

Chi poteva avere abbandonato quel corpo sotto terra, al centro della Selva dei Miasmi Purpurei, un luogo inavvicinabile, da cui qualsiasi elfo si tiene largamente a distanza? Chi aveva voluto allontanarlo da lei e da tutto il popolo a cui apparteneva?

D'un tratto le fu tutto chiaro.

"Volevano che nessun elfo potesse avvicinarsi a lui," sussurrò tra le lacrime. "Ecco perché lo hanno nascosto in questo luogo maledetto".

Koori si avvicinò a lei e le appoggiò una mano sulla spalla, infondendole un lieve tepore lenitivo. "Non è un luogo maledetto, Shade. La sua collocazione nella foresta, il modo in cui questo posto è stato costruito, i simboli incisi sulle pareti di roccia e sui marmi... tutto ciò che vedi è stato benedetto dagli dei. E la foresta, compresa quella terribile creatura con cui ci siamo scontrati, non è altro che il guardiano di questo sepolcro, il cui compito è stato quello di custodire il suo riposo".

"Gli dei e il loro maledetto vizio di usarci come marionette!" imprecò Jena.

"Non credo che tu sia finita qui per caso," gli fece eco Seska. "Qualcosa ti ha guidato fino alla tomba di tuo fratello, e..."

"E' stato Guile a chiamarmi," la interruppe Shade. "Ho sentito la sua voce quando mi sono avvicinata al sacrario. Mi ha detto di non avere paura perché mi avrebbe protetto... così come mi diceva da bambina".

Lavia girò intorno all'altare di marmo e vide un'apertura sotto il basamento. Si abbassò per osservare meglio, e notò che alcune armi erano state riposte in una nicchia.

Una lunga spada da cavaliere, con l'elsa decorata da simboli in antica lingua elfica, era avvolta in una tela di juta. Vicino alla lama era riposto il braccio di un'armatura a piastre, completo di coprispalla.

Lavia provò ad estrarre l'arma, ma riuscì a malapena a spostarla di qualche centimetro.

"Guerriero," disse rivolgendosi a Jena, "qui c'è qualcosa che forse ti può interessare".

Mentre Shade e gli altri continuavano ad interrogarsi sui motivi che li avevano portati in quel luogo, Jena raggiunse la mezza-demone e fu immediatamente colpito da quell'arma tanto perfetta.

"Posso?" domandò avvicinandosi alla nicchia.

"E' tutta tua," gli rispose Lavia, "posto che tu riesca a sollevarla".

Jena impugnò l'elsa della spada e con sua grande sorpresa dovette usare tutta la sua forza solo per trascinarla fuori dal suo nascondiglio. La impugnò con entrambe le mani, ma non riuscì a sollevarla sopra la sua testa. "Bella, ma completamente inutile!" grugnì lasciandola cadere a terra. "Con quale accidenti di metallo sarà stata forgiata?"

Lavia scrollò le spalle. "C'è anche un pezzo di armatura," disse facendogli cenno con la mano.

Jena non aveva mai visto un oggetto simile. Non era un pezzo di armatura, ma una protezione studiata per essere adattata a qualsiasi corazza o addirittura per essere portata a torso nudo.

Provò a sollevarla, rimanendo stupito per la straordinaria leggerezza del metallo di cui era composta. Un sistema di cinghie e cinture di cuoio gli permise di fissare le piastre al braccio, senza che queste potessero limitare la mobilità o infastidire le giunture.

Il coprispalla era un vero e proprio oggetto d'arte. Decorato con bassorilievi in oro e argento raffiguranti scene di guerra, sporgeva di parecchio dalla sagoma del guerriero.

"Affascinante," commentò Lavia. "Sembra che ti calzi a pennello".

"Già," si limitò a rispondere Jena. "Ma non ho mai combattuto indossando armature pesanti. Limitano i movimenti e..."

Si interruppe, osservando che la spada rimasta a terra stava emettendo un leggero bagliore. Fece per toccarla e il bagliore si diffuse anche all'armatura.

Impugnò l'elsa e senza alcuno sforzo riuscì a sollevare la spada e a farla volteggiare in aria usando la sola mano destra.

Fu pervaso da un'incontrollabile euforia. Quell'arma era davvero lo strumento di morte perfetto, quello che ogni soldato sogna di poter brandire contro i suoi nemici.

Nel frattempo Shade aveva cominciato a riprendersi e si era alzata in piedi per rendere omaggio a suo fratello Guile.

Aveva recitato alcune preghiere della tradizione funebre elfica, e gli aveva imposto le mani sulla fronte come imponeva il rituale. I suoi capelli avevano conservato la morbidezza di quando era in vita, e nemmeno il colore aveva abbandonato del tutto la sua pelle.

Vide che sulla mano destra portava l'anello di famiglia, lo stesso che lei aveva gettato con stizza nel Grande Fiume dopo una brutta discussione con suo padre.

Aveva odiato quell'anello, ma in quel momento non desiderava altro che toccarlo. Così lo sfiorò con la punta delle dita e la sua attenzione cadde sullo scrigno d'argento che Guile teneva stretto sul cuore.

Rimase per un momento a pensare se fosse giusto aprirlo per scoprire qualcosa in più sul mistero della sua morte, quando le parve di udire una voce lontana.

"E' tuo, Shade, ho custodito questo tesoro per te... prendilo".

Si voltò a guardare Koori e Seska, rendendosi conto dalle loro espressioni che nessuno aveva udito alcunché.

"*Questo è il giorno per cui ho vissuto...*"

Shade iniziò a piangere, senza trovare il coraggio di aprire lo scrigno.

"*...è il giorno per cui sono morto...*"

Toccò le decorazioni d'argento, ma subito ritrasse la mano. Le voci che sentiva non potevano essere altro che il frutto della sua fantasia. Suggestioni dettate dal ricordo di suo fratello, dal rimpianto per non averlo conosciuto meglio.

"*Coraggio Shade, apri lo scrigno...*"

Lo afferrò con entrambe le mani e lo portò al petto. Si sedette sul basamento dell'altare e controllò che non vi fossero trappole sulla serratura, poi svitò l'elsa da uno dei suoi pugnali neri, e da un alloggio segreto estrasse uno strano oggetto di ferro, piccolo e sottile.

Con quell'attrezzo iniziò a lavorare sulla serratura, che in pochi secondi scattò.

Nell'attimo esatto in cui lo scrigno cominciò ad aprirsi, Koori avvertì quella strana vibrazione che aveva colto durante il suo primo incontro con Wrath e il negromante Venemius.

Si guardò all'interno della mano come aveva fatto allora, e vide che la Runa del Ferro stava emettendo lo stesso bagliore.

CAPITOLO TRENTATREESIMO
La Runa della Terra. Una freccia nel buio.

La Runa della Terra riempì di un'accecante bagliore verde tutto il sepolcro. Salì verso l'alto, galleggiando in aria, fino ad arrestarsi proprio davanti agli occhi di Shade.

Volteggiava su sé stessa, chiusa nel centro di quella che sembrava una grossa goccia d'acqua di forma perfettamente sferica, e pulsava emettendo un suono sordo e ritmato.

Koori fu attraversato da un fremito, come se la sua runa stesse vibrando all'unisono con quella della Terra. Nel tempio di Oasi gli si era manifestata allo stesso modo, fluttuando a mezz'aria, e irradiando di luce blu la stanza in cui era stata nascosta. In quell'istante comprese che il suo destino doveva essere fortemente intrecciato con quello degli avventurieri. Le Rune primarie si stavano servendo di loro per ricongiungersi dopo migliaia di anni.

"*L'ho protetta e custodita per tutta la mia vita,*" disse una voce lontana riecheggiando nel sepolcro. "*Sapendo che un giorno sarebbe stata tua, cara sorella*".

Questa volta le parole provenienti dal regno dei morti furono udite anche dal resto del gruppo, ma nessuno osò intromettersi in quella che sembrava una questione di famiglia.

"*Sei pronta, Shade?*" domandò la voce.

L'elfa si domandò la stessa cosa, senza trovare una risposta. "Credevo di esserlo quando siamo partiti per questo viaggio, convinti che le Rune non fossero altro che un tesoro che ci avrebbe reso la vita più facile. Ma ora non sono più così felice di trovarmi ad un passo da questa scelta. Troppe cose sono cambiate".

"*I primi passi di ciò che deve avvenire si muoveranno questa notte. Il destino tesse le sue trame dalla notte dei tempi, ma ora la scelta è solo tua. Nessuno ti può obbligare a portare la Runa*".

"Già," si limitò a rispondere la ladra. "potrei scegliere di andarmene, tornando alla mia vita così diversa da quella che tu hai scelto di vivere. E la Runa della Terra rimarrebbe qui, nascosta dal mondo".

Shade in cuor suo sapeva che rischio avrebbe corso l'intero continente di Asgahard se un uomo come Amon, o peggio come il Signore di Morlock, avesse potuto stringere le grinfie sull'artefatto.

"Sono molto diversa da te, Guile, lo sono sempre stata". Le lacrime iniziarono nuovamente a discendere sulle sue guance. "Se dovessi scegliere di accettare la Runa non credo che mi limiterei a conservarla, come hai fatto tu. E' un potere troppo grande perché lo conservi una come me".

"La decisione spetta a te. La Runa ha già fatto la sua scelta".

Shade attese qualche istante, poi sollevò la mano verso la sfera luminosa. Esitò per un momento, cercando una conferma che non le sarebbe mai arrivata dagli occhi chiusi di Guile.

Poi sfiorò la runa.

La voce dall'oltretomba parlò per un'ultima volta, con un sussurro quasi impercettibile. *"Ora la mia missione è finalmente compiuta; grazie a te il mio spirito potrà trovare la pace. Non sarai mai sola, sorella cara, mai sola...".*

Il bagliore della runa si fece accecante e si estese alla salma di Guile. Shade osservò immobile la Runa della Terra che avanzava verso il suo petto, poi chiuse gli occhi ed attese.

Un'esplosione di luce silenziosa costrinse tutti a proteggersi gli occhi.

Quando il lampo cessò Shade vide che il corpo di Guile era scomparso, lasciando sull'altare di marmo solo il sudario di seta e l'anello che indossava.

Lo raccolse e lo infilò in tasca.

Sentì ardere il suo petto, appena sopra il seno destro, e sfiorandosi con la mano notò che era comparsa una cicatrice, una sorta di marchio a fuoco del tutto simile a quello che aveva notato sulla mano di Koori. Inspirò profondamente e si voltò verso i suoi amici, cercando approvazione nei loro sguardi.

"Parleremo più tardi di ciò che è accaduto e dovrà accadere," disse con voce serena. "Ora dobbiamo uscire dalla Selva, e pensare ad allontanarci il più possibile dal territorio degli elfi".

* * * * *

Lasciarono la radura fiorita, seguendo un sentiero che secondo Jena li avrebbe condotti fuori dalla Selva dei Miasmi Purpurei.

Camminarono a lungo, in silenzio, prestando attenzione ad ogni minimo fruscio, bisbigliando appena quando si rendeva necessario comunicare.

Senza rallentare il passo, si divisero alcuni pezzi di carne essiccata che il guerriero aveva portato con sé, e qualche manciata di frutti secchi raccolti da Koori nel suo pellegrinaggio nella foresta.

La stanchezza accumulata aveva tolto a tutti l'appetito, ma dovevano rimanere in forza per continuare la fuga, così si sforzarono di mangiare.

Quando mancavano poche ore al sorgere del sole, iniziò a piovere debolmente. Le chiome degli alberi sopra di loro li riparavano a malapena, per cui - quando poco dopo lo scroscio si fece più fitto – decisero di fermarsi a riposare, in un punto dove gli alberi di Woodland stavano iniziando a mischiarsi con quelli della Selva.

"Siamo quasi fuori," disse Jena frugando nello zaino alla ricerca di altro cibo. "Cercate di riposare, perché dobbiamo riprendere il cammino prima che faccia giorno".

Armeggiò in ogni tasca, ma non trovò nulla di commestibile; così si mise ad esaminare la sua nuova spada.

Era davvero un'arma meravigliosa. La lama era più larga e più lunga del normale, ed aveva una scanalatura serpeggiante che dalla costa saliva fino alla cresta centrale. L'impugnatura era rivestita da sottilissimi filamenti di cuoio avvolti a strati, e cuciti in modo che non vi fossero sporgenze che potessero infastidire chi la brandiva.

Entrambi i lati della lama erano affilati come rasoi, e non avevano un segno o una crepa che potessero tradirne l'usura.

Il pomolo che doveva servire a bilanciare il peso di tutto quel metallo era finemente lavorato. Raffigurava un maestoso grifone abbracciato al mondo, ed era impreziosito con inserti in oro bianco.

Shade e Lavia si addormentarono quasi subito, cullate dal ritmico tintinnio della pioggia. Erano entrambe abituate a fronteggiare situazioni difficili, e sapevano quanto fosse determinante anche una sola ora di riposo.

Seska chiuse gli occhi e si accovacciò sulle gambe del guerriero, cercando di svuotare la mente dai numerosi pensieri. Le tante emozioni vissute in così poche ore le facevano pulsare il cuore in modo frenetico, impedendole di abbandonarsi ad un sonno ristoratore. Così si concentrò su una nenia che le aveva insegnato Wrath, una sorta di incantesimo in grado di farle recuperare energia dalla magia presente nell'aria.

Koori, appoggiato con la schiena al tronco di una grossa quercia, stava osservando Jena armeggiare con il suo nuovo giocattolo, quando lo sguardo gli cadde sulle incisioni che decoravano il coprispalla.

Le scene di guerra che s'intrecciavano in quel complesso bassorilievo erano ornamenti senza significato, ma al centro di quel pezzo di armatura era scolpito un simbolo che fino a quel momento non aveva notato.

"Un Grifone bianco," disse avvicinandosi al braccio del guerriero. "E sulla sua fronte..."

"Lascia perdere i grifoni e pensa a riposare," lo rimproverò Jena sdraiandosi sul fianco. "Pochi minuti e saremo di nuovo in marcia. Abbiamo perso troppo tempo in quel sepolcro, e gli elfi di Amon potrebbero esserci addosso da un momento all'altro".

Il monaco non si arrese e si mise ad osservare da vicino le decorazioni. Nel buio della notte faticava a cogliere i dettagli dell'opera, ma il simbolo inciso sulla fronte del grifone aveva un aspetto molto familiare.

"*E' la Runa del Ferro!*" Koori non ebbe più alcun dubbio. "*Quel simbolo è identico al marchio che ho sulla mano.*

E' evidente che quell'armatura ha qualcosa a che fare con la mia Runa". Gli tornarono in mente le ultime parole del suo maestro. "*Custodisci il nostro tesoro fino a quando sentirai di dovertene separare,*" gli era stato ordinato. Che fosse Jena l'uomo a cui avrebbe dovuto affidare la Runa del Ferro?

Non poteva esserne certo, così tornò a sedersi e a riflettere sul da farsi.

Il guerriero sembrava un uomo valoroso, e questo giocava a suo favore. Non lo conosceva a sufficienza per sapere se la sua forza e il suo coraggio fossero supportati anche da una rigorosa moralità, ma era piuttosto scettico.

Semplicemente il fatto che, senza porsi il minimo problema, si fosse appropriato della spada e dell'armatura custoditi in un edificio sacro lo fecero dubitare della sua integrità.

Possibile che la Runa del Ferro fosse destinata proprio a lui?

Osservò il marchio sulla sua mano ed avvertì di nuovo la vibrazione che lo collegava alla Runa che Shade aveva sul collo. Aveva provato lo stesso brivido in presenza di Wrath, e gli venne naturale pensare che tutta l'energia magica sprigionata dal mago durante lo scontro con l'elementale della terra dipendesse da una Runa che custodiva in segreto.

Così tre degli oggetti magici più potenti della storia di Asgahard si trovavano nelle mani di uno strano gruppo di avventurieri. Koori si domandò perché gli dei avessero affidato loro tanto potere. Nessuno di loro, lui per primo, sembravano esserne pienamente degni.

"*Non interrogarti sul disegno degli dei,*" gli aveva detto il suo maestro durante una delle tante escursioni tra le dune di Oasi. "*Loro possono mettere sul tuo cammino ostacoli o traguardi, ma spetterà sempre a te scegliere il sentiero su cui camminare.*

E se ti soffermerai nel corso della tua vita sul significato del potere pensa a questo: nonostante tu possa estendere i tuoi campi all'infinito, non potrai mai mangiare più di tanto riso al giorno; e nonostante possa rendere la tua casa grande come un castello, quando ti sdraierai non occuperai più spazio di un letto ".

Sorrise rivivendo quel momento prezioso che aveva trascorso con il suo maestro. Le sue parole riuscivano ad illuminargli il cammino anche dopo la sua morte.

"Sono l'ultimo monaco di Oasi," disse tra sé, *"e non mi farò certo tentare dal potere della Runa del Ferro. Porterò a termine la missione che mi è stata affidata, consegnandola alla persona scelta dagli dei. Quando verrà il momento io mi farò trovare pronto"*.

* * * * *

Jena guidò il gruppo attraverso la foresta per alcune ore, fino a quando giunsero ad una biforcazione del sentiero. Un rigagnolo creato dalla pioggia scendeva verso sinistra, scrosciando sulle pietre coperte dagli ultimi residui di muschio rosa sfuggiti alla Selva. Nella direzione opposta avrebbero dovuto arrampicarsi tra le radici lungo un percorso in salita.

Il guerriero cercò ispirazione negli sguardi dei suoi compagni, ma dovette rassegnarsi a prendere una decisione da solo. Erano tutti stravolti e si affidavano alla sua guida con un certo sollievo.

Senza perdere altro tempo iniziò a salire verso destra, convinto che la direzione fosse quella giusta per allontanarsi il più velocemente possibile dal territorio degli elfi. Anche se lo cose non fossero state così, probabilmente avrebbe optato comunque per quella salita, semplicemente perché desiderava ardentemente distanziarsi il più possibile dall'acqua.

Mezz'ora più tardi, quando raggiunse il punto più alto del poggio, il guerriero iniziò a chiedersi se avesse fatto la scelta giusta.

Davanti ai loro occhi si estendeva una distesa sterminata di piante. Nessuna traccia di civiltà. Non il fumo di un camino, né il verde brillante della prateria. Niente che somigliasse ad una via di fuga.

"Dobbiamo proseguire verso nord," disse dopo avere scrutato a lungo l'orizzonte. Fece uno sforzo per apparire sicuro di sé, e sfoderata la spada indicò un punto lontano davanti a loro. "Lomi non può che trovarsi oltre quelle colline".

Nessuno ebbe nulla da obiettare, e si rimisero in marcia.

Dopo un'ora di cammino la fiducia di Jena nelle proprie capacità di giudizio fu premiata. I resti di un bivacco ai lati del sentiero tradivano la presenza di cacciatori umani. Nessun elfo avrebbe mai lasciato un segno della propria presenza che potesse contaminare l'estetica di quel luogo immacolato.

Il sentiero si allargò all'improvviso.

Camminarono sotto la pioggia senza più il tetto che faceva da ombrello sulle loro teste. Il rumore delle gocce d'acqua sulle foglie e sulla loro pelle copriva ogni altro suono.

Infreddoliti, con gli abiti inzuppati, proseguirono seguendo il guerriero, fino a quando emersero in una piccola radura.

Jena si fermò per guardarsi intorno. I cespugli ai margini della radura erano scuri e fitti, perfetti per nascondere un predatore, e a parte il punto d'ingresso e di uscita del sentiero non scorgeva altra via di fuga.

In altre condizioni sarebbe tornato sui suoi passi ed avrebbe cercato un passaggio più nascosto, ma gli altri erano già in mezzo alla radura e si affrettò a raggiungerli.

Lo scroscio della pioggia non riuscì a mascherare lo schiocco sordo e letale di un arco. Una freccia balenò dall'oscurità del sottobosco e colpì Koori in pieno petto, scaraventandolo con violenza a terra.

Lavia si tuffò contro Seska, buttandola a terra, e un secondo colpo andò ad infilarsi nel tronco di una quercia.

Con un movimento repentino Shade scagliò un pugnale verso il cespuglio da cui era partito il secondo colpo, poi si gettò a terra verso il monaco.

Jena osservava la scena da qualche metro di distanza. In quella radura non c'era nemmeno un sasso dietro il quale provare a nascondersi. Erano in trappola. Bersagli troppo facili per gli arcieri del Principe Amon.

"Arrendetevi, o farete la fine del vostro amico," sibilò una voce da dietro le foglie.

Shade era riuscita a strisciare fino al corpo di Koori. Una lunga freccia lo attraversava da parte a parte, e il suo respiro era sempre più debole.

Con le dita provò a fermare il sangue che sgorgava copioso dalle ferite, ma lo sforzo si dimostrò del tutto vano.

"Mi arrendo Amon!" gridò Shade stringendo tra le braccia il monaco. "Ma devi promettere di lasciare andare i miei amici".

"Non sei nella posizione di fare richieste, mia cara," rispose il Principe degli elfi. "Credo invece che sarete giustiziati tutti, come traditori e cospiratori".

Dalle frasche uscirono una decina di ranger, in tenuta da battaglia, seguiti da altrettanti arcieri a dorso di felino.

Emersero da entrambi i lati della radura, circondandoli.

"Gettate le armi, ogni reazione sarebbe completamente inutile". Amon pronunciò queste parole palesando tutta la sua soddisfazione.

Shade si alzò in piedi e lasciò cadere il suo coltello dalla lama nera, mentre anche gli altri si liberavano delle armi. La situazione non sembrava offrire alcun via d'uscita; Koori era messo male, ed era certa che Amon non avrebbe risparmiato i suoi compagni. Era stato furbo ad accusarli di tradimento. Per la legge elfica un cospiratore può essere giustiziato senza processo in casi di particolare gravità, e lui avrebbe certamente trovato il modo di uscirne pulito.

"Non ho mai tradito il regno di Woodland," disse Shade con voce ferma, pur sapendo che nessuno le avrebbe creduto. "Solo mi sarei uccisa piuttosto di condividere lo stesso letto con te, mio Principe!"

Il sorriso di Amon si trasformò in un ghigno. Come osava prendersi gioco di lui anche in punto di morte?

"Avanti," continuò Shade. "Sii uomo e rivela ai tuoi lacché il vero motivo perché ci troviamo qui".

"Nessuno ha voglia e tempo di prestare ascolto ad una traditrice!" gridò Amon rivolgendosi alle sue milizie. "Hanno ucciso due dei nostri fratelli, e non permetteremo che una cospiratrice, i suoi amici umani, questa sporca drow e quest'altro mostro possano passarla liscia".

"Chiediamo di essere giudicati da un tribunale elfico," propose Shade in un disperato tentativo di prendere tempo. "Siamo disarmati e non costituiamo un pericolo immediato per la vostra sicurezza".

"Non ce ne sarà bisogno," le rispose Amon. "Il Principe di Woodland in persona è testimone del tuo crimine, Shade-lyn! Quanto ai tuoi, la legge elfica non si applica alle razze nemiche del nostro popolo".

Nessuno tra i ranger e gli arcieri di Amon sembrava dubitare delle parole del loro sovrano. Apparivano lucidi e determinati, pronti a far scattare la loro trappola di morte appena l'ordine fosse stato impartito.

In quell'istante il tempo sembrò congelarsi. Shade avvertì prima un leggero prurito, poi una scossa sul petto, proprio dove era comparso il marchio della Runa della Terra.

Non aveva la benché minima idea di come sfruttare il potere della Runa. Nelle ore precedenti aveva provato a sondare le sue capacità magiche, ma sembrava che nulla fosse cambiato.

Quando Amon ordinò ai suoi uomini di dare inizio all'esecuzione, si limitò a chiudere gli occhi, attendendo di sentire prima lo schiocco delle corde degli archi, poi il dolore, ed infine la morte.

* * * * *

Tutto accadde in una manciata di secondi.

Il Principe Amon gridò ai suoi arcieri di aprire il fuoco contro i traditori, e questi eseguirono l'ordine senza esitare.

Nello stesso istante la terra sotto i loro piedi iniziò a tremare, ed alcuni pilastri argilla emersero dal sottosuolo, impedendo alle frecce di raggiungere i loro bersagli,

Shade, avvolta in un globo di luce verde, levitava a mezz'aria tenendo i palmi delle mani rivolti verso la terra. Accanto a lei anche il corpo di Koori fluttuava immerso in un bagliore bluastro.

Approfittando del diversivo Jena raccolse le sue spade e si lanciò contro i ranger più vicini. Affondò la sua daga nel ventre molle del primo elfo, che si accasciò a terra lanciando un urlo straziante, mentre con un violento fendente del suo nuovo spadone strappò la testa dal corpo del suo compagno. Poi si voltò ed iniziò a duellare con un veterano.

Lavia sapeva come combattere al fianco di un mago, e quando vide Seska concentrata sulla formulazione di un incantesimo fece in modo di proteggerla.

Sparò i primi due colpi di balestra contro un ranger che stava per colpirla alle spalle, costringendolo ad arretrare. Poi prese la sua frusta e la usò per colpirgli le gambe e farlo cadere in terra.

L'incantatrice drow aprì gli occhi ed iniziò a parlare con voce particolarmente melodiosa, rivolgendosi ad gruppo di ranger che si trovavano proprio di fianco al Principe degli elfi. "Dovete aiutarmi," sussurrò con voce suadente, "sono finita in questo guaio per un malinteso. Non potete permettere che mi facciano del male..."

Le sue parole affondarono nel cuore di due di loro come stilettate. Come fossero posseduti da un demone si voltarono verso i loro compagni d'armi cercando di proteggere Seska a costo della loro stessa vita.

Uno di loro affondò la spada nel petto del compagno caduto a terra. L'altro si avventò contro un arciere, continuando a colpirlo nonostante il suo feroce destriero gli avesse squarciato il petto con una zampata.

Amon riuscì a mantenersi lucido nonostante il caos della battaglia. Aveva riconosciuto immediatamente il grande potere della Runa della Terra, ed ora aveva una ragione in più per uccidere Shade.

Provò ammirazione per il coraggio con cui quegli sciocchi stavano combattendo, ma era certo che non avessero alcuna possibilità contro venti uomini. Senza contare che i suoi geos, ancora nascosti tra i cespugli, attendevano impazienti di entrare in azione.

Arretrò fino ai margini della radura e restò a godersi la scena.

Jena stava fronteggiando due avversari. Due discreti spadaccini; precisi, letali, ma privi di quella fantasia tipica di chi si è formato sui campi di battaglia. Si avvicendavano nel tentativo di sfiancarlo, attaccandolo da ambo i lati, prima uno e poi l'altro. Compresa la strategia, il guerriero rimase fermo al suo posto, conservando il fiato e limitandosi a respingere gli affondi. Prese il ritmo ai suoi nemici e quando uno dei ranger si lanciò all'attacco schivò il colpo spostandosi di lato, e lo infilzò con entrambe le lame. L'elfo alle sue spalle credette di poterlo sorprendere e gli si accostò con destrezza.

Jena attese che gli fosse abbastanza vicino, poi sollevò il corpo agonizzante del suo nemico (nel quale erano ancora conficcate le sue spade) e, ricorrendo a tutte le sue energie, lo ribaltò addosso all'altro avversario. Prima che questi potesse riprendersi lo colpì con un calcio al mento, rompendogli l'osso del collo.

Mentre la Runa della Terra impediva alle frecce scagliate dagli arcieri di colpire Shade e Koori, la mezza-demone stava cercando di tenere a bada gli ultimi tre ranger. Aveva sfregiato il primo con un colpo di frusta in pieno volto, e gli altri due si tenevano prudentemente a distanza, pronti ad aggredirla alla prima distrazione.

Seska, protetta dall'unico sopravvissuto tra gli elfi che aveva plagiato, decise di sperimentare un incantesimo mai provato in battaglia. Lo aveva studiato nei dettagli, acquisendone ogni minima sfaccettatura, ma trovare la concentrazione per eseguirlo in un contesto tanto caotico era tutt'altra cosa.

Iniziò a salmodiare, alternando frasi cantate a suoni duri come l'acciaio, ed improvvisamente - con un boato assordante - la terra si spaccò. Dalle profondità degli abissi infernali fuoriuscirono lingue di fuoco alte come le cime degli alberi, mentre sgorgavano piccoli fiotti di lava.

Una mano gigantesca emerse dal sottosuolo, subito seguita da una seconda. Un nuovo boato precedette di pochi secondi la comparsa di un demone gigantesco, che balzò fuori dal cratere ed iniziò ad urlare contro i suoi nemici.

Le milizie elfiche furono prese dal panico. I felini terrorizzati disarcionarono gli arcieri e fuggirono lontano dal campo di battaglia.

Amon osservava la scena impietrito. Non aveva previsto che in quel gruppo vi fosse un mago tanto potente da poter evocare creature infernali. Per un attimo pensò di mettersi in salvo, lasciando i suoi uomini a fronteggiare quel demone. Poi si rese conto di un particolare che la paura gli aveva impedito di notare.

La pioggia, che stava cadendo copiosa, avrebbe dovuto sfrigolare a contatto con la pelle rovente del demone, e trasformarsi in vapore toccando la lava che continuava a fuoriuscire dal cratere.

Invece si limitava a colpire il terreno, passando quasi attraverso la creatura infuocata. Il mostro si limitava ad urlare e ad avvicinarsi agli arcieri, ma non li toccava. Paralizzati dal terrore venivano abbattuti dai colpi del guerriero umano o dai dardi scagliati dalla mezza-demone.

Improvvisamente gli fu tutto più chiaro.

"E' soltanto un'illusione!" gridò ai suoi uomini. "Quel mostro non è reale!"

Gli elfi erano troppo spaventati per prestare attenzione alle parole del loro signore, così Amon decise di ricorrere all'aiuto dei geos.

Lanciò il segnale che gli elementalisti attendevano, poi si tolse di mezzo ed attese.

Dalla terra, a lato della radura, emersero cinque esseri incappucciati che iniziarono a recitare una litania in coro.

Bastarono pochi secondi e il demone, il cratere e tutta l'illusione generata da Seska scomparvero in un bagliore soffuso.

* * * * *

Erano rimasti in piedi soltanto due ranger e quattro arcieri privati dei loro letali destrieri. Ma la comparsa dei cinque geos aveva fatto crollare le speranze del gruppo.

"E' finita!" tuonò il Principe Amon, ai margini del campo di battaglia. "Avete giocato tutte le vostre carte, ed ora morirete. Ma non prima di avermi consegnato la Runa della Terra!"

Il rombo di un tuono fece vibrare la foresta.

La pioggia si schiantava sull'erba mischiandosi al sangue dei caduti, coprendo con il suo rumore le parole sussurrate.

"Seska, puoi fare qualcosa per tenere a bada quegli stregoni?" domandò

Jena mentre cercava di recuperare il fiato.

"Anche uno solo di loro sarebbe un avversario micidiale. Controllarne cinque è impossibile".

"Non ho intenzione di lasciarmi ammazzare senza fare niente," grugnì il guerriero. "Se non avete idee migliori li affronterò con le mie spade".

Lavia stava tenendo sotto tiro gli arcieri, pronta a colpirli appena avessero incoccato una freccia. "Wrath ed io li abbiamo combattuti allo xenote. Sono potenti, ma sanguinano come tutti gli altri".

"Io non mi arrendo," mormorò Jena riavvicinandosi al gruppo.

Il bagliore verde intorno a Shade aumentò a poco a poco di intensità, e quando il guerriero raggiunse il corpo fluttuante di Koori, la sua luce si fece quasi accecante.

Amon ordinò di attaccare e gli arcieri scoccarono le loro frecce. Lavia ne colpì uno alla gola, prima di essere colpita a sua volta al braccio sinistro. Con l'altra mano spezzò l'asta al centro ed estrasse le due metà dalla ferita, cercando di non peggiorare la situazione. Un fiotto di sangue schizzò fuori dal foro, ma lei non vi fece caso e strinse i denti, ricorrendo alla sua frusta.

Jena si frappose tra le frecce e Seska bloccandone due con il braccio protetto dall'armatura. Un altro colpo fu deviato dal globo di luce che proteggeva Shade, mentre l'ultimo colpì il tronco di un albero.

Jena non attese che i tre arcieri sopravvissuti potessero preparare un nuovo colpo e si gettò urlando contro di loro.

Uccise un ranger affondandogli la daga nel petto, poi si lanciò contro un arciere, infilzandolo con ferocia. Nella foga non si accorse che un geos gli si era avvicinato furtivamente, e quando si voltò per fronteggiarlo era ormai troppo tardi.

Una sfera di fuoco schizzò dalle mani dell'elementalista verso di lui, e non poté fare altro che chiudere gli occhi attendendo l'esplosione.

Il boato fece tremare la terra, e braci fumanti schizzarono tutto intorno, sfrigolando quando cadevano sull'erba bagnata dalla pioggia.

Jena aprì gli occhi, domandandosi come potesse essere ancora vivo, e si accorse di essere avvolto in un globo di luce dorata.

"Mi devi un favore, bestione!" esclamò Wrath, comparso alle sue spalle. "Ma ora vedi di toglierti dai piedi".

Jena rise di gusto. "La solita entrata da pagliaccio! Pensa ai maghi, mente sistemo gli altri orecchie-a-punta".

Wrath alzò verso il cielo il suo bastone magico e una colonna di fuoco si schiantò contro il geos più vicino, riducendolo in cenere.

Il potere sprigionato della Runa del Fuoco fece vibrare ogni energia arcana, andando in risonanza con le altre due rune, e la forte vibrazione risvegliò Shade dalla sua trance, facendola scendere a terra.

"Pensa a salvare il monaco," le gridò Wrath appena la vide riprendersi. "Non sono tornato dall'oltretomba per vederlo morire".

Il mago non impiegò molto a rendersi conto che il bagliore sprigionato dai suoi compagni era del tutto identico al suo, ma rimandò a dopo ogni spiegazione.

Avevano tre armi molto potenti, ed era il caso di usarle.

"Secondo il libro, la tua Runa può intervenire sulla materia!" Le disse arretrando verso di lei. "Per controllarla devi riuscire a sentire la sua voce, usando tutta la tua forza di volontà".

Shade annuì e provò ad estraniarsi dalla battaglia.

Mentre Jena duellava con l'ultimo ranger, incalzandolo con un vortice di colpi bene assestati, Seska era riuscita ad incantare le armi degli arcieri. Ogni volta che scoccavano una freccia, questa si librava nell'aria compiendo evoluzioni incontrollabili.

Dopo un paio di tentativi infruttuosi, l'ultimo dei quali rischiò di ritorcersi contro di loro, i due elfi scagliarono a terra il loro arco e si gettarono nella mischia armati di stocco.

Con uno schiocco di frusta, Lavia ne afferrò uno per le caviglie e lo fece precipitare a terra. L'arciere tentò in ogni modo di divincolarsi, ma una potente scarica di elettricità, partita dalle dita di Seska, lo colpì in pieno fermandogli il cuore.

Il suo compagno lo vide cadere e si arrestò, incerto sul da farsi. Quell'attimo di esitazione bastò alla mezza-demone per spiccare il volo, e scendere in picchiata colpendolo con un calcio al volto.

L'elfo provò a ingaggiare una lotta corpo a corpo, ma Lavia non ebbe difficoltà a schivare attacchi tanto imprecisi. Attese il momento giusto, alternando spostamenti repentini con finti attacchi. Poi lo vide sbilanciarsi in avanti e, agendo istintivamente, passò la frusta intorno al suo collo, scivolò alle sue spalle, e tirò con tutte le sue forze.

Un flebile rantolo fu l'ultimo suono emesso dalla bocca dell'arciere, che cadde all'indietro con un tonfo sordo.

Nello stesso istante, mentre Amon osservava la disfatta del suo esercito senza trovare la forza di reagire, Jena affondò il suo colpo mortale all'ultimo ranger rimasto in piedi.

Per una manciata di secondi si udì solo il rumore della pioggia che s'infrangeva sul prato inzuppato d'acqua e sangue.
I quattro geos erano stretti intorno al loro Principe, pronti a liberare la loro furia magica.
Dalla parte opposta della radura le tre rune primarie brillavano di una luce sempre più intensa, illuminando a giorno il campo di battaglia.

CAPITOLO TRENTAQUATTRESIMO
Velieri neri all'orizzonte. Morte nella foresta.

La flotta di Morlock arrivò silenziosamente nel pressi del porto di Lunamtya, quando il sole non era ancora sorto. Soltanto qualche ubriaco che barcollava sui ponti dei mercantili ormeggiati tra i moli vide le navi avvicinarsi all'orizzonte. Per il resto l'arrivo dei velieri neri passò del tutto inosservato.

Il vescovo Sillerieux aveva organizzato una grande solennità al Tempio di Dyan per la nomina di nuovi ufficiali e di alcuni paladini della luce. Ai suoi chierici, ai generali dell'esercito imperiale e agli ammiragli della flotta era stato inoltrato un invito formale, al quale non si sarebbero potuti sottrarre senza rischiare un incidente diplomatico con il nuovo reggente.

La cattedrale era gremita di folla. I militari e le famiglie avevano aderito con grande emozione alla prima grande cerimonia dopo tanti anni di austerità, ed in pochi sembravano preoccupati di tenere sotto controllo i punti chiave della città.

In fondo, avevano pensato in molti, il nemico era accampato lontano dai confini dell'Impero, e prima di arrivare a Lunamtya avrebbe dovuto scontrarsi con il grosso della fanteria imperiale inviato a presidiare le città più vicine alla frontiera.

Per di più, gli ultimi esploratori erano rientrati quella stessa mattina, riportando notizie tranquillizzanti circa la situazione oltre il confine. L'accampamento dell'esercito invasore era fermo al suo posto, e il grosso delle truppe non si era più mosso dalla caduta di Icek. Niente lasciava presagire un possibile attacco.

Così Sillerieux ebbe modo di posizionare l'ultimo tassello della sua trama, e di dare il via alla fase finale del suo grande disegno.

Giorni prima, i paladini del Sacro Ordine della Luce erano stati inviati a Slativa e Rodtwn, alla guida della cavalleria imperiale, per presidiare le due città più vicine al confine con i Territori Liberi. Il vescovo aveva insistito affinché fosse proprio Lynn'lao Yiukee, rappresentante del clero presso il concilio di guerra, a dirigere le operazioni. Voleva lei e quella elite di cavalieri il più lontano possibile dalla città e dai suoi affari.

Nessuno tra i paladini aveva osato opporsi al volere del vescovo, soprattutto ora che ricopriva anche il ruolo di tutore dell'imperatrice Fiordalia. Malgrado ciò Lynn'lao Yiukee era apparsa piuttosto scossa dalla decisione, ed era partita confidando di poter rientrare al più presto alla sede dell'Ordine.

Per tenere anche il generale Lionarm e la *cavalleria dei draghi* lontano dal Palazzo Imperiale, Sillerieux lo aveva costretto a scortare alcuni diplomatici all'ambasciata di Al-Kaìr. Aveva motivato la decisione spiegando al veterano che nessuno, meglio di lui, avrebbe potuto ottenere l'appoggio del Paese confinante. In realtà era perfettamente consapevole che quell'aiuto militare non sarebbe mai arrivato. I popoli del deserto non provavano alcuna simpatia per il confinante Impero, e sapevano che il commercio - l'unica cosa che a loro interessava - avrebbe tratto grande profitto da un conflitto su così vasta scala.

Così anche Lionarm aveva lasciato la città, con al seguito un drappello di uomini armati e una delegazione di nobili. Quanto al resto della cavalleria dei draghi, il tutore dell'imperatrice aveva ordinato che fosse distribuito a protezione delle città costiere, lasciando non più di due *stormi* a difesa della capitale.

Bark Stonskin era in viaggio tra le montagne dei nani, e non sarebbe tornato soprattutto ora che la sua amata Fiordalia si trovava segregata in un'ala riservata del Palazzo, dove i migliori medici stavano scervellandosi su come farle recuperare il senno.

Il vecchio nano, che le aveva fatto da padre e da maestro, non era riuscito a sopportare di vederla ridotta in quello stato, ed aveva accettato l'incarico del Capo di Rock – la più alta carica *riconosciuta* tra le genti naniche – di verificare il livello di addestramento delle loro forze militari, in vista di un possibile conflitto.

Quanto al Re degli orchi, Kaizer Zruegrosh, e al rappresentante degli elfi silvani, Florius Lungarco, il vescovo era certo che non avrebbero creato problemi. Il primo non aveva mai nascosto il suo totale disinteresse per le vicende umane, mandando deserta ogni seduta del concilio di guerra. Quanto agli elfi, non si sarebbero mossi prima di settimane o forse mesi di estenuanti incontri diplomatici.

E per finire, Sillerieux aveva dispensato Kunglash Krotal, delegato dei draaka, dal partecipare alle ultime riunioni, convincendolo a presidiare le operazioni di ricostruzione della città di Lizarville, dopo l'incidente con le Animenere. Per essere certo che il coriaceo uomo-drago non rifiutasse di lasciare la capitale in un momento così delicato, gli aveva affidato una ricca sovvenzione per le opere più urgenti, raccomandandogli di consegnarla personalmente al borgomastro.

Così, muovendosi con la sinuosità di una vipera, era riuscito ad allontanare i leader carismatici dalla testa dell'esercito imperiale, ed aveva preparato il terreno per l'arrivo dei suoi segreti alleati.

I velieri neri della flotta di Morlock, resi silenziosi come fantasmi dal sortilegio degli stregoni dalle vesti scure, avevano solcato le acque imperiali tenendosi lontano dalle coste. Con il favore delle tenebre si erano portati a poche miglia dalla città, pronti ad approdare al momento opportuno.

I primi marinai non ubriachi che furono testimoni dell'arrivo delle navi di Morlock pensarono dapprima che si trattasse di una delegazione straniera.

Poi, quando si resero conto che le prime imbarcazioni non erano altro che l'avanguardia di una immensa flotta dall'incedere minaccioso, si misero a correre e ad urlare sui ponti, dando l'allarme alle navi vicine.

Un gruppo di cittadini, fuoriusciti dalle locande del porto, si riunì lungo le banchine, armato di torce e pugnali, pronto ad affrontare l'invasione di una nave pirata. Ma furono sufficienti pochi minuti per comprendere che la minaccia era ben più grave.

Mentre le navi della flotta imperiale cercavano di organizzarsi per bloccare l'avanzata del nemico, un distaccamento della milizia a cavallo arrivò al Tempio di Dyan dando notizia dell'attacco.

Le grida che fino a pochi istanti prima erano state di gioia, si trasformarono in urla di panico e rabbia.

I soldati si riversarono sul grande piazzale del tempio, in attesa di ricevere ordini dai superiori.

Contemporaneamente, una colossale esplosione ad ovest della città annunciò l'inizio dell'assedio da parte delle truppe terresti guidate da Lord Thalor in persona.

Si scatenò il panico. Nessuno riusciva a spiegarsi come quel gigantesco esercito si fosse materializzato fuori dalle mura senza essere avvistato in precedenza, e soprattutto senza avere varcato i confini dell'Impero.

L'unica cosa che salvò la capitale dell'Impero del Drago Nascente da una disfatta immediata fu l'intervento dei membri anziani dell'Accademia della Magia di Lunamtya, che eressero uno cupola magica a difesa della città.

Un palliativo che non avrebbe retto in eterno, ma che avrebbe dato il tempo ai militari di organizzare una minima difesa.

Il vescovo Sillerieux fu scortato nelle sue stanze alle prime avvisaglie del pericolo, e quando fu finalmente solo si mise alla finestra ad osservare i bagliori lontani delle esplosioni.

I pensieri gli vibravano nella mente come le corde si uno strumento musicale in un giorno di festa. Sapeva ormai da giorni che quel momento sarebbe arrivato, e lo temeva.

Con l'invasione di Lunamtya, Lord Wishid avrebbe ottenuto la sua vittoria e forse non avrebbe più avuto bisogno di lui.

Da quell'ultima conversazione, prima che la Runa dell'Acqua fosse sottratta dai sotterranei del Tempio, non era più riuscito a mettersi in contatto con il suo alleato. Aveva pregato Tod e gli dei delle tenebre di sostenerlo, ma non aveva ottenuto altro che silenzio. Un silenzio tanto assordante da togliergli il sonno.

Si sporse oltre il davanzale, in modo da poter vedere le mura occidentali da un'angolazione diversa.

Il Signore di Morlock sarebbe arrivato, avrebbe invaso la città con le sue schiere benedette dalle tenebre, e finalmente si sarebbe insediato sul trono svelando al mondo il suo volto. I chierici del culto di Tod avrebbero reclamato il tempio di Lunamtya per consacrarlo al culto del male, e il culto di Dyan sarebbe stato estirpato.

Cambiò di nuovo posizione. Il suo sguardo seguì la scia di una sfera di fuoco che si schiantava contro la barriera eretta dai maghi. Fissò l'esplosione, provando una dolorosa fitta alla retina. Poi si lasciò cadere sul suo seggio intarsiato e si osservò le mani. Vide le rughe sulle nocche, profonde come le spaccature che separano le zolle di terra nei pomeriggi d'estate. Si domandò quanto tempo avrebbero impiegato i campi coltivati e i frutteti generosi a trasformarsi in sterili lande di sabbia grigia. In quanto tempo i torrenti ricchi di pesce si sarebbero ridotti a pozze putrescenti e a tetre paludi. Strinse i pugni e chiuse gli occhi, figurandosi la città messa a ferro e fuoco dagli invasori. Aveva tenuto fede alla sua parte di patto, preparando la vittoria dei suoi alleati e portando a compimento il suo tradimento a Dyan. Il divino Tod lo avrebbe ricompensato, di questo ne era certo.

Sillerieux sentì un rumore di passi decisi provenire dalla scalinata che conduceva alle sue stanze, e fu costretto a tornare alla realtà.

Il cigolio di un'armatura da guerra preannunciava l'arrivo di un alto ufficiale dell'esercito imperiale, che gli avrebbe sottoposto la sua strategia per resistere all'assedio.

Si alzò facendo leva sui braccioli della poltrona e si trascinò fino all'ingresso della sua camera.

"Cos'altro succede?" disse spalancando la porta prima che il soldato potesse bussare.

L'uomo era pallido in volto. "Eccellenza..." sussurrò con voce tremante.

"Nessuno ha idea di come sia potuto accadere..."

"Parla, avanti!" lo spronò Sillerieux con tono spazientito.

"L'imperatrice Fiordalia... è scomparsa!"

* * * * *

Il senso di frustrazione scese come una densa melassa fino al cuore del Principe Amon. Incontrò rabbia cristallizzata in anni di attesa, ad un passo dal quel potere che gli spettava di diritto e che gli dei non si affrettavano a consegnargli. Si mischiò all'odio per quella persona che aveva osato ferire la sua dignità di uomo e di sovrano, rifiutando di concedersi alle sue brame e di condividere il suo talamo.

Quella miscela nera s'insinuò come una necrosi in ogni cellula del suo corpo, in ogni centimetro di carne, impedendo alla ragione di comandare sul cuore.

Quattro dei più potenti geos al servizio della corona di Woodland erano in piedi davanti a lui, pronti a scatenare l'inferno sui suoi nemici. La loro forza magica traeva energia dalla terra, l'elemento di cui erano dominatori assoluti. Avevano sguardi lucidi e feroci, ed il loro respiro regolare tradiva una certa confidenza con situazioni fortemente a rischio.

Ognuno di loro sapeva perfettamente che se fosse riuscito a mettere le mani sulla runa di Shade, sarebbe diventato il mago più potente della nazione elfica. Avevano osservato la ragazza per tutto il corso della battaglia, maturando la convinzione che non fosse assolutamente in grado di controllare l'artefatto di cui era in possesso, e la brama di potere si era rapidamente impadronita di loro.

Quando Amon ordinò di attaccare, gli elementalisti non se lo fecero ripetere una seconda volta.

La terra iniziò a tremare, mentre profondi crepacci si aprivano ai lati della radura, ingoiando la vegetazione circostante.

Radici mostruose, ricoperte di propaggini uncinate, emersero dal sottosuolo proiettandosi verso gli avventurieri.

Jena schivò un primo affondo, e con la sua spada tranciò di netto un'altra radice lanciata verso i suoi compagni.

Con la coda dell'occhio vide che il bagliore sprigionato dalla Runa della Terra stava proteggendo Shade e Koori dagli attacchi, così prese un profondo respiro e si lanciò in avanti verso il nemico.

Facendo vorticare le sue spade con movimenti armonici e letali, conquistò terreno verso il geos che sembrava controllare la vegetazione assassina, tenendo lo sguardo fisso sulle sue mani.

Lo vide concentrato sul suo incantesimo, ebbro dell'energia arcana che si sprigionava dalle profondità sotterranee, e protetto da uno scudo di rovi che continuavano ad intrecciarsi intorno al suo corpo.

Una radice riuscì a stringersi intorno al suo braccio, conficcando aculei ritorti nella sua carne. Il guerriero si sforzò di ignorare il dolore e riuscì a liberarsi della presa con un fendente mirato. Guizzò di lato, non abbastanza rapidamente da evitare di essere ferito da un'altra propaggine uncinata, si difese respingendo altri due colpi e si trovò ad un passo dal suo nemico.

Indugiò un istante di troppo sul suo sguardo malvagio, ed un tentacolo la colpì alle spalle, tentando di afferrarlo per il collo.

Jena lasciò cadere la sua daga, e prima che la radice chiudesse le sue spire riuscì ad infilare un braccio davanti alla gola. La pianta stringeva per soffocarlo, ma lui riuscì a creare uno spiraglio per infilarvi la spada, e facendo attenzione a non decapitarsi usò tutta la forza di cui ancora disponeva per recidere quel cappio mortale.

Senza perdere un solo istante colpì con violenza i rovi che proteggevano il geos. Sferrò un colpo, poi un altro, poi un altro ancora, lasciandosi dominare dalla furia, fino a quando uno spruzzo di sangue non gli investì la faccia.

Riprese fiato e, asciugatosi il volto, osservò la sua lama conficcata nella spalla dell'elementalista e scesa tra le sue carni fino a raggiungere il costato.

L'elfo respirava ancora, rigurgitando sangue. I suoi erano gli occhi di un uomo disperato, che andava incontro alla morte senza essersi preparato a fondo.

Jena scosse il capo. "Non si va in guerra se si ha paura di morire," gli disse con voce pacata. Poi estrasse la sua lama, la alzò di nuovo e lo colpì al cuore. Il geos fece un ultimo sussulto e poi rimase immobile, sotto la pioggia che continuava a cadere.

Poco distante da loro, Wrath aveva eretto un muro di fiamme per contrastare l'avanzata dei tentacoli ed impedire agli stregoni di indirizzare i loro attacchi magici contro Lavia e Seska, entrambe intente a preparare un contrattacco.

La mezza-demone era pronta a scagliare i suoi dardi contro il nemico appena si fosse aperto un varco tra le lingue di fuoco, mentre alle sue spalle Seska recitava un complesso incantesimo di protezione.

I geos agivano in silenzio, cercando di gestire la situazione con astuzia. Uno di loro, infatti, si limitava a controllare le radici che tentavano di insinuarsi oltre il muro di fuoco, scavando nuovi passaggi nel terriccio fradicio, o allungandosi verso il cielo. Gli altri due, approfittando del diversivo, si limitavano a scagliare proiettili esplosivi a caso, oltre la barriera.

Uno dei primi incantesimi da battaglia che i geos imparavano dai loro maestri più anziani, permetteva loro di caricare gli oggetti di energia cinetica, che si liberava in tutta la sua potenza deflagrante quando questi venivano a scontrarsi contro un bersaglio. Un semplice sasso, una moneta o una qualsiasi arma da lancio diventavano nelle loro mani ordigni esplosivi in grado di causare danni ingenti.

Una pietra scagliata tra le fiamme esplose a meno di un metro da Lavia, e sarebbe riuscita a ferirla se la mezza-demone non si fosse scostata con un guizzo repentino.

"Finiranno per colpirci," disse avvicinandosi al mago. "Dobbiamo escogitare qualcosa per fermarli!"

Wrath si voltò verso Shade, ma vide che era ancora riversa sul corpo immobile di Koori. Dai palmi delle sue mani s'irradiava una luce calda e benefica che sembrava avere fermato l'emorragia del monaco.

"Dobbiamo unire le forze," suggerì voltando nuovamente il capo verso le fiamme.

"Io sono pronta," lo interruppe Seska, completando il suo rituale con alcune parole pronunciate della lingua dei primi elfi. Poi protese le mani verso i due compagni ed un lieve bagliore azzurrognolo si diffuse sulla loro pelle. "Ed ora lo siete anche voi. L'incantesimo è in grado di proteggervi da qualsiasi attacco, assorbendo al posto vostro un colpo che vi dovesse essere inferto. Ma attenzione, può funzionare una volta soltanto!"

Wrath le sorrise. "Stai facendo enormi progressi, Seska! E anche questa volta mi hai letto nel pensiero".

Lavia lo fissò con uno sguardo ostile. "Se avete finito con le smancerie ci sarebbe una battaglia da combattere!"

Si pentì immediatamente di ciò che aveva detto, ma dall'espressione dipinta sul volto di Seska capì che la sua frecciata aveva colpito nel segno. Non aveva mai provato gelosia per qualcuno o per qualcosa, per cui non seppe dare un nome al senso di irritazione che provava ogni volta che quella donna ostentava complicità con Wrath.

Era ancora furiosa per ciò che lui le aveva detto prima di separarsi, ma non era né il luogo né il momento per affrontarlo. Si ripromise che non avrebbe più permesso alle emozioni di uscire allo scoperto.

"E' il momento di agire," disse con voce ferma, rompendo quel momento di imbarazzante silenzio.

Wrath riuscì a non tradire alcuna emozione. Puntò a terra il suo bastone, stringendolo saldamente con la mano sinistra, poi comandò alle fiamme di aprirsi e appena intravide la sagoma di un geos gli lanciò contro una sfera infuocata.

L'elfo fu colpito in pieno e scagliato con gli abiti incendiati a diversi metri di distanza. Precipitò sbattendo con violenza a terra, con il ventre squarciato dall'esplosione, ed iniziò a lottare con le fiamme che stavano divorandogli le vesti. Urlò come un pazzo quando si rese conto che le sue mani non riuscivano ad arrestare l'incendio; si divincolò, contorcendosi su sé stesso, e riuscì a rotolare fino ad una avvallamento del terreno dove si era raccolta un po' di acqua piovana.

Le fiamme si spensero, ma per il dolore e le ustioni diffuse su tutto il corpo, perse i sensi dopo pochi attimi.

Wrath non ebbe il tempo di constatare che il nemico fosse davvero fuori gioco, perché mentre il suo bersaglio si agitava nella pozza d'acqua, fu investito da un esplosione di luce. Lo scudo magico invocato da Seska gli salvò la vita, ma non impedì alla violenza del colpo di mandarlo a sbattere contro il tronco di una quercia.

Affondò con le mani nel terriccio bagnato, nel tentativo di rialzarsi e recuperare il suo bastone, ma un secondo oggetto gli esplose vicino, investendolo con una pioggia di schegge e detriti.

Tutto accadde in un pugno di secondi. Mentre Wrath sprofondava nel buio, Lavia stava scaricando i suoi colpi di balestra verso il geos che comandava le piante, senza riuscire a centrarlo. L'esplosione le fece perdere la concentrazione; si voltò per constatare quanto fossero gravi le ferite del mago, ma un primo tentacolo la colpì sulla schiena, infrangendo la sua protezione magica. Un istante dopo una seconda propaggine comandata dall'elementalista riuscì ad afferrarla ad una gamba, affondandole gli aculei ricurvi nella carne.

La mezza-demone era troppo orgogliosa per chiedere aiuto, e soffocò un grido in gola. Ma Seska – che si trovava a pochi passi da lei – non attese un invito per intervenire.

Sfoderò un piccolo pugnale che teneva legato alla coscia, e si avventò contro la pianta. Colpì più volte il tentacolo, fino a quando non smise di stringere, poi affondò un colpo con tutte le sue forze e riuscì a reciderlo.

Il terzo geos, rimasto prudentemente vicino al suo principe, intravide l'occasione per mettersi in luce. Dalla sua posizione avrebbe potuto colpire le due nemiche e il guerriero umano senza difficoltà, così afferrò una pietra ed iniziò a caricarla di energia. Attese il momento propizio, infondendo il suo potere deflagrante oltre il limite dettato dalla prudenza, e quando la drow gli voltò le spalle per aiutare la compagna, scagliò il suo proiettile.

Vi fu un'enorme esplosione che investì, oltre alle due donne, anche Jena e il geos che controllava le piante assassine, il quale perse un braccio e una gamba per effetto dello scoppio.

Seska riuscì a fare scudo a Lavia con il proprio corpo, sfruttando la protezione magica che ancora la riparava, ma entrambe furono proiettate contro gli alberi ai lati della radura. Si schiantarono con tale violenza che crollarono a terra senza un lamento, prive di sensi.

Le schegge di pietra investirono in pieno anche Jena, che fu colpito con violenza alla testa e cadde all'indietro, dentro al cespuglio di rovi.

Amon esultò, ridendo di gusto.

* * * * *

"Uccideteli tutti!" gridò, eccitato per la piega che stavano prendendo gli eventi. In quel momento non gli importava altro che di consumare la sua vendetta. Nei suoi pensieri non c'erano né le rune, né il suo ruolo di futuro regnante. Nulla gli avrebbe dato tanta soddisfazione quanto vedere schiacciata a terra, nel fango, colei che lo aveva così profondamente umiliato.

"Li voglio tutti morti!" urlò di nuovo, ridendo a squarciagola. "Soprattutto la sgualdrina che ha osato tradire il nostro regno!"

In quell'istante Shade alzò la testa.

Si sollevò da terra, adagiando con delicatezza il corpo di Koori sull'erba bagnata, e lo fissò dritto negli occhi, con uno sguardo che gli ricacciò in gola la voglia di ridere.

"Sei tu il vero traditore, Amon!" esclamò la ladra, avanzando lentamente verso di lui, mentre la Runa della Terra illuminava a giorno il teatro della battaglia. "Puoi provare ad ucciderci tutti. Puoi seppellire le nostre spoglie mortali. Ma non c'è modo di assassinare la verità".

Amon fu preso alla sprovvista da quelle parole e non seppe come controbattere. In preda ad una rabbia incontrollabile, sfoderò la sua spada dalla lama ricurva, e le corse incontro gridando.

I geos non osarono scagliare i loro incantesimi per il timore di colpire il bersaglio sbagliato, e rimasero immobili, indecisi sul da farsi.

"Non otterrai mai la corona di Woodland," continuò Shade senza rallentare il passo. "Re Ikerálfar non cederà mai il suo trono ad uno stupido moccioso che non ha a cuore altro che la propria ambizione".

Il principe degli elfi le si scagliò contro con violenza, ma prima che potesse colpirla, la runa teletrasportò Shade alle sue spalle.

"Da che ti conosco non fai altro che tramare contro tuo padre, e contro l'alleanza per la quale lui ha duramente lottato," continuò la ladra. "Hai raccolto intorno a te uno stuolo di stupidi lacché e di stregoni senza scrupoli, pronti ad ignorare la legge degli elfi pur di assecondarti. Hai ordinato l'assassinio di mio padre, uno degli uomini più fedeli alla corona di Woodland, ed amico fraterno del Re. E chissà di quanti altri delitti ti sei macchiato".

Amon le si avventò contro una seconda volta, sempre più accecato dall'ira, ma il suo fendente riuscì solo a colpire la pioggia. Si sbilanciò e cadde a terra, finendo con la faccia nel fango.

"Sei solo una sgualdrina!" esclamò l'elfo ormai fuori di sé. "Una pazza disposta a rinunciare agli agi di corte per vivere in mezzo a umani, nani, drow e tutta la feccia che li accompagna".

Shade lo fissò immobile, senza accorgersi che i due geos le stavano strisciando alle spalle, pronti a colpirla.

"Sei dunque tu il modello di purezza elfica a cui il popolo dovrebbe ispirarsi?" domandò Shade. "Preferirei sposare un goblin che dividere il mio letto con te, Amon, ma credo che questo tu già lo sappia".

"Porrò fine alla tua squallida vita," gridò l'elfo sollevandosi da terra, con gli occhi rossi per la sete di sangue. La sua spada ricurva iniziò ad emanare un bagliore rossastro, fino a quando il metallo parve diventare incandescente. "Trarrò piacere dal vederti implorare pietà, come fece tuo padre quando fu assassinato. E mi prenderò la Runa che tuo fratello Guile mi ha tenuto nascosto fino al giorno in cui gli ho fatto strappare il cuore dai miei geos".

La notizia colpì Shade dritto al cuore, come una stilettata. Gli occhi le si riempirono di lacrime, ma si sforzò ricacciarle indietro. Avrebbe voluto staccargli la testa dal collo, ma in quel momento, con tutti i suoi compagni fuori combattimento, le serviva tempo.

"Per anni l'ho fatto spiare e sapevo che era in qualche modo collegato con i guardiani delle rune," continuò il principe. "Nonostante si ostinasse a negare le sue conoscenze, i miei uomini lo videro incontrarsi segretamente con uno strano individuo dalla pelle nera, marchiato sul petto con un simbolo arcano.

Dopo lunghe ricerche i miei geos trovarono le conferme che cercavano. Quel simbolo apparteneva ai guardiani delle rune, ma tuo fratello negò ogni cosa.

Così ordinai ai miei uomini di seguirlo e di assassinarlo quando si fosse trovato in un luogo sufficientemente isolato. Frugammo nel suo equipaggiamento, entrammo di nascosto nella sua casa, cercammo dappertutto, ma non trovammo alcun indizio sulle rune.

I miei geos stavano iniziando a sezionarlo – con mia profonda soddisfazione, non posso negarlo – per verificare che una runa non fosse custodita all'interno del suo corpo, quando un improvviso lampo verde lo fece sparire per sempre. Lo stesso maledetto bagliore che ora vedo intorno a te..."

Shade tenne fisso lo sguardo sulla lama arroventata, cercando di cogliere con la coda dell'occhio anche i movimenti alle sue spalle. Non permise al racconto di Amon di sporcarle il cuore, ma lasciò che scivolasse su di lei come fosse olio. In fondo non aveva mai dubitato che potesse esserci lui dietro alla morte di suo fratello.

Non aveva idea di quali poteri celasse la Runa della Terra, né sapeva come accedervi; il consiglio di Wrath le aveva permesso di aiutare Koori, ricorrendo ad un puro sforzo di volontà, mentre l'incantesimo di teletrasporto che le aveva permesso di schivare gli attacchi di Amon si era attivato autonomamente, senza che lei facesse nulla di particolare.

La Runa aveva agito come fosse dotata di una coscienza propria. Era stata lei a decidere di affiancarla nello scontro.

"Facciamola finita, Amon," disse sfoderando i suoi pugnali di metallo nero. "Siamo solo tu ed io; tutto il resto non conta ormai più nulla".

Il principe degli elfi sorrise. "E sia, apriamo le danze!"

Prima di finire la frase le assestò un calcio alla bocca dello stomaco che la fece cadere a terra, in una pozza d'acqua e fango.

Non le diede il tempo di riprendersi e in un attimo le fu addosso. Tentò di infilzarla con la sua spada, ma Shade trovò la forza di lanciarsi di lato, e di rimettersi in piedi.

Amon le balzò davanti e le sfiorò il viso con due fendenti ravvicinati, poi affondò un terzo colpo che la ferì al fianco facendola urlare di dolore.

"Il primo sangue è mio," grugnì l'elfo preparando un nuovo assalto. "Non puoi fuggire per sempre, mia cara".

Shade indietreggiò, cercando la giusta distanza per contrattaccare. La ferita non sembrava troppo seria, ma era certamente molto dolorosa. Cercò di non pensarci per non perdere la concentrazione.

Le sue lame erano troppo corte per poter reggere il confronto con una spada, e per di più l'arma di Amon sembrava dotata di poteri magici.

Studiò i suoi movimenti per alcuni secondi, cercando uno spiraglio nella sua difesa, e quando lo vide sollevare l'arma per prepararsi a colpire provò a cogliere l'occasione.

Scagliò un pugnale, con precisione millimetrica, verso il cuore del nemico, ma questi lo respinse con un guizzo della sua lama, mandandolo in frantumi.

Amon sorrise e si avventò contro di lei, con un fendente troppo rapido perché potesse essere evitato. Shade chiuse gli occhi e quando li riaprì si trovava dall'altro lato della radura: ancora una volta la Runa le aveva salvato la vita.

* * * * *

"Voglio che impediate a quella sgualdrina di rimbalzare ovunque!" gridò Amon a uno dei due geos che erano rimasti in piedi. "Usate la magia, le armi, quello che vi pare, ma fate in modo che non mi sfugga di nuovo!"

L'elementalista annuì in silenzio e cominciò a preparare un incantesimo, mentre il suo principe attraversava la radura correndo verso Shade.

I due si fronteggiarono nuovamente. Ogni fendente della spada ricurva che veniva bloccato dal pugnale nero portava un suono metallico, simile al battere ritmico della fucina di un fabbro; e ogni secondo che passava dava alla ladra una maggiore comprensione delle capacità del suo avversario e delle sue strategie di attacco.

Poi giunse un rumore che Shade avrebbe preferito non sentire. Anche la sua seconda lama era andata in pezzi, colpita con violenza troppe volte da un'arma permeata di energie arcane.

Il geos intuì che l'elfa avrebbe potuto tentare la fuga proprio in quel momento, ed alzò le mani pronto a scagliare la sua magia. Ma un rumore alle sue spalle lo fece voltare di scatto.

Lo spadone di Jena emerse dall'oscurità sbattendo contro i suoi denti, e continuando a penetrare fino alla parte posteriore della sua testa.

"Vai... a raggiungere... i tuoi amici," disse il guerriero, respirando affannosamente. Coperto del suo sangue e di quello degli avversari uccisi, rimase per un attimo fermo a contemplare il suo ultimo successo. Poi lasciò cadere la spada e crollò sulle ginocchia, schiantandosi con il volto nel fango.

Amon appoggiò la punta della sua spada alla gola di Shade, fino a quando il calore del metallo arroventato non iniziò ad ustionarla.

Nonostante fosse disarmata e ad un passo dalla morte continuava a fissarlo con uno sguardo freddo e determinato.

"Implorami, e forse ti risparmierò la vita," le disse continuando a fissarla.

Shade spinse la sua gola contro la punta della spada, ignorando lo sfrigolio della carne sul ferro incandescente.

"Non mi avrai mai, Amon. E non stringerai le tue grinfie sul regno di Woodland. Gli dei non te lo permetteranno".

"Dunque non mi lasci altra scelta, Shade-Lynn. Quanto al mio regno, appena avrò finito con te potrò dedicarmi alla conquista di ciò che è già mio".

"Re Ikerálfar non ti cederà mai il trono".

"Ne sono consapevole, mia cara. Ed è per questa ragione che lo ucciderò con le mie mani, inscenando un complotto ad opera di umani...

In questo mi siete stati davvero utili. Grazie alle vostre azioni anche i più scettici saranno disposti a credermi, e saranno felici di vedermi salire al trono".

"Sei un bastardo, uno spregevole bastardo!"

"Anche io ti amo, tesoro. Ma adesso facciamola finita".

Shade chiuse gli occhi ed attese il colpo che l'avrebbe uccisa. Percepì lo spostamento d'aria mentre Amon sollevava la spada, e trattenne il respiro.

"Fermi!" disse una voce alle spalle del principe. Il tono dell'ordine non lasciava spazio a discussioni.

Amon si immobilizzò con la spada che puntava verso il sorgere del sole.

"Padre?" domandò voltandosi lentamente.

Re Ikerálfar, sul dorso di un unicorno dal manto talmente candido da non poter essere fissato troppo a lungo, puntò lo scettro dorato verso suo figlio. Centinaia di arcieri emersero da ogni lato, pronti a fare fuoco su ordine del loro sovrano.

"Per colpa tua è già stato versato molto sangue," disse con voce ferma.

"E credo che le mie orecchie abbiano sentito abbastanza. Consegnati alle milizie reali senza coprire di ulteriore vergogna la corona di Woodland".

"Ma padre..." provò a sussurrare Amon lasciando cadere a terra la sua spada.

"Silenzio! Da questo momento ti proibisco di chiamarmi padre. Non sei più degno di appartenere alla famiglia reale e verrai processato e condannato come un qualsiasi criminale".

Ad un cenno del sovrano le milizie reali presero in consegna Amon e il geos sopravvissuto, e sparirono tra le fronde degli alberi.

"Quanto a te, Shade-lynn," continuò Re Ikerálfar, "hai fatto la tua scelta e non sei più un membro nel nostro popolo. Tu e i tuoi amici potrete andarvene, nessuno proverà a fermarvi".

"Vi ringrazio maestà," sussurrò la ladra, prostrandosi di fronte al sovrano della nazione elfica.

"Non ringraziarmi. La Runa della Terra ti ha scelto come sua custode in un'epoca in cui si combatteranno battaglie epiche, e dovrai dimostrartene degna. Tuo fratello lo è stato prima di te".

Shade spalancò gli occhi. "Voi sapevate?"

Re Ikerálfar non rispose. "Proseguite in quella direzione. Raggiungerete il borgo umano di Lomi prima del tramonto".

Le milizie elfiche si ritirarono silenziosamente nella foresta, come ombre tra le ombre.

Seska aveva ripreso conoscenza già da qualche minuto, ma riuscì ad aprire gli occhi solo nell'istante in cui Re Ikerálfar si voltò per andarsene.

"Il vecchio della locanda!" esclamò, cercando di rialzarsi. "Che cosa ci fa qui... miei dei la testa..."

Il sovrano la vide alzarsi e cadere, e le si avvicinò. "E' dunque questo il tuo vero aspetto, drow?" le domandò con voce gentile.

Seska non riuscì a rimettersi in piedi, ma si sforzò di sorridere. "Voi sapevate tutto, perché non avete detto nulla alle vostre guardie? Perché avete conversato con me nel... vostro parco?"

"Perché non avrei dovuto? E' in persone come te che ripongo le mie speranze. Una drow che vive, combatte e rischia la sua vita per un'elfa, per un umano, per una mezza-demone...

Vi aspettano giorni difficili, ragazza. Ma so che gli dei della luce non vi abbandoneranno".

Quando Re Ikerálfar se ne andò smise di piovere, e Shade rimase a fissare il punto in cui era scomparso nella foresta, con la brezza del mattino che le sferzava i capelli.

Rimase in piedi, assolutamente immobile, a lungo, mentre Seska si aggirava nella radura a soccorrere i feriti.

Osservò le nuvole vaganti che le passavano davanti nel loro rapido tragitto verso l'alba, e uno stormo di uccelli migratori che proseguivano nel loro viaggio verso le pianure calde del sud.

Pensò alla vita segreta che suo fratello Guile aveva vissuto, al senso di solitudine che doveva avere provato, alla sua morte...

Tutto era stato fatto affinché la Runa della Terra giungesse a lei.

Gli dei o il destino le avevano tracciato una rotta. Ora spettava a lei decidere se seguirla o meno.

EPILOGO

Arrivarono alle porte di Lomi nel bel mezzo di una notte senza stelle, l'ultima di quel lungo inverno.

Durante tutto il giorno, avevano marciato sotto i raggi di un sole caldo e confortante, trainando la barella che avevano costruito per portare Koori al più vicino tempio di Dyan. Per tutto il cammino nessuno aveva avuto la forza di parlare. Si erano trascinati in silenzio, un passo dietro l'altro, ognuno assorto nei propri pensieri.

Ognuno di loro sapeva che soltanto un miracolo avrebbe potuto salvare il monaco da quella brutta ferita. Il ragazzo non si era più ripreso, e la sua pelle e le sue labbra avevano ormai assunto un colore bluastro. Nonostante la vita lo stesse abbandonando sembrava sereno, come se il suo spirito si trovasse già insieme a quello dei suoi maestri, tra le dune di Oasi, dove il vento accarezza la sabbia ocra e le nuvole giocano a rincorrersi.

Jena aveva portato la barella sopportando con tenacia il forte dolore alla testa. Una scheggia di pietra gli aveva aperto uno squarcio sopra la tempia, picchiando con violenza contro le ossa del suo cranio. Aveva continuato a perdere sangue per molte ore dopo la fine dello scontro, ma non se n'era preoccupato più di tanto. Aveva visto più di una volta le sue ossa da vicino, e il suo corpo avrebbe portato con orgoglio anche quella nuova cicatrice.

Ogni volta che le fitte si erano fatte più dolorose si era limitato a grugnire, borbottando qualche imprecazione colorita, fino alle porte di Lomi.

"Non troveremo nulla di aperto a quest'ora," disse ad un tratto, senza rallentare il passo. "Se non ricordo male ci sono solamente due locande in città, e dopo una certa ora chiudono i battenti".

"Faremo in modo che li riaprano," rispose seccamente Shade. "Piuttosto prego gli dei che al tempio non facciano storie, perché potrei commettere una lunga serie di sacrilegi".

L'elfa silvana camminava qualche passo più indietro, tenendo stretta la mano del monaco, e continuando ad irradiarlo con la luce della sua Runa, nel disperato tentativo di mantenerlo stabile.

Sapeva di essere finalmente libera. Né Amon, né i suoi scagnozzi le avrebbero più dato la caccia, eppure sembrava che la cosa non riuscisse a darle alcun tipo di sollievo.

Durante il tragitto aveva ripensato più volte a Yoma, domandandosi perché l'avesse tradita. Certo era un ladro, per giunta appartenente ad una delle più losche gilde di tutta Asgahard, ma per quell'umano aveva provato simpatia... si era fidata.

Lo aveva presentato al resto del gruppo, coinvolgendolo nella ricerca delle rune. Aveva diviso con lui informazioni importanti, gli aveva rivelato molte cose di sé... ed alla fine se n'era andato, portandosi via la Runa dell'Acqua e consegnando lei al suo peggiore nemico.

Si odiava per essere stata tanto sciocca da cadere nella sua trappola, ed avrebbe fatto di tutto per potergli stringere le mani intorno al collo.

Jena indicò verso un lumicino lontano ed imprecò. "Come temevo la porta della città è chiusa, e fuori dalle mura c'è solo una piccola taverna. I miliziani non ci permetteranno di raggiungere il tempio fino a domattina".

"Potremmo cercare riparo in una di queste stalle, e intanto cercare l'aiuto di un sacerdote del tempio," suggerì Wrath.

Il mago era rimasto in disparte per tutto il tempo, camminando con il capo coperto dal cappuccio della sua veste rossa. Era stato attento a non incrociare lo sguardo di nessuno, per non dover rispondere a stupide domande sulle rune e... sulla sua improvvisa guarigione.

Una moltitudine di pensieri confusi avevano continuato a vorticargli in testa. "*Non può essere un caso che gli artefatti più potenti della storia stiano ricomparendo tutti insieme*", aveva pensato.

Il Signore di Morlock e i suoi eserciti avevano lanciato la loro sfida al mondo, conquistando immensi territori nel nome dell'oscuro dio Tod, ed utilizzando il tremendo potere della Runa della Morte.

"*Gli dei della luce non rimarranno certo a contemplare la vittoria del loro eterno nemico. Anche loro staranno muovendosi per sostenere la causa del Bene. Dietro la ricomparsa delle Rune Primarie non può che esserci il loro zampino... Ma perché affidare tutto questo potere proprio a noi?*"

Le sue domande non potevano avere risposta. Gli mancavano ancora troppi tasselli perché il mosaico del destino potesse rivelargli il suo disegno.

Aveva rimuginato a lungo su ciò che la Fenice gli aveva chiesto per consentirgli di attingere al suo potere, e di guarire dalla maledizione che lo aveva quasi ucciso.

Per salvargli la vita, la Runa del Fuoco lo aveva *invitato* a siglare un nuovo patto. Sarebbero tornati sull'isola di Morlock per incontrare il vampiro che l'aveva custodita per oltre due secoli senza poterla padroneggiare, impossibilitato dalla sua natura di non-morto ad entrare in contatto con il fuoco divino della creazione.

"*Come è stato per i custodi che ti hanno preceduto,*" gli aveva rivelato la

Runa, "*la tua fragilità di essere umano può consentirti di accedere solo ad una minima parte dei miei poteri.*

Il vampiro potrebbe indicarti la via per una più grande conoscenza, ma il prezzo da pagare potrebbe essere ancora più salato dell'ultima volta che sei sceso a patti con lui".

Per un attimo Wrath aveva avuto la tentazione di lasciarsi andare, di abbandonarsi alle fiamme che avrebbero consumato il suo corpo e le sue dannate ambizioni una volta per tutte.

Ma la promessa di un così grande potere era stata più persuasiva di ogni ragionevole timore; così, sul grande tavolo delle scommesse, aveva accettato di riprendere in mano la sua vita, giocando in cambio la sua anima.

Ora, finalmente, riusciva a respirare a pieni polmoni, assaporando ogni molecola di quell'aria primaverile pregna di freschi profumi, e marciando con passo fermo.

Qualche metro indietro, Lavia e Seska chiudevano la fila.

La mezza-demone aveva trascorso il viaggio combattuta tra il desiderio di correre dal mago per supplicarlo di rimangiarsi la frase che aveva pronunciato nella foresta, e quello di spiccare il volo e fuggire lontano. Il suo orgoglio ferito le aveva impedito di assecondare la voce del cuore, preferendo crogiolarsi in un turbine di dubbi.

Quanto alla possibilità di piantare tutti in asso, Lavia si era dovuta arrendere al fatto di non avere più un luogo dove tornare.

Se si fosse ripresentata all'accampamento, nemmeno Yarrick avrebbe potuto salvarla. Le vesti scure si sarebbero divertite a torturarla per giorni, forse settimane, costringendola a rivelare ciò che aveva visto. Obbligandola a tradire Wrath e i suoi compagni.

Tutti i loro pensieri si bloccarono quando in prossimità delle mura di Lomi un gruppo di persone emerse dalle ombre.

Prima che potessero impugnare le armi, un uomo ammantato di nero si scoprì il volto facendo segno di seguirlo all'interno di quella che sembrava una fattoria abbandonata. La sua pelle era scura come l'ebano e sulla fronte portava il marchio del drago e della fenice.

Le rune iniziarono ad emettere una forte vibrazione, e dopo essersi scambiati una rapida occhiata, sia Wrath che Shade decisero di varcare la soglia. Gli altri li seguirono pochi istanti dopo, trascinando la barella sulla quale Koori continuava a giacere immobile.

La stanza era quasi totalmente avvolta nell'oscurità. La fiamma di una piccola candela traballava su un tavolaccio malfermo, al centro di una dimora spoglia ed ammuffita.

"Non c'è tempo per i convenevoli," disse una voce nota emergendo dalle tenebre.

"Maestro Asmofidelius!" esclamò Shade. "Siete voi?"

Il guardiano delle rune portò la candela vicino al volto, per farsi riconoscere. Quel volto antico sembrava avere perso parte del suo fascino: rughe lunghe e profonde serpeggiavano intorno ai suoi occhi, sottolineando un'espressione già di per sé molto grave, e le sue mani somigliavano agli artigli di un rapace.

"Lunamtya è sotto assedio," mormorò accostando la candela alla ferita di Koori per osservarla meglio. "L'esercito di Morlock si è materializzando sfruttando una serie di portali comparsi intorno alla capitale. Le vesti scure non impiegheranno molto ad abbattere la barriera che i maghi dell'Accademia hanno evocato a protezione della città interna, e quando anche questa difesa verrà meno l'Impero verrà soggiogato".

Alla notizia rimasero tutti impietriti, incapaci di proferire parola.

"Ma non è tutto," continuò Asmofidelius. "Il grosso dell'esercito è stato sparpagliato lungo il confine con le Terre Libere. Il vescovo Sillerieux, che sospettiamo sia stato corrotto dalle forze delle tenebre, ha fatto in modo che i paladini del Sacro Ordine della Luce, la Cavalleria dei Draghi e tutti gli alleati si trovassero fuori città al momento dell'assedio. La flotta nemica ha polverizzato la marina imperiale ed è già riuscita a conquistare il porto della capitale. Insomma... la situazione è drammatica".

Wrath si avvicinò al vecchio. "Per quale ragione l'imperatrice ha permesso che il vescovo Sillerieux desse ordini alle milizie"?

L'uomo scosse la testa. "Non c'è tempo per le spiegazioni, mago; presto anche questa casa non sarà più sicura. Sappiate solo che Sillerieux ha preso in mano il governo della nazione in quanto tutore legale dell'imperatrice... Riteniamo che dietro alla maledizione che ha rubato il senno a Fiordalia ci sia il potere della Runa della Morte, e tutto ci porta a credere che il vescovo sia direttamente coinvolto nel complotto".

Il servitore con il tatuaggio sulla fronte fece un passo in avanti, tenendo sotto braccio un'altra figura incappucciata. Con un movimento rapido e delicato le scoprì il volto, congedandosi poi con un inchino.

L'imperatrice Fiordalia sussurrò qualcosa di incomprensibile, e si limitò a fissare nel vuoto, ciondolando la testa.

"Cosa le hanno fatto?" domandò Wrath scrutando nelle profondità di quello sguardo perduto chissà dove.

"Noi non possiamo difenderla," continuò Asmofidelius tra lo stupore generale. "Siamo riusciti a portarla lontano dai suoi aguzzini, ma non siamo in grado di proteggerla, né di aiutarla a guarire.

Le Rune hanno scelto i loro campioni, ma il vostro viaggio è appena cominciato. Se deciderete di aiutare Fiordalia non sarete più in grado di tornare indietro, e finirete per combattere in prima linea. Avrete in mano non solo il vostro destino, ma anche quello del mondo che conosciamo. Ve la sentite di portare sulle spalle un tale fardello?"

Jena fece un passo in avanti, ed allungò la mano verso la giovane imperatrice. "Non ho mai negato il mio aiuto ad una fanciulla indifesa, e non mi tirerò certamente indietro ora... non so gli altri, ma io ci sto".

Fiordalia osservò per alcuni istanti la mano tesa del guerriero, poi la sfiorò con le dita, ed infine la strinse tra le sue.

"Non abbiamo molta scelta," commentò Shade. "Ma prima di andare dovrete aiutare il nostro amico ferito. Non è in grado di ripartire subito".

Asmofidelius si fece serio. "Difficilmente questo ragazzo supererà la notte," sussurrò chinando il capo. "Ma ti prometto che faremo il possibile..."

Fuori da quella vecchia casa dalle pareti ammuffite l'oscurità abbracciava ogni cosa. Il nero della notte aveva ricoperto con il suo manto le strade, gli alberi, le costruzioni, la prateria, rendendo tutto ugualmente indistinguibile. Aveva portato con sé ogni colore, dal verde brillante dei germogli all'azzurro del cielo, dal bruno delle case di legno al giallo dei fiori di tarassaco appena sbocciati.

Non si udiva il canto degli uccelli notturni, né il frinire dei grilli, tanto meno il tipico mormorio delle locande frequentate da viandanti e ubriaconi. Una cappa scura e silenziosa sembrava avere inghiottito il mondo intero.

Tuttavia la calda luce di una piccola candela, filtrando tra le assi sconnesse che proteggevano l'ingresso di quella casa, osò opporsi alle tenebre, resistendo fino al mattino.

DEDICHE

Dedico questa opera a mia moglie Ghita, che mi ha incoraggiato sin dalle prime pagine di questo libro, e alla mia famiglia a cui devo ogni cosa.

* * * * *

Anche il mondo di Asgahard deve molto ad un gruppo di amici che, per anni, hanno camminato sul suo polveroso suolo, interpretando gli eroi che avete imparato a conoscere. Se Wrath, Lavia e tutti i personaggi di contorno sono frutto della mia fantasia, altri protagonisti sono nati dalle fervide menti di questi compagni di avventure.
Grazie a Ghita per essere molto Shade e un po' Yoma. A Bernardo per il suo Yarrick, e perché se fosse nato donna sarebbe stato certamente sexy come Seska. Grazie a Gherardo che è, e sarà sempre, un po' Jena, anche nelle aule di un Tribunale. E Grazie a Philippe, che con Koori ha ridefinito il concetto di power player.

* * * * *

La splendida copertina di questo volume è stata realizzata a tempo di record dall'artista Matteo Maria Maj. Grazie vecchio!

* * * * *

Infine voglio rivolgere un ringraziamento affettuoso a tutti i lettori di questo romanzo, specialmente a quelli che lo hanno acquistato su Lulu.com.
Chiunque volesse contattarmi può scrivere a n.bellotti@gmail.com